Jürgen Buchholz

In Dunkel
und Licht

ISBN: 978-3-8192-2584-0

Verlag: BoD · Books on Demand GmbH, Überseering 33,
22297 Hamburg, bod@bod.de
Druck: Libri Plurcos GmbH, Friedensallee 273, 22763 Hamburg

Bibliografische Information der Deutschen Nationalbibliothek
Die Deutsche Nationalbibliothek verzeichnet diese Publikation in der
Deutschen Nationalbibliografie; detaillierte bibliografische Daten sind
im Internet über http://dnb.d-nb.de abrufbar.

Für Irmi

Inhaltsverzeichnis

Wichtige historische Persönlichkeiten

- Alexander VI. Papst (1492–1503), vormals Kardinal Rodrigo Borja, änderte seinen Namen in Borgia
- Julius II., Papst, (1503–1513), vormals Kardinal Giuliano della Rovere
- Leo X., Papst (1513–1521), vormals Kardinal Giovanni de Medici
- Klemens VII., Papst (1523–1534), vormals Kardinal Allesandro Farnese
- Cesare Borgia (1475–1507), Kardinal, später Fürst Cesare de Valence (Valentino), Sohn von Alexander VI.
- Lucrezia Borgia (1480–1519), Tochter Alexanders VI., verheiratet mit Giovanni Sforza, danach Alfonso, Herzog von Biseglia, danach Alfonso, Thronfolger von Ferrara
- Giovanni Borgia, Sohn Alexanders VI., Fürst von Gandia
- Giofre Borgia, Sohn Alexanders VI., Fürst von Squillace.
- Vanozza de Catanei, Geliebte Alexanders VI. vor seiner Wahl zum Papst, Mutter von Cesare, Lucrezia, Giovanni, Giofre
- Giulia Farnese, Geliebte Alexanders VI., Mutter von Laura, der zweiten Tochter des Papstes
- Savonarola (1452–1498), Prior der Dominikaner in Florenz
- Krämer, auch Institoris genannt (1430? – 1505?), General–Inquisitor in Deutschland
- Joß Fritz (1475. 1525?), Bauernführer im Bundschuh
- Johann Georg Faust, (1478–1546) Alchimist, Teufelsbündler, berühmt geworden durch Goethe
- Martin Schongauer (1450–1491), Maler und Kupferstecher
- Albrecht Dürer (1471–1528), Maler und Kupferstecher
- Leonardo da Vinci (1452–1519), Maler, Bildhauer, Erfinder, u.v.a.m.
- Martin Luther (1483–1646), Reformator
- Johannes von Tritheim, genannt Trithemius, Abt von Sponheim, erbitterter Gegner von Faust
- Giangaleazzo Sforza, Herzog von Mailand
- Isabella von Aragonien, Gattin des Giangaleazzo Sforza.

- Lodovico Sforza (1451–1508), Oheim des Giangaleazzo, später Herzog von Mailand
- Beatrice d' Este, Frau des Lodovico Sforza
- Conradus Mutianus Rufus, Humanist, später Domherr in Gera
- Johannes Reuchlin (1455–1522), Humanist, führender Gelehrter in griechischer und hebräischer Übersetzung wohnhaft in Pforzheim, Onkel von Melanchton.
- Johann Burchard, genannt Burcardus, Zeremonienmeister bei Alexander VI., später Bischof von Horta
- Ercole d' Este, Herzog von Ferrara
- Alfonso d' Este, sein Sohn und dritter Gatte der Lucrezia Borgia
- Kardinal Ippolito d' Este, jüngerer Bruder des Alfonso d' Este
- Karl VIII. (1470 – 1498) König von Frankreich
- Ludwig XII. (1462 – 15159) König von Frankreich

Kapitel 1

Elfingerhof am 23.04.1478

Zisterzienser: Mönchsorden, der 1098 in Cîteaux (südöstlich Dijon) von einer Gruppe von Benediktinermönchen des Klosters Molesme unter der Leitung Robert von Molesmes gegründet wurde. Nach ihrer weißen oder grauen Tracht, die sie unter den schwarzen Kutten trugen, wurden die Ordensbrüder auch weiße Mönche genannt. Die ersten Zisterzienser gründeten eine Gemeinschaft mit dem Ziel, streng nach den Ordensregeln zu leben, die Benedikt von Nursia 540 für seine Mönche aufgestellt hatte. Als Teil der Ordensregel befürworteten sie strenge Askese sowie Handarbeit und lehnten Einnahmen aus der Verpachtung von Ländereien ab. Dem heiligen Alberich gelang es, 1100 die Anerkennung des Ordens durch Papst Paschalis II. zu erwirken. Dem dritten Abt, Stephan Harding, verdankt der Zisterzienserorden die Formulierung seiner Verfassung der Nächstenliebe. Bernhard von Clairvaux kam 1113 als Novize in das Kloster Cîteaux und wurde 1115 zum Gründerabt von Clairvaux. Er entwickelte sich zum einflussreichsten geistigen Leiter seiner Zeit, wobei die schnelle Verbreitung des Ordens weitgehend sein Verdienst war. Bis 1153 gab es über 300 Zisterzienserklöster, wovon 68 unmittelbar von Clairvaux gegründet wurden. Bis zum Ende des Mittelalters stieg die Anzahl der Zisterzienserabteien auf mehr als 700, während sich der Orden in fast ganz Europa ausbreitete.

In dem Maß, in dem der Orden sich verbreitete und gedieh, wurden auch neue Ansprüche an ihn gestellt. Um diesen Ansprüchen gerecht zu werden, entfernten sich die Zisterzienser von einigen in ihrer Verfassung verankerten asketischen Idealen, teilweise auch aufgrund der Tatsache, dass so manche Vorschriften mit dem schnellen Wachstum des Ordens unvereinbar wurden. Im 12. Jahrhundert, dem goldenen Zeitalter des Ordens, galten die Zisterzienser als einflussreichster Orden innerhalb der katholischen Kirche. Sie übernahmen die Bistümer und Legatenämter, die im 11. Jahrhundert von den Benediktinern des Klosters Cluny beansprucht wurden, und lösten letztere auch in der römischen Kurie ab, dem Regierungsorgan der Kirche. Ferner erbrachten sie einen wesentlichen Beitrag zum wirtschaftlichen Leben des Mittelalters, insbe-

sondere in der Entwicklung von Techniken zur Urbarmachung von unfruchtbarem Land sowie in der Produktion von Getreide und Wolle. Sie beeinflussten die Verbreitung der gotischen Architektur in ganz Europa und widmeten einen beträchtlichen Teil ihrer Zeit dem Zusammentragen und der Vervielfältigung von Handschriften für ihre Bibliotheken.

Ab dem 13. Jahrhundert jedoch verfielen die strengen Gebräuche und asketischen Lebensweisen immer mehr. Der Lebenswandel der Mönche wurde mehr und mehr geprägt durch weltliche Begierden und Wünsche. Im ausgehenden 15. Jahrhundert machte der Sittenverfall in der gesamten katholischen Kirche auch vor den Klosterpforten nicht halt.

Guy Jouenneaux, der im Auftrag des Papstes die französischen Benediktinerklöster reformieren sollte, zeichnete ein düsteres Bild der dortigen Zustände (1503):

„Viele Mönche sind vom Spielteufel besessen, fluchen, besuchen Wirtshäuser, tragen Waffen, sammeln Schätze, huren, saufen und sind weltlicher gesinnt als die Weltleute. Hätte ich im Sinn, alle Dinge zu erzählen, die mir vor Augen gekommen sind, dann würde mein Bericht gar zu lang."

Und ein Dominikanermönch, John Bromyard, sagte über seine Mitbrüder aus:

„Die, welche die Versorger der Armen sein sollten, sind lüstern nach köstlicher Speise und schlafen in den Tag hinein. Nur ganz wenige bequemen sich, der Messe beizuwohnen. Sie sind der Völlerei und Trunksucht ergeben, wenn nicht sogar der Unzucht, so dass die Klöster heutzutage für Bordelle und Sammelplätze von liederlichem Volk und Gauklern gelten."

Lang anhaltende Schreie gellten durch das gesamte Haus. Das einfältige, jedoch für ihre 12 Jahre bereits gut entwickelte Küchenmädchen Annemarie hielt sich die Ohren zu. Sie war am eichenen, mit tiefen Kerben durchfurchten Küchentisch dabei, frisches Gemüse zu putzen. Wieder und wieder hielt sie die Mohrrüben nahe an die Öllampe, bevor sie vorsichtig schlechte Teile entfernte. Denn obwohl der Küchentisch direkt an der Fensteröffnung stand, war es in der verräucherten Küche schon ziemlich dunkel.

Die Sonne war bereits untergegangen. Nur am gemauerten Herd, aus dem die Flammen schlugen und bizarre, schnell wechselnde Bilder an die verrußten, schwarzen Wände warfen, war es heller. Die Speckseiten und zum Räuchern aufgehängten Würste oben an der Decke über dem Herd waren kaum noch zu erkennen

„Das arme Ding da in der Kammer!" meinte die gutmütige Köchin Pauline, die mit prüfendem Blick die Kruste des mit gesüßtem Rotwein zubereiteten Hirschbratens begutachtete, der zu Ehren des Abtes aufgetischt werden sollte.

Dieser hatte sich für den Abend angekündigt, um mit Egon, dem Grangienmeister des Elfingerhofes, die Einnahmen und Ausgaben der Grangie durchzugehen. Diese Tätigkeit ließ sich der Abt nicht nehmen, obgleich er für die finanziellen Angelegenheiten durch Pachthöfe, Pfleghöfe und Stadthöfe, Mühlen, Herrschaftsrechte an Dörfern, Kirchenpatronate und Forstbesitz seinen Bursor Willibald hatte. Das Kloster war einer der größten Grundbesitzer. Allein der Forstbesitz des Klosters umfasste über zehntausend Morgen. Aber über die Grangien wachte der Abt selbst.

Egon war ein Laienbruder des Klosters, der lesen und schreiben konnte. Er war als nicht erbberechtigter Sohn eines freien Bauern ins Kloster eingetreten. Hier hatte er mehr Rechte, als er bei seinem ältesten Bruder als Knecht gehabt hätte. Ein glücklicher Zufall und seine Liebe zur Landwirtschaft hatten ihn zum Verwalter dieses Klosterhofes gemacht; der Grangie, wie es im Sprachgebrauch hieß. Der Elfingerhof war schon seit langem berühmt für den Wein, den er herstellte und der den Weinkeller des Klosters füllte.

„Aber sie ist selbst schuld" fuhr Pauline in ihrem Selbstgespräch fort, dem jedoch Annemarie aufmerksam zuhörte. „Warum ist sie nicht weggelaufen. Die Geschenke, die er ihr gemacht hat, sind auch nicht allzu viel wert. Jetzt weiß sie nicht weiter."

Gedankenverloren murmelte sie vor sich hin:

„Hierbleiben kann sie jedenfalls nicht. Der Elfingerhof gehört dem Kloster. Weder Abt noch unser Grangienmeister werden es zulassen, dass das Kind dauernd an die Todsünden des Willibald erinnert. Und was aus ihr und dem Balg werden soll, wer weiß …"

Sie sprach nicht weiter, sondern starrte nachdenklich den fast garen Braten an.

Wieder schallten laute Klagerufe durchs Haus.

„Ich halte das nicht mehr aus" rief Annemarie. „Sie soll endlich still sein!"

„Sei Du endlich still!" ermahnte sie Pauline. „Sei froh, dass Du erst zwölf Jahre alt bist und nicht schon vierzehn wie Adelheid, sonst wärst Du vielleicht an ihrer Stelle. Der lässt doch sowieso keine in Ruhe."

Sie sprach von Willibald, dem vierzigjährigen Bursor des Klosters. Als Bursor war Willibald für die Finanzen und die Mehrung des Reichtums der Abtei zuständig und war hinter Abt und Prior der wichtigste Mann des Klosters.

Er war ein hagerer Mann mit brutal vorstehendem Kinn und bösartig blickenden, graugrünen Augen, die tief in ihren Höhlen lagen.

Es ging das Gerücht, dass er jede Frau und jedes Mädchen auf Abwege bringen würde, wenn er dazu Lust verspürte. Dazu seien ihm kleine Vergünstigungen für die weiblichen Leibeigenen ebenso dienlich wie die Drohung, sie als Hexe zu brandmarken. Wenn eine Frau, auch wenn sie verheiratet war, sich weigerte, ihm zu Willen zu sein, so fand er immer ein Mittel, sie sich gefügig zu machen.

Schlechte Ernten oder persönliche Unglücksfälle interessierten Willibald nur dann, wenn er bei ausbleibenden Abgaben eine hübsche Frau oder schöne Tochter als Zinsableistung zum Beischlaf zwingen konnte.

Meistens, wenn er bekommen hatte, was er wollte, ging er weiter mit aller Härte gegen die faulen abhängigen Bauern vor, die sich seiner Ansicht nach viel zu wenig um ihr tägliches Brot bemühten und glaubten, sich auf Kosten des Klosters durchschlagen zu können.

Überall im Einflussbereich der Abtei wurde getuschelt, dass nur einmal eine treue Frau dem anhaltenden Werben und der unbarmherzigen Drohung des geilen Willibald widerstanden hatte.

Ihr Mann fand sie, als er von der anstrengenden Feldarbeit müde und hungrig zurückkam, an einem dicken Strick hängend in der Scheune vor.

Willibald hatte sie immer wieder besucht und beschuldigt, sie habe ihn so verhext, dass er an nichts anderes mehr denken könne als an sie. Nur wenn sie ihn erhöre, würde er von seinem Wahn befreit werden. Wenn nicht, müsse er dies der heiligen Inquisition anzeigen. Die Kirche hätte Mittel und Wege, herauszufinden, wie sie es geschafft hätte, ihn so zu umgarnen. Aus aberwitziger Angst vor der drohenden Folter hatte sie sich erhängt.

Sie wurde am Feldrand des Pachthofes verscharrt. Als Selbstmörderin hatte sie kein Recht, auf dem Friedhof christlich begraben zu werden. Nur ihren Mann sah man nachts gelegentlich an ihrem Grab stehen und weinen. Und im Sommer, wenn endlich die Zeit der Blüten war, standen immer ein paar Feldblumen über ihrer Begräbnisstätte.

Die Leute mieden den kleinen Pachthof. Es ging das Gerücht, dass der Bauer nicht mehr ganz recht im Kopf sei. Und um Mitternacht wollten einige Frauen Jammern und Wehklagen der armen, treuen Ehefrau wegen ihres Selbstmordes gehört haben.

Aber niemand unter dem gemeinen Volk hatte es je gewagt, Willibald beim Abt anzuklagen und zur Verantwortung zu ziehen.

Dieser Bruder Willibald entstammte einem kleinen, unbedeutenden Adelsgeschlecht. Als Zweitgeborener war er vom Erbe ausgeschlossen und um versorgt zu sein, hatten ihn die Eltern schon in jungen Jahren ins Kloster geschickt. Diese ungerechte Behandlung hatte den jungen Mann, der mehr Interesse an Turnieren und adliger Zerstreuung als an Buße und Gebet gezeigt hatte, hinterhältig und heimtückisch werden lassen. Aber infolge seiner Charaktereigenschaften erschien er dem Abt als geradezu prädestiniert, den Posten des Bursors auszufüllen und den Zehnten von den abhängigen Bauern, den Weilern und den dem Kloster unterstellten Dörfern mit aller Härte einzutreiben. So war er zu einem der mächtigsten Mönche des Klosters Maulbronn aufgestiegen.

Sowieso waren bisher nur Gerüchte zum Abt gedrungen. Niemand traute sich offensichtlich, formell Anklage gegen Willibald zu erheben. Und solange nur Gerüchte im Umlauf waren, brauchte und wollte der Abt dieser Sache nicht nachzugehen.

Beschwerden sowohl der freien Bauern als auch der Pächter über die Erbarmungslosigkeit und das rücksichtslose Durchgreifen des Bursors hatten bisher nichts genutzt. Denn durch sein unerbittliches Durchgreifen wuchsen die Pfründe des Klosters.

Wieder klang lautes, langgezogenes Weinen durch das Haus. Plötzlich wurde es unnatürlich still. Jedoch nur für einen kurzen Moment; denn gleich darauf erklang das klägliche Quäken eines Neugeborenen.

„Pauline, es ist da!" rief Annemarie mit hochroten Wangen. „Ob es auch ein Mädchen ist?"

„Sei jetzt endlich still" ermahnte sie Pauline mit eindringlicher, aber gedämpfter Stimme. „Die Hebamme wird es uns gleich sagen."

Doch es dauerte noch endlose Minuten, bis die Geburtshelferin, eine alte, lebenserfahrene Frau mit sanften Augen, die steilen Stufen herunterkam und die knarrende Türe sich öffnete. Sie hielt ein kleines, rotgesichtiges Bündel, in grobes Gewebe aus gesponnenem Hanf gehüllt, in ihren Armen.

Ihr Gesicht wirkte sehr müde.

„Adelheid ist jetzt in einer besseren Welt" sagte sie leise. „Aber ihr Bub lebt."

Pauline wurde kreidebleich: „Oh mein Gott. Das arme Ding."

Doch gleich darauf dachte sie wieder praktisch und fragte, obwohl sie wusste, dass die alte Hebamme darauf keine Antwort geben konnte

„Wer soll sich jetzt um das Balg kümmern?"

„Wenn ich das wüsste!" seufzte die alte Frau und erschien dabei noch zerbrechlicher. „Ich werde auf jeden Fall den Abt informieren müssen; auch wenn er davon nicht gerade sehr begeistert sein wird. Aber irgendwie muss jetzt Schluss sein mit dem Treiben des Willibald. Ich bin schon zu alt und habe keine Angst mehr, dass der mich als Hexe verleumden könnte."

Annemarie hatte die ganze Zeit mit weit aufgerissenen Augen das Neugeborene, von dem nur der rote, alt und runzlig wirkende Kopf zu sehen war, angestarrt.

„Ist das ein hässliches Kind. Es ist ja ganz zerknittert."

Pauline brach in lautes Lachen aus, bei der ihre vielen Zahnlücken zu sehen waren.

„Warte nur ein paar Tage ab, dann ist es wie neugeboren."

Wieder schüttelte sie sich vor Lachen; stolz auf ihre witzige Bemerkung.

Doch schlagartig wurde sie sich der ungewissen Zukunft des Kleinen bewusst und sie wurde wieder ernst.

„Wenn sie es bis dahin nicht haben verschwinden lassen" meinte sie düster.

„Na, na!", meinte die alte Hebamme beschwichtigend. „So etwas darf man nicht mal denken. Die Gerüchte, die man über die Klöster hört, sind nur bösartige Verleumdungen. Wir werden den Abt heute Abend um Rat fragen. Vielleicht kann er dafür sorgen, dass Willibalds Verwandte sich um den Kleinen kümmern."

„Einen Dreck werden die tun" meinte Pauline und nahm den Braten vom Feuer; „Willibald wird sich hüten, zuzugeben, dass er der Vater von dem Winzling ist."

„Aber Adelheid hat doch Geschenke vom Bursor erhalten" rief Annemarie. „Sogar so ein Amulett, auf dem das Kreuz des Heilands ist. Das hat sie immer an einem Lederband am Hals."

Und nach einer kurzen Überlegungsphase fragte sie leise: „Pauline, sie braucht das doch jetzt nicht mehr. Glaubst Du, sie hätte etwas dagegen, wenn ich mir das nehme?"

Pauline sah sie lange an und Annemarie drehte schon beschämt den hochroten Kopf zur Seite, um dem Blick von Pauline auszuweichen.

Doch da seufzte die gutmütige Frau und sagte: „Ich hole Dir das Kreuz, wenn der Abt Adelheid gesehen hat. Vielleicht ist es gut, wenn sie das Kreuz noch trägt, wenn er kommt. Möglicherweise bringt Dir dieses Amulett mehr Glück als der armen Kleinen."

„O mein Gott, die Adelheid. Ich habe ganz vergessen, dass sie die letzte Ölung nicht erhalten hat. Wer weiß, wann der Abt kommt. Annemarie, lauf schnell ins Kloster. Die sollen einen Priester schicken. Auch wenn sie tot ist, die Sakramente soll Adelheid noch erhalten. Nimm eine Stalllaterne mit. Bis Du wieder zurückkommst, ist es stockdunkel".

Annemarie verzog das Gesicht, traute sich jedoch nichts zu sagen. Ihre nassen Hände putzte sie sich an ihrem härenen, schon ziemlich verschmutzten Kleid ab und verschwand, ohne ein weiteres Wort zu verlieren.

Die Hebamme hatte sich mit ihrem rotgesichtigen Bündel inzwischen auf der grob gezimmerten Bank am Eichentisch niedergelassen und wiegte den Jungen leicht in ihren alten, faltigen Armen.

„Wir müssen schauen, dass wir für den Jungen Ziegenmilch herbekommen; jetzt, wo seine Mutter tot ist. Die ist nahrhafter als Kuhmilch."

Als ob dies das Stichwort für den Knaben gewesen wäre, fing der an, jämmerlich zu schreien.

Im gleichen Augenblick steckte Toni, der Stallknecht, seinen Kopf zur Küchentüre herein, ohne auf das Geschrei des Kleinen zu achten.

„Der Abt ist vorhin gekommen. Ich habe sein Pferd schon in den Stall geführt. Im Augenblick ist er in der guten Stube beim Grangienmeister. Vergesst nicht, mir von den Resten des Abendessens etwas zu bringen."

„Pauline, hol ihn schnell!" bestimmte die Hebamme. „Vielleicht hat er vom geweihten Öl etwas dabei. Dann kann er der Adelheid noch die letzte Ölung geben. Und ich habe dann eine gute Gelegenheit, vielleicht etwas für den Jungen tun zu können."

Verschmitzt fuhr sie fort:

„In solch einem Augenblick, wenn er den Gevatter Tod bei dem jungen Ding gesehen hat, dürfte es ihm schwer fallen, sich vor der Pflicht zu drücken, dem Kind irgendwie zu helfen. Es muss sowieso gleich getauft werden. Wer weiß, ob es überlebt, wenn wir nur Ziegenmilch statt Muttermilch haben"

Pauline hatte daraufhin an der geschlossenen Tür zur Wohnstube leise geklopft und auf ein ärgerliches „Was ist los?" des Grangienmeisters den Kopf zur Tür hineingesteckt.

„Euer Eminenz, es ist etwas Fürchterliches passiert. Könnt Ihr schnell kommen?"

Der Abt saß an der Stirnseite eines mächtigen eichenen Tisches auf dem einzigen Stuhl im Raum. Der Tisch stand an der rechten hinteren Ecke des Raumes, direkt vor dem Herrgottswinkel. Rechts von ihm, auf der grob gezimmerten Bank aus einem Brett mit 4 schräg eingesetzten Beinen, hatte sich Egon, der sonst auf diesem einzigen Stuhl saß, hingesetzt.

Die fast drei Raumseiten umfassende Eckbank, der Eichentisch mit x-förmig geschwungenen Beinen, der wuchtige Steinofen rechts neben der Türe, die Holzvertäfelung an Decke und Wänden und die geölten Holzdielen gaben dem Raum etwas Heimeliges.

Über dem Tisch hing eine den Raum mäßig erhellende Öllampe. Das Holz an Decke und Wänden war vom Lampenruß unzähliger Jahre dunkelbraun gefärbt.

Ein Kreuz im Herrgottswinkel mit dem sterbenden Christus, vor dem man stehend vor und nach den Mahlzeiten betete, ein geschnitztes Relief, das Maria mit dem Jesuskind zeigte und ein von Mönchen gemaltes Bildnis des großen Reformators des Ordens waren der einzige Wandschmuck.

Dass der Raum auch als Esszimmer benutzt wurde, bezeugten neun Löffel, die an der Wand hinter dem Tisch in einer Halterung hingen. Sie war aus einem waagrecht an die Wand genagelten ca. zwei cm breiten Lederstreifen gefertigt, der so angebracht war, dass er zwischen den Nägeln Schlaufen bildete, durch die man die Löffelstiele hindurchstecken konnte. Jeder der Bewohner hatte seinen eigenen Löffel, mit dem er am Sonntag, wenn alle in der Stube Mittag essen durften, aus der gemeinsamen Schüssel Brotsuppe oder Hirsebrei löffelte und Sommergemüse oder Kohl von der Platte nahm. Nach dem Essen wischte man den Löffel am Sonntagstischtuch ab und ihn hängte wieder an seinen Platz.

Während der Woche aßen nur der Grangienmeister und drei weitere Laienbrüder in der Stube. Die anderen, zwei Knechte und zwei Mägde sowie die Köchin Pauline, aßen in der Küche.

Wild, wie Pauline es heute gebraten hatte, gab es nur bei hohem Besuch des Abtes und erst dann, wenn Abt, Grangienmeister und die drei weiteren Konversen ihr Mahl beendet hatten und Reste übrig waren.

Auf dem Eichentisch standen ein halb gefüllter Krug mit Wein und zwei gefüllte Becher. Ferner thronte in der Mitte des Tisches ein kleines Tintenfass und in einer Halterung steckten mehrere Federkiele. Dies war ungewöhnlich, denn des Schreibens waren zu dieser Zeit außer den Mönchen nur wenige Adlige kundig. Der Abt von Maulbronn hatte jedoch immer Wert darauf gelegt, dass auch die Laienbrüder des Klosters und Kinder auf den umliegenden Höfen, die begabt waren und von den Eltern von der Feldarbeit freigestellt wurden, lesen und schreiben lernten. Dafür hatte er Mönche zur Unterrichtung an die Lateinschule in Knittlingen abgestellt.

Der Abt, der in eine Pergamentrolle vertieft gewesen war, auf welcher der Grangienmeister in ungelenker Schrift die Ausgaben des Hofes festgehalten hatte, wandte auf die Aufforderung Paulines den Kopf zur Türe.

Doch im gleichen Augenblick hatte Egon schon ärgerlich geantwortet: „Lass unseren Vater Abt mit der Geschichte von Adelheid zufrieden …"

Pauline traten plötzlich die Tränen in die Augen, als sie daran erinnert wurde, wie unbeachtet und verlassen Adelheid gestorben war. Ein so junges Leben. Sie hatte noch nicht einmal richtig begonnen, das Leben zu verstehen.

Und jetzt hatte sie für ein paar Momente der Lust mit dem elenden Verführer dieses einzige Gut, das sie hatte, verloren und würde dafür auch noch in ewiger Verdammnis leben.

Die Köchin wurde wütend. Was sie sonst nie tat, jetzt sprach sie trotz der Zurechtweisung weiter.

„Aber sie ist doch tot!" brach es aus Pauline heraus. „Sie soll doch nur noch die letzte Ölung bekommen."

Tränen liefen ihr über die Wangen. Geistesabwesend wischte sie diese mit dem Handrücken weg. Fast resignierend fuhr sie mit leiserer Stimme fort:

„Vielleicht kommt sie dann doch noch irgendwann in den Himmel. Sie war doch nicht schlecht. Sie ist doch nur verführt worden!"

Schon bei den ersten Worten hatte sich der Abt erhoben.

Nun sagte er nur kurz und befehlend:

„Führe mich zu ihr!" und eilte der auf ihren kurzen, dicken Beinen watschelnd vorangehenden Pauline hinterher.

Mühsam zog sich Pauline mit der linken Hand an einem aus einem dünnen Stämmchen gefertigten, inzwischen durch den langjährigen Gebrauch glattgeschliffenen Handlauf die aus Brettern gefertigte Treppe empor.

Die Kerze in ihrer rechten Hand, die den steilen Aufstieg zu den winzigen Dienstbotenzimmern erleichtern sollte, flackerte unbeständig und drohte immer wieder zu erlöschen.

Die Stufen knarrten unter ihrem Gewicht und ergaben eine seltsame Untermalung zu den japsenden Lauten, die Pauline vor Anstrengung ausstieß.

Endlich, vor der kleinen Kammer von Adelheid angekommen, trat sie nach einem schnellen Blick in Richtung auf deren Bett zur Seite. Sie ließ den Abt, dem man die Anstrengung vom Ersteigen der steilen Stufen nicht anmerkte, vorbei.

Das Zimmer war in Dunkel gehüllt und die flackernde Kerze Paulines warf phantastische Schatten ans andere Ende der winzigen Kammer. Der Holzschieber, der ansonsten zur Seite gezogen war, um Licht und Luft durch das glaslose Fenster ins Zimmer zu lassen, war geschlossen.

Ein einfaches Bett, ein Stuhl mit grob geschnitzter Rückenlehne und eine schlichte, unverzierte Truhe mit den wenigen Habseligkeiten, die Adelheid Becherer gehörten, waren das einzige Inventar des Raumes. Unter einer mit Stroh gefüllten, verschlissenen Zudecke lag auf einer harten Strohmatratze die Verstorbene.

Nur das Gesicht, das jetzt im Licht der nahen Kerze eigenartig friedlich erschien und nichts mehr von den unerträglichen Schmerzen der vergangenen Stunden verriet, schaute wie verloren unter der dick gefüllten Decke hervor. Ein paar von Schweiß noch verklebte Haarsträhnen hingen in ihre weiße Stirn.

Der Abt starrte das junge Mädchen an und seine Züge wurden sichtlich weicher. Dann ließ er sich langsam auf seine Knie nieder, senkte sein Haupt und begann, die gefalteten Hände vor seiner Stirn, mit geschlossenen Augen zu beten.

Nach kurzer Zeit gab er sich jedoch einen Ruck. Er griff unter seinem schwarzen Skapulier in eine weite Tasche seiner weißen Tunika, zog eine Stola hervor und legte sie an. Dann zog er ein silbernes Behältnis mit geweihtem Öl, das er wie die Stola in diesen unruhigen Zeiten immer bei sich trug, hervor und gab Adelheid die letzte Ölung.

Pauline hatte die ganze Zeit still dagestanden und die Kerze gehalten. Nochmals kniete sich der Abt vor dem Bett Adelheids hin. Er sprach ein weiteres stilles Gebet, segnete sie ein letztes Mal und erhob sich danach, sich mühsam auf dem Bett aufstützend.

"Wir wollen jetzt zu dem unglücklichen Kind und seinem Vater gehen" sagte er kurz angebunden. „Das Kind kann ich jetzt gleich taufen." und folgte Pauline, die sich vorsichtig die steile Stiege hinuntertastete; dabei die Kerze aber so hielt, dass auch der Abt die hölzernen Stufen noch erkennen konnte.

„Euer Eminenz" schnaufte Pauline, als sie endlich wieder die Dielenbretter des Erdgeschosses unter ihren Füßen spürte, „das Kind von Adelheid befindet sich in der Küche. Der Vater allerdings …" sie unterbrach sich „aber das kann Euch die Hebamme sagen" fügte sie eilig hinzu, als sie den sich verdüsternden Blick des alten Abtes bemerkte.

„Was soll das schon wieder heißen?" fragte der alte Abt, indem er den hölzernen Griff an der aus Fichten zusammengenagelten Tür anhob und damit die Türe öffnete.

Er erwartete aber keine Antwort von Pauline, sondern heftete seinen Blick auf die alte Hebamme, die, immer noch auf der Bank am Küchentisch sitzend, sich nun langsam erhob. Nach wie vor hatte sie das nun schlafende Kind in ihrem Arm.

Der Abt sah sie prüfend an.

„Ich hörte, ihr wollt mir erklären warum der Vater des Kindes nicht zur Taufe da ist. Zumal, wenn die Mutter gestorben ist. Nun, was habt Ihr mir zu sagen?"

„Euer Eminenz, Ihr müsst euch um das Kind der toten Adelheid kümmern" begann die alte Hebamme unerschrocken. „Schließlich ist der Bursor sein Vater."

Der Abt starrte sie mit ungläubigen Augen an.

„Du erhebst eine ziemlich starke Beschuldigung gegen einen Mönch, der Keuschheit gelobt hat. Hat das tote Mädchen diesen Unsinn in die Welt gesetzt?"

„Wie der Bursor sein Keuschheitsgelübde immer wieder bricht und dabei nicht einmal vor Verbrechen zurückschreckt, ist allgemein bekannt" antwortete die Hebamme bitter.

Der Abt wollte etwas erwidern, doch die alte Geburtshelferin fuhr unbeirrt fort:

„In diesem Fall hat er zwar nur ein paar kleine Geschenke gemacht, aber die haben zumindest auch den Tod des jungen Mädchens bewirkt."

Der Abt blickte verständnislos. Doch die Hebamme ließ sich nicht beirren. Sie fuhr energisch fort:

„Und ein Kind hervorgebracht, für das es besser gewesen wäre, nie geboren worden zu sein. Wie seine trostlose Zukunft im Waisenhaus von Pforzheim aussehen wird, brauche ich Euch nicht zu sagen."

Sie machte eine kleine Pause, fuhr aber fort, bevor der Abt etwas sagen konnte.

„Schaut Euch das silberne Amulett am Hals von Adelheid genauer an. Es kommt von Eurem Kloster. Willibald hat es dem armen Ding geschenkt, um sie sich gefügig zu machen. Sie wusste noch nichts vom Leben und war viel zu eingeschüchtert, um zu begreifen, was er ihr antat."

Die Hebamme hielt plötzlich inne; erschrocken, dass die ganze Verbitterung über diesen schändlichen Mönch sie zu dieser heftigen Anklage getrieben hatte.

Doch das harte Gesicht des Abtes hatte sich verändert.

Er schaute nun nachdenklich auf die alte, zerbrechliche Frau.

„Wenn das stimmt, was Ihr unserem Bruder vorgeworfen habt, kann der nicht mehr länger in unserem Kloster bleiben. Noch habt Ihr Zeit, Eure Anschuldigung zurückzunehmen. Wenn Sie jedoch der Wahrheit entspricht, habt Ihr nichts zu befürchten. Auch für das Kind wird gesorgt werden. Aber wehe Euch, wenn Ihr gegen unseren Mitbruder falsches Zeugnis abgelegt habt."

Unerschrocken ob der Drohung wechselte die alte Frau das Thema.

„Euer Eminenz, wir haben nur Ziegenmilch. Ich weiß nicht, ob das Kind die nächsten Stunden überlebt."

„Ja, ihr habt Recht. Wir wollen das Kind zuerst taufen. Das ist jetzt das Wichtigste. Ist es ein Junge oder ein Mädchen?"

Zum ersten Mal sah er auf das kleine Bündel, das schlafend im Arm der Hebamme lag. Seine Miene wurde weich.

„Es ist ein Junge."

„Nachdem die Mutter, Adelheid Becherer, verstorben ist, werde ich selbst dem Jungen einen Namen geben. Ich glaube, wir werden es auf den Namen Bernhard taufen."

Wie erklärend fügte er hinzu:

„Der Heilige Bernhard von Clairvaux war der Erneuerer unseres Ordens. Er hat damals Papst Innozenz II im Kampf gegen den Gegenpapst Anaklet zu Sieg verholfen. Aufgrund seiner Predigten zum Beispiel hier in der Nähe, in Kippenheim bei Straßburg, wurde im zweiten Kreuzzug versucht, den verfluchten Ungläubigen das Heilige Land wieder zu entreißen."

„Aber sie haben es immer noch" vermerkte die alte Hebamme spöttisch.

„Ja, Gottes Ratschluss ist unergründlich."

„Ich glaube, das trifft auch auf das unglückliche Kind hier zu. Es muss ohne Mutter und dazu noch ohne Vater aufwachsen. Ich weiß nicht, ob Gott immer über alle wacht."

„Weib, versündige Dich nicht" drohte der alte Abt.

„Hole den Grangienmeister" wandte er sich Pauline zu. „Er und Du werdet die Taufpaten des Kindes sein."

Und zur Hebamme gewandt:

„Bringt den Säugling in die Hauskapelle!"

Nach der ohne Feierlichkeiten durchgeführten Taufe verließ er die zur Grangie gehörende Kapelle und begab sich wieder in die gute Stube des Hofes.

„Vater Abt, als Abendessen hatten wir einen Hirschbraten zubereitet. Aber jetzt wird der schon ziemlich verkocht" begann der Grangienmeister, als er dem Abt in die Stube nachgefolgt war.

„Mir ist der Appetit sowieso vergangen. Ich will mit Euch noch die Ausgaben der letzten drei Monate durchgehen. Dann reite ich sofort zum Kloster zurück. Und lasst die Magd Adelheid Becherer in die Kapelle bringen. Ich schicke morgen einen Mitbruder. Der soll sie auf dem Friedhof in Maulbronn beerdigen."

Nach einer knappen Stunde hängte sich der Abt die wollene 'Flocke', ein mantelähnliches Überkleid, um und verabschiedete sich vom Grangienmeister Egon. In Gedanken versunken ließ er das Pferd sich allein den Weg zum Kloster suchen.

„Hole sofort den Bursor, wenn Du mein Pferd im Stall untergebracht hast. Er soll in mein Arbeitszimmer kommen" herrschte er den Bruder an, der ihm im Klosterhof das Pferd abgenommen hatte.

Er begab sich sofort in seine Räume und wartete ungeduldig.

Nach einer Weile klopfte es an die reich verzierte Tür seines Arbeitszimmers.

„Herein!"

„Der Friede des Herrn sei mit Dir"

Demutsvoll beugte der Bursor sein Haupt und senkte den Blick.

„Und mit Deinem Geiste" kam es lateinisch kurz und hastig vom Abt zurück. „Habt Ihr das Mädchen auf dem Elfingerhof geschwängert?" fragte er, ohne die geringste Unterbrechung gleich zur Sache kommend.

Willibald schwieg, jedoch war ihm sein Erschrecken anzumerken.

„Bruder, ich habe Euch etwas gefragt"

Der Abt, der durch das Schweigen die Bestätigung, die er fürchtete, hatte, war zornig. Er konnte sich kaum zurückhalten.

„Ihr seid eine Schande für das gesamte Kloster" donnerte er. „Ich will nach der morgigen 'Prim' (*Gottesdienst um 7 Uhr*) ein öffentliches Bekenntnis Eurer Sünden vor der gesamten Gemeinschaft des Klosters im Kapitelsaal. Danach soll auch Eure Bestrafung in der Geißelkammer vorgenommen werden."

Willibald war blass geworden.

„Das könnt Ihr nicht tun. Ich bin der Bursor des Klosters. Nur mir ist es zu verdanken, dass das Kloster in den letzten Jahren so aufgeblüht ist. Ich habe vielleicht gesündigt. Aber ich habe nicht mehr Schuld auf mich geladen als viele andere auch. Wollt Ihr ein öffentliches Bekenntnis auch von anderen Brüdern?"

Und höhnisch fuhr er fort:

„Vielleicht auch von Kardinälen oder dem heiligen Vater?"

„Was fällt Euch ein, so über den Papst zu urteilen"

„Es ist kein Geheimnis, dass Innozenz VIII zwei Kinder hat."

Wütend fuhr er fort:

„Oder dass bei seiner Wahl zum Papst Bestechung im Spiel war!"

Er zählte weitere Gerüchte auf:

„Dass er Djem, den Bruder des Sultans Bajesid in Gefangenschaft hält, weil er dafür von dem die heilige Lanze bekommen hat. Die Lanze, mit der die Seite Christi am Kreuz geöffnet wurde."

Wie resignierend fuhr er wieder leiser fort:

„Der Nachfolger des Petrus macht Geschäfte mit den grimmigsten Feinden des Christentums. Denen, die unsere heiligsten Stätten erobert haben."

Auch der Abt war leiser geworden, denn der Bursor hatte Recht. Aber dies änderte nichts an dessen Verfehlungen.

„Es bleibt, wie ich sagte. Ihr werdet Euch vor den anderen Mönchen zu Eurer Schuld bekennen und danach werdet Ihr in einem anderen Kloster Buße tun."

Bereits zehn Tage später wurde der ehemalige Bursor Willibald von der bitterarmen Zisterzienser-Abtei Himmerod in der Eifel erwartet.

Einen Tag später brachte ein Laienbruder des Klosters, ein Konverse, ein Pergament zu Egon, dem Grangienmeister. Als dieser das Siegel öffnete, fand er auf die Innenseite des Pergaments geschrieben das Einverständnis, dass das Kloster Maulbronn die Verköstigung und Erziehung des Knaben Bernhard, Bastard des Willibald, ehemaliger Bursor des Klosters Maulbronn und der verstorbenen Magd vom Elfingerhof, Adelheid Becherer, übernehmen solle. Bis zu seinem fünften Lebensjahr solle er in der Obhut der Köchin Pauline bleiben. Dann würde er im Kloster selbst seine weitere Erziehung erhalten.

Kapitel 2

Knittlingen am 23.04.1478

"Wenn Sonne und Jupiter im gleichen Grad eines Tierkreiszeichens stehen, dann werden Propheten geboren" (Johann Georg Fausts Aussage über seine Geburt. Mit diesem Zitat des historischen Faust konnte in Verbindung mit seinem Vornamen sein Geburtsdatum ermittelt werden).

Am gleichen Tag, dem Fest des hl. Georg am 23. April 1478, war nur drei Meilen entfernt in der kleinen Stadt Knittlingen ein weiteres Kind zur Welt gekommen.

Der Vater dieses Knaben war der wohlhabende Jörg Gerlach und seine Mutter die Küchenmagd des Hauses. Jörg Gerlach war der Zunftmeister der Küfer. Einer Zunft, die wegen des Weinanbaues in der Gegend immer mehr Gewicht im städtischen Leben einnahm.

Die Frau des Jörg Gerlach, die fünf Monate zuvor ihr drittes Mädchen zur Welt gebracht hatte, hatte nicht gewagt, die Magd aus dem Haus zu weisen. Obwohl sie Varadinca, so hieß die Magd eigentlich, das Leben schwer machte, so meinte sie zu wissen, dass diese nur wenig für ihre Schwangerschaft konnte.

Die Mägde waren das Eigentum des Jörg Gerlach. So hatte es ihr Mann unmissverständlich klargemacht. Dies galt für deren Arbeit am Tag und seine Bedürfnisse während der Nacht. Vor allem, wenn die Ehefrau während ihrer Schwangerschaften unansehnlich und dick wurde und es keinen Spaß mehr machte, mit ihr zu schlafen.

Kinder von Mägden waren billige und meist auch willige Arbeitskräfte. Sie waren von der Erbfolge ausgeschlossen, blieben jedoch meist bis zur Heirat, unter Umständen bis an ihr Lebensende im Haus. Denn das war ja ihre Heimat und ein bisschen ja auch ihr Haus, für dessen Wohlergehen sie von morgens bis abends schufteten.

Angefangen hatte das Verhältnis mit Varadinca ein Jahr zuvor, am Ostermontag.

„Ich habe gehört, es kommen Gaukler zum Jahrmarkt auf den Anger vor der Stadt" sagte Trude Gerlach beim 'Vierebrot', dem Vesper am Nachmittag, das nach der Nachmittagsarbeit eingenommen wurde. Noch vor dem Melken der Ziegen und Füttern der Schweine, die in einem kleinen Stall die Abfälle des Haushaltes verwerteten.

Dieses Vierebrot, das aus Speck und Brot sowie Most bestand, war die eigentliche Abendmahlzeit. Danach wurden nur noch die Tiere versorgt. Mit dem Dunkelwerden ging man ins Bett. Denn der nächste Tag begann früh.

Jörg brummte nur unverständlich vor sich hin.

„Ich brauche Stoff, um der Ältesten etwas zum Anziehen nähen zu können. Ich habe gehört, dass der Händler aus Straßburg kommt, der schon einige Male da war. Der hat immer die schönsten Tücher. Viel schönere als der Tuchscherer in der Weidengasse" führte Trude das einseitige Gespräch weiter.

Wieder brummte der Zunftmeister nur vor sich hin und widmete sich wieder dem Speck und einem Kanten Brot. Die vier größeren Kinder am Tisch schauten erwartungsvoll weiter ihre Mutter an. Sie waren still, denn beim Essen durften sie nicht sprechen. Da hatten die Erwachsenen das Wort.

Nur das Kleinste, das die Mutter auf dem Schoß hatte, plapperte und quengelte vor sich hin, wenn es etwas zu grapschen versuchte und die Ärmchen zu kurz waren, um den Gegenstand zu erreichen.

„Nachmittags ist dann Tanz" erzählte die Mutter das weiter, was sie auf dem Marktplatz gehört hatte „und sogar ein Tanzbär soll dabei sein" fiel ihr beim Stichwort 'Tanz' ein. „Christine hat vom Schulzen gehört, dass dieses Mal außerdem ein Gaukler dabei ist, der ein Schwert verschlucken kann und Feuer spuckt."

Die Kinder konnten ein staunendes „Oh" nicht unterdrücken und trotz des Redeverbotes wandte sich der kleine Xaver an den Vater: „Vater, dürfen wir da auch hin?"

Gerlach blickte nur kurz auf und sagte: „Ja, natürlich. Aber nur, wenn ihr Mutter in den nächsten Wochen fleißig helft" schränkte er seine Zusage ein.

„Natürlich, Vater" schallte es gleich im Chor, während die kleine Elisabeth genau wie der Säugling schwieg. Sie konnte sich mit ihren fünfzehn Monaten noch keinen Reim auf das Gesagte machen.

Nun waren die restlichen Wochen vergangen und auf einem Feld außerhalb der Stadtmauer waren Tische und Bänke aufgestellt. Es gab Stände mit bunten Tüchern und Hausrat. Auch Korbmacher und Scherenschleifer, die sonst von Ort zu Ort zogen, hatte sich eingefunden.

Vor einem Stand mit bunten Knöpfen hatten schon vor dem Kirchgang Frauen neugierig nach den Preisen gefragt und auch ein aufgebauter Tisch mit geklöppelten Spitzen aus einem fernen Ort namens Brüssel hatte die Aufmerksamkeit erregt. Die Preise hatten jedoch die meisten der Fragenden abgeschreckt.

Am Stand eines Kesselflickers, der mehrmals im Jahr die eisernen Gerätschaften aus der Küche in seinem Handwagen wieder instand setzte, waren wunderschöne neue Kessel und Pfannen zu bewundern.

Ein Stand mit Gebäck aller Art war noch abgedeckt, um die Fliegen fernzuhalten.

Für die Männer und jungen Burschen war extra eine Bude mit Messern und Äxten in jeder Preisklasse vorhanden. Als Anziehungspunkt war ein prunkvoll gearbeitetes Schwert in der Mitte der Bude aufgehängt, das der Besitzer des Verkaufsstandes lauthals als Nachbildung des berühmten 'Excalibur' pries, des Wunderschwertes eines sagenhaften König Artus. Bei der Mehrzahl der ausgestellten Waren handelte es sich jedoch nur um Küchenmesser und kleine Messer, die alle Männer am Gürtel trugen, um Brot oder Fleisch abzuschneiden. Knechte, Bauern und Handwerker durften keine Waffen und größere Messer oder Dolche besitzen. Zu groß war die Angst des Adels und der Kirche, sie könnten damit in deren Wäldern Wild erlegen.

Der Wirt der Herberge 'zum Ochsen' hatte seine eichenen Bier-, Wein- und Mostfässer zum Festplatz gefahren, um dort den Durst der Gäste zu stillen. Es lag alles bereit, um bei Ankunft der Besucher mit dem Ausschank beginnen zu konnen.

Auf einem riesigen Spieß drehte sich, schon durchgebraten, ein Ochse.

Mitten auf dem Platz, auf dem das junge Grün des Grases bereits die fahlen Farben des Winters belebte, hatte man ein großes Podest aus Brettern und Kanthölzern zusammengenagelt. Aus dünnen Holzstämmen war eine seitliche Stütze geschaffen worden und an einer Ecke führten drei Stufen vom Feld hinauf zur Bühne. Einige Stühle mit hohen Rückenlehnen waren in der gegenüber liegenden Ecke des Podiums für die Musikanten aufgestellt. Darauf lagen schon Dudelsäcke und Lauten. Der Rest des Podestes war für die tanzenden Paare vorgesehen.

In einiger Entfernung von dem Holzpodest hatte ein fremdländisch aussehender Riese von Mann einen dicken Pflock in die Erde getrieben. Daneben lag, faul dösend, mit einem Eisenring durch die schmale Nase an den Holzpflock gebunden, ein noch junger Braunbär. Die Vordertatzen waren an der Unterseite schwarz von verbranntem Fleisch. Eine Folge der brutalen Dressur, bei der man ihn mit glühenden Stäben dazu brachte, Männchen zu machen und andere Kunststücke zu vollführen. Jetzt aber schien er sich in seinem Schlaf durch den Trubel beim Aufbau nicht stören zu lassen.

Etwas abseits stand ein 'Zelt der Wunderlichkeiten' neben einem geschlossenen Wagen, der wie ein kleines Haus auf Rädern wirkte. Der Wagen hatte sogar auf jeder Seite ein Fenster, das, mit ölgetränktem Pergament abgedeckt, Licht in den Wagen ließ. Vor dem Gefährt war über der Deichsel ein Kutschbock montiert und an der Rückseite hatte es eine dicht schließende Tür. Auf den Seitenteilen des Wagens waren verschiedene Kuriositäten aufgemalt, die das Interesse der einfachen Bevölkerung wecken sollte. Da in der Regel nur der Pfarrer im Ort lesen konnte, mussten die Bilder erklären, was die Zuschauer zu erwarten hatten.

An den Obstbäumen am Rand der Wiese, die noch die blattlosen, dürren Äste gegen den blauen Himmel streckten, waren einige ausgehungerte Pferde, Ochsen und Esel angebunden. Es waren die abgemagerten Tiere der Aussteller und Händler, die diese Wagen des fahrenden Volkes zogen. Die Tiere versuchten, die noch spärlich sprießenden Halme des ersten Grases in ihrer Nähe zu rupfen.

"Pax domini sit semper vobiscum" hatte der Pfarrer wie immer am Ende der sonntäglichen Messe in lateinischer Sprache gesagt und das Volk hatte ihm geantwortet, wie es gelehrt worden war und ohne genau zu verstehen, was es sagte: "Et cum spiritu tuo.".

Patrizier und arme Leute, Handwerker, die Bauern der umliegenden

Höfe, Erwachsene und Kinder, Alte und Junge strömten mehr oder weniger schnell aus der Kirche, in der ein Organist noch immer auf einer altersschwachen Orgel spielte. Ein Ministrant trat den Blasebalg.

Fast das gesamte Volk begab sich lachend und schwatzend auf den für solche Fälle von der Obrigkeit zur Verfügung gestellten Festplatz vor den Toren der Stadt.

Die Kinder rannten voraus über die herabgelassene Brücke vor dem Stadttor, unter der die trübe Brühe des Stadtgrabens einen modrigen Geruch verbreitete.

Die Eltern folgten gesetzteren Schrittes, sich mit Nachbarn und Bekannten über die Predigt des Pfarrers oder über Begebenheiten der vergangenen Woche unterhaltend.

Selbst Knechte und Mägde hatten an diesem Nachmittag frei und eilten in ihren Sonntagskleidern ebenfalls dem Festplatz zu. Die Küche blieb wegen des Ereignisses in den meisten Häusern kalt. Nur Alte und Kranke hatte man in den Häusern zurückgelassen.

Diejenigen der Gaukler und Schausteller, die ihre Gläubigkeit unter Beweis stellen wollten, hatten ganz hinten in der Kirche gestanden, um niemandem seinen Stammplatz im Gotteshaus wegzunehmen. Sie waren die Ersten am Festplatz.

Aus dem aus mehreren Segelbahnen gefertigten, langgezogenen 'Zelt der Wunderlichkeiten' war keine Seele beim Gottesdienst erschienen.

„Papa, Papa, schau mal! Dürfen wir da hinein?"

Am Eingang dieses größten Zeltes des Platzes stand ein hünenhafter und kräftiger Mann. Er trug einen glänzenden Helm mit einem riesigen roten Federbusch, der ihn noch größer erscheinen ließ. Über die Nase führte ein eiserner Nasenschutz bis fast zur Oberlippe. Auch seine Ohren waren durch Klappen geschützt. Der Oberkörper war durch einen silbern schimmernden Brustpanzer verdeckt, der die muskulösen Arme frei ließ. Auf dem Brustpanzer prangte das Relief zweier ringender Kämpfer Weiter war er wie ein Römer mit einem Rock aus breiten Lederstreifen gekleidet, die mit Eisenbändern eingefasst waren. Um die

Füße hatte er Sandalen gegürtet, deren Schnüre fast bis zur Kniekehle reichten An den Unterschenkeln war ein silberner Beinschutz befestigt.

Ein kleiner dicker Mann neben ihm pries seine Stärke: „Seht her, Leute! Das ist unser heldenhafter Goliath. Niemand kann ihn besiegen."

Er lachte meckernd, zu den jungen Mädchen gewandt, die staunend vor dem Riesen standen.

„Nicht einmal mehr David, denn er hat dazu gelernt. Er trägt jetzt einen Nasen- und Stirnschutz, so dass ihm nicht einmal der Stein aus der Schleuder des hinterhältigen David etwas anhaben kann."

Der Dicke drehte sich in Richtung einer Gruppe von jungen Burschen. Sie versuchten, albern lachend, ihren schmächtigeren Körperbau als weniger aufgeblasen darzustellen.

„Wer wagt es, mit ihm zu ringen?"

Der Riese nahm unbeeindruckt von den halblauten Bemerkungen den Brustpanzer ab, so dass man seinen breiten Oberkörper vollständig bewundern konnte. Er fasste sich mit der rechten Hand am linken Handgelenk und spannte die Muskeln an. Brustmuskeln, Bizeps und Rückenmuskeln wölbten sich. Seine Haut schimmerte bronzen in der Sonne. Einige der Mägde bekamen glänzende Augen.

"Wer ihn besiegt, bekommt einen Gulden".

Dies war für Bauern und Handwerker eine unvorstellbare Menge Geld. Aber keiner der jungen Burschen traute sich. Das Getuschel und halblaute Lachen verstummte. Unter den fragenden Blicken der umstehenden Mädchen und Frauen wandten sie sich um und gingen wie desinteressiert weiter zum nächsten Stand

Der kleine Dicke rief ihnen hämisch meckernd nach:

"Was ist mit euch, ihr Angsthasen!"

Sie taten, als ob sie nichts gehört hätten.

Der Hüne wartete gelangweilt noch eine Weile, ob sich doch noch ein Gegner finden würde. Dann hob er seinen Brustpanzer wieder auf, schob den leinenen Vorhang, der neugierige Blicke ins Innere des Zeltes verwehren sollte, kurz zur Seite, bückte sich und verschwand für eine Weile im Innern des 'Zeltes der Wunderlichkeiten'.

„Kommt und schaut Euch die größten Wunder unserer Zeit an. Ihr werdet es nicht bereuen!" lockte der kleine, dicke Mann wieder.

„Solche Monster habt ihr noch nie gesehen und werdet ihr auch nicht mehr sehen. Selbst der Erzbischof von Speyer hat sich das Spektakel schon angeschaut" versuchte er, Kundschaft zu ködern.

„Seine Eminenz kam vor Schreck kreidebleich wieder heraus und ging sofort in seinen Dom, um für die armen Seelen da drin zu beten. Aber nicht einmal Gott will so etwas in seinem Himmel haben."

Da er indes wusste, dass so ein Spruch Aufmerksamkeit erregte, aber nicht ungefährlich war, fügte er wie immer routinemäßig hinzu: „Deshalb sind diese Kreaturen auch nicht getauft."

Und nach einer kurzen Pause: „Der Eintritt kostet nur drei Heller. Kinder zahlen einen Heller!"

„Vater, dürfen wir da hinein?" bettelte Xaver auch für die anderen Kinder.

„Kommt nicht in Frage" beschied Jörg Gerlach.

Doch die Kinder hörten nicht auf zu betteln.

Auf alles wollten sie in nächster Zeit verzichten; doppelt so fleißig sein, nichts von dem verdünnten Met haben, den der Wirt für die Kleinen ausschenkte, wenn sie nur in das Zelt dürften.

Schließlich entschied ihr Vater, des ewigen Bettelns überdrüssig: „Xaver darf hinein. Er soll sich alles merken, was er gesehen hat und kann es euch Jüngeren erzählen. Aber nur, wenn es nicht zu schlimm ist. Ihr Kleineren dürft nicht hinein. Sonst könnt ihr vor lauter Angst nicht einschlafen. Ihr dürft dafür dem Kasperltheater da drüben zusehen. Und jetzt ist Schluss mit der Bettelei."

Traurig senkten die Kleinen die Köpfe und schmiegten sich an die Mutter an, als ob diese die getroffene Entscheidung noch rückgängig machen könne.

Nur Xaver strahlte seinen Vater an. „Danke, Vater, danke".

Und nachdem er einen abgegriffenen Heller von Jörg mit allen fünf Fingern fest umschlossen hatte, rannte er erwartungsvoll zum Eingang des Zeltes und bezahlte mit klopfendem Herzen.

Nur jeweils vier Personen durften gleichzeitig das Zelt betreten. Dennoch war der Ansturm an diesem Vormittag noch nicht sehr groß. Die Leute warteten erst einmal die Berichte derer, die solche angeblichen Wunder nicht erwarten konnten, ab. Dann konnte man immer noch entscheiden, ob dieses Schauspiel seine Heller wert war.

Das Innere des Zeltes hatte einen Mittelgang, auf dem aufgeschüttetes Stroh Matsch und Nässe des festgetretenen Bodens mindern sollte und jeweils rechts und links zwei mit Vorhängen abgetrennte Kabinen.

Als er endlich eintreten durfte, schob Xaver mit klopfendem Herzen den ersten Vorhang beiseite und schlüpfte mit einem flauen Gefühl im Magen in die Kabine.

Auf einem Tisch stand in Augenhöhe ein eiserner Käfig. Darin saß ein schwarzbraunes Wesen, das große Ähnlichkeit mit einem halbwüchsigen Kind hatte. Es war jedoch völlig behaart. Nur das Gesicht mit den wulstigen Lippen und dem vorstehenden Kiefer war relativ unbehaart. Große, braune, angstvolle Augen blickten auf Xaver, bevor es in den hintersten Teil des Käfigs entfloh. Da das 'Kind' sicher hinter Gittern eingesperrt war, wagte sich Xaver näher an den Käfig heran.

„Du brauchst keine Angst zu haben" versuchte er das menschenähnliche Geschöpf zu beruhigen. „Wie heißt Du?"

Doch die Kreatur antwortete nicht. Sie zog nur die Oberlippen zurück, so dass zwei Reihen kräftiger Zähne sichtbar wurden. Fasziniert betrachtete er die behaarten Hände, die schwarzen Fingernägel und die runden Ohren des Wesens.

Noch nie im Leben hatte er etwas von einem Affen gehört. Nun sah er zum ersten Mal ein Tier, das auf ihn wirkte wie ein fremdländischer kleiner Mensch. Nur die Arme kamen ihm etwas sehr lang vor.

Eine Weile blieb er still stehen und betrachtete das Wesen Dann traute er sich etwas näher an den eisernen Käfig heran. Sofort sprang das Tier mit einem Satz in die Mitte des Käfigs, von dem ein Seil hing, hielt sich mit einer Hand fest und ließ sich auf die andere Seite des Käfigs schwingen. Dort klammerte es sich mit Armen und Beinen an der Gitterwand fest, ließ aber das Seil nicht aus der Hand. Xaver rannte ebenfalls auf die andere Seite, doch in diesem Augenblick streckte der Hüne seinen Kopf durch den Vorhang.

„Genug geglotzt. Andere wollen auch noch etwas sehen!"

Xaver machte sich nach einem letzten Blick auf das kindliche Wesen auf den Weg zum nächsten Wunder.

In der Zwischenzeit hatten der Zunftmeister und seine Frau die kleineren Geschwister auf den mit Strohmatten ausgelegten Boden vor einem Puppentheater gesetzt. Mit wieder leuchtenden Augen verfolgten diese das lustige Spiel der Puppen, während die Eltern weitergingen. Sie würden zurückkommen, wenn das Puppenspiel zu Ende wäre.

Nur den Säugling, der schon in der Kirche an der Brust von Trude geschlafen hatte, nahmen sie weiter auf ihrem Rundgang mit.

„Ich muss dringend zu dem Stand mit den Tüchern" erinnerte Trude. Jörg hatte keine Lust, stundenlang dabei zu stehen, während seine Frau sämtliche Stoffe auf der Suche nach einer passenden Farbe durchwühlte.

Er zog seinen Beutel aus einer Tasche seiner Hose und gab seiner Frau etwas Geld.

„Such Dir etwas aus. Ich schaue mal, was sonst noch so geboten wird" meinte er entschuldigend.

„Du hättest ruhig mal das Kind halten können, während ich suche."

Doch Jörg wehrte ab: „Da drüben steht unsere Magd Christine am Gewürzstand und tratscht schon wieder. Gib ihr den Kleinen. Sie soll ihn nach Hause bringen und in die Wiege legen. Der kann auch mal schlafen, solange wir hier sind."

Er wandte sich ab, bevor seine Frau noch etwas sagen konnte. Aber sie hätte auch nicht gewagt, ihn nochmals zu bitten. Wenn er eine Entscheidung getroffen hatte, traute sich niemand, diese in Zweifel zu ziehen. Gerlach konnte äußerst jähzornig werden.

Xaver hatte inzwischen den Vorhang der gegenüberliegenden Kammer weggeschoben und befand sich vor einer unglaublich dicken Frau, die nur mit einer Art Unterkleid ihre Blöße bedeckt hatte. Sie trug keine

Brustbinde. Dieses Unterkleid ließ einen Teil der Brüste unbedeckt und diese Brüste waren das Monströseste, was er je gesehen hatte.

Irgendwie erinnerten sie ihn mit den blauen Adern, die diese weiße Haut durchzogen, an das Euter einer Kuh. Aber sie waren viel, viel größer.

Insgesamt kam ihm die Frau sogar schwerer und breiter vor als der riesige Bulle des Bauern Leipold.

Beim Spielen mit anderen Burschen hinter der Scheune dieses Bauern hatte er zusammen mit seinen Freunden einmal gesehen, wie ein Knecht diesen Bullen aus dem Stall holte. Neben der Stalltüre war an einem eisernen Ring eine Kuh angebunden.

Melchior, der Sohn des Bauern, hatte warnend den Finger auf den Mund gelegt „Seid still!"

Er hatte geflüstert „Jetzt seht ihr was, bei dem sie mich jedes Mal auch wegschicken, damit ich das nicht sehen soll"

Als der Bulle die Kuh sah, stürzte er sich von hinten auf sie und sprang trotz seines enormen Gewichtes mit den Vorderfüßen auf ihren Rücken. Der Knecht versuchte erst gar nicht, den Bullen von der Kuh herunterzuziehen. Im Gegenteil. Ein langer, wie ein Säbel gebogener armdicker, roter Auswuchs stand waagrecht aus seinem Gehänge heraus und der Knecht half dem Bullen sogar, den der Kuh in den Hintern zu stecken. Danach stieß der Bulle wieder und wieder in die Kuh hinein. Er schnaufte und ächzte dabei. Seine Füße versuchten, noch näher an die Kuh heranzukommen.

Wenn dieses Bild wegen des Auswuchses beim Stier nicht so seltsam gewesen wäre, hätten die Jungs laut losgelacht. So lustig sah es aus. Die Kuh stand jedoch ganz still und machte nur einen Buckel. Der Knecht nahm einen bereitstehenden Besenstiel, rieb ihn der Kuh über den gekrümmten Rücken und versuchte, diese zu bewegen, eine normale Haltung einzunehmen.

Sprachlos, mit vor Staunen halb geöffneten Mündern, hatten die Jungen zugesehen. Nur Melchior grinste wissend. Nun, da der mächtige Bulle wieder vom Rücken der armen Kuh heruntergesprungen war, verschwand der Auswuchs wieder langsam im Gehänge des Bullen. Eine weißliche Ausscheidung tropfte dabei noch auf den Boden. Der Stallknecht verschwand mit dem Bullen, der an einem Nasenring gezogen wurde, wieder im Stall.

„Was zum Teufel war das denn?" hatte Xaver in die Runde gefragt.

Melchior, der Sohn des Bauern Leipold, hatte laut gelacht „Das war das, was Dein Vater mit Deiner Mutter auch macht. Der steckt ihr auch seinen Schwanz unten rein."

Xaver hatte die Ehre seiner Eltern verteidigt, sich auf Melchior gestürzt und sofort zugeschlagen. Melchior hatte einen Zahn verloren.

Tagelang hatten die beiden kein Wort mehr miteinander gewechselt. Auch als sie endlich wieder miteinander sprachen, hatte Melchior stur darauf bestanden, dass Männer und Frauen es so machten, wenn Sie ein Kind wollten.

Xaver war diese eklige Sache nie mehr aus dem Sinn gekommen. Er hatte seine kleinen Schwestern beobachtet und überlegt, ob man in deren Schlitz zwischen den Beinen sein Glied hinein bekäme. Da er aber wegen seiner Jugend noch nie eine bewusste Erektion gehabt hatte, hatte er diesen Gedanken wieder verworfen. Wozu sollte so etwas Widerliches auch gut sein.

Trotzdem hatte er immer wieder auf verräterische Anzeichen bei seinen Eltern geachtet und überlegt, ob das Stöhnen und Grunzen, das manchmal aus der Schlafkammer oder den Kammern der Mägde drang, das Ergebnis schlechter Träume war oder ob Vater auf den Rücken seiner Mutter oder den der Mägde gesprungen war.

An diesen stämmigen Bullen musste er jetzt denken.

Vor Schreck ließ er den Vorhang wieder los, so dass dieser wieder zurück schwang.

Ein lautes, tiefes Lachen kam aus der nun wieder geschlossenen Kammer. Behutsam zog er den Vorhang wieder zur Seite und betrat vorsichtig wieder den Raum.

Noch nie hatte er eine fast nackte Frau gesehen. Bisher hatte er zwar seine drei kleinen Schwestern schon nackt gesehen. Aber noch nie seine

Mutter. Geschweige denn so etwas. Gebannt starrte er auf ihre Brüste, die wie zwei riesige Wasserschläuche aus Ziegenleder aussahen.

Langsam wanderten seine weit aufgerissenen Augen tiefer. Schenkel und Knie waren von einem gewaltigen Bauch verdeckt. Wie Ringe reihten sich seitlich Fettrollen an Fettrollen. Nicht einmal das Unterkleid, das, an den Nähten fast platzend, ihre Blöße nur teilweise bedeckte, konnte die gewaltigen Fettmassen verbergen.

Nur die Füße, die eine normale Größe hatten, ragten vorn unter dem Bauch wie Fremdkörper hervor. Sie wirkten so klein, als würden sie einer anderen Person gehören.

Die Arme, oben ebenfalls dick wie Keulen, hatte sie auf ihrem monströsen Leib verschränkt. Die Hände waren nicht zu sehen. Sie waren unter den riesigen Brüsten verschwunden.

Xaver stand mit offenem Mund da.

Langsam löste er sich vom Anblick dieser ungeheuren Fleischmassen, als dieselbe dunkle Stimme belustigt fragte: „Was starrst Du mich so an? Hast Du noch nie eine gut gebaute Frau gesehen?"

Er schaute ihr ins Gesicht. Im Verhältnis zum Körper wirkte das Gesicht klein. Doch die Augen waren vor Fett fast zu gequollen und die Wangen hingen seitlich am Kopf herab. Die Ohren standen fast senkrecht vom Kopf ab. Doch das Schlimmste war, sie hatte nicht ein einziges Haar auf dem Kopf. Ihr Schädel war mit Fett eingerieben und glänzte wie ein Spiegel.

„Ich habe Dich etwas gefragt ..." hub die Frau wieder an. Doch den Rest hörte Xaver nicht mehr. Er war aus der Kabine geflüchtet.

Jörg Gerlach war auf seinem weiteren Rundgang beim Tanzbären angekommen, als die erste Darbietung gerade beendet war. Die Gehilfin des Bärenführers trat mit einem speckigen Hut, in dem schon einige kleine Münzen lagen, an Jörg heran. Sie war zierlich mit schwarzen, gewellten langen Haaren und einem ebenmäßigen Gesicht. Dunkle Augen strahlten ihn unter langen, gebogenen Augenwimpern an.

„Darf ich um einen Obolus für die Vorführung bitten?" fragte sie keck.

„Ich habe ja gar nichts gesehen" wehrte Jörg ab. „Ich bin gerade erst vorbeigekommen. Außerdem lasse ich mir das Geld nicht so leicht aus der Tasche ziehen."

„Bitte, Herr! Er schlägt mich, wenn ich zu wenig bringe. Nur einen Heller." Ängstlich, wie es ihm schien, schielte sie auf den Bärenführer, der mit gekreuzten Armen breitbeinig das Einsammeln des Geldes beobachtete.

Jörg lag eine ablehnende Antwort auf der Zunge. Aber er konnte ihren flehenden, schönen Augen nicht widerstehen.

Sein Blick wanderte über die roten, vollen Lippen abwärts zu ihrer Brust, die aus dem spitzenbesetzten Oberteil ihres Kleides herausquoll. Anders als der züchtige Zeitstil es den Frauen in seiner Umgebung erlaubte.

‚Ein Satansweib' schoss es ihm durch den Kopf. ‚Wenn die im Bett nur halb so gut ist, wie sie aussieht …'. Er spürte eine Regung zwischen den Beinen.

„Du bekommst 5 Heller, wenn Du mit mir später ein Glas Wein trinkst"

„Er wird mich nicht weglassen!"

„Nur, wenn Du mit mir ein Glas trinkst" beharrte Jörg.

„10 Heller. Ich gebe ihm dann 5 und behalte den Rest. Aber jetzt müsst Ihr mir einen Heller geben. Sonst schlägt er mich wieder, wenn er sieht, dass ich mit Euch rede und doch keinen Obolus bekomme."

Gerlach fasste seinen Beutel, löste das Band, das ihn zusammenhielt und griff nach einer Handvoll Münzen. Er suchte und fand einen Heller und als er ihr diesen in ihre geöffnete Hand legte, brummte er : „bis Sonnenuntergang" und ging weiter.

„Jörg, Jörg !" rief es hinter ihm. Seine Frau kam mit vor freudiger Erregung hochroten Wangen hinter ihm hergelaufen. Jörg drehte sich um und wartete gelassen, bis Trude bei ihm war. Mit fragenden Augen sah er sie an.

„Ich habe einen Stoff gefunden, der so schön ist, wie ich es mir nie erträumt hätte. Ich werde mir davon ein neues Kleid machen. Für unsere Älteste ist der zu schade. Für die habe ich noch etwas anderes gefunden. Willst Du mal sehen?"

„Lass nur" wehrte Gerlach ab. Das kannst Du mir zu Hause zeigen. Was mich viel mehr interessiert, ist, was es gekostet hat."

Trude wurde etwas verlegen. „Na ja, von dem Geld, das Du mir gegeben hast, habe ich nichts mehr. Aber" fuhr sie spitzbübisch fort „eigentlich wäre er viel teurer gewesen. Als ich dem Händler zeigte, dass ich nur sieben Heller hatte, hat er mir den Stoff dafür gegeben."

Gerlach schüttelte den Kopf „Weiber" meinte er missbilligend. „Wenn man denen Geld gibt! Weißt Du, wie lange ich für sieben Heller arbeiten muss?" fuhr er mit erhobener Stimme fort.

Doch als er merkte, dass er bei ein paar Umstehenden schon Aufmerksamkeit erregte, dämpfte er die Stimme wieder. „Komm mir aber jetzt nur nicht mit weiteren Wünschen. Für heute hast Du schon genug Geld zum Fenster hinaus geworfen."

Trude traute sich nicht, zu widersprechen. Sie wusste, der Zorn verrauchte schnell und am besten war es, nichts zu sagen. Bald hätte er den Anlass für seinen Zorn vergessen. Denn als Zunftmeister bekam er die meisten Aufträge, Fässer für die umliegenden Bauern herzustellen. Arm waren sie sicher nicht.

Was allein der zwei Meilen entfernte Elfingerhof, dessen Weine seit Jahrhunderten berühmt waren, an Fässern brauchte. Insofern, wusste sie, taten ihm die sieben Heller nicht weh.

So schlenderte sie an seiner Seite zum Stand mit den Äxten und Messern und sah zu, wie er die Güte der Ware prüfte und nach einigem Handeln eine größere Menge an Äxten kaufte, die ihm der Händler ins Haus liefern sollte.

„Meister Gerlach, wollt Ihr Euch mit Eurer Gattin nicht zu uns setzen?" tönte es von einem der Tische in der Nähe des Podestes. „Der Ochsenbraten ist saftig und das Bier auch nicht zu verachten."

Gerlach erkannte den Zunftmeister der Gold- und Silberschmiede, der sich mit seiner Gattin bereits an einem saftigen Stück des Bratens aus der Keule gütlich tat.

„Wir kommen!" rief Gerlach bereits wieder gut gelaunt. „Wer zuerst kommt, bekommt die saftigsten Stücke."

„Ich gehe noch die Kinder holen" wollte Trude sich davonstehlen, da sie den großspurigen Goldschmied nicht leiden konnte, aber Jörg Gerlach warf lachend ein

„Das Puppenspiel ist doch noch lange nicht vorbei. Jetzt setz Dich schon!"

Während der nächsten Stunde unterhielt er sich trefflich mit dem Goldschmied, ließ sich den Braten schmecken und trank schon den zweiten Krug Bier.

„Vater, Mutter, das müsst Ihr gesehen haben" zog Xaver plötzlich am Rock seines Vaters.

„Du sollst Dich nicht so vordrängen, wenn ich mit einem Erwachsenen rede" drehte sich Gerlach um und schaute seinen Ältesten böse an.

„Entschuldigt, aber ich hatte ihm Geld gegeben, dass er sich die angeblichen Wunder im Zelt dahinten ansehen kann" wandte er sich wieder an den Goldschmiedemeister.

Und zu seinem Sohn sich wendend „erzähl Mutter, was Du gesehen hast und lass uns jetzt gefälligst in Ruhe. Wir müssen etwas besprechen."

Xaver war so aufgeregt, dass er sich der Gefahr gar nicht bewusst gewesen war, vom Vater einen kräftigen Klaps zu erhalten und wandte sich mit leuchtenden Augen an seine Mutter.

„Mutter, ich habe einen Mann gesehen, der hatte zwei Köpfe und vier Füße."

Die Mutter lachte „Er wird sich an einen Bronzespiegel angelehnt haben, mein Junge. Dann sieht das so aus."

„Nein, Mutter" beeilte sich Xaver zu sagen und fuhr atemlos fort „er war in einem Raum. Ganz allein. Aber er sah aus, als wenn zwei Männer ganz eng beisammen stehen. Aber der linke Arm von dem einen und der rechte Arm von dem anderen fehlten."

Immer neue Einzelheiten fielen ihm ein. „Und er hatte eine Hose an, die hatte vier Hosenbeine."

„Und er hatte kein Hemd an. Und da hat man gemerkt, dass es keine zwei Männer waren."

„Und er ist im Raum herum gelaufen."

„Und mit einem Kopf hat er hierhin und mit dem anderen Kopf in eine andere Richtung geschaut."

„Der eine Kopf hatte rote Haare, die waren ganz glatt und der andere Kopf hatte gar keine Haare."

Etwas vor Verlegenheit errötend fuhr er fort „und ich habe Angst bekommen, als er mich mit dem einen Kopf angeschaut hat. Dann bin ich ganz schnell wieder aus der Kammer rausgelaufen. Denn draußen vor der Kammer waren noch andere Leute. Und die, die ihn schon gesehen hatten, haben den anderen erzählt, was für eine Ausgeburt der Hölle da drin sei. Und zuerst wollte ich aus dem Zelt heraus, weil ich so erschrocken war."

Er merkte vor Aufregung gar nicht, wie er immer wieder mit den Fingern der rechten Hand an einzelnen Fingern seiner linken zog

„Aber ich hatte noch nicht alles gesehen. Da habe ich vorsichtig in die letzte Kammer geschaut und da waren ganz kleine Menschen drin. Die waren so groß wie die Veronika. Aber es waren keine Kinder wie meine Schwester. Es waren Leute wie Du und Vater. Die hatten so Kleider an wie ihr und der Mann hatte auch einen Bart. Es waren richtige Wichtel."

Trude lächelte, als sie das erhitzte Gesicht ihres Ältesten betrachtete, seine leuchtenden Augen sah und die Aufregung spürte, die ihn beim Erzählen erneut überkam.

„Mutter" fuhr Xaver fort. „Ihr habt uns doch erzählt, man kann Wichtel nicht sehen. Aber die da drin kann man sehen. Sie haben auch ganz winzige Betten und einen Tisch und zwei Stühle da drin stehen. Mit den Beinen sind sie nicht mal auf den Boden gekommen, als sie am Tisch saßen und …"

„Genug jetzt" mahnte die Mutter. „Du kannst uns das alles erzählen, wenn wir wieder …"

„Mutter, aber ich habe Euch noch gar nicht von der ganz dicken Frau …"

„Xaver, es reicht jetzt. Du holst jetzt Deine beiden Schwestern und bringst sie her. Das Puppenspiel ist gerade zu Ende. Ihr bekommt dann auch eine Wurst und einen Becher verdünnten Met. Danach wird es Zeit, dass wir uns um die Tiere kümmern."

Etwas traurig, dass er seine Abenteuer nicht alle losgeworden war, schaute er nochmals kurz zu seinem Vater, ob der vielleicht inzwischen seine Erlebnisse hören wollte.

Gerlach aber war weiter in das Gespräch mit dem Goldschmiede-meister vertieft, das an Lautstärke zunahm. Nach einem letzten Blick auf seine Mutter drehte er sich um und rannte zu den Ständen, um seine Schwestern zu suchen und mit seinen Sensationen zu prahlen.

„Geht ihr mal vor und schaut, dass das Vieh richtig versorgt wird" hatte Gerlach zu seiner Frau und den Kindern gesagt. „Ich bleibe noch etwas hier. Es kann später werden." Wieder hatte er sich dem Goldschmied zugewandt. Er erwartete keine Widerrede. Bald würde es dunkel wer-den.

Als die Sonne unterging, bauten die Händler ihre Stände ab. Nur die Männer mit den Dudelsäcken spielten weiter und der Ausschank war weiter geöffnet. Das Bier und der Wein flossen in Strömen.

Jörg Gerlach erhob sich von seiner Bank. Er wollte sein Glück bei der Schwarzhaarigen mit dem vollen Busen versuchen. Aber das brauchte der Zunftmeister der Goldschmiede ja nicht gerade mitbekommen.

Langsam schlenderte er in Richtung auf den Platz, an dem der Tanz-bär befestigt war und bemerkte mit Genugtuung, wie sich eine kleine Gestalt von dem Bärenführer abwandte und ihm entgegenkam.

Als sie ihn erreichte, meinte Jörg: „ Ich schlage vor, wir trinken den Wein irgendwo, wo wir nicht dauernd gestört werden."

Varadinca sah ihn ernst an: „Ich weiß, was Ihr von mir wollt. Glaubt ihr wirklich, ihr könnt mich für 10 Heller haben?"

Jörg merkte, wie ihm die Zornesröte ins Gesicht stieg, aber er musste sie haben. So beherrschte er sich.

„Was willst Du sonst?" krächzte er mit etwas heiserer Stimme.

„Nicht viel. Ich sehe an Eurem Gewand, dass Ihr nicht arm seid. Ich will weg von dem Mann, der mich immer schlägt und trotzdem benutzt. Ich kann arbeiten. Nehmt mich in Eure Dienste. Dann könnt Ihr mich haben."

Jörg merkte, wie ihm heiß wurde. Er musste sie haben. Allein der Gedanke, wie er sie auf den Rücken legte, ließ ihn vor Wollust erschauern.

„Es ist gut."

„Ich traue Euch nicht. Schwört es, dass Ihr mich als Magd nehmt!"

„Ja, ja, ich schwöre. Geh da hinten zu dem Wäldchen. Ich hole Wein."

„Ich glaube, wir haben keine Zeit, Wein zu trinken" bemerkte sie mit einem Blick auf seine Hose, an der sich sein Penis deutlich abzeichnete. „Wir wollen gehen!"

Im Wäldchen wollte er ihr gleich die Kleider vom Leibe reißen. Er konnte seine Wollust kaum noch bezähmen.

„Warte" nahm sie seine Finger von ihren Knöpfen am Kleid. „Leg Dich hin!"

Als er nicht gehorchte, knöpfte sie ihm seine Hose auf und ließ sie fallen.

„Leg Dich jetzt hin."

Ihm fiel nicht auf, wie sie plötzlich auf das vertrauliche ‚Du' wechselte. Er ließ sich auf den Boden ins weiche Moos gleiten. Sie setzte sich neben ihn, den Oberkörper auf einen Ellbogen gestützt, nahm das erigierte Glied wieder in ihre Faust und während er sich auf den Rücken legte, bewegte sie ihre Faust zunächst zärtlich, dann das Glied immer fester umschließend vor und zurück.

Gerlach konnte sich nicht mehr zurückhalten. Aus seinem prallen Penis schoss sein Samen hervor ins feuchte, grüne Moos neben ihm und auf seine nackten Schenkel.

Nie hatte ihn bisher eine Frau mit ihrer Hand befriedigt. Nie auch nur angefasst. Bisher lagen seine Frau und die Mägde immer nur reglos auf dem Rücken oder der Seite, wenn er Lust verspürte. Als Jüngling hatte er sich oft selbst befriedigt. Aber das hier war etwas ganz anderes gewesen. Es war wunderbar. Er spürte, dass das noch nicht alles gewesen war, was diese Frau ihm an Erfüllung schenken konnte.

„Wie heißt Du?"

„Varadinca!"

„Varadinca" sprach er den Namen gedankenverloren aus. „Und wie noch?"

„Nur Varadinca. Einen Nachnamen habe ich nicht. Alle haben mich nur Varadinca genannt."

„Du brauchst aber bei uns einen Nachnahmen."

Er kicherte. „Wir werden Dich Varadinca Faust nennen. Weil Du mir mit Deiner kleinen Faust so viel Freude verschafft hast und weil 'Fausta' lateinisch ist und 'Die Glückliche' bedeutet. Du wirst eine Glückliche sein, wenn Du mir weiterhin Freude verschaffst."

Sie blieb, ohne sich noch um ihre wenigen Habseligkeiten bei dem Bärenführer zu kümmern.

Seiner Frau erklärte Gerlach, der Bärenführer habe Frau Faust dauernd geschlagen. Er habe es als seine Christenpflicht angesehen, sie vor solch einem Leben zu retten.

Dem Bärenführer aber drohte er, wenn er Varadinca nicht gehen lasse, würde er dafür sorgen, dass er in den Schuldturm komme. Denn Varadinca könne bezeugen, dass er ihm seinen Beutel mit allem Geld gestohlen habe.

So hatte alles begonnen.

Nun, etwa ein Jahr später, hatte ‚Varadinca Faust' ihren erstgeborenen Sohn geboren. Jörg wollte, dass er nach dem Namenspatron des heutigen Tages wie auch nach ihm Georg benannt werde. Varadinca hatte aber noch auf einem zweiten Vornamen bestanden: Johannes, der Lieblingsjünger des Herrn.

Er erhielt noch am Tage seiner Geburt den Namen ‚Johann Georg Faust'.

Kapitel 3

Die Lateinschule

Die von den italienischen Pädagogen Vittorino da Feltre in Mantua (1425) und Guarino von Verona gegründeten Schulen demonstrierten das Bildungsideal der Renaissance in ihrer Konzentration auf Wissenschaft, Geschichte, Geographie, Musik und körperliche Übungen. Sie beeinflussten die pädagogische Theorie und dienten bis ins 18. Jahrhundert als Schulmodell. Auch der holländische Humanist Desiderius Erasmus von Rotterdam, der deutsche Pädagoge Johannes Sturm, der französische Essayist Michel de Montaigne und der spanische Humanist und Philosoph Juan Luis Vives beeinflussten in der Renaissance die Theorie der Pädagogik. Sie legten Wert auf die klassischen Fächer wie Griechisch und Latein, was zur Gründung der Lateinschule führte. Aus dieser entwickelte sich u.a. auch das Gymnasium.

„Tibi avis est" las Bernhard mit Unschuldsmiene vor. Und übersetzte fehlerfrei „Du hast einen Vogel."

Die vier anderen Kinder in der Lateinschule kicherten vor Vergnügen, während die sechs erwachsenen Laienbrüder, die den Unterricht ebenfalls mitmachen mussten, einander verständnislos ansahen und dann wieder den Text auf ihrer Pergamentrolle überprüften. In ihrem Text hieß es ‚Mihi avis est', übersetzt also ‚Ich habe einen Vogel'.

Georg Faust hatte seine Freunde bewogen, den Satz etwas umzuändern. „Könnt Ihr Euch vorstellen, wie dem strengen Bruder Bonifaz die Kinnlade herunterfällt, wenn einer von uns sagt ‚Du hast einen Vogel'?"

Sie hatten sich schon vor der Schulstunde vor Lachen gebogen. Alle fünf hatten der Übersetzung dieser Stelle auf dem Pergament entgegengefiebert.

Aber nur Bernhard hatte mit der erhobenen Hand angezeigt, dass er die Stelle vorlesen und übersetzen wollte. Und nun hörte der gestrenge Lehrer die lateinischen Worte ‚Tibi avis est' und vernahm stirnrunzelnd die Übersetzung ‚Du hast einen Vogel'.

Aus dem unterdrückten Kichern der Schüler schloss er, dass das auf ihn gemünzt war.

Bonifaz trat zu Bernhard und blickte kurz auf die Pergamentrolle, die auf dem Tisch vor Bernhard ausgebreitet war.

Bernhard sah die Hand nicht kommen. Er spürte plötzlich, wie sein Kopf zur Seite flog, seine rechte Wange wie Feuer brannte und es ihm Tränen in die Augen trieb. Das hatte er nicht erwartet.

Während seine Kameraden das Kichern vergessen hatten und nun still und schuldbewusst in ihre Bücher starrten, kämpfte Bernhard mit den Tränen. Ein schneller Blick zu Georg genügte, um zu wissen, dass der die überraschende Reaktion von Bonifaz vorausgesehen hatte. Schuldbewusst starrte der auf seine Hände auf der Pergamentrolle.

Im ersten Augenblick hielten sich eine heftige Wut auf Georg, der ihn hereingelegt hatte, und die Beschämung wegen der Bestrafung die Waage. Dann aber siegte die Wut und er vergaß den Schmerz. Das würde er ihm heimzahlen. Auch wenn er sein bester Freund war.

Den drei Meilen langen Rückweg mit den Laienbrüdern und Bruder Bonifaz legte er schweigend zurück. Er war sich nicht sicher, ob ihm sein Lehrer noch zürnte. Aber er wollte es nicht darauf ankommen lassen. Zudem war er viel zu sehr mit dem Gedanken beschäftigt, welches die gerechte Strafe für Georg sein sollte. Noch war ihm nichts eingefallen.

Ungefähr zwei Wochen später ergab sich überraschend eine Gelegenheit. Sie hatten an diesem Nachmittag keinen Unterricht und Georg, der sich in den ersten Tagen nicht mehr im Kloster hatte blicken lassen, war wieder regelmäßig, sobald er es jeweils einrichten konnte, bei seinem Freund Bernhard.

Da Bernhard nur zum Unterricht das Kloster verlassen durfte, hatte es sich eingebürgert, dass Georg immer zu Bernhard ins Kloster kam. Zwar nahm Georg auch an einigen Unterweisungen, die Bernhard regelmäßig von den Mönchen erhielt, teil; im Regelfall kam er jedoch zum Spielen. Gelegenheiten gab es im Kloster weitaus schönere und abenteuerlichere als in Knittlingen oder der Umgebung des Klosters Maulbronn. Da hatten sich nur einige Handwerker, die von Arbeit für das Kloster profitieren wollten, niedergelassen.

Dieses Mal spielten die beiden Angreifer und Verteidiger auf der Wehranlage des Klosters in der Nähe der Schmiede.

Mit hölzernen Schwertern, die sie sich aus Zweigen geschnitten hatte, kreuzten sie die Klingen, bis Bernhard einen Hieb ungeschickt abwehrte und der Ast, den Georg als Schwert benutzte, kraftvoll seinen Daumen traf. Ein höllischer Schmerz durchzuckte seinen gesamten Arm.

Bernhard heulte auf. Tränen stiegen ihm in die Augen. Der Daumen schwoll sofort an. Georg aber lachte über seinen Sieg.

Bernhard warf mit der linken Hand wütend sein ‚Schwert' weg. „Dieses blöde Spiel." Er klemmte den brennenden Daumen mit schmerzverzerrtem Gesicht in die Achselhöhle des linken Armes.

„Wenn Du willst, spielen wir Verstecken" schlug Georg versöhnlich vor.

„Aber nur, wenn Du Dich versteckst und ich suche. Wenn ich dich innerhalb von einem Teilstrich an der Sonnenuhr finde, bekomme ich von Dir das kleine Holzpferd, das Dir Euer Knecht geschnitzt hat."

„Einverstanden" meinte Georg versöhnlich.

Während Bernhard begann, wie üblich bis hundert zu zählen und dabei seinen noch immer schmerzenden Daumen aufmerksam betrachtete, schlich Georg nicht wie gewohnt zum Speicher neben dem Hexenturm und Eichelboden, sondern nach rechts zur Wagnerei. Neben der Wohnung des Wagners befand sich der Abgang zum Elfinger Keller. Er war sonst abgeschlossen, stand heute aber offen.

Nachdem sich Georg überzeugt hatte, dass niemand ihn beobachtete, stahl er sich heimlich durch die Tür und versteckte sich hinter den mit Wein gefüllten Fässern.

Bernhard hatte jedoch geschummelt. Er wollte unbedingt das hölzerne Pferdchen haben. Deshalb hatte er Georg heimlich zugeschaut, ohne die verabredete Zeit abzuwarten.

Als er beobachtete, wie Georg die Kellertreppe hinunter huschte, war dies plötzlich eine ausgezeichnete Gelegenheit, einmal Georg eins auszuwischen.

Er schlich sich zum Kellereingang und schloss die Tür mit dem großen, rostigen Schlüssel ab.

Ohne Gewissensbisse entfernte er sich. Nach der Vesper würde er ihn wieder herauslassen.

Nachdem die Psalmen der Vesper verklungen waren und auch die Lesung, die an diesem Abend der Prior des Klosters hielt, beendet war, machten sich die Mönche und Laienbrüder zum Abendessen fertig.

Schnell lief Bernhard über den offenen Platz der Klausur zum Heuhaus, durchquerte den Turmeingang, lief an Frühmesserhaus, Vogtei und Gasthaus vorbei und kam zur Wagnerei. Zum Glück steckte der Schlüssel am Eingang zum Elfinger Keller noch. Bernhard nahm mehrere Stufen auf einmal und schloss auf.

Doch Georg wartete nicht hinter der Türe.

„Georg" rief Bernhard. Als er nichts hörte, rief er lauter. Er brauchte keine Angst zu haben, dass ihn jemand hörte; denn inzwischen waren sicher alle Laienbrüder bereits im Refektorium zum Abendessen versammelt.

Aber Georg meldete sich nicht. Bernhard betrat den Keller. Vor dem zweitletzten Fass sah er im Dämmerlicht eine Gestalt regungslos auf dem Boden liegen. Voller Angst rannte er auf diese Gestalt zu.

Es war Georg. Er lag auf dem Rücken, den Kopf auf die Seite gedreht. Blut war ihm aus dem Mund gelaufen und hatte eine rote Lache neben seinem Kopf gebildet.

„Georg" schrie Bernhard voller Angst. „Helft mir! Hilfe!" Er sank auf die Knie, nahm den Kopf des reglosen Georg in seine Hände und hob ihn etwas an. Der saure Geruch des Weinkellers umgab seinen Freund.

„Das habe ich nicht gewollt, Georg" schluchzte Bernhard, während er die Wangen des Freundes streichelte.

Ein Schatten fiel auf Bernhard. Todesangst stieg in ihm auf. Das musste der Mörder sein, der da direkt vor ihm stand. Er wagte nicht, sein Gesicht zu heben. Seine Stimme versagte.

Zusammengekauert, das Gesicht des Freundes in Händen, erwartete Bernhard seinen Tod. Er betete leise und fand damit seine Stimme wieder. „Herr, sei meiner Seele gnädig" stieß er heraus.

„Das kannst Du laut sagen" brummte die tief tönende Stimme des Pfisterers über ihm. „Ich werde euch nämlich jetzt zum Abt bringen. Oder hast Du eine sinnvolle Erklärung, warum Dein Freund so sinnlos betrunken ist?"

Der Bruder Bäcker hatte die nahegelegene Pfisterei gerade mit den Broten für das Abendessen der Klosterinsassen verlassen gehabt, als er die Hilferufe des Bernhard vernommen hatte. Sofort hatte er seinen Korb abgestellt und war zum Keller gelaufen, aus dem die Rufe und das Schluchzen kamen.

Nun warf er sich Georg wie einen Sack Mehl über die Schulter und packte Bernhard am Genick. Dann schleppte er beide zum Kapitelsaal, wo er Georg auf einer Steinbank an der Fensterfront ablegte. „Ihr bleibt hier, bis der Abt kommt" sagte er und ging zuerst zurück, um den abgestellten Korb mit den Broten zu holen.

Bernhard hatte den Kopf zum Himmel erhoben und betete, dass die Strafe nicht zu schwer ausfallen möge. Gedankenverloren betrachtete er das Relief im Schlussstein der Decke und die darum gerankten Blumen und Blätter.

Vier Wochen waren vergangen, in denen die Besuche von Georg untersagt worden waren. Auch Bernhard war nicht ohne Strafe geblieben. Aber dann hatte sich alles wieder zum Guten gewendet und Georg durfte Bernhard wieder besuchen.

Gerade war von Bruder Conrad von Schmie, einem Konversen des Klosters, begonnen worden, zwischen dem Versammlungsraum und dem hohem Besuch vorbehaltenen Herrenhaus einen Redesaal und eine Bibliothek zu bauen. Überall lagen unbehauene, halbfertige und fertige Steine herum.

Steinmetze waren bei der Arbeit, um die Blöcke für das Netzgewölbe mit Hammer und Meißel zu formen.

Hilfskräfte schleppten unbehauenes Gestein und Mörtel heran und brachten behauene Quader auf das Gerüst.

Kunstbegabte Konversen bemalten bereits verputzte Decken und Wände mit wilden Tieren und blumigen Ornamenten.

Durch die Laienbrüder waren die vielen anfallenden Arbeiten nicht mehr zu bewerkstelligen. So betraten selbst Mägde aus den umliegenden Dörfern den Bereich der Klausur, der sonst nicht einmal den Laienbrüdern, sondern nur den Mönchen mit der Weihe zum Priester vorbehalten war. Sie brachten den Arbeitern, die aus der ganzen Umgebung angeworben worden waren, Speisen und Trank.

Überall gab es für Bernhard und Georg aufregend Neues zu bewundern.

Die früher einmal strenge räumliche Trennung von Mönchen und Laienbrüdern war aufgehoben worden.

Der Speisesaal der Konversen war nun eine Lagerhalle, die zu Versteckspielen einlud. Es war eine riesige zweischiffige Halle mit einem fein gearbeiteten Kreuzrippengewölbe. Die großen Rundbogenfenster, paarweise angeordnet, ließen eigentlich so viel Licht in den Raum, dass diese Halle zum Versteckspielen ungeeignet gewesen wäre. Aber durch die Nutzung als Lagerraum waren die Fensteröffnungen zum großen Teil verstellt. So herrschte ein Dämmerlicht, das für diesen Zweck wie geschaffen schien.

Alte Tische und Stühle, uralte, zerschlissene Gobelins, leere Fässer, halbfertige Kapitelle der Steinmetze, Küchengerät, irdene Krüge, Dielenbretter und vieles mehr war kunterbunt in der Halle geschichtet.

Bernhard schlich sich in den Raum und suchte ein geeignetes Versteck, während Georg beim Zählen bis Hundert die Fünfzig noch nicht erreicht haben durfte. Er hatte noch genügend Zeit.

Gerade überlegte er, ob er es sich in einem der alten Zuber bequem machen sollte. Sie standen den Sommer über hier, bis sie im Herbst bei der Schlachtung der Schweine gebraucht wurden. In diesen Zubern wurden sie nach dem Töten mit heißem Wasser übergossen. Dann wurden die Borsten mit einer 'Glocke' entfernt.

Gelegentlich wurden sie aber auch zweckentfremdet, wenn nämlich die Mönche und Konversen einen Badetag einlegten.

Unschlüssig stand Bernhard vor den Zubern. Plötzlich hörte er ein leises Flüstern. Georg konnte es nicht sein. Der würde nicht mit sich selbst murmeln.

Er ging dem Geräusch nach. Hinten, in der dieser Fensterfront abgeneigten Seite des ehemaligen Speisesaals der Laienbrüder waren Getreidesäcke gelagert. Davor standen Möbel aus dem Auditorium und den Abtgemächern des früheren Abtes Berthold von Roßwag, die später einmal in der Bücherei Verwendung finden sollten.

Langsam näherte er sich den Säcken. Zunächst blieb alles ruhig. Doch dann hörte er es wieder. Es war kein Flüstern; es war ein Stöhnen. Doch jetzt konnte er ganz deutlich verstehen, wie eine männliche Stimme beschwörend sagte „sei still, wenn uns jemand hört!"

Bernhard ließ sich langsam auf Hände und Knie nieder. Langsam kroch er auf allen Vieren bis zu einem mächtigen Schreibtisch, der ihm die Sicht versperrte. Vorsichtig spähte er neben den seitlichen Schubladen in das Dämmerlicht vor ihm.

Jetzt plötzlich sah er, was da vor sich ging. Bruder Egbert, der Jüngste der zwölf Mönche, lag auf dem Bauernmädchen Annerose Fritz aus dem nahen Untergrombach, welche die Arbeiter mit Essen und verdünntem Wein versorgt hatte. Sein schwarzes Skapulier hatte er ausgezogen. Es lag neben ihm auf den Getreidesäcken. Seine Tunika war vorn hochgezogen, während auch der Unterleib des Mädchens entblößt war.

Sie hatte die nackten Beine um seinen Rücken geschlungen. Während er sich langsam vor und zurück bewegte, hatte er eine Hand auf ihren Kopf mit den schwarzen Locken gepresst. Sein Mund küsste ihre Schläfe.

Das Mädchen hatte den Kopf zur Seite gewandt und die Augen geschlossen. Ihre Gesichtszüge wirkten angespannt, aber irgendwie beseligt Das über den Bauch hochgeschobene, erdfarbene Kleid war an der Brust aufgeknöpft und das Unterkleid über den Busen heruntergezogen. Mit der rechten Hand knetete Egbert eine ihrer weißen Brüste, deren Brustwarze sich aufgerichtet hatte und rosa aus einem kreisrunden, rotbraunen Warzenhof hervorstach.

Während Bernhard fasziniert das Schauspiel, das er sich nicht erklären konnte, betrachtete, kam Georg am Kücheneingang zum Laienrefektorium am Relief des kleinen Drachens vorbei, der am Sockel eingemeißelt war. Wie immer überlegte er sich, ob dieser Drache mit dem Fischschwanz und dem Kopf eines Hundes eine Ausgeburt der Hölle oder ein Tier aus längst vergangenen Zeiten war. Morgen würde er Bruder Bonifaz fragen.

Lautlos schlich er in die Halle. Als seine Augen sich an das Halbdunkel gewöhnt hatten, huschte er leichtfüßig zu dem Teil der Halle, der am dunkelsten war. Bernhard würde sich nicht gerade im Bereich der hellen Fensteröffnungen verstecken.

Plötzlich sah er vor sich ein Paar kindliche Füße und Unterschenkel. Verblüfft starrte er diese zunächst an. Wieso hatte sich Bernhard nicht besser versteckt?

Bernhard erschrak fast zu Tode. Während er heimlich das Schauspiel beobachtete, zog jemand plötzlich an seinen Füßen Die Stimme Georgs rief: „Jetzt habe ich Dich!"

Blitzartig veränderte sich die Situation. Egbert und das Bauernmädchen lösten sich voneinander. Georg konnte noch kurz das aufgerichtete Glied des Mönchs sehen, ehe es unter der Tunika, die darüber fiel, verschwand.

Annerose hatte noch die Beine hochgezogen, als Egbert schon erschrocken aufschnellte. Mit aufgerissenen Augen nahm Bernhard das schwarze Dreieck war, in dessen Mitte blutrot die geöffneten Schamlippen leuchteten.

Er merkte kaum, dass er durch den Ruck an seinem Bein auf seinen Ellbogen stürzte, während Georg, triumphierend das erbeutete Bein festhaltend, sich aufrichtete.

Als er den Mönch erblickte, der sich hinter dem Schreibtisch inzwischen erhoben hatte, ließ er vor Schreck das Bein los.

Doch Egbert war noch mehr erschrocken. Sein Gesicht wurde blutrot, während er stammelnd versuchte, die Situation in den Griff zu bekommen „Georg, was machst Du denn hier?"

Nun sah er auch Bernhard. Zunächst blieb ihm die Luft weg. Gehetzt sah er sich um, ob es noch mehr Zeugen dieser schmählichen Situation gäbe.

„Bitte" stammelte er „ich muss mit euch reden"

Er drehte sich zu Annerose um, die sich inzwischen halb erhoben hatte „Bitte geh jetzt."

Verschämt knöpfte sie ihr Kleid vor der Brust zu, strich über ihr Gewand, entfernte mit fahrigen Händen und in Gedanken verloren nicht vorhandenen Schmutz und Staub und verschwand lautlos.

Der junge Mönch Egbert wusste nicht, wie er beginnen sollte. „Bitte, verratet mich nicht beim Abt." Flehend sah er die beiden Jungen mit fiebrig glänzenden Augen an.

Georg, der das Schauspiel nicht mitbekommen hatte, fragte verständnislos mit einem Seitenblick auf den Mönch: „Was sollen wir nicht verraten?"

Egbert schöpfte Hoffnung. Vielleicht hatten die beiden Jungen doch nichts gesehen. Doch da fragte auch schon Bernhard, der sich auf das Gesehene keinen Reim machen konnte: „Warum habt Ihr Euch auf das Mädchen gelegt?"

Alle Hoffnung brach schlagartig zusammen. Egbert überlegte fieberhaft, was er sagen sollte. Aber ihm fiel keine Ausrede mehr ein. Er entschloss sich, den beiden Jungen die Wahrheit zu sagen und zu hoffen, dass sie dieses Geheimnis für sich behalten würden.

„Was wir gemacht haben" begann er zögerlich, „machen alle Männer und Frauen, wenn sie verheiratet sind"

„Ihr seid aber nicht verheiratet" stellte Georg trocken fest und zu Bernhard gewandt „was hat er denn nun gemacht?"

Dieser beachtete ihn nicht, sondern wandte sich an den Mönch: „Meine Eltern machten so etwas Ekliges sicher nicht!"

Egbert seufzte. „Also gut. Fange ich von vorn an. Aber zuerst gehen wir nach vorn zum Eingang." Zuvor warf er sich den schwarzen Umhang, das Skapulier, über.

Er hatte sich wieder einigermaßen gefangen und ging zum Eingang des ehemaligen Speisesaales. Die beiden Knaben folgten ihm.

Dort setzten sie sich auf einen schon behauenen Stein für das Kreuzrippengewölbe. Der Mönch blieb stehen. Für jeden, der diese Szene beobachtete, sah es nach einer gewöhnlichen Unterrichtung der beiden Buben aus.

„Wenn ein Mann und eine Frau sich lieben" begann Egbert, doch Georg fiel ihm ins Wort „ich liebe meine Mutter auch …,"

„Georg, jetzt höre mir einfach mal zu" wurde der Mönch ungeduldig „und unterbreche mich nicht dauernd. Also: Wenn ein Mann und eine Frau verheiratet sind, sich lieben und ein Kind wollen, dann küssen sie sich und sind zärtlich zueinander. Dabei wird der Penis des Mannes hart und richtet sich auf. Den führt er dann in die Vulva der Frau ein. Dann kommt der Samen aus dem Penis des Mannes und wenn Gott es will, pflanzt er damit in den Bauch der Frau ein Kind. Wenn das dann genügend gewachsen ist, kommt es auf dem gleichen Weg, also der Vulva der Frau, wieder heraus. Das ist dann die Geburt."

Die beiden Kinder hatten mit großen Augen zugehört. „Das haben sie gemacht?" fragte Georg, zu Bernhard gewandt.

Doch der beachtete seinen Freund nicht, sondern fragte den Mönch: „Was ist eine Vulva?"

„Du weißt, dass Du einen Penis hast, aus dem Du Deine Notdurft verrichtest. Die Mädchen und Frauen haben das nicht."

„Warum nicht?"

„Bernhard, ich habe Dir doch eben erklärt, dass ein Mann einer Frau, wenn sie verheiratet sind, seinen Penis in die Vulva steckt. Das ginge doch nicht, wenn sie einen Penis hätte. Die Frau hat also einen Spalt statt des Penis. Den nennt man Vulva."

„Und aus dem verrichtet sie auch ihre Notdurft?"

„Ja"

„Und daraus kommen dann Kinder?"

„Ja"

„Ich kann mir nicht vorstellen, dass Gott so etwas Ekelhaftes zulässt, wenn .."

„Zwischen Kacke und Pisse wird ein Mensch geboren?" fiel Georg ein.

„Georg, das geht zu weit" tadelte der Mönch streng.

„Ihr habt doch schon gesehen, dass unsere Kühe und Ochsen auch Vulva und Penis haben. Genauso wie unsere Pferde oder die Hühner und der Hahn. Wenn unsere Kühe Kälber kriegen, waren sie zuvor beim Stier. Wenn der Hahn auf eine Henne steigt, dann entstehen daraus in den Eiern der Hühner auch Küken."

Das hatten die beiden Jungens schon beobachtet. Dass das aber keine Rauferei oder Machtdemonstration des Hahnes sei, darauf wären sie nie gekommen. Dass es überall bei den Tieren auch so sei, beruhigte Bernhard wieder etwas. Dennoch bereitete ihm das Thema Unbehagen.

„Aber Ihr seid mit der Annerose nicht verheiratet. Ihr dürft gar nicht heiraten" nahm Georg den Faden wieder auf. „Also dürft Ihr Euren Penis …"

„Ich weiß" seufzte der Mönch. „Es ist so: Alle Männer müssen das tun, was eigentlich von Gott vorgesehen ist, nämlich mit einer Frau während der Ehe Kinder kriegen. 'Wachset und mehret euch', so steht es in der Bibel.

Aber wir Mönche haben uns auferlegt, allein Gott zu dienen. Nie dürfen wir uns von diesem Weg abbringen lassen. Wir haben unser Leben vollständig Gott geweiht. Wir dürfen nur Gott lieben; nicht jedoch eine Frau."

Traurig fuhr er fort „aber auch wir entwickeln Gefühle, die dann unser Denken beherrschen. Manchmal versucht uns der Teufel. Er gaukelt uns Sinnenfreuden vor, er reizt mit dem anmutigen Gang einer Frau, mit ihren Rundungen, mit ihrem Duft.

Wie oft habe ich mich nachts schon gegeißelt, um diese sündigen Gedanken zu vertreiben. Aber sie kommen immer wieder. Ich habe den Herrn angefleht, mich von dem Begehren nach einer Frau zu befreien, aber er hört mich nicht. Nur der Teufel gibt mir immer wieder ein, dass auch andere Mönche sich mit Frauen abgeben, dass es nicht so eine schwere Sünde sein kann, denn auch Kardinäle hätten Geliebte und selbst der Heilige Vater sei Vater von Kindern."

Er schwieg, erschrocken über das, was er den Jungen anvertraut hatte.

„Wisst ihr" brach es dann wieder aus ihm heraus „ich wollte eigentlich nie ins Kloster." Er sprach mit leiser Stimme und hielt den Kopf gesenkt. „Aber ich bin nur eines unter fünf Kindern. Mein Vater und meine Mutter wollten mich versorgt wissen.

Eine Ausbildung am Hofe ist für mehrere Söhne eines Adligen, der nur ein kleines Lehen hat, zu kostspielig. So haben sie mich und eine meiner Schwestern ins Kloster geschickt.

Wenn ihr mich verratet, werde ich mit Schimpf und Schande von unserem Abt verjagt. Diese Schmach kann ich meiner Mutter nicht antun und Annerose könnte sich im Dorf dann auch nicht mehr blicken lassen. Entehrt von einem Mönch. Keiner würde sie mehr zur Frau haben wollen, zumal ihr Vater, Matthias Fritz, ein Leibeigener des Erzbischofs von Speyer ist und damit auch sie. Annerose ist ein so liebenswertes Geschöpf. Aber wenn das herauskommt …" Egbert schwieg.

Auch die beiden Jungen schauten betreten. Sie wussten nicht, wie sie diese Geständnisse des Mönches werten sollten. Sie waren zu jung, um das alles zu verkraften. Zuerst den Schock über das Gesehene und Gehörte. Dann diese Beichte und Enthüllungen.

Bernhard fühlte sich elend. Nichts würde mehr so unbeschwert sein wie früher. Er musste dieses schreckliche Geheimnis hüten. Niemand würde ihm helfen, das alles einzuordnen.

Wie gern hätte er mit seinem Lehrer darüber gesprochen, warum Gott, der den Menschen nach seinem Ebenbild geschaffen hatte, sich eine solche Methode ausgedacht hatte, um Menschen in die Welt zu setzen. Warum Bruder Egbert dies, was er gesehen hatte, so sehr mit diesem Bauernmädchen tun wollte. Warum man Gott nicht auch dienen konnte, wenn man verheiratet war. Warum Eltern sich nicht einfach ein Kind wünschen konnten und Gott würde diesen Wunsch erfüllen, statt dass sie so etwas Schauderhaftes tun mussten. Vor allem aber, ob die Sehnsucht nach diesem Widerlichen nicht vom Teufel stamme.

Bernhard seufzte. Gerne hätte er jetzt seine Mutter gefragt. Aber die war ja wie sein Vater auf der Rückkehr einer Pilgerreise nach Santiago de Compostela an der Pest gestorben. Ihr sehnlichster Wunsch sei gewesen, dass das Kloster, das sich ihres Neugeborenen um Christi Gnaden willen angenommen hatte, ihn zu einem gottesfürchtigen Menschen erziehen solle.

Das hatte ihm Pauline eines Tages erzählt, als er vom Elfingerhof weg ins Kloster unter die Obhut des Abtes musste.

Auch Georg war auffallend ruhig. Ihm war schon bewusst, dass sein Vater der Zunftmeister Jörg Gerlach war. Aber der war nicht mit seiner Mutter, deren Namen er trug, verheiratet.

Der Mönch hatte gesagt, dass Männer und Frauen, wenn sie sich lieben, während der Ehe Kinder bekommen. Was hatte seinen Vater bewogen, so etwas mit seiner Mutter zu tun, wenn er es schon mit Trude Gerlach tun musste? Was war das für eine geheimnisvolle Macht?

Der Mönch war gegangen. Jeder der beiden hing seinen eigenen Gedanken nach.

Georgs Blick fiel wieder auf das Relief des Drachens mit dem geringelten Fischschwanz. „Der Teufel" sagte er leise vor sich hin.

„Was hast Du gesagt?"

„Es ist der Teufel, der hinter dem Ganzen steckt."

Bernhard schaute verständnislos.

„Es ist doch ganz klar. Das Mädchen ist mit dem Teufel im Bunde. Es hat Egbert verhext. Wer würde freiwillig so etwas tun, wenn er es nicht wegen der Ehe tun muss. Sie ist sicher eine Hexe. Sie hat einen Mönch verführt."

„Aber Deine Mutter! wandte Bernhard ein."

„Was ist mit meiner Mutter?"

„Sie ist doch auch nicht mit deinem Vater verheiratet."

„Vielleicht ist sie ja auch eine Hexe" sagte Georg mit finsterem Blick.

Bernhard war entsetzt. „Georg, versündige Dich nicht an Deiner Mutter."

„Es war nur ein Spaß."

Bernhard wechselte rasch das Thema. „Was ich nicht verstehe, ist, dass Egbert von uns verlangt, dass wir das Geschehen mit dem Mädchen nicht weitererzählen. Es kommt doch sowieso raus, wenn er im Kapitelsaal öffentlich seine Sünden vor den Mönchen beichtet."

„Vielleicht verschweigt er das einfach."

„Dann würde er die heilige Kommunion empfangen, ohne im Stand der Gnade zu sein. Damit käme er unweigerlich in die Hölle."

„Und was können wir dagegen tun? Wir können ihn nicht beim Abt verraten" resignierte Georg.

„Nein; aber wenn ihn das Mädchen verhext hat, wird er es immer und immer wieder tun" argwöhnte Bernhard.

„Wir müssen das Übel an der Wurzel fassen. Wir müssen verhindern, dass diese Annerose so etwas wieder von Egbert verlangt" stellte Georg fest.

„Aber wie?"

„Ich erzähle es einfach unserem Pfarrer. Nicht umsonst wohne ich doch direkt neben der Kirche in Knittlingen. Ich beichte einfach, dass ich einen Mönch mit dieser Leibeigenen beobachtet habe. Den Mönch konnte ich nicht erkennen, da er seine Tunika anhatte. Aber das Gesicht der Frau hätte ich gesehen. Sie gehöre zu dem Gesinde, das wegen des Umbaus im Kloster beschäftigt ist. Es sei diese Annerose Fritz aus Untergrombach. Damit muss Egbert mit seiner Sünde allein fertig werden. Aber die weitere Versuchung durch den Teufel haben wir verhindert."

„Aber was ist, wenn sie als Hexe angeklagt wird?" fragte Bernhard, völlig verunsichert.

„Wenn Sie keine ist, passiert ihr ja nichts. Aber was ist Dir lieber: eine Hexe oder Bruder Egbert zu retten?"

Kapitel 4

Anneroses Verhaftung

Hexe (althochdeutsch hagzissa, ein sich auf Grenz- Zäunen aufhaltendes dämonisches Wesen). Im Volksglauben bezeichnen Hexe oder Hexer zauberkundige Personen, die durch magische Kräfte Schadenszauber gegen andere Menschen durchzuführen vermögen.

Im europäischen Mittelalter hielt man Hexen für Dienerinnen des Teufels. Dafür, dass sie nach vertraglichen Vereinbarungen dem Teufel dienten, erhielten sie angeblich bestimmte Fähigkeiten, vor allem die Macht, Krankheiten zu verursachen, zu heilen oder sie von einer Person auf eine andere zu übertragen. Sie sollten Unwetter hervorrufen, Männer impotent und Frauen unfruchtbar werden lassen und Missernten sowie Unfruchtbarkeit bei Tieren heraufbeschwören können. Man hielt sie für fähig, Liebe mit Hilfe spezieller Tränke wachzurufen, aber auch mit Amuletten und Zaubersprüchen zu zerstören. Sie konnten einer Person Schaden zufügen oder sogar ihren Tod bewirken, wenn sie den so genannten bösen Blick einsetzten oder Nadeln in ein Wachsmodell des Opfers stachen. Ferner glaubte man, sie könnten sich unsichtbar machen und würden auf Besen fliegen. Ihnen wurde auch nachgesagt, dass sie die Zukunft vorhersagen, unbelebte Gegenstände beleben, die Toten wiederbeleben, Geister beschwören und sich und andere in Tiere verwandeln können.

In den ersten Hexenprozessen der Inquisition wurde bereits festgestellt, dass die Angeklagten ihre vermeintlichen Schandtaten im Pakt mit dem Teufel ausgeübt hätten. Eine Zuspitzung auf Frauen erfolgte allerdings noch nicht.

Die einflussreichste päpstliche Bulle gegen Hexerei war die Summis desiderantibus affectibus, verkündet von Papst Innozenz VIII. 1484. Zur Ausführung dieser Bulle ernannte er regionale Inquisitoren, die ihrerseits wieder Assistenten ernennen konnten. In Deutschland waren diese General-Inquisitoren die Dominikaner Krämer und Sprenger. Sie verfassten den berüchtigten Hexenhammer, der von seinem Erscheinungsjahr 1487 bis 1609 neunundzwanzig Auflagen erfuhr. (Neueste Forschungen bezweifeln jedoch die inhaltliche Urheberschaft Sprengers und schreiben dieses Werk allein Krämer zu). Dieses Werk ist bereits vom für die europäische Hexenverfolgung typischen Hass auf Frauen geprägt, die darin u.a. als „unvollkommene Tiere" bezeichnet werden. Es wurde mit 'Beweisen' der Bibel ausgestattet, wonach sich Frauen mit dem Teufel verbündeten, um an dessen Handlungen mit Dämonen teilnehmen zu können. Dies geschehe durch den Geschlechtsakt mit ihm. Die Frau an sich sei schwach im Geiste und fröne der Fleischeslust, heißt es sinngemäß zu jener Zeit. Deshalb sei sie dem Manne untertan. In der Ehe ist der Geschlechtsakt nur zum Zwecke der Fortpflanzung erlaubt. Wecke die Frau in ihrem Manne eine unmäßige Fleischeslust, könne das zu Impotenz und Fehlgeburten führen. Das Buch enthält auch einen Kriminalkodex, der geistlichen und weltlichen Richtern genaue Anweisungen darüber gibt, wie sie einen Hexenprozess zu führen haben.

Der Hexenwahn in Europa wird auf die Zeit von etwa 1350 bis zum Ende des 17. Jahrhunderts datiert. Mit unmenschlichen Foltern wurden Geständnisse erzwungen. Eine Klasse von professionellen Hexensuchern bildete sich, die Anschuldigungen sammelten und dann die Hexenprobe einsetzten, um Beweise für Hexerei zu finden. Jede Überführung wurde vergütet.

Anna Göldi, die so genannte „letzte Hexe Europas" wurde 1782 im schweizerischen Glarus hingerichtet.

Ein Trupp Soldaten des Erzbischofs von Speyer hatte die Leibeigene Annerose Fritz im vier Wegstunden von Knittlingen entfernten Untergrombach im kleinen Bauernhof gefangen genommen, als sie die zwei Ziegen ihres Vaters molk. Alle Beteuerungen ihres Vaters und ihrer Mutter, dass Annerose ein gottgefälliges Leben führe und nie einer Fliege etwas zuleide getan hätte, halfen nichts.

Ihr ein Jahr älterer stand mit geballten Fäusten vor Annerose, um sie zu schützen, aber er traute sich nicht, als Leibeigener des Erzbischofs dessen Soldaten anzugreifen.

Annerose klammerte sich voller Angst an ihn und wurde mit brutaler Gewalt von ihrem großen Bruder getrennt. An beiden Händen gefesselt, wurde sie an einem langen Seil am Pferd eines der bischöflichen Soldaten angebunden.

„Wo ist ihre Kammer?" fragte der Anführer des Trupps.

„Oben im Haus neben unserer Kammer" gab die Mutter ängstlich Auskunft.

„Zeig sie mir" forderte der Soldat sie auf und ging hinter ihr die steile Holztreppe hinauf. Er durchsuchte die wenigen Habseligkeiten und das Sonntagskleid, sah unters Bett und nahm den Reisigbesen neben der Tür kurz in die Hand. Auch im Stall sah er sich um und roch an der Holzschale mit dem Fett, mit dem Annerose vor dem Melken die Euter der Ziegen geschmeidig machte.

Mit dem Finger nahm er eine Probe des Fettes und wickelte es in ein Tuch, das er in seinem Wams verwahrte.

Nachdem er sonst nichts Verdächtiges fand, kam er wieder heraus und befahl den anderen, aufzusitzen. Im Schritttempo folgten sie dem Fußpfad, der nach Nordwesten führte.

Eltern und Bruder konnten nur hilflos zusehen, wie das Mädchen mit nackten Füßen hinter dem Pferd her gezerrt wurde.

Die Soldaten ritten die ganze Nacht. Als sie am nächsten Morgen den 30 Meilen entfernten Bischofssitz in der freien Reichsstadt Speyer erreichten, war Annerose mehr tot als lebendig.

Blasen an den Füßen waren aufgeplatzt und bluteten, Ellbogen und

Knie waren aufgescheuert, da sie immer wieder in der Dunkelheit über Steine und Äste gefallen war. Das Hanfseil hatte die schmalen Handgelenke wund gerieben und war an seinem Ende rot vom Blut der jungen Frau.

Die vorher lockigen, schwarzen Haare waren grau von Staub und Dreck. Aststückchen und Blätter hatten sich in den dichten Locken verfangen. Das Kleid war an Knien und Schultern zerrissen und bedeckte ihre Blöße nur noch unvollständig.

Der Erzbischof von Speyer saß an seinem Schreibtisch, als die Soldaten in den Hof des Bischofspalastes einritten. Ihm gegenüber saß der Hexenjäger Bernhard von Rubo, einer der ‚canes domini', der Hunde Gottes, wie die Dominikaner genannt wurden.

Als der Erzbischof das Hufgetrappel auf dem gepflasterten Hof hörte, erhob er sich und trat an eines der Fenster, das aus vielen kleinen, runden, mit Blei eingefassten Glasstücken gefertigt war. Unten sah er Annerose mit letzter Kraft hinter dem Pferd her taumeln. Als der Reiter anhielt, sank das Mädchen in sich zusammen.

Der Erzbischof hatte den Dominikaner von Beginn an nicht leiden können. Aber die Bulle des Papstes ‚Summis desiderantibus affectibus' hatte die Dominikaner Sprenger und Krämer autorisiert, die Hexenverfolgung aufzunehmen.

Gerade hatte Krämer den Hexenhammer ‚Malleus Maleficarum' herausgebracht. Für Rubo und die anderen Eiferer, die als Hexenjäger aufgeboten worden waren, war dies der Leitfaden der Inquisition.

Dieser Rubo jagte dem Erzbischof einen Schauder über den Rücken. Er war in seinem religiösen Eifer geradezu abstoßend und dumm. Fast konnte man es als Wunder bezeichnen, dass ein solcher Mensch die Weihen zum Priester erhalten hatte. Er war jetzt schon froh, wenn diese unappetitliche Sache erledigt und Annerose der weltlichen Justiz überantwortet war. Dann wäre er auch den Dominikaner wieder los.

Er nahm ein letztes Stückchen Kuchen und nippte an der heißen Milch, die in einem silbernen Krug vor ihm stand.

„Gerade sind meine Soldaten mit der angeblichen Hexe angekommen." Er seufzte: „Sie sieht nicht besonders gut aus. Hoffentlich müssen wir nicht zu lange warten, bis sie sich wieder erholt hat. Ich glaube, es ist besser, Ihr schaut mal, ob sie zu einer baldigen Vernehmung in der Lage ist."

Bernhard von Rubo stand auf. „Ich bin mir bewusst, dass Euer Eminenz nicht gerade begeistert sind, eine Hexe unter Ihren Leibeigenen zu haben. Aber es gilt, eine unsterbliche Seele zu reinigen und sie somit vor dem Feuer der Hölle zu retten."

„Ja, ja" zeigte der Erzbischof seine Ungeduld „geht jetzt und schaut, dass Ihr mit ihrer Befragung beginnt." Der Erzbischof nahm ein kleines, silbernes Glöckchen vom reich verzierten Schreibtisch und klingelte.

Dem Novizen, der geräuschlos den Raum betreten hatte und durch ein kurzes Kopfnicken grüßte, befahl er: „Geleitet unseren Bruder im Herrn zu dem als Hexe verdächtigten Mädchen. Ihr werdet über seine Befragung ein Protokoll erstellen. Zuvor aber weist ihm den Weg zu einer Zelle, wo er sich einrichten kann. Er wird eine Zeitlang hier bleiben müssen."

Zum Dominikaner gewandt meinte er: „Ihr werdet sicher Eure Mahlzeiten in Eurer Zelle einnehmen wollen, damit Ihr vor allem, was Euch von der Wahrheitsfindung ablenken könnte, geschützt seid."

Bernhard von Rubo verzichtete auf eine Antwort. Er spürte die Feindseligkeit, die ihm hier entgegenschlug. Er verbeugte sich leicht mit gefalteten Händen und verließ den Raum eiligen Schrittes.

Im Keller des Gefängnisses der Stadt Speyer war ein Bereich, in dem die hochnotpeinlichen Verhöre stattfanden. Im eigentlichen Verhörraum überragte eine Empore für den Inquisitor, den städtischen Richter und mögliche weitere hochgestellte Persönlichkeiten, die diese Verhöre eventuell mitverfolgen wollten, das Geschehen.

In der Nähe der Empore stand ein Schreibpult für den Schreiber, der die Protokolle der Verhöre schrieb.

In der Mitte des Verhörraumes war ein Pflock in die Erde gelassen, um den Delinquenten daran anzubinden. Wenig entfernt hing von einem eisernen Haken an der Decke ein kräftiges Seil.

An der Seitenwand war eine Feuerstelle eingerichtet mit Blasebalg und eigenem Rauchabzug, um eherne Folterwerkzeuge zum Glühen zu bringen.

Auf der anderen Seite stand neben der schweren, Schmerzensschreie dämpfenden Holztür eine Streckbank, die wie eine überdimensional breite Leiter mit einer dicken Winde an ihrem unteren Ende schräg an einem Gestell befestigt war. Ringsum an den Wänden standen oder hingen aufgereiht Folterwerkzeuge, die dem Uneinsichtigen vor Beginn der Folterung gezeigt und erklärt wurden, um ihn zu einem Geständnis zu bringen.

Rechts und links eines weiterführenden Ganges, jedoch in Hörweite, lagen vier Zellen, in denen Angeklagte bis zu deren Prozess untergebracht wurden. Im Falle der Feststellung der Schuld wurden sie dann zur weiteren Bestrafung der weltlichen Gewalt in den übrigen Räumen des Gefängnisses untergebracht oder dem städtischen Henker übergeben. Denn mit einer Bestrafung oder gar Hinrichtung von Häretikern, Zauberern oder Hexen wollte die Kirche nichts zu tun haben. Dies war Sache der Obrigkeit. Die Kirche war nur zuständig, um die Wahrheit herauszufinden. Notfalls auch mit Hilfe der Folter, wenn die Angeklagten verstockt waren.

In eine dieser vier Zellen hatte man Annerose gebracht. Die anderen Zellen waren zurzeit leer.

Obwohl sie sich kaum mehr regen konnte, hatte man eine Hand an einen Eisenring an der Wand angekettet. In dem Verlies war Stroh frisch aufgeschüttet worden, das aber jetzt schon, von geronnenem Blut nass, zwei fette Ratten angelockt hatte, die quiekend in einer Ecke Annerose mit hungrigen Augen betrachteten. Den Geruch des Blutes gierig schnüffelnd einatmend, ließen sie Annerose nicht aus den Augen. Noch wagten sie sich aber nicht näher heran. Als sie die Schritte des Dominikaners, des Novizen und des Knechtes, der für die Gefangenenbefragung zuständig war, hörten, verschwanden sie in einer Fuge zwischen den Steinen.

Der Knecht schüttete kaltes Wasser über Annerose, um sie zu sich zu bringen. Sie prustete und schrie leise auf.

„Wie geht es Dir, meine Tochter?"

Annerose öffnete die Augen und sah auf zu dem Mönch, der hochaufgerichtet vor ihr stand. Sie versuchte aufzustehen, doch die kraftlosen Beine knickten unter ihr weg. So blieb sie auf den Knien und blickte zu ihm empor.

Trotz des mitfühlenden Tones in seiner Stimme waren seine grauen Augen kalt und gefühllos auf sie gerichtet.

„Ich bin so müde. Meine Arme und Beine brennen vor Schmerz."

„Dann ruhe Dich aus. Ich komme morgen wieder" beschied der Dominikaner, der sah, dass er heute nichts Verwertbares aus Annerose rauskriegen würde.

Annerose war wieder allein. Ein Quieken in der Dunkelheit steigerte ihre Angst. Dennoch schwanden ihr wieder die Sinne und sie fiel in einen tiefen, traumlosen Schlaf.

Etwas streichelte ihr Knie. Vor Schreck blieb Annerose ganz still liegen. Im ersten Augenblick konnte sie sich diese Berührung nicht erklären. Wieder fuhr etwas Winziges, Nasses über das heiße Fleisch, dessen Haut abgeschürft war. Annerose fuhr mit einem Aufschrei zurück. Es war eine Ratte, die Blut von ihrem Knie geleckt hatte. Die Ratte entwischte mit lautem Pfeifen.

Das Schreien hatte den Wärter alarmiert. Mit einer brennenden Fackel vor sich steckte er den Kopf in die Zelle „Was ist los?"

„Eine Ratte" stammelte Annerose. „Sie war an meinem Knie gewesen."

„Tja", lachte der Wärter. „Hier unten werden sie fett."

Als er aber den flehenden Blick des Mädchens bemerkte, das noch so jung war, konnte er nicht widerstehen. „Also gut. Für heute Nacht bekommst Du die Fackel. Noch ist ja Deine Schuld nicht erwiesen." Er steckte sie in die dafür vorgesehene Aussparung im Stein und zog sich in die Dunkelheit zurück.

Schon früh am nächsten Morgen kehrte der Inquisitor zurück.

Annerose saß wach zusammengekauert an der Wand, als der Knecht erschien, um wortlos ihre Kette vom Ring zu lösen. Er zog sie am Arm in die Höhe und führte sie in den Verhörraum.

Am Podest stand ein Schreiber des Erzbischofs, der das Verhör protokollieren sollte. Eine armdicke Kerze, halb abgebrannt, beleuchtete das blassgelbe Pergament und das noch jugendliche Gesicht. Es war der Novize, der gestern den Inquisitor Bernhard von Rubo in den Keller geführt hatte. Er wagte kaum aufzusehen, da er sein Mitleid und seine Angst verbergen wollte. Der Dominikaner hatte auf dem Podest auf einem Armsessel hinter einer Art Betstuhl Platz genommen. Er las im Hexenhammer und bereitete sich auf das bevorstehende Verhör vor. Der Folterknecht, der das Mädchen in den Raum gezerrt hatte, stand mit verschränkten Armen neben der Streckbank.

Rubo sah nicht auf, als er mit dem Verhör begann: „Wie ist Dein Name?"

Annerose murmelte „Annerose Fritz"

„Rede lauter!" befahl der Mönch.

Annerose sprach nun vernehmlicher: „Annerose Fritz"

„Wer ist Dein Vater?"

„Matthias Fritz."

„Wie heißt Deine Mutter?"

„Hertha."

„Hast Du Geschwister?"

„Ja, den Joß, meinen Bruder."

„Du bist Leibeigene des Erzbischofs von Speyer?"

„Ja."

„Weißt Du, warum Du hier bist?"

„Die Soldaten des Erzbischofs haben gesagt, ich sei eine Hexe. Aber das stimmt nicht."

„Warum haben die das behauptet?"

„Ich weiß es nicht."

„Glaubst Du, dass es Zauberer und Hexen gibt?"

„Ja. Unser Pfarrer hat gesagt, in der Bibel stehe geschrieben: 'Die Zauberer sollst Du nicht leben lassen'. Also muss es wohl Zauberer geben."

„Und Hexen?"

„Sicher gibt es gottlose Männer und Frauen, die unserem Herrn Jesus absagen und sich dem Teufel verschreiben."

„Bist Du eine dieser Hexen?"

„Nein, ich gehöre nicht dazu."

Der Dominikaner zeigte sich unbeeindruckt. „In welcher Gestalt ist Dir der Teufel erschienen?"

„Er ist mir nicht erschienen."

„Wem gehört der Kater, der vor dem Haus saß, als die Soldaten kamen?"

„Der gehört uns allen. Es ist unser ‚Peterle'. Wir haben ihn von unseren Nachbarn bekommen, als er ganz klein war. Er ist ein guter Mäusejäger. Aber leider Gottes frisst er auch die Amseln, wenn er sie erwischt."

„Schläft der Kater in Deiner Kammer?"

„Gelegentlich."

„Treibst Du dann mit ihm Unzucht?"

Annerose starrte den Dominikaner fassungslos an. „Was?"

„Ob Du dem Teufel in Gestalt einer Katze den Arsch küsst, will ich wissen und mit ihm Unzucht treibst?"

„Peterle ist kein Teufel."

„Dann treibst Du es also mit einer Katze?"

„Nein! Weder mit dem Teufel noch mit einer Katze. Peterle leckt mir ab und zu die Hände oder das Gesicht ab, wenn wir miteinander spielen. Und ich streichle ihn gelegentlich. Aber er ist nur ein Kater."

„In welcher Sprache sprichst Du mit ihm?"

„Verzeiht, Herr. Er ist doch nur ein Kater. Er versteht mich nicht. Ich spreche natürlich mit ihm. Aber halt so, wie ich auch mit den Ziegen oder anderen Tieren spreche."

„Du sprichst mit Ziegenböcken?"

„Nein, wir haben keinen Ziegenbock. Wir haben nur Ziegen."

„In welcher Gestalt erscheint Dir der Satan sonst noch?"

„Ich habe noch nie einen Teufel gesehen.."

„Hast Du den Ziegen auch den Arsch geküsst?"

„Nein."

„Mit welchen anderen Tieren sprichst Du noch?"

„Mit allen. Ich sage zum Vogel, dass er schön singt. Oder zur Henne: Was hast Du heute für große Eier gelegt. Oder ..."

Der Dominikaner unterbricht sie ungeduldig. „Und was antworten die Tiere?"

Trotz ihrer Schmerzen wegen der entzündeten Wunden an Handgelenken und Knien lacht Annerose „Die Tiere können doch nicht antworten!"

„Es sei denn, der Teufel hat ihre Gestalt angenommen" belehrt sie der Mönch.

Er befragt sie weiter: „Man hat mir gesagt, Du habest einen Reisigbesen in Deiner Kammer stehen."

„Ich muss morgens vor dem Frühstück die Schlafkammern ausfegen."

„Aber der Stiel des Besens sei schmierig gewesen von Hexensalbe."

„Herr, was ist eine Hexensalbe?"

„Weib, stelle Dich nicht dumm und belüge mich nicht. Wir haben die Salbe im Stall bei den Ziegen gefunden."

„Herr", lachte Annerose befreit ob der einfachen Erklärung „das ist ein Melkfett, damit das Euter der Ziege geschmeidig bleibt und keine Schrunden auftreten."

„Wir werden sehen, ob Du noch genauso lachst, wenn wir die Wahrheit mit anderen Mitteln ergründen" fuhr Rubo finster fort und fragte weiter „und wie also ist die Salbe an den Besenstiel gekommen?"

„Das war keine Salbe. Wir sind arm und können uns nicht immer gleich die Hände waschen. Der Stiel für den Besen wird auch nicht immer neu gemacht, wenn sich das Reisig verbraucht hat. Er ist halt schon alt."

Der Dominikaner ging nicht weiter darauf ein und fuhr in seiner Befragung fort. „Wie oft bist Du auf dem Besen zum Hexensabbat geritten?"

„Fragt mich doch endlich etwas Gescheiteres. Ich bin keine Besenreiterin. Und ich habe von einem Hexensabbat noch nie etwas gehört."

Unbeirrt fuhr der Mönch mit seinen vorbereiteten Fragen fort und der Novize notierte Fragen und Antworten. Der Henkersknecht stand schweigend weiter an der Streckbank und wartete auf das Ende des Verhörs, um der Delinquentin die Folterinstrumente zeigen und erklären zu können.

„Ist das Glied des Satans warm oder kalt?"

Annerose sah ihn nur an und schwieg.

„Ich frage noch einmal. Als Du Dich dem Satan hingegeben hast, war sein Glied heiß oder eiskalt?"

Wieder erfolgte keine Antwort.

Annerose verdrängte diese ungeheuerliche Unterstellung. Sie dachte an Egbert. Er war der Einzige, dem sie sich hingegeben hatte. Er war überhaupt der erste Mann in ihrem noch kurzen Leben gewesen, für den sie sich interessiert hatte. Aber da er ein Mönch war, war es nur bei bewundernden Blicken und sehnsüchtigen Gedanken während der Nacht geblieben. Sie hätte sich nicht denken können, einmal das Wort an ihn zu richten. Wenn sie seine Blicke auf sich gerichtet sah, hatte sie jedes Mal züchtig die Augen niedergeschlagen. Aber während der wenigen Wochen, die sie im Kloster gewesen war, hatte sie bemerkt, dass er immer öfter ihre Nähe suchte. Als er sie das erste Mal angesprochen hatte, war ihr Herz sofort in Flammen gestanden. Es war Liebe auf den ersten Blick gewesen.

Auch Egbert selbst hatte ihr kurze Zeit später gestanden, dass er sofort verliebt in sie gewesen sei. Es habe ihn wie eine Offenbarung überfallen. Er habe nur noch an sie denken können. Nur in ihrer Nähe sei er glücklich gewesen und trotzdem hätte er Angst vor sich selbst und Schuldgefühle.

Die tiefen Gefühle, die beide verbanden, drängten immer mehr zu einer körperlichen Vereinigung. Sie wollten sich ganz gehören; ein Leib werden. Sie wollten ganz im Anderen aufgehen. Dennoch hatte Annerose vor dem ersten Mal fürchterliche Angst gehabt.

Aber Egbert war so zärtlich gewesen, dass er ihr die Angst vollständig genommen hatte. Nie zuvor hatte sie solches Glück erlebt. Als sie sich ihm das erste Mal hingab, hatte es zwar etwas wehgetan. Doch Egbert hatte ihr wundervolle Dinge ins Ohr geflüstert. Er hatte ihr versprochen, das Kloster zu verlassen. Sie würden fliehen und irgendwo, wo niemand sie kennen würde, ein neues Leben beginnen. So hatte sie den kurzen Schmerz vergessen. Danach war es jedes Mal herrlich gewesen.

Mit der Zeit hatte sie ein richtiger Rausch erfasst, wenn sie sich nur sahen. Zwar hatte Egbert nicht mehr von Flucht und neuem Anfang gesprochen, aber das war ihr schon gar nicht mehr wichtig erschienen. Wenn sie nur bei ihm sein konnte, war sie schon glücklich.

Sie waren unvorsichtig geworden.

Doch die beiden Jungens hatten sie nicht verraten. Gott sei Dank ahnte der ‚Hund Gottes‘ nichts von ihrer Liebe.

Nach einem kurzen Zögern, in dem er auf eine Antwort wartete, setzte Rubo sein Verhör fort und holte Annerose wieder in die grausige Gegenwart zurück „ Wer alles nahm an dem Hexensabbat teil?“

Annerose resignierte und antwortete fast teilnahmslos „Ich habe Euch gesagt, dass ich von einem Hexensabbat noch nie etwas gehört habe.“

„Muss ich einer Hexe wirklich erklären“, höhnte der Dominikaner, „dass beim Hexensabbat Orgien gefeiert werden, dass ihr den Schwefelgeruch des Satans an seinem Arsch riecht und es euch wie der Wohlgeruch von Weihrauch vorkommt? Dass Satan sich mit euch paart und es Männer mit Männern und Weiber mit Weibern treiben? Wann willst Du endlich gestehen?“

Annerose war bleich geworden, als sie den Zornesausbruch des Mönches über sich ergehen lassen musste und seine fanatisch glänzenden Augen auf sich gerichtet sah. Aber sie hatte nichts zu gestehen.

Sie hatte gesündigt. Aber nicht mit dem Teufel. Mit dem Mann, den sie über alles liebte. Dem Mann, den sie nicht verraten würde. Selbst, wenn man sie foltern sollte.

Noch spielte der Inquisitor mit ihr. Noch ahnte sie nicht, dass er auch ihr einziges dunkles, zuckersüßes Geheimnis wusste. Noch war das Teuflische im Verhör nicht in Erscheinung getreten.

Noch war der grausame Höhepunkt nicht erreicht.

„Du bist verstockt" stellte der Inquisitor fest. „Wenn Du nicht gestehst, müssen wir zur ersten Stufe der Tortur schreiten."

„Was soll ich denn gestehen" kamen Annerose die Tränen. „Ich bin doch keine Hexe!"

„Geh in Dich. Prüfe Dein Gewissen. Ich weiß, dass Du schuldig bist. Wenn Du gestehst, wird es gnädig für Dich ausgehen. Wenn nicht, bleibt uns nur die Folter."

„Ihr werdet mich doch sowieso umbringen."

„Wenn Du bereust und gestehst, wird Dein Tod gnädig sein. Wir werden Dein Leiden verkürzen. Du wirst erst brennen, wenn Du tot bist."

Fürchterliche Angst stieg bei dieser Bestätigung ihres Verdachtes in Annerose auf.

Die Brutalität seiner Worte war Rubo nicht aufgefallen. Eindringlich beschwor er sie: „Deine Missetaten kannst Du nur mit dem Tod sühnen. Aber bedenke: Danach wirst Du sitzen in der Gemeinschaft der Gläubigen im Himmelreich."

„Ich bin keine Hexe." Annerose flüsterte nur noch, von unsäglicher Todesangst gepackt. „Bitte, Herr, ich will zu meiner Mutter." Sie heulte auf und schrie: „Ich will zu meiner Mutter. Ich will nicht sterben. Ich bin noch so jung." Und noch einmal wiederholte sie: „Ich will doch noch nicht sterben. Lasst mich doch leben."

Ein höhnisches Lächeln umspielte aber nun den Mund des Dominikaners. „Gestehe, sonst wirst Du Dir bald wünschen, sterben zu können."

Und zum Henkersknecht gewandt befahl er: „Zeig Ihr die Folterinstrumente und erkläre sie ihr gut."

Der Henker löste sich von der Seite des Raumes und kam auf Annerose zu. Er zerrte sie vom Stuhl hoch und führte sie zu den Gerätschaften, die an der Wand hingen. Annerose ließ es wie betäubt geschehen.

„So, mein Täubchen, hiermit fangen wir an, wenn Du nicht geständig bist. Das sind Daumenschrauben. Die legen wir Dir an und schrauben sie dann langsam zu. Zuerst werden die Knochen knacken und zermalmt werden. Bald darauf wird Dir die Haut platzen. Das Blut schießt aus Deinen Fingern. Den Hexenbesen kannst Du dann nicht mehr umfassen."

Er lachte, als er daran dachte, dass sie dann vielleicht vom Besen fallen würde.

Am Arm zerrte er Annerose zum nächsten Marterinstrument. „Das ist das Fußbrett" zeigte er auf ein mit Nägeln gespicktes Brett. „Es kitzelt die Fußsohlen."

Wieder deutete er auf eine Zange, die an der Wand hing: „Die werden wir rotglühend erhitzen und Dir dann die Brustwarzen abzwicken. Solltest Du ein Balg vom Satan bekommen, so kann es dann wenigstens durch Dich nicht mehr gestillt werden."

Annerose sagte nichts zu alledem. Mit angstgeweiteten Augen betrachtete sie die Marterinstrumente. Blut rauschte in ihren Ohren. Sie hörte die Erklärungen nur undeutlich und wie abwesend.

Der ‚gespickte Hase' erinnerte an eine Heugabel mit zwei Zinken. Allerdings verlief quer an der Spitze der Zinken ein drehbares, rundes Stück Holz, das wie ein Nudelholz aussah, jedoch mit Nägeln gespickt war.

„Damit schaben wir Dir das Fleisch von den Rippen" meinte der Folterknecht und nahm das Gerät von der Wand, um seine Wirkungsweise an ihrem Rücken anzudeuten.

„Das ist etwas besonders Schönes" zerrte er sie danach zu einer extrem spitz zulaufenden Pyramide aus Holz, die am Fußende eine Durchmesser von vielleicht einem Fuß hatte, aber über drei Ellen hoch war. „Die kann man Dir vorn und hinten reinstecken. Du glaubst nicht, wie weit die reingeht, wenn man Dich genügend weit herunterlässt." Er zeigte zur Decke. „ Da oben siehst Du einen Haken. Wenn Dir das Spaß macht, kann man Dich an den Armen immer wieder hochziehen und danach wieder auf die Spitze runterlassen. Durch Dein Gewicht kann die Spitze Dich sogar im Hals kitzeln. Glaub mir, das gefällt Dir sicher besser als die Buhlschaft mit dem Satan."

Annerose nahm das alles nicht mehr richtig auf. Sie war vor namenloser Angst völlig apathisch.

Der Mönch saß abwartend auf seinem Stuhl. Er beobachtete sie kalt interessiert, aber er griff in das Geschehen nicht ein.

Den ‚spanischen Esel', ein dreieckiger spitz zulaufender Aufsatz auf vier hölzernen Beinen, auf dem Frauen mit hinten zusammengebundenen Händen keinen Halt fanden und dessen Spitze tief in die Genitalien einschnitt, nahm sie nicht mehr bewusst wahr. Und auch die Streckbank, die Muskeln, Sehnen und Gelenke auseinander riss, hatte ihren Schrecken verloren.

Ihr Geist hatte das Entsetzen ausgesperrt. Sie fühlte nur noch eine erlösende Leere. Ihr irrer Blick und die völlige Teilnahmslosigkeit zeigten Rubo, dass weitere Erklärungen nur Zeitverschwendung wären.

Das Mädchen wurde in die dunkle, kalte Zelle zurückgebracht und wieder an der Wand angekettet. Nach zwei Stunden Bedenkzeit sollte das Verhör fortgesetzt werden.

Kapitel 5

Hexensalbe

Auch noch heutzutage werden halluzinogene Pflanzen als Hexenkräuter bezeichnet. Vor allem die Nachtschattengewächse wie Bilsenkraut, Tollkirsche, Schierlingskraut und Eisenhut verfügen über die Wirkstoffe Atropin und Scopolamin. Atropin wirkt erregend auf das zentrale Nervensystem. Scopolamin hat dagegen eine dämpfende Wirkung und führt zu einem halbwachen Zustand, wobei die Willenskraft stark beeinträchtigt ist. Denk- und Sprachfähigkeit bleiben jedoch erhalten. Außerdem wird durch Scopolamin eine starke sexuelle Erregung aktiviert. Wirkstoffe wie Atropin und Scopolamin können einen Zustand des Schwebens vorgaukeln und wecken außerdem noch die sexuelle Lust.

Diese und andere Alkaloide sind in den Nachtschattengewächsen vorhanden. Sie dringen in die Nervenenden ein, erregen die Haut zuerst und lähmen sie dann, suggerieren eine Art des Schwebens und können auch dazu führen, sich wie 'verwandelt' zu fühlen.

Andere Halluzinogene wie psilocybinhaltige Pilze, Mohnsaft oder das noch wenig erforschte Krötensekret Bufotenin verstärkten die Wirkung, wenn sie beigemengt waren.

„Ist das die Hexensalbe, mit der Du angeblich das Euter Deiner Ziegen einreibst?" fragte der Inquisitor in der neuerlichen Befragung zwei Stunden später.

Annerose trat an den Rand der Empore, von der ihr der Mönch ein geöffnetes, schmutziges Tuch mit einer gelbbraunen Salbe entgegenhielt. Sie sah schon an der Farbe, dass dies nicht das weißlichgelbe Fett war, das sie verwendet hatte, um die Euter der Ziegen zu pflegen. Sie schüttelte nur stumm den Kopf.

„Zieh Dich aus" befahl Bernhard von Rubo.

Annerose sah ihn entsetzt an.

Der Scherge stieß sie in die Seite. „Hast Du nicht gehört, was Dir befohlen wurde?"

Als Annerose nicht darauf reagierte, zerrte er an der Halskrause des Kleides, so dass zwei Knöpfe abrissen. Wie geistesabwesend knöpfte sie nun ihr zerrissenes Kleid auf und ließ es zu Boden gleiten.

„Das Unterkleid natürlich auch" schnauzte sie der Knecht an.

Anneroses Augen füllten sich mit Tränen. Sie streifte sich das Unterkleid mit der rechten Hand von den Schultern. Mit der Linken versuchte sie zuerst ihre Brüste zu bedecken, dann mit der rechten Hand auch ihre Genitalien.

Der Novize, der die ganze Zeit seinen Blick gesenkt hatte und dem das arme Ding schrecklich Leid tat, konnte nicht anders.

Noch nie hatte er ein nacktes Mädchen gesehen. Nur auf Bildern waren Märtyrerinnen zu sehen, die teilweise entkleidet waren. Nun warf er einen scheuen Blick auf das junge Mädchen. Ihm wurde siedend heiß und schnell senkte er wieder den Blick.

„Such an den verborgenen Stellen des Körpers nach einem Hexenmal" wies Rubo den Knecht nun an und der suchte nicht ungern am ganzen Körper des Mädchens durch Betasten nach einer dritten Brustwarze. Dies wäre ein untrügliches Zeichen gewesen, denn damit stillten die Hexen die Kinder des Satans.

„Ich kann nichts finden" bemerkte der Knecht nach seiner gründlichen Untersuchung.

„Binde ihr die Hände auf den Rücken" befahl der Dominikaner.

Langsam verließ er die Empore und stellte sich vor sie hin, das Tuch mit der Salbe in der linken Hand. Der Henkersknecht hielt das sich windende Mädchen an den Oberarmen fest.

„Du hast bestritten, dass der Satan Dich geritten hat" begann der Dominikaner. „Dann müsstest Du noch Jungfrau sein." Und zu dem Henkersknecht gewandt: „Öffne ihre Beine"

Der Knecht, der bisher, hinter ihr stehend, beide Arme um sie geschlungen hatte, zerrte nun mit der rechten Hand ihre Oberschenkel auseinander. Mit dem Knie half er dabei nach. Er fühlte, wie sich bei ihrer Gegenwehr sein Glied aufrichtete und sich unter seiner Hose in die Spalte zwischen ihren Hinterbacken bohrte. Unwillkürlich stöhnte er auf. Sein Verlangen wurde fast übermächtig.

Der Mönch schien jedoch nichts zu bemerken. Sein Blick war starr auf das dunkle Dreieck zwischen Ihren Schenkeln gerichtet. Der Novize hatte sein blutrot gefärbtes Gesicht tief über das Pergament gebeugt.

Bernhard von Rubo schloss die Augen. Seine rechte Hand ließ er auf das dunkle Haarvlies hinabgleiten. Mit dem Mittelfinger suchte er den Spalt zwischen den Schamlippen. Er wusste, dass kein Hymen seinem Finger das Eindringen verwehren würde. Tief senkte er daher seinen Mittelfinger in die Vagina des Mädchens.

Seine Augen funkelten bösartig, als er sie wieder öffnete. Frohlockend hallte seine Stimme durch den düsteren Keller: „Es ist also wahr. Du bist keine Jungfrau mehr!"

Annerose schwieg.

„Du hast mit dem Teufel gebuhlt."

„Das ist nicht wahr."

Lauernd und sanft wurde seine Stimme, als er die Frage stellte „Wer war es dann, der Dir die Jungfernschaft genommen hat?"

Angst und Hoffnung stritten in Anneroses Innerstem. Sie konnte Egbert nicht verraten. Aber er war der Einzige, der sie erretten konnte. Vielleicht wusste er, dass sie verschleppt worden war. Vielleicht kam er schon bald, um sie aus dieser Verzweiflung zu erlösen.

Aber wenn er nicht kam? Wenn er gar nicht ahnte, was mit ihr geschah? Wenn sie seinen Namen nannte, würde man sie laufen lassen. Der Mönch würde einem anderen Mönch nichts tun.

Aber würde man ihr glauben? Was wäre, wenn Egbert ihre Liebe verleugnen würde? Oder würde sie ihn doch in Gefahr bringen? Der Kopf schwirrte ihr. Sie konnte keinen klaren Gedanken fassen.

Doch, schoss es ihr durch den Kopf. Egbert würde sie retten. Sie wusste nicht, was er tun würde. Aber er würde sie retten. Er würde kommen.

Tränenüberströmt vor Scham und abklingender Verzweiflung sah sie ihren Folterer an. „Das geht nur meinen Beichtvater etwas an. Ihr seid es nicht, der mich zur Frau gemacht hat. Und es ist auch nicht Satan."

„Ich werde es schon herausfinden. Spätestens auf der Folter. Aber vielleicht auch schon früher" zischte Rubo.

Er nahm mit dem Finger etwas von der Salbe und strich sie ihr zwischen die Schamlippen. „Halte ihr die Arme hoch" herrschte er den Folterknecht an. Auch in ihren Achselhöhlen verteilte er die Paste ebenso wie auf ihrer Stirn. Dann wusch er seine Hände gründlich in einer irdenen Schüssel.

„Setze sie wieder auf den Stuhl" befahl er dem Knecht. Der setzte sie auf den Stuhl in der Mitte des Raumes, während Rubo wieder auf der Empore Platz nahm. Er wartete, was nun geschehen würde.

Nach einer kurzen Spanne fing Annerose an zu zittern und sich vor Krämpfen zu winden. Der Mönch nickte befriedigt. Er kannte die Reaktionen auf diese Salbe.

Vor einigen Jahren, als er von Krämer gerade zum Assistenten ernannt worden war und sich nun auch Inquisitor nennen durfte, hatte er mit seinen Ordensbrüdern über die wachsende Verbreitung der Hexen diskutiert. Damals hatten jene ihm die Zusammensetzung der Salbe erläutert. Ein altes Kräuterweiblein hatte unter der Folter die Rezeptur verraten.

Sie waren übereingekommen, die Salbe auszuprobieren. Rubo hatte sich bereit erklärt, dass er sie an sich erprobe, während Krämer mit Weihwasser und Kreuz ihm zur Seite stehen würde, um den Teufel, sollte er Macht über ihn gewinnen, zu vertreiben. Er hatte, als es soweit war, fürchterliche Angst gehabt. Doch er musste es genau wissen. Den Teufel besiegen konnte man nur, wenn man ihn kannte. Die Furcht, seine unsterbliche Seele an den Satan zu verlieren, hatte er überwunden, als er daran dachte, welch unglaubliches Ereignis das sein würde.

Jesus hatte sich dem Herrn der Finsternis in der Wüste gestellt, als er vierzig Tage fastete. Damals hatte Jesus zum Teufel gesagt: „Weiche Satanas"

Heute nun würde er, Bernhard von Rubo, dem Teufel mutig entgegentreten wie seinerzeit Jesus. Er würde die gleichen Worte gebrauchen wie sein Herr und Meister. Er würde ihm tatsächlich von Angesicht zu Angesicht gegenüber stehen. Niemals hatte bisher ein Mensch in solch einer Situation diesem Fürst der Finsternis widerstanden. Alle waren sie schwach geworden. Deshalb hatte Satan sein Reich weiter und weiter ausgebreitet. Es gab immer mehr Hexen und Zauberer. Er aber würde die gleichen Worte gebrauchen wie der Sohn Gottes. Er würde ihm sagen: "Weiche Satan" und die Erfahrung, ihn gesehen zu haben, würde lehren, seinen Versuchungen besser zu widerstehen.

Wieder und wieder redete er sich damals ein, dass man nur bekämpfen könne, was man auch kenne. Dass bisher niemand dem Teufel Auge in Auge habe widerstehen können außer der Sohn Gottes. Er aber, der Dominikaner, würde Satan Paroli bieten. Er war das Werkzeug Gottes. Er war derjenige, der die grauenvolle Entwicklung zurückdrehen konnte. Der die sündige Welt von Hexen und Zauberern befreien könnte. Denn nur er, außer den ihm Verfallenen, wüsste um die genaue Existenz und das Aussehen dessen, den er so sehr hasste.

So hatte er sich letzten Endes voller Zuversicht die Salbe auf Stirn und Brust und sämtliche Öffnungen seines Körpers geschmiert. Mit Ausnahme der Augen, damit er wachen und scharfsichtigen Auges dem Höllenfürsten entgegentreten konnte.

Fast unverzüglich hatten ihn Krämpfe gefoltert.

Der Mund wurde ihm trocken. Er glaubte, zu verdursten.

Die Zunge schwoll an und schob sich zwischen die Lippen.

Eisiger Frost und gleich darauf wieder immer schlimmer werdende Gluthitze durchzogen seinen Körper. Er zitterte am ganzen Körper vor Kälte und glaubte dennoch, sein Organismus verbrenne in unerträglicher Glut.

Er wollte beten, aber es fielen ihm keine Worte ein.

Lähmendes Entsetzen ergriff ihn.

Im nächsten Augenblick aber ergriff ihn wieder eine euphorische Freude.

Er sah mit irren Augen auf seinen Mitbruder Krämer, denn vor seinen Augen veränderte sich dessen Gesicht zu einer grauenvollen Fratze. Dessen Augen quollen aus ihren Höhlen. Der Mund verzerrte sich und Schlangen traten aus dieser Höhle. Er hörte plötzlich überdeutlich die Worte. „Vater unser, der Du bist im Himmel" und gleich darauf sah er, dass diese Worte aus dem Mund einer Kröte kamen.

Schreckliche Kälte erfasste ihn.

Er sah seine Mutter nackt vor sich tanzen. Sie forderte ihn auf, sie zu begatten, während sie mit einer Hellebarde nach seinem Vater stach und ihm diese in den Leib rammte.

Er schloss angewidert die Augen, aber es half nichts.

Ein Gesicht mit riesigen Ohren erschien vor seinem Antlitz „Wir wollen fliegen" sagte dieses Gesicht und schlug mit den Ohren wie ein Vogel mit den Flügeln. Der Mund öffnete sich und verfaulte, schwarz gefärbte Zähne schnappten nach seinem Kopf. Stinkender, nach Fäulnis und Verwesung riechender Atem nahm ihm die Luft. Die schwarzen Zähne drückten sich seitlich in seine Schläfen ein. Sein Kopf wurde zusammengepresst und hochgerissen.

Er fühlte sich in die Luft gehoben. Hilflos zappelnd sah er tief unter sich die Berge des Schwarzwaldes und Freiburg. Das Münster, dessen Chor zur Zeit einer Baustelle glich, lag weit unter ihm.

Staunen erfasste ihn, dass der Teufel ihn in die Lüfte hob, dem

Himmel entgegen, wo doch die Hölle in der Erde liegen musste. Gleich als er das dachte, fiel er mit rasender Geschwindigkeit zur Erde zurück. Entsetzensschreie entrangen sich seiner Brust.

Doch er wurde nicht zerschmettert, sondern erhob sich wieder in die Lüfte.

Plötzlich schien er in der Luft zu stehen. Der Kopf mit den riesigen Ohren, der ihn im Maul gehabt hatte, war verschwunden. Die heilige Mutter Gottes lächelte ihn an.

Grenzenlose Erleichterung erfasste ihn. Die heilige Jungfrau Maria selbst hatte ihn errettet. Doch da fielen ihre lieblichen Gesichtszüge in sich zusammen. Das rosige Fleisch löste sich von ihren Wangenknochen, die sanften Augen, die ihn gerade noch angelächelt hatten, quollen aus ihren Höhlen, die weißen Zähne fielen aus und der liebliche Kopf mit dem leuchtenden Sternenkranz war plötzlich ein Totenschädel.

Wieder schrie er sich die Seele aus dem Leib. Und nochmals stürzte er zur Erde.

Dieses Mal sah er, wie danebenstehend, den Aufprall seines Körpers. Sein Kopf platzte.

Das Gehirn spritzte in alle Richtungen.

Seine Gliedmaßen brachen in lauter kleine Stücke, nur mühsam von der Haut zusammengehalten. Da, wo auch die Haut dem Aufprall nicht widerstanden hatte, rissen Muskeln und Blutgefäße, spritzte Blut und färbte alles tiefrot.

Doch nur einen Augenblick später sah er sich, scheinbar wieder unversehrt, an der Seite Christi.

Gütig lächelten dessen Augen ihm zu. Weißes Licht durchflutete sein Gewand und seinen ganzen Körper. In seinen Armen trug er ein verlorenes Schaf. Unendliche Güte schien von ihm auszugehen.

Dankbar sog er dieses Bild des Friedens in sich auf, als sich die Gesichtszüge Jesu wandelten.

Seine Augen wurden hart, sein Mund verzog sich höhnisch. Seine Stimme war kaum zu ertragen, als er ihm zurief: „Bernhard von Rubo, mir hast Du gedient. Sieh, wie ich es Dir vergelte"

Er deutete nach unten. Aus seiner Stirn wuchsen plötzlich Hörner, das Lamm in seinen Armen verwandelte sich in eine bocksfüßige Teufelin. Sein nach unten weisender Arm überzog sich mit einem dichten Fell.

Fassungslos nach unten schauend sah Rubo in aller Deutlichkeit die Feuer der Hölle.

Menschenköpfe mit qualvoll aufgerissenen Mündern stierten, von entsetzlichem Grauen erfasst, nach oben.

Teufel, grün und von schwarzen Beulen der Pest bedeckt, marterten aufgedunsene Leiber.

Andere wiederum, in ihrer Scheußlichkeit nicht zu beschreiben, rissen mit ihren Klauen Männern und Frauen das Fleisch vom Leib.

Mit bloßen Zähnen knackten wieder andere Teufel Köpfe wie Haselnüsse, die aber wieder sofort zusammenwuchsen. Unendliche Qualen standen diesen Ärmsten bevor.

Kindern platzten die Bäuche unter den Pestbeulen auf. Die Eingeweide quollen heraus, während ihre Mütter mit tränenlosen Augen versuchten, in die aufgeplatzten kleinen Leiber die Gedärme wieder hineinzupressen.

Teufel mit riesigen, glühenden Geschlechtsteilen vergewaltigten Männer und Frauen, die Ehebruch getrieben hatten.

Wilderern wurden von krallenbewehrten Teufeln der Leib aufgerissen, damit Rehe und Hasen wieder herauskriechen konnten.

Kinder, die Fliegen die Flügel und Beine ausgerissen hatten, wurden von jeweils vier kleinen Teufeln gevierteilt.

Mönche, die Hand an sich gelegt hatten, um sich zu befriedigen, wurden am Penis aufgehängt, bis er abriss. Da er aber immer wieder nachwuchs, hatte auch deren Pein kein Ende.

Nonnen, die schwanger waren, wurde das Kind bei lebendigem Leib aus dem Bauch gerissen und gegen einen Baum geschleudert.

Rubo wollte die Augen schließen, aber sie gehorchten ihm nicht. Wieder stürzte er in den Abgrund. Er sah sich der Hölle immer näherkommen.

„Hilf mir, wer immer Du bist. Errette mich" schrie er in äußerster Angst.

„Ich bin der Herr, Dein Gott" hörte er nur ein Flüstern.

Dann schwanden ihm die Sinne.

Als er nach Stunden verschwitzt und mit den Zähnen klappernd vor Kälte, mit heißem Kopf und vor Kälte starren Gliedmaßen wieder zu sich kam, wusste er nicht, was Krämer von seiner Höllenfahrt verstanden hatte. Alle seine Erlebnisse waren so klar vor seinem geistigen Auge, dass er Angst hatte, alles dies müsste Krämer auch wissen.

Der aber sah ihn nur an und wartete, bis er völlig zu sich gekommen war.

„Was ist geschehen?" Nicht der Dominikaner Krämer war es, der diese Worte aussprach, sondern Rubo. Seine Stimme klang heiser und spröde.

„Trinke erst einmal. Deine Zunge ist noch geschwollen." Mit einem feuchten Tuch strich der seinem Mitbruder über die heißen Lippen und die verschwitzte Stirn.

„Ich hatte schon die Befürchtung, Du würdest diese Welt nicht mehr sehen. Du hast getobt und Dich gewunden. Immer wieder hast Du unverständliches Zeug geschrien. Dann wieder hast Du geweint wie ein kleines Kind, das von seiner Mutter verlassen wurde. Was hast Du gesehen?"

„Ich sah die Apokalypse" stieß Rubo hervor. „Solange ich lebe, werde ich das nie mehr vergessen können. Ich sah Satan. Ich weiß jetzt, dass wir alles tun müssen, um seine Macht hier auf Erden zu brechen. Und seine Anhänger müssen wir ins Feuer schicken und ausrotten. Mit aller Härte."

Er wiederholte den Satz, als er daran dachte, dass er den Teufel angefleht hatte, ihn zu erretten. Seine Stimme war brüchig: "Mit aller Härte!"

Nun also sah der Dominikanermönch und Hexenjäger Bernhard von Rubo mitleidslos auf Annerose, wie sie sich wand, vom Stuhl rutschte und auf dem Boden kroch, soweit es ihre Fesseln zuließen.

Krampfartig zuckte ihr Körper. Mit der Hand versuchte sie, das Brennen in Vagina und After zu lindern. Sie schrie und tobte. Auch die Stirn kratzte sie sich im vergeblichen Bemühen, das Grauen dahinter zu bannen, mit ihren Fingernägeln blutig. Sie hatte jede Kontrolle über sich verloren. Sie war nicht mehr bei Sinnen.

Selbst der Henkersknecht hatte noch nie gesehen, welche Wirkung diese Hexensalbe hervorrief und sah mit geweiteten Augen voller Entsetzen auf das junge Mädchen hinab.

Der Novize wurde grün im Gesicht und stürmte plötzlich aus dem Zimmer. Er musste sich übergeben.

Unbewegt, doch mit wachen Augen, beobachtete der Dominikaner das Schauspiel, in dessen Mittelpunkt er selbst schon einmal gestanden hatte. Er hatte erwartet, dass es für ihn als Außenstehenden einen Hinweis auf die körperliche Anwesenheit des Höllenfürsten geben würde, aber er sah sich getäuscht. Der Satan gab sich nur Annerose zu erkennen. Die Zeit verging.

Der Novize erschien wieder im Raum. Ohne die Hexe anzusehen, die sich unvermindert wand und schrie, ging er zu seinem Schreibpult neben der Empore und vervollständigte das Protokoll, das auch die Reaktionen der Angeklagten beinhaltete.

Zwei Stunden später erst wurde Annerose ruhig.

Sie lag nun reglos und nackt auf dem Boden, das Gesicht auf dem kalten Lehmboden in der Ellbogenbeuge des linken Armes verborgen, die gefesselten Hände über dem Kopf. Zittern und Schwitzen hatten aufgehört, doch Reste des Speichels, der ihr aus dem Mund gelaufen war, bedeckten noch Kinn und Wangen. Noch stöhnte Annerose. Aber es war nicht mehr das brutale, von Krämpfen begleitete Stöhnen. Eine Zeitlang ließ der Dominikaner sie noch gewähren. Er hoffte, dass Annerose nun aufwachen würde. Aber das geschah nicht. Daraufhin gab er dem Schergen einen kurzen Befehl.

Der Henkersknecht versuchte sie zu wecken, indem er einen Eimer Wasser, das er am Brunnen geholt hatte, über die Liegende goss. Annerose regte sich nicht.

Der Dominikaner verließ die Empore. „Drehe sie auf den Rücken" befahl er dem Knecht. Nachdem sie nun, die Arme über dem Kopf, nackt und schutzlos vor ihm lag, befahl er weiter: „Decke ein Tuch über sie." Dann beugte er sich hinab und öffnete ein Augenlid, um anhand der Pupillen zu erkennen, ob sie noch lebe.

Befriedigt drehte er sich wieder um. Es wäre zu schade gewesen, wenn sie gestorben wäre, ohne weitere Einzelheiten und Personen des Hexentreibens verraten zu können.

Er wusste, dass er an diesem Tag nichts mehr tun konnte. Er musste warten, bis Annerose aus ihrer Bewusstlosigkeit erwachte.

„Bringt sie wieder in ihre Zelle" befahl er und verließ den Raum.

Der Novize half dem Henker, sie an den gebundenen Händen hochhebend, wieder in ihre Zelle zu schleifen.

Annerose erwachte in ihrer Zelle. Tiefe Dunkelheit umgab sie. Im ersten Augenblick war ihr nicht bewusst, wo sie war. Sie versuchte, sich zu erinnern. Sie hatte Erlebnisse gehabt, die sie an den Rand des Wahnsinns getrieben hatten. Danach aber waren es sehr erotische Erfahrungen gewesen, die sich alle um ihre Liebe zu Egbert drehten. Sie wusste nicht, ob sie das alles erlebt oder geträumt hatte.

Sie versuchte, sich zu erheben, doch merkte sie plötzlich, dass sie das nicht konnte. Sie war gefesselt.

Plötzlich fiel ihr ein, dass sie sich im Verlies von Speyer befand. All die Ereignisse des vergangenen Tages standen wieder vor ihrem geistigen Auge. Aber sie hatte keine Schmerzen mehr. Es musste an der Salbe liegen, mit der man ihre Haut eingerieben hatte.

Erstaunt betastete sie in der Dunkelheit mit der freien, nicht an der Wand festgebundenen Hand ihre schmerzfreien Knie und mit Schaudern stellte sie fest, dass sie nackt war. Nur eine Decke hatte man über sie geworfen, um ihre Blöße zu bedecken. Was hatte das zu bedeuten?

Allmählich kehrte ihr Erinnerungsvermögen zurück. Sie sah den bösartigen Mönch, der auf der Empore des Raumes mit den Folterinstrumenten Platz genommen hatte. Sie erinnerte sich an die derben Sprüche des Knechtes und den verängstigten Novizen, in dessen Augen sie Mitleid gelesen hatte. Voller Scham erinnerte sie sich an den Augenblick, als der Dominikaner ihr Geschlecht betastet hatte.

Danach war sie in eine Traumwelt geglitten mit unfasslichen, grauenhaften Erlebnissen und ebenso wundervollen Vereinigungen mit Egbert.

War Egbert dagewesen? In ihrer Erinnerung war er nicht mehr Mönch der Zisterzienser, sondern strahlender Held in einer glänzenden Rüstung während eines Turniers.

Sich selbst hatte sie gesehen, wie sie an seiner Lanze ihr Tuch befestigte. Seinen Sieg, den er für sie erfocht, seine Zärtlichkeit in der Nacht und sogar ihre gemeinsamen Kinder. Einen blonden Jungen und ein schwarzhaariges, gelocktes Mädchen, die zusammen auf einer Wiese spielten. Weit fort, in einem fremden Land.

Es war auch nur ein Traum gewesen. Das wusste sie, als ihr ins Bewusstsein gedrungen war, dass sie angekettet war. Schlagartig wurde ihr wieder klar, dass sie der Hexerei angeklagt war und die Angst kehrte zurück.

Sie fand die ganze Nacht keine Ruhe. Irrsinnige Angst vor den Qualen der Folter, Hoffnung auf Befreiung durch Egbert und das Böse in den Augen des Dominikaners wechselten sich in ihren Fieberphantasie ab. Das Pfeifen der Ratten, das ankündigte, sie bei lebendigem Leib fressen zu wollen, sobald sie nur tief genug schlafen würde, tat ein Übriges.

Aber etwas anderes beunruhigte sie fast ebenso. Im Traum in der Folterkammer war sie durch die Lütte getragen worden. Sie hatte scheußliche Fratzen gesehen, war aus schwindelnden Höhen auf den Boden hinabgestürzt und wieder aufgestiegen. Sie hatte die Menschen am Boden von oben beobachtet. Also musste sie wie ein Vogel geflogen sein. Aber ein Mensch konnte nicht fliegen. Nur Hexen. War sie doch eine Hexe?

Fast war sie erleichtert, als am frühen Morgen die quietschenden Riegel das Nahen von Menschen ankündigten.

Der Raum mit den Folterinstrumenten hatte nichts von seinen Schrecken verloren. Der Knecht des Erzbischofs führte sie nackt in diesen Raum. Das zerrissene Kleid, das ihr gestern in die Zelle geworfen worden war, nachdem Knecht und Novize sie hineingeschleppt hatten, war in der Zelle verblieben. Ebenso das Tuch, mit dem man auf dem Lehmboden ihre Blöße bedeckt hatte.

Sie wusste, was das bedeutete. Man würde sie nicht freilassen. Egbert war noch nicht gekommen.

„Willst Du jetzt gestehen?" fragte der Mönch, ohne von dem Buch aufzusehen, in dem er gerade noch gelesen hatte, als sie das Zimmer betreten hatte.

„Was soll ich denn gestehen?"

„Dass Du eine von Gott verdammte Hexe bist."

Annerose dachte an das Fliegen, das sie erlebt hatte. Aber es war nicht möglich. Es konnte nur ein Traum gewesen sein. Sie war doch keine Hexe. Sie hätte es doch gewusst, wenn sie eine wäre. „Ich bin keine Hexe." Es klang zaghaft.

„Gibst Du zu, mit dem Teufel Unzucht getrieben zu haben?" Er schien ihre eigene Unsicherheit nicht gespürt zu haben.

„Nein. Mit dem Teufel hatte ich nie etwas zu tun."

Ihre Stimme klang jetzt fester. Sie war sich ganz sicher. Ihr fiel auch wieder ein, dass sie der Dominikaner überall mit dieser Salbe bestrichen hatte. Deshalb, nur deshalb also war sie geflogen. Der Dominikanerpriester selbst war der Teufel. Sie sah jetzt ganz klar. Vor ihr saß der Antichrist.

„Doch, ich habe etwas mit dem Teufel zu tun" schrie sie heraus. „Ihr seid der Teufel!"

Hart schlug sie der Folterknecht ins Gesicht. Sie kam wieder etwas zu sich. Sie schmeckte das Blut an ihren Lippen. Ihre Wange brannte. Doch sie weinte nicht. Dieser Mönch war ein Teufel in Menschengestalt. Er war ihr unerbittlicher Feind. Sie hatte von ihm keine Gnade zu erwarten.

Plötzlich wurde sie ganz ruhig.

„Wieso bist Du keine Jungfrau mehr?"

„Das geht Euch nichts an. Darüber bin ich nur Gott Rechenschaft schuldig. Das sage ich nur Gott und meinem Beichtvater."

Ihre Verstocktheit machte Rubo wütend. „Hast Du Deine unzüchtigen Handlungen statt mit dem Teufel mit einem Mönch begangen?"

Annerose stockte der Atem. Sie wollte antworten, brachte aber kein Wort heraus. Woher wusste dieser Mensch das? Hatte sie unter den Wirkungen der Salbe geredet? Oder war er wirklich Satan, vor dem sie ihre innersten Gedanken nicht mehr verheimlichen konnte?

Sie starrte ihn mit weit aufgerissenen Augen an. Er kam ganz nahe und sah ihr triumphierend in die Augen. Seine Lippen formten nur ein Wort „E G B E R T"

Annerose wurde weiß wie eine getünchte Wand. Er wusste es. Er wusste alles. Er kannte sogar seinen Namen. In seinen Augen sah sie, dass er Egbert nicht schonen würde. Auch wenn dieser ein Mönch war.

Der Dominikaner ging zu seinem Stuhl zurück und ließ sich schwer darauf niederfallen.

„Wie hast Du es geschafft, einen Mönch zur Unzucht zu verleiten?"

Annerose antwortete nicht.

„Wenn Du nicht redest, werden wir die Wahrheit durch die Folter erfahren."

Wieder antwortete Annerose nicht.

„Leg ihr die Daumenschrauben an."

Der Knecht brachte die beiden Folterwerkzeuge und schob zuerst den linken Daumen und dann den rechten in die Aussparung. Dann zog er die Schrauben an. Die beiden Daumen wurden zusammengepresst. Das Blut stockte. Beide schwollen sofort an. Annerose schrie auf.

„Willst Du reden?"

„Ich habe nichts zu sagen"

„Dreh fester zu" wies er den Folterknecht an. Der drehte an den Schrauben. Ein zweimaliges leises Knacken zeigte an, dass die Knochen in beiden Daumen zermalmt wurden.

Annerose schrie erneut auf. Entsetzt sah sie auf ihre beiden Daumen, die an den Druckstellen der Schrauben weiß, neben dem Nagel jedoch rot und geschwollen waren.

„Willst Du jetzt reden?"

Sie antwortete nicht, sondern starrte nur auf das Folterinstrument.

Auf einen Wink des Inquisitors nahm der Henkersknecht einen Hammer zur Hand und schlug auf die Daumenschrauben.

Annerose heulte auf, als sie neben dem Empfinden des fast unerträglichen Schmerzes auch noch sah, wie das Fleisch der Daumen aufbrach und das Blut umherspritzte. Ihre Augen waren weit aufgerissen, Tränen liefen über ihre Wangen.

„Schreib auf, dass sie weinen kann" befahl der Mönch dem Novizen. „Am Daumen hat sie sich ,per maleficum' nicht unempfindlich gegen Schmerzen gemacht."

„Drehe die Schrauben etwas zurück" befahl er dem Knecht.

Der ungeheure Schmerz verebbte etwas und Annerose hörte auf, zu schreien.

„Willst Du gestehen, dass Du den Mönch Egbert von Windeck mit Hilfe das Satans zur Unzucht verführt hast?"

„Ich habe ihn nicht verführt. Wir lieben uns."

„Er ist ein Mönch. Er würde niemals Unzucht mit einer Frau treiben, wenn er nicht verhext wäre."

„Er wollte das Kloster verlassen."

„Was hast Du gesagt?"

„Er wollte das Kloster verlassen" schluchzte Annerose. „Er wollte mit mir fortgehen, wo uns niemand kennt und mit mir ein neues Leben beginnen."

„So etwas sagt man nur, wenn man verhext wird" schrie Bernhard von Rubo. „Kein Mönch würde freiwillig sein Leben im Kloster wegen einer Frau, eines unwürdigen Tieres, aufgeben."

Annerose hielt den Blick gesenkt. Der wütende Ausbruch des Mönches, der während des bisherigen Verhörs immer kalt und berechnend gewesen war, hatte sie überrascht.

Auch Rubo war von seiner grimmigen Reaktion überrascht. Auch er kannte die süßen Anfechtungen des Teufels. Er war gegen weibliche Reize nicht gefeit und hatte es genossen, die Vagina von Annerose zu untersuchen. Es war nicht nur die Freude über die Erniedrigung des Mädchens gewesen, die ihn dabei erfüllt hatte. Es war auch sündhafte Lust. Er würde sein unwürdiges Fleisch deshalb wieder in seiner Zelle geißeln müssen.

Er verstand, dass man auch ohne teuflisches Zutun in Versuchung kam, sich mit einer Frau zu paaren. Aber Frauen waren Tiere. Wie könnte man wegen einer Frau das Kloster verlassen wollen? Das war Teufelswerk!

Er hatte seine Stimme wieder in der Gewalt, als er fortfuhr: „Nun sag endlich, mit welch teuflischen Mitteln Du es geschafft hast, Egbert zu verführen!"

„Ich habe ihn nicht verführt. Ich bin keine Hexe. Er wollte es."

Scheinbar völlig ruhig begab sich der Dominikaner wieder zu seiner Empore. Im Vorbeigehen befahl er dem Knecht mit gedämpfter Stimme. „Fahr mit der Daumenschraube fort. Aber sorge dafür, dass ich dieses Geschrei nicht wieder ertragen muss"

Der Knecht nahm die Folterbirne von der Wand. Es war ein birnenförmiges Gebilde aus Eisen, bei dem sich mit einem Gewinde im Innern gleichsam wie bei einem Regenschirm vier Birnenschnitze öffnen konnten und damit den Mund vollständig ausfüllten. Wenn diese Folterbirne angelegt war, war ein Schreien unmöglich. Nur ein Stöhnen konnte sich noch der Brust entringen.

Annerose presste den Mund zusammen, aber der rohen Gewalt des Knechtes konnte sie nicht widerstehen. Nun konnte sie nicht mehr schreien Wieder wurden die Daumenschrauben angezogen. Das Mädchen wand sich vor Qual. Tränen liefen ihr wieder über die Wangen. Ihr gehetzter, flehentlicher Blick zu Dominikaner und Novize nutzten ihr nichts. Die Schmerzen blieben, so furchtbar und fast unerträglich.

Der Novize hatte die Fäuste an die Schläfen gepresst. Er hatte die Augen geschlossen. Er murmelte hilflos vor sich hin „Gestehe doch endlich! Herr, gütiger Gott im Himmel.. Lass es doch endlich aufhören."

Sein Flehen wurde nicht erhört. Annerose gestand auch in der nächsten halben Stunde nicht.

„Verbinde ihr die Daumen. Sie verliert sonst zu viel Blut" ordnete der Inquisitor an.

Die Daumenschrauben hatten sich als unwirksam erwiesen. Vielleicht würde das Fußbrett mehr nützen. Der Knecht des Erzbischofs musste Annerose wieder am Pfahl anketten, nachdem er zwei Tücher um die Daumen gewickelt hatte, die eine weitere starke Blutung verhindern sollten. Auch die Folterbirne wurde wieder entfernt, da das Mädchen Erstickungsanfälle zeigte.

Nun holte er das Fußbrett. Es war ein mit spitzen Nägeln versehenes Brett, auf dem Annerose stehen musste. Zuvor wurde ihr ein breiter Gürtel mit daran befestigten Gewichten umgelegt, die ihr geringes Gewicht erhöhten und dafür sorgten, dass die Nägel tief ins Fleisch einstachen. Die von dem qualvollen Fußmarsch nach Speyer noch offenen Blasen hatten noch keine neue Haut gebildet, so dass diese Stellen besonders empfindlich und schmerzhaft waren.

Trotz ihres Flehens, das Fußbrett wieder zu entfernen, musste sie eine weitere Stunde darauf stehen bleiben. Gewichtsverlagerungen brachten keine Linderung der Pein. Aber Annerose blieb standhaft und leugnete weiterhin, eine Hexe zu sein und Egbert mit teuflischen Mitteln zur Unzucht gezwungen zu haben.

Bernhard von Rubo sah ein, dass das Mädchen einer Ohnmacht nahe war. „Binde sie los" forderte er den Knecht auf. „Dann verbinde ihr die Füße."

Danach schleppten Novize und Folterknecht die Ärmste wieder in ihre Zelle, wo sie vor dem Anketten ihr zerrissenes Kleid wieder anziehen und damit ihre Nacktheit wieder bedecken durfte.

„Lass ihr die Fackel da" ordnete der Novize mit brüchiger Stimme an. Der Knecht wagte nicht, zu widersprechen

Bernhard von Rubo hatte beim Erzbischof vorgesprochen, um ihn zu bewegen, an der hochnotpeinlichen Befragung der Hexe teilzunehmen. Der Erzbischof hatte sich geweigert, jedoch zugesagt, dass er das Mädchen in seine Gebete einschließen würde.

„Ist sie unschuldig, so werden meine Gebete ihr Kraft geben, diese

Anschuldigungen ohne Schaden an Leib und Seele zu überstehen. Ist sie jedoch schuldig, so hoffe ich, dass meine Gebete dazu beitragen, dass sie gesteht und sich der Gnade Gottes unterwirft" hatte der Erzbischof beschieden. „Des Weiteren werde ich Euch einen Brief an den Abt von Maulbronn geben. Ich werde ihn bitten, unseren Bruder Egbert hierher zu schicken, damit wir ihn befragen können. Vielleicht wird seine Anwesenheit das Mädchen zu einem Geständnis bewegen. Ihr wisst, dass ein Geständnis sinc tortura et extra locum torturae, also ohne Folter und außerhalb der Folterkammer, zwingend notwendig ist. Es genügt der Kirche nicht, jemandem durch Zeugenaussagen nachzuweisen, dass er schuldig ist. Wir sprechen im Gegensatz zu den weltlichen Stellen nur schuldig, wenn wir das Geständnis des Sünders haben. Danach soll die Welt das Urteil vollstrecken."

Bernhard von Rubo hatte nur leicht den Kopf zur Zustimmung geneigt. Denn selbstverständlich war ihm der Standpunkt seiner Kirche klar. Auch er war ja nur ein Werkzeug Gottes. Er musste Annerose dazu bringen, zu gestehen. Ihr Leben würde nicht er ihr nehmen, sondern der weltliche Henker der freien Reichsstadt Speyer. Deshalb musste er auch mit der Folter vorsichtig sein. Sie durfte daran nicht sterben.

Nach dem Abendessen, das der Erzbischof allein eingenommen hatte, klopfte es an die Türe. Der Erzbischof, der, ein Glas Wein neben sich, im Buch ‚Der bekränzte Hippolytos' von Euripides las, ließ sich zu dieser Tageszeit nur ungern stören.

Diese Zeit gehörte den ‚Aldinen' genannten Werken griechischer und lateinischer Schriftsteller und Philosophen. Er hatte diese hervorragend gestalteten Bücher einer neuen venezianischen Druckerei von seinem Freund Abt Trithemius leihweise erhalten. In den nächsten Tagen sollte er sie nach Sponheim zurücksenden. Nun wurde er durch das Klopfen gestört. Ärgerlich schallte sein „Eintreten" durch den Raum.

Zögerlich öffnete sich die Türe. Es war der Novize, der als Protokollführer zu dieser Vernehmung durch den Dominikaner abgestellt war. Er wollte an diesem Abend von der peinlichen Sache nichts mehr wissen. Seine Augenbrauen zogen sich unheilvoll zusammen.

„Euer Eminenz, ich möchte Euch dringend bitten, mich als Schreiber abzulösen." Der Novize schien unter den Augen des Erzbischofs immer kleiner zu werden. Aber seine Stimme blieb fest.

Ein Seufzen entrang sich der Brust des Erzbischofs. Er hatte es geahnt. „Was ist passiert?"

„Ich glaube nicht, dass das Mädchen mit dem Teufel im Bund steht."

„Dann ist doch alles in Ordnung" beruhigte der Erzbischof. „Dann wird sie freigesprochen werden."

„Ich glaube es nicht. Bruder Bernhard verstärkt die Folter fortwährend, um sie zu einem Geständnis zu zwingen. Irgendwann wird sie gestehen."

„Na, wenn sie schuldig ist und gesteht, dann ist es doch auch unanfechtbar."

„Aber ich hätte schon jetzt gestanden, egal, was man mir vorgeworfen hätte. Nur, damit die Schmerzen während der Folter aufhören."

Der Erzbischof runzelte die Stirn „Was soll das heißen?"

„Ich meine, irgendwann wird das Mädchen alles gestehen. Auch wenn es nicht wahr ist. Nur, um nicht mehr gefoltert zu werden."

„Das ist doch Unsinn!"

„Euer Eminenz, ich bin nicht gerade der tapferste Mann. Aber ich bin ein Mann und könnte die Schmerzen sicher leichter ertragen als solch ein zartes Mädchen. Dennoch hätte ich alles gestanden, wessen mich der Dominikaner beschuldigt hätte, nur, um diesen unerträglichen Qualen nicht mehr ausgesetzt zu sein. Ich hätte alles gestanden, was immer man mir vorgeworfen hätte. Und, verzeiht mir, Euer Eminenz, ich glaube, jeder wird unter der Folter gestehen. Egal, ob Frau oder Mann, Mönch oder Erzbischof."

Resignierend fuhr er fort „und wenn sie nach der ersten Folter nicht gestehen, so nach der zweiten oder dritten.

„Und, hat das Mädchen gestanden?" fragte der Erzbischof.

„Nein."

„Seht Ihr, das ist der Unterschied. Ihr hättet alles gestanden, weil Ihr die Schmerzen nicht mehr ausgehalten hättet, wie Ihr sagtet. Aber das

Mädchen? Es ist zart und jung. Dennoch hält es den Qualen stand. Ist das nicht schon ein Beweis, dass der Teufel sie unempfindlich gegen Qualen gemacht hat, die nicht einmal ihr überstanden hättet?"

Er ließ den Novizen nicht mehr zu Wort kommen. „Ihr seid entlassen. Der Dominikaner wird schon wissen, was er macht. Die Dominikaner sind von unserem Papst Innozenz selbst für die Jagd nach Hexen eingesetzt worden. Ich will von dieser Sache erst wieder hören, wenn sie entschieden ist. So lange bleibt ihr Schreiber bei diesem Verhör. Geht jetzt. Der Herr sei mit Euch." Und er wandte sich demonstrativ wieder seinem Buch zu.

Der Novize verließ entmutigt und niedergeschlagen den prächtig eingerichteten Raum.

Am nächsten Morgen wurde das hochnotpeinliche Verhör fortgesetzt. Da Annerose ihre durch die Marter der Daumenschrauben zersplitterten Daumen nicht mehr gebrauchen konnte, wurde ihr das Kleid und Unterkleid durch den Knecht ausgezogen. Danach wurde sie auf den 'spanischen Esel' gesetzt. Tief schnitt das Holz der spitzen Konstruktion in ihren Unterleib. Die Hände wurden auf dem Rücken gefesselt, so dass sie sich nur mit den Schenkeln auf diesem spitzen Bock festhalten konnte.

Da sie während der Befragung weiter leugnete, eine Hexe zu sein, wurden an die gemarterten Füße rechts und links noch zwanzig Kilogramm schwere Steine gehängt, um die Höllenqual zu verstärken.

Nun saß Annerose auf diesem spitzen Bock, die Füße durch die Gewichte verdreht, regungslos, damit die Spitze nicht noch mehr auf Schambein und Darmbein drückte. Die Beine wurden gefühllos, wahnsinnige Schmerzen entlang der Wirbelsäule traten auf, Krämpfe und stechende Schmerzen des Ischiasnerves waren das Ergebnis dieser Tortur. Doch auch jetzt gestand das Mädchen nicht.

„Der Teufel hat sie gewiss schmerzunempfindlich gemacht" meinte der Henkersknecht gefühllos. „Das Gewimmer soll uns nur Schmerzen vortäuschen. Soll ich sie stechen?" fragte er den Dominikaner.

Von Rubo aber sah das nur als Zeitverschwendung an.

„Lege sie auf die Streckbank und schnalle sie fest" befahl er kurz.

Für kurze Zeit spürte Annerose eine Erleichterung, als sie von dem ‚Spanischen Esel' herabgehoben wurde. Aber sie war kaum fähig, aus eigener Kraft die wenigen Schritte zur Streckbank selbst zu gehen. Der Henkersknecht griff ihr mit der rechten Hand unter den Arm und schleppte sie mehr oder weniger dorthin. Ein Ächzen entrang sich dem Mund des gequälten Mädchens. Der Novize hielt seinen Blick starr auf sein Pergament gerichtet. Nur Rubos Augen folgten gelangweilt und mitleidslos dem Schauspiel.

Beim Anbinden der Handgelenke an die Streckbank brachen die nur gering verschorften Stellen wieder auf und begannen zu bluten. Annerose lag mit gespreizten Armen und Beinen auf dieser Art Leiter. Schutzlos war ihr Körper den Augen des Henkersknechtes, des Dominikanerpriesters und des Novizen preisgegeben. Während der Novize nicht wagte, seinen Blick zu erheben und der Dominikanermönch nur gelangweilt blickte, sah man den Augen des Henkersknechtes die Lüsternheit förmlich an. Es war keine Spur von Mitleid in seinem verkniffenen Minenspiel. Nur die Begierde, sich an dem gequälten, aus vielen Wunden blutenden Mädchen zu vergehen, das so einladend mit gespreizten Beinen vor ihm an diesem Folterinstrument festgebunden war. Dass dies unter den Augen der beiden Mönche unmöglich war, wusste er. Aber die Gelegenheit würde kommen, seine Begierde zu befriedigen. Das wusste er.

Als die Winde an der Streckbank durch den Henkersknecht angezogen wurde, konnte Annerose den Schmerz nicht mehr aushalten. „Macht mich wieder los" schrie sie, kaum noch verständlich.

„Willst Du gestehen?"

„Ja" schrie sie. „Ja, ja." Ihre vormals so sanften Augen waren weit aufgerissen und glänzten wie im Fieber. Sie hatte sich zuvor auf ihre Lippen gebissen, um nicht zu schreien. Diese waren jetzt aufgerissen und bluteten. Speichel, mit Blut vermischt, lief ihr übers Kinn. Die unmenschlichen Schmerzen hatten ihre Miene verzerrt. Tränen, um zu weinen, hatte sie keine mehr.

Als sie von der Streckbank heruntergenommen wurde, versagten ihre Beine den Dienst. Auch die Arme hingen am Körper herab. Die Zerrung von Sehnen und Muskeln verhinderte, dass sie ihre Gliedmaßen gebrauchen konnte. Der Henkersknecht setzte sie auf den lehmigen Boden. Er verzichtete darauf, sie am Pflock festzubinden. Sie war nicht mehr fähig, wegzulaufen oder sonstwie Schwierigkeiten zu machen.

„Gestehst Du, eine Hexe zu sein und den Mönch Egbert mit teuflischen Mitteln zur Unzucht verführt zu haben?"

Nachdem sie aber jetzt von der Streckbank abgenommen war und allmählich wieder zu Sinnen kam, schüttelte sie kraftlos den Kopf.

„Dann leg sie wieder auf die Bank" befahl der Dominikaner mitleidslos.

Als die Stricke wieder angezogen wurden, verfiel Annerose in eine barmherzige Ohnmacht.

Kapitel 6

Die Hinrichtung

Inquisition: in der Kirchengeschichte jene seit dem Mittelalter von kirchlichen Institutionen eingerichtete Behörde, deren Aufgabe darin bestand, so genannte Ketzer zu verfolgen, vor Gericht zu stellen und zu verurteilen. Später wurde der Bereich auch auf die Hexenverfolgung ausgedehnt.

Anfänge

Die Inquisition nahm ihren Anfang ansatzweise im 12. Jahrhundert. Eine Inquisition im eigentlichen Sinn existierte jedoch erst ab 1231, markiert durch die Veröffentlichung der Schrift Excommunicamus (Ketzerdekrete) von Papst Gregor IX., durch die dieser die Verantwortung der Bischöfe für die Orthodoxie einschränkte, die Inquisitoren der besonderen Gerichtsbarkeit des Papstes unterstellte und harte Strafen einführte. Das Amt des Inquisitors wurde insbesondere von den Dominikanern ausgeübt, da diese über gute Kenntnisse der kirchlichen Lehre verfügten. Durch diese Maßnahme wollte Gregor dem Inquisitionsanspruch des Kaisers des Heiligen Römischen Reiches, Friedrich II., zuvorkommen und derart den Einfluss der Kirche stärken. Auf Friedrich II., der aus politischen Gründen Häretiker in Oberitalien zu bekämpfen suchte, geht die Einführung des Scheiterhaufens (1224) zurück. Gregor IX. übernahm die Hinrichtungsmethode in den so genannten Ketzerdekreten mit der Begründung, dass durch das Verbrennen des Leibes zumindest die Seele durch Fürbittgebete gerettet werden könne.

Die neue Institution der Inquisition war zunächst auf Deutschland und Aragón (Spanien) beschränkt, wurde jedoch bald auf das ganze Kirchengebiet ausgedehnt. Dem Tribunal standen zwei Inquisitoren von gleicher Machtbefugnis vor. Ihre Autorität erhielten sie direkt vom Papst. Bei ihrer Amtsausübung wurden die Inquisitoren ihrerseits von Assistenten, Notaren und Beratern unterstützt. Die Inquisitoren hatten sogar die Vollmacht, Fürsten zu exkommunizieren, und waren damit auch politisch einflussreich.

Verfahren

Die Inquisitoren richteten sich für eine bestimmte Zeit an einem Ort ein.

Hier hatten sich all jene einzufinden, die entweder von bestimmten Personen denunziert worden waren oder die sich durch Selbstanklage zu verantworten hatten. Die Strafen für diejenigen, die sich selbst stellten, fielen milder aus als die Strafen für jene, die vor Gericht gestellt und „überführt" wurden. In der Regel galten bereits zwei Zeugenaussagen als Beweis für die Schuld.

Verdächtige, von denen man glaubte, dass sie logen, durften im Gefängnis festgehalten werden. 1252 legitimierte Papst Innozenz IV. offiziell den Einsatz der Folter, um die Verdächtigen zu einem Geständnis zu zwingen.

Die Strafen und Urteile für diejenigen, die ihre Schuld bekannten oder die man der Ketzerei überführte, wurden am Ende aller Prozesse in einer öffentlichen Zeremonie verkündet. Diese wurde Sermo generalis oder Autodafé genannt. Die Strafe konnte in einer Wallfahrt bestehen, in einer öffentlichen Auspeitschung, in einem Bußgeld oder darin, ein Kreuz durch die Straßen des Orts zu tragen. Da die Inquisitoren keine Todesstrafe verhängen konnten, überstellten sie einen Schuldigen, dessen Schuld nicht durch diese Strafen gesühnt werden konnten, sondern mit dem Tod bestraft werden sollten, den weltlichen Behörden, die dann das Todesurteil aussprachen und vollstreckten.

Der Abt von Maulbronn hatte zwei Tage, bevor Annerose auf der Streckbank das Bewusstsein verlor, vom Erzbischof von Speyer ein Schreiben erhalten. Er war gebeten worden, zur vollständigen Aufklärung des Sachverhaltes über die Hexerei der Leibeigenen Annerose Fritz den Zisterziensermönch Egbert von Windeck unter Bewachung durch Soldaten des Erzbischofs nach Speyer zu entsenden.

Der Trupp, der den Zisterzienser nach Speyer bringen sollte, setzte sich aus einem in Diensten des Erzbischofs stehenden jungen Adligen und zwei Söldnern zusammen. Für den Mönch hatten sie extra ein Pferd aus dem Stall des Erzbischofs mitgebracht. Dies ließ den Abt nichts Gutes erhoffen. Denn bei einer Befragung hätte es normalerweise genügt, dass Egbert ein Pferd aus dem Klosterbestand mitgenommen hätte, auf dem er am nächsten Tag wieder hätte zurück reiten können.

Doch der Erzbischof hatte ihn informiert, dass der Inquisitor Bernhard von Rubo den dringenden Verdacht hege, dass Annerose Fritz den Mönch nicht nur zur Unzucht verleitet, sondern auch seinen Geist verhext habe.

Nun also war Egbert von Windeck beim Erzbischof eingetroffen und war unter Bewachung zu ihm in dessen Arbeitszimmer geführt worden.

„Setzt Euch zu mir" sagte der Erzbischof jovial, nachdem der junge Mönch den Siegelring geküsst hatte.

Er ging zu einem runden Tisch, dessen fein gearbeitete Einlegearbeiten so gar nicht zu den Möbeln passten, die Egbert von seinem Kloster her kannte. Von dort nahm er ein Pergament und ließ sich in einen gepolsterten Sessel mit hoher Rückenlehne fallen.

Egbert nahm ihm gegenüber in einem weiteren Sessel Platz. Er war von der Prachtentfaltung, die sich in diesem Zimmer zeigte, überwältigt. Am meisten beeindruckte ihn ein Wandteppich, der die Verkündigung der Geburt Christi durch den Erzengel zeigte.

Maria saß in einem Vorraum, dessen mit Rundbogen versehenes, blaues Gewölbe auf schlanken Säulen mit zierlichen Kapitellen ruhte. Durch eine Tür sah man in einen karg ausgestatteten Raum. Eine einfache Sitzbank stand an der Wand.

Den Mittelpunkt dieses wie ein kunstvolles Bild wirkenden herrlichen Wandteppichs bildete der Erzengel. Hoheitsvoll und doch demütig gebeugt, mit gefalteten Händen, verkündete er Maria, dass sie einen Sohn gebären wird. Den Sohn Gottes.

Maria saß vor ihm, in einem rosa Kleid mit einem Umhang, der an die Bläue des Himmels erinnerte. Die langen, blonden Haare fielen ihr anmutig auf die Schulter. Ehrerbietig hatte sie das Haupt geneigt. Sie lauschte verzückt der Stimme des Engels. Die Hände ergeben über der Brust gekreuzt, nahm sie die Offenbarung an. Ein Lichtstrahl der Sonne ruhte hell und leuchtend auf ihrem Gesicht.

Doch so verborgen war diese frohe Botschaft, dass ein Paar, das, sich unterhaltend durch den blühenden Garten des Hauses wandelte, davon nichts ahnte.

Ein irrsinniger Schmerz zuckte durch Egberts Gehirn, als ihm durch dieses Bild Anneroses Schicksal vor Augen geführt wurde. Ob sie auch schwanger war?

Sein Verstand wusste, dass die Jungfrau Maria nicht mit Annerose verglichen werden konnte. Er wusste, dass Maria nicht gesündigt hatte, als sie durch den heiligen Geist zur Mutter gemacht wurde.

Erst vor einem Jahrzehnt hatte der Papst die ‚unbefleckte Empfängnis' Mariens mit einem eigenen Festtag gewürdigt. Aber die Ungerechtigkeit, die sich ihm durch dieses Bild offenbarte, ließ ihn nicht los.

Maria war nun auch keine Jungfrau mehr. Sie trug den Sohn Gottes unter ihrem Herzen. Sie hatte sich Gott hingegeben, wenngleich auch vielleicht ohne Geschlechtsakt.

Aber war das überhaupt möglich? Oder hatte Gott bei ihr gelegen, vielleicht in der Gestalt eines anderen? Wie es Zeus immer tat, der Göttervater der Griechen?

Auch wenn es nicht so war, so blieb das Ergebnis doch gleich. Maria hatte sich wie Annerose hingegeben.

Maria war zur Frau und Mutter geworden. Aus Gehorsam gegenüber Gott. Aber Maria trug trotzdem den Glorienschein der Heiligen, Unbefleckten.

Annerose war durch ihn zur Frau geworden. Aber aus einem viel edleren Grund als dem Gehorsam. Aus Liebe. Sie jedoch lag, gefoltert und gequält, im Kerker.

Wo, lieber Gott, schoss es ihm durch den Kopf, ist Deine Gerechtigkeit? Wo Deine Güte? Wo Dein Erbarmen?

Die Jungfrau Maria, die aus Gehorsam zu Dir Mutter geworden ist, ist dafür in den Himmel aufgefahren!

Aber ein Mädchen, das sich aus Liebe einem Mönch hingegeben hat, lässt Du, Gott, fürchterliche Qualen erleiden.

Warum lässt Du zu, dass sie so leiden muss? Warum verschließt Du Deine Augen vor ihrer Qual? Warum die Ohren vor ihren Schmerzensschreien?

Was tut Deine von Dir eingesetzte Kirche in Deinem Namen? Siehst Du deren Grausamkeit und Gottlosigkeit nicht?

Wo Gott, bist Du?

Ein Schrei der Verzweiflung entrang sich der Brust des Mönches.

„Was habt Ihr?" Der Erzbischof schaute entsetzt auf den Mönch, der kreidebleich das Bild anstarrte.

„Die Jungfrau Maria." stammelte der.

„Was ist mit der Jungfrau Maria?"

„Ist sie besser als Annerose?"

Der Erzbischof starrte den Mönch an. Einige Augenblicke herrschte vollkommene Ruhe.

Dann jedoch sagte der Erzbischof „Die Hexe hat Euch nicht nur zur Unzucht verleitet, sie hat auch Euren Verstand verhext."

Egbert hatte ihm nicht zugehört. In seinem Kopf drehte sich alles. Seine Augen starrten wie blind in die Ferne.

Mit tonloser Stimme sprach er vor sich hin, als habe er die Anwesenheit des Erzbischofs völlig vergessen: „Wenn der gnädige Gott zulässt, dass ein Mädchen als Hexe verbrannt wird, nur weil es einen Mann liebt, dann ist er nicht gnädig."

Der Erzbischof riss die Augen ungläubig ob des Gesagten auf, blieb aber stumm. Er erkannte den jungen Mönch nicht mehr, dessen Gesichtszüge sich wie unter einer ungeheuren Anstrengung verzerrten.

„Wenn Jesus die Liebe selbst ist, aber seine Kirche in seinem Namen Menschen hinrichtet, nur weil sie lieben, so kann dieser Jesus nicht der Sohn Gottes sein. Denn sonst würde er dies nie zulassen, sondern eine solche Kirche zerschmettern" fuhr Egbert in seinem Selbstgespräch fort.

Ohne auf den Erzbischof zu sehen, der sich erhoben hatte, redete er weiter. „Oder die Kirche ist nicht die Kirche dieses Jesus Christus. Und Jesus kann sie nicht zerschmettern, weil ein Anderer, Mächtigerer über sie wacht. Wessen Kirche ist es dann? Die des Antichristen?"

Entsetzt hatte ihm der Erzbischof zugehört.

Jetzt aber unterbrach er den tonlos deklamierenden Mönch mit lauter Stimme „Das ist Häresie! Seid Ihr eigentlich noch bei Sinnen?"

Er nahm das Silberglöcklein vom Tisch und läutete. Dem Novizen, der lautlos den Raum betreten hatte, befahl er: „Schickt die Wache! Sie sollen Egbert von Windeck in den städtischen Kerker bringen. Und schickt mir Bernhard von Rubo!"

Egbert von Windeck brauchte nicht gefoltert zu werden. Er bestritt die unbefleckte Empfängnis Mariens und somit den göttlichen Ursprung des Jesus von Nazareth. Er bekannte sich der Häresie für schuldig. Nur noch das Feuer des Scheiterhaufens konnte seine Seele erretten, sofern er sich schuldig bekannte. Aber er weigerte sich, in seiner Erkenntnis eine Schuld zu sehen.

„Dein Liebhaber hat zugegeben, dass er der Hexerei und Ketzerei schuldig ist. Ich würde Dir raten, zu gestehen." Der Dominikaner sah Annerose mitleidslos und kalt an.

Sie war vom Henkersknecht und dem Novizen in den Folterraum gebracht worden.

„Wenn Du nicht gestehst, wirst Du heute mit der Pyramide Bekanntschaft machen. Wir werden Dir zunächst die Arme binden und Dich dann bis zum Haken an der Decke hochziehen. Dann lassen wir Dich auf der Pyramide reiten. Sie wird durch Dein Gewicht immer tiefer in Dich eindringen. Du wirst Dich vor Schmerzen winden. Aber dadurch wird die Spitze immer weiter durch Deinen Körper nach oben getrieben. Ich habe einmal einen Mann erlebt, der zuvor widernatürliche Unzucht mit einem anderen Mann getrieben hat. Der durfte auch auf der Pyramide Platz nehmen, damit er seine Schuld sühnen konnte. Du wirst es nicht glauben. Der hat sich so gekrümmt, dass ihm die Spitze an der Schulter wieder herauskam."

Er sah die angstvoll geweiteten Augen und wusste, er war endgültig am Ziel. Annerose würde alles gestehen, damit sie nur nicht mit dieser Pyramide gefoltert würde.

„Lass sie ihr Kleid wieder anziehen" befahl er dem Henkersknecht „und bringe sie in ihre Zelle zurück."

Kurz darauf betrat er mit dem Novizen die Zelle.

„Willst Du gestehen, dass Du eine Hexe bist?"

„Ich gestehe es."

„Gibst Du zu, dass Du den Mönch Egbert von Windeck verhext hast und seine unsterbliche Seele dem Satan versprochen hast?"

„Ja. Ich gestehe."

„Gibst Du zu, dass Du an Hexensabbaten teilgenommen hast und mit dem Teufel Unzucht getrieben hast?"

„Ja."

„Wer war noch an den Hexensabbaten dabei?"

„Ich weiß es nicht."

„War der Zisterziensermönch Egbert von Windeck dabei?"

„Ja."

„Wer hat noch teilgenommen?"

„Ich habe sie nicht gekannt."

„Waren es Leute aus Deinem Dorf?"

„Nein."

„Hast Du sonst noch etwas zu gestehen?"

„Nein."

„Hast Du außer Deinem Liebeszauber für Egbert noch andere Männer verhext?"

„Ich war noch Jungfrau, bevor ich Egbert traf."

„Du lügst. Du hast vorher mit dem Teufel gebuhlt!"

„Ja."

„Also noch einmal: Hast Du noch andere Männer verhext?"

„Nein."

„Schwörst Du bei der heiligen Jungfrau Maria, dass Du jetzt die Wahrheit sagst?"

Annerose schwieg verzweifelt.

Bisher hatte sie aus Angst vor der Folter die Unwahrheit gesagt. Sie war keine Hexe.

Aber nun sollte sie bei der heiligen Jungfrau schwören. Sie wusste dass ein Meineid mit dem ewigen Höllenfeuer bestraft wurde. Sie konnte doch nicht schwören! Sie kam in die Hölle, wenn sie die Unwahrheit schwor!

Aber wenn sie nicht schwor, kam sie wieder in die Folterkammer. Sie konnte die Schmerzen nicht mehr aushalten. Erst recht nicht die nun vorgesehene Tortur.

Diese Pyramide würde sie von unten nach oben durchbohren. Sie würde ihr die Eingeweide zerreißen. Sie würde qualvoll sterben. Sie konnte keine weiteren Schmerzen aushalten.

Sie sah flehentlich zum Novizen.

Doch der sah zu Boden und wagte nicht, sie anzusehen.

„Heilige Mutter Gottes, vergib mir, wenn ich in Deinem Namen einen Meineid schwöre" flüsterte sie vor sich hin „aber ich kann das nicht aushalten. Mutter Gottes, hilf mir. Ich muss jetzt in Deinem Namen schwören. Wenn ich nicht schwöre, tun sie mir wieder weh. Bitte, Mutter Gottes, vergib mir."

Ihr Gemurmel wurde von Rubo unterbrochen: „Weib, Du hast noch nicht geantwortet. Schwörst Du, dass Du die Wahrheit gesagt hast?"

„Ich schwöre" flüsterte Annerose leise, als ob es dann die heilige Jungfrau Maria nicht verstehen könnte.

„Trage in Dein Pergament ein" befahl nun der Dominikaner Bernhard von Rubo, „dass heute, am Michaelistag des Jahres 1490, die Leibeigene des Erzbischofs von Speyer, Annerose Fritz, ohne Folter und außerhalb der Folterkammer gestanden hat, eine Hexe zu sein."

„Sie hat außerdem" fuhr er, nach einer kurzen Unterbrechung, bis der Novize alles aufgeschrieben hatte, fort „den Zisterziensermönch Egbert von Windeck so verhext, dass er mit ihr Unzucht trieb und sich obendrein dem Satan verschrieben hat."

Die Vorbereitungen für die Hinrichtung durch das reinigende Feuer des Scheiterhaufens waren abgeschlossen. Man hatte vor den Toren der freien Reichsstadt Speyer nahe dem Rhein zwei Pfähle in den Boden gerammt, an denen die beiden Überführten festgebunden werden sollten. Darum herum hatte man trockenes Holz über Reisighaufen geschichtet. Jeweils eine kleine, aus dünnen Stämmchen gefertigte Leiter führte auf die Scheiterhaufen.

Das Schauspiel war für den Nachmittag angesetzt. Es war auch eine Art Tribüne aufgestellt worden, mit Sitzbänken für den Richter, die Geistlichkeit und Patrizier.

Die Verurteilten wurden zuvor auf dem Schinderkarren, mit einem langen Büßerhemd angetan, durch die Stadt Speyer gefahren. Es war eine erbauliche Abwechslung für die Bewohner von Speyer.

Eine brave Bürgerin sprach aus, was die meisten dachten. Sie wandte sich an ihre Nachbarin, die dem traurigen Zug freudig erregt entgegensah:

„Eine Hexe und angeblich sogar einen Mönch, der wegen Ketzerei zum Tode verurteilt worden ist, sieht man nicht jeden Tag. Man musste sich nur einmal vorstellen, was diese Hexe mit dem Satan getrieben hat, dann läuft es einem kalt den Rücken hinunter. Sie soll ja auch den Mönch verhext haben."

Angeführt wurde der Zug von einem kleinen Trupp Stadtsoldaten der freien Reichsstadt.

Danach folgten der Foltermeister und der Henker der Stadt.

Der Karren, von einem wegen des Gejohles nervösen Pferdes gezogen, ratterte auf dem holprigen Pflaster durch die Hauptstraße der Stadt Speyer an Dom und dem Palast des Erzbischofs vorbei. Auf der abschüssigen Straße zum Rhein hinunter rollte er immer schneller in Richtung auf das Stadttor zu. Der Kutscher zog die Bremse am Wagen an, um dem Volk Gelegenheit zu geben, sich das Spektakel ausgiebig anzusehen. Die beiden erbarmungswürdigen Gefangenen standen angebunden hinter dem Kutschbock.

Hinter dem Karren ging Bernhard von Rubo. Er hatte ein hohes Kruzifix vor sich und sang einen Psalm, dessen Text aber im Geschrei der Leute auf den Straßen unterging.

Die Menge johlte. An seiner Tonsur erkannten die Leute, dass der Verurteilte ein Mönch war; ein Mann Gottes.

Ein Stein traf Egbert an der bleichen Wange und hinterließ einen blutenden Riss. Blut rann ihm übers Gesicht und bildete an der Halskrause des weißen Büßerhemdes einen roten Fleck Aber er stand aufrecht, ohne sich zu rühren.

Neugierige Mägde am Straßenrand tuschelten leise und kicherten. Sie hatten noch nie einen Mönch nur im Hemd gesehen. Dazu noch so einen gut aussehenden jugendlichen Mönch.

Annerose weinte leise. Tränen rannen ihr über die Wangen. Man hatte ihre langen Haare hochgebunden. Noch immer waren die Spuren der Folter deutlich an Armen und Beinen zu sehen. Aber auch sie hielt sich aufrecht.

Erst beim Besteigen des Karrens hatten sie sich wiedergesehen. Unendliches Mitleid stand in den Augen Egberts, als er ihre gequälte, zarte Gestalt bemerkte, wie sie aus dem Gefängnis der Stadt brutal heraus gezerrt worden war. Ihn selbst hatte man im Keller des Bischofspalastes inhaftiert gehabt. Eine Gnade, die ihm der Erzbischof erwiesen hatte.

Annerose aber hatte ihn verständnislos angestarrt. Sie schien ihn nicht erkannt zu haben. Selbst als er versuchte, sie anzusprechen, hatte sie nicht reagiert. Nun versuchte er es noch einmal.

„Annerose, ich bin es. Egbert."

Sie starrte ihn an; furchtsam, verängstigt, ohne ein Zeichen des Erkennens.

„Annerose, erkennst Du mich nicht? Du bist nur wegen mir hier. Ich bin es, Egbert. Der Mönch aus Maulbronn."

Ihr Gesichtsausdruck änderte sich nicht. Sie schien durch ihn hindurch zu sehen.

„Es tut mir so leid, Annerose. Verzeih mir, was ich Dir angetan habe." Wieder traf ein Stein seinen Körper und ließ ihn vor Schmerz aufstöhnen.

Etwas in seiner traurigen Stimme aber schien sie erreicht zu haben. Ihr Blick wurde fester. Sie sah ihn bewusst an.

„Wenn ich doch nur Dein Schicksal auch auf mich nehmen könnte. Gerne würde ich zwei Tode sterben."

Sein Blick, voller Trauer und Scham über das, was er ihr angetan hatte, ruhte auf ihrem Gesicht. Er wollte seine Seelenqualen hinausschreien, aber stattdessen sah er sie nur in stummer Verzweiflung weiter an.

„Egbert?"

„Ich bin es, Annerose."

„Egbert, was tun die mit uns." Sie schien die Wirklichkeit nicht mehr zu begreifen.

„Sie werden unseren Leib töten, Annerose. Nur unseren Leib, nicht unsere Seele." Er wollte weitersprechen, aber sie unterbrach ihn.

„Werden wir uns dann nicht mehr sehen?"

Wegen des Gejohles konnte er ihre Worte kaum verstehen. Aber sie schien nicht mehr zu bemerken, was um sie beide herum vorging.

„Doch, wir werden uns wieder sehen. Wenn das alles vorbei ist. Dann kann uns niemand mehr trennen."

„Egbert, ich habe solche Angst. Ich bin noch so jung. Was wird sein, wenn ich tot bin?"

Er konnte ihr die Hoffnung nicht nehmen. Es wäre sinnlos, sie mit seinen Zweifeln zu quälen. Inzwischen wusste er selbst nicht mehr, was er glaubte. Doch plötzlich fielen ihm auch die Zweifel ein, die selbst Jesus am Ölberg an seiner göttlichen Mission gehabt hatte.

Blitzartig wurde ihm klar, dass Gott auch seinen eigenen Sohn mit seiner Angst allein gelassen hatte. ‚Vater, wenn es möglich ist, so lass diesen Kelch an mir vorüber gehen' hatte Jesus gefleht. Gott aber hatte nicht geantwortet.

So hatte sich der Sohn in den Willen seines Vaters überantwortet. So würde auch er es tun.

„Ich habe auch Angst. Aber ich vertraue auf unseren Herrn Jesus Christus. Und das kannst Du auch."

Nach einer kurzen Pause, als ihn wieder ein Stein im Rücken getroffen hatte, fuhr er fort: „Weißt Du noch? Als sie unseren Herrn Jesus gekreuzigt haben, da hing ein Mörder an seiner Seite. Dem tat es leid, dass er solch schwere Schuld auf sich geladen hatte. Aber Jesus sagte zu ihm: 'Heute noch wirst Du mit mir im Paradiese sein'.

Ich bereue ja aus ganzem Herzen, dass ich Dich verführt habe. Ich hoffe, dass Jesus mir auch vergibt. Aber Du hast keine Schuld auf Dich geladen. Du wirst im Paradies sein. Bei Gott und all seinen Heiligen. Annerose, hast Du gehört? Du wirst bei Gott sein. Denn Du hast keine Schuld auf Dich geladen." Seine Stimme klang jetzt so hoffnungsvoll und froh.

Annerose wurde ganz ruhig.

Der Wagen war durch das Tor hinausgerollt und gab den Blick auf die beiden Scheiterhaufen frei. „Warum tun Menschen das, was sie mit uns tun?"

„Vergib ihnen, Annerose. Sie wissen nicht, was sie tun."

Als sie an den Pfählen auf den Scheiterhaufen angebunden waren, verlas der Richter das gefällte Urteil.

Alsdann zog der Henker zuerst Egbert, danach Annerose eine schwarze Kapuze über das Gesicht.

Danach packte er Annerose mit beiden Händen am Hals und drückte zu, bis sie sich nicht mehr regte.

Es war die Gnade, die ihr für das Geständnis, eine Hexe zu sein, zugestanden worden war. Sie war tot, als die Flammen ihren Körper einhüllten und das Fleisch verbrannte.

Egbert jedoch hatte nicht gestanden und seiner Ketzerei nicht abgeschworen. Ihm stand diese Gnade nicht zu. Ihn verbrannte man bei lebendigem Leib.

Die Nachricht von Egberts Tod erreichte Maulbronn einen Tag später durch einen Boten des Erzbischofs. Der hatte auf einem Pergament die unglaubliche Ketzerei des Mönches dokumentiert und auch das Verhörprotokoll in Abschrift beigefügt.

Abends, nach dem Abendessen, hatte der Abt im Kapitelsaal die Dokumente vorgelesen.

Allgemeines Entsetzen hatte die Mönche ob der Wandlung des Egbert zum Ketzer ergriffen. Die Kirche als Hort des Antichristen. Die Mutter Jesu als Hure, die ledig ein Kind bekam. Die sich nicht geopfert hatte als Gefäß, das den Sohn des lebendigen Gottes hervorbringen sollte, sondern sich ohne das Sakrament der Ehe dem Heiligen Geist hingegeben hatte. Vielleicht noch lustvoll, wie diese Leibeigene Annerose.

„Herr, nimm diese Schmach von unseren Schultern. Vergib unserem Kloster, dass in seinen Mauern solche Frevel ihren Anfang nehmen können" betete der Abt und warf sich vor den Augen aller in den Staub. „Vergib, dass von unserem Kloster eine solche Häresie ausging."

Keiner der Brüder weinte eine Träne um Egbert, der dem Kloster solche Schande gebracht hatte.

Es dauerte einen weiteren Tag, bis dieses Geheimnis zu Bernhard und Georg durchgesickert war.

Beide waren erschrocken, was die Anzeige des Georg beim Pfarrer von Knittlingen ausgelöst hatte. Das hatten sie nicht gewollt. Bernhard hatte nie richtig geglaubt, dass Annerose eine Hexe sein solle. Aber er hatte darauf vertraut, dass die Wahrheit ja früher oder später ans Licht kommen müsse. Nun hatte Georg doch recht gehabt. Annerose war eine Hexe gewesen. Aber dass Egbert ein Ketzer gewesen war, das hielt er für unmöglich.

„Gott sei Dank haben wir Egbert nicht verraten" stieß Bernhard hervor, als sie sich auf den Eichelboden über dem Melkstall zurückgezogen hatten, um die Neuigkeit ungestört zu bereden.

Georg schwieg zerknirscht. Er schaute auf seine Hände, wie immer, wenn er ein schlechtes Gewissen hatte. Aber Bernhard war viel zu sehr mit dem Schicksal von Egbert beschäftigt, um dies zu bemerken.

„Als wir die beiden erwischt haben, sah es nicht so aus, als ob Egbert verhext war" sinnierte Bernhard. „Es sah eher so aus, dass das Mädchen von ihm verzaubert war. Sie hing ja förmlich an seinen Lippen, wenn er etwas sagte."

Georg starrte weiter vor sich hin, ohne ein Wort zu sagen.

„Du bist ja heute nicht sehr gesprächig" versuchte Bernhard sein Schweigen zu brechen.

„Ich glaube, ich gehe jetzt nach Hause" antwortete Georg, ohne auf Bernhard einzugehen.

„Na ja" meinte Bernhard. „Irgendwie tut mir diese Annerose auch leid. Wir hätten vielleicht doch nichts verraten sollen."

„Du hast sie ja nicht verraten. Das war ich" stieß Georg hervor und rannte plötzlich die Stufen des Eichelbodens hinunter. Er musste gehen. Er war kurz davor gewesen, Bernhard zu erzählen, dass er auch Egbert auf dem Gewissen hatte.

Er rannte aus dem Kloster. Tränen traten ihm aus den Augen. Er musste weg. Weit weg. Und er wusste auch schon, wie er schnell weit weg kam.

Seit einigen Monaten hatte Franz von Taxis eine Postkutschenlinie von Mechelen nach Innsbruck eröffnet. Ausschlaggebend für die Auswahl der Verbindung waren einerseits der Zugang zu den begehrten Brüsseler Spitzen, die aus Mechelen kamen, wie auch der Knotenpunkt Innsbruck als Tor nach Italien und dem Balkan.

Knittlingen war eine der Poststationen auf diesem Weg, auf der die Pferde gewechselt wurden und die Reisenden auch etwas zu essen bekamen.

Georg hatte es sich zur Gewohnheit gemacht, jedes Mal, wenn Reisende mit der Kutsche kamen, seine Dienste anzubieten und dabei vieles erfahren, was sonst in der Welt vorging. Durch seine in der Lateinschule erworbenen Kenntnisse war er in der Lage gewesen, das, was er hörte, zu verstehen und richtig einzuordnen.

Da er ein aufgeweckter Junge war, war er mit den Reisenden oft ins Gespräch gekommen, hatte sie geschickt ausgefragt und vieles erfahren, wovon andere und ältere Bewohner von Knittlingen keine Ahnung hatten. Er hatte ein Gespür für Informationen entwickelt, die für ihn selbst vielleicht einmal von Interesse sein sollten.

Dieses Mal wollte er die Kutsche dazu benutzen, unbemerkt und schnell von Knittlingen wegzukommen.

Als die Kutsche am Abend die Reise nach Belgien fortsetzte, hatte sich Georg, ohne nochmals nach Hause zu gehen, heimlich auf das Trittbrett hinter der Kutsche geschwungen und verließ seine Heimatstadt verstohlen und unbemerkt. Bis er sich im Morgengrauen von der Kutsche fallen ließ, war er schon ein beträchtliches Stück weg.

Nach drei Nächten auf den folgenden Kutschen gab er einem Kutscher in Richtung Süden eine Mitteilung an seine Eltern mit, dass er sein Glück irgendwo sonst in der Welt suche. Den eigentlichen Grund, die Scham und Reue wegen seiner Anzeige beim Pfarrer von Knittlingen, sollte nie jemand erfahren.

Kapitel 7

Reise nach Cîteaux

Bundschuh, im Mittelalter von Bauern getragener Schnürschuh, der mit Lederriemen über den Knöcheln zugebunden wurde. Während der Kreuzzüge etablierten ihn mitziehende bäuerliche Truppen als ihr Symbol: Der Bundschuh unterschied die Bauern vom Adel, der den gespornten Stiefel trug. Seit Beginn der Bauernunruhen im Heiligen Römischen Reich wurde der Bundschuh zum Symbol für den bäuerlichen Aufruhr und zum Feldzeichen der Bauern im Kampf. Erstmals bei Basel (1443), dann im Hegau in Südwestdeutschland, im Elsass, im Bistum Speyer, im Breisgau und im gesamten Oberrheingebiet schlossen sich die Bauern zusammen; sie suchten sich gegen die Einschränkung ihrer Rechte und die Erhöhung der Abgaben zu wehren. Einer ihrer Führer war seit 1502 der leibeigene Bauer Joß Fritz. Unter der Parole „Nichts denn Gottes Gerechtigkeit" sammelte er die Unzufriedenen. Sie forderten, alle Obrigkeit (außer Kaiser und Papst) abzuschaffen, die Leibeigenschaft aufzuheben, den Kirchenbesitz unter den Armen aufzuteilen, Zinsen und Abgaben aufzuheben und Wasser, Weide und Wald in Gemeineigentum umzuwandeln. Ihre Erhebungen wurden jedoch meist (häufig durch Verrat) frühzeitig entdeckt und von den Fürsten grausam niedergeschlagen. Die zunächst lokal zersplitterte Bewegung unter den Bauern mündete 1524/25 in den Bauernkrieg.

Die nächsten Tage waren für Bernhard zum Heulen. Niemand wusste, wo sich Georg herumtrieb. In der Lateinschule war er nicht erschienen. Aber da dachte Bernhard noch, dass Georg sich die Sache mit Annerose so zu Herzen genommen hätte, dass er zu Hause geblieben sei.

Erst als am nächsten Tag ein Knecht des Jörg Gerlach im Kloster erschien, der nachfragte, ob Georg vielleicht im Kloster sei, war Bernhard doch stark beunruhigt.

Insgesamt schien er aber niemandem sehr zu fehlen; außer Bernhard.

Dem Abt war aufgefallen, wie sehr sich Bernhard wegen des Verschwindens von Georg grämte. Da er sowieso zum jährlichen Treffen der Äbte nach Cîteaux musste, bestellte er Bernhard zu sich.

„Bernhard, ich muss nach Cîteaux. Weißt Du, wo das ist?"

„Ja, Vater Abt. Es ist der Ort, an dem unser Orden gegründet wurde. Es liegt in Burgund."

„Sehr gut. Ich möchte, dass Du mich begleitest. Bisher habe ich immer einen Novizen mitgenommen, aber ich glaube, Du bist jetzt alt genug. Du wirst viel von der Welt sehen. Du wirst Dich unterwegs um die Pferde und das Gepäck kümmern. Alles, was eben so notwendig ist."

Die Vorbereitungen lenkten Bernhard etwas von seinem Schmerz ab.

Zwei Tage später war es soweit. Der Prior hatte für die Zeit der Abwesenheit des Abtes die Führung des Klosters übernommen.

Im Morgengrauen ritten Abt und Bernhard aus dem Kloster, nachdem der Bruder Schmied nochmals die Hufeisen der Reittiere kontrolliert hatte. Der Abt hatte sich einen schönen 'Schwarzwälder Fuchs' mit dunkelbraunem Fell und heller Mähne ausgesucht, während für Bernhard ein gutmütiges Maultier bereitgestellt worden war.

Am ersten Abend der Reise sahen sie, vom Marktflecken Bühl am Rande des Schwarzwaldes kommend, zwischen Wäldern, Wiesen und Feldern schon von weitem den mächtigen Vierungsturm des Klosters Schwarzach. Kurz darauf erreichten sie die Klosterpforte.

Schwarzach war keine Zisterzienser-, sondern eine Benediktinerabtei. Aber auch die Zisterzienser gründeten sich ja ursprünglich auf die Regeln des heiligen Benedikt von Nursia. Außerdem galt in allen Klöstern die Gastfreundschaft als hohes Gut.

Nun, als sie vor der Klosterpforte standen, die jedoch weniger eindrucksvoll als die in Maulbronn war, wurden sie freundlich ins Innere des Kloster gebeten. Während sich Bernhard um die Tiere kümmerte, suchte der Abt, nachdem er sein Zimmer im Herrenhaus des Klosters bezogen hatte, den Schwarzacher Abt auf. Zunächst wollte er sich für die Gastfreundschaft bedanken und Näheres über die Bursfelder Union hören, der das Kloster gerade beigetreten war. Diese sollte das Klosterleben wieder mit religiösem Schwung beleben.

„Ihr müsst Euch auf Eurem Weg in acht nehmen" warnte der Schwarzacher Abt. „In Schlettstadt (Seléstat) sind Bauernunruhen ausgebrochen. Die letzten Jahre waren, wie Ihr selbst wisst, hart. Zuerst der lange Winter vor drei Jahren. Viele Tiere mussten geschlachtet werden, weil das Futter nicht ausreichte, diese so lange aus den Wintervorräten zu ernähren. Und seit zwei Jahren haben wir nun nasse, kalte Sommer, die Getreide und Wintervorrat auf den Feldern verfaulen lassen. Es sind Schriften aufgetaucht, die das Ende der Welt voraussagen."

„Das gab es in den vergangenen Jahrhunderten immer wieder einmal" warf der Maulbronner Abt ein.

„Ja, aber in solchen Zeiten, wenn sowieso das himmlische Reich nahen soll, wird es schwerer, den Leuten begreiflich zu machen, dass sie für das irdische Reich Steuern zahlen müssen" seufzte der Benediktiner.

„Mir wird manchmal bang bei dem Gedanken" bekannte der Zisterzienserabt „wie weit wir uns von der ursprünglichen Ordensregel entfernt haben. ‚Die Mönche müssen von ihrer Hände Arbeit, von Ackerbau und Viehzucht leben' sagte Bernhard von Clairvaux. ‚Deshalb dürfen wir zum eigenen Gebrauch Gewässer, Wälder, Weinberge, Wiesen Ackerland abseits von den Siedlungen der Weltleute sowie Tiere besitzen.' Jetzt aber sind wir der größte Waldbesitzer weit und breit mit zehntausend Morgen, haben sieben Klosterämter, Stadthöfe, in denen wir unsere Produkte verkaufen, Grangien, Mühlen, Dörfer und Kirchenpatronate, die uns abgabenpflichtig sind, Leibeigene ..."der Abt hielt nachdenkend in seiner Aufzählung inne. „Manchmal zweifle ich, ob das geruhsame Leben mit Falkenjagd und Studium der immer neuen Bücher und Schriften, die Zerstreuungen, die immer größeren Raum in meinem Leben einnehmen, wirklich gottgefällig sind."

Der Maulbronner Abt wartete, bis der Schwarzacher Novize, der eine Karaffe Wein und zwei Gläser auf den Tisch zwischen den beiden Äbten gestellt hatte, den Raum wieder verlassen hatte.

„Dass wir den Bauern mit unseren Stadthöfen Konkurrenz machen, dass sie an uns oder andere auch noch den Zehnten abgeben müssen, kann diesen Menschen nicht gefallen. Manchmal verstehe ich sie sogar."

„Ihr macht Euch zu viele Gedanken" tadelte der Benediktiner. „Das ist die gottgewollte Ordnung und wir mehren mit unserem Besitzstreben nur den 'Weinberg Gottes'. Denkt an das Gleichnis mit dem Knecht, der mit den Pfunden wucherte. Nur er fand Gnade vor den Augen seines Herrn."

Er wollte das unerfreuliche Thema zu Ende bringen. „Ich wollte Euch auch nur vor einem Geheimbund warnen, der in der Gegend um Schlettstadt sein Unwesen treibt. Sie haben sich einen Bauernschuh, den Bundschuh, auf die Fahnen geschrieben. Sie wollen Steuern, Leibeigenschaft, Zölle, den Zehnt und hohe Zinsen abschaffen. Ziel ihres Aufstandes sind der Adel, wir und die Juden."

In der Zwischenzeit bewunderte Bernhard das romanische Tympanon, ein Bogenfeld über dem Kirchenportal. Es zeigte die beiden Schutzheiligen der Kirche, Petrus und Paulus neben Christus, der in der Mitte thronte.

Zwei Himmelskörper wiesen ihn als Herrn der Welt aus. Irgendwie erinnerten die Skulpturen an byzantinische Elfenbeinarbeiten, die er von Reliquienschreinen kannte.

Aber Bernhard war vom langen Reiten müde. Er begab sich nach einem kurzen Gebet für eine glückliche Heimkehr im Münster wieder in die Klosterherberge, wo eine Kammer für ihn bereitstand, und war innerhalb kürzester Zeit eingeschlafen.

Am nächsten Morgen überquerten der Abt und Bernhard nahe dem Münster auf einem Floß den Rhein und ritten entlang der Vogesen weiter nach Süden. Das Gelände, die Rheinebene, erlaubte ein rasches Vorankommen. Nur selten mussten sie wegen eines Rheinarmes die Richtung ändern. Zur Rechten ragten die Vogesen in den Himmel. Kleine Weiler lagen an den Hängen. Links, im Dunst, erkannte man die dunkeln Höhen des Schwarzwaldes. Von aufständischen Bauern bemerkten sie nichts. In Colmar verbrachten sie einen ganzen Tag. Der Abt zeigte Bernhard das von Meister Martin Schongauer im Martinsmünster geschaffene Tafelbild Maria im Rosenhag. Bernhard glaubte, noch nie so etwas Schönes gesehen zu haben.

„Du wirst den Maler dieses Bildes persönlich kennenlernen. Ich brauche noch ein Geschenk für den Abt unseres Gründungsklosters. Und Meister Schongauer ist der bekannteste Kupferstecher unserer Zeit. Vielleicht finde ich da etwas Passendes für das Kloster."

Bernhard freute sich. Das Zisterzienserkloster in Maulbronn war zwar nicht mehr so schmucklos, wie es vor Hunderten von Jahren Bernhard von Clairvaux gefordert hatte, aber prachtvoll konnte man nur das 92-sitzige geschnitzte Chorgestühl nennen und den wunderbaren Dreisitz des Abtes mit dem Drachen und dem Löwen.

Er musste an Georg denken. Der hatte immer behauptet, dass aus dem Maul eines Drachen und einer wilden Katze, welche die Mönche Löwe nannten, keine Ranken kommen konnten. Ein Drache würde Feuer spucken und keine Ranken wie an dem Abtsstuhl. Dennoch war diese Schnitzerei schon beeindruckend.

Aber verglichen mit diesem Bild! Man glaubte, die Vögel in den Rosenhecken würden leben und jeden Augenblick davonfliegen. Selbst den Duft der wundervollen roten Rosen vermeinte er riechen zu können. Die Jungfrau Maria war so zart und ihre Augen leuchteten so gütig. So musste seine Mutter ausgesehen haben, die während der Pilgerfahrt an der Pest gestorben war. So ähnlich hatte Pauline ihm immer seine Mutter geschildert.

„Herr sei ihrer Seele gnädig" fügte er wie immer hinzu, wenn er sehnsüchtig an seine Mutter dachte, „und auch der meines Vaters und der Seele von Pauline." Denn auch Pauline war bereits seit einem Jahr tot.

Der Abt sah ihn irritiert an, sagte aber nichts.

Nach einem weiteren kurzen Blick verließen sie das Münster wieder und begaben sich in eines der Seitengässchen unweit der Kathedrale des Dominikanerklosters, in dem Martin Schongauer, wie der Abt wusste, lebte.

„Ihr müsst Euch unbedingt mein letztes Werk in Münster in Breisach ansehen. Ich glaube, es ist mein Meisterwerk. Es heißt das 'Jüngste Gericht' Ich habe es gerade erst vor einigen Monaten fertiggestellt."

„Vielleicht auf der Rückreise" lächelte der Abt. „Aber ihr wisst sicher, dass unsere Klöster schlicht gehalten werden sollen. Auch Schönheit lenkt von der Verehrung Gottes ab. Seht unseren Knaben hier. Vor lauter Staunen über Eure Altartafel hatte er alles um sich herum vergessen. Fast auch das Gebet im Münster."

Bernhard bekam einen roten Kopf. Der Abt hatte gut beobachtet.

„Dennoch möchte ich unserem Stammhaus in Cîteaux einen Kupferstich schenken" fuhr der Abt fort.

Martin Schongauer zeigte seinem hohen Gast einige seiner Werke. Besonders beeindruckt war der Abt von der ‚Versuchung des heiligen Antonius', aber er zögerte. Mit einem solch kostbaren Werk würde er selbst gegen die Regeln der Zisterzienser verstoßen. Wie würde dies das Mutterhaus aufnehmen?

Er seufzte. „Obwohl mir dieser Kupferstich ein Meisterwerk zu sein scheint, habe ich es mir überlegt. Ich nehme dieses Andachtstäfelchen ‚Maria im Fenster'."

Schongauer verzog den Mund. So war es meistens bei diesen hohen Herren. Wahrscheinlich war dem Abt der Kupferstich zu teuer.

Noch am Nachmittag ritten der Abt und Bernhard drei Wegstunden weiter zum Geburtsort von Papst Leo IX, der als Bruno von Egisheim in der gleichnamigen achteckigen Burg vor knapp 500 Jahren geboren wurde. Die Häuser der Handwerker und der Weinbauern waren eng in drei Kreisen um die Burg herum gebaut, so dass sich drei Befestigungsringe ergaben, die diese Burg schützten, bevor die eigentliche Burgmauer das letzte hohe Hindernis für einen Angreifer darstellte. In der Hauskapelle des Adelssitzes verrichteten sie ein kurzes Gebet und dem Angebot des Hausherrn, die Nacht in der Burg zu verbringen, kamen sie gern nach. Als Bernhard im schmucklosen Zimmer des Knaben Bruno schlafen durfte, der später dann Papst gewesen war und sogar heiliggesprochen wurde, war er überglücklich. Welche Träume Bruno damals gehabt hatte? Er träumte davon, wie er die Welt verändern würde, wenn er Papst wäre.

Georg hatte ihm vieles von der Welt außerhalb der Klostermauern erzählt. Immer, wenn die Postkutsche vorbeigekommen war, hatte er versucht, von den Reisenden Neues zu erfahren. Das hatte er dann am nächsten Tag Bernhard berichtet. Einer der Reisenden war sogar in Rom gewesen. Er hatte von prunkvollen Bauwerken, Dutzenden von prächtigen Kirchen mit herrlichen Bildern, Palästen und wunderschönen Damen berichtet. Auch den Papst hatte er gesehen, in einem prachtvollen Ornat mit der Tiara auf dem Kopf. Kardinäle, Bischöfe und andere hohe kirchliche Würdenträger standen ihm bei der Audienz zur Seite. Eines Tages würde er vielleicht Papst sein. Wie Bruno von Egisheim. Er musste nur sein ganzes Handeln danach ausrichten. Mit diesen Gedanken schlief Bernhard ein.

Am nächsten Tag reisten sie weiter nach Südwesten, bis sie ins Tal der Doubs kamen. Diesem Flüsschen folgten sie und erreichten nach drei Tagen die aufstrebende freie Reichsstadt Besancon, die für ihre Uhrenherstellung bekannt war. Hinter einem Torbogen aus römischer Zeit erhob sich die Kathedrale des heiligen Johannes. Es war vier Uhr nachmittags und wie von Zauberhand bewegt setzten sich die Figuren der astronomischen Uhr in Bewegung.

Bernhard kam aus dem Staunen nicht heraus. Da sie auf ihrer Reise Straßburg nicht betreten hatten, war dies die größte Stadt, die er bisher gesehen hatte. Sie blieben aber nur über Nacht, denn der Abt musste ja am nächsten Tag in der Abtei in Cîteaux sein.

Fünf für Bernhard langweilige Tage folgten, während derer die Äbte Rechenschaft ablegten. Sie diskutierten neue Entwicklungen im Zusammenleben, beklagten zum Teil den Sittenverfall in den Klöstern oder bezeichneten ihn als maßlos übertrieben. Wichtig waren die Beratungen über das Verhältnis zu den Dominikanern, da das Erscheinen der päpstlichen Bulle zur Bekämpfung des Hexenunwesens zu einer gefährlichen Vergrößerung der Macht des Dominikanerordens geführt hatten. Und wichtig war auch die Situation der römischen Kirche, die sich immer mehr zu einem weltlichen statt einem himmlischen Königreich wandelte. Doch für Bernhard waren diese Tage ohne Georg langweilig und immer nur kurzfristig von kleineren Pflichten unterbrochen. Er sehnte die Heimreise herbei.

„Schwört, auf die Fahne" sagte Hans Ullmann zu einer kleinen Schar von Unfreien um Joß Fritz, dass Ihr das, was Ihr nach göttlichem Recht der Obrigkeit schuldet, gehorsam halten werdet."

Joß nahm einen Zipfel der Fahne in seine rechte Hand. Die Fahne war ein weißblaues Tuch mit einem Kruzifix, Maria und Johannes auf der einen Seite aufgemalt, auf der anderen Seite einen Bauernschuh und darunter gestickt den Vers 'Nichts denn die Gerechtigkeit Gottes'.

„Ich schwöre es."

Ullmann fuhr in seinen Erläuterungen fort:

„König Sigmund wollte eine Reformation des Reiches, die wir, gedrückt durch Adel und Klerus, durchsetzen wollen. Der König sagte vor sechzig Jahren, dass durch Christi Opfertod alle Menschen gleich geworden sind. Egal, welchen Standes sie vorher waren. Ob Herr oder Sklave, Freier oder Unfreier, Jesus Christus hat durch seinen Tod alle befreit. Wer aber dies weiß und nicht ändert, obwohl es geändert werden kann, ist unweigerlich der Hölle verfallen. Dies gilt auch für Adel und Geistlichkeit, die sich Unfreie und manchmal sogar Sklaven halten. Deshalb hat König Sigmund Bestimmungen erlassen, die aber nie durchgesetzt wurden, denn der Adel und die Kirche haben das verhindert."

Ullmann machte eine kleine Pause und sah in die Gesichter der Umstehenden, die immer noch die Fahne umschlossen hielten.

Nun nahm der ehemalige Bürgermeister ein Pergament vom Tisch und las die wichtigsten Punkte dieser Reform vor:

„Steuern, Zinsen und Abgaben werden nur noch an den Kaiser gezahlt. Die Nutzung des Waldes durch Bauern wird erlaubt. Tiere in Wald und Flur, die man jagen kann, gehören nicht allein Adel und Äbten, sondern auch den Bauern. Das Verbot des Fischens in den Gewässern wird aufgehoben. Aller Klosterbesitz wird aufgehoben, er wird vom Kaiser neu vergeben. Klöster, die bisher Leibeigene hielten, haben gegen Christi Gebote verstoßen und müssen zerstört werden. Vier Reichsvikare sorgen für den Landfrieden. Das Münzwesen wird reformiert. Alle Zünfte werden beseitigt, ebenso alle Handelsgesellschaften. Es ist verboten, Waren aus anderen Ländern heranzuschaffen, wenn dadurch den Handwerkern ihr tägliches Brot weggenommen wird."

Hans Ullmann fasste nochmals in einem Satz die Quintessenz dieser Reform zusammen: „Auf all diesen Gebieten laufen nämlich bisher die Zustände der Gerechtigkeit Gottes zuwider. Daher ist allen die Pflicht auferlegt, zu ändern, was geändert werden muss."

Nun hielt er in seiner Rede kurz inne und forderte dann Joß Fritz und einige andere, die sich dem Elsässer Aufstand angeschlossen hatten, auf: „Schwört, dass Ihr Euer Leben einsetzt, um die Reformation König Sigmunds voranzutreiben."

„Ich schwöre es" tönte es wie aus einem Munde.

Die Männer waren jetzt in den Geheimbund des Bundschuh aufgenommen.

Die gemeinsame Losung, an der sich alle Geheimbündler erkannten, war die Frage: "Loset (*Hört*), was ist das nun für ein Wesen?" Die Antwort darauf lautete: "Wir mögen vor Pfaffen und Adel nit genesen (*etwa: Wegen der Kirche und dem Adel können wir uns nicht mehr aufrappeln*)!"

Auch händelsüchtige Bauern, Säufer, Spieler, Diebe und Landstreicher fanden sich unter den Aufständischen. Hass und Eigensucht waren die Triebfedern ihres Handelns. Obwohl die Führer der Bewegung im Elsass davon nichts ahnten, hatten diese Elemente auf ihre Fahnen noch weitere Ziele geschrieben: Bereicherung und das Totschlagen von Juden.

Nach einer Woche Beratung über die Führung der Klöster, Gedankenaustausch, Rechenschaft und Aussprache, Diskussion und Klärung befanden sich der Abt von Maulbronn und sein Schützling Bernhard auf der Heimreise.

Als sie zum Hause des Martin Schongauer in Colmar kamen, hörten sie von einem Albrecht Dürer, dass dieser am Tag zuvor beerdigt worden war. Er war plötzlich im Alter von einundvierzig Jahren gestorben. Dürer hatte bei ihm lernen wollen, war aber nun auch zu spät gekommen. So ritten sie weiter nordwärts in Richtung Straßburg.

Aus einem kleinen Gehölz brachen plötzlich sechs bewaffnete Bauern zu Fuß hervor und umstellten den Abt und Bernhard, der gerade sein Maultier an die Seite des Abtes getrieben hatte. Dieser war so überrascht, dass er unwillkürlich die Zügel angehalten hatte, ohne einen Fluchtversuch zu unternehmen. Nun war es zu spät. Einer hatte einen Dolch an den Hals des Pferdes gesetzt, während er es mit der anderen Hand am Halfter gefasst hatte.

„Runter von den Tieren" befal der Anführer.

Bernhard sah den Abt fragend an, Der nickte ihm wortlos zu. Beide saßen ab.

„Na Mönchlein, wo hast Du Dein Guldensäckchen?"

Der Sprecher war ein ungepflegter Mann mit vorstehender Oberlippe und einer mehrmals gebrochenen Nase. Rotblonde Bartstoppeln im Gesicht, eine Warze mit langen Haaren am Kinn, kleine, listige Augen und ein wie ein Turban um den Kopf gewickeltes Tuch machten ihn nicht gerade sympathisch. Sein Wams war bis zum Hals zugeknöpft. Die Dolchscheide hing an einem schmalen Lederstreifen, der er um den Bauch gebunden hatte. Die Hose, durch das Wams fast verdeckt, endete unterhalb des Knies. Er trug die Schuhbekleidung des Bauern, den Bundschuh.

Als der Abt nicht antwortete, befahl er plötzlich mit schneidender Stimme „Ausziehen!"

Der Abt blieb stehen, ohne sich zu rühren.

Kalt sah der Bauer ihn an. Er sagte kein Wort, sondern gab seinen Kumpanen durch ein Drehen des Kopfes zum Abt zu verstehen, was sie tun sollten.

Zwei von ihnen traten zum Abt und zerrten ihm die Kutte vom Leib. Plötzlich erstarrte einer von ihnen.

Er trat zum Anführer und flüsterte ihm ins Ohr: „Er hat einen Bischofsring. Das muss ein Abt sein!"

Der Bandenführer sah ihn finster an und sagte unbeeindruckt: „Na und? Dann nimm ihm den Ring ab!"

Bernhard durfte seine Kleider anbehalten. Jedem der sechs war klar, dass er keine Schätze bei sich trug.

„Verschwindet jetzt schnell" befahl der Anführer der Räuber „bevor ich es mir anders überlege."

Gerade als Bernhard fortrennen wollte, tönte jedoch die Stimme nochmals „Halt, Bürschchen. Von welchem Kloster seid ihr eigentlich?"

„Maulbronn" sagte Bernhard verzagt.

„Ach ja" meinte der Bauer „dann spute Dich jetzt, dass Du bald nach Hause kommst."

Der Abt war inzwischen, seiner Kleider beraubt und fast nackt, aber mit natürlicher Würde, Richtung Schlettstadt weitergegangen. Bernhard hatte ihn eingeholt und zog jetzt seine Oberkleider aus, um den Abt damit zu bedecken.

„Wir können die nicht laufen lassen. Wenn die in Schlettstadt sind, haben wir die Stadtpolizei auf dem Hals. Der Abt von Maulbronn ist ein einflussreicher Mann."

„Na, Balthasar. Angst? Du weißt doch, wir sind alle in Gottes Hand. Aber wenn Du meinst, nimm Deinen Bogen" meinte er gleichmütig. „Doch den Jungen lässt Du leben."

Der Abt hörte den Pfeil nicht kommen. Er verspürte plötzlich einen fürchterlichen Schmerz in der Seite. Die Knie knickten ihm ein. Er fiel ohne einen Laut zu Boden.

Bernhard sah ihn an, ohne zu verstehen. Plötzlich sah er den Pfeil und sein Gewand, das sich an der Einschussstelle rot verfärbte. Er schrie auf. In panischer Angst sah er zu den Männern zurück, die das getan hatten. Aber die waren gerade mit Pferd und Maultier im Waldstück verschwunden.

Durch den Schrei war der Abt wieder zu sich gekommen. „Hilf mir auf!"

Bernhard stützte ihn. Mit schmerzverzerrtem Gesicht kam der Abt auf die Beine.

„Ich muss mich auf Dich stützen. Wir müssen versuchen, zum Stadttor zu kommen, bevor ich zu viel Blut verloren habe" stieß er, immer wieder vor Schmerzen innehaltend, hervor.

„Ja, Ehrwürdiger Vater Abt" flüsterte Bernhard, „Stützt Euch auf!"

Unter größten Mühen erreichten sie das Tor. Die Stadtsoldaten versuchten, die Blutung zu stillen. Aber bevor einer von ihnen einen heilkundigen Mönch des Klosters der Dominikaner herbeigebracht hatte, war der Abt verstorben.

Bernhard bat, ihn in die altehrwürdige Stadtkirche aus dem zwölften Jahrhundert zu bringen, die Kirche mit dem achteckigen Turm, wie er sie nannte. Dort wurde dem gerade Verstorbenen vom Abt der Dominikaner die letzte Ölung erteilt.

Den einfachen Sarg für die Überführung fertigte ein Laienbruder eines nahen Bernhardinerklosters an. Denn die Dominikaner waren Bettelmönche und hatten keine handwerklich begabten Laienbrüder.

Auch eine Totenmaske aus Wachs formten die Mönche und gaben sie dem Zug nach Cîteaux mit. Nach dieser Totenmaske könnte ein Relief des Abtes auf dem Sarkophag erstellt werden, wenn dies die Ordensoberen wünschten.

Am nächsten Tag wurde der Abt auf einem Wagen nach Cîteaux gebracht und am darauffolgenden Tag in einer feierlichen Zeremonie in einem Grab unter einer Bodenplatte der Abteikirche beigesetzt. Auf eine Rückführung nach Maulbronn hatte man wegen der längeren Wegstrecke verzichtet.

Während der Begräbnisfeierlichkeiten dachte Bernhard voll Trauer an den dahingeschiedenen Abt. Er musste an das Wort denken, das Jesus zu Simon Petrus gesagt hatte: „Du bist Petrus, der Fels. Und auf diesem Felsen werde ich meine Kirche bauen."

Auch der Boden dieser Abteikirche war aus Stein, aus dem Fels herausgebrochen und geglättet, aber immer noch Fels. Nun würden über diesen Fels, den Stein dieser Kirche, unter dem sein Abt ruhte, Tausende von Mönchen zum Altar gehen. Sie würden ihre Gebete zur Ehre Gottes verrichten. Ihre Gesänge würden zur Ehre des Allmächtigen erklingen, während sie über den toten Abt hinwegschritten. Der Boden, in dem der Abt ruhte, würde damit Teil des weiteren Aufbaus der Kirche sein. Ein heiliger Schauder erfasste Bernhard. Das war auch seine Bestimmung. Davon war er überzeugt.

Die tatsächlichen Mörder wurden nicht gefasst. Aber die Tat rief helles Entsetzen in Schlettstadt hervor.

Die Stadtsoldaten nahmen einige Verdächtige fest und folterten sie. Tatsächlich war einer der Verdächtigen ein Mitglied des Geheimbundes. Er verriet die Namen der beiden Führer und anderer Mitglieder des Bundschuh, worauf diese gefasst und gefoltert wurden.

An einem regnerischen Nachmittag wurden Hans Ullmann und Erasmus Gerber vor den Toren der Stadt Schlettstatt an einem Galgen aufgeknüpft. Ihre Körper blieben zur weiteren Abschreckung am Galgen hängen. Krähen flogen heran und pickten das Fleisch von den

Knochen. Im Umkreis der Gehängten war der Verwesungsgeruch so intensiv und ekelerregend, dass alle einen weiten Bogen um die Hinrichtungsstätte machten.

Die nicht gefassten Mitglieder der Verschwörung gegen die Willkür des Adels und der Geistlichkeit verleugneten aus Angst ihre Ideale oder verschwanden. Der geplante Aufstand war gescheitert, bevor er begonnen hatte.

„Joß, sie haben den ehemaligen Bürgermeister verhaftet. Du musst fliehen!" Einer der Leibeigenen, die Joß unerlaubt nach Schlettstatt begleitet hatten, war am frühen Morgen in die Scheune des kleinen Bauernhofes geschlüpft, in der Joß Fritz übernachtet hatte.

„Was ist passiert?"

„Vor den Toren Schlettstadts ist ein Abt von Bauern ermordet worden. Die Soldaten haben wahllos Leute verhaftet und gefoltert. Einer hat gestanden, dass ein Geheimbund existiere, der die Willkür von Adel und Klerus bekämpfen will. Er hat die Namen unserer Anführer verraten. Ob Du selbst dabei bist, weiß ich nicht. Aber Du musst schleunigst die Gegend verlassen."

„Ich bleibe hier und warte, ob die Soldaten mich wirklich suchen. Sollten die hier erscheinen, bin ich schnell über dem Rhein."

Obwohl Joß Fritz diesen Mord nicht gut geheißen hätte, konnte er sich eine gewisse Genugtuung nicht verkneifen. Einer der Verantwortlichen für den Tod seiner unschuldigen Schwester war nun auch eines gewaltsamen Todes gestorben. Aber der war nur eine Randfigur gewesen.

Den Hauptverantwortlichen von Rubo würde er selbst an den Galgen oder auf einen brennenden Scheiterhaufen bringen. Aber der Anfang war gemacht, der Gerechtigkeit Gottes zum Sieg zu verhelfen.

Joß verbrachte den ganzen Tag und die darauffolgende Nacht in einem kleinen Waldstück in der Nähe der Scheune. Am nächsten Morgen bemerkte er, wie sich ein Bauer vorsichtig der Scheune näherte.

„Was willst Du hier." Joß hatte ihm seinen Dolch an den Hals gesetzt.

„Bist Du Joß Fritz?" Der Ankömmling verhielt sich ruhig, aber nicht ängstlich. Er war sicher, einen der Leute seines Geheimbundes vor sich zu haben.

„Wer will das wissen?"

Der Bauersmann ging auf die Frage nicht ein, sondern knüpfte einfach die Feststellung an „Wenn Du Joß bist, so soll ich Dir sagen, dass Du in Untergrombach gesucht wirst. Wegen Aufruhrs. Und jetzt nimm Dein Messer weg. Ich verschwinde wieder, bevor sie mich in Deiner Gesellschaft erwischen."

Die Mönche in Cîteaux hatten Bernhard nach der feierlichen Beerdigung des Kirchenfürsten mit Brot, getrocknetem Fisch und Dörrfleisch ausgestattet. Ohne den Abt würde er es schwer haben, unterwegs in Klöstern unterzukommen. Die kalten Nächte würde er wohl bis zur Rückkehr nach Maulbronn im Freien verbringen müssen. Da er kein Klosterbruder war und kein Mitglied des Ordens, konnten sie ihn auch nicht mit Geld für Übernachtungen in Herbergen ausstatten. Und das Geld des verstorbenen Abtes hatten ja jetzt seine Mörder.

„Zumindest werde ich nicht verhungern", tröstete sich Bernhard. „So viel Fleisch habe ich im Kloster nicht bekommen. Und Wasser gibt es auf der Heimreise ja mehr als genug."

Bei Bernhards Rückkehr aus Cîteaux war der neue Abt schon gewählt. Es war der bisherige Prior des Klosters, Nikolaus vom Büchen.

Es gab weitere wichtige Neuigkeiten. Die wichtigste war:

Georg hatte sich bei seinen Eltern gemeldet. Er hatte einen Kutscher gebeten, seinen Eltern auszurichten, dass er sein Glück irgendwo sonst auf der Welt suchen wolle.

Mehr erfuhr Bernhard, als er seinen Unterricht wieder besuchte.

Es gab einen neuen deutschen Kaiser, Maximilian von Habsburg.

Irgendein Spanier oder Portugiese mit Namen Diaz war an der Küste Afrikas so weit nach Süden gefahren, bis er wieder auf der anderen Seite nach Norden fahren konnte. Drei Jahre hatte das gedauert. Afrika hatte also ein südliches Ende. Man konnte, wenn man um Afrika herumfuhr, also selbst die Gewürze aus dem fernen Land Indien holen. Die Mauren, die bisher viel Geld mit dem Handel von Gewürzen verdient hatten, brauchte man nicht mehr.

Aber ein Italiener, der sich Kolumbus nannte, hatte noch etwas anderes probiert: Er war mit drei Schiffen der spanischen Könige immer nur nach Westen gesegelt. Er war überzeugt, dass die Erde rund war und keine Scheibe. Folglich musste man, wenn man einfach nach Westen segelte, irgendwann nach Osten kommen. Das war gelungen. Er war in Indien gelandet. Viel schneller, als wenn er um Afrika herumgefahren wäre.

„Wir leben in einer aufregenden Zeit" sagte Bonifaz zu seinen Schülern. „Es ist eine Zeit zum Fürchten, denn die Zeichen mehren sich, dass der Teufel immer mehr Macht gewinnt. Hexen und Zauberer werden mehr und mehr. Hostienschändung, Ritualmorde und Brunnenvergiftung durch Juden erschrecken das Christentum. Falsche Propheten verführen das Volk. Es ist eine Zeit des Aufruhrs. Leibeigene begehren gegen ihre Herren auf. Bauern wollen den Zehnten nicht mehr bezahlen. Katastrophen und Hungersnöte mehren sich, wie ihr es selbst in den letzten Jahren erlebt habt. Die Pest tritt immer wieder auf und vernichtet ganze Landstriche. Die Mauren bedrohen unseren Glauben und nehmen unser Land. In Jerusalem herrschen die Ungläubigen. In Byzanz, der einstigen Kaiserstadt des oströmischen Reiches, sitzen die Osmanen, ein Herrschergeschlecht der Ungläubigen und herrschen nun auch über Griechenland, den Ausgangspunkt unserer Kultur. Die Hagia Sophia, eine der ältesten Kirchen unseres Glaubens, haben sie in einen heidnischen Tempel verwandelt."

Er wartete kurz, um seine Schlussfolgerung dramatischer wirken zu lassen. „Es ist eine Zeit tiefsten Dunkels"

Bonifaz machte eine kurze Pause. Die Schüler der Lateinschule in Knittlingen hingen an seinen Lippen. Er lächelte. Denn selten waren alle so aufmerksam gewesen. Es machte auch einmal Spaß, nicht nur den üblichen Unterrichtsstoff durchzunehmen. Daher spann er den Faden weiter:

„Aber es ist auch eine Zeit des Wissens. Überall entstehen Universitäten, wird Wissen gedruckt und verbreitet. Seht euch selbst. Ihr dürft lesen lernen und euer Wissen erweitern. Ihr erfahrt Dinge, von denen eure Großväter noch nie etwas gehört hatten. Ihr lest von Dichtern und Gelehrten, die ihr Wissen nun nach Hunderten und Tausenden von Jahren an euch weitergeben. Von Ovid und Horaz, von Galen, dem Arzt, aber auch von Walther von der Vogelweide."

Seine Augen blitzten, als er, von seinen Gedankengängen selbst begeistert, schwärmerisch fortfuhr: „Es ist auch eine Zeit, in der wunderschönes Neues entsteht. Seht unsere neue Bibliothek, seht überall die neuen Bauwerke und Erfindungen. Kirchen, so hoch wie der Himmel, dennoch durch schlanke Säulen und hohe Fenster lichtdurchflutet, zur Ehre Gottes. Aber ergänzt durch neue Werke der Malerei und der Glasmalerei, durch neue Musik, durch wahre Wunderwerke an Orgeln. Und damit" lächelt er „ist es auch eine Zeit strahlendsten Lichts.

Ich weiß" fügte er schelmisch lächelnd hinzu „dass es einen Mönch von der völligen Hinwendung zu Gott abbringt, wenn er sich mit solchen Gedanken befasst, aber ich denke, unser Herrgott wird mir das einmal vergeben."

„In Demut und Reue bekenne ich meine Sünden" legte der Bauer in der Pfarrkirche zu Kenzingen seine Beichte ab.

„Ehrwürdiger Vater, ich habe gesündigt. Es fällt mir immer schwerer, meine Familie zu ernähren. In den letzten Jahren hatten wir sehr schlechte Sommer, wie Ihr wisst. Die Abgaben an die Kirche sind aber die gleichen geblieben. Für meine Frau und meine Kinder blieb fast nichts übrig. In der Not haben wir das Getreide gegessen, das für die Aussaat bestimmt war. So werden wir auch im nächsten Jahr nichts haben, um unsere Mägen zu füllen. Jetzt ist ein Mann bei uns gewesen, der uns versprach, dass alles besser werde."

„Wie will er das bewerkstelligen, mein Sohn?"

„Er sagte, es sei Sünde, sich Leibeigene zu halten. Gott habe alle

Menschen gleich geschaffen. Deshalb müssten sich diejenigen wehren, die unterjocht würden. Leibeigenschaft und Abgaben seien unchristlich. Nur der Kaiser und der Papst hätten das Recht, Abgaben zu fordern. Nicht aber der Adel und der Bischof oder die Klöster. Ich habe nun aber erfahren, dass man jenseits des Rheins einen Abt ermordet hat. Nun lässt mir dieser Vorgang keine Ruhe mehr. Ich habe mich deshalb von diesem Bund getrennt und bereue, dass ich mich jemals mit solchen Leuten eingelassen habe."

„Wer ist dieser Aufrührer?"

„Ehrwürdiger Vater, ich bin kein Verräter. Ich habe geschworen, dass ich dies geheim halte."

„Vor Gott kann man nichts geheim halten. Aber was dieser Aufrührer sagt, ist eine Todsünde. Er verstößt gegen die göttliche Ordnung. Du bist an diesen Schwur nicht gebunden."

„Ehrwürdiger Vater, ich kann doch meine Freunde nicht verraten!"

„Mein Sohn, Du befindest Dich während der Beichte in der Obhut Gottes. Nichts, was Du Gott vertrauensvoll auf seine Vergebung anvertraust, wird je diesen Beichtstuhl verlassen. Aber Mörder sind keine Freunde. Du musst zum Zeichen Deiner Reue die Namen der Aufrührer nennen. Nur so kann ich glauben, dass Du auch wirklich bereust. Die Absolution kann ich Dir sonst nicht erteilen."

Der arme Bauer wand sich noch eine Weile.

Schließlich aber gab er den Namen des Joß Fritz, seinen Aufenthaltsort und die Namen anderer, die an den Versammlungen teilgenommen hatten, preis.

Der Pfarrer jedoch ritt nach der Beichte auf seinem Maultier zum Bischof von Straßburg. Ihm eröffnete er, was der Bauer über die Aufrührer offenbart hatte. Schließlich ging es um wichtige Einnahmequellen des Bistums, um Leibeigenschaft und den Zehnten. Wegen der Verletzung des Beichtgeheimnisses fand der Bischof sogar noch lobende Worte. Er versprach dem Pfarrer, ihn zu berücksichtigen, sobald eine besser dotierte Stelle in seiner Diözese frei würde.

Am gleichen Abend wurde Joß Fritz in der Nähe Kenzingens verhaftet und in das städtische Gefängnis von Straßburg verbracht. Nach
mehreren Tagen der Folter war er jedoch plötzlich verschwunden.
Und mit ihm ein Wärter des Gefängnisses.

Zwei Wochen später eröffnete der neue Abt von Maulbronn, Nikolaus
vom Büchen, dem erstaunten Bernhard eine für diesen äußerst erfreuliche Nachricht:

Innozenz VIII., der Heilige Vater, war gestorben und als Nachfolger war Alexander VI. auf den Stuhl Petri nachgerückt. Dieser neue
Papst wollte alle Bischöfe der heiligen Mutter Kirche kennenlernen
und die wichtigsten Äbte aller Orden. Er hatte den Abt nach Rom
gerufen.

„Du, Bernhard, wirst mich begleiten. Du wirst in Rom Deine Studien aufnehmen. Es war der Wunsch meines Vorgängers, dass Du
einmal in Rom studieren sollst" sagte der neue Abt. Dann erst sollst
Du entscheiden, ob ein Leben hinter den Klostermauern von Maulbronn Deine Bestimmung ist."

Ernst war der Abt, als er Bernhard noch etwas erklären musste;
seine Herkunft.

Kapitel 8

Ein Kind namens Martin

Die Theologie Luthers beschäftigt sich in ihrem Kern mit dem Problem der Rechtfertigung des in Erbsünde geborenen Menschen und seiner Erlösung in der Barmherzigkeit Gottes. Dabei stützt sich seine Argumentation auf das Neue Testament sowie die Schriften von Paulus und Augustinus.

Nach Luthers Auffassung wirkt Gott auf zweierlei Weise: durch das Gesetz und durch das Evangelium.

Das Gesetz findet als Forderung Gottes seinen Ausdruck in den Zehn Geboten und im Gewissen des einzelnen Menschen. Die Sünde wirkt jedoch einem tieferen Verständnis dieses Gesetzes entgegen, wobei die Erbsünde den Menschen stets in die Gefahr bringt, sich von Gott, der Welt, dem Nächsten und sich selbst zu entfernen. Dagegen zeigt das Evangelium den Menschen, dass sie der Sündenvergebung bedürfen, und führt sie so zu Jesus Christus.

Durch das Evangelium offenbart sich das Wirken Gottes, der seinen Sohn in die Welt schickte, um die Menschen zu retten.

Der einzelne Mensch kann nichts zu seiner Rechtfertigung in Jesus Christus beitragen. Auch als Gerechter bleibt er Sünder. Allein aufgrund des Glaubens an die Gnade Gottes kann er sich sicher sein, dass er sein Heil erlangt.

Gott offenbart sich den Menschen durch die Person Jesu Christi und spricht in einer für den Menschen verständlichen Sprache. In der Abendmahldiskussion lehnte Luther die Lehre von der stofflichen Wandlung des Brotes und Weines in Leib und Blut Christi ab, behielt jedoch die Gegenwart von Leib und Blut bei. Mit dem Gedanken vom „Priestertum aller Gläubigen" durchbrach Luther die traditionelle Unterscheidung zwischen geistlichen und weltlichen Ämtern.

Der Schieferhauer Hans Luther war ein Choleriker. Wieder und wieder traf die zischende Weidenrute den nackten Rücken des Neunjährigen, der den heißen Topf hatte fallen lassen. Das Mittagessen, ein Hirsebrei, hatte sich auf dem festgestampften Boden verteilt und war nun ungenießbar. Der Gezüchtigte war der älteste Sohn des brutalen Schieferhauers, Martin.

„Du bist zu nichts zu gebrauchen" schrie er wieder und schlug mit der Rute erneut auf den Rücken des Kindes ein. Seine Augen waren blutunterlaufen. Ob vom feinen Staub im Schieferbergwerk oder dem Bier, das er getrunken hatte, um die Kehle vom Staub zu befreien, war nicht zu sagen. Er verprügelte seine Kinder aus dem geringsten Anlass, betrunken oder nüchtern.

Martin hatte sein Gesicht mit den Armen vor den Schlägen geschützt. Nun wagte er einen ängstlichen Blick aus der Armbeuge auf seinen Vater. Es war der übliche Anblick. Dessen Augen lagen tief in ihren Höhlen. Eine dicke Zornesfalte stand über der Nasenwurzel. Der Mund war zusammengekniffen und ein leichtes Doppelkinn waberte unter dem fliehenden Kinn. Die seitlich langen Haare standen wirr vom Kopf ab. Die Stirn wirkte hoch, was aber auf den weit nach hinten geschobenen Haaransatz zurückzuführen war.

Wieder legte der zornige Vater alle Kraft in den nächsten Schlag. Martin heulte auf und wagte, nachdem der Schmerz etwas nachgelassen hatte, einen Blick aus seinen tränenumflorten Augen auf seine Mutter Margaretha zu werfen. Er hatte nicht viel Hoffnung, dass sie einschreiten würde. Erst kürzlich hatte sie selbst ihn blutig geschlagen, weil er eine Nuss gestohlen hatte.

Sie stand an der gemauerten Kochstelle und wirkte teilnahmslos. Die letzten zehn Jahre mit Hunger, Geburten, Wohnungswechseln in andere Städte hatten sie hart werden lassen. Sie hatte den Topf erneut mit Wasser gefüllt und rührte gerade wieder frische Hirse ein, um ein neues Mahl zu bereiten. Doch jetzt, nachdem Martin schrill aufjaulte, sah sie kurz herüber. „Hör auf, Mann" sagte sie. „Du erschlägst ihn ja noch."

Die sechs kleineren Geschwister hatten sich verängstigt in eine Ecke verdrückt.

„Verschwinde jetzt und lass Dich heute hier nicht mehr blicken" schrie der Vater, immer noch aufgebracht. „Dein Essen für diesen Tag ist gestrichen!"

Martin rappelte sich mühsam auf, nicht ohne noch einen schmerzhaften Fußtritt abzubekommen und schlich aus dem Haus ins Freie. Hinter einem hölzernen Schuppen verkroch er sich. Hier lagerte das noch nasse Holz, das er mit seiner Mutter und seinen kleineren Geschwistern in den vergangenen Wochen im Wald hatte aufsammeln müssen.

„Ich werde fortgehen" schwor er sich trotzig. Er wischte sich mit dem Handrücken die letzten Tränen aus den Augen. Sein Blick schweifte hinauf zur mächtigen Burg der Grafen zu Mansfeld, denen mehrere Bergwerke und alles, was er in der Umgebung erblickte, gehörte. Seine Gedanken zerflossen vor Selbstmitleid.

«Denen da oben auf der Burg ist der allmächtige Gott gnädig. Was habe ich nicht alles getan, um meine Eltern zufriedenzustellen. Aber mein einziger Dank sind harte Schläge und Fußtritte von meinem Vater. Die da oben aber, die noch nie Hunger litten, die sonnen sich in der Gnade Gottes." Tief seufzte er auf. „Lieber Gott, Du schaust nicht auf das, was wir Gutes oder Schlechtes tun. Du bist blind oder Du schaust einfach weg. Obwohl die Kinder da oben sicher noch nie mühsam Holz sammeln mussten, damit ihre Mutter wenigstens einen Brei kochen konnte, erweist Du denen auf der Burg da oben Deine Gnade. Die haben Wild und Geflügel und Brot im Überfluss. Keines der Kinder muss sich auch nur einen Bissen Brot verdienen. Wenn die eine Schüssel kaputt machen, dann lässt ihr Vater einfach eine neue anfertigen. Aber Schläge bekommen die dafür sicher nicht. Zu denen ist ihr Vater gnädig. Und Du bist zu denen gnädig, egal, was sie tun. Aber ich kann machen, was ich will. Ich werde nie gerecht behandelt. Weder von Dir noch von meinem Vater. Für mich bleiben nur Schläge."

Tief brannte sich ein Gedanke in seinem Gedächtnis ein: Nicht das Gute, das ich verrichte, ist wichtig. Ich werde trotzdem bestraft oder vor Strafe verschont. Je nachdem, wie Gott gerade seine Gnade verteilt. Wenn Gott zum Vater gnädig ist und dem alles im Überfluss gibt, dann kann auch der Vater gnädig sein und bestraft dann seine Kinder nicht. Nur die Gnade Gottes entscheidet. Nur sie kann uns retten. Gutes zu tun nützt nichts, um den Schlägen zu entkommen. Dann nutzt es folglich auch nichts, Gutes zu tun, um in den Himmel zu kommen und der Hölle oder dem Fegefeuer zu entrinnen. Wir sind immer und immer wieder nur auf die Gnade angewiesen.

In tiefem Selbstmitleid hatte er sich erhoben und lief weg. Er hielt seinen Kopf gesenkt und starrte gedankenverloren auf seine Füße. Noch und noch kam ihm der Gedanke in den Sinn, dass es nicht auf die Werke ankam, die man verrichtete. Nur die Gnade Gottes stellte jedermann auf den Platz, auf dem er stand. Die Werke waren unwichtig.

Die da oben auf der Burg, die jungen Grafen, die brauchten kein Holz für das Feuer sammeln. Trotzdem hatten sie im Winter warme Füße. Er musste sich seine warmen Füße erst durch harte Arbeit verdienen. Er konnte noch so viel Gutes tun. Aber davon bekam er keine warmen Füße.

Gott war zu ihm nicht so gnädig wie zu den jungen Grafen.

Er achtete nicht darauf, wohin er ging. Als es dunkel wurde, verkroch er sich in ein lichtes Gestrüpp. Es war Spätsommer und die Nächte waren in diesem Sommer erstmals nach zwei Jahren wieder lau und voll schwerer Süße.

Aber davon merkte Martin nichts. Er hatte sich zusammengerollt und beweinte sein schweres Geschick, das ihm solch ein armseliges Leben beschert hatte.

Nie wieder würde er zu seinem Vater und seiner Mutter heimkehren. Was sollte er auch zu Hause. Vater würde wie jedes Mal, wenn er ihn halb totgeschlagen hatte, an seinem Bett stehen und beten, dass er endlich den Sohn bekäme, den er sich gewünscht habe. Er würde ihm eintrichtern, dass er ihn nur geschlagen hätte, weil er ihn liebe und weil er wolle, dass einmal etwas Besseres aus ihm werde.

Und Mutter würde später auch an sein Bett treten und zu ihm sagen „Du musst Vater und Mutter ehren, auf dass es Dir wohl ergehe" und ihm wieder bittere Vorhaltungen machen, dass er seine Eltern nicht genug liebe. Denn sonst würde er ihnen keinen solchen Kummer machen.

Sie würde ihm wieder einmal erzählen, wie streng der Herrgott beim Jüngsten Gericht wäre. Dass die guten Taten abgewogen würden gegen die begangenen Sünden. Nur die Menschen kämen in den Himmel, die ohne Sünden wären. Die anderen kämen auf ewige Zeiten in die grauenerregende Hölle.

Wenn deren Sünden aber nicht so schwer gewesen seien und sie viele gute Taten begangen hätten, kämen sie ins Fegefeuer. Dort müssten sie ihre Sünden büßen.

"Wie lange ist ewig?" hatte er einmal gefragt.

Damals hatte sie ihm das so erklärt. "Stell Dir einen ganz hohen Berg vor. Alle tausend Jahre kommt ein kleiner Vogel und wetzt seinen winzigen Schnabel an dem riesigen Berg. Dabei wird ein kleines Staubkorn von den mächtigen Felsen abgetragen. Wenn der ganze Berg durch das ‚Schnabel wetzen' restlos abgetragen ist und der Wind die dabei entstandenen Staubkörnchen fortgetragen hat, ist eine Sekunde der Ewigkeit vorbei."

„Mutter, wie viele Sekunden gibt es?"

Wegen seiner dummen Frage hatte sie ihn nur kurz angestarrt, den Kopf geschüttelt und war gegangen.

Nun dachte er wieder an die vielen lässlichen und einige schwerere Sünden, die er begangen hatte. Er hasste seinen Vater. Damit kam er unweigerlich ins Fegefeuer. Es war unerheblich, wie viele gute Taten er beging. Auch wenn auf der Waage beim jüngsten Gericht die guten Taten wie ein Bleiklotz auf der einen Seite liegen würden und die bösen wie eine Feder auf der anderen Seite, er müsste ins Fegefeuer. Der Pfarrer konnte ihm zwar die Sünde vergeben, nicht aber die

Buße dafür. Das konnte nur der Papst mit dem Ablass der Sündenstrafen oder wenn man nach Rom pilgerte. So hatte es der Pfarrer erklärt. Nur eine Hoffnung hätte man noch. Wenn man fleißig zu den Heiligen beten würde. Die könnten dann Gott bitten, dass er von einer Strafe im Fegefeuer absehen möge. Deshalb waren in der Kirche auch so viele Knöchelchen, die von den Heiligen stammten. So war ein Stück dieser Heiligen immer ganz nah. Und wenn man die dann bat, dass sie Fürbitte bei Gott einlegen sollten, hörten die es sicher besser, wenn sie, zumindest ein Teil von ihnen, in der Nähe waren.

Ein Mönch, der in der Kirche einmal gepredigt hatte, hatte sogar erzählt, dass in Rom noch eine Windel von Jesus sei. Man musste sich das einmal vorstellen. Eine Windel vom Jesuskind. Und ein Kloster hätte dort noch den Rest von den Broten und Fischen, die sich bei der Bergpredigt bei der Speisung der fünftausend immer wieder vermehrt hatten, so dass alle satt geworden waren.

Vielleicht konnten ja die Heiligen Gott bitten, dass er ihm die Strafe nachließ, wenn er seinen Vater hasste. Er versuchte ja immer wieder, ihn gern zu haben. Aber wenn der ihn prügelte, war es immer so schwer. Er konnte es danach einfach nicht. Dann hasste er seinen Vater! Vielleicht konnte er ihn lieben, wenn er fortging und somit weit weg von seinem Vater war. Dann würde der ihn auch nicht mehr schlagen. Mit diesen Gedanken schlief er ein.

„Margaretha, wo ist Martin?" fragte Hans Luther am nächsten Morgen, denn es wäre Zeit gewesen, dass der sich auf den Weg zur Lateinschule gemacht hätte.

„Er war heute Nacht nicht im Haus" meinte sie mürrisch. „Du hast ihn ja selbst aus dem Haus geschickt. Vielleicht war er im Schober und ist schon zur Schule, um Dir nicht zu begegnen."

„Wenn er nicht zur Schule gegangen ist, setzt es heute Abend wieder etwas" brummelte Hans. „Wenn er nichts lernt, dann wird er auch nur einfacher Schieferhauer werden."

Er nahm das Brot, das ihm Margarete vom Laib abgeschnitten hatte und den Krug Bier und machte sich wie jeden Werktag auf den Weg zur Hütte.

Martin wachte auf, als sich eine umhersummende Fliege auf seine Nase setzte und ihn kitzelte. Die Sonne stand bereits golden am blauen, wolkenlosen Himmel und wärmte schon Pflanzen und Tiere.

Eigentlich hätte er in diesem Moment längst in der Lateinschule in Mansfeld sein müssen.

Er hasste auch die Schule. Nur das Singen von frommen Liedern machte ihm Freude und die Erzählung des Pfarrers über die manchmal auch grausamen Legenden über das Leben und Sterben der Heiligen.

Ebenso mochte er diejenigen Bibelstellen, die von der Mutter Gottes handelten. Die Passagen, die zeigten, wie sehr sie ihren Sohn geliebt hatte. Wie sie ihn tapfer vor der Verfolgung durch den grausamen König der Juden, Herodes, gerettet hatte. Oder die Bilder der Mutter Gottes, wie sie verzweifelt am Kreuz gestanden hatte, bitterlich weinend.

Ob seine Mutter auch bitterlich weinen würde, wenn er tot wäre?

Er wagte nicht, sich vorzustellen, dass sie ohne zu weinen an seinem Grab stehen würde. Denn sie musste ihn doch lieb haben. Er half ihr doch immer bei ihrer schweren Arbeit, beim Holz sammeln und Pilze suchen im düsteren Wald, der sicher voll von unsichtbaren Dämonen und Geistern war:

Er half auch beim anstrengenden Zerhacken des Holzes und mühsamen Ernten des Gemüses.

Vielleicht wäre sie auch ganz anders, wenn sie so viel Geld hätten wie die Grafen auf der Burg.

Er musste wieder an die verhasste Schule denken. Morgen würde er wieder vom Pfarrer mit dem Stock geschlagen werden, weil er diesen Vormittag geschwänzt hatte.

Er musste an einen Tag vor drei Wochen denken, als er Regeln aufsagen sollte, die er noch gar nicht kannte. Jedes Mal bekam er Schläge, wenn er eine dieser Regeln nicht wusste. Immer hatte der Pfarrer nur ihn aufgerufen. Fünfzehn mal.

Seine Mitschüler hatten nur die Köpfe gesenkt. Keiner war ihm zur Hilfe gekommen. Niemand hatte dem wütenden Pfarrer gesagt, dass sie diese Regeln, die er aufsagen sollte, noch gar nicht durchgenommen hatten

Aber er würde nicht mehr nach Hause oder in die Schule zurückgehen. Er würde in die Welt hinausziehen und sein Glück machen. Vielleicht würde der Papst in Rom wieder einmal zum heiligen Kreuzzug gegen die ungläubigen Mauren aufrufen?

Der Pfarrer hatte am Sonntag gepredigt, dass die katholischen Könige von Spanien endlich den letzten Maurenkönig aus Spanien hinausgeworfen hätten. Er hätte in einem Ort Granada regiert und nun gäbe es keine Ungläubigen mehr in Spanien, nur noch die heilige Mutter Kirche.

Auch die goldgierigen Juden hätten diese Könige vertrieben. Zumindest diejenigen, die sich nicht hätten taufen lassen. Aber in Jerusalem gab es noch Ungläubige. Und die Juden, die den Herrn Jesus ans Kreuz geschlagen hatten. Dieses Spanien war irgendwo im Süden. Und Jerusalem auch. Wenn er nun immer nach Süden ginge, käme er irgendwann nach Jerusalem.

Wahrscheinlich wäre er dann schon so alt, dass er eine Rüstung tragen und ein Pferd reiten könne wie der heilige Georg. Er würde einen Feuer speienden Drachen töten oder die ungläubigen Mauren vertreiben.

Er könnte auch die Juden bestrafen, die Jesus getötet hatten. Dann würde sein strenger Vater ihn nicht mehr auspeitschen und schlagen. Er wäre stolz auf ihn.

Schließlich würde der Pfarrer den Kindern in der Lateinschule vielleicht auch von ihm erzählen. Wie vom heiligen Georg. Dann wäre er vielleicht auch ein Heiliger. Die Heiligen kamen nicht ins Fegefeuer. Sie mussten nicht büßen. Sie kamen sofort in den Himmel.

Als Hans Luther am Abend gut gelaunt von der Arbeit nach Hause kam, brachte er erfreuliche Nachricht mit. Der Graf von Mansfeld hatte einigen anderen und ihm angetragen, sie könnten ein kleines Hüttenwerk pachten.

Graf von Mansfeld hatte in der Vergangenheit genug Geld verdient. Er war es leid, Tag für Tag darauf zu achten, dass die Arbeiter auch wirklich seinen Reichtum mehrten.

So hatte er seine Hüttenwerke gegen einen beträchtlichen Teil des Gewinnes an Arbeiter verpachtet, die nun selbst darauf achten mussten, dass genug gearbeitet wurde. Denn nur so konnten auch diese Geld verdienen.

Hans Luther hatte dieses Angebot begeistert angenommen. Nun kam er gut gelaunt nach Hause.

„Weib, bald wird es uns besser gehen. Kennst Du den neuen Pächter eines Hüttenwerks in Mansfeld?"

„Die verhärmte Frau sah ihn fragend an. „Hast Du getrunken?"

Normalerweise wäre Hans Luther jetzt schon wieder jähzornig geworden; doch heute lachte er gutmütig. „Bald werden wir es zu einem kleinen Vermögen gebracht haben. Ich bin der neue Hüttenmeister.

Heute wollen wir dieses Ereignis feiern. Geh schnell zum Metzger und besorge uns ein ordentliches Stück Fleisch. Wir wollen auch Wein aus dem Keller holen. Ruf die Kinder. Ich will ihnen selbst erzählen, was ihr Vater für ein angesehener Mann wird. Vielleicht werde ich sogar einmal im Magistrat der Stadt sitzen."

„Martin ist nicht zurückgekommen", warf seine Frau zaghaft ein. Sie wusste, jetzt folgte wieder ein Wutausbruch.

Zuerst war Hans still. Das konnte nicht sein. Wenn es jetzt Gerede gab, war er als Pächter und Leiter des Hüttenwerks nicht tragbar. Er holte tief Luft, aber er bezwang sich. Er musste ruhig bleiben. Er musste diesen aufmüpfigen Burschen suchen. Er durfte seine neue Stellung nicht gefährden.

„Wir suchen ihn. Alle. Nimm auch die Kinder mit. Die wissen vielleicht, wo er sich gewöhnlich herumtreibt."

Aber schon auf der Straße kam ihnen ein Nachbar entgegen. Der fragte, wohin sie ihren Sohn noch am Abend geschickt hätten Er hatte Martin auf einem Weg in südlicher Richtung das Dorf verlassen sehen.

Bald war dieser wieder eingefangen. Hans Luther bezwang seinen aufkeimenden Zorn, bis sie wieder zu Hause waren. Dann jedoch verprügelte er seinen Sohn so, dass dieser sich wochenlang vor ihm versteckte, sobald er ihn vom Hüttenwerk nach Hause kommen hörte.

Nur allmählich wagte Martin, seinem Vater wieder unter die Augen zu treten. Seinen Traum, als edler Ritter Drachen und Sarazenen zu besiegen, hatte er begraben.

Kapitel 9

Die Reise nach Mailand

Fresko, Maltechnik, bei der in Kalkwasser angeriebene Farbpigmente auf Kalkputz aufgetragen werden, solange dieser noch nass ist und deshalb nicht abblättern kann. In der Renaissance wurde dieser Prozess buon fresco (echtes Fresko) genannt, um es von der A-secco-Technik zu unterscheiden, bei der der Farbauftrag auf einem trockenen Verputz erfolgt. Die Farben eines Freskos sind sehr dünn, transparent und hell und haben häufig einen kreidigen Unterton.

Freskotechniken

Beim echten Fresko wird zunächst eine mehrlagige Verputzschicht aufgetragen. Auf der vorletzten Schicht wird eine Entwurfskizze mit dem Kartonverfahren angefertigt, die notwendig ist, da es nach dem Farbauftrag keine Korrekturmöglichkeit gibt. Dabei werden die Konturen mit einem spitzen Griffel durch den Karton in den weichen Putz gedrückt und anschließend mit dunkler Farbe nachgezogen. Über diese Vorzeichnung kommt eine abschließende Putzschicht, wobei abschnittsweise von oben nach unten gearbeitet und jeweils nur so viel Kalkputz aufgelegt wird, wie der Künstler an einem Tag bemalen kann. Zuletzt erfolgt der eigentliche Farbauftrag auf dem noch nassen Verputz. Wenn dieser trocknet und abbindet, reagiert der darin enthaltene Kalk chemisch mit dem Kohlendioxid der Luft, wobei Calciumhydroxid entsteht, das die Farben fest mit dem Untergrund verbindet.

Bei der Anwendung der Freskotechnik muss das Gemälde schnell und präzise ausgeführt und das jeweils Begonnene noch am gleichen Tag fertig gestellt werden Dabei muss der Maler genau wissen, wie viel Wasserfarbe der Verputz absorbieren kann, da zu viel Farbe die Oberfläche verdirbt. In diesem Fall ist es notwendig, die fehlerhafte Fläche abzuschaben, neu zu verputzen und noch einmal zu bemalen. Außerdem muss in Betracht gezogen werden, dass sich die Farben beim Trocknen wesentlich verändern.

Beim Fresco a secco (trockenen, falschen Fresko) wird ein trockener Verputz mit Naturbimsstein abgerieben, um die raue Oberfläche zu glätten, und anschließend mit dünnem Kalkwasser bestrichen. Auf diesen Untergrund werden die Farben aufgetragen. Die Wirkung des Fresco a secco ist der des echten Freskos jedoch hinsichtlich Leuchtkraft und Haltbarkeit stark unterlegen.

Gerade noch war die Kutsche über einen uralten Handelsweg durch das enge Tal gerollt. Die majestätischen Berge, die auf beiden Seiten des Tales steil in die Höhe ragten, waren auf ihren Gipfeln bereits mit Schnee bedeckt. Die windzerzausten Latschenkiefern beiderseits des Weges waren von hohen Fichten und Tannen abgelöst worden. Der Bewuchs des Unterholzes zwischen den Bäumen wurde üppiger. Nach einer Wegbiegung weitete sich das Tal plötzlich und der Abt hieß den Bruder, der die Kalesche bisher sicher über Pässe und durch Wälder kutschiert hatte, anzuhalten.

„Wir wollen aussteigen und uns die Füße vertreten" befahl er Bernhard, der schon während der Fahrt ziemlich einsilbig gewesen war. Viel zu aufregend waren all die Eindrücke, die mit jeder Meile Weges auf Bernhard einstürmten.

Bernhard öffnete nach einem wortlosen Nicken die Wagentür und sprang aus dem Wagen. Er sah das Tal, das sich nach dem letzten Pass in den Alpen vor ihm ausdehnte, wie ein Stückchen Paradies vor sich liegen.

Hier oben war die Luft noch kalt und klar. Aber bis zum weiten Horizont dehnte sich ein fruchtbarer Bergeinschnitt, dessen Mitte ein langgestreckter, tiefblauer See einnahm.

Weiß gekalkte Dörfchen lagen an seinen Ufern. Das Licht der Sonne schien weicher. Er sah Äpfel- und Birnbäume voller Früchte. Trauben hingen von mannshohen Reben. Bäche glitzerten im Sonnenlicht und reflektierten die Strahlen der Sonne. Wasserfälle an den Felswänden zu beiden Seiten des sich öffnenden Tales schienen wie endlose Silberfäden zu Tal zu stürzen. Nach der Steinwüste der Alpen, die ihn wegen ihrer Majestät und dem Gewaltigen, das Gott hier geschaffen hatte, fasziniert hatte, sah er hier ein neues Wunder. Es kam Bernhard vor, als wäre er Moses, dem das geheiligte Land gezeigt wurde. Aber anders als Moses, dem der Herr gesagt hatte, dass er das verheißene Land zwar sehen, aber nie betreten würde, war sich Bernhard sicher, nun in die Wärme und das Licht des Südens eintauchen zu können. In einem Monat bereits würden sie den Mittelpunkt der Welt betreten, Rom.

Auch Nikolaus vom Büchen stand ergriffen von so viel Schönheit still da und sah ins Tal.

Nach einer Weile jedoch forderte er Bernhard auf „Wir wollen uns wieder in die Kutsche begeben. Wir haben noch ein beträchtliches Stück Weg vor uns. Aber heute Nacht schlafen wir bereits in der Lombardei."

Sie fuhren am See entlang bis zur Südspitze. Hier lag das Städtchen Como, das dem See seinen Namen gegeben hatte. An der gotischen Kathedrale wurde gerade gebaut. Es war ein neuer Baustil, den Bernhard noch nie gesehen hatte. Die Fassade war bereits umgestaltet. Nischen und eine Rose aus buntem Glas prägten sie. In den Nischen standen Skulpturen, die bestimmte Themen zum Thema hatten wie die gerade fertiggestellten ‚Skulpturen der Tugenden'. Sie fuhren an Kathedrale und dem Brodetto, dem Sitz der kaiserlichen Statthalter, vorbei zum bischöflichen Palais, wo sie auf Einladung des Bischofs die Nacht bis zur Weiterreise verbrachten.

„In unserem Kloster sind wir doch sehr abgeschieden von den weltlichen Dingen" sagte Nikolaus vom Büchen. „Selbst über unseren Papst wissen wir nur sehr wenig. Ich möchte aber nicht unwissend nach Rom reisen. Deshalb möchte ich Euch bitten, mich etwas über unseren Oberhirten aufzuklären. Wer ist er, woher kommt er?" Ein kleines Lächeln umspielte die Lippen des Abtes, als er fortfuhr: „Könnt ihr mich armen Tor etwas unterrichten?"

Der Bischof von Como lachte und schenkte selbst noch etwas von dem dunkelrot funkelnden Wein nach.

„Er ist auf jeden Fall ein glänzender Administrator, der unter fünf Päpsten sein Können bewiesen hat. Ganz Italien ist eigentlich glücklich über seine Wahl zum Papst. Außer …" schränkte der Bischof von Como ein, „vielleicht die Kardinäle della Rovere und de' Medici. Er ist halt kein Italiener. Außerdem war das Kardinalskollegium etwas geschockt, als sie den neuen Papst nach seinem zukünftigen Namen fragten."

Abt Nikolaus hob fragend die Augenbraue, unterbrach aber nicht.

„Als er gefragt wurde, welchen Namen er als Papst wähle, meinte er: ‚Den des unüberwindlichen Alexander'. Er wählte sich keinen Heiligen, sondern einen Heiden als Vorbild."

„Etwas ungewöhnlich ist dies schon" meinte Nikolaus. „Aber er hatte ja auch Vorgänger, die sich für diesen Namen entschieden hatten."

„Das ist richtig. Eigentlich stört die beiden Kardinäle, außer dass er kein Italiener ist, etwas ganz anderes. Alexander liebt seine Kinder abgöttisch. Sie befürchten, dass er mehr an deren Wohl als an das seiner Kirche denkt."

„Ich verstehe nicht, wie ein Mann als Papst gewählt werden kann, der sein Gelübde der Keuschheit nicht hält. In unseren Ländern jenseits der Alpen wurden Mönche deswegen schon auf dem Scheiterhaufen verbrannt" meinte der Maulbronner Abt bitter.

„Wegen Unkeuschheit verbrannt?" fragte der Bischof ungläubig. „In Venedig wurden dieses Jahr ein Mönch und ein Edelmann wegen Homosexualität verbrannt. Aber das war widernatürlich und wegen des Verstoßes gegen das Gebot Gottes berechtigt. Aber der Zölibat ist ein Kirchengebot. Was ich da von den Klöstern Venedigs gehört habe, kann man nicht berichten. Doch die Mönchs- und Nonnenklöster liegen auch zu dicht beieinander. Dass man aber eine solch drastische Strafe verhängt, ist in unserer aufgeklärten Zeit doch nicht mehr möglich."

„Im Ergebnis schon. Ich rede von einem Mönch meines Klosters. Eigentlich wurde er verbrannt, weil er meiner Ansicht nach wahnsinnig geworden ist. Er hatte ein Mädchen verführt oder sie ihn. Jedenfalls hat ein Dominikaner dieses Mädchen deshalb der Hexerei überführt. Daraufhin hat unser Mönch behauptet, Maria, die Mutter Gottes, sei auch verführt worden. Aber die sei in den Himmel aufgefahren, während seine Geliebte der Hexerei angeklagt würde. Am Ende brannten beide. Unser Mönch und die Hexe."

Der Bischof nickte betrübt mit dem Kopf. „Ja, ja, die Hexen. Hier wurden auf einen Schlag einundvierzig Hexen verbrannt. Wenn man nicht rechtzeitig einschreitet, werden es immer mehr. Denn jede Hexe führt dem Satan neue Opfer zu. Aber wegen Unkeuschheit könnte in diesem Land kein Geistlicher oder Würdenträger verbrannt werden. Wir hätten fast keine Kardinäle und Bischöfe mehr. Wenngleich ich der Ansicht bin" fügte er schnell hinzu „dass man dieses Kirchengebot strikt einhalten sollte. Die Seelsorge in der Diözese verlangt die ungeteilte Aufmerksamkeit des Bischofs. In dieser Beziehung bin ich mit den Kardinälen aus Ostia und Florenz einer Meinung."

„Aber wir sind von unserem Papst abgekommen" brachte Abt Nikolaus das Gespräch wieder auf Alexander. „Was mich interessieren würde, ist, wie er es geschafft hat, dass er als Spanier auf den Stuhl Petri kam, obwohl von den achtzehn wahlberechtigten Kardinälen fünfzehn Italiener waren. Bei uns zu Hause ging das Gerücht der Simonie, des Ämterkaufs."

„Es ist hier üblich, dass man nach der Wahl zum Papst seine Besitztümer verteilt. Das hat er nicht anders als seine Vorgänger gemacht Dass bei Alexander ein bisschen mehr verteilt wurde, lag daran, dass er der reichste Kardinal in Rom war." Der Bischof von Como lehnte sich in seinem Sessel zurück. „Dass er überhaupt in diese Laufbahn am päpstlichen Hof kam und damit in den engeren Kreis der möglichen Papstanwärter, hat zunächst mit seinem Onkel zu tun" begann er die Lebensgeschichte Alexanders.

„Er stammt ja aus dem spanischen Kleinadel. Als sein Onkel Kardinal Alfonso Borja Papst Callixtus III. wurde, hatte für den jungen Rodrigo Borja die Stunde des Glücks geschlagen. Er kam hierher nach Italien, änderte seinen für Italiener nur schwer auszusprechenden Namen in das gefälligere ‚Borgia' und wurde von Callixtus bereits mit fünfundzwanzig Jahren zum Kardinal ernannt. Ein Jahr später war er aufgrund seiner unzweifelhaften Fähigkeiten und Beziehungen bereits päpstlicher Vizekanzler. Ihm unterstand die Kurie." Zerstreut nahm der Bischof den Becher zur Hand und drehte ihn, bevor er sich entschloss, seinen Bericht über Alexander fortzusetzen. „Er sah in Rom sehr schnell, dass auch Priester und höhere Würdenträger der

Kirche nicht selten weiblichen Reizen verfielen. Zudem war er so witzig und galant, dass ihm die Frauen kaum widerstehen konnten. Diesen Umstand nützte er gehörig aus. Das brachte ihm, als er es einmal nach Ansicht des Papstes zu bunt trieb, zwar einen Verweis ein, aber der Papst, damals Pius II., verzieh ihm. Er blieb weiterhin Vizekanzler. Im gleichen Jahr wurde er auch zweimal Vater."

Abt Nikolaus schüttelte den Kopf. „Von zwei verschiedenen Frauen?"

„Ja, es waren keine Zwillinge" lächelte der Bischof von Como. „Ihr dürft ihn nicht so sehr verurteilen. Da er die Priesterweihe noch nicht erhalten hatte, sah er keinen Grund, die für ihn schönen Seiten des Lebens nicht genießen zu sollen. Allerdings wurde er auch ein wenig von Gott gestraft. Er zog sich vier Jahre später, als er den Papst einmal nach Ancona begleitete, eine kleine Geschlechtskrankheit zu." Der Italiener nippte an seinem Weinglas. „Die setzte seiner" der Bischof räusperte sich etwas und suchte nach einem passenden Wort „Lust eine Zeitlang ein Ende."

Der Bischof von Como wollte von dem schweren Wein in den inzwischen leeren Becher nachschenken, doch Nikolaus vom Büchen wehrte mit der Hand dankend ab. So nahm er den Faden dieser außergewöhnlichen Lebensgeschichte wieder auf.

„Der Rest ist schnell erzählt. Als er fünfunddreißig Jahre alt war, begegnete Alexander oder Rodrigo Borgia, wie er damals noch hieß, seiner großen Liebe. Er war zwar zu diesem Zeitpunkt immer noch nicht Priester. Aber die von ihm begehrte Dame, Vanozza de' Catanei, damals gerade vierundzwanzig Jahre alt, war bedauerlicherweise verheiratet. Von ihr konnte er jedoch, bis er Papst wurde, nicht mehr lassen. Selbst als er mit siebenunddreißig Jahren endlich Priester wurde, führte er diese" er räusperte sich etwas befangen „ehebrecherische Liebschaft fort. Als Vanozza nach ihrem Sohn Giovanni auch ihren zweiten Sohn Cesare gebar, beides Kinder des Kardinals, wurde es ihrem angetrauten Ehemann doch zu viel. Er ließ sie sitzen. Sie gebar dem jetzigen Papst dann noch zwei weitere Kinder; Lucrezia, ein Mädchen, und Giofre. Jetzt aber hat Alexander sie wieder mit einem anderen Mann verheiratet. Ihr neuer Gatte ist bereit, ein Auge zuzudrücken."

„Ich bezweifle, dass so etwas in Deutschland je mit dieser Gelassenheit hingenommen wird, wie Ihr das tut" bezweifelte der Abt. „Ein Ehebrecher wird Papst, wird Oberhaupt unserer Kirche, Vertreter Christi auf Erden."

„Hat nicht auch Jesus der Ehebrecherin verziehen?" lächelte der Bischof von Como. „Stand Maria Magdalena nicht neben der Mutter des Heilands unter dem Kreuz, als die meisten anderen unseren Herrn aus Furcht allein gelassen hatten? Im Übrigen kann ich nur wiederholen, was ich schon gesagt habe. Die Ehelosigkeit der Priester ist kein Gebot Christi, sondern ein Gesetz der Kirche."

„Aber es steht nirgendwo geschrieben, dass Jesus geschlechtliche Ausschweifungen für gut befunden hat" warf der Abt von Maulbronn ein.

„Das ist zutreffend" gestand der Bischof ein. „Es ist richtig, dass sexuelle Ausschweifungen Sünde sind, aber man muss auch mit der Zeit gehen. Pius hatte verschiedene Kinder aus der Zeit, als er noch nicht Priester war. Er hat sich sogar einmal vehement für die Priesterehe ausgesprochen. Sein Nachfolger hatte mehrere Kinder und unser letzter Papst hat seine Kinder sogar im Vatikan verehelicht."

Er zuckte mit den Schultern. „Natürlich haben wir auch strikte Verfechter der geschlechtlichen Enthaltsamkeit wie unser Prior der Dominikaner von Florenz, Savonarola. Aber das sind Ausnahmen." Er stellte sein Glas Wein wieder auf den Tisch. „Man muss das Ganze zusätzlich einmal politisch betrachten. Auch das Amt des Papstes hat sich gewandelt. Er ist nicht nur Bischof von Rom. Er ist auch das Oberhaupt des Kirchenstaates. Es wird seit Jahrzehnten ernsthaft diskutiert, ob in diesem Fall nicht gerade eine Besetzung wichtiger Stellen im Vatikan mit solchen Verwandten unumgänglich sei, um die Stärke des Kirchenstaates zu fördern und zu erhalten."

„Ich glaube, darüber werden wir in Rom in nächster Zeit noch reden" meinte der Maulbronner Abt. „Ihr habt mich mit so vielen wertvollen Informationen versorgt, dass ich jetzt dringend alles überdenken muss. Die Sicht dieser Dinge unterscheidet sich in Deutschland doch sehr von der Ansicht hier. Fast hätte ich geglaubt, wir gehörten verschiedenen Glaubensrichtungen an."

Er unterbrach sich kurz und meinte dann lapidar: „Ich glaube, ich ziehe mich jetzt in meine Gemächer zurück. Ich danke Euch sehr für Eure schonungslose Aufrichtigkeit und mutige Darstellung der Probleme. Ich wünsche Euch eine gute Nacht."

„Schlaft gut und sorgt Euch nicht zu sehr über die Führung unserer Mutter Kirche. Ich glaube, wir haben einen guten Papst" beschied der Bischof von Como freundlich und griff nach dem silbernen Glöckchen.

Ein Diener begleitete den Abt zu seinen Räumen.

„Bernhard", sagte am darauffolgenden Morgen der Abt „ich weiß, dass Du immer noch im Zweifel bist, ob ihr, Georg Faust und Du, damals richtig gehandelt habt, als ihr Annerose und Egbert der Inquisition übergeben habt. Aber der hiesige Bischof hat mir erzählt, dass allein hier in Como vor einigen Jahren einundvierzig Hexen verbrannt wurden. Du siehst also, dass der Teufel immer mehr Menschen in seinen Bann zieht. Hat er erst einmal ein Opfer gefunden, so führt ihm dieses Opfer weitere Menschen zu. Du siehst es am Beispiel unseres armen Bruders Egbert. Gott mag seiner Seele gnädig sein. Vielleicht habt ihr durch eure Tat viele Seelen gerettet."

Bernhard hatte in den letzten Tagen die Ereignisse der vergangenen Monate verdrängt. Jetzt allerdings brach die Erinnerung wieder mit aller Grausamkeit hervor. Die Aussage des Bischofs war ihm keine Beruhigung gewesen; im Gegenteil. Stumm sah er aus dem Fenster der Kutsche.

Am nächsten Tag befand sich die Kutsche vor den Toren von Mailand. Schon von weitem ragte der Mailänder Dom inmitten zahlreicher Kirchen heraus. Allerdings war er immer noch nicht fertig, obwohl er schon im vorigen Jahrhundert begonnen worden war und auch dieses Jahrhundert sich bereits seinem Ende zuneigte.

Hier hatte sich der Maulbronner Abt mit dem Abt von Sponheim verabredet. Von Mailand aus wollten sie über Florenz gemeinsam nach Rom reisen. Die Straßen waren nach dem Tode eines Papstes in Italien für Ausländer immer besonders gefährlich.

Allerdings hatte sie der Bischof in Como beruhigt.

In den sechsunddreißig Tagen zwischen dem Tod des Innozenz und der Krönung des Alexander waren allein in Rom zweihundertzwanzig Morde verübt worden. Nach der Krönung des Kardinals Borgia zum Papst Alexander VI. hatte dieser den ersten Mörder, der verhaftet werden konnte, hängen lassen, seinen Bruder gleich mit ihm und hatte veranlasst, dass sein Haus niedergerissen wurde

Ganz Italien sei jetzt beglückt, hatte der Bischof gesagt, dass wieder eine starke Hand in Rom herrsche. Die Straßen seien wieder gefahrlos befahrbar.

Als sie das Stadttor durchfuhren, erwartete sie schon ein Bote des Abtes von Sponheim. Sie waren, wie der Sponheimer Abt, der Erzbischof von Mainz und einige andere hohe geistliche Würdenträger, die auf dem Weg nach Rom zur Zeit in Mailand waren, beim Herzog von Mailand, Giangaleazzo Sforza, für die Zeit ihres Aufenthaltes eingeladen.

Als Nikolaus vom Büchen und Bernhard den Palast Castello Sforzesco betraten, kam ihnen ein junges Mädchen entgegen. Sie war nicht besonders hübsch, aber sie verbreitete eine solche Natürlichkeit und jugendliche Anmut, dass sogar das Gesicht des Dieners, der dem Abt seinen Umhang abgenommen hatte, lächelte, als er sich vor der jungen Dame verbeugte.

„Eminenz, ich heiße Euch von ganzem Herzen willkommen!"

Der Abt reichte ihr seine Hand mit dem Bischofsring zum Kusse.

„Ich nehme an, Ihr seid Isabella von Aragonien. Ich danke für die herzliche Begrüßung."

„Nein" lachte sie „Ich bin nicht Isabella. Ich bin Beatrice d'Este, die Gattin des Mohren."

Der Abt sah sie verständnislos an und wartete auf eine weitere Erklärung.

„Mein Mann wurde Lodovico Mauro Sforza getauft. Wegen seiner schwarzen Haare nennen sie ihn in Mailand statt Mauro nur il moro, den Mohren" kicherte Beatrice. „Er nimmt es aber mit Gelassenheit. Manche kleiden sich sogar maurisch, um ihm zu gefallen."

Bernhard hatte die ganze Zeit schräg hinter dem Abt gestanden. Er konnte den Blick nicht von dem quirligen, jungen Mädchen lassen.

Sie hatte ein rundliches Gesicht mit einem zierlichen Mund und einer geraden, schönen Nase. Auf dem Kopf hatte sie eine perlengeschmückte Haube, unter der eine kurzgelockte, dunkelbraune Haarpracht herausschaute. Zwei Perlen in Tropfenform schmückten ihre Ohren. Ihr Kleid ließ den Ansatz ihres jugendlichen Busens erahnen. Am meisten beeindruckten ihn jedoch ihre dunkelbraunen, fast schwarzen, großen Augen. Er schätzte, dass sie erst in seinem Alter war, aber ihre Fröhlichkeit und Natürlichkeit faszinierten ihn. Sie jedoch hatte ihn nur mit einem kurzen Blick gestreift.

„O je, verzeiht mir, Euer Eminenz, ich stehe hier und rede und rede und habe Euch nicht einmal einen Stuhl angeboten. Bitte setzt Euch doch." Sie zeigte auf eine dick gepolsterte Sesselgruppe.

Der Abt lächelte, nahm aber gehorsam Platz. Bernhard blieb hinter dem Sessel stehen. Beatrice nahm in einem Sessel dem Abt gegenüber Platz.

„Isabella ist ausgeritten" nahm sie den Faden wieder auf „und wo Giangaleazzo gerade ist, weiß ich nicht. Er ist zwar der Herzog, aber die Arbeit machen wir." Sie lächelte spitzbübisch „Wobei das jetzt ein Vergnügen ist."

Nikolaus wusste nicht, was er sagen sollte.

„Wisst Ihr", fuhr Beatrice schon wieder in ihren Erklärungen fort „als sein Vater starb, war Giangaleazzo gerade sieben Jahre alt. Er ist häufig krank und immer gedrückter Stimmung. Bis heute lebt er zurückgezogen und ist froh, wenn er keine Entscheidungen treffen muss. Isabella gefällt das zwar nicht, sie hat Angst, mein Mann wird zu mächtig."

Sie seufzte theatralisch auf, lachte aber im gleichen Atemzug über ihre gespielte Verzweiflung.

„Jedenfalls meint Lodovico, er müsse regieren Er ist ja so pflicht-
bewusst. Aber heute Abend wird ein Ball Euch und den anderen Gästen zu Ehren gegeben. Da werdet Ihr Giangaleazzo kennen lernen.
Für die Repräsentation ist er zuständig. Schließlich ist er der Herzog."

Sie erhob sich anmutig „Darf ich Euch jetzt Eure Gemächer zeigen?"

Mit einem kurzen Blick auf Bernhard fügte sie an „ich denke, Ihr
wollt Euren Knappen bei Euch haben. Zu den Gemächern gehört auch
ein Raum für Kammerherrn oder Diener."

Bernhard errötete „ich bin kein Knappe. Ich werde in Rom studieren und dann zu unserem Orden zurückkehren."

Der Abt zog die Augenbrauen zusammen, da sich Bernhard unge-
fragt in das Gespräch eingemischt hatte. Er wollte aber Bernhard nicht
bloßstellen. Er schwieg und erhob sich, um Beatrice zu seinen Gemächern zu folgen.

Sie wandelten durch endlose Gänge. Auf beiden Seiten befanden
sich prächtige Gemächer mit eingelegten Fußböden, farbigen Glas-
fenstern, persischen Teppichen und Tapisserien, die immer neue Geschichten aus der griechischen und römischen Sagenwelt erzählten.
Sie stiegen Treppen aus edelstem Marmor empor und kamen an weiteren prunkvollen Gemächern vorbei,

Hier erblickte das Auge ein außergewöhnliches Deckengemälde,
dort eine wertvolle Statue und überall eine verschwenderische Fülle
griechischer, römischer oder italienischer Kunst.

Die Gemächer des Abtes waren in einem warmen Goldton gehalten. An den Wänden aufgemalt waren Schlachtengemälde der Siege
Cäsars über die Germanen.

Abt Nikolaus schmunzelte: „War es Eure Idee, Prinzessin, uns die
Überlegenheit der Römer über uns Barbaren vor Augen zu führen?"

Beatrice lachte laut auf „Eminenz, ihr habt vergessen, dass es die
Germanen waren, die Rom eroberten."

Schelmisch fügte sie hinzu: „Wie Ihr vielleicht heute Abend beim
Ball Mailand!"

„Ich glaube nicht, Prinzessin. Unser Orden verbietet, dass wir uns solchen Lustbarkeiten hingeben."

Beatrice schien verwirrt. „Aber euer Eminenz, das wusste ich nicht. Der Bruder meines Mannes, Kardinal Ascanio Sforza, ist einer der eifrigsten Tänzer."

„Ich werde zusehen, Prinzessin."

„Ihr erlaubt, dass ich mich jetzt zurückziehe?" Sie küsste den Ring des Abtes, bevor sie die Gemächer verließ.

Ein Abend am Hof begann mit einer würdevollen Pavane, einem Schautanz, mit dem man Reichtum und Pracht ausdrückte. Danach folgte die Galliarde, bei der die Tänzer ihre technischen Fähigkeiten demonstrieren konnten, und das nicht nur ihren Partnerinnen, sondern allen Zuschauern, während die Damen deren Schritte in einfacher Form nachahmten. Ein guter Galliardetänzer improvisierte seine eigenen Variationen, darunter hohe Sprünge und Drehungen.

Den Abt von Maulbronn interessierte dieses höfische Treiben nicht. Er saß mit Johannes von Tritheim, der sich selbst Trithemius nannte, abseits an einem zierlichen, mit Gold eingefassten Tisch. Seine Pflichten hatte er erfüllt. Er hatte dem jungen Herzog Giangaleazzo, der auf einem kostspieligen Stuhl sitzend die Ehrenbezeigungen entgegennahm, für seine Gastfreundschaft gedankt. Mit den übrigen Gästen, denen er vorgestellt worden war, hatte er ein paar Worte gewechselt. Er war nur ein Würdenträger unter vielen; nicht bedeutend. So würde es nicht auffallen, wenn er bald fehlen würde.

Nun wartete er darauf, dass er sich wieder, ohne Aufsehen zu erregen, in seine Gemächer zurückziehen konnte. Eine nur spärlich gekleidete, junge schwarze Frau mit einer breiten Nase und aufgeworfenen Lippen brachte dunkel funkelnden, roten Wein in zwei kostbar geschliffenen Gläsern und stellte sie auf dem Tischchen der beiden Kirchenfürsten ab. Niemand schien sich an ihrer Kleidung oder ihrer Körperfarbe zu stören.

„Sie ist ein Geschenk des Papstes an den Herzog" wusste Johannes von Tritheim. „Er hat vom König von Aragón fünfhundert schwarze

Sklaven geschenkt erhalten. Da der Papst nicht alle versorgen konnte, hat er sie an seine Kardinäle und andere Fürsten, die ihm wohl gesonnen sind, weiter verschenkt. Der Herzog hat sechs davon bekommen."

„Ich habe die Verbindungen des Herzogs mit Lodovico noch nicht durchschaut" gestand der Abt von Maulbronn. „Wisst Ihr Näheres darüber?"

„Eine blutrünstige Geschichte" meinte der Abt von Sponheim. Er warf einen Blick auf Lodovico, der schräg hinter dem jungen Herzog stand und das Geschehen im Saal beobachtete.

Lodovico war nicht das, was man einen schönen Mann nennen würde. Sein Gesicht war zu voll, seine Nase zu lang und zu stark gebogen, sein Kinn zu breit und seine Lippen zu schmal. Dennoch strahlte er Ruhe und Kraft aus.

„Angefangen hat alles mit dem Großvater von Lodovico" begann Johannes. „Er war ein armer Bauernjunge und entstammte einer Familie von Raufbolden; männlichen und weiblichen. Den Zunamen Sforza, der Bezwinger, erhielt dieser Großvater wegen seiner eisernen Willensstärke und enormen Körperkraft. Er stand zuerst als Soldat im Dienst der Königin von Neapel, die ihn aber ins Gefängnis steckte. Der Grund dafür ist mir entfallen" sinnierte der Abt. „Jedenfalls zwang eine Schwester von ihm in voller Rüstung die Wachen, ihn wieder freizugeben" lachte Trithemius. „Später erhielt dieser Großvater das Kommando über eine mailändische Armee, ertrank aber kurz darauf beim Überqueren eines Flusses. Sein illegitimer Sohn Francesco sprang für ihn ein. Der war damals gerade zweiundzwanzig Jahre alt. Er hatte alle Fähigkeiten des Vaters geerbt. Er war groß, stark und kühn. Ein ausgezeichneter Soldat und Heerführer. Es kam sogar mehrmals vor, dass feindliche Heere die Waffen niederlegten, sobald sie merkten, dass er auf der Gegenseite stand. Sie ergaben sich kampflos dem, wie sie sagten, größten Heerführer der Zeit."

„Mit der Moral dieser Heere scheint es nicht weit her gewesen zu sein" zweifelte Nikolaus.

„Das möchte ich nicht behaupten" gab Trithemius zu bedenken. „Seine Soldaten verehrten ihn und folgten ihm blind. Durch sein strategisches Geschick hatte er ihnen oft reiche Beute beschert. Ihr vergesst, dass wir es hier mit Söldnerheeren zu tun haben. Nicht nur der Heilige Vater bevorzugt Söldner. Einem siegreichen Feldherrn zu folgen bedeutet gutes Einkommen. Das stärkt die Kampfmoral ungemein. Jedenfalls" fuhr er fort „erreichte er, dass ihm sein Fürst, dem er gerade diente, der Herzog aus dem Geschlecht der Visconti, seine illegitime Tochter als Frau gab."

„Mir scheint, der Sündenpfuhl ist hier noch größer als bei uns zu Hause" bedauerte der Maulbronner Abt. „In Eurer Geschichte gibt es jetzt schon zwei illegitime Kinder."

„Unser neuer Papst hat fünf" erinnerte Trithemius trocken. „Aber ich glaube, ich muss noch etwas zu diesen Visconti sagen: Es zeigt, weshalb hier im Süden die Machtverhältnisse so wenig stabil sind." Trithemius zog die Stirn etwas kraus und versuchte, sich an alle gehörten Einzelheiten zu erinnern.

„Diese Visconti waren ein grausames, gewalttätiges Geschlecht. Der Ururgroßvater der Mutter des jetzigen Giangaleazzo war ebenso kränklich und pflegebedürftig und hieß ebenso Giangaleazzo. Er schien sehr fromm zu sein, saß den ganzen Tag in seiner umfangreichen Bibliothek und studierte angeblich die Heilige Schrift genauso wie die Lehren des Aristoteles, die Weisheiten von Platon, die Schriften des Ovid. In Wirklichkeit versuchte er, von Pavia aus ganz Italien unter seine Herrschaft zu bekommen. Fast hätte er es erreicht. Er schloss Bündnisse, blieb aber im Hintergrund. Er verriet seine Bundesgenossen an deren Feinde und erhielt deren Belohnungen. Er gebrauchte alle nur möglichen Listen, übte Verrat an jedem seiner Verbündeten und gab viele politische Morde in Auftrag, ohne jemals selbst in Erscheinung zu treten. So vergrößerte er seinen viscontischen Besitz über Strohmänner unaufhörlich, aber heimlich.

Die andere Hälfte des viscontischen Reiches regierte sein Onkel Bernabò. Der saugte seine Untertanen bis zum letzten Blutstropfen aus. Seine Bauern mussten neben außergewöhnlich hohen Abgaben auch seine fünftausend Jagdhunde pflegen und ernähren. Sein Volk hungerte, aber das bekümmerte ihn wenig. Über die tiefe Religiosität seines Neffen machte er sich lustig, da er den für einen frömmelnden Schwächling hielt und schmiedete Pläne, wie er ihn beiseiteschaffen könne.

Dies wurde natürlich Giangaleazzo von dessen Spionen zugetragen. Er handelte schnell und brutal und gar nicht christlich. Er verabredete sich mit seinem Onkel. Beide Seiten sahen ihre Chance für gekommen. Doch Giangaleazzo war vorgewarnt und deshalb schneller. Sein Geheimdienst vergiftete diesen Onkel Bernabò. Dessen Erbe fiel an ihn. Nun gehörte Giangaleazzo praktisch ganz Norditalien.

Das genügte ihm aber nicht. In seiner Habgier war er unersättlich. Als nächstes wollte er den Kirchenstaat, dann Neapel und Florenz in seine Gewalt bringen.

Doch er starb plötzlich mit einundfünfzig Jahren. Seine Generale bekamen Streit, weil jeder von ihnen die Macht an sich reißen wollte. Sein Reich zerfiel wieder.

Sein ältester Sohn war zu diesem Zeitpunkt dreizehn Jahre alt. Er war noch zu jung, um an Machterhalt oder politisches Ränkespiel zu denken. Er kümmerte sich nur um seine Hunde. Die Brutalität und Menschenverachtung seines Vaters äußerte sich bei ihm noch abartiger. Er erzog diese Hunde, die er wie Spielkameraden liebte, dazu, Menschenfleisch zu fressen und sah mit Vergnügen zu, wie sie Menschen bei lebendigem Leib zerrissen, die er zuvor hatte verurteilen lassen. Eines Tages wurde er dann von drei Edelleuten erdolcht.

Nun kam sein Bruder an die Macht. Erschreckt vom gewaltsamen Tod seines älteren Bruders plagten ihn ständige Angst vor Ermordung und eine immerwährende Furcht vor der menschlichen Bosheit, die er bei dieser menschenverachtenden Jagd auf Menschenfleisch erlebt hatte. Er schloss sich selbst im Kastell von Porta Giovia hier in Mailand ein. Er war ganz offenkundig ein Gefangener seiner Ängste. Nur beim Essen und Trinken vergaß er seine Furcht.

Allerdings wartete er jedes Mal ungeduldig, ob seine Vorkoster die Mahlzeit überleben würden. Sie überlebten jedes Mahl und jeden Krug Wein und er aß, bis er dick und fett wurde. Seine Termine gestaltete er nach Vorzeichen und Astrologen. Wenn diese ihm für den Tag Unheil voraussagten, blieb er einfach im Bett.

Obwohl er aufgrund seines Erbes äußerst wohlhabend war, blieb er nicht frei von Geldgier. Als sich ihm die günstige Gelegenheit bot, vermählte er sich mit einer reichen Erbin wegen ihres Geldes. Doch diese Ehe wurde nicht glücklich. Seine Frau betrog ihn und ein Richter verurteilte sie auf seine Weisung hin wegen ihrer Untreue kurzerhand zum Tode.

Dann heiratete er wieder, hielt seine neue Frau aber vor jedermann versteckt, vermutlich, um ihr keine Gelegenheit zur Untreue zu geben. Als sie ihm keinen Sohn gebar, verfiel er in tiefe Schwermut. Er glaubte, Gott habe ihn wegen seiner Rache an der ersten Gattin bestraft. Dies hinderte ihn jedoch nicht daran, sich mit einer Mätresse zu trösten. Aus dieser sündigen Verbindung entsprang eine uneheliche Tochter. Und diese uneheliche Tochter" schloss der Abt von Tritheim „gab er diesem ebenfalls unehelichen Sforza."

„Woher wisst Ihr das alles?" fragte der Abt von Maulbronn. „Das sind ja furchtbare Geschichten."

„Die Frau des Fürsten, Isabella, hat mir gestern zwei Stunden lang davon erzählt. Sie ist der Meinung, dass Lodovico, ein Sforza, sich zu sehr in den Vordergrund schiebt. Sie erträgt es kaum, dass ihr eigener Mann sich so demütigen lässt, wo er doch zur Hälfte der alten Adelslinie dieser Visconti entspringt. Sie will Lodovico Sforza mit allen Mitteln loswerden. Sie ist deshalb auch dauernd in Kontakt mit ihrem Vater, dem Erben des Königreichs Neapel. Deshalb lässt sie keine Gelegenheit ungenutzt, hervorzustreichen, wie sich die Linie ihres Mannes von dem alten Adelsgeschlecht der Visconti herleitet."

„Da wären wir ja jetzt bei den Anfängen der Sforzas angekommen" stellte der Maulbronner Abt fest.

„Richtig" lachte Trithemius. „Dann möchte ich mal fortfahren, die

Geschichte der Sforzas bis heute zu erzählen. Allerdings ist die nur kurz.

Sechs Jahre, nachdem der Visconti seine illegitime Tochter diesem Francesco Sforza gegeben hatte, starb er, ohne einen Erben zu hinterlassen. Jetzt war Francesco der Ansicht, dass die Mitgift seiner Frau nicht nur die beiden kleinen Gebiete, die er zur Hochzeit bekommen hatte, sondern auch Mailand einschließen müsse. Die Mailänder waren allerdings anderer Meinung. Sie wollten keinen Fürsten, sondern eine Republik und riefen diese auch aus. Allerdings ging das Ganze schief."

Trithemius trank einen Schluck Wein, ehe er mit seiner Geschichte fortfuhr. „Die Untertanengebiete Mailands meinten nämlich auch, dass ihre Stunde geschlagen hätte und wollten sich aus der Herrschaft Mailands befreien. Und andere Staaten erhoben plötzlich Ansprüche auf Mailand: Der Herzog von Orléans, der deutsche Kaiser Friedrich III und König Alfons von Aragonien. Sie alle sind mit diesen Visconti irgendwie verwandt. In dieser Notlage wandten sich die Mailänder wieder an den berühmten Heerführer Francesco Sforza und er schlug die Feinde zurück. Als aber die Mailänder Regierung mit Venedig Frieden schloss, ohne ihn zu fragen, schickte er seine Truppen nach Mailand selbst und belagerte die Stadt so lange, bis sie ausgehungert war und sich ergeben musste. Unter den Hochrufen des Mailänder Volkes zog er in die Stadt ein und verteilte Brot. Eine Volksversammlung übertrug Francesco daraufhin die Herzogswürde."

„Dass ein Volk sich selbst regiert, hatte seit dem alten Athen nie mehr Erfolg" warf Nikolaus vom Büchen ein. „Die Bevölkerung braucht jemanden, der Entscheidungen treffen kann."

„Das konnte dieser Sforza. Allerdings hatte er auch eine Schwäche für schöne Frauen. Eine Frau reichte ihm nicht. Deshalb hielt er sich auch eine Mätresse. Als jedoch seine Frau hinter seine Liebschaft kam, tötete sie diese. Ihm selbst vergab sie huldvoll seine Treulosigkeit."

Gelassen warf Nikolaus ein „wahrscheinlich aber nur mit der Drohung, dass das, was seiner Mätresse widerfahren war, auch ihm passieren könne, wenn er sich weiterhin nicht zügeln könne."

Johannes von Tritheim schmunzelte, als er fortfuhr „sie gebar ihm danach acht Kinder. Mehrfach versuchten Adlige, diesen Emporkömmling aus dem Weg zu schaffen, aber er überlebte alle Attentatsversuche Er starb eines friedlichen Todes. Sein ältester Sohn, der Erbe des Herzogtums, musste nicht mehr um seine Stellung kämpfen. Für ihn gab es nur Zerstreuung, Luxus und die Frauen seiner Freunde. Diesen Trieb musste er von seinem Vater geerbt haben. Drei junge Männer schließlich machten seinem Treiben ein Ende. Einer wegen seiner Schwester, die der Herzog verführt und dann verstoßen hatte, der zweite war um seinen Besitz geprellt worden. Der Dritte half mit, weil er mit den beiden befreundet war. Sie erinnerten sich an die Lösung, die Brutus und die Senatoren Roms für den machthungrigen Cäsar gefunden hatten. Sie drangen sie in die Kirche San Stefano ein, als der Fürst dort seine Gebete verrichtete und erdolchten ihn."

„In der Kirche?" war Nikolaus entsetzt.

„Sie bekamen ihre Strafe. Zwei von ihnen wurden von den Soldaten der Sforza gleich erschlagen, der dritte überlebte zunächst. Allerdings wurde er nach der Beerdigung des Erdolchten aufs Rad geflochten. Nachdem all seine Gliedmaßen zerschlagen und seine Gelenke verrenkt waren, zog man ihm bei lebendigem Leib die Haut ab. Selbst da bereute er nicht, sondern rief alle Heiligen und die heidnischen Helden zu Zeugen seiner Tat an. Er hatte die Ehre seiner Schwester gerächt. Er starb mit den Worten: 'Mors acerba, fama perpetua – Bitter ist der Tod, doch ewig der Ruhm."

„Ich verstehe das nicht" schüttelte Nikolaus vom Büchen den Kopf. „Haben die alle keine Angst vor der ewigen Verdammnis? Ich glaube, ich will die weitere Geschichte gar nicht mehr hören. Das alles ist ja furchtbar."

„Ich bin eigentlich schon am Ende. Der tote Fürst hinterließ einen siebenjährigen Sohn, dessen Onkel als sein Stellvertreter die Regierung übernahm. Und die beiden seht Ihr da drüben." Und er wies auf den jungen Fürsten und Lodovico Sforza.

Die Blicke des Abtes von Maulbronn wanderten abschätzend zum Fürsten und seinem Oheim.

„Aber dieser Lodovico sieht aus wie der Vater des jungen Mädchens, das mich heute Nachmittag begrüßt hat und behauptete, seine Frau zu sein."

„Ihr meint Beatrice. Er hat sie letztes Jahr geheiratet. Er ist vierzig Jahre alt und hat drei Kinder von verschiedenen Mätressen. Sie dürften ungefähr so alt sein wie seine jetzige Frau. Beatrice ist jetzt fünfzehn. Als sie von Neapel hierher kam, war für sie jedoch das Schlimmste, dass Lodovico sich weigerte, sich von seiner letzten Mätresse zu trennen. Diese hatte bis vor einigen Monaten noch hier im Palast eine Zimmerflucht. Und Lodovico hat sie, obwohl er verheiratet war, immer noch besucht. Ihr seht, das Blut des alten Sforza hat sich weiter vererbt."

„Das arme Mädchen."

„Sie braucht Euch nicht leid zu tun" lächelte von Tritheim. „Sie weiß sich zu wehren. Sie hat Lodovico nach einigen Monaten gedroht, nach Hause zurückzufahren, wenn er sich nicht augenblicklich von seiner Geliebten trennt. Das wäre für Lodovico ein schrecklicher Gesichtsverlust gewesen. Seine Geliebte ist jetzt fort und dieses 'arme Mädchen'" er dehnte die Buchstaben genussvoll „wird amantissima del lusso – sehr verliebt in den Luxus – genannt. Sie verbringt Tag und Nacht mit Gesang, Tanz und anderen Vergnügungen."

„Ich weiß nicht, ob das so glücklich macht" zweifelte Nikolaus vom Büchen.

So früh wie möglich entschuldigten sich die beiden Äbte wegen der anstrengenden Reise und zogen sich daraufhin in ihre Gemächer zurück. Diese sinnenfreudige Zerstreuung in Mailand war so ganz anders, als sie es von ihren Klöstern gewohnt waren. Sie fanden diese gesellschaftlichen Vergnügungen oberflächlich und abstoßend. Beide wollten am nächsten Tag weiterreisen, obwohl der Erzbischof von Mainz noch einen Tag in Gesellschaft der Sforzas verbringen wollte.

Kapitel 10

Florenz

Florenz wurde in der Antike gegründet, hatte jedoch bis zum 11. Jahrhundert keine große Bedeutung. Die Verwaltung der Stadt oblag bis zur zweiten Hälfte des Jahrhunderts einem Rat bestehend aus Adligen und Intellektuellen, der seine Tätigkeit im Namen des Volkes ausübte und auf diese Weise die Stadt zur Republik machte.

1300 brach zwischen den zwei Fraktionen der papstfreundlichen Guelfen, den Neri (Schwarzen) und Bianchi (Weißen), ein Krieg aus. Dante, einer der besiegten Bianchi, wurde 1302 aus der Stadt verbannt. Trotz der inneren Auseinandersetzungen gelangte die Stadt zu einer wirtschaftlichen Blüte. Der Zusammenschluss der Kaufleute und Handwerker zu Zünften brachte der Stadt zudem ein unerwartetes Maß an Stabilität.

Im Verlauf des 15. Jahrhunderts entstanden große Spannungen zwischen den reichen Schichten und den Arbeitern, die sich ausgebeutet fühlten. Der Konflikt erreichte 1433 seinen Höhepunkt, als die aristokratische Partei Cosimo de' Medici, einen reichen Handelsbankier und Anführer der Volkspartei, verbannte. Er kehrte 1434 zurück und bestimmte von nun an als Verbündeter der ärmeren Schichten die Politik der Republik, obwohl er offiziell privater Staatsbürger blieb. Unterbrochen von kurzen Perioden des Exils, beherrschten die Medici während der nächsten drei Jahrhunderte die Stadt. Die Nachfolger Cosimos waren sein Sohn Piero und sein Enkel Lorenzo de' Medici. Dieser reduzierte den Einfluss der republikanischen Regierung auf ein unbedeutendes Maß und erreichte durch eine kühne Außenpolitik, dass sich Florenz durch das Gleichgewicht der Kräfte von anderen italienischen Staaten abhob. Die florentinische Goldmünze, der Florin, wurde in ganz Europa zum Währungsstandard des Handels.

Lorenzos Sohn Piero machte Karl VIII. von Frankreich, der 1494 in Italien einmarschiert war, demütigende Konzessionen. Im selben Jahr vertrieb das aufgebrachte Volk Piero und seine Familie aus der Stadt. Girolamo Savonarola, Dominikanerpater des Klosters San Marco, wurde nach Pieros

Sturz zur führenden Figur von Florenz. Savonarola, der lange den Luxus von Lorenzos Hof bekämpft hatte, geriet jedoch in Konflikt mit dem Papst und verlor allmählich die Gunst des Volkes.

„Bernhard, beinahe tut es mir leid, dass ich Dich hierher nach Italien mitgenommen habe" begann der Abt eine halbe Stunde, nachdem sie Mailand mit der Kutsche verlassen hatten, ein Gespräch.

Erschrocken sah Bernhard ihn an. „Was habe ich getan?" fragte er bestürzt.

„Nein, das hat nichts mit Dir zu tun" beruhigte Abt Nikolaus. „Es ist nur so, dass ich ernsthafte Zweifel habe, ob ich Dich allein in Rom lassen kann. In einigen unserer Klöster herrscht ein gottloses Treiben. Darin stimmt mir auch der Abt von Sponheim zu. Er ist sogar der Ansicht, dass keine neuen Klöster gebaut, sondern viele der bestehenden abgerissen werden sollten. Aber hier in Italien scheint alles noch sehr viel schlimmer zu sein." Er hielt in seiner Klage inne.

„Vater Abt, ich habe keine Angst. Gott wird mich beschützen und behüten" meinte Bernhard voller Zuversicht.

„Ja, Bernhard, das wird er" lächelte der Abt, gerührt über so viel Unschuld.

Nach einer Weile fuhr er fort: „Auch andere machen sich große Sorgen um die Zukunft des Glaubens. Du wirst in Florenz einen Mann kennenlernen, der alle Kraft darauf verwendet, das Böse zu bekämpfen. Es ist ein Dominikaner, der in San Marco, der Klosterkirche der Dominikaner, predigt. Im letzten Jahr wurde er zum Prior gewählt. Er hat keine Angst, nicht einmal vor den Regenten der Stadt, den fast allmächtigen Medici. Außerdem scheint er mit der Gabe gesegnet zu sein, die Zukunft vorhersehen zu können. Er hatte vorausgesehen, dass unser heiliger Vater in diesem Jahr sterben würde und auch, dass der Regent von Florenz im gleichen Jahr den Tod erleidet."

Als der Prior Savonarola am darauffolgenden Sonntag in Florenz predigte, hatte sich eine riesige Menschenmenge in der Kirche San Marco versammelt. Auch die beiden Äbte und Bernhard waren anwesend.

Bernhard sah sich das Gemälde über dem Hauptaltar an, auf das ihn Nikolaus vom Büchen leise aufmerksam gemacht hatte, sobald sie ihren Platz in der Kirche eingenommen hatten.

„Das Bild ist von einem Bruder der Dominikaner gemalt. Er hat hier im Kloster unglaublich schöne Fresken gemalt. Das kam auch dem Papst zu Ohren und daraufhin musste er auch in Rom zeigen, was er konnte. Er war hier im Kloster einfacher Mönch, bevor er zum Prior gewählt wurde. Schau Dir einmal an, wie angeregt sich Maria mit den Engeln und Heiligen unterhält. So etwas wurde noch nie gemalt. Man nannte ihn wegen seines Malstiles Fra Beato Angelico, den Engelhaft – Seligen " flüsterte Nikolaus vom Büchen.

Während des Gottesdienstes richtete Bernhard deshalb immer wieder seinen Blick auf das Altarbild, das sich über dem die Messe haltenden Prior Savonarola erhob.

Es zeigte Maria auf einem Thron sitzend mit dem Jesuskind auf ihrem Schoß. Sie sah zu einem der Heiligen hin, der zu ihr sprach. Bernhard überlegte, was für einen dunklen Ball das Jesuskind wohl in seiner linken Hand hielt. Ob das die Erde war? Dann war es kein Ball, sondern eine Scheibe. Ja, jetzt erkannte er es deutlich. Es war kein Ball. Es war eine Scheibe. Der Ball wäre von der Hand heruntergerollt, so wie das Jesuskind ihn hielt. Aber es hatte diese Erdscheibe mit dem Daumen von hinten und vier kleinen Fingern von vorn umschlossen. Es trug die gesamte Erde.

Rechts und links war zu beiden Seiten des Triumphbogens, vor dem der Thron Mariens aufgestellt war, ein Wald. Bernhard erkannte schlanke Zypressen, dunkle Fichten oder Kiefern und verschiedene Laubbäume. Zu beiden Seiten des erhöhten Thrones standen je vier Engel. Sie waren alle weiblich.

Bernhard fiel etwas ein. Er musste unbedingt einmal den Abt fragen, warum die Engel fast immer weiblich dargestellt waren. Die Erzengel hießen doch Gabriel, Michael, Raphael und Uriel. Ob diese Erzengel alle männlich, die gewöhnlichen Engel aber alle weiblich waren?

Er zählte die Heiligen, die vor den Engeln im Vordergrund waren. Es waren acht. Darunter drei Dominikaner.

Und auf der linken Seite war ein Heiliger mit einem Buch. Das musste der Evangelist Markus sein. Der wurde immer mit einem Buch dargestellt, dem Evangelium. Natürlich. Die Kirche war doch diesem Evangelisten geweiht. San Marco. Der Text im Evangelium war zu lesen. Aber Bernhard war zu weit entfernt. Er konnte nicht entziffern, was die Worte der aufgeschlagenen Seite bedeuteten.

Aber etwas anderes fesselte plötzlich seinen Blick. Vor dem Teppich, auf dem die acht Heiligen standen und knieten, war ein Kreuzigungstäfelchen mit Maria und Johannes zu beiden Seiten des Kreuzes. Aber was waren das für Bilder, die in den Teppich gewebt waren? Rechts von dem Täfelchen, das musste ein Fisch sein. Darüber, das sah aus, als wären es Krebse. Und links daneben? Konnten das Kühe sein?

Doch jetzt ging der Prior Savonarola zur Kanzel, stieg die steinernen Stufen hinauf und begann mit seiner Predigt. In der Kirche breitete sich Unruhe aus.

Zwar verstand Bernhard im Gegensatz zu den beiden Äbten, die etwas italienisch verstanden, nur das, was er sich aus dem lateinischen ableiten konnte, aber aus dem wenigen und den tumultartigen Szenen, die sich nun im Dom abspielten, wurde er sich bewusst, welche Macht der Prediger über das einfache Volk ausübte.

Er sah sich den Prediger genau an.

Von Gestalt war Savonarola unscheinbar. Sein Körper war stark abgemagert durch endlose Askese. Daher und durch den dünnen Haarkranz, der durch die Tonsur stehen geblieben war, wirkte sein stattlicher Schädel mit hohen Wangenknochen und einem ausladenden Hinterkopf noch wuchtiger. Eine riesige, gebogene Nase saß über wulstigen, doch meist grimmig zusammengepressten Lippen. Tiefe Runen hatten sich in die Wangen gegraben und umschlossen seine nach unten gezogenen Mundwinkel Auffallend war ein großes Muttermal auf der linken Wange. Doch das Bemerkenswerteste an ihm waren seine Augen. Fiebrig glänzend in ihrem Zorn gegen die Sündhaftigkeit der Welt wirkten sie auf die Gläubigen geradezu suggestiv.

Die beiden Äbte aber glaubten, während sie begierig seinen Worten lauschten, ihren Ohren nicht mehr trauen zu können. Denn Savonarola begann seine Predigt mit Angriffen auf den Klerus und die Leute jubelten und klatschten:

„Die gottlosesten Menschen auf Erden sind heutzutage die Christen. Es gibt nichts Habsüchtigeres, nichts Hochmütigeres, nichts Liederlicheres. Die Habsüchtigsten, Hochmütigsten und Liederlichsten unter den Christen sind aber die Geistlichen und unter den Geistlichen wiederum sind die Verworfensten die Bischöfe und Äbte."

„Amen" schrie das Volk.

„Teufel sind sie, nicht Menschen!"

Wieder schrien vor allem die Armen; einige klatschten.

„Sie verprassen das Kirchengut, das den Armen gehört, mästen …" Savonarola musste eine Pause machen, bis das Klatschen, Amen-Rufen und sonstige Zustimmungsrufe verklungen waren.

Dann fuhr er fort „mästen sich im Schweiße ihrer Untertanen, die sie dem Hungertode überantworten und berauben sie ihrer Habe, gehen aber gleichwohl straflos aus."

Noch einmal musste er erst die Arme heben, um weiter predigen zu können.

„Denn die kleinen Diebe hängt man, die großen lässt man laufen!"

Bernhard sah fragend seinen Abt an, da er das Italienisch nicht verstanden hatte, der saß jedoch mit steinernem Gesicht auf seiner Bank und starrte unentwegt auf Savonarola. Der hielt inzwischen die Brüstung der Kanzel mit beiden Händen umschlossen. Weiß traten die Knöchel seiner Finger hervor, als er seine ganze Anspannung in diesen Griff legte.

„Und doch blähen sie sich in ihrem Hochmut auf und möchten wie Götter verehrt sein." Wegen der Zustimmungsrufe legte er erneut eine Pause ein. „Was aber von den Bischöfen im Großen gilt, das gilt von den Pfarrern und niederen Geistlichen im Kleinen. Ihre Sünden schreien zum Himmel. Was würde Jesus sagen, sähe er heute die Bischöfe mit ihren Mitren von Gold und kostbaren Steinen auf dem Kopf und in ihrem schönen, goldgestickten Ornat. Wie würde er

Priester richten, die sein Wort verdrehen und die Verehrung der einfachen Leute erheischen!"

Er löste die rechte Hand von der Brüstung und ballte die Hand zur Faust.

„Die Priester der frühen Kirche hatten noch keine goldenen Kelche. Im Gegenteil; wenn sie welche hatten, so veräußerten sie diese zur Unterstützung der Armen. Unsere Bischöfe und Äbte hingegen nehmen den Armen ihre letzte Habe, ohne die sie doch nicht leben können, um goldene Kelche daraus zu machen."

Abermals waren es die kleinen und armen Leute, denen er aus der Seele sprach.

Aber ihr Jubel verebbte, als er voraussagte, dass in kurzer Zeit ein schreckliches Unheil über das italienische Volk, seinen Klerus und Adel hereinbrechen würde.

„Ich aber sage euch, in naher Zeit werdet ihr für Eure Sünden, die Verbrechen des Adels und die Missetaten der Geistlichen durch ein schreckliches Verderben bestraft werden. Aber Jesus Christus wird danach in einer glorreichen Erneuerung das italienische Volk anführen."

Er ließ einen Augenblick verstreichen, bevor er beide Hände von der Brüstung der Kanzel nahm, die Fäuste geballt auf seine Brust legte und seine Predigt mit folgenden Worten enden ließ:

„Es muss ein Opfer für die Verderbtheit in dieser Stadt gebracht werden. Ich hatte eine Vision. Die Stadt wird von dem Verderben errettet werden, das sie bedroht. Das Opfer aber werde ich sein, Savonarola. Ich werde eines gewaltsamen Todes sterben."

Völlige Ruhe kehrte zunächst nach diesen Worten in San Marco ein. Ein unsäglicher Schrecken hatte die Gottesdienstbesucher ergriffen. Einzelne Schluchzer wurden laut.

„Nicht Du, Vater" rief eine einzelne Stimme in der Nähe der Kanzel.

Andere Gläubige stimmten ein „nicht Du sollst das Kreuz auf Dich nehmen!"

Eine weitere zornige Stimme erklang: „Der Adel und die Geistlichen sollen büßen!"

Und viele stimmten ein „Ja, der Adel"

„Die Bischöfe sollen Buße tun!"

„Die Kirchenfürsten sind unser Untergang!"

„Betet für unseren Prior, damit sich seine Prophezeiung nicht erfülle!"

In der Nähe Bernhards sagte eine Frau halblaut „bisher sind alle seine Prophezeiungen eingetroffen."

Die mächtige Kirche, gefüllt bis auf den letzten Platz, war plötzlich erfüllt von Weinen und Wehklagen.

Nach der Messe gingen viele schluchzend und wehklagend wie halb tot durch die Stadt. Es war gespenstisch. Der Mönch hatte innerhalb kurzer Zeit aus einem fröhlich schwatzenden und lachenden Strom von Gläubigen eine verängstigte Schar von zu Tode geängstigten Kreaturen gemacht.

Bernhard war völlig verwirrt. Er wagte nicht, Nikolaus vom Büchen um eine Zusammenfassung der Predigt zu bitten. Doch der Abt gab sie von selbst. Trithemius hatte sich schon vorher verabschiedet und war in das Franziskanerkloster, in dem sie ihre Unterkunft während ihres Florenzaufenthaltes hatten, voraus gefahren.

Als Abt Nikolaus seine Zusammenfassung der Predigt beendet hatte, fragte Bernhard

„Hat er recht, dieser Prior?"

„Er hat in vielen Dingen recht. Aber nicht in allen. Er hat recht, wenn er die Sittenlosigkeit brandmarkt, die immer mehr um sich greift. Hier noch viel mehr, als wir es jenseits der Alpen erfahren. Er hat recht, wenn er beklagt, dass den Armen zu hohe Lasten aufgebürdet werden. Da sieht es bei uns nicht anders aus. Und ich muss gestehen, dass viele Ordensgemeinschaften auch bei uns vergessen haben, dass alle Menschen vor Gott gleich sind. Er hat recht, wenn er zu hohe Zinsen anprangert. Er hat recht, wenn er den Luxus maßregelt. Dass sich Kardinäle Sklaven halten, ist unchristlich. Auch wenn sie ihnen geschenkt wurden. Aber er hat unrecht, wenn er fordert, dass die goldenen Kelche für die Wandlung von Wein in Christi Blut verkauft werden sollen. Denn damit ehren wir den Opfertod Christi mit dem edelsten Metall, das wir haben: Gold. Er hat unrecht, wenn er fordert, dass wir unsere Gotteshäuser nicht mehr zur Ehre Gottes schmücken sollen. Denn das schönste Haus soll das Haus Gottes sein. Das Haus in dem unser Herr in Gestalt der Hostie tatsächlich anwesend ist. Er hat unrecht, wenn er alles Schöne verteufelt. Denn auch das Schöne stammt von Gott. Das Volk ist arm, Bernhard. Aber es ist auch ungebildet. Es kann nicht lesen und schreiben. Den Glauben kann man ihm nicht durch Bücher und gelehrte Reden beibringen. Die versteht es nicht. Aber die Schönheit einer Skulptur kann es erkennen. Die Reinheit Mariens an einem Bild ablesen. Die Freuden des Himmels und die Qualen der Hölle lassen sich am besten darstellen, wenn sie für das Auge sichtbar sind. Und selbst die golddurchwirkten Gewänder der Bischöfe und Äbte haben einen Sinn. Denn auch die Nachfolger der Apostel müssen so angezogen sein, dass das Volk über deren Anblick die Herrlichkeit Gottes erahnt."

Bernhard aber war verwirrt und verunsichert.

Am nächsten Tag ging die Reise weiter.

Kapitel 11

Rom

Die Akademie des Platon und das Lyzeum des Aristoteles im alten Griechenland dienten dem fortgeschrittenen Studium der Philosophie. Seit dem 4. Jahrhundert v.Chr. zogen außerdem viele römische Staatsmänner und Philosophen zu Bildungszwecken nach Athen, so z. B. Julius Cäsar, Cicero, Augustus und Horaz. Auch die ägyptische Stadt Alexandria mit ihrer großen und ihrem Museum wurde in der Antike von zahlreichen Gelehrten aufgesucht. In den jüdischen Geisteszentren von Palästina und Babylon, in denen der Talmud entstand, konnte man seit etwa 70 n. Chr. studieren. Die mehr als 1000 Jahre alte Azhar-Universität in Kairo bildet die höchste Autorität des Islam. Die islamische Al-Karawiyin-Universität in Fés wurde etwa zur gleichen Zeit (etwa 859 n.Chr.) gegründet.

Die Universitäten Westeuropas entstanden u. a. auch zur Wahrung der Rechte von Lehrenden und Lernenden. Vor allem aber waren sie Stätten zur Verbreitung von Wissen. Im 12. Jahrhundert hatte sich Paris als geistiges Zentrum der Theologie und Philosophie etabliert. Nach dem Vorbild der Pariser Universität entwickelten sich später zahlreiche Universitäten in Nordeuropa. Das italienische Bologna etwa war ein Zentrum des Studiums der Rechte und bildete das Modell für die italienischen und spanischen Universitäten. Im 13. Jahrhundert wurden in Frankreich, England, Italien und Spanien Universitäten gegründet. 1348 entstand die erste Universität des Heiligen Römischen Reiches in Prag. Neugründungen in Wien, Erfurt, Heidelberg, Köln, Rostock, Löwen, Mainz und anderen Städten folgten im 14. Jahrhundert nach. Studenten, die aus einem bestimmten Land an eine Universität kamen, schlossen sich zu so genannten Nationen zusammen. Die mittelalterlichen Universitäten durften akademische Grade verleihen, die dazu berechtigten, in jedem christlichen Land zu lehren.

Allmählich befreite sich die Universität von der Vorherrschaft der Theologie. Ferrara und andere italienische Universitäten trugen die humanistischen Ideen der Renaissance in das nördliche Europa. Im 16. Jahrhundert wurde die Universität Wittenberg zur Geburtsstätte der Reformation (1517). Ihr Initiator war Martin Luther, der dort als Lehrender tätig war.

Als Bernhard die Aula der Universität von Rom betrat, sah er sich in einer Vielzahl von Altersstufen, Nationalitäten und Standesunterschieden gegenüber.

Hier erkannte er einen jungen Studenten aus dem deutschsprachigen Bauernstand mit seinem typischen Schuhwerk, dem geschnürten Stiefel, einem blauen Wams, das über der Hüfte mit einer dünnen Kordel zusammengebunden war und eng anliegenden, roten Hosen. Wahrscheinlich war dieser auch von einem Kloster oder einem Dorf, das die Studien und den Aufenthalt zahlten, her gesandt worden.

Dort stand ein kleiner, dicker Priester in seinem Ornat.

Ein hochgewachsener Mönch im Ordenskleid eines Benediktiners stand neben einem italienischen Adligen mit hohen, spitz zulaufenden Schaftstiefeln, einem kostbaren, golddurchwirkten Gewand mit Puffärmeln und einer kostspieligen Kopfbedeckung.

Bernhard sah sogar Studenten mit langen Gewändern, welche bis zu den Fersen reichten. Beim Gehen sahen die nackten Fußzehen aus dem Gewand heraus.

Dennoch schienen trotz der Standesunterschiede alle am gleichen Ort zu studieren und gleich angesehen zu sein. Gleich waren sie allerdings nicht, was ihr Alter betraf.

Er sah alle Altersstufen vertreten. Einen Kaufmann, der sicher schon dreißig Jahre alt war ebenso wie Mönche, die auch schon älter waren, Jünglinge, die gerade das Erwachsenenleben erreicht hatten und einige Knaben, die gerade so alt waren wie er selbst.

Allerdings fiel ihm auf, dass viele der angehenden Studenten, auch wenn sie nicht dem geistlichen Stand anzugehören schienen, nur einen Haarkranz wie die Mönche trugen. Er war schon ein wenig beklommen, wie er mit seinen vierzehn Jahren unter all diesen älteren Studenten bestehen sollte.

Rufe unterbrachen seine bangen Gedankengänge. Die einzelnen Landsmannschaften riefen in lateinischer Sprache, der Sprache der Kirche und der Gelehrten, ihre an die Universität von Rom gekommenen Studenten zusammen.

So begaben sich Italiener in die eine Ecke der großen Aula, Deutsche in eine andere, Flamen sammelten sich an einem Punkt, Franzosen an einem anderen. Auch eine kleine Gruppe von Engländern hatte sich um einen englischen Studenten eines der älteren Jahrgänge geschart.

Auch Bernhard hatte sich zusammen mit etwa fünfzig anderen deutschen Studiosi im hinteren Teil der großen Aula zusammengefunden. Hier erfuhr er nun den organisatorischen Ablauf des Studiums.

Wichtigstes war zunächst, dass die Studenten in ihrer Landsmannschaft, der zuständigen Studentenvertretung, völlig aufgingen und sich bei allen Problemen an diese wenden konnten. Sie besorgte auch zunächst die Unterbringung. Wer genügend Geld besaß, konnte einen Wohnanteil im hospicia, dem Studentenwohnheim, bekommen. Bernhard wusste, dass das Kloster ihn dort bereits angemeldet und das Wohngeld für ein Jahr bezahlt hatte. Arme Studenten wurden bei ebenfalls armen Privatleuten für ein geringes Übernachtungsgeld untergebracht.

Als nächstes wurden die Studenten über die angebotenen Kurse und den zeitlichen Beginn der Vorlesungen informiert.

„Aber morgen früh kommt Ihr alle zunächst noch einmal in die Aula, um einen feierlichen Schwur abzulegen, dass ihr alle Vorschriften der Universität streng befolgen werdet."

Der Student, ein Gehilfe des Professors, ein sogenannter baccalaureus, fing an, über das gesamte Gesicht zu grinsen.

„Zu diesem Schwur gehört auch, dass ihr euch nicht an den Examinatoren rächen werdet, falls die euch durchfallen lassen."

Alle lachten.

„Ich muss euch noch etwas sagen. Ihr seht, dass ich eine Tonsur trage. Ich bin aber weder Geistlicher noch möchte ich einer werden. Ich studiere Rechtswissenschaft. Aber ab sofort genießt ihr als Studenten die Immunität und Vorteile eines Geistlichen. Ihr zahlt keine Steuern und braucht euch keinem weltlichen Gericht zu stellen, egal, was ihr verbrochen habt. Nur vor dem geistlichen Gericht müsst ihr euch etwas in acht nehmen"

Er lachte wieder, seine Augen blitzten schelmisch.

„Wenn ihr also ketzerische Gedanken hegt, seid etwas vorsichtig. Obwohl" schwächte er ab, „dies eine äußerst ketzerische Stadt ist. Seid froh, dass ihr nicht in Florenz lebt. Hier herrscht weniger die Dumpfheit des Glaubens als vielmehr der Geist des Fortschritts, eines neuen Zeitalters."

Bernhard fühlte sich plötzlich unwohl. Den unerschütterlichen Glauben an Gott zu erreichen war ihm bisher immer als das erstrebenswerteste Ziel eines Menschen erschienen. Die Suche nach der Wahrheit, die Auslegung der heiligen Schrift als höchstes Ziel der Wissenschaft. Das, was er hörte, war bereits Ketzerei.

Aber er kam in seinen Überlegungen nicht weiter, denn der Student fuhr fort „Ihr dürft nur nicht heiraten, denn sonst verliert ihr diese Privilegien. Was die angenehmen Seiten des Ehelebens angeht, die könnt ihr auch so haben."

Einige der anwesenden Mönche senkten verschämt den Blick, sagten aber nichts.

„Außerdem könnt ihr keinen akademischen Grad erwerben, wenn ihr verheiratet seid. Wenn ihr euch vergnügt, dann tut es also nicht mit Damen, die euch drängen könnten, sie zu heiraten, wenn einmal ein Missgeschick passiert."

Die meisten der Anwesenden lachten verlegen. Bernhard musste an den toten Egbert und die arme Annerose denken. Ihm verging das Lachen.

„Damit euch jeder eure neuen Privilegien ansieht, tragt ihr bis morgen, soweit ihr noch keine habt, eine Tonsur."

Die Aufforderung war so bestimmend, dass kein Widerspruch aufkam.

Nun war Bernhard klar, warum so viele der neu Angekommenen eine Tonsur hatten. Sie waren von anderen Universitäten gekommen, um hier weiter zu studieren oder um Studienfächer zu belegen, die vielleicht an ihrer bisherigen Alma Mater nicht gelehrt wurden.

Ihm fiel auch auf, dass manche dieser neuen alten Studenten sich um den Vortragenden nicht viel kümmerten, sondern sich die Zeit während der Einweisung mit Würfelspiel oder einer Schachpartie vertrieben. Diese Einweisungen schienen sich wahrscheinlich an allen Universitäten zu gleichen.

„Neben unserer Universität gibt es noch die Hofuniversität von Rom, die direkt dem Papst untersteht" hatte der Student seine Einweisung fortgesetzt.

„Ich brauche wohl nicht zu betonen, dass unsere ‚Universität Rom' seit fünfzig Jahren ein weit höheres Ansehen besitzt."

Allgemeines Klatschen lohnte die Ausführung.

Neben weiteren Erläuterungen bemerkte der vortragende Student, dass es unter den verschiedenen Landsmannschaften oft auch Streit gebe.

„Ihr werdet erleben, dass euch andere Landsmannschaften ‚furibundi', Lärmer, nennen. Deshalb setzt es gelegentlich Hiebe. Denn diesen Spitznamen lassen wir Deutschen uns weder von den Schoßröcken tragenden Engländern, die im Übrigen die größten Säufer sind, noch von den hochmütigen und weibischen Franzosen und schon gar nicht von den dicken und gefräßigen Flamen gefallen."

Wieder hatte er die Lacher auf seiner Seite.

„Über die schlappschwänzigen Italiener möchte ich mich nicht auslassen, denn sie sind unsere Gastgeber und mit ihnen sollten wir es uns nicht verderben."

Im Gegensatz zu seinen sonstigen Ausführungen hatte er den letzten Satz nicht auf lateinisch, sondern auf deutsch gesprochen.

Erneut erntete er leisen Beifall.

„Leider seid ihr zweihundert Jahre zu spät geboren. Damals herrschten herrliche Zeiten. Die Dozenten mussten den Vorstehern der Studentenverbindungen Gehorsam schwören."

Ein ungläubiges Kopfschütteln der Zuhörer ließ den Vortragenden lächeln.

„Ihr habt richtig gehört" fuhr er in seinen Ausführungen fort.

„Damals wurden die Dozenten direkt von den Studenten bezahlt. Ein Professor musste sich seinen Urlaub von den Studentenverbindungen genehmigen lassen. Sie bestimmten, wann er seine Vorlesungen beginnen musste und wann er sie zu beenden hatte und welche Strafe er erhielt, wenn er die Vorschriften verletzte."

„Oh glückliche Zeit" unterbrach ein Zuhörer mit verzückt verdrehten Augen.

„Es kommt noch besser" berichtete der Vortragende lakonisch. „Jeder Professor musste zu Beginn des Studienjahres bei einer Bank einen gewissen Geldbetrag hinterlegen. Von diesem Betrag wurden die Bußgelder abgezogen, die er bei Verfehlungen zu bezahlen hatte und der Rest der Summe wurde ihm am Ende das Studienjahres wieder erstattet."

Ein halb ungläubiges Gelächter begleitete seine Ausführungen.

Der Student sah darüber hinweg und fuhr fort „Studentenausschüsse wurden gebildet, die die Lebensweise der Professoren überwachten und die Verfehlungen, fachliche und sittliche, an die Studenten – Rektoren meldeten."

Wieder wurde er von lauter Zustimmung unterbrochen.

„Erst 1289 begann das Ende dieser paradiesischen Zustände. Allerdings hätten die meisten von euch dieses Paradies nie kennengelernt. Denn die Dornen an dieser Rose gab es auch. Die Professoren wurden, wie ich bereits sagte, durch die Studenten bezahlt. Das hätten sich die meisten von uns nicht leisten können. Deshalb müssen wir Bologna dankbar sein, dass es damit begann, Professoren selbst zu bezahlen. Andere Städte zogen nach und gründeten neue Universitäten. Und wenn wir ehrlich sind, ist es heute auch viel lustiger. Wenn man einen Professor selbst bezahlen muss, will man seine Studien so schnell wie möglich beenden. Denn das kostet viel Geld. Geld, das uns heute für Wein und Bier fehlen würde."

Lautes Gelächter erschallte.

„Deshalb werdet ihr einen Obolus entrichten, denn genau heute in vierzehn Tagen, wenn ihr euch etwas zurechtgefunden habt, werdet ihr für eure hohen Herren ein Fest geben, um in die Studentenschaft hineinzuwachsen."

Das Lachen der Neuankömmlinge hatte teilweise nachgelassen. Aber es würden weitere Jahrgänge an Neulingen, den Gelbgalligen, nachwachsen. Die würden dann dafür sorgen, dass diese Ausgaben wieder mit Zinsen vergolten würden.

Die ganze Stadt war auf den Beinen, um der trionfo, der Wagenprozession zuzusehen. Es war wie im alten Rom, wenn ein siegreicher Feldherr heimkehrte. Die Straßen waren mit gebundenen Bogen von Zedernästen überspannt, in die Blumen eingearbeitet waren. Musikkapellen spielten fröhliche Weisen. Hübsche Mädchen und Knaben sangen Kantaten, Würdenträger ritten nach den Herolden dem Zug voraus.

Auch der Abt von Maulbronn hatte sich unter die Würdenträger gemischt. Hinter den Kardinälen, Erzbischöfen, Bischöfen und Äbten, den Prälaten und hohen Beamten des Vatikans saß auf seinem vergoldeten Thron der Pontifex Maximus auf einem mit Gemälden und Ornamenten geschmückten Wagen. Soldaten der päpstlichen Garde warfen Brote in die Menge, die mit viel Beifall die Prozession bestaunte.

Weitere dekorierte und verzierte Wagen mit Gestalten der römischen Mythologie folgten. Auf dem letzten Wagen stand ein nackter Knabe, mit Gold überzogen, der das goldene Zeitalter versinnbildlichen sollte. (Der Knabe verstarb einige Tage nach dem Umzug an der Wirkung der Vergoldung).

Es war bereits die zweite Trionfo. Die erste hatte der Papst direkt nach der Papstwahl durchführen lassen.

Berittene auf weißen Rossen, allegorische Figuren, Ritter und Barone, Bogenschützen und türkische Reiter, siebenhundert Priester und die an der Wahl zum Papst beteiligten Kardinäle waren damals beteiligt gewesen. Der einzige Kardinal, der fehlte, war der sechsundneunzig Jahre alte Kardinal Gherardo. Er war völlig senil und kaum mehr zurechnungsfähig. Aber seine Stimme hatte den Ausschlag für die Wahl des Girolamo Borgia zum Papst Alexander VI. gegeben

Die Kardinäle, die sich für seine Wahl eingesetzt hatten, hatten nach dieser Prozession ihre Belohnungen bekommen.

Der Mailänder Kardinal Sforza wurde Vizekanzler und bekam den Palazzo Borgia, den der Papst nicht mehr benötigte.

Der römische Kardinal Orsini das Bistum Cartagena mit all seinen Einkünften, ein weiterer das Bistum Mallorca.

Jeder wurde der Reihe nach bedacht.

Jedoch erhielt das größte Geschenk der Medici – Kardinal von Florenz, der eigentlich zu den Gegnern Alexanders gezählt wurde. Niemand konnte sich das erklären. Denn sein zweiter wichtiger Gegenspieler, Kardinal Giuliano della Rovere, der Kardinal aus Ostia, ging leer aus. Jeder der anderen Würdenträger wusste, dass sich Alexander damit einen Feind geschaffen hatte.

Dieses Mal, als fast alle Bischöfe und Äbte in Rom weilten, wurde der Armen Roms gedacht. Bernhard stand ebenfalls in der schaulustigen Menge. Der Papst hatte die Würdenträger der Kirche aus allen Teilen Europas kommen lassen, teils, um sie kennenzulernen wie die Äbte, teils, um mit ihnen die Zukunft der Kirche zu erörtern.

So waren die Kardinäle, viele Bischöfe und Äbte sowie der gesamte Hofstaat des Vatikans in der Prozession vereinigt.

Selbst vier Kinder des Papstes ritten in gebührendem Abstand hinter dem vergoldeten Thronsessel, der von vier Sänftenträgern langsamen Schrittes über den Platz vor dem Vatikan getragen wurde.

Alexander VI. segnete huldvoll die die Pracht des Umzugs bestaunenden Gläubigen links und rechts des Zuges.

Bernhard ging zurück zu seiner hospicia, dem Studentenheim. Er hatte eines der Brote ergattert, die von den Soldaten in die Menge geworfen worden waren. Er hatte Hunger. Denn das Geld, das ihm der Abt für das erste Jahr zugeteilt hatte, war nicht üppig. Aber er konnte sich nicht beklagen. Er war im Wohnheim der Deutschen eingezogen. Jede Landsmannschaft hatte ein eigenes Wohnheim für die, denen der Preis dafür nicht zu hoch war. Das Kloster hatte die Kosten für dieses Heim übernommen. Außerdem hatte Bernhard noch einen Betrag für das erste Jahr erhalten. In den nächsten Jahren würde er über das Handelshaus der Fugger seine jährliche Zuweisung erhalten.

Gestern nun war das Fest gewesen, das die neu in die Universität aufgenommenen den ‚hohen Herren', also denen, die ihnen ein Jahr voraus waren, geben mussten. Es hatte Bernhard einige Gallonen Wein gekostet und das Geld für eine ganze Woche verschlungen. So war er froh gewesen, dass heute auf dieser Prozession Brot verteilt wurde.

Der Mitbewohner in seinem Zimmer, Konrad, der sich Conradus Mutianus Rufus, nannte, lag auf seiner Lagerstatt. Er war einer der ‚Hohen Herren', die von den Gelbgalligen, wie die Studenten im ersten Jahr genannt wurden, bedient werden musste.

Mit Konrad hatte er Glück gehabt. Sie verstanden sich vom ersten Augenblick an. Konrad war zwar sieben Jahre älter als er, aber er behandelte ihn fast wie einen Erwachsenen. Conradus Mutianus Rufus hatte in England und Erfurt studiert und war nach Italien gekommen, um noch einiges über die großen Philosophen zu hören.

„Begreifst Du, was dieser Kirchenlehrer Anselm sagen will, warum Gott Mensch geworden ist? Ich verstehe kein Wort, warum der sich da mit dem Papst streitet" empfing ihn sein Mitbewohner, sobald er das gemeinsame Zimmer betreten hatte.

Bernhard war völlig klar, dass Konrad, der einen scharfen Verstand besaß, ihm nur wieder zeigen wollte, wie wenig der Jungstudent von Dialektik verstand. Deshalb versuchte Bernhard abzulenken.

„Weißt Du Konrad, eigentlich ist mir das im Augenblick ziemlich egal. Ich bin hungrig. Willst Du auch etwas von dem Brot?"

„Nein. Aber ich habe morgen meine 'disputatio', und wenn ich die versaue, kann ich den baccalaureus vergessen. Deshalb hör jetzt auf, so laut zu schmatzen und hör mal zu."

Er nahm seine Aufzeichnungen vom Bett hoch und trug vor:

„Also der Papst hat damals behauptet, dass Adam und Eva sich und ihre gesamte Nachkommenschaft durch den Genuss der verbotenen Frucht an den Teufel verkauft hätten. Deshalb könne nur Gottes Opfertod die Menschheit vom Teufel und der Hölle erlösen. Hast Du das soweit mitbekommen?"

Bernhard gähnte. „Natürlich."

„Jetzt aber behauptet dieser Anselm, dieser Ungehorsam durch unsere Ureltern sei ein grenzenloses Vergehen, da er eine Versündigung gegen ein grenzenloses Wesen sei und die sittliche Weltordnung verletze. Nur eine unbegrenzte Sühne könne dieses grenzenlose Vergehen auslöschen. Nur ein grenzenloses Wesen könne eine unbegrenzte Sühne darbieten. Gott sei Mensch geworden, um das sittliche Gleichgewicht der Welt wieder herzustellen."

Konrad sah Bernhard erwartungsvoll an „Was ist? Was sagst Du dazu?"

„Was soll ich dazu sagen?" fragte Bernhard müde.

Er hatte sich, die Reste des Brotes noch in der Hand, ebenfalls auf seinem Lager ausgestreckt.

„Verstehst Du das?" tat Konrad irritiert.

„Natürlich."

„Und was soll der ganze Streit?"

„Ich glaube" gähnte Bernhard wieder „dass dieser … wie heißt der noch mal?"

„Anselm!"

„Richtig. Anselm. Ich glaube, dieser Anselm meint, dass Gott nicht wegen der Erbsünde von uns Menschen seinen Sohn geschickt hat, sondern, weil wir da etwas durcheinander gebracht haben."

„Und?"

„Die Menschen interessieren ihn gar nicht. Er hat eingegriffen, weil die göttliche Ordnung gestört war. Er wollte das sittliche Gleichgewicht der Welt wieder herstellen."

„Und wer hat nun recht?"

„Ach Konrad. Woher soll ich das wissen. Ich habe Hunger" beschied Bernhard und aß den Rest des Brotes.

Nach einer Weile meldete sich Konrad wieder.

„Bernhard?"

„Was ist?"

„Ich habe doch morgen meine Zwischenprüfung. Ich weiß, dass die besser läuft, wenn man den Prüfern eine kleine Erfrischung anbietet. Hast Du noch Geld für eine Gallone Wein?"

Bernhard hatte sich bald eingelebt. Gegen die Regeln in dem Studentenwohnheim verstieß er nie. Denn das kostete jedes Mal eine Gallone Wein.

Es gab viele Verstöße, vor allem von den Gelbgalligen, die sich leicht von den älteren Jahrgängen hereinlegen oder in Versuchung führen ließen. Die bedeutete dann jedes Mal eine Verurteilung, die, sobald genügend Verstöße zustande gekommen waren, regelmäßig zu ausgedehnten Zechgelagen führten.

Da es wegen der nahen Sümpfe um Rom herum auch nicht ratsam war, Wasser zu trinken, trösteten sich die Studenten über nicht bestandene Prüfungen mit Wein und Bier, feierten bestandene Prüfungen mit Wein und Bier, gaben bei ihrem Abschied von der Universität ein Fest mit Wein und Bier oder ließen sich von dem ersten Jahrgang jeweils ein Fest mit Wein und Bier geben.

Eigentlich gab es oft einen Anlass, zu feiern. Wenn einmal kein Fest in der Universität anstand, gab es immer noch die kirchlichen Feiertage, an denen die Universität geschlossen war und an denen man sich die gähnende Langeweile mit Wein versüßen konnte.

Dennoch fanden die Studenten noch Zeit, die Vorlesungen zu besuchen. Manche der Studenten bevorzugten die kirchenrechtlichen Kurse allein aus dem Grund, weil sie erst in der dritten Stunde begannen. Da die Dozenten hier fast ohne Ausnahme Geistliche waren, mussten diese morgens erst in den Gottesdienst, bevor sie ihre Lehrtätigkeit aufnahmen. Sie hatten einen beträchtlichen Anteil ihrer Zuhörerschaft unter den Langschläfern.

Konrad und Bernhard hatten heute Morgen verschlafen. Am Abend zuvor hatten sie ausgiebig die Ernennung des Conradus Mutianus Rufus zum baccalaureus, dem Gehilfen des Professors, gefeiert. Nun schlichen sie sich möglichst unauffällig in den Hörsaal. Im Verlaufe der feuchtfröhlichen Feier am Abend war der Gedanke aufgekommen, einen Spottvers umzusetzen, der seit Tagen in Rom unter vorgehaltener Hand die Runde machte. Man verglich die sexuellen Ausschweifungen Alexanders mit der des Göttervaters Zeus. Da die Adelsfamilie der Borja in ihrem Familienwappen den Stier führte, hatte der berühmte Sannazaro diesen Spottvers erdacht:

,Dass auf tyr'schem Stier Europa saß, wer zweifelt dran? Ein spanischer Stier trägt Giulia.'

Gemeint war Giulia Farnese, die gerade einer kleinen Tochter, Laura, das Leben geschenkt hatte. Offiziell war ihr Gatte Vater des Mädchens, aber der Onkel der kleinen Laura, Kardinal Farnese, hatte bei dem Kind ,deutliche Ähnlichkeit mit Alexander' festgestellt und dies auch öffentlich kundgetan.

Weder der Papst noch Giulia hatten diese Äußerungen dementiert.

Nachdem sich Alexander vor seiner Papstwahl von seiner langjährigen Geliebten Vanozza getrennt hatte, hielt bei diesem sinnenfreudigen Papst die Enthaltsamkeit nicht sehr lange an. Nun war es ein offenes Geheimnis in Rom, dass die neue Mätresse des Papstes Giulia Farnese war.

„Wir wollen dem Papst persönlich zeigen, dass seine Ausschweifungen überall bekannt sind" hatte Mutianus auf dieser Feier nach dem vierten Becher Wein verkündet. „Wer macht mit?"

Bernhard, der auch schon zu viel getrunken hatte, stimmte sofort zu. Einige andere waren vorsichtiger.

„Wie willst Du das anstellen?"

„Wir werden uns eine Tiara und eine Nase in Form eines riesigen Phallus basteln."

Lautes, zustimmendes Gelächter zeigte die Billigung seines Einfalles.

„Dann laufen wir so ausstaffiert auf dem Petersplatz herum und machen Musik. So wird Alexander vielleicht auf uns aufmerksam werden."

Wieder lautes Gelächter. Allerdings warnten auch einige Besonnene.

„Lass das lieber bleiben. Diese Herausforderung kann auch ins Auge gehen."

„Ihr armseligen Feiglinge" höhnte Konrad. „Wer macht mit? Selbst unser Gelbgalliger Bernhard hat ja schon zugestimmt."

„Was ist, wenn die Soldaten des Papstes euch einfangen?" fragte einer.

Und Johannes, ein besonders ängstlicher Student, der Arzt werden wollte, gab zu bedenken: „Wenn die das dem Rektor melden, werden wir die Universität verlassen müssen."

Doch Konrad fegte die Bedenken leichtfertig beiseite.

„Ach, Johannes. Wir werden unsere Gesichter nicht zeigen. Die verhüllen wir mit einem Schal. Das Unternehmen startet erst nach den Vorlesungen. So fällt nichts auf. Und rennen können wir sowieso schneller als die Soldaten in ihren eisernen Rüstungen."

So waren schließlich alle bereit, mitzumachen. Die Phallusnasen, die sie noch in der Nacht bastelten und die aus alten Textilien gefertigten Tiaren fielen wegen des reichlichen Weingenusses einerseits noch monströser, andererseits noch missgebildeter aus.

Nach der Vorlesung versammelten sie sich in einer Seitenstraße vor dem Petersplatz. Rechts von ihnen lagen in einiger Entfernung die Gebäude des Vatikans. Die Studenten wussten, die Gemächer des Borgia – Papstes lagen ganz in der Nähe der Sixtinischen Kapelle.

Nachdem sie ihre Verkleidung angezogen hatten, zogen sie vor die vatikanischen Gebäude und begannen, mit Stöcken und Töpfen bewaffnet, einen infernalischen Krach zu machen.

Alexander begutachtete gerade Entwürfe für eine neue Decke der Kirche Santa Maggiore, als er durch den Krach gestört wurde. Er trat ans Fenster. Draußen sah er die Bande, die ihn mit den riesigen Phallussymbolen verspottete.

„Burcardus!" rief er seinen deutschen Zeremonienmeister Burchard, einen früheren Geistlichen aus Haslach bei Straßburg „Seht Euch das an!"

Er lachte herzlich, beugte sich aus dem Fenster und winkte den vermummten Gestalten zu.

Cesare, sein Sohn, stürmte ins Zimmer.

„Eure Heiligkeit, habt Ihr gesehen, was da draußen vor sich geht?"

Der Papst drehte sich zu Cesare um.

„Beruhige Dich, Cesare, ich habe einmal gesagt, dass Rom eine freie Stadt sei und hier jeder schreiben und reden dürfe, was er wolle. Es wird ja auch von mir übel gesprochen. Aber ich lasse das auf sich beruhen. Das sind bestimmt Studenten. Also lasse denen ihren Spaß."

Das erste Jahr der Amtszeit Alexanders war ebenso erfolgreich verlaufen wie die Studien Bernhards.

Immer noch war Bernhard mit Konrad im gleichen Zimmer, obwohl dieser inzwischen als Baccalaureus eines Professors für Philosophie weit über ihm stand. Aber Bernhard gehörte inzwischen nicht mehr zu den Gelbgalligen, wurde nicht mehr gehänselt und hatte jetzt selbst solche Jungstudenten, die zu niederen Dienstleistungen für die hohen Herren, also den altgedienten Studenten, verpflichtet waren.

Bernhard büffelte gerade die Namen der Könige des Alten Testamentes, als die Türe aufflog. Konrad stand in der Tür. Unter einen Arm geklemmt hatte er Schriften griechischer Philosophen und unter den anderen einen Schlauch Wein mit mindestens fünf Litern Inhalt. Er kam gerade von einem Nachhilfeunterricht eines adligen, aber etwas beschränkten Studenten im ersten Jahr.

„Wir haben etwas zu feiern" behauptete er. „Alexander hat gerade zwölf neue Kardinäle ernannt. Rate mal, wen?"

„Mein Gott Konrad, woher soll ich denn das wissen!" meinte Bernhard ungehalten. Er hatte schlechte Laune, denn die Namen der Könige wollten ihm nicht in den Kopf.

Doch Konrad ließ sich seine gute Laune nicht verderben.

„Erinnerst Du Dich an die Beatrice d' Este in Mailand, von der Du mir einmal so ungeheuer vorgeschwärmt hast, diese Frau des Mohren?"

Während er sprach, hatte er seine Schriften auf sein Bett fallen lassen und dann zwei Becher geholt. Nun schenkte er den roten Wein ein und gab einen Becher Bernhard.

„Natürlich. Was ist mit Ihr?"

„Sie hat ein Kind bekommen. Neun Monate, nachdem Du dort warst. Bernhard, Bernhard!"

Bernhard machte eine abwehrende Geste. „Du Spinner!"

Konrad lachte. „Darauf wollte ich eigentlich nicht hinaus. Beatrice hat einen Bruder, Ippolito." Er verbesserte sich. „Eigentlich hat sie viele Brüder. Aber dieser Ippolito wurde bereits mit elf Jahren Bischof. Jetzt hat ihn Alexander mit vierzehn Jahren zum Kardinal gemacht."

„Wenn das keine Laufbahn ist. Aber was ist daran so interessant?"

„Das kann ich Dir sagen. Alexander möchte seine Tochter Lucrezia mit einem weiteren Bruder von Beatrice verheiraten, Alfonso. Deshalb hat er Ippolito zum Kardinal gemacht. Als Lockmittel für den alten Herzog. Aber der ist gegen eine Verbindung und hat den Papst abblitzen lassen. Lucrezia hat nicht gerade den besten Ruf. Du kennst das Gerücht, dass sie mit ihrem Vater und mit ihren Brüdern Cesare und Giovanni …"

„Man soll Leute nicht verurteilen, bevor Sie ihre Schuld nicht gestanden haben" erwiderte Bernhard. „Ich dachte, Du hast auch Römisches Recht …"

„Ja, ja" unterbrach Konrad. „Ich weiß. Weil der alte Herzog nicht so will wie Alexander, heiratet sie jetzt eben einen aus dem Hause Sforza. Den Neffen vom Mohren, Giovanni."

„Das arme Mädchen" meinte Bernhard. „Verschachert wie ein Stück Vieh."

„Ich glaube, in diesen Kreisen ist es nicht so schlimm. Natürlich spielt da die Politik eine Rolle. Aber die haben sich damit abgefunden, dass bei solch einer Verbindung keine Liebe im Spiel ist. Wenn die Liebe dann irgendwann kommt und es ist nicht der eigene Ehemann, dann ist man eben etwas diskret."

„Wie kannst Du das nur so schrecklich sehen" schüttelte Bernhard den Kopf.

„Bernhard, Du bist noch jung. Und Lucrezia ist noch jünger. Gerade dreizehn Jahre alt. Du wirst schon noch darauf kommen, dass Gefühle nicht alles sind."

„O Gott!" sagte er in gespieltem Entsetzen. „Ich habe ganz vergessen, dass Du ja ein großer Papst werden willst. Damit komme ich zum Hauptproblem. Erst einmal solltest Du Kardinal werden. Das geht allerdings einfacher, wenn man Beziehungen hat. Du wirst es nicht glauben. Einer der Söhne des Papstes ist heute ebenfalls Kardinal geworden. Cesare. Der ist vier Jahre jünger als ich."

„Das geht doch gar nicht" widersprach Bernhard, der die Abhandlungen beim Studium des Kirchenrechts gut gelernt hatte. „Ein Bastard kann nicht Kardinal werden."

„Nicht so voreilig. Deshalb hat Alexander ihn in einer Bulle als legitimen Sohn von Vanozza de' Catanei und ihrem ehemaligen Mann erklärt."

„Verstehe ich nicht" meinte Bernhard. „Ich weiß genau, dass in einer Bulle unseres letzten Papstes dieser Cesare vor elf Jahren bereits als ‚Sohn von Rodrigo Borgia, Bischof und Vizekanzler' bezeichnet wurde. Und Alexander hat nie einen Hehl daraus gemacht, dass Cesare sein Sohn sei."

Konrad lachte.

„An solchen Äußerungen merkt man, dass Du noch sehr jung und unerfahren bist. Es ist doch nichts Neues, dass unbequeme Tatsachen mit gefälschten Dokumenten verändert werden können. Auf jeden Fall ist er jetzt Kardinal."

„Wenn ich mich anstrenge, kann ich also in zwei Jahren Kardinal sein" lachte Bernhard.

„Du könntest seit zwei Jahr Kardinal sein, wenn Du Alexander etwas zu bieten hättest" widersprach Konrad lachend. „Er fängt an, für seine Familie zu sorgen. Seinen Sohn Giofre hat er auch gleich mit der Enkelin des Königs von Neapel verlobt. Der ist drei Jahre jünger als Du. Schade, dass Du kein Bastard von Alexander bist. Diese Sancia soll ja äußerst hübsch sein."

Beide lachten lauthals. Konrad schenkte Wein nach. Bernhard hatte seine jüdischen Könige vergessen.

„Dann hatte der Kardinal della Rovere mit seiner Befürchtung also doch recht. Alexander sorgt sich in seiner Amtszeit mehr um seine Familie als um die Kirche."

„So hart würde ich mit ihm nicht ins Gericht gehen" meinte Konrad. „Allerdings hat sich der alte Kardinal nach Ostia zurückgezogen und schmollt. Er hat im Vatikan nichts mehr zu sagen. Der neue Berater des Papstes ist der Kardinal Sforza aus Mailand. Den kennst Du ja auch."

„Nur dem Namen nach" antwortete Bernhard. „Ich habe ihn letztes Jahr nicht zu Gesicht bekommen."

„Jetzt habe ich es fast vergessen. Wir haben unter den zwölf neuen Kardinälen noch einen, den wir zur Familie des Papstes zählen können, den ‚Kardinal von Unterrocks Gnaden'."

„Was soll das schon wieder?" schüttelte Bernhard den Kopf, übers ganze Gesicht grinsend.

Er merkte die Wirkung des Alkohols bereits.

„Es ist" Konrad machte eine Künstlerpause, bevor er belustigt fortfuhr „Allesandro Farnese, der Bruder der jungen Mätresse unseres Papstes."

„Woher weißt Du das alles?"

„Mein Professor ist einer der Ratgeber des Kardinal Sforza in Rom. Heute gab es aus Anlass der Abreise des Kardinal della Rovere eine kleine Feier. Danach wurde mein lieber Herr Professor etwas gesprächig." Mutianus seufzte und nahm einen Schluck Wein. „Die Nachhilfestunde hat mich ganz schön geschafft. Ich wollte Dir diese Neuigkeiten gleich erzählen und musste mich vorher mit diesem Tölpel herumärgern."

„Wenn Du schon vor der Nachhilfestunde auf der Feier warst, kann ich mir Deine Stunde recht gut vorstellen" lachte Bernhard, der inzwischen mit den hebräischen Königen wieder versöhnt war.

Alexander hatte schwere Sorgen. Erst vor einem Jahr hatte er einen Krieg zwischen Spanien und Portugal verhindert, weil beide neu entdeckte Gebiete für sich beanspruchten. So hatte er alle Gebiete, die westlich einer gedachten Linie von Norden nach Süden verliefen, Spanien zugesprochen, die Gebiete östlich dieser Linie Portugal. Die Linie hatte er mit einem Strich auf einer Landkarte gezogen. Sie verlief ca. 100 Seemeilen westlich der Azoren und der Kapverdischen Inseln. Beide Staaten waren es zufrieden gewesen und die erste Goldladung aus den Gebieten ,Westindiens', womit die katholischen Könige von Spanien seine Entscheidung belohnt hatten, war bereits für die Verschönerung der Kirchen Roms ausgegeben worden.

Seither hatte sein Cesare die abgabepflichtigen Barone im Kirchenstaat wieder zur Räson gebracht und auch einige zum Kirchenstaat gehörende Städte, die in den vergangenen Jahrzehnten verloren gegangen waren, wieder zurückerobert. Eigentlich hätte er sich jetzt seine Ruhe verdient und könnte sich angenehmeren Dingen zuwenden.

Aber Kardinal della Rovere, den er als seinen Berater abgesetzt hatte. hatte ihn, den Papst, verraten. Der hatte den französischen König bestürmt, er möge in Italien einfallen und den Papst stürzen.

Diesem schien der Plan zu gefallen. Vor allem, weil er damit das wohlhabende Königreich Neapel wieder Frankreich angliedern wollte.

Den Kopf zwischen beide Fäuste gestützt, die Augen geschlossen, saß er in seinem Arbeitszimmer und grübelte über einer Lösung des Problems.

Unbemerkt hatte Cesare den Raum betreten.

„Habt Ihr Sorgen, Eure Heiligkeit?"

„Ach, Du bist es, Cesare. Setz Dich zu mir."

Cesare, der frisch ernannte junge Kardinal, nahm an der anderen

Seite des prunkvollen Schreibtisches, der gar nichts von der ansonsten asketischen Lebensweise des Papstes verriet, Platz. Aufmerksam betrachtete er seinen Vater. Irgendwie war ihm der immer fremd geblieben, trotz seiner rührenden Fürsorge.

Obwohl Alexander höfischen Pomp liebte, war er, was Essen und Trinken betraf, immer bescheiden. Schon seit langem waren die Kardinäle seinen Einladungen zum Essen im Vatikan nur ungern gefolgt. Die Speisen waren nicht üppig, der Wein nicht der beste.

Dabei war sein Vater einmal der reichste Kardinal in Rom gewesen. Aber seine persönliche Lebensweise war fast asketisch, obwohl seine Figur nichts davon verriet.

Nur von den Frauen konnte er die Finger nicht lassen. In diesen Dingen verachtete er seinen Vater wegen dessen Schwäche. Nicht, dass er keine Abenteuer hatte. Aber Frauen benutzte man, wenn man Lust hatte. Man hing nicht an ihnen.

Viel schöner waren die Träume von Krieg und Strategie, List und Sieg. Er war noch so jung. Niemand hatte ihm zugetraut, dass er mit aller Härte und Brutalität durchgreifen konnte. Als sein Vater ihn mit der Mission betraut hatte, die dem Kirchenstaat unterstellten Barone wieder zu unterwerfen, hatte keiner außer seinem Vater ihn dafür für fähig gehalten. Er hatte es allen bewiesen.

Das Schönste war, einem Feind in die Augen sehen zu können, bevor man ihn tötete oder töten ließ. Die Angst in seinen Augen auskosten zu können, sein Flehen mit einem kalten Lächeln zu beantworten. Zu fühlen, wie der kalte Stahl des Dolches durch das Fleisch schnitt und in den brechenden Augen zu erkennen, dass man Herr über Leben und Tod war; das war Macht.

Schöner war vielleicht nur, selbst Papst zu sein. Den Bannstrahl gegen König und Kaiser schleudern zu können. Zu erleben, wie ein Kaiser zu Fuß über die Alpen zum Papst pilgerte wie damals in Canossa. Ihn vor den Toren der Stadt warten zu lassen, um ihm zuletzt gnädig zu erlauben, die Füße zu küssen. Das war wirkliche Macht. Jerusalem zurückzuerobern und die Ungläubigen auszumerzen. Diese

Macht in den Händen zu halten. Das war erstrebenswert. Nicht aber, wie sein Vater, sich im Bett mit einer Geliebten herum zu wälzen. Auch wenn die Geliebte seine Mutter gewesen war.

Er sah weiter auf seinen Vater, der in Pergamenten las und ihn völlig vergessen zu haben schien.

Er räusperte sich

„Kam ich ungelegen, Eure Heiligkeit?"

Alexander hob den Kopf.

„Entschuldige. Ich habe im Augenblick große Probleme."

Er schüttelte den Kopf, als würden dann diese Probleme aus dem Kopf fliehen.

„Wir wollen ein Spiel machen. Ich will einmal sehen, wie mein Sohn Schwierigkeiten lösen kann. Vielleicht hast Du eine Idee, wie wir die Angelegenheit entwirren können. Immerhin hast Du trotz Deiner Jugend die Dir bisher gestellten Aufgaben zur Verblüffung aller hervorragend gelöst."

Cesare errötete vor Stolz über das Lob seines Vaters.

Alexander fuhr fort:

„Ich habe verlässliche Spione, die mir berichtet haben, dass der französische König Karl in Italien einfallen wird. Der Verräter della Rovere, der mir als Kardinal Treue geschworen hatte, ist zu dem Franzosen übergelaufen. Schlimmer noch. Er hat verlangt, dass Karl mich absetze. Er macht sich Hoffnung, selbst Papst werden zu können."

„Warum lasst Eure Heiligkeit den Verräter nicht sterben?"

„Ich bin nicht Gott der Allmächtige."

Cesare grinste bösartig. „Das braucht Ihr ja auch nicht zu sein. Aber ein kleines Wunder …"

„Cesare!" Alexander hob mahnend den Finger. „Das würde das Problem nicht lösen, sondern verschlimmern. Alle Welt würde dann einen Einmarsch Karls für die einzig richtige Maßnahme halten. Außerdem würde dies meine Absetzung in den Augen meiner Feinde rechtfertigen."

„Ihr habt recht" sah Cesare ein. „Das ist nicht der richtige Weg. Aber Ihr seid zu schwach, um Euch allein diesem Karl entgegen zu stellen."

„Genau das ist mein Problem. Ich brauche Verbündete. Die italienischen Fürsten sind wie immer zu wankelmütig und zu feige. Sie stellen sich immer auf die Seite des wahrscheinlichen Siegers."

„Was ist mit dem deutschen Kaiser?" warf Cesare ein. „Dem kann es doch nicht gelegen sein, dass Frankreich seinen Einfluss erweitert."

„Gut, mein Sohn. Du hast richtig überlegt. Ich habe schon einen Boten dorthin entsandt, der um Hilfe bittet. Aber bis der reagiert und eventuell Soldaten schickt, kann es zu spät sein."

„Ihr müsst auf jeden Fall für Eure eigene Sicherheit sorgen. Hier im Vatikan sind die Mauern zu niedrig."

„Ich muss im Vatikan bleiben. Ein Papst, der vor anrückenden Truppen flieht oder sich versteckt, ist ein schlechter Führer für die Soldaten des Kirchenstaates."

„Aber wenn Eure Heiligkeit einen geschlossenen Gang vom Vatikan zur Engelsburg legen lässt, so könnt Ihr Eure Befehle immer noch von der uneinnehmbaren Engelsburg aus erteilen, wenn es zum Schlimmsten kommt." Gespannt auf die Reaktion seines Vaters auf den Vorschlag sah Cesare zu Alexander hin.

Alexander sah seinen Sohn verdutzt an.

„Das ist eine großartige Idee, mein Sohn."

Cesare strahlte. Sein Vater nahm seine Ratschläge an. So langsam kamen ihm immer mehr Ideen.

„Ihr könntet auch den spanischen Königen befehlen, Hilfstruppen zu senden. Schließlich habt Ihr denen ‚Westindien' geschenkt."

Vor lauter Begeisterung hatte er vergessen, dass er seinen Vater trotz allem mit ‚Eure Heiligkeit' anreden musste.

„Über Diplomatie musst Du noch etwas lernen" lächelte Alexander. „Könige mögen es nicht, wenn man ihnen etwas befiehlt. Auch wenn man es könnte. Aber man erreicht mehr, wenn man bittet und ihnen klar macht, dass es auch in ihrem eigenen Interesse ist, wenn sie der Bitte entsprechen. Aber all das ist schon geschehen. Dennoch reichen die Truppen nicht aus, um dem Franzosen Paroli bieten zu können. Dies ist das Problem, an dem ich brüte, Cesare. Wo bekomme ich noch mehr Soldaten her?"

„Was ist mit Mailand, Eure Heiligkeit? Meine Schwester Lucrezia habt Ihr doch mit dem Neffen des Mohren verheiratet, damit ihr Mailand als Verbündeten habt."

„Nein. Wir sind zwar mit Mailand verbündet und mit Neapel, aber Lodovico ist mit Neapel verfeindet. Isabella von Aragonien versucht über ihren Vater, den König von Neapel, ihrem schwächlichen Giangaleazzo mehr Macht zu geben, während Lodovico natürlich an seiner Regentschaft hängt. Von ihm haben wir keine Hilfe zu erwarten."

Cesare sah ihn an und sagte plötzlich „Was ist mit dem Sultan der Ungläubigen?"

Alexander starrte ihn verblüfft an.

„Hilfe von den Türken?"

Cesare lachte selbstbewusst. „Richtig, Eure Heiligkeit. Ihr habt doch den Bruder des Sultans in Eurem Gefängnis."

„Der vierzigtausend Dukaten Kostgeld im Jahr einbringt" ergänzte Alexander.

„Schickt dem Sultan einen Boten. Der soll ihm klar machen, dass der französische Karl im Begriff steht, Italien zu erobern. Wenn der nach Rom komme, würde er Djem befreien. Dann stünde dem der Weg nach Konstantinopel offen. Djem als Marionettensultan würde auf seinem Erbteil bestehen und Frankreich einen Vorwand liefern, die Türkei anzugreifen. Die Bevölkerung der Türkei würde sich dem rechtmäßigen Sultan, Djem, zuwenden und Bajesid verjagen."

Alexander starrte ihn an. „Ich soll mit den Ungläubigen ein Bündnis schließen?"

Cesare sah ihn kalt an. „Habt Ihr das nicht schon lange getan? Ihr bekommt vom Sultan Geld, damit der rechtmäßige Herrscher nicht wieder zurückkommt. Ist das kein Bündnis?"

Eine Zornesader schwoll auf Alexanders Stirn ob der unverhohlenen Kritik des Jungen. Aber er beherrschte sich.

„Lass mich allein!" befahl er mit halblauter Stimme.

Cesare stand beleidigt auf. „Hat sich Lucrezia schon bei Eurer Heiligkeit gemeldet?"

Sofort legte sich der Zorn Alexanders. „Ist Deine Schwester denn hier?"

„Sie vermisst in Pesaro die Geschäftigkeit und überwältigende Schönheit Roms. Sie ist, ohne ihren Gemahl um Erlaubnis zu bitten, einfach wieder abgereist. Man sagt, sie vermisse auch Eure väterliche Zuneigung."

Alexander fiel die bösartige Doppeldeutigkeit der Nachricht nicht auf. Viel zu sehr freute er sich, seine geliebte Tochter wieder zu sehen.

„Und was sagt ihr Mann Giovanni dazu?"

„Zunächst war er wütend. Aber man sagt, nachdem er sich beruhigt hatte, hätte er die Absicht geäußert, ihr zu folgen. Sein Stolz würde es nicht zulassen, zuzugeben, dass Lucrezia vor seiner Langweiligkeit geflohen wäre."

„Ah, ja. Gut." meinte Alexander wieder versöhnlich. „Ich werde Deine Vorschläge gewissenhaft prüfen."

Am nächsten Morgen verließ ein Sekretär der Kurie Rom in Richtung Konstantinopel. Im Gepäck hatte er einen geheimen Vorschlag Alexanders, dass die osmanischen Anhänger Mohammeds gemeinsam mit dem Kirchenstaat, Neapel und möglicherweise Venedig im Falle eines Angriffs Frankreichs gegen die Eindringlinge vorgehen und Karl VIII. aus Italien vertreiben sollten.

Der Sultan empfing den Abgesandten Roms liebenswürdig in seinem Palast. Auf den unglaublichen Vorschlag Alexanders ging er nicht ein, da er eine geschickt gestellte Falle witterte.

Doch machte er dem Oberhaupt der verhassten Christen das in seinen Augen verlockende Angebot, er solle ihm den Leichnam seines Bruders schicken. Dieser wäre ihm dreihunderttausend Dukaten wert. Damit könne Alexander seinen Kindern einige Grafschaften kaufen.

Auch der Sultan kannte die Fürsorge des Papstes für dessen Kinder.

Lodovicos Stellung als Regent von Mailand war in großer Gefahr. Der kränkliche Giangaleazzo war zwar immer noch nur mit seinen Hunden beschäftigt, aber dessen Frau Isabella gab keine Ruhe. Auch seine eigene Frau Beatrice lag ihm dauernd mit ihren Sorgen in den Ohren, sein kleiner Sohn würde alles verlieren, wenn Giangaleazzo seine Regentschaft selbst ausüben und Lodovico entmachten würde.

Nun wollte der französische König sich das Königreich Neapel einverleiben. Wenn das geschähe, wären alle seine Sorgen behoben. Denn Isabella könnte dann nicht mehr auf die Unterstützung ihres Vaters in Neapel hoffen. Das Erbe seines Sohnes wäre gesichert, die Regentschaft über Mailand für immer in der Hand seiner Familie.

Auf den Papst konnte er keine Rücksicht mehr nehmen, zumal der auch versuchte, den Kirchenstaat zu vergrößern. Irgendwann, das befürchtete er, würde der machthungrige Cesare auch Gebietsansprüche in seinem Herrschaftsbereich anmelden.

Dies galt es zu verhindern. Am leichtesten zu verhindern war so etwas aber, wenn sich die italienischen Fürsten mit einem ausländischen Eroberer auseinandersetzen müssten. Und zu den Fürsten musste man inzwischen auch den Kirchenstaat rechnen, denn Alexander versuchte mit allen Mitteln, eine Borgiadynastie in Italien zu errichten.

Auf diese Rückeroberung italienischen Gebietes würden diese Fürsten alle Kraft verwenden. Solange war seine Herrschaft im Norden Italiens gesichert. So signalisierte er Karl VIII., dass Mailand ihm bei der Eroberung Neapels keine Schwierigkeiten machen werde.

Der Bote des Papstes zum Sultan der Türken war auf dem Rückweg abgefangen worden. Ihm wurden vierzigtausend Dukaten abgenommen, das Kostgeld für ein weiteres Jahr in der Gefangenschaft des Vatikan und angebliche Briefe des Sultans über dessen Angebot an den Papst.

Kardinal della Rovere, der im Exil in Frankreich lebte, aber der Urheber dieser Aktion war, sandte Abschriften der kompromittierenden Briefe an den französischen König.

Karl VIII. sah nun seine Zeit für die Eroberung Neapels, vielleicht auch des Kirchenstaates, gekommen. Diese Briefe des Papstes an den Sultan der Ungläubigen zeigten die Gefahr für den christlichen Glauben. Ein Papst verbündete sich mit dem Gegner der Christenheit. Es war Zeit für den allerchristlichsten König, einzuschreiten. Sein Heer war gerüstet und allen anderen überlegen. Er setzte sich voller Zuversicht an die Spitze seiner Soldaten und überschritt die Grenzen zu Italien.

Neunzigtausend Mann und vierhundertfünfzig Schiffe hatten den lange geplanten Angriff auf Neapel begonnen. Neben der ungeheuren Zahl an Soldaten war die Artillerie der größte Schrecken für die gegnerischen Truppen. Während die französischen Schiffe Spanien umrundeten und über Gibraltar in das Mittelmeer eindrangen, überquerte das gut ausgerüstete Heer die Alpen.

An seiner Spitze des Heeres ritt der zweiundzwanzigjährige König. Klein und verwachsen, mit unförmigem Wasserkopf und langer Nase, mit dürren Beinen, in schwarzen Samt und Goldbrokat gekleidet, konnte er auf seinem Streitross nur als die Karikatur eines Eroberers erscheinen. Er war von krankhafter Ruhmsucht berauscht, doch von Natur gutmütig und leicht zu lenken. Vor allem aber war er mit nur geringen Geistesgaben gesegnet.

Und doch war diese kuriose Gestalt eine folgenschwere Erscheinung der Geschichte. Denn zum ersten Mal seit vielen hundert Jahren betrat ein ausländischer König als Eroberer den Boden Italiens und seine abenteuerliche Unternehmung brachte eine Umwälzung aller europäischen Verhältnisse hervor.

Mailand öffnete, wie von Lodovico versprochen, seine Tore und hieß den Eroberer willkommen. Savonarola sah voller Freude das Ende Alexanders gekommen und so ließ Florenz den Franzosen unbehelligt durchziehen. Die Franzosen stießen nirgends auf Widerstand. Sie plünderten selbst die trostlosesten Ortschaften und schleppten mit, was sie glaubten, brauchen zu können.

Die Geliebte des Papstes wurde zufällig von einem Trupp Franzosen gefangen genommen.

Burchard selbst überbrachte Alexander die Nachricht.

Alexander wurde bleich.

„Das kann nicht sein. Wie, um alles in der Welt, konnte so etwas passieren?"

„Sie war auf dem Weg zu ihrem Bruder, Kardinal Farnese. Es war kurz vor Viterbo, Eure Heiligkeit, bereits am 27. November. Ein Trupp Späher der Franzosen, die der Hauptmacht weit vorausritten, haben die Kutsche überfallen. Die Soldaten haben sie und ihre Freundin Adriana nach Monte Fiascone ins Hauptquartier gebracht. Inzwischen scheint der Franzose Viterbo erreicht zu haben. Sie haben nicht gewagt, den Frauen Gewalt anzutun. Sie erkannten, dass Lösegeld lukrativer sei. Deshalb haben sie nur die beiden Hofdamen geschändet."

„Schick sofort einen Unterhändler, Burcardus. Der hat völlige Handlungsvollmacht. Jede Summe, die verlangt wird, soll bezahlt werden. Wir müssen Julia aus der Hand dieser Barbaren befreien!"

Burchard verneigte sich zustimmend.

„Und nun schicke mir meinen Sohn und die übrigen Kardinäle. Wir müssen die Verteidigung Roms organisieren. Und dann …" Er überlegte.

„Nein, schick zuerst diesen Unterhändler wegen Julia. Das ist jetzt das Wichtigste. Dann kommst Du wieder her."

Burchard verneigte sich und ging. Bereits nach zehn Minuten war er wieder im Raum. Inzwischen hatte sich Alexander etwas beruhigt.

„Wir müssen noch einen Boten losschicken. Direkt zu diesem Franzosen. Er soll einen Brief überbringen, den ich Dir jetzt diktiere." und er ließ Burchard ein Schreiben anfertigen, das dem König gebot, sofort seinen Vormarsch zu stoppen und mit ihm zu unterhandeln.

Sobald jedoch auch dieser Bote das Schreiben erhalten hatte, rief er Burchard mit der silbernen Glocke erneut in seine Gemächer.

„Burcardus, wir müssen die Verteidigung Roms organisieren. Du musst Deine Landsleute in Rom auffordern, sich zu bewaffnen. Die Spanier müssen das auch alle tun. Wir brauchen jeden Mann. Zurzeit stehen zwar sechstausend Neapolitaner hier und unsere eigenen Soldaten. Aber was ist das gegen die neunzigtausend Franzosen, die gegen Rom vorrücken."

Am Tag darauf betraf Burchard mit gesenktem Kopf die Gemächer Alexanders.

„Eure Heiligkeit, ich habe die Deutschen aufgefordert, sich zu bewaffnen. Aber es waren nur ein paar Gastwirte, Kaufleute und Handwerker überhaupt dem Befehl befolgt, sich zu melden. Nicht einmal die Studenten sind dem Aufruf gefolgt. Deren Vertreter der Landsmannschaften haben entgegnet, dass sie sich nicht hier aufhalten würden, um die Machtverhältnisse in Italien zu erhalten oder zu verändern, sondern um etwas zu lernen. Im Übrigen könnten wir mit den Studiengebühren ja Söldner anwerben. Ich schäme mich, sagen zu müssen, dass sie sich alle weigern, für die Reichen, wie sie sagen, den Kopf hinzuhalten. Sie hatten alle möglichen Ausflüchte. ,Nichts würde so heiß gegessen, wie es gekocht werden würde.' Oder ,So schlimm werde es nicht werden. Denn wenn Karl im Zorn alles zerstören würde, könnte er ja nichts Wertvolles mehr nach Paris mitnehmen.'"

„Sie sind nicht anders als die Römer" bemerkte der Papst resigniert mehr zu sich selbst. „Bleibt uns etwas anderes als die Flucht?"

Burchard antwortete nicht. Sein Blick haftete starr auf einem der Reliefs an der Wand über dem Ausgang, das zwei nackte, weibliche Göttinnen zeigte, die den blauen Fruchtkelchen einer Blume entsprangen Nie, dachte er, war die Lage nach der Rückkehr der Päpste aus Avignon im Jahre 1377 für einen Papst so verzweifelt gewesen wie jetzt.

Nach einer kurzen Zeit des Überlegens gab Alexander seine Befehle.

„Lass alles einpacken, Burcardus. Nur das Bett und das Tafelgeschirr lass noch hier. Denn ich weiß nicht, wie schnell ich den Vatikan verlassen muss. Aber lass vorher noch die Kardinäle zu einem Konsistorium rufen!"

Am 18. Dezember waren seine Geräte im Palast bis auf Bett und Tafelgeschirr eingepackt; alle Kostbarkeiten der päpstlichen Kapelle waren in die Engelsburg gebracht; die Pferde standen zur Flucht bereit.

„Heiliger Vater, ihr könnt das nicht tun!" sagte mit zornesrotem Kopf Cesare Borgia, der Sohn des Papstes auf dem Konsistorium. „Ihr könnt nicht fliehen und Rom diesem Eroberer überlassen."

Alexander wurde ebenfalls wütend. Er schlug mit der Faust auf den Tisch; eine Reaktion, die man nicht von ihm gewohnt war und die zeigte, wie erregt er war.

„Und wie denkt sich der Kardinal, können WIR mit sechstausend Neapolitanern und zehntausend Männern des Kirchenstaates gegen eine Armee von neunzigtausend Mann, deren Kriegsflotte von vierhundertfünfzig Schiffen und einer Artillerie mit sechsunddreißig großen Kanonen bestehen? Die französische Flotte hat Ostia erobert und UNS von UNSEREN Getreidelieferungen aus Sizilien abgeschnitten. Die Römer weigern sich zu kämpfen und die Ausländer in den Mauern Roms ebenso. Selbst wenn die Kanonen Karls die Mauern Roms nicht in Schutt und Asche legen würden; die Bevölkerung würde verhungern. "

„Bevor sie verhungern, werden sie kämpfen" meinte Cesare sarkastisch. „Aber es ist Eure einzige Chance, zu bleiben. Wenn ihr flieht" und er sah den anwesenden Kardinälen einem nach dem anderen spöttisch in die Augen, „wird die Hälfte meiner Amtsbrüder Euren Sturz fordern. Jeder hofft dann, der nächste Papst von des französischen Königs Gnaden zu werden. Vergesst nicht, Heiliger Vater, dass Ihr immer wieder der Simonie angeklagt worden seid. Und obwohl viele meiner Amtsbrüder vergessen haben, dass sie davon profitiert haben, so würden sie Euch gerne loswerden, wenn sie nochmals kassieren oder Euch auf dem Stuhle Petri ersetzen könnten."

Das Geschrei der so Gescholtenen hielt sich in Grenzen, denn in der Engelsburg saßen zurzeit zwei Kardinäle, darunter der Vizekanzler des Papstes, Ascanio Sforza und ein Mitglied der Familie des römischen Hochadels im Verließ. Die versammelten Würdenträger wussten, wie schnell man im Kerker der Engelsburg landen konnte oder gar plötzlich verschwunden war.

„Was soll ich also tun?"

Die Kardinäle wagten nach diesem Zornesausbruch Cesares nicht, Alexander zur Flucht zu raten.

Auch die Gesandten Venedigs und Spaniens erteilten Alexander den Rat, zu bleiben.

So ließ Alexander einen der auf der Engelsburg inhaftierten Kardinäle frei und sandte ihn als Unterhändler zu Karl. Auch ein Orsini, Mitglied des römischen Hochadels, wurde freigelassen, um zu erreichen, dass durch die Vermittlung seiner Familie Ostia, der Hafen Roms, wieder frei würde. Dieser allerdings schlug sich in Ostia sofort auf die Seite des französischen Königs.

Karl hatte freien Durchzug durch den Kirchenstaat gefordert, die Ausweisung der Neapolitaner und Aufnahme und Verpflegung des französischen Heeres, dann würde er kampflos weiterziehen. Aber Alexander traute diesem Spiel nicht. Was wäre, wenn auch noch die Neapolitaner abgezogen wären? Weitere sechstausend Verteidiger würden fehlen.

Dennoch fasste er am Tag vor Weihnachten nach einer Beratung mit seinem Sohn Cesare einen Entschluss und gab ihn im Konsistorium bekannt.

Neben den Kardinälen, hohen Beamten des Kirchenstaates, Gesandten aus Venedig und einigen kleineren Herzogtümern Italiens, den Baronen des Kirchenstaates und dem Gesandten der katholischen Könige Spaniens war auch der Herzog von Kalabrien bei der Veröffentlichung des Planes anwesend.

„Die Neapolitaner haben Rom bis zum 27. Dezember zu verlassen. Kardinal Ascanio, Unser Vizekanzler, der wegen Verbrechens gegen UNSERE Heiligkeit in der Engelsburg in Gewahrsam gehalten wird, soll durch einen Gnadenakt freigelassen werden und wird als Unterhändler zu Karl VIII geschickt. WIR werden die Forderungen des französischen Königs erfüllen und Karl freien Durchzug durch den Kirchenstaat bewilligen. Die Stadt Rom wird am 31. Dezember 1495 die Tore für das französische Heer öffnen."

Die Neapolitaner waren tief gekränkt, doch auf einen Wink von Cesare wartete der kalabrische Herzog, nachdem er wegen des Abfalls des Papstes unter Protest die Versammlung verlassen hatte, in einem Seitenraum auf den Papst und Cesare.

„Euer Hoheit, UNS bleibt keine andere Wahl" begann der Papst eine halbe Stunde später das Geheimgespräch. „WIR können Rom nicht verteidigen und für Euch ist es besser, Ihr habt Eure sechstausend Mann zur Verteidigung Neapels. WIR sind in Geheimverhandlungen, um Euch zu unterstützen. Aber WIR brauchen Zeit. WIR versprechen Euch aber, dass WIR Euch mit allen Mitteln unterstützen und alles versuchen werden, diesen Eindringling so schnell wie möglich wieder loszuwerden."

Der Herzog von Kalabrien sah ein, dass die prekäre Entwicklung Alexander nicht viel Spielraum ließ. Umso mehr, als Alexander ihm einen Vertrag vorlas, der die Unsicherheit des Papstes über dessen eigenes Schicksal deutlich machte. Er war bereits ausgearbeitet; also kein überraschender Einfall wegen seines beleidigten Verlassens des Konsistoriums. Alexander trug vor:

„WIR bitten den Herrscher über Kalabrien um Asyl für UNS und UNSERE Kurie, wenn sich Karl VIII., von Gottes Gnaden König von Frankreich, nicht an die getroffene Vereinbarung, den Papst in allen seinen Rechten anzuerkennen und sich nicht gegen ihn aufzulehnen, halten sollte. Desgleichen erbitten WIR, dass der Bruder des Sultans der Osmanen, der UNS begleitet, nach Gaéta in Sicherheit zu bringen ist. Diese Festung muss Kardinal Cesare für die Dauer UNSERES Aufenthaltes in Kalabrien übergeben werden. Solange WIR UNS in Eurem Königreich als Flüchtling aufhalten, zahlen WIR ein Jahrgeld von 50 000 Dukaten und außerdem noch eines in Höhe von 10.000 Dukaten für Djem, Bruder des Sultans Bajesid."

„Was sagt Ihr dazu?" fragte erwartungsvoll Cesare.

Der Herzog sah Papst Alexander VI. lange in die Augen, um erkennen zu können, ob er ihm trauen dürfe. Er sah in dessen Augen keine List, sondern glaubte, nur ehrliche Besorgnis über dessen eigenes Schicksal erkennen zu können. Er nahm Alexander das Pergament aus den Händen, ging zum mit Einlegearbeiten aus edlen Hölzern und fein geschnitztem Elfenbein reich verzierten Tisch und unterschrieb das Pergament.

Am nächsten Tag war Weihnachten, der 25. Dezember.

Alle Glocken Roms lauteten um die dritte Stunde. Sie verkündeten die frohe Botschaft der Geburt Christi und riefen zum Gebet in die Kirchen der Stadt.

„Ist das jetzt wegen Weihnachten oder greift Karl die Stadt an?" fragte Conradus Mutianus scherzhaft seinen Freund Bernhard, der sich bereits zum Kirchgang fertig gemacht hatte.

„Mal den Teufel nicht an die Wand, sondern beeile Dich lieber" antwortete der ungeduldig. „Wir kommen sonst zu spät zum Gottesdienst!"

„Man wird ja mal einen Spaß machen dürfen. Seit Tagen sieht man doch kleine Trupps aus Ostia vor den Toren der Stadt."

Konrad seufzte. „Das wird ein trauriges Weihnachtsfest. Nicht nur, dass im Augenblick jeder Angst hat, dass dieser größenwahnsinnige französische Jüngling aus lauter Dummheit Rom beschießt, auch die Geschäfte und Gasthäuser haben aus Angst vor Plünderung geschlossen."

„Ich glaube schon, dass es ernst werden kann" befürchtete Bernhard. „Man munkelt, dass Alexander die Stadt verlassen will. Aber jetzt beeile Dich endlich."

„Ich komme ja schon" beruhigte Mutianus, der endlich seine Schuhe angezogen und den Mantel umgelegt hatte.

Auf der Straße herrschte helle Aufregung, weil auch die Bürger Roms bisher nicht damit gerechnet hatten, dass Karl Rom angreifen würde. Inzwischen aber schwirrten die wildesten Gerüchte durch Rom.

Es war von einer Absetzung Alexanders die Rede, von Truppen Karls, die wahllos alles rauben würden, was sie mitnehmen könnten, von brutalen Vergewaltigungen selbst älterer Frauen durch ganze Horden von Soldaten, von sodomistischen Kämpfern, die Jünglinge mitnehmen und so lange missbrauchen würden, bis ihr Anus eine einzige blutige Masse sei. Und einer äußerte mit lauter Stimme, er habe davon reden hören, dass die Soldaten die Tore verschließen und Brandbomben in die Stadt werfen würden. Karl wolle, wie einst Nero, Rom abbrennen, um eine neue Hauptstadt auf ihren Trümmern zu errichten. Die Unruhe und Angst unter den Umstehenden wuchs weiter.

„So ein Unsinn" schüttelte Bernhard den Kopf, während sie den Eingang der Kirche erreichten. „Die Hauptstreitkräfte der Franzosen bestehen aus Deutschen und Schweizern. Die werden zwar plündern wie alle Söldner, aber sie würden sich für die Zerstörung Roms niemals hergeben. Solch ein barbarischer Akt ist seit den Kreuzzügen nicht mehr möglich."

„Wir haben jedenfalls Glück" flüsterte Mutian, denn sie hatten die Kirche bereits betreten. „Wenn sie plündern, stellen wir unsere deutschen Wappen neben den französischen vor unsere hospicia. Dann kann uns gar nichts passieren. Die Söldner wissen dann schon vorher, dass Deutsche in dem Gebäude sind."

„Was sollen sie denn bei Studenten schon plündern?" grinste Bernhard.

Am 27. Dezember stand eine Vorausabteilung der Franzosen mit 1500 Soldaten vor den Toren Roms, um die Übergabe vorzubereiten.

Ganz Rom hatte sich inzwischen Wappen Frankreichs machen lassen und diese überall vor den Häusern aufgestellt. Die Hersteller dieser Wappen hatten in kürzester Zeit ein Vermögen verdient.

Der Zeremonienmeister Burchard war zusammen mit dem Bischof von Neri, der den Papst vertreten sollte und den Abgeordneten der Bürgerschaft nach Gaéta geritten, um den Franzosenkönig um Verschonung vor Plünderung zu erbeten und ihn nach Rom zu geleiten.

Burchard sollte mit dem jungen König das Zeremoniell des Einzugs besprechen, aber Karl wollte davon nichts wissen. Er wolle ohne Zeremoniell in Rom einmarschieren und so geschah es auch. Er hatte sich die Rede des Sprechers der Römer gelangweilt und ohne auf ihn einzugehen, angehört. Dann erschien es aber der Gnade genug. Burchard schickte er, wie auch die Vertreter der Bürgerschaft, ratlos zurück.

Der Einzug der französischen Truppen begann am 31. Dezember um drei Uhr nachmittags und dauerte sechs Stunden. Der König selbst traf erst vier Stunden später, um sieben Uhr abends, an der Porta del Popolo ein, wo sein Großmarschall dem Vertrage gemäß alle Torschlüssel der Stadt in Empfang nahm.

‚Ich bin der größte Feldherr aller Zeiten nach Alexander dem Großen' schoss es Karl durch den Kopf. Mit vor Stolz geschwellter Brust blickte er hoheitsvoll, wie er meinte, um sich. Das Volk rief „Francia"; es hatte ihn als Retter ersehnt.

Hochrufe ertönten hinter Karl. Schmarotzer und Günstlinge des französischen Hofes ließen ihn immer wieder hochleben. Er genoss die Hochachtung.

Wie in Florenz ritt der kleine, verwachsene König mit dem riesigen Schädel durch die Straßen. In kriegerischem Gebaren hatte er die Lanze angelegt.

Links und rechts von ihm ritten die Alexander tödlich hassenden Kardinäle Giuliano della Rovere und Ascanio Sforza in ihrem roten Ornat. Ein in Gold und Silber glänzendes Gefolge von Rittern und Leibwachen umgab ihn.

‚Vorneweg zogen einige tausend Schweizer und Deutsche, herrliches Fußvolk, mit breiten Schwertern und langen Lanzen, in kurzen, engen und bunten Kleidern. Es folgten 5000 Gascogner, fast alle Bogenschützen, dunkle, kleine, hässliche Menschen; sodann die schwer gepanzerte Reiterei, unter ihr die Blüte des französischen Adels, 5000 Pferde stark.

Was die größte Bewunderung erregte, war die Artillerie: 36 Kanonen aus Bronze, jede acht Fuß lang und 6000 Pfund schwer, auf Wagengestellen, außerdem Feldschlangen und kleineres Geschütz.'

Der Anblick dieser Kriegerscharen, welche noch bei Fackellicht durch Rom zogen, flößte bei den Zuschauern Schrecken ein, zumal die flackernde Beleuchtung Männer, Pferde und Geschütz über ihr natürliches Maß größer erscheinen ließ. Die Via Lata (*der heutige Korso*) war bis San Marco hin durch Laternen und angezündete Feuer erleuchtet.

Das bestürzte Volk stand ängstlich, doch neugierig, entlang der Straße und rief Francia! Francia!' Damit meinte es, sich Gnade kaufen zu können.

Alexander wehrte sich vehement gegen das Ansinnen der Franzosen, den König im Vatikan aufzunehmen. Also nahm der König seine Residenz im Palast San Marco, der damaligen Wohnung des Erzbischofs von Benevent. Dieser eilte ihm selbst entgegen als er abstieg und geleitete den Eroberer in seine Privatgemächer, die er von seinen persönlichen Dingen hatte leeren lassen.

Artillerie wurde um den Palast aufgefahren. 2000 Reiter besetzten den Campo de' Fiori mit seinen vielen Gasthäusern, die hauptsächlich Vanozza de Catanei gehörten. Andere Truppen verteilten sich überall in der Stadt und sicherten die wichtigsten Punkte.

Hilflos saß Alexander von einigen Kardinälen umgeben im Vatikan, dessen Zugänge die Engelsburg deckte. Seine Hausmacht bestand nur aus tausend Reitern und einigem Fußvolk. Er blickte von seinen Räumen in den Feuerschein der nächtlichen Straßen, hörte das Getöse der hin und her marschierenden Truppen Frankreichs.

Spitzel Cesares hatten von einer geheimen Zusammenkunft fast der Hälfte der Kardinäle berichtet, die sich darauf geeinigt hatten, vom französischen König ein Konzil zu fordern, das ihn wegen Simonie, also Ämterkauf anklagen sollte.

Wie konnte er dieses Konzil verhindern? Blutrünstige Gedanken schossen ihm durch den Kopf, wenn er daran dachte, dass sogar sein ehemaliger Berater, der Kardinal von Mailand, sich auf die Seite der abgefallenen Kardinäle gestellt hatte.

Zwei Tage nach dem Einzug baten Cesare Borgia und die anderen Kardinäle, mit Ausnahme Orsinis und Caraffas, um Audienz. Karl empfing sie formlos und ohne die gebräuchliche Hochachtung. Man unterhandelte über die Grundlage eines Vertrags. Mit allen ihm zur Verfügung stehenden Mitteln, vor allem seiner dem König weit überlegenen Intelligenz, versuchte Alexander über diese Kardinäle zu retten, was zu retten war, den Thron zu sichern, den Sturm von sich zu entfernen und endlich den König zu überlisten.

Er befand sich in dem gefährlichsten Augenblick seines Lebens: ein Gefangener des mächtigsten Fürsten Europas, dessen Geschütz die Engelsburg in wenigen Stunden zermalmen konnte. Alexander wusste, die Kardinäle der Opposition bestürmten Karl, sich zum Reformator der Kirche aufzuwerfen, den simonistischen Papst durch Prozess abzusetzen, einen würdigen Mann auf den Heiligen Stuhl zu erheben. Das Dekret seiner Absetzung war bereits von diesen Kardinälen in geheimen Sitzungen im Entwurf verfasst worden.

Ascanio Sforza, der Drahtzieher der Wahl Borgias, war nun, nach seinem Aufenthalt im Verließ der Engelsburg, sein erbitterter Feind. Er machte sich Hoffnung, Alexanders Nachfolger zu werden.

Obwohl die Römer nichts von Verteidigung hatten wissen wollen, den Papst und seine Stadt im Stich ließen, regte sich doch ihr Nationalgefühl, als sie einen fremden König in ihrer Stadt als Gebieter schalten sahen. Hass erfüllte sie, als sie sahen, mit welcher Unverfrorenheit diese Ausländer sich als ihre Herren aufspielten.

Franzosen nahmen gewaltsam Häuser von Bürgern in Besitz; sie plünderten schon am 3. Januar Wohnungen reicher Prälaten.

Horden von französischen Soldaten streiften durch das jüdische Ghetto. Sie drangen in die Häuser ein und suchten nach Wertsachen, nach Gold und Juwelen. Wer seine Habe nicht herausgeben wollte oder sich gar zur Wehr setzte, wurde gnadenlos erwürgt.

Doch auch die Franzosen hatten Verluste. Nach kurzer Zeit wagten sie sich nur noch in Gruppen auf die Straße. Denn wutentbrannte Römer erdolchten wiederum ahnungslose Franzosen, sobald sich eine günstige Gelegenheit in einer unbelebten Gasse bot.

Das französische Militärkommando ließ zur Abschreckung Galgen auf Campo de' Fiori, dem alten Richtplatz der Stadt, aufrichten und einige Plünderer wie Römer henken. Allerdings waren es nur einfache Söldner, die im Wind baumelten. Die wirklichen Schätze hatten sich die Unterführer und Offiziere gesichert. Denen geschah nichts.

Mord, Vergewaltigungen und diese ersten Plünderungen der Franzosen bewogen Alexander, am 6. Januar in die Engelsburg zu ziehen. Ihm folgten fünf spanische Kardinäle.

Dieses Kastell war auf seinen Zinnen von spanischen Söldnern besetzt; aber seine Mauern waren im Laufe der weit über tausend Jahre seines Bestehens brüchig geworden. Ein Stück davon war kurz vor dem Einzug des Königs in Rom eingestürzt. Nun, kurz nach der Übersiedlung, stürzte ein weiteres Stück der Mauer ohne feindliche Einwirkung ein. Zu selten war aufgrund der immer leeren Kassen des Vatikan für die Erhaltung dieser Schutzburg für den Heiligen Vater getan worden. Die Feinde des Papstes sahen im Einsturz der Mauern eine himmlische Fügung und höhnten, dass selbst die Burg der Engel ihm keinen Schutz mehr böte.

Am 8. Januar plünderten eine Handvoll Franzosen sogar den Palast Vanozzas.

Alexander hatte in diesem Augenblick seine Macht verloren. Er musste einen Ausweg finden. Die Zukunft des Papsttums war in Gefahr. Nicht nur des Papsttums, redete er sich ein; die Zukunft der Christenheit stand auf dem Spiel, wenn sich ein Papst einem König unterordnen musste. Die heilige Mutter Kirche ein Spielball der Mächte. Es musste einen Ausweg geben.

„Sire, der Unterhändler Alexanders VI bittet, vorgelassen zu werden."

„Er soll noch eine halbe Stunde warten. Es soll nicht so aussehen, als ob wir auf ihn warteten. Dann lasst ihn herein. "

Nach einer halben Stunde erschien der Kammerdiener Karls erneut.

„Sire, der Unterhändler!"

„Ja, bittet ihn herein."

Der Unterhändler verbeugte sich tief vor dem französischen König.

In der Hand hatte er einen Brief Alexanders, den er laut vorlas. In diesem Brief gratulierte der Papst dem König zu dessen militärischer Leistung.

„Doch ich warne Eure Majestät vor einer weiteren Eskalation" las der Legat weiter vor. „Noch sind WIR in der Lage, Truppen des Deutschen Kaisers und des spanischen Königs zu UNSEREM Schutz anzufordern."

Der junge König war verblüfft. Der Papst, eingeschlossen in der Engelsburg, drohte ihm, dem siegreichen Feldherrn?

„Sagt eurer Heiligkeit, ich verlange, dass er mir die Engelsburg übergibt. Vorher verhandle ich nicht weiter. Ihr seid entlassen!"

Am nächsten Tag kam der Unterhändler mit der Antwort des Papstes:

„Mit den heiligsten Reliquien werden WIR UNS auf die Spitze der Engelsburg stellen, wenn Ihr das Kastell angreift" las der Unterhändler die Antwort des Oberhauptes der Kirche vor. „Dies, Sire, ist die Antwort des Papstes."

Karl war erbost. Er ließ den Kardinal Giuliano della Rovere, den ehemaligen Herrn von Ostia und erbitterten Feind Alexanders, kommen.

„Er will mich zum Papstmörder stempeln. Er droht, sich auf die Spitze der Engelsburg zu stellen, wenn ich angreife" schrie er ratlos. „Was passiert, wenn ich die Engelsburg beschießen lasse?"

Der Kardinal überlegte nicht lange.

„Alexander wird seine Drohung wahr machen. Er wird mit den heiligsten Reliquien, die die Christenheit kennt, Euren Angriff erwarten. Er wird auf dem Stuhl des Petrus sitzen, er wird einen Teil des Kreuzes Christi in der rechten und die Ketten, mit denen Petrus gefesselt war, in der linken Hand halten. Um ihn herum werden die Knochen des heiligen Laurentius, des Stephanus, des Paulus, des Franz von Assisi, des Franz Xaver, des Simon, des Antonius und des Coelestin liegen. Er wird die Reliquien der Jungfrau Maria vor sich haben."

Karl unterbrach den Kardinal unwirsch. „Ich dachte, Maria ist in den Himmel aufgefahren."

„Das ist richtig" erwiderte der Kardinal. „Aber als die Apostel an das leere Grab kamen, waren darin noch die Kleider und der Gürtel der Maria. Und Blüten und Blumen. Die Jünger haben alles liegen gelassen, bis auf den Gürtel für den ungläubigen Thomas, der wieder einmal zu spät kam. Für den haben sie als Beweis den Gürtel herausgenommen."

„Dann ist Maria also nackt in den Himmel aufgefahren?" grinste der König.

„Sie ist in einem strahlenden Lichterkranz zu Gott aufgefahren" erwiderte der Kardinal mit strengem Ton. „Und da im Grab noch Blüten und Blumen lagen, feiern wir heutzutage an diesem Tag auch das Fest der Kräuterweihe."

Der König lenkte ein „Ich hatte das nicht so ernst gemeint. Aber was bezweckt der Papst mit den Reliquien?"

„Wenn Ihr das tut, Sire, wenn Ihr auf die Engelsburg schießt, zerstört Ihr die heiligsten Reliquien der Christenheit. Kein König wird Euch mehr achten, kein christlicher Soldat darf Euch mehr gehorchen, kein Christ Euch mehr dienen. Denn dieser Fuchs Alexander wird noch um sich herum lagern den Kopf des Zacharias, den Arm des Athanasius, die Särge mit Philippus dem Evangelisten und Philippus dem Apostel, Hadrianus, Johannes Christostomus und die Knochen der Brüder unseres Herrn Jesus, Simon und Jakobus."

„Wir werden sehen, ob Alexander wirklich den Mut hat, auf der Engelsburg inmitten all der Knochen zu stehen" sagte Ludwig VIII.

Er befahl der Artillerie, ihre Kanonen auf die Engelsburg zu richten.

Hoch an der Mauer der Verteidigungsanlage stand Alexander. Die Tiara auf dem Haupte und im Ornat des Papstes sah er scheinbar unerschrocken auf die blutrünstige Schar der Angreifer. Ob er tatsächlich all die Reliquien um sich hatte, konnte man nicht erkennen. Und Karl zögerte.

Nach einer Stunde des Zauderns gab er Befehl, die Artillerie abrücken zu lassen.

Am nächsten Tag wiederholte sich das Schauspiel. Sobald die Artillerie in der Nähe der Engelsburg erschien, stand Alexander VI. auf den Zinnen des Kastells. Er blickte auf die Truppen das französischen Königs. Er sagte kein Wort, aber die Botschaft war eindeutig. Karl müsste die Mauern unter ihm zertrümmern, wenn er in dieses alte Grabmal des römischen Kaisers Hadrian eindringen wollte. Dann würden die Reliquien zerstört sein. Die heiligsten Knochen der Christenheit. Und wieder gab Karl den Befehl zum Rückzug.

Täglich waren Unterhändler auf beiden Seiten unterwegs, um den Papst oder den König zum Einlenken zu bewegen.

In der Zwischenzeit hielt Karl im Palast San Marco glänzend Hof. Kardinäle und die Adligen Roms waren seine umschwärmten Gäste. Musik erfüllte die Säle des Palastes, der Wein floss in Strömen. Erlesenste Speisen wurden aufgetischt und es fehlte auch nicht an galanter Unterhaltung.

Nur wenige Gefolgsleute hielten Alexander noch die Treue, denn die Spanier, die vorher unter dem Schutz Alexanders so zahlreich Rom bevölkert hatten, waren verschwunden.

Der Einfall der Franzosen hatte den Universitätsbetrieb nicht sehr gestört. Es war Anfang Januar 1495 und Bernhard war nun schon im zweiten Jahr in Rom. Die Universität war sowieso bis Mitte Januar geschlossen, um den Studenten Gelegenheit zu geben, das Fest der Geburt Christi zu Hause feiern zu können. Die deutschen Studenten waren einmütig in der Stadt geblieben, denn für eine Heimreise waren sowohl die Zeit als auch das Geld zu knapp.

Bernhard saß mitten in Rom auf dem sogenannten Kuhfeld. Er hatte sich ein Stück einer umgestürzten Säule in der Curia ausgesucht, dem ehemaligen Sitz des Senats. Hier saß er und betrachtete ringsum die zerfallenen Zeugen der ehemaligen Großmacht. Irgendwo direkt vor ihm befand sich der Legende nach das Grab des Romulus; eines der beiden Zwillinge, die Rom gegründet hatten.

Dieser Teil Roms, früher das Zentrum der Stadt, lag bis zu fünfundsechzig Fuß unterhalb der übrigen Stadt, die auf dem Schutt der zerfallenen Häuser und Tempel weiter hochgewachsen war. Nun war dies der Bereich, wo die Obdachlosen in den zerfallenen Gebäuden siedelten Ringsum weideten deren Kühe zwischen eingestürzten Tempeln. Schweine wühlten in der Erde. An einer Stelle hatte man einen Brunnen gegraben und aus den Resten einer antiken Opferstätte eine Tränke für das Vieh gemauert.

Man konnte nicht mehr erkennen, wo einst die Heiligtümer der Römer standen, an welcher Stelle Julius Cäsar von Brutus und seinen Mitverschwörern erdolcht worden war, wo Seneca einst Nero unterrichtet hatte. Nur die verschwenderisch gestalteten Triumphbogen des Titus und des Septimus Severus waren noch einigermaßen erhalten und zeugten eindrucksvoll von der einstigen Größe des Römischen Reiches.

Bernhard sann über die Vergänglichkeit der Macht nach. Das Römische Reich war zerfallen. Das mächtige Kolosseum, einst Sinnbild der Größe Roms und einer der grauenhaften Schauplätze der mörderischen Gladiatorenkämpfe, blutigen Tierhatzen und unerbittlichen Christenverfolgung, war ein elender Steinbruch geworden. Doch das verhasste Christentum hatte gesiegt. Petrus war am Rande des Circus' des Nero hingerichtet worden. Aber über dessen armseliger Grabstätte erhob sich heute der Altar der Peterskirche. Seine Nachfolger waren auch heute noch, eintausendvierhundert Jahre nach dessen Tod, in der ewigen Stadt und herrschten über Rom.

Aber waren das noch die wirklichen Nachfolger des Petrus? Waren das die Männer, zu denen Jesus gesagt haben würde „Du bist Petrus, der Fels. Und auf diesen Felsen will ich meine Kirche bauen."

Er erinnerte sich daran, dass er einmal davon geträumt hatte, Papst zu werden.

Wäre er auch so verschlagen und vielleicht blutschänderisch wie Alexander?

So ohne Ehrfurcht vor dem Andenken des Petrus, dass er wie dessen Vorgänger, Innozenz, der Frucht seiner Unzucht in der Peterskirche selbst die Ehesakramente spendete?

So von Machthunger zerfressen wie der Kardinal della Rovere, der Alexander wegen dessen Unzucht stürzen wollte, aber selbst drei Töchter hatte?

Er bemerkte plötzlich eine Gruppe französischer Soldaten, die sich auf dem Forum herumtrieben. Es war nicht ratsam, ihnen in die Hände zu fallen. Man wusste nie, ob sie nicht aus Spaß jemanden bis auf die Haut ausplünderten oder gar umbrachten. Er ging vorsichtig zu seinem hospicia zurück.

Konrad hatte Neuigkeiten gehört.

Der Papst solle dafür gesorgt haben, dass ein reicher Mann, der mit seinen beiden Töchtern Inzest getrieben und sie danach ermordet habe, gegen achthundert Dukaten freigesprochen worden sei. Aber einen Priester, der während der Wandlung von Brot und Wein in Leib und das Blut Christi nicht die übliche Formel gesprochen habe, habe er zum Tode verurteilen lassen.

„Stell Dir vor, dieser Priester hat lateinisch gesagt: ,Ihr einfältigen Christen, die ihr Speise und Wein als Gott verehrt'. Er hat nicht bedacht, dass jemand unter den Kirchgängern Latein verstehen könnte."

Bernhard erinnerte sich an seine düsteren Gedanken auf dem ,Kuhfeld'.

„Wir leben in einer Zeit des Umbruchs oder des Endes, Konrad. Es gibt hier so viel Licht, aber es gibt noch mehr Dunkel."

„Wie meinst Du das?"

„Es gibt hier so viel Schönes, aber auch so viel Gottloses. Einen Papst, der am Ende ist. Der von seinen Kardinälen verraten wird an einen französischen König, den sie bestürmen, diesen Papst abzusetzen. Vielleicht hat er sich das selbst zuzuschreiben. Im Augenblick verhandelt er um sein Kirchenreich, statt dass er sich um das Reich Gottes kümmert. Auf der anderen Seite steht ein König, der sich Seine Allerchristlichste Majestät nennen lässt und es dennoch wagt, den Stellvertreter Christi anzugreifen. Der zulässt, dass seine Soldaten diese Stadt des Papstes plündern. Eine Stadt, in der gemordet und geschändet wird, in der die Existenz Gottes angezweifelt und die

Frömmigkeit verlacht wird. Und doch möchte ich diesen Ort nicht tauschen mit unserer Heimat, wo Hexenglaube und Teufelswahn zur Verurteilung Unschuldiger im Namen des Herrn führen. Wo niemand die Schönheit der Literatur kennt, die Lieblichkeit der Malerei, die Poesie der Dichtkunst. Wo niemand sich an Komödien erfreut, sondern alle nur an düsteren Sagen von bösen Zauberern und heimtückischen Dämonen. Die Schriften eines Ovid über die Liebe sind nie bis zu unseren Klosterstuben gedrungen. Abgeschrieben wurde fast immer nur die Bibel."

Und er wiederholte sinnend, was er bereits gesagt hatte „Wir leben in Dunkel und Licht. Was wird siegen. Die Dunkelheit? Das Licht?"

Karl VIII. ritt täglich, begleitet von seiner Garde, durch Rom. Jeden Tag verrichtete er seine Gebete in einer anderen der sieben Hauptkirchen Roms, ließ sich die Reliquien zeigen, die nicht in die Engelsburg gebracht worden waren und besichtigte Monumente, die nur noch kümmerlich von der einstigen Größe Roms zeugten. Er wartete auf ein annehmbares Ende der Verhandlungen mit Alexander VI.

Es lag ihm nicht mehr viel daran, Alexander abzusetzen. Seine Ratgeber hatten ihn davon abgebracht. Solange Italien keinen Papst hatte, der alle Kräfte des Landes hinter sich vereinte, konnten seine Ansprüche auf das Königreich Neapel nicht hintertrieben werden. Somit war, so glaubten diese Berater, Alexander nicht gefährlich. Denn er war inzwischen ein ungeliebter Spanier mit einem Sohn, der selbst Machtansprüche stellte und damit die Italiener erzürnte.

Die Disziplin unter den Soldaten litt unter der Zwangspause. Sie wollten Beute machen, nicht tatenlos in ihren Zelten liegen. Täglich nahmen deren Übergriffe gegen die Zivilbevölkerung zu. Vor allem auf die Juden hatten sie es abgesehen.

Als in Spanien die Inquisition 16 Jahre zuvor sich vor allem gegen die Juden richtete, waren vor allem die Begüterten unter ihnen nach Rom geflohen. Bei denen, da waren sich die Soldaten sicher, war genug zu holen, so lange man auf die Eroberung Neapels warten musste.

Am dreizehnten Januar brannte die jüdische Synagoge von Rom. Nicht einmal mehr die Thora konnte der Rabbi retten. Betrunkene Soldaten erschlugen ihn, als er es versuchte. Wie eine Initialzündung breitete sich diese Gewalttat aus. Die Plünderung ganzer Stadtteile begann.

Alexander musste handeln, wenn er nicht Gefahr laufen wollte, dass Rom wie zu Zeiten Neros brannte. Er musste Zeit gewinnen. Vor allem musste er dem jungen König etwas geben, damit der sein Gesicht wahren konnte.

So trat Alexander zwei Tage später schweren Herzens Terracina, Civitavecchia, Viterbo und Spoleto an Karl ab, übergab dem französischen König den Prinzen Djem und erteilte den französisch gesinnten Kardinälen widerwillig die Große Amnestie.

Der junge Kardinal Cesare, Sohn des Papstes, sollte den siegreichen König als päpstlicher Legat für vier Monate begleiten. In Wirklichkeit war Cesare Garant dafür, dass Alexander nicht im Rücken des Königs agiere. Vier Monate, dachte Karl VIII., würde er brauchen, bis er Neapel mit all seinen Besitzungen eingenommen hätte.

Noch schwerer fiel es Alexander, den Hafen Ostia an seinen grimmigsten Gegner, den im Exil in Frankreich lebenden Kardinal Giuliano della Rovere, zurückzugeben.

Im Gegenzug, so wurde vereinbart, würde Karl VIII. den Primat Alexanders anerkennen und den Papst in allen seinen Rechten schützen.

Faktisch war zwar jetzt Karl VIII. Herr des Kirchenstaates, aber Alexander wusste, er hatte wertvolle Zeit gewonnen, den Eindringling wieder zu verjagen. Der König hatte das Papsttum, Rom und Italien in den Händen gehalten. Aber er hatte die Chance nicht genutzt. Er hatte Rom und den Papst wieder aus den Händen gegeben und er hatte Neapel noch nicht erobert. Karl hatte nichts Wichtiges behalten.

So war Alexander erleichtert, die abtrünnigen Kardinäle tief enttäuscht und Savonarola sah sich um seinen Traum betrogen.

Am 16. Januar fand nach vorher festgesetzter Form die erste Zusammenkunft des Papstes und Königs statt. Als sich dieser hoch auf der Sänfte von vier Trägern aus dem Kastell tragen ließ, erschien jener zu Fuß wie durch Zufall im Garten, wo der bedeckte Gang beginnt. Der Papst hieß die Sänftenträger halten.

Dreimal beugte der König seine Knie vor dem Papst, dem Stellvertreter der göttlichen Dreieinigkeit. Als er den päpstlichen Pantoffel küssen wollte, erließ Alexander huldvoll diese Ergebenheitsgeste und hob Karl sanft von seinen Knien hoch. Beide bedeckten ihre Häupter zu gleicher Zeit mit der Kapuze, dann ließ sich Alexander zum Vatikan tragen. Der König ging zu Fuß neben der Sänfte.

„Eure Heiligkeit, ich bin der Ansicht, dass Frankreich beim Heiligen Stuhl nur unzureichend vertreten ist" begann Karl, nachdem genügend Artigkeiten ausgetauscht worden waren.

„An wen habt Ihr gedacht?" fragte Alexander zurück, der sofort wusste, dass Karl einen seiner Günstlinge mit dem roten Kardinalshut ehren wollte.

„Ich glaube, mein treuer Briconnet hätte sich diese Ehre verdient." Erwartungsvoll sah der König zu dem Papst hoch, der sich des Triumphes, dass der Eroberer von Rom zu ihm aufschauen musste, sehr wohl bewusst war.

„Burcardus!" rief der seinen Zeremonienmeister, der dem kleinen Zug in einigem Abstand folgte, zu sich und flüsterte ihm etwas ins Ohr.

Burchard nickte und eilte dem Zug voran in den Vatikan.

Als der Zug den Vatikan erreichte, stand Burchard am Ende des gedeckten Ganges, der Schutz gegen Angriffe auf dem Weg zwischen Engelsburg und Vatikan bot. In der Hand hielt er einen roten Kardinalshut.

„Wo ist Euer Briconnet?" lächelte Alexander.

„Mein Gefolge wartet auf dem Platz vor St. Peter"

„Dann lasst ihn kommen" Alexander gab seinen Sänftenträgern einen kurzen Befehl und sie ließen ihn, nun im Schutz der Mauern des

Vatikan, nieder. Als Briconnet endlich vor ihm kniete, setzte ihm Alexander ohne Zeremonie den roten Hut auf den Kopf.

„Alles andere machen wir später" erklärte er dem verdutzten König. „Ich erwarte Euch übermorgen bei der Versammlung der Kardinäle, um Euren Treueschwur entgegenzunehmen."

Alexander hatte das Heft wieder in der Hand. Tatsächlich erschien der König am 19. Januar zum Konsistorium.

Alexander saß auf seinem goldenen Thron, als sich der König vor ihn hinkniete, ihm zuerst die Hand mit dem Siegelring und dann den päpstlichen Pantoffel küsste und die vorgeschriebenen Worte sprach: „Ich bin gekommen, Eurer Heiligkeit Gehorsam und Ehrfurcht zu leisten, wie das meine Vorgänger, die Könige Frankreichs, zu tun gewohnt sind."

Der Präsident von Paris erläuterte dies noch. Er wies mit gesetzten Worten darauf hin, dass der allerchristlichste König Frankreichs gekommen sei, den Papst als den unzweifelhaften Stellvertreter Christi und legitimen Nachfolger des Apostelfürsten Petrus ohne Vorbehalt anzuerkennen und zu in tiefer Demut zu verehren.

Als zur Feier dieser Versöhnung Alexander am folgenden Tage eine feierliche Messe in St. Peter las, bei der die Würdenträger des Kirchenstaates und die den König begleitenden Edlen Frankreichs teilnahmen, reichte ihm der König vor der Segnung der Gläubigen das Weihwasser, und er nahm dann seinen bescheidenen Platz nach dem ersten Kardinalbischof ein.

Dieser endgültige Sieg versetzte Alexander in Hochstimmung. Er ernannte, ohne sich dies fürstlich bezahlen zu lassen, auch noch den Vetter des Königs, Philipp von Luxemburg, zum Kardinal und ritt zusammen mit dem Herrscher Frankreichs auf einem Schimmel durch Rom, um dem Volk die Verbundenheit mit dem französischen König zu veranschaulichen.

Doch dies war nur ein äußerliches Schauspiel. In seinem Innern stritten zwei Gefühle. Dass er diesem Eindringling seinen Sohn Cesare als Geisel mitgeben und Djem, der ihm ein sicheres Einkommen beschert hatte, ausliefern musste, schmerzte ihn. Gleichzeitig erfüllte es ihn mit tiefer Befriedigung, dass dieser König, der fast ganz Italien und den Kirchenstaat in Händen gehalten hatte, vor ihm hatte niederknien müssen. Dieser König hatte die Macht gehabt, ihn abzusetzen, aber ihn, Alexander, hatte Gott in seinem Amt bestätigt.

Die feigen Kardinäle, die dem König in ihrer Mehrheit gefolgt wären, würde er später bestrafen. Und die Gebiete, die er abgeben musste, würde er sich wieder zurückholen. Aber das waren Probleme, die später gelöst werden konnten.

So ritt er insgesamt zufrieden über die göttliche Gnade, die ihm einen so unentschlossenen Gegner beschert hatte, durch die Straßen Roms und erteilte dem Volk rechts und links am Rand des Weges vom Rücken des schneeweißen Pferdes aus gnädig seinen apostolischen Segen.

Die Franzosen trafen endlich Anstalten, Rom zu verlassen und weiter nach Süden Richtung Neapel vorzurücken. Am 28. Januar war es soweit.

Unter den Klängen der vergoldeten Fanfaren und dem kraftvollen Schlag der Trommeln verließen sie Rom, die geballten Fäuste und zornigen Verwünschungen der gequälten Bevölkerung missachtend.

Cesare ritt mit finsterem Blick im Tross hinter dem König. Er war nicht als Geisel erkennbar, denn er hatte sein Wort gegeben, den König als Abgesandten des Papstes zu begleiten. Doch er gedachte nicht, dieses Wort zu halten. Schon in der ersten Nacht entfloh er, im Gewand eines Stallburschen.

Als dies am nächsten Morgen bemerkt und dem König gemeldet wurde, tobte der vor Wut. Im ersten Augenblick dachte er daran, umzukehren und den Wortbrecher hängen zu lassen. Doch seine Berater hielten ihn zurück. War es sinnvoll, den Feldzug wegen eines geflohenen Mannes abzubrechen? Er entschloss sich daraufhin, einen seiner Generäle zu Alexander zu schicken, der Rechenschaft fordern sollte.

Gleichzeitig sandte aber Alexander den Bischof von Neri zu Karl VIII, der das päpstliche Bedauern über die Flucht des Cesare Borgia zum Ausdruck bringen sollte. Er sei entsetzt, dass sich der Kardinal so wenig an sein Wort gebunden gefühlt habe. Leider könne der Papst nicht sagen, wohin der Kardinal entflohen sei, sonst hätte er ihn sicher dazu bewogen, seine Verpflichtung einzuhalten. Aber er sei nun einmal nicht der Hüter seiner Kardinäle.

Zur selben Zeit ließ der Papst seinem Sohn anraten, Rom, wo er sich versteckt hielt, zu verlassen und nach Spoleto zu fliehen. Denn es war weder den übrigen Kardinälen noch dem Volk von Rom zu trauen. Und der König war nur eine Tagesreise entfernt.

Einen Monat nach dem Abzug des Franzosen eilten zwei Gerüchte wie ein Lauffeuer durch Rom:

Giangaleazzo war in Mailand gestorben und Lodovico hatte sich mit erstaunlicher Hast zum Herzog ernennen lassen. Schon ging das Gerede, dass Lodovico mit Gift etwas nachgeholfen hatte. Prompt war der Herzog von Orléans mit einer zweiten Armee in Italien eingerückt, um seine Interessen als Verwandter des Giangaleazzo zu wahren und Mailand zu erobern.

Und Djem, im Gefolge des französischen Königs, war ebenfalls gestorben. Er erlag einer Bronchitis. Der Klatsch besagte, dass nicht eine Bronchitis der Auslöser für den Tod Djems gewesen sei, sondern ein langsam wirkendes Gift Alexanders.

Alexander kümmerte das bösartige und falsche Gerücht nicht. Er war mit wichtigeren Dingen beschäftigt. Seine Überlegungen während der Besetzung Roms durch Karl, dass nur ein starker Kirchenstaat, ein tüchtiger General und eine zuverlässige Armee ihn vor Übergriffen schützen würde, nahmen Gestalt an. Er sah die Zeit für gekommen, Italien endlich von den fremdländischen Mächten zu befreien.

Und er fasste einen verwegenen Plan. Er wollte Feuer mit Feuer bekämpfen. Die verabscheuten Ausländer mit ebensolchen verhassten Ausländern vertreiben. Doch alles unter dem Vorwand, den gemeinsamen Feind zu bekämpfen, die Ungläubigen. So konnte man unbesorgt Vorbereitungen treffen, die sonst zu schneller Entdeckung des genialen Plans geführt hätten.

Während Karl sich in Neapel in seinem Ruhme der schnellen Eroberung sonnte und vergeblich forderte, dass der Papst nach Neapel kommen und ihn zum König des neapolitanischen Königreichs krönen solle, schloss Alexander mit Venedig, Deutschland, Spanien und Lodovico Sforza von Mailand eine Heilige Liga gegen den Eindringling. Offiziell war diese Liga gegen die Ungläubigen in Konstantinopel gerichtet, doch in geheimen Klauseln war die Vernichtung des französischen Heeres geplant.

Karl VIII. erkannte zunächst die Gefahr nicht, in der er schwebte. Er hatte mit Leichtigkeit Neapel und Kalabrien erobert. Stolz auf seine mühelosen Siege stolzierte er täglich im Bewusstsein seiner neu errungenen Macht in Neapel herum. Der Süden Italiens war nun sein. Der Kirchenstaat war zu schwach, ihn zu bedrohen. Der Herzog von Orleans war in den Norden Italiens einmarschiert. Wer sollte ihn noch gefährden?

Als der Tag gekommen war, da er Vizekönig und Verwalter eingesetzt hatte, zog er sich mit einem Teil seines Heeres wieder nach Norden zurück. Das restliche Heer ließ er vorsichtshalber in Neapel und Kalabrien zurück, um irgendwelche Aufstände gleich im Keim zu ersticken Er wollte zurück nach Frankreich.

Zwanzigtausend Maultiere schleppten auf ihren Rücken die Beute Neapels mit sich fort, darunter auch wertvolle Kunstschätze, welche der König ohne Gewissensbisse geraubt hatte.

Alexander wartete die bedrohliche Ankunft des Königs in Rom nicht ab. Die Römer bedrängten ihn, in der Stadt zu bleiben, denn sie befürchteten insgeheim, dass Karl seinen Unmut über die Flucht Cesares an ihnen auslassen würde, wenn er sich nicht an den Papst halten könne. Doch den Gefallen tat ihnen der Papst nicht.

Als Karl endlich Rom betrat, war der vorsichtige Alexander bereits in Orvieto in Sicherheit. Fast zehntausend Mann, Truppen der Liga und der Kirche und alle in Rom ansässigen Spanier begleiteten ihn. Dazu waren ihm alle Gesandten und Kardinäle gefolgt, auch die wankelmütigen, die zuvor seine Absetzung gefordert hatten.

Am 1. Juni, einem Montag, rückte Karl VIII. mit seinem kleinen Heer und der unendlich langen Schlange an Maultieren, die geduldig die Beute des Feldzugs trugen, wieder in Rom ein. Auf ausdrücklichen Befehl Alexanders wurde er mit großen Ehren aufgenommen. Es zogen ihm Abgeordnete entgegen, ihn im Namen des wegen dringender Amtsgeschäfte abwesenden Papsts zu begrüßen, dann holte ihn der Magistrat und zahlloses Volk ein. Er ritt nach St. Peter, wo er halten ließ und, nur begleitet von einer Handvoll Getreuer, Gott für den glücklichen Ausgang dieses Feldzugs dankte.

Obwohl er alle Ursache hatte, Rom feindlich gegenüber zu stehen und gegen den wortbrüchigen Papst einzuschreiten, tat er das in seiner Hochstimmung nicht. Seine Truppen hielten diesmal sogar bessere Ordnung, zumal alle Spanier die Stadt verlassen hatten. Auch die Juden waren aus Furcht vor weiteren Übergriffen der französischen Söldner aus der Stadt geflüchtet.

Am Mittwoch meldete ihm ein Spion aus Mailand, dass sich im Norden Truppen zusammenzögen, um ihn aus Italien zu vertreiben. Er wollte dies zunächst nicht glauben. Aber die Meldungen wurden von anderen Spionen bestätigt und so verließ Karl eilig Rom, um seine Kräfte mit denen des Herzogs von Orleans zu vereinen, denn einen Teil seiner Truppen hatte er ja in Neapel und Kalabrien zurückgelassen. Nur noch zehntausend Mann waren ihm geblieben.

In Poggibonsi trat ihm, gerade, als er das Südtor der Stadt passieren wollte, Savonarola mit einer Abordnung seines Klosters und des Rates der Stadt entgegen. Er warf dem König mit blitzenden Augen und anklagender Stimme vor, dass er den Florentinern die Treue gebrochen und die Welt um die Reform der Kirche betrogen habe. Karl wollte sich zunächst verteidigen, aber dann fiel ihm gerade noch rechtzeitig ein, dass er diesem eifernden Mönch keine Erklärung über seine Beweggründe schuldig war.

Mit vor Zorn hochrotem Kopf wegen der Unverschämtheit dieses Priors, der ihn vor allen Edelleuten gedemütigt hatte, befahl er diesem, ihm aus dem Weg zu gehen und ritt an diesen Wichtigtuern vorbei in die Stadt, ohne nochmals den Kopf zu wenden. Er ergänzte nur seine Vorräte und zog dann eilig weiter.

Am Taro schließlich stellte sich dem erschöpften Heer eine starke Übermacht der Allianz entgegen. ,Deutsche und Schweizer Söldner – denn fast nur aus diesen beiden Völkern bestand das restliche Heer Frankreichs – stürzten sich am 6. Juli 1495 mit letzter Kraft in die Schlacht. Todesmutig kämpften sie, die in Neapel so reiche Beute gemacht hatten, nun um ihr nacktes Leben.' Nur eine Stunde dauerte der mörderische Kampf. Das Gepäck mit der Beute ließen sie zurück.

Alles hatten sie wieder verloren, was sie zuvor geraubt hatten. Doch sie durchbrachen die feindlichen Linien und jagten die Angreifer in die Flucht. Mehr Italiener als Deutsche und Schweizer unter der Flagge Frankreichs blieben sterbend auf den Feldern am Taro zurück.

Glücklich und wie durch ein Wunder hatte sich Karl, der wie ein gemeiner Soldat in der Schlacht mitgefochten hatte, der Falle entziehen können und entkam mit den Resten seines Heeres nach Piacenca und Asti.

Nun, da keine Gefahr mehr bestand, kehrte Alexander im Triumphzug nach Rom zurück. Seine Zuversicht in die unergründlichen Wege Gottes war wieder hergestellt. Mit Hilfe des Herrn hatten sie den Eindringling vertrieben. Die Allianz würde auch noch die Reste des Heeres im Norden vertreiben und mit Gottes Hilfe könnten dann die nun schwachen Truppen Frankreichs in Neapel und Kalabrien besiegt werden.

Alexander verfasste einen flammenden Protest gegen den König der Franzosen wegen des frevlerischen Eindringens nach Italien und drohte ihm die Exkommunikation für den Fall an, dass er es nochmals wagen sollte, in Italien einzufallen.

Schon am 7. Juli war Neapel wieder für die Franzosen verloren und im November rettete sich der letzte französische General und kehrte auf See ruhmlos nach Frankreich zurück.

Zurückgelassen hatte er fast alle Soldaten, die im Königreich Neapel nun ihr Grab gefunden hatten. Zurückgelassen hatte er aber auch eine sich in Italien pestartig verbreitende Lustseuche, die den Namen Franzosenkrankheit erhielt und die dann später Syphilis hieß.

Der kriegerische Herzog von Orléans hatte die Machtverschiebung zuungunsten Frankreichs in ohnmächtigem Zorn erkennen müssen und sich ebenfalls hastig wieder nach Frankreich zurückgezogen. Alexander eroberte Ostia glorreich zurück.

Sein Lieblingssohn Giovanni allerdings war kein General. Er verlor eine, allerdings für das Gesamtgeschehen unwesentliche, Schlacht und kehrte ruhmlos nach Rom zurück. Er hatte von seinem Vater nicht das Kämpferische geerbt; nur dessen Schwäche für Frauen. Er suchte seinen Erfolg bei den Damen.

Nun hatte Alexander Zeit, sich um diesen lästigen Savonarola zu kümmern. Aber zunächst ließ er seine Räume in der Engelsburg mit Fresken des glanzvollen Sieges über den Eroberer Karl verschönern.

Kapitel 12

Savonarolas Herrschaft

Rückfallfieber, akute Infektionskrankheit, die durch Spirochäten der Gattung Borrelia verursacht und durch Biss der Zecke sowie von Läusen übertragen wird. (Borreliose) Die Inkubationszeit beträgt etwa eine Woche. Das akute Krankheitsstadium beginnt mit Schüttelfrost, gefolgt von Fieber sowie Kopf-, Muskel-, Bauchschmerzen und Erbrechen. Der Anfall endet plötzlich ungefähr am neunten Tag, und der Patient scheint, wenn auch noch geschwächt, auf dem Weg der Besserung. Nach einigen weiteren Tagen erleidet der Patient jedoch einen erneuten Anfall des akuten Stadiums, das diesmal drei bis vier Tage anhält. Im Allgemeinen ist der Patient dann wieder genesen. In seltenen Fällen erfolgen allerdings weitere Rückfälle.

Rückfallfieber tritt in der Regel in Gegenden auf, in denen Mangelernährung und schlechte hygienische Verhältnisse vorherrschen. Während einer Hungersnot kann die Häufigkeit der Erkrankung epidemische Ausmaße annehmen.

Florenz hatte sich verändert. Die einst so lebenslustige Stadt der Medici am Ufer des Arno war unter der Herrschaft Savonarolas fromm und züchtig geworden. Wie ernst es die Stadtrepublik mit der neuen Frömmigkeit meinte, zeigte die Tatsache, dass die Stadt für die Ergreifung ihres genusssüchtigen ehemaligen Fürsten Piero de' Medici und seines Bruders, des jungen Kardinals, 5000 Florin ausgesetzt hatte. Die beiden waren, sollten sie tot herbeigeschafft werden, immerhin noch 2000 Florin wert.

Die grandiosen Paläste der Medici waren geplündert, ihre Kunstsammlung in alle Winde zerstreut. Aus der verschwenderischen Stadt der Medici war eine Republik mit einer alle zwei Monate wechselnden Regierung geworden.

Alle Steuern wurden abgeschafft, außer einer zehnprozentigen Abgabe auf Grundbesitz. Somit bezahlten fast nur noch der Adel als Großgrundbesitzer und die Bauern Steuern. Die Wucherzinsen der privaten Geldverleiher wurden durch ein staatliches Leihhaus mit fünf bis sieben Prozent Zinsen zum Versiegen gebracht.

Pferderennen, unzüchtige Karnevalsgesänge, Gottlosigkeit und Glücksspiele waren verboten worden. Die vielen Kirchen waren voll von Gläubigen, die Almosen der Wohlhabenderen flossen wie noch nie in der Geschichte der Stadt. Selbst Ärmere waren von dem Gedanken beseelt, ihre wenige Habe mit noch Ärmeren zu teilen. Das Volk sang auf den Straßen Choräle.

Bankiers und Kaufleute erstatteten reumütig unrechtmäßige Gewinne zurück. Eigentlich war dies ein Zustand, der zu Freude und Begeisterung hätte führen müssen.

Dennoch fühlte Bernhard eine eigenartige Bedrückung, die sich über die Stadt gelegt hatte. Er war aus der Kutsche ausgestiegen, um sich in einem Gasthaus einzuquartieren. Die erste Nacht wollte er nicht in das Franziskanerkloster, sondern zuerst die Stadt kennenlernen, die er mit Abt Nikolaus vom Büchen vor nunmehr über drei Jahren so überstürzt und verwirrt verlassen hatte. Nun war er wieder hier. Er war auf dem Weg nach Bologna, um dort ein weiteres Jahr zu studieren.

Es regnete unablässig.

Überall schien die Stimmung seltsam gedrückt. In dieser Straße der Gasthäuser, wo sich früher Wirtshaus an Wirtshaus, Unterkunft an Unterkunft, Hospiz an Hospiz gedrängt hatte und die Leute auf den Straßen tanzten und Scherze trieben, waren die Gassen leer, die Bacchusgesänge aus den erleuchteten Fenstern erklangen nicht mehr, die Zimmer waren nicht mehr lichterfüllt. Gruppen von Kindern, angeführt von kurzgeschorenen Novizen der Dominikaner, streiften trotz des Regens durch die Gassen.

In einem der wenigen Gasthäuser, die noch geöffnet hatten, setzte er sich zu einem jungen Mann an den Tisch. Das gute Tuch, aus dem die Kleidung gefertigt war, verriet eine wohlhabende Person. Nachdem er sich einen Becher Wein bestellt hatte, fragte Bernhard sein Gegenüber unumwunden:

„Verzeiht Herr, dass ich Euch belästige. Aber ich bin heute zum ersten Mal wieder seit drei Jahren in der Stadt. Doch ich erkenne Florenz nicht wieder. Was ist passiert, dass sich diese Stadt so gänzlich gewandelt hat? Damals sprühte sie vor Lebensfreude!"

Misstrauisch sah ihn der Florentiner an. Aber sein Gegenüber sah nicht wie einer dieser Spitzel Savonarolas aus. Dazu hatte er ein zu offenes, ehrlich erstauntes Gesicht. Auch die Kleider, die er trug, deuteten nicht auf einen Bürger von Florenz. Selbst die Sprache, das wohl untrüglichste Zeichen, klang manchmal ein wenig zu unmelodisch. Dies schien ein durchfahrender Student, ein Fremder, zu sein.

So antwortete er kurz:

„Damals gab es auch diese Heuchler und Gebetekauer noch nicht."

Bernhard stutzte wegen der verwendeten Begriffe.

„Was meint Ihr damit?"

„Ich meine, dass wir hier in einer Diktatur der Tugend leben."

Verständnislos schüttelte Bernhard den Kopf

„Diktatur der Tugend? Was ist an der Tugend diktatorisch?"

„Schaut Euch doch nur um. Seht ihr hier irgendwo ein lachendes Gesicht? Die Leute singen Choräle statt fröhlicher Lieder. Von den

Dominikanern dirigierte Kinderhorden streifen durch die Gassen und vertreiben die Leute, wenn sie sich zu einem Spielchen treffen. Sie reißen den Frauen modische Kleidungsstücke vom Leib und sammeln deren Schmuck, um damit die leeren Kassen zu füllen."

„Und warum lasst ihr euch das gefallen?"

Der Florentiner lachte bitter.

„Warum? Die Angst geht um. Savonarola behauptet, die Stadt würde durch einen unsichtbaren König, Jesus Christus, regiert. Wenn man etwas gegen diese kirchliche Bevormundung sagt, wird das ganz schnell als Gotteslästerung ausgelegt. Dann wird einem mit einem Eisendorn die Zunge durchbohrt. Danach kann man Gott nicht mehr lästern. Selbst Dienstboten werden ermuntert, gegen die Herrschaft auszusagen."

„Ihr sagt, die Dominikaner wären die Urheber dieser, wie Ihr es nennt, Diktatur der Tugend. Aber ihr habt doch eine Republik, einen Rat der Stadt?"

„Richtig. Aber diese Heuchler und Heuler sitzen auch in der ‚Signoria', im Rat der Stadt."

„Was sind Heuler?" fragte Bernhard.

„Das sind" lächelte der Florentiner böse „diejenigen, die bei Savonarolas Predigten immer anfangen, zu heulen und wehklagen."

„Wir anderen" meinte er verschwörerisch die Stimme senkend „von der Gegenpartei nennen uns Arrabiarsi, die Wütenden. Allerdings werden wir von den Anhängern Savonarolas ‚Arrabiati', tollwütige Hunde, genannt. Aber Ihr fragt mich die ganze Zeit aus. Darf ich wissen, was Euch in diese Stadt führt?"

„Ich bin nur ein Student. Ich habe jetzt drei Jahre in Rom studiert und bin auf dem Weg nach Bologna. Dort werde ich meine Studien fortsetzen."

„Dann schaut, dass ihr die Stadt so schnell wie möglich verlasst. Es gibt hier nichts mehr, was interessant wäre. Außer, wenn sie wieder einmal einen gefasst haben, der sich an anderen Männern vergeht. Den malträtieren sie dann öffentlich mit glühenden Eisenstäben. Aber das ist auch nur einmal interessant."

„Und zur Zeit" meinte er sarkastisch „kühlen die glühenden Eisenstäbe wegen des dauernden Regens zu schnell ab."

„Ich sage Euch" dämpfte er seine Stimme zu einem Flüstern „dieser Gottesstaat ist die Hölle."

Auch am nächsten Tag regnete es und Bernhard entschloss sich, dem Franziskanerkloster einen Besuch abzustatten. Er musste lächeln, als er an die Zeit vor drei Jahren dachte, als er so erschreckt über die Predigt Savonarolas war. Er hatte, da der Prior italienisch gepredigt hatte, fast nichts verstanden, aber die Reaktionen der Zuhörer hatten ihm eine unglaubliche Angst eingeflößt. In seiner Heimat gab es solche Unruhe in den Kirchen nicht.

Nun war sein Italienisch ausgezeichnet und nur selten hörte man die harte deutsche Aussprache heraus. Auch die plötzlichen Gemütsausbrüche in dieser südlichen Kultur erschreckten ihn nicht mehr.

Im Kloster Santa Croce im Süden der Stadt, jenseits des Arno, wurde er freundlich aufgenommen und ins Gästehaus begleitet.

Während des Nachmittags kam er mit Händlern und anderen Studenten ins Gespräch, die ebenfalls im Kloster übernachteten. Auch einige der Franziskaner in ihren braunen Kutten hatten sich zu der diskutierenden Runde gesellt. Wieder drehte sich das Gespräch hauptsächlich um die Verhältnisse in Florenz. Er bemerkte, dass die Franziskanermönche auf Savonarola nicht gut zu sprechen waren.

„Sogar ein eigener Mitbruder der Dominikaner hat sich im Geistlichen Rat, den der Rat der Stadt einberufen hat, gegen Savonarola gewandt" freute sich ein Franziskaner.

„Der Rat hat ihm vorgeworfen, seine Einmischung in politische Angelegenheiten vertrage sich nicht mit seinem geistlichen Amt."

„Aber er hat doch klug erwidert" warf ein Student der Theologie ein. „Er sagte sinngemäß, dass eine Beschäftigung eines Geistlichen mit den Dingen der Welt nur dann gerügt werden müsse, wenn er dabei nicht das Wohl der Religion im Auge hätte."

„Wenn eine Stadt aber durch diese strenge geistliche Kontrolle ihre gesamte Lebenslust verliert, so scheint mir das des Guten auch zu viel. Das schädigt jegliche Geschäfte" warf ein Kaufmann ein.

„Wenn Jesus die Stadt regiert, ist das natürlich schon schlecht für die Händler" feixte ein weiterer Student. „Denkt daran, wie der die Händler aus dem Tempel vertrieben hat."

Die anderen lachten.

„Ganz so einfach ist diese Politik natürlich für diese Stadt nicht. Dem einst prächtigen Florenz ging es noch nie so schlecht wie zur Zeit" wurde der Händler wieder ernst. „Da fragt man sich natürlich schon, ob diese Predigten des Verzichtes und Savonarolas Außenpolitik nicht das ganze Unglück verschuldet haben."

Ein weiterer Franziskaner mischte sich in das Gespräch ein. „Die Schwierigkeiten entstehen dadurch, dass er immer wieder den Eindruck erwecken will, seine Predigten seien von Gott geleitet und deshalb Gottes Wille. Wenn das gläubige Volk diesen Eindruck bekommt, dass Gott seinen unergründlichen Ratschluss gerade den Dominikanern offenbart, dann ist die Autorität der Kirche gefährdet. Aber da gibt sich Savonarola keine Blöße. Der Rat der Stadt hat ihn gefragt, ob er behaupten wolle, dass seine Predigten von Gott inspiriert seien. Da hat er geschwiegen und ist wortlos in sein Kloster zurück."

„Er wollte sich halt nicht dem Vorwurf aussetzen, ein Ketzer zu sein."

„Das ist er auch, wenn man seine Predigten gegen unseren Heiligen Vater bedenkt."

„Ich habe schon davon reden hören. Wie man sagt, soll er kein Blatt vor den Mund nehmen" warf ein Kaufmann ein.

„Das stört den Papst eigentlich nicht so sehr" beteiligte sich Bernhard am Gespräch. „Der Heilige Vater ist in dieser Beziehung sehr großmütig."

„Dass der römische Klerus ein sittenloses Leben führe und die Päpste Macht und Reichtum höher schätzen als ein gottgefälliges Leben, wird Rom schon seit Jahrhunderten vorgeworfen" nahm ein Franziskaner, der aber nicht dem Kloster in Florenz zugehörig schien, den Faden auf.

Bernhard war aufgefallen, dass er etwas abseits der anderen Franziskaner saß, diese ihn aber mit besonderer Hochachtung bedienten.

Ein weiterer Kaufmann warf ein: „Ich komme gerade von Mailand. Dort wird getuschelt, dass dem papsttreuen Kardinal Sforza Briefe von Savonarola an den französischen König in die Hände gefallen seien. Karl VIII. soll bewegt werden, ein Konzil von Geistlichen und Staatsmännern einzuberufen, das unseren Papst als ‚Ungläubigen und Ketzer' absetzt.“

„Alexander hat schon darauf reagiert“ lächelte ein Franziskaner. „Er hat dem Prior der Dominikaner einen Brief geschrieben und auch dafür gesorgt, dass der Brief an Savonarola zugleich öffentlich wurde. Selbst unser Kloster bekam eine Abschrift zur weiteren Verbreitung. Ich hole den mal schnell“ und nach einer kurzen Weile kam er mit dem Pergament in der Hand wieder und las den anderen vor:

"Geliebter Sohn,

unseren Gruß und apostolischen Segen. Wir haben von vielen Seiten vernommen, dass Du unter den Arbeitern im Weinberge des Herrn Zebaoth einer der fleißigsten bist, worüber wir uns sehr freuen und Gott den Allmächtigen preisen … Und da uns nun neulich berichtet worden, dass Du vor kurzem in öffentlichen Predigten erklärt, Du habest das, was Du von der Zukunft verkündigst, nicht aus Dir selbst noch aus menschlicher Weisheit, sondern aus göttlicher Offenbarung, so wünschen wir, wie es unserem Hirtenamte zukommt, mit Dir darüber zu reden und es aus Deinem Munde zu vernehmen, auf dass wir den Willen Gottes durch Dich besser erkennen und danach handeln mögen. Darum fordern wir Dich auf und befehlen Dir bei Deiner heiligen Pflicht des Gehorsams, unverzüglich zu uns zu kommen. Wir werden Dich mit väterlicher Liebe und Zuneigung aufnehmen.

Rom, 21. Juli 1495"

Die Unterschrift und Titel ließ der Franziskaner beim Vorlesen weg.

„Die väterliche Zuneigung und Liebe möchte ich am eigenen Leib nicht erfahren“ meinte Bernhard. „Das ist eindeutig eine Drohung, ihn der Ketzerei anzuklagen. Savonarola bleibt nichts anderes, als öffentlich zu widerrufen, dass seine Predigten göttliche Offenbarung seien oder dem Papst den Gehorsam zu verweigern. Die Oberschicht von Rom drängte den Papst förmlich zu diesem Brief. Sie sehen Meinungsfreiheit und Fortschritt in Gefahr."

„Und die Gefahr, dass der religiöse Funke auf Rom überspringt und Papst und Kardinäle ihr, äh… freizügiges Leben stark einschränken müssten" stichelte ein Kaufmann.

„Alexander sitzt fest im Sattel" wiegelte Bernhard diesen Einwand ab. „Das Volk liebt ihn zwar nicht mehr so wie zu Beginn seiner Amtszeit, aber das hängt weniger mit seinem Lebenswandel als mit seinem Sohn Cesare zusammen. Aber das gemeine Volk sieht die Sitten, die in Florenz herrschen, mit etwas Angst. Es fürchtet, es müsse ein gottgefälliges Leben führen. Das ist mit Entsagung und Opfer verbunden. Seit den Zeiten des Cäsar fordert es ,Brot und Spiele' und das hat es erhalten. Als dieser letzte maurische König, Boabdil, vor drei Jahren aus Granada vertrieben wurde, hat Alexander in Rom den katholischen Königen von Spanien zu Ehren in Rom Stierkämpfe durchführen lassen. Das Volk war begeistert."

„Von den spanischen Verwandten, die Alexander in den letzten Jahren aber nach Italien an seinen Hof holt, aber weniger" lachte ein Student, der auf dem Weg nach Rom ebenfalls im Kloster Halt gemacht hatte.

Alle lachten; auch Bernhard.

„Das ist auch ein Problem" gab Bernhard zu. „Irgendjemand hat behauptet, die würden so viel am Vermögen der Kirche zehren, dass es jetzt schon für sechs Amtszeiten eines Papstes reichen würde. Deshalb wäre es dem heiligen Vater gar nicht recht, wenn die Geschäfte in Rom so wie in Florenz zurückgehen würden. Auf Grund dessen muss er den Einfluss des Savonarola beschneiden."

„Das befürchtete Savonarola auch" antwortete der Franziskaner. „Er schrieb dem Heiligen Vater, dass er sich zu krank fühle, um die Reise nach Rom zu unternehmen."

„Wahrscheinlich hätte er seine Krankheit in der Engelsburg kurieren können" lacht ein Kaufmann. „Wie ich unseren Heiligen Vater und vor allem seinen Sohn kenne, wären seine Schmerzen dort schneller weg gewesen, als ihm lieb gewesen wäre. Cesare macht da kurzen Prozess."

„Ja" seufzte Bernhard, „das ist etwas, was ich nicht verstehe. Ich habe es vorhin bereits angedeutet. Unser Heiliger Vater will die Verbrechen seines Cesare einfach nicht sehen. Ganz Rom lebt vor dem in Angst. Diese Zustände fordern doch die Anklagen des Dominikaners geradezu heraus. Ich weiß nicht, ob er hier mit seinen Anschuldigungen nicht vielen Gläubigen aus der Seele spricht."

„Und der Papst ist mit dieser Entschuldigung des Savonarola, dass er krank sei, zufrieden gewesen?" fragte ungläubig erstaunt der Kaufmann, der sich zuvor schon an der Unterhaltung beteiligt hatte.

„Nein" antwortete der Franziskaner. „Er befahl Savonarola, seine Predigten einzustellen, sich mit dem gesamten Kloster dem Generalvikar der Dominikaner für die Lombardei zu unterstellen und dort zu wirken, wo es der Generalvikar für nötig halten würde."

„Was dieser sicher nicht getan hat" warf der Student ein.

„Was das Predigen angeht, schon" antwortete der Franziskaner. „Aber sich dem Generalvikar zu unterwerfen, kam ihm nicht in den Sinn. Das hat er dem Papst in einem Brief klargemacht."

„Und der Papst?"

„Der scheint die Sache nun auf sich beruhen lassen zu wollen. In einem neuerlichen Brief, der jetzt aber auch schon wieder sechs Wochen alt ist, hat er das Predigtverbot wiederholt und seiner Hoffnung Ausdruck verliehen, dass er Savonarola in Rom väterlichen Herzens aufnehmen könne, sobald es dessen Gesundheit zulasse."

Alle lachten.

Danach drehte sich das Gespräch um andere Themen und Bernhard ging bald zu Bett.

Am nächsten Tag setzte er seine Reise nach Bologna fort. Bevor er die Kutsche bestieg, fragte ihn der fremde Franziskaner, der ihm am

Vortag bei der Diskussion um Savonarola aufgefallen war, ob er sich ihm anschließen dürfe. Er hätte gehört, dass er auch nach Bologna reise.

Bernhard war nur allzu froh, dass er auf der Reise einen angenehmen Gesprächspartner hatte. So stimmte er zu und war erst recht erfreut, als der Franziskaner erklärte, dass er die Kosten für die Kutsche selbstverständlich übernehmen würde.

Der Franziskaner hatte nur wenig Gepäck. Bernhard wunderte sich nur über drei Kissen, die er immer mitführte.

Freimütig erzählte ihm der Franziskaner, dass er Probleme mit einer Fistel am After habe. Die sei sehr schmerzhaft und deshalb hätte er Schwierigkeiten beim Gehen.

„Dass ein Bettelmönch in einer Kutsche reist, kann ich den Leuten nicht begreiflich machen" lachte er. „Aber ich kann auch nicht jedermann von meiner Fistel erzählen. Deshalb habe ich gefragt, ob ich mitreisen kann."

Bernhard stimmte in das Lachen ein. Er betrachtete sein Gegenüber genauer.

Er war nicht gerade eine Schönheit. Er war von mittlerer Größe und hatte ein beträchtliches Gewicht. Vielleicht drei Jahre älter als er selbst, schien er etwas kurzsichtig zu sein. Davon zeugte, dass er immer wieder die Augen zukniff, wenn in der Ferne etwas zu sehen war. Er besaß einen runden Kopf mit vollen Lippen und einem auffallenden Grübchen über einem kleinen Doppelkinn. Eine imposante, gebogene, fleischige Nase zog die Blicke auf sich. Seine Hände waren weich. Trotz allem war er Bernhard nicht unsympathisch, denn er besaß eine angenehme Stimme und seine Augen, unter halb herabhängenden Augenliedern zum Teil verborgen, blickten trotzdem neugierig und sanft.

Er machte dem Mönch Platz und der richtete es sich, beiläufig wegen seiner Schmerzen ächzend, in der Kutsche ein.

Bernhard erinnerte sich, dass dieser Mönch, der so wenig achtungsgebietend vor ihm saß, am Tag zuvor von den anderen Franziskanern mit ausgesprochener Höflichkeit behandelt wurde. Nichts deutete aber auf einen Grund für diese Sonderbehandlung. Zu fragen traute er sich nicht.

So verlief die Reise zwar in angenehmer, aber nichtssagender Unterhaltung. Erst als Bernhard von seinem Leben im Kloster von Maulbronn erzählte, wurde der Franziskaner interessierter. Jedoch konnte er sich nicht vorstellen, dass es augenblicklich, wenn auch weit entfernt, Klöster geben sollte, die weiterhin an den Idealen ihrer Gründer festhielten.

Als sie Bologna erreicht hatten, dankte ihm der Mönch für die angenehme Reise. Er werde von seinen Brüdern erwartet, war das Einzige, was Bernhard über ihn erfahren konnte.

Zwei Wochen später wachte Bernhard morgens in seiner Kammer in der hospicia der Deutschen von Bologna auf und fror wie noch nie in seinem Leben.

Es war ein regnerischer Tag. Aber die Kälte konnte es nicht sein, die ihn so frieren machte, denn obwohl es Herbst war, waren die Temperaturen noch mediterran. Nur mit Mühe konnte er seinen Brechreiz unterdrücken. Er quälte sich mühsam aus seinem Bett. Schwindel ergriff ihn. Er schleppte sich mühsam ins Nebenzimmer zu einem Studienfreund.

„Oh je" begrüßte ihn dieser. „Du hast gestern Abend wohl eine Feier gehabt?"

„Unsinn. Ich war den ganzen Abend im Zimmer. Getrunken habe ich nur etwas verdünnten Wein. Ich friere mich noch zu Tode!"

„Oh mein Gott" sagte der Student. „Hast Du Fieber?"

„Ja."

„Hoffentlich hast Du Dir nicht in Rom die Malaria geholt. Warst Du in den letzten Wochen, bevor Du Rom verlassen hast, einmal außerhalb Roms in den verseuchten Gebieten?"

„Nein. Ich war nur auf dem ehemaligen Forum Romanum."

„Du musst dringend zu einem Arzt. Ich glaube, Du hast Malaria."

Auch der Arzt konnte eine Malaria – Erkrankung nicht ausschließen. Bernhard musste sofort das schwülheiße Klima Italiens verlassen. Er wurde in der Kutsche nach Maulbronn zurückgebracht.

Doch als er die Alpen hinter sich gelassen hatte, hörten die Beschwerden auf. Er erreichte Maulbronn fieberfrei. Nach vier Tagen jedoch setzte die Krankheit wieder mit aller Macht ein. Hohes Fieber, Schüttelfrost und Brechreiz quälten ihn.

Im Hospital des Klosters waren die Räume geheizt. Es war einer der wenigen Vorzüge, wenn man sich dort und nicht in seiner feuchtkalten Zelle befand.

Dieses Mal dauerte der Anfall eine Woche. Danach war Bernhard die Krankheit los.

Er erholte sich noch einige Wochen, dann war klar, dass es keine Malaria, sondern das Rückfallfieber (*heute Borreliose genannt*) gewesen war, das ihm so sehr zu schaffen gemacht hatte. Wahrscheinlich war es durch eine Zecke oder eine Laus übertragen worden; in jenen Tagen, da in Florenz eine Hungersnot herrschte.

Kapitel 13

Camera obscura

Der Vorläufer der heutigen Kamera war die Camera obscura (lateinisch: dunkle Kammer), ursprünglich ein abgedunkelter Raum mit einem winzigen Loch in einer Wand. Das durch dieses Loch einfallende Licht projizierte auf die gegenüberliegende Wand ein auf dem Kopf stehendes, seitenverkehrtes Abbild der Außenwelt. Bereits Aristoteles im 4. Jahrhundert v. Chr. kannte das Prinzip. Später nutzten Künstler die Camera obscura als Hilfe zum naturgetreuen Zeichnen. Im 16. Jahrhundert gelang es, die Qualität der oft unscharfen Abbildung mit Hilfe von Sammellinsen zu verbessern. Im 17. Jahrhundert dann wurde die ursprüngliche Camera obscura zu einem transportablen Kasten weiterentwickelt.

Eine trutzig wirkende Wehranlage umgab das Kloster Maulbronn zum Schutz vor Feinden, sicherte aber auch die Abgeschiedenheit der Mönche vor dem Kontakt mit der Bevölkerung. Im Lauf der Jahrhunderte war der ursprüngliche Mauerring durch einen Graben mit Vormauer, durch Wehrtürme und eine Toranlage verstärkt worden.

Drei Tortürme erlaubten den Eingang, wobei die niedrigere spitzbogige Einfahrt des mittleren Tores erst vor einigen Jahren durch ein hohes, rundbogiges Einfahrtstor verstärkt worden war.

Schwere Eichenbohlen, gestützt durch eiserne Fassungen, bildeten das Gerüst für das Tor, das den äußeren Klosterbezirk von der Außenwelt abschirmte. In dieses Tor war eine kleine Türe eingelassen, durch die man nur eintreten konnte, wenn man sich bückte. Dies war das sogenannte Nadelöhr. Schon Jesus hatte dieses Nadelöhr am Beispiel der Stadttore von Jerusalem beschrieben, ‚Eher kommt ein Kamel durch ein Nadelöhr, als dass ein Reicher in den Himmel kommt.'

Der bronzene, kopfgroße Ring neben dem Nadelöhr, der als Türglocke diente, schlug auf den kleinen, ebenfalls aus Bronze gefertigten Amboss. Dumpf hallten die Schläge, die durch die schweren Eichenbohlen des Tores einen dumpfen Klang bekamen, in der Klosterpforte hinter dem Klostereingang von Maulbronn.

Der Bruder Pförtner, der gerade dabei war, einen gerissenen Riemen an seinen Sandalen wieder zu flicken, legte die Ahle weg, schlurfte mit der gerissenen Sandale zum Nadelöhr und öffnete.

Er sah einen Einspänner mit einer schwarzen Stute, der auf der Toranlage vor dem Klostereingang stand. Darin saß ein noch junger Mann im Alter von höchstens 20 Jahren in einem ebenfalls schwarzen Umhang, der aufmerksam zu ihm her schaute. Direkt am Tor jedoch stand der Kutscher, der anscheinend den Türklopfer betätigt hatte. Er war wie ein Bauer gekleidet. Folglich konnte der junge Mann keine hochgestellte Persönlichkeit sein.

„Was wollt Ihr?" fragte der Bruder, die Frage an den jungen Mann und nicht an den Kutscher richtend.

„Ich muss mit dem Novizen Bernhard reden" rief dieser.

„Ihr steht vor einem Kloster" schnauzte ihn der alte Pförtner an „da kann man nicht einfach kommen und sagen, ich möchte mit dem Novizen Bernhard reden".

„Seid Ihr immer noch so griesgrämig, Bruder Bonifaz?" schallte es lachend zurück. „Gebt Eurem Herzen einen Stoß. Ich bin es, Georg. Erinnert Ihr Euch nicht mehr?"

Auch wenn Bonifaz inzwischen nicht mehr der Jüngste war und die Beine nicht mehr so wollten wie noch vor einigen Jahren, seine Sehschärfe hatte nicht nachgelassen. Deshalb hatte ihm der Abt die Aufgabe des Pförtners zugewiesen.

Nun, da er den jungen Mann genauer betrachtete, erkannte er die Ähnlichkeit zu dem Jungen, dem er noch vor zehn Jahren Latein beigebracht hatte. Dreimal die Woche hatte er in der Lateinschule in dem 5 km entfernten Knittlingen begabte Kinder unterrichtet. Jedes Mal hatte er Bernhard mitgenommen, der ja im Kloster aufwuchs. Während des einstündigen Weges hatte er Bernhard jeweils noch in Pflanzen- und Tierkunde unterwiesen.

Er erinnerte sich gut an Georg. Er war ein wildes, aber wissbegieriges Kind gewesen. Und er hatte sich mit Bernhard so gut verstanden, dass die beiden in der Zeit, die sie zusammen waren, wie Zwillinge wurden. Georg war es erlaubt worden, Bernhard im Kloster zu besuchen, wann immer das möglich war. Nur sollte Bernhard außer den Besuchen in der Lateinschule das Kloster nicht verlassen. Mit ihm hatte der Abt etwas ganz Besonderes vor.

Und nun stand Georg vor ihm, gut aussehend, doch mit durchdringenden Augen. Irgendetwas beunruhigte ihn; aber er konnte nicht sagen, was.

Flink war Georg inzwischen aus dem Wagen gestiegen und zu ihm geeilt. „Bruder Bonifaz, wie ich mich freue, Euch noch bei bester Gesundheit zu sehen."

Ein Lächeln erschien auf dem Gesicht von Bonifaz.

„Ich freue mich auch, Georg. Auch wenn ich ein griesgrämiges Gesicht machen müsste. Du hast mich meine Arbeit nicht machen lassen."

Er hob die wollene Tunika etwas an. „Wie Du siehst, musste ich mit gerissenen Sandalenriemen zum Tor schlurfen."

„Unterrichtet Ihr nicht mehr in der Lateinschule in Knittlingen?"

„Das hat jetzt ein jüngerer Mitbruder übernommen. Die Füße wollen den weiten Weg nicht mehr so recht mitmachen. Deshalb hat mich der Ehrwürdige Vater Abt an die Pforte gesetzt. Daneben führe ich noch die Bücherei. Auch wenn sie noch nicht so umfangreich ist wie unsere berühmte Bücherei des Abtes Trithemius in Sponheim. Aber mit der neuartigen Buchdruckerei füllen sich allmählich die Regale. Jetzt werden auch dauernd neue Schriften und Bücher geschrieben. Leider Gottes auch genug ketzerische."

„Ja, Bruder Bonifaz. Nun wird nicht mehr nur die Bibel immer wieder abgeschrieben, sondern auch verbreitet, wie sich unsere Bischöfe und der heilige Vater daran halten."

„Du bist ein Lästermaul geworden, wie es sich schon in der Lateinschule abgezeichnet hat. Eines schönen Tages wirst Du noch als Ketzer enden" tadelte der alte Mönch mit erhobenem Zeigefinger gutmütig.

„Unsere Inquisition wird mich nicht überführen" lachte Georg. „Schließlich sage ich nichts als die Wahrheit. Aber zurück zu den Büchern" fuhr er fort „Ihr werdet es nicht glauben. Aber ich bin mit einem 'Peter Schöffer' in Straßburg zusammengetroffen. Der hat mir erzählt, er sei ein Schwiegersohn des 'Johann Fust', der dem berühmten Drucker Gutenberg vor vielen Jahren 1550 Gulden geliehen hat."

„Was macht man mit so viel Geld?"

„Damit konnte der seine Druckerei eröffnen. Er hat eine Presse gebaut und die Bibel 180mal gedruckt."

„Ja. Das war schon eine tolle Erfindung. Wenn man überlegt, wie lange wir im Kloster mit fünf Brüdern gebraucht hätten, um eine Bibel 180mal abzuschreiben. Ich glaube, zwanzig Jahre hätten nicht gereicht."

„Ja, Gutenberg hat damit eine Menge Geld verdient. Und die Bibeln waren eine wie die andere. Aber obwohl Gutenberg sämtliche Bibeln verkauft hat, bekam der Fust sein Geld nicht zurück. Der ging dann vor Gericht und hat sich als kleinen Ausgleich diese Presse zusprechen lassen.

Mit der hat er dann zusammen mit diesem Peter Schöffer Cicero's 'De officiis' gedruckt. Das Buch 'Über die Pflichten'." Georg lachte „das, was Ihr, Bruder Bonifaz, uns später so mühsam versucht habt, beizubringen."

„Mit nicht so großem Erfolg, wie ich gedacht hatte" entgegnete Bruder Bonifaz.

Schelmisch lachend fuhr Georg in seinen Ausführungen weiter fort: „Dieser Peter Schöffer hat mir sogar gesagt, wie Gutenberg es geschafft hat, das Blei so zu gießen, dass sich die Buchstaben beim Druck nicht verformen. Nur so war es möglich, derlei Vervielfältigungen mit diesem Apparat zu machen."

Bonifaz lächelte gutmütig. „Und dieser Schöffer hat Dir das Geheimnis verraten. Weil Du ihm erzählt hast, Du müsstest das unbedingt wissen, da Du es dem alten Bruder Bonifaz erzählen willst"

„So ähnlich" gluckste Georg. „Aber im Ernst: Man nehme Blei, Antimon, Wismut und Zinn, erhitze das Gemisch, bis es schmilzt und gieße Buchstaben. So einfach ist das."

Bruder Bonifaz schaute skeptisch, ob Georg ihn nicht auf den Arm nehme.

„Na ja" prustete Georg los. „Einen Haken hat die Sache doch. Er hat mir das Verhältnis der Mengen zueinander nicht verraten." Lachend fügte er hinzu „sonst hätte ich das Geheimnis anderen verraten, eine Unmenge an Gulden dafür bekommen und würde heute mit einer Kutsche mit vier Pferden vorgefahren sein."

Mit gespielter Verzweiflung die Hände hebend fuhr er fort: „Allerdings wurde das Geheimnis später doch gelüftet. Inzwischen gibt es schon Hunderte von Druckereien in Europa."

Er wartete kurz auf eine Reaktion von Bruder Bonifaz. Als die nicht kam, fügte er an: „Bruder Bonifaz, vergesst nicht, dass ich zu Bernhard will. Ich glaube, wir haben uns viel zu erzählen":

„Geh schon mal links zum Kloster-Gästehaus. Du kennst Dich ja sicher noch aus."

Er schaute zur Sonnenuhr. „Ich glaube, Bernhard ist noch im Kapitelsaal. Er wird sich freuen, Dich zu sehen. Ich lasse ihn holen."

Kurze Zeit später betrat Bernhard das Gästehaus. Mit ausgebreiteten Armen, so gar nicht mönchisch, eilte er auf Georg zu.

„Georg. Was hat Dich denn hierher getrieben. Erzähl, was hast Du in den vergangenen Jahren denn gemacht? Du hast Dich nie wieder gemeldet, seit Du mit der Postkutsche weggefahren bist. Nun erzähl schon!"

„Langsam, Bernhard. Eins nach dem anderen. Ich will zu Reuchlin hier ganz in der Nähe. Nach Pforzheim. Der hat gerade eine Komödie in deutscher Sprache verfasst. Den 'Henno'. Stell Dir mal vor: Der berühmte Humanist schreibt in deutscher Sprache. Nicht mehr in Latein. Jetzt fehlt uns nur noch eine Bibel, die in Deutsch geschrieben ist. Dann können auch normale Menschen die Bibel lesen, wenn sie nur lesen können. Lateinschule ade. Und für die normalen Pfarrer außerhalb der Klostermauern ist das auch leichter. Die meisten verstehen doch sowieso nicht, was sie da auf Latein da hersagen.

Bernhard lachte „sei nicht so streng mit den Priestern. Dir hat die Lateinschule bestimmt nicht geschadet. Von Reuchlin habe ich gehört. Auch hinter dicken Klostermauern. Doch die Welt ist klein. Der war sogar in Rom, als ich dort studiert habe."

„Du hast in Rom studiert?"

„Ja. Aber zuerst musst Du erzählen, wie es Dir ergangen ist. Wo hast Du denn die ganze Zeit gesteckt?"

„Gerade komme ich aus Krakau."

„Krakau? Dort, wo die berüchtigte Universität ist?"

Georg lachte: „Genau. Ich habe dort zwei Semester studiert."

„Das ist nicht wahr. Melanchton hat dort einen Lehrstuhl abgelehnt, weil die Universität eine Brutstätte finsterer Machenschaften sei."

„Ja sie lehren dort die 'natürliche Magie'."

„Georg, Du wirst Dich doch nicht mit dem Teufel …" Bernhard lachte.

Aber es klang unsicher. Er wusste nicht mehr genau, was er von dem weit verbreiteten Teufelsglauben halten sollte, seit er in Rom gewesen war. Dort, in Rom, schien die Bedrohung durch Satan so übertrieben und nicht mehr zeitgemäß. Aber seit er wieder in Maulbronn war, war diese Gefahr durch Beelzebub wieder konkreter geworden. Man konnte das Düstere geradezu spüren. Überall. In Kunst und Lehre, in der Angst der Menschen und dem Misstrauen gegenüber allem Fremden.

Georg kicherte wieder. „Ach weißt Du, Bernhard, Das alles ist maßlos übertrieben. Die lehren dort Alchimie, machen Versuche mit gebogenem Glas, womit man Dinge vergrößern oder verkleinern kann. Sie zeigen auf, wie man Menschen dazu bringt, Dinge zu tun, von denen sie später nichts mehr wissen. Schließlich dozieren sie über die Wissenschaft der Astrologie. Dass dies eine ernstzunehmende Wissenschaft ist, bestreitet nicht einmal der Papst. Ich habe dort einen Nikolaus Kopernikus kennengelernt, dessen Onkel Bischof ist. Allzu weit kann es also mit dem Teufel dort nicht her sein."

Bernhard fiel ihm ins Wort. „Einen Nikolaus Kopernikus habe ich flüchtig auch an der Universität in Rom gekannt. Das war ein Pole. Er hat Medizin und Recht studiert."

„Wann war das?"

„Letztes Jahr, 1495."

„Möglich, dass es der gleiche war. Er hat '94 Krakau verlassen. An den Universitäten trifft man alle möglichen Leute, die einem hier nie über den Weg laufen. Und wenn sie nur einige Meilen entfernt sind. Ich denke nur an Reuchlin oder den berühmten Veit Stoß aus Horb da drüben am Neckar, der in Krakau einen Flügelaltar für die Marienkirche gemacht hat."

Und er erzählte Bernhard weiter, wie in Krakau ansatzweise Wissenschaften gelehrt wurden, die man später mal Chemie, Physik, Optik, Mechanik, Magnetismus, Hypnotismus, Suggestion oder Astrologie und Astronomie nennen wird.

Die Zeit verging wie im Flug. Plötzlich läutete die Glocke zum Gebet.

„Georg, ich muss in die Kirche. Sehen wir uns morgen noch mal? Es gibt noch so viel zu fragen und zu bereden!"

„Ja, das möchte ich auch. Zudem habe ich eine Bitte. Du musst mir helfen."

„Morgen zur gleichen Stunde?"

„Ich werde da sein."

„Gott sei mit Dir, Georg."

„Gott sei mit Dir, Bernhard."

Mit großen Schritten strebte der Novize Bernhard auf den Turm zwischen Bursarium und Heuhaus zu, der den Eingang zum inneren Klosterhof, der eigentlich nur den Mönchen vorbehalten war, bildete.

Georg sah ihm gedankenverloren nach. Dann drehte er sich um und ging langsam, die Gebäude betrachtend, die ihm seit seiner Kindheit vertraut waren, zum Klostertor zurück.

Damals hatte er Bernhard beneidet, der mit seinen Fragen immer Ansprechpartner hatte. Dem alle Mönche halfen, für die Lateinschule zu lernen.

Heute bedauerte er ihn, wie er wieder in die Abgeschlossenheit des Klosters zurückkehren musste. 'Ora et labora', der Wahlspruch der Mönche, erschien ihm heute weniger anziehend als je zuvor. Nicht beten und arbeiten, sondern berühmt sein und Macht haben war ein erstrebenswertes Ziel. Die Mächtigen erniedrigen, sich im Ruhm des Volkes zu sonnen, den ‚Stein der Weisen' zu finden und damit ewiges Leben; das waren erstrebenswerte Ziele.

Morgen würde er seinem Ruhm wieder einen weiteren Mosaikstein zufügen. Bernhard würde ihm dabei helfen. Er lachte leise in sich hinein.

Am Tor winkte er Bruder Bonifaz zu. „Bis morgen" rief er in die offene Tür des Pförtnerhäuschens. „Bruder Bonifaz, ich komme morgen wieder!"

Nachdem er das 'Nadelöhr' hinter sich wieder geschlossen hatte, stieg er in seinen Einspänner.

„Zum Gasthaus 'Rebstock'" sagte er seinem Gehilfen, der als Kutscher fungierte. „Wir haben bis übermorgen noch viel vorzubereiten."

„Du wirst den Teufel spielen" instruierte Georg den angehenden Mönch, nachdem er ihm den Trick mit der durchlöcherten Wand erklärt hatte.

Bernhard, der das Ganze bisher für einen Spaß gehalten hatte, lachte. „Du vergisst, dass ich kein Gaukler, sondern Novize bin."

„Gerade deshalb. Wenn ich einen Gaukler einweihen würde, käme alles heraus. Aber ein zukünftiger Mönch schweigt."

„Ich sage Dir, nein."

„Bernhard", bettelte Georg, „denkst Du noch an die Streiche von früher? Dagegen ist das doch harmlos!"

„Georg, wir waren jung und hatten nur Flausen im Kopf. Wir sind inzwischen erwachsen."

„Bernhard, Du musst mir helfen."

„Georg, das mache ich nicht" antwortete Bernhard entschlossen. „Das ist Betrug."

„Das ist nur ein klitzekleiner Betrug, Bernhard. Sieh es doch mal so: Die Leute sind schlecht. Aber sie fürchten sich entsetzlich vor dem Teufel. Hinter allem sehen sie Dämonen und Luzifer. Dennoch sündigen sie weiter, weil ihr Glaube schwach ist. Und manche, weil sie sich von Satan Vorteile versprechen. Nicht zuletzt, weil niemand da ist, der diesen Dämonen Einhalt gebietet. Es ist schon so lange her, dass Jesus sagte: 'Weiche Satan!'. Es ist eintausendfünfhundert Jahr her. Eine zu lange Zeit. Wenn nun jemand kommt und sagt: 'Im Namen des Dreieinigen Gottes: Ich sage Dir: Weiche Satan', und der Satan verschwindet, so werden sie wieder glauben. Sie brauchen ein Zeichen, Bernhard, dass der Satan besiegt werden kann."

„Aber das ist nicht der richtige Weg."

„Schau, Bernhard. Die Leute haben Angst. Überall um sich herum sehen sie Dämonen, Hexen, Hexenmeister und Zauberei. Alles scheint von Beelzebub beherrscht. Die Kirche verbrennt Hexen und Hexenmeister, die sich mit dem Teufel einlassen. Aber an den Urheber des Übels, an Satan selbst, kommt die Kirche nicht heran. Luzifer bekommt immer mehr Zulauf, weil die Leute wissen, dass er nicht besiegt werden kann. Weil er stärker ist als die Kirche. Hier könnten wir dem Volk begreiflich machen, dass sogar der Herr der Finsternis bezwungen werden kann. Was für ein Sieg für die Kirche!"

Er sprach mit monotoner Stimme, die Arme ausgestreckt „Im Namen Gottes …" und wieder schaute er Bernhard beschwörend an und breitete die Arme aus. „Und der Teufel verschwindet. Mit dem Kopf nach unten. Geradewegs in die Hölle."

„Jesus hat gesagt, wenn ihr nicht Zeichen und Wunder seht, glaubt Ihr nicht" entgegnete Bernhard. „Jesus selbst hat verurteilt, dass seine Anhänger nur glauben, wenn er Wunder wirkt."

„Und was hat er gemacht?" fragte Georg. „Was hatte Jesus weiter gemacht. Hat er auf seine Wunder verzichtet und darauf gewartet, dass die Jünger und Anhänger trotzdem glauben? Nein! Er hat weiter Wunder gewirkt und die Leute folgten ihm. Sie folgten ihm sogar bis in den Tod. Nur, weil sie durch die Wunder überzeugt waren, er sei der Sohn Gottes."

„Du bist nicht der Sohn Gottes, Georg."

„Das habe ich nie behauptet. Aber wenn ich dieses angebliche Wunder bewirke, dann sage ich: Im Namen Jesu, verschwinde! Oder: durch die Gnade Gottes befehle ich Dir zu erscheinen. Ich bin immer nur Mittel Gottes zum Zweck. Gottes Sprachrohr. Seine menschliche Stimme."

Bernhard antwortete nicht und so fuhr Georg fort.

„Jesus ist nicht mehr körperlich auf der Welt, um den Satan zu vertreiben. Deshalb spiele ich das. Die Kirche erntet die Früchte."

„Die Inquisition wird Dich wegen Gotteslästerung auf den Scheiterhaufen schicken. Und mich auch."

„Das wird sie nicht. Selbst wenn sie den Trick durchschauen würden, wären ihnen die Hände gebunden. Du weißt doch. Die Kirche unterscheidet zwischen weißer erlaubter und verbotener schwarzer Magie. Im Grunde ist es ziemlich einfach. Was der Kirche nützt, ist weiße Magie, was ihr schadet, schwarze. Ich möchte den Häscher der Inquisition sehen, der es wagt, zu sagen, dass es schwarze Magie sei, wenn man den Teufel zum Teufel schickt." Er lachte.

Selbst Bernhard musste lächeln. „Es wäre schon schön, wenn man das Gesicht eines Inquisitors beobachten könnte, wenn sich jemand über den Teufel erhebt. Das haben selbst die Hexenjäger noch nicht geschafft.

Ich bin auch nicht davon überzeugt, dass alle diese bedauernswerten Wesen mit dem Teufel im Bunde stehen, die von der Inquisition auf den Scheiterhaufen geschickt werden."

„Ein Sieg über die Inquisition. Dein Sieg und mein Sieg. Du musst mitmachen."

„Selbst, wenn ich wollte. Aber wie soll ich mich für einen halben Tag aus dem Kloster entfernen und wie sollte ich nach Pforzheim kommen?"

„Das lass meine Sorge sein. Du weißt, dass ich nach Pforzheim zu Reuchlin will. Der ist zwar in Stuttgart Rechtsanwalt, aber zurzeit ist er gerade wieder in Pforzheim. Ich habe mich bei ihm angemeldet. Ich werde den Abt bitten, dass Du mich begleiten darfst. Mit meiner Kutsche sind wir in weniger als einer Stunde dort. Dann schlagen wir zwei Fliegen mit einer Klappe. Wir brauchen auch nicht zu lügen. Wir machen Reuchlin unsere Aufwartung. Keiner sieht Dich danach bei dem Spektakel dort. Sie sehen allenfalls einen Teufel."

„Hoffentlich holt mich nicht der, den ich spielen soll" seufzte Bernhard. Dann aber überzog ein spitzbübisches Grinsen sein Gesicht. „Aber ich spiele mit. Auch um der alten Zeiten willen."

Obwohl es draußen ein strahlender Tag war, an dem kein Wölkchen das Blau des Himmels trübte, sehr ungewöhnlich für einen Novembertag, war die Luft in dem Gastraum stickig und roch nach einem nur schwer zu ertragenden Gemisch aus abgestandenem Bier, Most und saurem Wein.

Aber das tat dem Gebrüll und Gelächter in dem Gasthaus keinen Abbruch, als der sich als großer Zauberer und Gelehrter ausgebende Georg Faust einer rothaarigen, schon leicht betrunkenen Frau mit schmutziger Schürze in den tiefen Ausschnitt fasste. Sie bediente die an diesem Sonntagnachmittag zahlreichen Gäste.

Faust zauberte einen glänzenden Gulden zwischen ihren vollen Brüsten hervor.

„So macht es Spaß, seine Rechnung zu bezahlen" grölte Faust, der sich den Anschein gab, als sei auch er betrunken und würde sich in nichts von der krakeelenden Menge unterscheiden.

Dennoch war er hellwach und registrierte jede Reaktion auf seine Zauberkunststückchen.

Die Menge johlte begeistert. Die Rothaarige, die zuerst seine Finger hatte wegschlagen wollen, bot nun bereitwillig ihre Brüste dar.

„Wenn Du noch mehr von den Gulden da findest, lang ruhig tiefer rein. Wir teilen dann brüderlich".

Die umsitzenden Gäste, die dieser Unterhaltung bereitwillig gelauscht hatten, bogen sich vor Lachen.

Ein lockiger, eigentlich gut aussehender schwarzhaariger Kerl, der jedoch vor Schmutz starrte, dröhnte laut:

„Setz Dich mir auf den Schoß. Ich lang dann mit etwas in Dich rein, das tausend Mal besser ist als ein Gulden!"

„Bei der Länge von Deinem Zwerg bezweifle ich, dass der überhaupt reinkommt!" blaffte ihn die Kellnerin schlagfertig an und kümmerte sich bereits wieder um weitere Bestellungen.

Faust hatte dem obszönen Wortwechsel nur noch mit halbem Ohr zugehört.

Nun stellte er sich auf den grob gezimmerten Holzstuhl, auf dem er gesessen hatte und gebot der Menge mit erhobenen Händen Ruhe.

Es dauerte mindestens eine Minute, bis die lachende und grölende Menge einigermaßen ruhig wurde. Er ließ die Hände wie segnend oben, als er mit ernster Miene erklärte:

„Ich bin der Magister Georg Sabellicus Faust der Jüngere, Quellbrunn der Nekromanten, Astrolog, Zweiter der Magier, Chiromant, Aeromant, Pyromant, Zweiter in der Hydromantie."

Einzelne Zuschauer lachten; doch der durchdringende Blick von Faust, der sich in ihre Augen bohrte, ließ deren Lachen gefrieren.

„Hütet euch, mich auszulachen. Ihr würdet es teuer bezahlen!"

Auf einen Wink von Faust brachte ein Gehilfe eine Staffelei, auf dem sich ein etwa sieben Ellen breites und sechs Ellen hohes Bild befand, das jedoch von einem leinenen Tuch abgedeckt war.

Der Gehilfe stellte die Staffelei direkt vor dem Weinfass auf, aus dem mit einer Kelle der mit Honig etwas trinkbarer gemachte Wein geschöpft wurde.

Hastig verließ er den Raum und kam kurz darauf wieder mit einem neuen Gestell herein, auf dem ein Wagenrad so befestigt war, dass es sich drehen ließ. Auf der den Zuschauern zugewandten Seite war dieses Tuch mit einem Leder bespannt, auf dem sich konzentrische Kreise zur Mitte immer mehr verjüngten.

Die Zuschauer glotzten verständnislos. Einige junge Burschen versuchten, hinter die Abdeckung des Bildes zu schauen, wurden aber von Faust durch einen lauten Ruf daran gehindert.

Faust sprang gewandt von seinem Stuhl und trat neben das verdeckte Bild.

„Ihr werdet jetzt sehen, wie es Frauen ergeht, die sich in ihrer Wollust mit dem Teufel einlassen. Frauen, die sich Luzifer darbieten. Frauen, die mit Satan buhlen, um Beistand bei ihrer schwarzen Magie zu erhalten. Frauen, die von der Inquisition der heiligen Mutter Kirche verurteilt werden und die nur das reinigende Feuer des Scheiterhaufens vor der ewigen Verdammnis erretten kann.".

Seine Stimme war immer durchdringender geworden. Jetzt riss er das Tuch von der Leinwand und Dutzende blutunterlaufene Augen starrten auf das Gemälde, das sich ihren Augen darbot.

Vor einem düsteren Hintergrund ragte ein brennender Scheiterhaufen in die Höhe, dessen Flammen in grell leuchtender roter und gelber Farbe dargestellt waren. Die Mitte des Bildes fullte das Bildnis eines Mädchens aus, das an einen Pfahl auf dem Scheiterhaufen gebunden war. Die Flammen loderten bereits bis zu den Knien des Mädchens. Das aus Hanf gefertigte Büßerhemd war bereits in Flammen aufgegangen. Letzte brennende Reste verhüllten nur noch die Schultern. Die Schambehaarung war durch die Hitze der züngelnden Flammen bereits weggebrannt, so dass sich die Scham und die kleinen Brüste den lüsternen Blicken der meist männlichen Gäste unbedeckt darboten.

Ein brünstiges „Oh" ging durch die Menge.

Nicht der Scheiterhaufen interessierte sie, nicht die Qualen des jungen Mädchens, nicht der zu einem fürchterlichen Schrei der Schmerzen und Angst weit aufgerissene Mund, nicht die Augen, die in Todesangst weit geöffnet gegen den Himmel starrten, als würde sich Gott noch in letzter Sekunde ihrer erbarmen, sondern ihre Nacktheit.

Mit Bedacht hatte der Maler besondere Sorgfalt auf die detailgenaue Ausmalung des Genitalbereichs Wert gelegt; denn Faust versprach sich davon ein sehr viel größeres Interesse des männlichen Publikums für seine Zauberei.

Eine langjährige Erfahrung gab ihm auch dieses Mal wieder recht.

Hälse reckten sich vor, um jede gemalte Einzelheit zwischen den Schenkeln des Mädchens zu erspähen. Blutunterlaufene, giererfüllte Augen richteten sich auf die knospenden Brüste. Anstößige, geifernde Bemerkungen schallten durch die Wirtsstube.

Keiner der Gäste hatte mehr einen Blick für die Schrecken des Bildes.

Und genau dieses hatte Faust geplant. Umso größer würde der Schrecken bei diesen Bauern und Handwerkern sein, wenn sich seine Zauberkunst diesem Pöbel offenbaren würde.

Ein zweites hatte Faust damit im Sinn. Er wusste, dass seine Zauberkunststückchen immer den Argwohn der Kirche auf sich zogen. Jederzeit musste er damit rechnen, dass sich ein Spitzel der Inquisition unter den Zuschauern befand oder ihn ein Pfarrer wegen Hexerei anzeigte. So trennte er geschickt seine 'weiße Magie' von dem Verdacht, die von der Kirche verfolgte 'schwarze Magie' auszuüben, indem er diese Hexenverbrennung als reinigendes Feuer zur Errettung der Seele pries.

Nun hatte er zweierlei erreicht: Die ungeteilte Aufmerksamkeit des geilen Volkes und die Minderung der Gefahr, selbst als Hexenmeister angezeigt zu werden.

Noch kurze Zeit ließ Faust das aufgegeilte Volk dieses Bild betrachten. Dann gab er seinem Gehilfen, der bisher damit beschäftigt gewesen war, die Meute vor einem zu nahen Heranrücken an das Bild abzuhalten, einen kurzen Wink.

Das Bild wurde wieder mit einem Tuch verhängt.

Sofort schwoll der Lärmpegel im Gastraum wieder an. Obszöne Gesprächsfetzen drangen zu Fausts Ohren, als er dem Gehilfen durch ein leichtes Kopfnicken die Weisung erteilte, das Rad mit den konzentrischen roten Kreisen zu drehen.

Das Rad drehte sich unter den Bemühungen des Gehilfen immer schneller.

"Schaut genau auf die Kreise!" befahl Faust und die Menge registrierte staunend, dass sich die Kreise vor Ihnen zu einer nach innen verjüngenden Röhre verwandelten. Sie ergaben plötzlich ein dreidimensionales Bild. Doch das Interesse daran hielt nicht lange an und Faust wusste dies auch.

"Und nun schaut nochmals auf die Hexe!" rief Faust und behende riss der Gehilfe das Tuch, das dieses Bild verhüllte, zur Seite.

Gierige Augen weiteten sich vor Entsetzen.

Das Bild schien zu leben. Die züngelnden Flammen waren nun nicht mehr nur aufgemalt. Sie bewegten sich auf den nackten Schultern und den verbrannten Beinen des Mädchens.

Niemand erkannte die optische Täuschung, die beim Wechsel des Anblicks des sich drehenden konzentrischen Kreises auf die unbewegte Szene die Augen täuschten.

Unwillkürlich sprangen die dem Bild am nächsten Sitzenden von den hölzernen Bänken auf und wichen angsterfüllt zurück. Sitze wurden umgestoßen, Krüge kippten auf schwankenden Tischen um, Wein und Bier ergoss sich auf den schmutzigen Lehmboden und vermischte sich dort zu einer klebrigen Brühe.

Beim Versuch, nach hinten zu fliehen, rutschten einige auf dem nun schmierigen Lehm aus und stürzten zu Boden. Andere stolperten über diese. Angst- und Schmerzensschreie hallten nun durch den Raum. Gäste, die weiter hinten gesessen und nicht gesehen hatten, was passiert war, versuchten lautstark, bei ihren Nachbarn oder den vor ihnen Sitzenden zu erfahren, was da vorne los war.

Alle sprangen plötzlich auf, um etwas Genaueres zu ergattern.

"Ruhe!" brüllte Faust und fast alle Augen wandten sich ihm sofort zu.

Die Geräusche verebbten. Nur vereinzelt war noch ein Stöhnen der am Boden Liegenden zu hören, über die andere in ihrem Entsetzen hinweggetrampelt waren.

Das Bild war durch den Gehilfen längst wieder verhüllt.

Der Erfolg dieses Schauspiels kam für Faust nicht unerwartet, erfüllte ihn aber immer wieder mit großer Genugtuung.

Heute würde die Kasse wieder klingeln und der Unterhalt für die nächsten Tage war gesichert.

Denn nicht immer war es so einfach.

Erst vor ein paar Wochen hatte der Rat der Stadt Nürnberg ihm wegen seiner Zauberei den Aufenthalt in der Stadt verwehrt und die Soldaten hatten ihn befehlsgemäß am Tor abgewiesen. Die Ratsherren wollten keinen Ärger haben.

Wo Faust war, war die Inquisition nicht weit. Immer wieder versuchten Kunden, die sich von ihm geprellt fühlten, fanatische Mönche oder brave Pfarrer, die um das Seelenheil ihrer Schäfchen fürchteten, ihm eine Verbindung mit Satan nachzusagen.

Faust selbst tat wenig, um diesen Vorwurf abzuschwächen. Er machte ihn nur berühmter.

Aber er hatte auch hohe Fürsprecher unter der Geistlichkeit. Selbst Bischöfe zählten zu seinen Kunden, denen er die Zukunft voraussagte oder versprach, ihnen unermesslichen Reichtum zu verschaffen. Denn er sei auf dem besten Weg, den Stein der Weisen zu finden und nur wenig würde fehlen, um gut zahlenden Kunden ewiges Leben zu erhalten.

So hatten die Ratsherren von Nürnberg Angst, dass die Inquisition Faust in ihren Mauern ergreifen lassen würde. Wenn einmal ein Hexenprozess geführt worden war, würden weitere unweigerlich folgen und die Scheiterhaufen würden monatelang brennen. Dies war nicht gut für das Ansehen der Stadt. Deshalb hatte man Faust erst gar nicht durch die Tore gelassen.

Und nun war er wieder in Pforzheim; nur zwölf Meilen von seinem Geburtshaus in Knittlingen entfernt.

Pforzheim, vormals eine reiche Patrizierstadt, war in den vergangenen zwei Jahrhunderten zu einem unbedeutenden Provinzstädtchen verkommen.

Einzig die Fürstenhochzeit Karls I. mit der Schwester des Kaisers Friedrich III., Katharina von Österreich, hatte der Stadt etwas vom Glanz der vergangenen Jahrhunderte zurückgebracht. Aber dies lag auch schon wieder 50 Jahre zurück.

Aber die Gerüchte, dass Pforzheim zur Residenzstadt des Großherzogs von Baden aufsteigen sollte, hatte wieder etwas Leben in die Stadt gebracht.

Ein idealer Boden für Faust.

Denn dieses Gerücht hatte Spekulanten und Glücksritter in die Stadt gebracht. Menschen, die Land aufkauften, um es danach wieder teuer zu verkaufen. Leute, die prädestiniert waren für Horoskope und Weissagungen.

Und trotz seiner Jugend war Faust für seine Horoskope, die er gegen gewaltige Summen verkaufte, berühmt. Allerdings konnten sich nur wenige diese Summen leisten.

Faust hütete sich, seinen Ruhm durch zu viele Horoskope zu gefährden. Denn die Gefahr, dass er mit seinen Prophezeiungen einmal nicht Recht hatte, erhöhte sich mit jedem Horoskop. Wenn einmal bekannt würde, dass er bei einem Horoskop gefehlt hätte, wäre dieses einträgliche Geschäft unwiderruflich verloren.

Nun, da er "Ruhe" brüllte, wurde es im Saal fast augenblicklich still.

„Bisher bitte ich nur um eine kleine Spende für meine Zauberkunst. Jeder möge so viel geben, wie er entbehren kann".

Der Gehilfe eilte mit einem Hut durch die Reihen und nahm die Geldstücke entgegen. Viele jedoch gaben gar nichts.

„Aber nun" verkündete er großspurig „kommt der Höhepunkt des Nachmittags. Mit Gottes Hilfe werde ich den Leibhaftigen an der getünchten Wand erscheinen lassen."

Blankes Entsetzen spiegelte sich in den Gesichtern. Viele wollten aufspringen und den Raum verlassen.

„Bleibt sitzen!" donnerte er. „Es geschieht euch nichts. Nicht, wenn ihr euren Obolus für das bisherige Schauspiel bezahlt habt und noch einen Batzen dazu legt."

Die Menge schwankte zwischen schrecklicher Furcht und ungeheurer Neugierde.

Leute, die den Batzen nicht hatten, standen auf und verschwanden lautlos und auch solche, die Geld hatten, sich aber fürchteten, erhoben sich und verließen die Gaststätte.

„Das ist Gotteslästerung" schrie einer.

„Wie kann es Gotteslästerung sein, wenn ich den Beelzebub dazu zwinge, in aller Öffentlichkeit an der Wand zu erscheinen?" fragte Faust zurück. „Nur mit unserem Herrn Jesus Christus, dessen Gnade ich erflehe, kann ich dieses Wunder bewirken."

Aus einer der hinteren Reihen stand ein hagerer Mann auf, dessen asketischer Gesichtsausdruck Faust verriet, dass er es mit einem Mönch zu tun hatte. Wahrscheinlich war dies ein Spitzel der Inquisition, der in der Verkleidung eines Bauern am Tisch saß.

„Ihr seid mit dem Satan im Bunde!" fauchte er.

Faust sah ihm fest in die Augen und ließ sich sein Unbehagen nicht anmerken.

„Zum Beweis, dass das nicht stimmt, werde ich ihn mit dem Gesicht nach unten erscheinen lassen, so dass ich ihn jederzeit wieder in die Hölle hinabfahren lassen kann. Kein Teufel würde sich gefallen lassen, dass man ihn so verspottet. Nicht, wenn man mit ihm im Bunde ist. Nur wenn der Herrgott hilft, den Teufel lächerlich zu machen, kann das gelingen."

Er machte eine kurze Pause.

„Ist Euer Glaube so stark, dass Ihr es vermögt, den Teufel lächerlich zu machen? Oder seid Ihr nur ein neidischer alter Mann, dessen Bemühungen, Gott wohlgefällig zu sein, zu nichts führen, weil ihr nicht genug an die Wunder Christi glaubt?"

Faust sah ihn mitleidig an. „Ihr tut mir leid, alter Mann."

Der Asket sah ihn düster an. Er sagte aber nichts mehr und setzte sich langsam wieder hin. Widerwillig warf er einen Batzen und einen Heller in den Hut des wieselflink vor ihn hingetretenen Gehilfen, denn er hatte zuvor nichts gegeben.

Faust beobachtete alles genau. Diejenigen, die gar nichts gegeben hatten, verwies er des Raumes.

Im Nebenzimmer, dessen Fenster weit geöffnet waren, damit die tiefstehende Novembersonne mit ihrem Licht ungehindert den Raum durchfluten konnte, saß Bernhard in einer Ecke und hörte dem Streitgespräch zu, das durch die Lehmwand drang. Er hatte die Mönchskutte abgelegt und sich auf Fausts Weisung eine lederne Kappe aufgezogen, an der zwei Kuhhörner befestigt waren. Einen Fuß hatte er so mit Jute umwickelt, dass er wie ein Klumpfuß aussah. Eine dünne Schnur um die Taille hielt einen echten Schwanz eines Ochsen, den Faust irgendwann von einem Metzger erstanden hatte. Diesen hatte er vom Muskelgewebe weitgehend befreit und in Salz gedörrt, damit er nicht zu sehr stinken würde. Danach hatte er ihn wieder mit Heu gefüllt und die Haut wieder zusammengenäht.

Bald würde sein Stichwort fallen.

Bernhard lächelte, wenn er sich das Entsetzen des Spitzels der Inquisition vorstellte, wenn der sein Abbild an der Wand des Gastraumes sehen würde. Zu gerne hätte er dann sein Gesicht gesehen.

In der Zwischenzeit gab Faust seine Anweisungen: „Niemand kann mehr in den nächsten Minuten den Raum verlassen. Wir werden den Raum völlig verdunkeln. Und ihr da drüben vor der Wand nehmt eure Tische und setzt euch weiter zu den anderen. Nicht dass ihr dem Teufel zu nahe kommt."

Mit einem Grinsen im Gesicht verfolgte er, wie die Leute bereitwillig zur Seite rückten, zum Teil noch tapfer lächelnd, obwohl es ihnen danach nicht zumute war. Dennoch wollte jetzt keiner mehr den Raum verlassen. Dem Satan ins Auge sehen, davon könnten sie noch Kindern und Kindeskindern erzählen. Es war etwas, was man sich nicht vorstellen konnte.

Bisher hatte der Pfarrer den Teufel immer wieder heraufbeschworen.

Er hatte Ihnen damit gedroht und Ihnen die Qualen von Fegefeuer und Hölle in drastischen Bildern vor Augen geführt. Schon als Kinder hatten sie nicht mehr schlafen können, wenn sie jemandem in ihrer Unbekümmertheit einen Streich gespielt hatten und Vater und Mutter mahnten, sie würden in alle Ewigkeit in der Hölle braten, wenn sie sich nicht bessern würden.

Niemand könne sich die Qualen vorstellen, hatte später der Pfarrer ausgerufen, die diese Unzüchtigen erdulden würden, wenn der Teufel sie in seinen Krallen festhalte. „Tut Buße!" hatte er immer wieder gerufen. „Bekennt mir eure Sünden. Denn nur, wenn ihr mir diese Sünden offenbart, kann ich euch im Namen Jesu Christi die Absolution geben!"

Aber die Absolution befreite nicht vor der Strafe durch das Fegefeuer.

Lieber hatten sie für ihr letztes Geld einen Ablass gekauft. Der Heilige Vater in Rom hatte diese Möglichkeit eröffnet.

Prediger waren durchs Land gezogen. Auch sie hatten die Qualen der Sünder in Fegefeuer und Hölle aufs drastischste geschildert. Aber sie hatten einen allgemeinen Ablass von aller Sündenschuld verkauft. Dieser Ablass würde ihre Seelen reinigen und helfen, dass sie wieder in den Stand der göttlichen Gnade versetzt würden. Und je mehr sie bezahlten, desto mehr konnten sie damit die Zeit im Fegefeuer vermindern und sie würden nach ihrem Tod die Herrlichkeit Gottes sehen.

Viele hatten ihr letztes Geld dafür gegeben. Denn fälschlicherweise hatten sie gemeint, dass sie ihre Sünden dann auch nicht beichten müssten. Die Prediger hatten sie nicht aufgeklärt. Und zu bezahlen war für manche allemal besser, als wenn der Pfarrer ihre Sünden erfahren würde. Aber für diejenigen, die es sich leisten konnten, war dieser Ablasshandel noch attraktiver. Man konnte sündigen und sich die Sühne der Schuld erkaufen. Und damit wieder sündigen und war doch sicher, dafür nicht zur Rechenschaft gezogen werden zu können, wenn man sich nur rechtzeitig wieder von der Schuld loskaufte. Für viel Geld konnte man sich sogar von der Bestrafung Gottes von zukünftigen Sünden freikaufen. Niemand konnte zweifeln, dass dieser Handel funktionierte, denn der Heilige Vater selbst, Innozenz VIII., hatte dies eingeführt und die Prediger mit der Vollmacht ausgestattet, im Namen Gottes Sündenstrafen gegen Geld zu vergeben.

Bei vielen jedoch blieb unterschwellig die Angst bestehen. Und die meisten hatten auch nicht so viel Geld, dem Fegefeuer auf so einfache Art zu entkommen.

Aber nun sollten sie den Herrn der Finsternis mit eigenen Augen sehen. Den sehen, den sie fürchteten wie sonst nichts auf der Welt und dessen Wegen sie mit ihren Taten immer wieder folgten.

Denn nichts war so schön wie die Sünde der Unzucht.

Nichts befreiender als die Sünde, den anderen zu übervorteilen.

Nichts stärkte das Selbstbewusstsein mehr, als Macht über den Nachbarn zu haben.

Und nichts erschien erstrebenswerter zu sein, als in der gleichen Völlerei und Wollust zu leben wie die hohen Herren des Adels und der Geistlichkeit.

Sie meinten, Luzifers stinkenden Atem schon zu riechen.

Mit Säcken voller Heu verschloss Fausts Gehilfe die Fenster der Gaststube. Auch die Tür wurde geschlossen und die Ritzen, durch die ein letztes Licht hereinfiel, mit dem halb verfaulten Stroh, mit dem Teile des Lehmbodens bedeckt waren, verschlossen.

Der Wirt hatte eine der Stalllaternen angezündet, die ein trübes, flackerndes Licht verbreitete. Alles war nun bereit. Die Spannung und Angst, die den Leuten die Brust wie mit einer eisernen Klammer umschloss, war nicht mehr zu steigern, als Faust befahl, auch diese Lampe noch zu löschen.

Völlige Dunkelheit legte sich wie ein schwarzes Tuch über den Saal. Nur die winzige Flamme eines Öllichtes erhellte das Gesicht des Johann Georg Faust. Niemand wagte mehr zu atmen.

Im Nebenraum stand Bernhard dicht neben der Wand. In der Nacht zuvor hatte Faust vorsichtig ein kleines Loch in die Lehmwand gebohrt und sofort wieder verschlossen. Wie ein Pfropf saß nun ein an der Stirnseite getünchter Kork in der Wand, der vom Schankraum nicht zu sehen gewesen war.

Nervös entfernte Bernhard den Pfropfen. Im Schankraum erschien plötzlich ein blauer Strahl wie das Abbild eines Sonnenstrahls. Er schien aus der Wand zu kommen und bildete einen Kreis auf der gegenüber liegenden Wand.

Der Zeitpunkt für diese Inszenierung war perfekt gewählt. Die Novembersonne stand tief, so dass der Lichtstrahl die gegenüberliegende Wand traf. Nun hatte sich Bernhard in die Mitte des Zimmers begeben. Er stand mit dem Gesicht zum Fenster, so dass die Zuschauer ihn über diese 'Camera Obscura' genau sehen konnten. Sie erkannten seinen Bocksfuß genauso wie die Teufelshörner oder den langen, am Ende buschigen Schwanz. Sie sahen alles. Nur auf dem Kopf stehend. Selbst den Umriss seines Gesichtes sahen sie, als er sich umwandte. Aber da er aus dem Kloster in Maulbronn sonst nie herauskam, war dieser Umriss in Pforzheim genauso unbekannt wie in jedem anderen Ort in der Umgebung.

Es war mucksmäuschenstill in der überfüllten Schankstube. Alle starrten mit weit geöffneten, angsterfüllten Augen auf den 'Leibhaftigen'. Einige der Anwesenden wurden vor Schreck kreidebleich, andere wiederum glühten vor aberwitziger Furcht.

Faust ließ den Anwesenden keine Zeit, sich von dem Schrecken zu erholen und an dem dargebotenen Schauspiel zu zweifeln.

"In Christi Namen: Weiche Satanas und fahre wieder zur Hölle!" rief er mit donnernder Stimme und das unglaubliche Phänomen verschwand.

Aller Augen hatten sich dem in das flackernde Licht des winzigen Öllämpchens getauchte Gesicht Fausts zugewandt. So konnte Bernhard den Stopfen unbemerkt in das Loch in der Wand stecken, so dass der Ursprung des Lichtstrahles schlagartig wieder in völliger Dunkelheit lag.

Der Gehilfe in der Schankstube entfernte sofort die Heusäcke vor den Fensteröffnungen, um keine Panik aufkommen zu lassen. Faust stand immer noch auf seinem hölzernen Stuhl.

Ein befriedigtes Lächeln umspielte seine Lippen, als er in die aufgeregten Gesichter der vor ihm Sitzenden sah. Dennoch blickten seine Augen ernst und suchten den Blick des hageren Mönches, der sich in der Verkleidung eines Bauern unter den Zuschauern befunden hatte. Der jedoch hatte sich bereits erhoben und verließ den Raum, ohne sich noch einmal umzudrehen.

„Sag Deinem Auftraggeber" rief ihm Faust nach „ich bin auch der Christusimitator, der die Wunder Christi ebenso geschehen lassen kann wie unser Erlöser."

Ungläubig und dennoch zweifelnd, ob es nicht vielleicht doch sein könnte, starrten die Zuschauer Faust an. Der jedoch stieg von seinem Stuhl. Die Leute machten ihm ehrfurchtsvoll Platz, als er durch die Reihen zum Ausgang ging. Einer bückte sich, als Faust an ihm vorbei ging. Er berührte unterwürfig den Saum seines Gewandes. Als Faust dies bemerkte, blieb er stehen.

„Herr, ich habe solche Schmerzen in der Schulter."

Doch Faust tat, als ob er nichts gehört hätte und ging weiter.

Wie ein Lauffeuer verbreitete sich die Geschichte in der nächsten Umgebung, dass ein zweiter Jesus in die Welt gekommen sei.

Auch im Kloster Maulbronn war diese Aussage des Faust am nächsten Tag das Gesprächsthema nach dem schweigend eingenommenen Abendessen, als sich die Mönche im Kapitelsaal versammelt hatten.

„Er ist wahnsinnig geworden" bemerkte Abt Nikolaus. „Anders kann ich mir seinen Vergleich mit Christus nicht vorstellen."

„Nein, er ist mit dem Teufel im Bunde" meinte Bruder Lukas. „Wenn er den Satan an der Wand erscheinen lassen kann, dann kann er vielleicht auch Blinde wieder sehen lassen."

Bernhard senkte den Blick. Er konnte unmöglich offenbaren, welche Rolle er bei dem Schauspiel gespielt hatte. Dieses Ende der Posse in der Gaststätte hatte er nicht erahnt. Aber er konnte an der Diskussion auch nicht teilnehmen, ohne sich noch weiter in die Sache zu verstricken.

„Die Sache ist doch ganz einfach" bemerkte Bruder Konstantin „wir führen ihm einen Blinden oder Lahmen zu. Dann kann er zeigen, was er tatsächlich kann."

„Ja, das ist die Lösung" stimmten einige der Brüder zu.

„Ich glaube nicht, dass das die Lösung ist" gab Bruder Bonifaz zu bedenken. „Was, wenn er wirklich Blinde sehend machen kann? Schließlich hat er auch den Teufel an der Wand erscheinen lassen!"

„Das war doch eine Täuschung" entgegnete Bruder Konstantin. „Aber mit einem von uns ausgewählten Blinden, den wir kennen, kann er uns nicht täuschen."

„Aber was passiert, wenn der Blinde wieder sieht?" fragte Bonifaz noch einmal?"

„Dann ist Faust mit dem Teufel im Bunde."

„Richtig" fiel Bruder Bonifaz wieder ein. „Aber was würden die Leute dazu sagen, wenn wir solch einen Menschen den Dominikanern übergeben und als Hexer oder Teufelsbündler verbrennen lassen?"

Die anderen Brüder wurden nachdenklich. Bonifaz fasste zusammen, was alle dachten.

„Wenn Faust mit des Teufels Hilfe Wunder wirken kann, schaden wir mit einer Anklage und Hinrichtung der Kirche und all ihren Heiligen. Schlimmer noch. Wenn wir einen Wundertäter verbrennen lassen, schaffen wir einen Märtyrer."

„Das Schlimmste ist" resümierte Abt Nikolaus düster „dass wir uns, wenn wir eine Wunderheilung zulassen, vielleicht einen zweiten Jesus Christus erschaffen."

So oder so ähnlich, das wusste Faust, liefen die Gespräche auch immer bei den Inquisitoren ab. Er wusste, es konnte ihm nichts passieren, wenn er behauptete, er könne die Wunder Christi wiederholen. Viel zu groß war die Angst der Kirche, er könne tatsächlich Wunder wirken. Denn was würde dann aus der heiligen Mutter Kirche werden?

Bernhard saß still auf einer Bank. Er war in düstere Gedanken versunken und fürchtete sich plötzlich vor seinem 'Bruder' und dessen Treiben.

Er dachte an Bologna und sein unbeschwertes Leben dort. Er sehnte sich zurück. Zudem kam es ihm vor, als würde er sich an seinen Klosterbrüdern wie auch am Abt vergehen, wenn er sein Mitwirken an dem Treiben des Faust nicht offenbaren würde.

Am nächsten Tag bat er Nikolaus vom Büchen nach der Prim um ein Gespräch. Er bat darum, wieder nach Bologna zurückreisen zu dürfen. Er habe das Studium ja noch nicht beendet. Er fühle sich zum andern gesund und wolle das gerade günstige milde Wetter nutzen, bevor die Winterstürme die Pässe der Alpen unpassierbar machen würden.

Schon einen Tag darauf verließ er mit Zustimmung des Abtes das Kloster. Seinen Freund und ‚Bruder‘ Georg Faust sah er vor der Abreise nicht mehr.

Als er die Alpenpässe überquert hatte, war das gute Wetter schlagartig einer zwar milden, aber nassen Wetterlage gewichen. Heftige Stürme tobten über dem Norden Italiens. Das Fortkommen war äußerst beschwerlich. Fast bis zu den Naben versanken einmal die Räder der Kutsche. Die Reisenden mussten aussteigen und das Gefährt mit gemeinsamen Kräften aus dem Morast ziehen.

Als er schließlich in Bologna ankam, machte die Nachricht die Runde, dass Rom am vierten Dezember Opfer einer ungeheuren Überschwemmung geworden sei. Die Straßen dort seien nur noch mit Booten zu befahren wie die Lagunen in Venedig. Mehrere alte Paläste seien unter den drückenden Wassermassen zusammengestürzt. Die Kardinäle der heiligen Mutter Kirche, gerade von einer Zusammenkunft mit dem Papst aus dem Vatikan gekommen, wären plötzlich von Wassermassen eingeschlossen gewesen und seien nur noch mit äußerster Mühe über den gedeckten Gang in die rettende Engelsburg gelangt, wo sie nun mit dem Papst gemeinsam betend das Ende des enormen Hochwassers abwarten würden.

In der Zwischenzeit seien Tausende von ärmeren Römern, die ihre Wohnungen in der Nähe des Tiber gehabt hätten, in den tobenden Fluten des Flusses ertrunken. Die dörfliche Bevölkerung Trasteveres südlich des Vatikans, die nicht schnell auf die höhergelegenen Waldgebiete im Westen geflüchtet sei, hätte eine Zeitlang auf den Dächern ihrer Häuser ausgeharrt. Hilflos hätten sie mit ansehen müssen, wie ihre Kuh oder

Schwein, die vorher mit ihnen im Haus gelebt hätten, mit aufgedunsenem Bauch tot von den Fluten hinweggetrieben worden sei. Manche dieser Familien hätten sich angesichts dieses Anblicks gleich in die Fluten hinabgleiten lassen. Andere hätten noch eine Weile ausgeharrt. Dann hätte auch diese die Kraft verlassen und sie hätten einen gnädigen Tod der ungewissen Zukunft im folgenden Winter vorgezogen.

Auch die Gefangenen in Tor di Nona habe man nicht mehr retten können. Ihre Angstschreie vor den steigenden Wassermassen in ihren Zellen seien sogar durch die dicken Mauern nach außen gedrungen. Aber die Wärter hatten sich zu dieser Zeit längst in Sicherheit gebracht. Schlüssel für die Zellentüren habe man keine gefunden. So seien die Gefangenen an den Zellenwänden mit dem Wasser nach oben getrieben, bis die Decke der Zelle ihrem Überlebenskampf ein Ende gemacht hätte.

Sogar die Ratten würden, in den Fluten ziellos mit ihren kleinen Beinen umherpaddelnd, schließlich doch hilflos ertrinken.

Und selbst die Kirchen mit ihren dicken Mauern böten keinen Schutz mehr vor der Strafe Gottes. In San Eustachio würden vor dem Altar Dutzende von Gläubigen tot vor dem Altar treiben. (*Noch heute sieht man an der Ecke eines Hauses bei S. Eustachio die marmorne Inschrift, welche die Fluthöhe jener Überschwemmung angibt*).

Man glaube in Rom, die Erde würde in einer zweiten Sintflut ertrinken.

Kapitel 14

Karneval in Florenz 1497

Karneval oder Fastnacht: Zeit unmittelbar vor der Fastenzeit. In vielen katholischen Ländern wird sie mit ausgelassenen Feiern, Umzügen mit geschmückten Festwagen, Maskenbällen und Festessen begangen. Das Wort Karneval entstammt dem Kirchenlatein. Carnelevarium bedeutet so viel wie „Fleisch wegnehmen", denn in der Vergangenheit war es Katholiken verboten, während der 40 Tage dauernden Fastenzeit Fleisch zu essen. In südeuropäischen Ländern beginnt der Karneval am Sonntag vor Aschermittwoch. Meist endet er am Faschingsdienstag. An diesem Tag musste vor Beginn der Fastenzeit traditionell das Fleisch und Fett eines Haushalts aufgebraucht werden. Im deutschsprachigen Raum ist vor allem die schwäbisch-alemannische Fasnet in Südwestdeutschland und der Nordschweiz zu nennen, in der deutliche Anklänge an vorchristliche Fruchtbarkeitsrituale (Winteraustreiben) zu finden sind. Traditionell wurden während der Fastnacht die weltliche und kirchliche Ordnung karikiert.

Vier Wochen später hatte Rom die Angst vor der Sintflut vergessen. Es regnete zwar immer noch wie in diesem nasskalten Jahr zuvor, aber die schweren Wetter waren nach Norden gezogen. Der Kirchenstaat hatte vorsorglich die Vorratshäuser mit Korn aus dem Süden auffüllen lassen.

„Heiliger Vater, wir bitten Euch dringend, das Predigtverbot von Fra Savonarola wieder aufzuheben."

Beschwörend rang der stellvertretende Prior des Klosters San Marco, Fra Domenico, die Hände. Die Privataudienz, die Alexander dem Rat der Republik Florenz gewährt hatte, war zu einer gemeinschaftlichen Fürbitte für Savonarola geworden. Denn kurz zuvor hatte der Vorsitz im Rat der Stadt wie alle zwei Monate wieder gewechselt. Dieses Mal waren wieder die ‚Heuler' an die Macht gekommen und bestimmten nun für zwei Monate die Geschicke der Republik Florenz.

„Habt ihr vergessen, dass euer Prior es gewagt hat, sich UNS zu widersetzen?" Der Papst war zornig.

„Er hat es geschafft, den französischen König dazu zu bringen, das Land mit Krieg zu überziehen. UNS, Alexander VI., wollte er absetzen lassen."

Der Gedanken daran ließ seine Stimme erzittern. „Allein wegen seines Ungehorsams müsste man ihn in die Engelsburg werfen, damit er über das Unheil, das er anrichten wollte, nachdenken kann. Das Verbot bleibt bestehen!"

„Eure Heiligkeit, unser Prior ist vielleicht über das Ziel hinausgeschossen. Nur die Sorge um die Kirche hat ihn verblendet und zu unbedachten Äußerungen hingerissen."

Der Prior wusste, er musste den Papst versöhnlicher stimmen, wenn er etwas erreichen wollte. Das konnte er nur, wenn er darauf verwies, wie groß die Spendenbereitschaft in Florenz während der Predigten Savonarolas gewesen war.

„Bedenkt, dass die Fastenzeit angebrochen ist. Florenz bedarf dringend der Predigten das Fra Savonarola. Diese füllen die Kirchen, ermutigen die Gläubigen zu Spenden und stärken die heilige Mutter

Kirche. Nie zuvor wurde so viel gespendet wie in den letzten Jahren. Unser Kloster trägt mit seinen Einnahmen auch dazu bei, die Herrlichkeit Gottes auf Erden zu mehren."

Alexander schwankte. Zu lange hatte er gezögert, Savonarola Einhalt zu gebieten. Nun sollte der seine Angriffe auf den Klerus und sogar auf ihn fortsetzen können, nur weil durch Florenz die Einnahmen des römischen Hofes erhöht wurden? Doch auch der Rat der Stadt von Florenz sprach vehement für Savonarola.

Er überlegte nur noch kurz und kam dann zu einer Entscheidung: „Ich werde nicht erlauben, dass Fra Savonarola weiterhin predigt. Aber ich werde nicht dagegen einschreiten, wenn er predigt. Denn ich will Florenz nicht ohne den geistlichen Zuspruch des unermüdlichen und strenggläubigen Fra Savonarola lassen. Dies aber unter zwei Bedingungen, die ich nur mündlich weitergebe. Unser geliebter Sohn in Florenz muss seine Angriffe gegen den Nachfolger des Petrus einstellen und seine Predigten müssen auch der heiligen Mutter Kirche in Rom nützen."

Damit entließ er die Delegation aus Florenz.

Am gleichen Tage noch rief der Papst jedoch einen Prior der Dominikaner in den Vatikan. Er erhielt den Auftrag, die bisher veröffentlichten Predigten Savonarolas auf ketzerische Inhalte zu untersuchen. Der Bericht lautete:

,Heiliger Vater. Alles, was dieser Mönch sagt, ist weise und gut. Er spricht gegen die Simonie (Ämterkauf) und die Verderbtheit des Klerus, die ja in der Tat sehr groß sind, und achtet die Dogmen und die Autorität der Kirche, so dass ich ihn mir lieber zum Freunde zu machen suchen und ihm sogar, wenn es sein müsste, den Purpur anbieten würde.'

Savonarola empfing den Abgesandten des Papstes inmitten der zweihundertfünfzig Brüder seiner aus der lombardischen Kongregation der Dominikanerklöster losgelösten Klostergemeinschaft.

„Ich bin gekommen, um Euch, Ehrwürdiger Vater, auf Geheiß des Heiligen Vaters den roten Hut des Kardinals anzubieten."

Der Mann in seinem schwarz – weißen Ordenskleid, das ihn ebenfalls als Dominikaner auswies, nahm den Kardinalshut, das Zeichen der Ernennung, aus einem Behältnis.

Savonarola war entrüstet. Der Papst wagte es, ihn zu bestechen. Mit dem Amt des Kardinals sollte er mundtot gemacht werden. Wenn er auf dieses Angebot einging, wäre er nicht anders als die Kleriker, die er immer wieder angriff. Glaubte der Heilige Vater, dass er sich auch ein Amt kaufen mochte, wie der sich die Papstwürde erkauft hatte?

Mit eisiger Miene gab er dem Beauftragten des Papstes zur Antwort:

„Kommt in meine nächste Predigt, so werdet Ihr die Antwort hören, die ich nach Rom sende."

Bereits am nächsten Sonntag, dem 17. Februar 1496, nahm Savonarola seine Predigten wieder auf. Schon Tage zuvor war von den Dominikanern seines Klosters der Auftritt Savonarolas auf der Kanzel verbreitet worden.

Eine Druckerei in Florenz hatte die Predigt schon vorab gedruckt. Sie sollte in ganz Europa verbreitet werden. Mund zu Mund – Propaganda informierte auch den letzten der Bürger aus Florenz.

Von überall her strömten die Leute, um den streitbaren Prior predigen zu hören. Selbst Michelangelo und Botticelli waren unter den Zuhörern.

Die Stadt war in Aufruhr. Die Arrabiarsi, die Erzürnten, schmähten Savonarola schon vor der Predigt, während die Piagnoni, Heuler, genannten Anhänger des Priors, Hymnen singend in den Straßen von Florenz umher gingen. Vereinzelt kam es zu Handgemengen.

Savonarola war geschützt durch eine Gruppe Bewaffneter, als er sich dem Dom näherte. Das Innere des Domes war schon lange vor der Fastenpredigt so dicht gedrängt von Gläubigen und Leuten, die eine Sensation witterten, dass man sich, sofern man nur einen Platz im Inneren der Kirche erlangte, nicht mehr regen konnte.

Alle lauschten gebannt, als Savonarola seine Predigt begann.

„Gläubige im Herrn. Seit nunmehr sechs Monaten habe ich meine Stimme nicht mehr von dieser Kanzel erhoben. Der Heilige Vater in Rom hatte mir verboten, zu predigen."

„Dieser Antichrist" erscholl eine Stimme in einer der vordersten Reihen des Gebetshauses.

„Seid still" befahl Savonarola von der Kanzel. „Ich bin nach wie vor ein treu ergebener Sohn der heiligen katholischen Kirche und ich lasse es nicht zu, dass unser oberster Hirte ‚Antichrist' genannt wird."

Murren war in den ersten Reihen zu hören.

Unbeirrt fuhr der Prior in seiner überlieferten Predigt fort. „Ich bin der Kirche treu ergeben, aber ich bin auch der Obere meiner Klostergemeinschaft. Und der Obere eines Ordens kann nichts verlangen, was gegen die Statuten seines Ordens verstößt."

Er hob die Tonlage etwas an. „So verhält es sich auch mit der Befugnis des Papstes, mir Weisungen zu erteilen. Der Papst kann mir nichts befehlen, was der christlichen Liebe oder dem Evangelium widerspricht."

Beifall brandete auf und der Mönch wartete geduldig, bis wieder Ruhe eingekehrt war.

„Ich glaube nicht, dass er es jemals wird tun wollen. Aber wenn er es täte, so würde ich zu ihm sagen …"

Er hob den rechten Arm gegen den Himmel und ballte die Faust. Zeigefinger und Daumen stießen plötzlich nach vorn in Richtung auf einen unsichtbaren Widersacher. Gedehnt, mit kraftvoller Stimme rief er diesem Unsichtbaren zu:

„In diesem Augenblick bist Du nicht Hirt, nicht römische Kirche, sondern Du irrst!"

Beifall brandete auf, aber man hörte auch Rufe wie: „Ketzer!"

„Irrgläubiger!"

„Der Papst wird Dir schon noch den Inquisitor auf den Hals hetzen!"

In der Kirche flogen plötzlich Fäuste.

Erst das donnernde „Silentium" des Savonarola ließ wieder einigermaßen Ruhe in diesem geheiligten Raum eintreten. Er fuhr in seiner Predigt fort.

„Sooft kein Zweifel darüber ist, dass ein Befehl der Obern den Befehlen Gottes und besonders dem Gebot der christlichen Liebe widerspricht, **darf** niemand gehorchen ..."

Wieder wurden missbilligende Rufe laut, aber auch Klatschen und breite Zustimmung. Der Dominikaner wartete einen Augenblick, dann fuhr er fort; ungeachtet des noch andauernden Rufens und Klatschens.

„Wenn ich mit Bestimmtheit sähe, dass mein Fortgehen aus einer Stadt das geistliche und weltliche Verderben des Volkes nach sich zöge, so gehorchte ich keinem Menschen auf der Welt, der mir befehlen würde, sie zu verlassen ..."

Erneut waren diejenigen der Zuhörer in der Überzahl, die schrien:

„Du darfst nicht fortgehen!"

„Errette uns!"

„Sei weiter unser Führer und Halt!"

„Gott segne Dich, Vater!"

Sobald wieder einigermaßen Ruhe eingekehrt war, fuhr der Prior mit eindringlicher Stimme fort:

„Denn das wäre gegen die Gebote Gottes."

Dieses Mal blieb der Tumult aus. Die Leute konnten mit der Schlussfolgerung keinen Zusammenhang herstellen.

Savonarola spann den Faden weiter: „Vor zweihundert Jahren verließen die Päpste Rom. Sie ließen es im Stich und zogen nach Avignon. Rom verkam und ist immer noch verkommen, obwohl die Päpste vor gut einhundert Jahren nach Rom zurückkehrten. Rom ist eine Stadt des Lasters geworden. Ämter werden verschachert. Nicht die Besten besetzen die höchsten Stellen, sondern die Reichsten. Die aber sorgen durch Wucher, Bestechung und Mord dafür, dass sie immer noch reicher werden. Frauen bieten ihren Körper gegen Geld feil. Es sind nicht einige wenige, die für wenige Münzen die Wollust der Verderbten befriedigen. Tausend Huren ist wenig gesagt für Rom.

Zehntausend sind noch zu wenig. In Rom treiben Männer und Frauen das Gewerbe. Wir in Florenz wollen nicht, dass unsere Stadt so wird wie Rom. Deshalb werde ich hier in dieser Stadt weiter das Wort gegen Laster und Verderbnis ergreifen und nie mehr zulassen, dass man versucht, mich zum Schweigen zu bringen."

Ein ohrenbetäubender Beifall brandete auf, während sich wiederum andere die Ohren zuhielten und schrien, sie wollten sich diese Ketzerei nicht mehr anhören.

In den nächsten Tagen wurde die gedruckte Predigt überall in Europa gelesen. *(Selbst der Sultan in der Türkei hatte sich den Inhalt übersetzen lassen).*

Veröffentlichungen von unbekannten Verfassern klagten in der näheren und weiteren Umgebung von Florenz Savonarola der Ketzerei und des Aufruhrs an, während er in anderen Schriften als Heiliger und Prophet verteidigt wurde.

In der Zwischenzeit regnete es nun in Florenz ununterbrochen weiter.

Die Bauern im Hinterland von Florenz brachten die Saat in die Felder, aber die junge Aussaat verfaulte und verschimmelte. Vorher so fromme Händler fingen an, Korn aufzukaufen, denn sie wussten, dass das Mehl teuer werden würde.

Auch außenpolitisch hatte sich die Stadt unter der Herrschaft Savonarolas nicht zum Besten entwickelt. Die Verbündeten hatten sich abgewandt, tributpflichtige Städte wie Pisa gingen verloren, das ganze Wirtschaftsleben stockte.

Staatsanleihen gingen auf zehn Prozent ihres ursprünglichen Wertes zurück und die reichen Bürger von Florenz verloren, sofern sie auf diese Papiere gesetzt hatten, ihr gesamtes Vermögen.

Die erwarteten Steuereinnahmen gingen drastisch zurück. Der gesamte Staatsschatz war restlos erschöpft.

Es regnete nun schon fast ununterbrochen seit elf Monaten. Die Getreideernte war vollständig ausgefallen. Die Ähren, sowieso schon am Halm verkümmert, waren verschimmelt und nicht verwendbar.

Korruption und Unfähigkeit in den Verwaltungen der Stadt breiteten sich immer mehr aus. Die Partei des Savonarola schloss die 'Arrabiati' von allen öffentlichen Ämtern aus und erlaubte nur ihren Mitgliedern, in der Ratsversammlung zu reden.

Jeder Franziskaner, der ein Wort gegen Savonarola sagte, wurde aus Florenz vertrieben.

In den ersten Monaten des Jahres 1497 brachen alte Leute auf der Straße vor Hunger zusammen. Man ließ sie unbeachtet liegen, bis sie endlich verhungert waren.

Die Regierung richtete Wohlfahrtsstellen ein, aber der Andrang der Bedürftigen und Hungernden war zu groß. Frauen, die zu entkräftet und hilflos waren, um sich ebenfalls hungernden und um ihr Überleben kämpfenden Männern entgegenstellen zu können, wurden zu Tode getrampelt.

Die Unruhe unter der verarmten Bevölkerung wuchs, die Stimmung des Volkes zugunsten Savonarolas drohte zu kippen. Viele Bürger, und nicht nur die Reichen, sehnten die glanzvollen Zeiten der Medici zurück.

Savonarola befand sich in seiner karg eingerichteten Zelle und betete, auf dem Betstuhl kniend. Er bat um die Hilfe Gottes nach dem nun schon fast ein Jahr dauernden Regen, der alles hatte verfaulen lassen. Er verstand nicht, warum Gott seine Stadt so strafte, nachdem er alles getan hatte, Florenz zu einem Gottesstaat zu machen.

Rücken und Schultern waren bis zu den Hüften entblößt. Tiefe, rote, blutende Striemen bedeckten seinen Körper. Er hatte sich wegen seiner Sünden des Stolzes und Hochmuts gegeißelt.

Als es an der Zellentür klopfte, war er fast froh, dem ausweglosen Grübeln für einen kurzen Augenblick entrinnen zu können.

„Ehrwürdiger Vater, im Gästehaus des Klosters befindet sich ein Mann, der sich Antonio nennt. Er sagte, Ihr wüsstet schon, weshalb er hier sei."

Demütig auf eine Antwort wartend verblieb der Novize an der Zellentür.

„Ich komme" beschied Savonarola und zog sich die Mönchskutte wieder über die Schultern. Die blutenden und schmerzenden Stellen auf seinem Rücken ließ er unbeachtet.

Minuten später berichtete ihm der Spitzel Antonio: „Ehrwürdiger Vater. Es ist mir gelungen, das Vertrauen des Filippo Corbizzi zu erringen. Die Arrabiati planen eine Verschwörung. Sie wollen Piero d' Medici wieder an die Macht bringen."

„Wer gehört zu den Aufrührern?"

Der Spitzel wurde verlegen.

„Eigentlich halb Florenz. Die Leute sind verzweifelt, weil es nichts zu essen gibt."

Der Dominikaner wurde ärgerlich.

„Das wollte ich nicht wissen. Ich will wissen, wer die Köpfe dieser Verschwörung sind."

Der Spitzel Antonio nannte die Namen der fünf Arrabiati, die sich heimlich mit Piero d' Medici getroffen hatten, um Maßnahmen zu beraten, die Macht der Medici in der Stadt wieder herzustellen.

„Was weißt Du noch?"

„Sie haben beraten, wie sie vorgehen wollen. Das Prinzip sei ziemlich einfach, habe Piero gesagt. Es sei wie im alten Rom: Panem et circenses, Brot und Spiele. Man wolle den bevorstehenden Karneval nutzen, um dem Volk zu zeigen, wie es unter den Medici Sitte gewesen sei, den Karneval mit Festlichkeiten, Umzügen und Gesängen zu begehen. Piero d' Medici habe Getreide aufkaufen lassen, das dann an das Volk verteilt werde. Niemand müsse mehr hungern. Durch diese neue Hoffnung würde der Fleiß des Volkes wieder erstarken. Handel und Handwerk würden erneut aufblühen und damit würde auch das viele Geld, das Piero jetzt einsetzen müsste, wieder hereingeholt und hundertfach gemehrt werden."

Savonarola hatte mit unbewegter Miene zugehört. Jetzt ließ er den Spitzel bezahlen und schickte nach der Signoria, dem Rat der Stadt, der sich im Kloster versammeln solle, um die weiteren Maßnahmen abzustimmen. Nur das Kloster bot Schutz vor feindlichen Spitzeln und das Nächstliegende musste streng geheim bleiben.

Am gleichen Tage wurden die fünf Verschwörer verhaftet. Pieros konnte man nicht habhaft werden, obwohl auf seinen Kopf ja eine Belohnung von 5000 Florin ausgesetzt war.

Eine Berufung der Fünf an den Rat wurde abgewiesen. Sie wurden zum Tode durch den Strang verurteilt und das Urteil binnen weniger Stunden vollstreckt.

In Windeseile hatte sich die Hinrichtung in der Stadt herumgesprochen. Anhänger und Gegner Savonarolas rotteten sich vor den Klostermauern der Dominikaner zusammen und bewarfen sich gegenseitig mit Steinen.

Doch der Prior des Klosters beriet gerade mit seinem Stellvertreter, Fra Domenico, welche Gegenmaßnahmen sie noch treffen mussten, um der drohenden Gefahr der Rückkehr des Medici zu begegnen.

„Wir haben fünf Köpfe der Hydra abgeschlagen" sagte Domenico. „Aber weitere werden nachwachsen."

„Ihr habt recht" entgegnete der Prior. „Wir müssen die Ursache des Übels beseitigen."

„Die Ursache sind die wirtschaftlichen Verhältnisse und der Hunger" resignierte Domenico.

„Das ist es nicht" widersprach Savonarola heftig. „Die Ursache ist ein zu geringer Glaube. Die Ursache sind weltlicher Tand, unzüchtige Schriften, Liebeslieder, Karnevalskostüme. Die Ursache ist, dass das Volk seine Eitelkeiten höher stellt als seine Liebe zu Gott. Das ist die Wurzel allen Übels."

„Aber der Hunger …"

„Das ist eine Prüfung, die Gott uns auferlegt, um auf unsere Sünden aufmerksam zu machen. Ein Zeichen zur Umkehr."

„Was sollen wir also tun, Ehrwürdiger Vater?"

„"Wir müssen uns von allem Tand befreien."

Und er erläuterte Fra Domenico seinen Plan.

Während der Karnevalswoche durchzogen die der Kongregation zugehörigen Kinder in Gruppen die Stadt. Vor jeder Haustüre blieben sie stehen und klopften. Wenn ihnen nicht geöffnet wurde, kamen sie am nächsten Tag wieder.

Sie forderten die Abgabe all dessen, was sie als ‚Eitelkeiten' bezeichneten. Dinge, die von Savonarola mit dem Bannfluch belegt
worden waren: unzüchtige Bilder, gottlose Bücher, Liebeslieder, Karnevalskostüme und Masken, falsche Zöpfe, modische Kleider, Spielkarten und Würfel, Musikinstrumente, Kosmetika.

Am 21. Februar, dem letzten Tag der Karnevalswoche, ertönten
auf den Straßen fromme Hymnen.

Vier als Engel verkleidete Kinder trugen eine Figur des Jesuskin-
des des berühmten Donatello. (*Der hatte, welch eine Ironie des Schicksals, mit seiner Bronzefigur des David die erste freistehende Aktfigur seit der
Antike geschaffen und war Vorbild für Michelangelo gewesen*).

Hinter diesen Engeln und den Musikern zogen die fanatischen
Anhänger Savonarolas durch die Straßen von Florenz. Sie führten die
aus den Häusern der Bürger erbetenen oder geforderten ‚Eitelkeiten'
mit sich.

Auf der Piazza della Signoria, also dem Platz vor dem Stadtparla-
ment, war eine mächtige Pyramide aus leicht brennbarem Material
aufgeschichtet worden, die einhundert Fuß hoch war und an der Fuß-
seite eine Seitenlänge von vierhundert Fuß maß.

Sieben Stockwerke war das Gerüst hoch, das diese Pyramide umfasste. Und auf diese sieben Stockwerke legte oder warf man die Gegenstände, die man in der Karnevalswoche gesammelt hatte.

Die Porträts der schönsten Frauen von Florenz, Meisterwerke der
Malerei, schöne Nacktheiten der Kunst, Skulpturen von Göttern und
Göttinnen, Notenbücher, Harfen, Lauten und Geigen, Spielkarten,
Kleider von Samt und Seide, die köstlichsten Arbeiten von Gold und
von Elfenbein und man sah auch die Gedichte des Petrarca und des
Boccaccio. Wertvolle, unersetzbare Kunstwerke und kostbare Manu-
skripte ebenso wie billiger Plunder.

Ein venezianischer Kaufmann, der diese Meisterwerke sah, erkannte, dass er mit diesen Eitelkeiten viel Geld in Venedig machen
könnte. Er betrat den Palazzo de Signoria und machte dem Rat der
Stadt das Angebot, alles auf der Pyramide für zwanzigtausend vene-

zianische Skudi zu kaufen. Eine ungeheure Summe, wenn man vom Wert des Geldes ausging. Aber eine geringe Summe, wenn man den Wert der Kunstwerke betrachtete.

Doch die Signoria unter dem Einfluss Savonarolas ließ nicht mit sich handeln. Sie empfand dieses Angebot als eine so große Frechheit, dass sie den Venezianer ausziehen und binden ließ. Dann wurde ein Maler geholt, der den Unglücklichen in seiner Nacktheit malen musste. Dieses Bild des Unseligen wurde unter dem Jubel der Umstehenden schließlich an der Spitze der Pyramide angebracht.

An allen vier Ecken wurde die Pyramide gleichzeitig angezündet.

Der Klang der Glocken des Palazzo Vecchio begleitete die ‚Verbrennung der Eitelkeiten'.

Der berühmte Baccio della Porta, ein Schüler Raffaels, Leonardos und Michelangelos, brachte selbst alle Aktbilder herbei, die er gemalt hatte. Er warf sie eigenhändig in die lodernden Flammen.

Der Karneval war vorüber, die Fastenzeit begann.

Da wegen der ausgebliebenen Ernten die einfachen Bürger schon vorher vom Hungertod bedroht waren, war die nun folgende Fastenzeit für die Herrschaft des Priors eine gefährliche Zeit. Denn wozu sollten die Armen noch fasten, wenn sie schon vorher nichts zu essen hatten?

Savonarola befand sich in einer verzweifelten Lage. Er musste vom Hunger in Florenz ablenken. Was bot sich besser an, als den weltlichen Reichtum Roms anzuprangern, um von der Armut in der Stadt abzulenken?

So wurde die Predigt am ersten Sonntag der Fastenzeit zu einer Abrechnung mit der Kirche in Rom.

Wie immer hatte er verbreiten lassen, dass er eine besonders beherzte Predigt halten werde. Von weither kamen die Leute, um dieser Predigt beizuwohnen. Fürsten erschienen verkleidet. Der Dom fasste die Besucher nicht. Selbst der Domplatz war überschwemmt von Leuten und jedes wichtige Wort, das von Savonarola im Innern der Kirche gesagt wurde, gaben die Leute innerhalb des Doms an die Menge vor der Kirche weiter.

„Die Erde ist voller Blut, und sie heilen niemanden, sondern töten durch ihr schlechtes Beispiel die Seelen der Menschen."

Savonarola hielt inne, aber der sonst übliche Beifall blieb aus. Er musste deutlicher werden.

„Sie haben sich von Gott entfernt; ihr Kultus besteht darin, die ganze Nacht mit Dirnen zu verbringen …"

Nun endlich wurden einzelne Rufe laut, die den Papst und die Kardinäle verhöhnten. Aber die meisten blieben ruhig. Sie wussten das schon lange und in anderen Städten außer Florenz war es so viel anders auch nicht.

„Sie sagen, Gott wisse nicht vorher, was in der Welt geschehe. Alles sei bloßer Zufall; und glauben nicht, dass Christus im Sakrament zugegen sei …"

Ein vielstimmiger Entsetzensschrei erscholl. Nun hatte er den Nerv der Volksseele getroffen. Es war eine Sache, die Nacht mit einer Dirne zu verbringen. Das tat fast jeder Mönch gelegentlich. Wieso nicht auch die Kardinäle und der Papst. Aber es war eine andere Sache, den Glauben in Frage zu stellen und Gott zu lästern.

„In Rom herrscht der Antichrist" rief einer und viele stimmten ein.

„In Rom herrscht der Antichrist."

Dieses Mal widersprach Savonarola nicht wie in den vorherigen Predigten.

„Nieder mit dem spanischen Papst" hallte es durch den Dom.

Einige der Anwesenden aber blieben ruhig. Sie kannten, was in Rom selbst von Kardinälen hinter vorgehaltener Hand gesagt wurde. Sie wussten, Savonarola hatte nicht unrecht mit seiner Behauptung. Ihre Mienen blieben undurchdringlich.

„Klagt den Ketzerpapst an!" rief ein anderer plötzlich.

In der Kirche wurde es schlagartig ruhig. Atemlose Stille herrschte, als man auf die Reaktion des Priors auf diese Ungeheuerlichkeit wartete.

„Tritt her, verruchte Kirche!" fuhr der Prior von San Marco fort, ohne Einwand auf diesen unerhörten Zuruf. „Höre, was der Herr zu Dir spricht!"

Savonarola machte eine Pause und betrachtete die Menge unterhalb der Kanzel, die begierig aufnehmen wollte, was der Herr durch den Mund des Priors der Dominikaner verkünden würde.

„Ich habe Dir die schönen Gewänder gegeben und Du hast Abgötterei mit ihnen getrieben."

Wieder ließ Savonarola die Worte etwas wirken, bevor er weitersprach.

„Mit den Prachtgefäßen hast Du den Stolz genährt. Die Sakramente hast Du durch Simonie entweiht."

Er hob die Stimme.

„Die Wollust hat aus Dir eine schamlose Hure gemacht."

Seine Stimme wurde lauter, eindringlicher.

„Du bist schlimmer als ein Vieh!"

Nun schrie er förmlich. Schaum trat zwischen seine Lippen. Seine Augen flogen über die Gläubigen, jedoch, ohne sie zu sehen.

„Du bist ein abscheuliches Ungeheuer!"

Atemlos starrten die Gläubigen zur Kanzel empor.

Savonarolas Finger umklammerten die Brüstung der Kanzel.

„Früher schämtest Du Dich wenigstens Deiner Sünden, aber jetzt tust Du das nicht mehr."

Seine Stimme wurde wieder leiser. Wie verwundert über so wenig Scham schüttelte er den Kopf.

„Früher nannten die Priester ihre Söhne Neffen; jetzt nicht mehr Neffen, sondern Söhne, schlichtweg Söhne!"

Er hatte wie in Trance geredet. Nun hielt Savonarola erschrocken inne.

Allen war bewusst, dass er mit dem Ausdruck ‚Priester' nicht gewöhnliche Priester gemeint hatte, sondern den Papst.

Von Beginn an hatte er nicht von der Kirche geredet, sondern vom Heiligen Vater.

Mit dem Ausdruck ‚Tritt her, verruchte Kirche' hatte er Alexander direkt angesprochen. Als Werkzeug Gottes. Als Mund des Herrn. Er hatte sich zum Sprachrohr Gottes gemacht. Er hatte den Papst an den Pranger gestellt. Er hatte sich im Eifer zu weit vorgewagt.

Im gleichen Augenblick, wo er das gesagt hatte, war ihm bewusst geworden, dass das sein Todesurteil war.

Er ließ dem Papst keine andere Wahl. Alexander musste ihn vernichten, um selbst zu überleben. Denn diese öffentliche Anklage würde überall unter der Hand mit Schadenfreude verbreitet werden.

Ein Papst, der solchen Anklagen nicht entgegentrat und sie entkräftete, war eine lächerliche Gestalt. Aber Alexander konnte diese Anklagen nicht entkräften. Dazu liebte er seine Kinder zu sehr und hatte sich auch zu ihnen bekannt.

Doch er konnte sich auch nicht lächerlich machen lassen. Er musste Savonarola nach diesem offenen Angriff bestrafen. Und die Strafe konnte bei diesem Papst nur den Tod oder lebenslange Haft in der Engelsburg bedeuten.

Auch im Dom war Ruhe eingekehrt. Die Zuhörer ahnten, was der Prior dachte. Er war bleich wie der Tod.

‚Ich kann nur weitermachen' schoss es ihm durch den Kopf. ‚Was ich jetzt angefangen habe, muss ich zu Ende bringen. Zum Wohle Gottes. Zum Segen der Kirche.'

Mit kraftvoller Stimme predigte er weiter: „So hast Du, feile Kirche, Deine Schande vor der ganzen Welt enthüllt, und Dein Pesthauch ist zum Himmel aufgestiegen."

Ob des Mutes des Priors war es ganz ruhig. Nur seine Worte hörte man wie ein Echo, wenn sie an die Gläubigen außerhalb der Kirche weitergegeben wurden.

Savonarolas Opfermut stieg. Seine eigene Predigt begeisterte ihn. Wie unter Zwang, jetzt zu beenden, was er angefangen hatte. fuhr er in seiner Predigt fort. Er wusste, er würde ein Märtyrer werden. Er würde zur Rechten Christi sitzen.

Froh rief er dem Volke mit lauter Stimme zu: „Viele von euch sagen, ich werde exkommuniziert werden."

Mit blitzenden Augen sah er auf die Masse, die an seinen Lippen hing. „Was mich betrifft, so bitte ich Dich, o Herr, dass die Exkommunikation bald komme."

Wieder machte er eine Pause, denn erneut wurden Schreckensrufe laut.

„Tragt sie her auf einer Lanze, diese Exkommunikation, und öffnet die Tore vor ihr. Ich will sie beantworten, und wenn ich euch nicht staunen mache, so mögt ihr nachher von mir sagen, was ihr wollt."

„Kümmere Dich nicht darum, wir werden Dich schützen" klang es aus dem Kirchenraum, und das Volk stimmte jubelnd zu.

In seiner Verzückung nahm er jedoch nichts um sich herum mehr wahr.

„Aber, o Herr, ich sehne mich nur nach Deinem Kreuz. Gib, dass sie mich verfolgen. Ich bitte Dich nur um die Gnade, dass Du mich nicht in meinem Bett sterben lässt, sondern dass ich mein Blut für Dich vergießen darf, wie Du es für mich vergossen hast."

In Rom rottete sich das Volk vor dem Vatikan zusammen und verlangte die Bestrafung des Ketzerpriors der Dominikaner von Florenz.

Die Arrabiarsi von Florenz, die im Rat der Stadt nun wieder die Mehrheit besaßen, verboten jedes Predigen in den Kirchen von Florenz. Die folgenden Ereignisse unterstützten ihr Verbot.

Kapitel 15

Leonardo in Mailand

"Erlauchter Gebieter!

Da ich die Proben aller derer, die sich für Meister und Hersteller von Kriegsgeräten ausgeben, nun zur Genüge untersucht und dabei erkannt habe, dass die Erfindungen und Anwendungen der genannten Geräte durchaus nicht ungebräuchlich sind, so will ich mich denn, ohne irgendeinen andern herabzusetzen, um eine Verständigung mit Ew. Hoheit bemühen, indem ich Ihnen meine Geheimnisse offenbare und sie Ihnen ganz zur Verfügung stelle, um zu gegebener Zeit alle die Dinge auszuführen, die hier in Kürze aufgezählt werden:

1. *Ich habe Pläne für sehr leichte, aber dabei starke Brücken, die sich ganz leicht befördern lassen ...*

2. *Ich kann bei der Belagerung eines Platzes das Wasser aus den Gräben ableiten und zahlreiche Brücken ... und andere zu einem solchen Unternehmen gehörende Geräte machen ...*

3. *...*

4. *Ferner habe ich Pläne für Bombarden, die sich sehr bequem und leicht befördern lassen, mit denen man kleine Steine schleudern kann, fast so, als ob es hagle ...*

5. *Ferner habe ich Pläne für Stollen und gewundene Geheimgänge, die ohne jedes Geräusch angelegt werden, so dass man bis zu einem bestimmten Ort gelangen kann, auch wenn man unter den Gräben oder irgendeinem Fluss durchdringen muss.*

6. *Ferner werde ich sichere und unangreifbare gedeckte Wagen bauen, die mit ihren Geschützen durch die Reihen des Feindes fahren und jeden noch so großen Haufen von Bewaffneten zersprengen werden. Hinter ihnen können die Fußsoldaten fast unangefochten und völlig ungestört folgen.*

7. *Ferner werde ich, wenn nötig, Bombarden, Mörser und Pasvolanten von sehr schöner und zweckmäßiger Form machen, wie sie nicht all-*

gemein gebräuchlich sind.

8. *Wo die Wirkung der Bombarden versagt, da werde ich Katapulte, Wurf- und Schleudermaschinen und andere ungebräuchliche Geräte von wunderbarer Wirksamkeit herstellen. Kurzum, ich werde je nach den verschiedenen Umständen allerlei verschiedene Angriffs- und Verteidigungsmaschinen bauen.*

9. *Sollte es auf dem Meer zum Kampf kommen, so habe ich Pläne für viele Geräte, die für den Angriff und die Verteidigung besonders geeignet sind, und solche für Schiffe, die selbst der Beschießung mit den allergrößten Bombarden widerstehen werden, und solche für Pulver und Rauch.*

10. *In Friedenszeiten kann ich mich wohl mit jedem andern in der Baukunst messen, sei's bei der Errichtung öffentlicher oder privater Gebäude oder bei der Leitung des Wassers von einem Ort zum andern.*

Ferner werde ich bei der Bearbeitung von Marmor, Erz und Ton sowie in der Malerei wohl etwas leisten, was sich vor jedem anderen, wer immer es auch sei, sehen lassen kann.

Übrigens könnte man auch an dem Bronzepferd arbeiten, das dem seligen Andenken Ihres Herrn Vaters zu unsterblichem Ruhm und dem Hause Sforza zu ewiger Ehre gereichen wird.

Und wenn irgendeine der obengenannten Sachen jemand unmöglich oder unausführbar erscheinen sollte, so bin ich durchaus bereit zu einer Vorführung in Ihrem Park oder wo Ew. Hoheit wollen. Ich empfehle mich Ihnen untertänigst ..."

(Bewerbungsschreiben des Leonardo da Vinci an Lodovico Sforza 1482)

Lodovico hatte für seinen prächtigen Hof in Mailand, damals der Mittelpunkt des höfischen Lebens in Italien, einen Genieingenieur gesucht. Einen Ingenieur, der Ideen entwickeln konnte, wenn es galt, Übergriffen anderer Staaten mit ausgefeilter Verteidigungstechnik zu begegnen.

Aber auch einen Mann, der in der Lage war, Angriffswaffen weiterzuentwickeln, um Menschenleben beim Sturm auf eine fremde Festung zu schonen.

Er war ferner auf der Suche nach einem genialen Maler, der ihm seine privaten Räume, der Residenz Corte Ducale in dem gewaltigen Kastell verschönern sollte.

Er forschte nach einem großartigen Bildhauer, der mit einem monumentalen Reiterstandbild seines Vaters dessen Ruhm für alle Zeiten verewigen konnte.

Nicht zuletzt benötigte er einen innovativen Architekten, der Ideen zu Bauwerken beisteuern sollte, die den Kunstsinn und die Ästhetik des Sforza – Herrschers für die Nachwelt belegen sollten.

Leonardo da Vinci hatte sich nicht für den Posten des Malers , nicht für die Stelle des Bildhauers, auch nicht für die Anstellung als Architekt, er hatte sich als Besten für alles beworben.

Damals hatte Lodovico die Bewerbung achtlos zur Seite gelegt, denn einen Aufschneider, der angeblich alles konnte, brauchte er nicht. Dennoch wurde Leonardo ein Jahr später am Hofe von Mailand angestellt.

Es war ein Zufall.

Von überall her waren Künstler angereist, sich einem Gesangswettbewerb am Hofe Lodovicos zu stellen. Der Sieger sollte als Künstler am Mailänder Hof mit einer beachtlichen Entlohnung fest angestellt werden. Nach Art der Troubadoure sollte er Festgelage und Feiern mit seiner Stimme verschönern, die Gemüter der Gäste ergötzen und beim Festmahl mit volltönender Stimme und klangvoller Laute den feierlichen Rahmen geben.

Leonardo brillierte mit seiner schönen Stimme und der anmutigen

Begleitung durch seine Laute. Wie immer war er nach der neuesten Mode gekleidet und bestach durch ein ansehnliches Äußeres. Seine Laute war am Hals in Form eines fein gearbeiteten Pferdekopfes gefertigt und erregte schon dadurch beträchtliches Aufsehen.

Lodovico, der dem edlen Wettstreit im Kreise seiner geladenen Gäste beiwohnte und dem die Laute ebenso wie der melodische Gesang des Künstlers gefiel, winkte den Sänger nach seinem Vortrag zu sich heran.

„Ihr habt ein wunderschönes Instrument. Wo habt Ihr das erworben?" fragte er gnädig, den Blick auf den Pferdekopf der Laute gerichtet.

„Ich habe es nicht erworben. Ich habe es sowohl selbst entworfen als auch gebaut" antwortete Leonardo selbstbewusst. Seine Augen suchten die des Fragenden.

„Ihr seid außer Sänger auch Kunsthandwerker?" erkundigte sich Lodovico halbwegs interessiert.

„Ich bin Ingenieur, Maler, Bildhauer, Baumeister, Erfinder, Architekt. Ich hatte mich letztes Jahr bei Eurer Hoheit beworben. Aber es scheint, dass Eure Hoheit meine Bewerbung nicht erhalten hat."

Leonardo da Vinci konnte es sich nicht verkneifen, den letzten Satz ironisch lächelnd hinzuzufügen.

Lodovico war verblüfft. Nach einigem Nachdenken erinnerte er sich dunkel an das Schreiben, das er gleich wieder weggelegt hatte, nachdem er es gelesen hatte. Er ging auf das Gesagte nicht ein.

„Und jetzt seid Ihr auch noch Sänger, Lautenspieler und Instrumentenbauer. Ihr seid anscheinend ein äußerst vielseitiger junger Mann."

„Wie vielseitig ich bin, würde Eure Hoheit sehen, wenn ich das Reiterstandbild zur bleibenden Erinnerung an Euren verehrten Herrn Vater machen dürfte."

Leonardo verbeugte sich leicht.

„Meint Ihr nicht, dass es einen gewissen Unterschied macht, ob Ihr einen Lautenhals in Form eines Pferdekopfes modelliert oder ein Reiterstandbild in Bronze erschafft?"

„Ich lege Euch nächste Woche eine erste Skizze des Standbildes vor" meinte Leonardo selbstbewusst. „Entscheidet Euch dann!"

„Ihr traut Euch das wirklich zu?"

„Eure Hoheit, es würde ein Wunderwerk werden."

Lodovico sah erneut die Laute an und lachte.

„Ich nehme Euch beim Wort. Wenn mir die Skizze gefällt, könnt Ihr mit dem Standbild beginnen."

Sofort begann da Vinci voller Begeisterung mit den vorbereitenden Zeichnungen und Skizzen. Über hundert Skizzen fertigte er an, um Bewegungen, Anatomie und Ausdruck des Pferdes so darzustellen, wie er das Kunstwerk bereits in seinem Kopf fertig gestellt hatte.

Er ging in die Universität, um in der Anatomie Pferdebeine schon vom Knochenaufbau her von Menschenbeinen zu unterscheiden und zu skizzieren.

Er machte Skizzen des Bewegungsablaufes beim Schritt des Pferdes und arbeitete jeden Muskelstrang des geknickten Vorderbeines beim Laufen heraus.

Er untersuchte, in welchem Winkel das Gelenk über dem Huf sich vom Unterlauf des Beines abknickte, wie sich das Verhältnis zwischen Rumpf und Hals des Pferdes gestaltete, und wie der Kopf beschaffen sein musste, damit seine Größe und Ausdruckskraft dem Gesamtbild des Pferdes das edle Aussehen gab.

Am Ende hatte er eine Skizze eines äußerst wohlgestalteten Pferdes geschaffen.

Die Ohren aufmerksam nach vorn gestellt, saß der Kopf auf einem gewölbten, muskulösen Hals.

Wache Augen blickten entschieden nach vorn, Augen und Nüstern verliefen in einer senkrechten Linie, die die Entschlossenheit des Pferdes charakterisieren sollte.

Das rechte Vorderbein im Schreiten anmutig bis zur Waagrechten angehoben, knickte dessen Unterbein mehr als neunzig Grad ab und war der Huf am Gelenk nochmals um dreißig Grad nach hinten geknickt. Das rechte Hinterbein und das linke Vorderbein standen fest auf der Erde, während das Pferd auch das linke Hinterbein, allerdings sehr viel weniger hoch, angehoben hatte.

Den mächtigen Flanken und dem breiten Rücken sah man an, dass das Pferd gewohnt war, außer seinem Reiter auch dessen schwere Rüstung zu tragen. Der etwas abstehende Schweif verstärkte noch den Ausdruck von Kraft und Ausdauer.

Lodovico war von der Skizze begeistert. Leonardo wurde eingestellt.

Allerdings nicht als Baumeister und nicht als Ingenieur.

Leonardo musste neben dem Reiterstandbild auch Schmuck und Kleider für die Mätressen des Fürsten und später für Beatrice, die Gemahlin, entwerfen. Er wurde Organisator höfischer Maskeraden und prunkvoller Aufzüge. Er entwarf die luxuriöse Dekoration für die Hochzeit des Lodovico mit der lebenslustigen, fünfzehnjährigen Beatrice, baute ihr einen eigenen Baderaum, errichtete im Park einen hübschen Pavillon, in dem sie sich von den Spaziergängen erholen konnte und bemalte die Stallungen mit allerlei Motiven von Pferden.

Diese Arbeiten erledigte er mit solchem Geschick, dass er danach auch die Räume des Castello ausmalen durfte, die für Festlichkeiten bestimmt waren.

Und bald wurde er auch mit dem Malen von Portraits betraut. Er malte Portraits von Lodovicos Mätressen Cecilia und Lucrezia, von Lodovico selbst und seiner Frau Beatrice, aber auch von deren Kindern. Er malte Madonnen mit den Gesichtern von Cecilia und Lucrezia und er gab den Mätressengesichtern auf diesen Bildern einen weichen, mütterlichen Ausdruck.

Lodovico bezahlte ihn äußerst großzügig. Jährlich erhielt er zweitausend Dukaten nebst Geschenken und Privilegien.

Aber mit dem Reiterstandbild wurde und wurde er nicht fertig.

Nach sechs Jahren verlor Lodovico erstmals die Geduld. Er bat den Fürsten von Florenz, ihm zusätzliche Künstler zu schicken, damit das Standbild endlich fertig gestellt werden würde. Denn er war der Ansicht, es müsse in der Kunstszene von Florenz noch andere gute Künstler geben Doch selbst der Medici wusste niemanden, der so talentiert gewesen wäre.

Leonardo war sich seiner Begabung sehr wohl bewusst. Die Bürger aus Piacenza, die den Künstler gerne für den Entwurf und die Ausführung einer neuen Bronzetüre für ihre Kathedrale verpflichtet hätten, stellten an ihn die listige Anfrage, welchen Künstler er für den Guss der Bronzetüren ihrer Kathedrale für geeignet halte.

Er gab ihnen folgenden Bescheid: „Glaubt mir, da ist nicht einer, der etwas kann, außer Leonardo, dem Florentiner, der das Pferd des Herzogs Francesco aus Erz macht; aber der kommt wohl nicht in Betracht, weil er Zeit seines Lebens damit zu tun haben wird, und ich bezweifle, ob er das Werk, da es so gewaltig ist, jemals vollenden wird."

Zähneknirschend wartete der Regent von Mailand ganze zehn Jahre auf die Fertigstellung des Gipsmodelles.

Dann, 1493, war es endlich fertig gestellt. Es wurde unter einem hohen Torbogen öffentlich ausgestellt. Jedermann war fasziniert von der Monumentalität und der Pracht des Werkes. Alle sprachen von der Lebendigkeit, die das Ross und der Majestät, die der Reiter ausstrahlte.

Aber Lodovico hatte zu diesem Zeitpunkt nicht das Geld für die fünfzig Tonnen Bronze, die für den Guss des vierundzwanzig Ellen hohen Reiterstandbildes benötigt würden. Es blieb an diesem Platz als Gipsmodell stehen. Nicht ehern und unverwüstlich, sondern aus weichem Gips; zerbrechlich und empfindlich.

Zwei Jahre zuvor war der Prior der Dominikaner bei Lodovico gewesen und hatte diesen bestürmt, er möge ihm seinen Maler ausleihen. Im Refektorium, dem Speiseraum des Klosters, sollte die hintere, schmucklose Wand ausgemalt werden. Dem Prior schwebte als Thema sinnigerweise das letzte Abendmahl vor, das Jesus mit seinen Jüngern vor dem Verrat des Judas und der Verhaftung durch die römischen Soldaten abgehalten hatte.

Lodovico überlegte nicht lange. Die Kirche Maria della Grazie war seine Lieblingskirche. Er gab seine Zustimmung.

Sofort danach hatte sich Leonardo in die neue Arbeit gestürzt. Dies war vor zwei Jahren gewesen.

Aber vor einigen Tagen war der Prior völlig verzweifelt bei Lodovico erschienen.

„Eure Hoheit, dieser Mensch ist faul, regelrecht faul. Stundenlang sitzt er vor dem Bild, ohne einen Pinselstrich zu tun. Er starrt das angefangene Bild an. Dann legt er den Pinsel wieder weg und geht einfach. Ich habe ihn gefragt, was er in der Zwischenzeit macht. Wisst Ihr, was er dann sagt?"

Lodovico schaute ihn nur verständnisvoll an. Er dachte an sein Reiterstandbild.

„Er sagt, er beobachtet Menschen! Manchmal rennt er in das Refektorium, macht zwei Pinselstriche an einem Gesicht und geht wieder."

Der Regent von Mailand musste verhalten lächeln. „Ich werde mit ihm reden."

Am nächsten Tag bat er den Meister zu sich.

„Eure Hoheit, der Prior ist ein Esel. Wenn ich dieses Bild male, wie es sich der Dominikaner vorstellt, dann ist es einfach. Dann ist alles nur feierlich und starr. Aber ich habe in meinem Kopf den Ablauf des Abendmahls. Ich habe nicht nur den Augenblick der Verheißung ‚Das ist mein Leib', sondern auch den Augenblick gewählt, wo Jesus zu ihnen sagt: ‚Einer von Euch wird mich verraten!'. Euer Hoheit, das ist der Augenblick, in dem alle völlig verwirrt sind. Wo sich jeder Apostel fragt: ‚Bin ich es?' Deshalb muss ich auch diesen Augenblick festhalten. So etwas drückt sich in jedem Gesicht anders aus."

Lodovico verstand.

„Ich habe noch zwei weitere Probleme bei diesem Bild. Ich muss Jesus in seiner Erhabenheit von den Aposteln abheben. Ich muss ein Antlitz schaffen, das des Gottessohnes würdig ist. Das alles ausdrückt, was er in diesem Augenblick empfindet. Den unermesslichen Schmerz über den Verrat, die unendliche Liebe zu seinen Jüngern, seine namenlose Angst vor dem Tod, seine grenzenlose Freude über die Erlösung der Menschen von der Erbsünde."

Leonardo machte eine hilflose Geste, die die Schwierigkeiten ausdrücken sollte, wie er all diese Gefühle in die Gesichtszüge eines einzigen Antlitzes legen sollte.

„Ich muss auch noch einen Mann finden, dessen Gesicht die Herzlosigkeit des Judas Ischarioth ausdrückt. Nachdem mir der Prior so oft unter die Augen kommt, könnt Ihr ihn ja mal fragen, ob er mir dafür nicht Modell sitzen will" meinte Leonardo spöttisch.

Am nächsten Tag bat der Regent von Mailand den Prior der Dominikaner aus der Kirche Santa Maria della Grazie zu sich und versuchte, die Arbeitsweise des Leonardo zu rechtfertigen.

„Wisst Ihr, manchmal schafft ein großer Geist mehr, wenn er nicht arbeitet."

Aber der Prior verstand ihn nicht.

Das Bild war jetzt bis auf das Antlitz Jesu fertig. Leonardo saß mit seinem Freund Zenale vor dem Fresko.

„Du hast das Bild in vier Gruppen von jeweils drei Personen aufgeteilt."

„Richtig. Ganz rechts habe ich eine Gruppe gebildet, die die Hände ausstreckt, um das Abendmahl zu empfangen."

„Lass mich deuten. Du drückst damit die Ruhe aus, die Sammlung, die sich aus dem Ablauf des Mahles ergibt. Er brach das Brot und reichte es seinen Jüngern."

„Das hast Du gut beobachtet. Was meinst Du zur zweiten Gruppe?"

„Ich meine, hier führst Du die Geschichte fort. Die Gruppe ist verzückt. Sie hat die Verheißung vernommen, das mystische ‚Das ist mein Leib, der für Euch hingegeben wird'."

„Ja, es ist der Optimismus, der diese Gruppe beherrscht."

„In der Gruppe zur Linken des Heilands ist noch fassungsloses Staunen. Sie hat die Bedeutung der Worte ‚Einer von Euch wird mich verraten' noch nicht begriffen. Sie versucht, die Konsequenz zu begreifen, die sich daraus ergibt. Den Tod Jesu."

„Zenale, ich bin froh, dass Du sofort erkennst, was die Gesichter und Gesten der Jünger aussagen sollen."

„Und jetzt ist es nicht mehr schwer, die vierte Gruppe zu interpretieren. Sie hat die Konsequenzen des Verrats erkannt. Zorn und Schrecken in den Gesichtern zeugen von dem Entsetzen, dass von ihrem Meister dieses Opfer gefordert wird."

„Du hast Recht. Ich habe versucht, die vier Säfte des Temperamentes in den Gruppen der Apostel zum Ausdruck zu bringen; Schleim *(phlegma – Ruhe)*, Blut *(sanguis – Optimismus)*, schwarze Galle *(melancholia – Schwermut)* und weiße Galle *(chole – Zorn)*."

„Nur die Gestalt des Jesus sollte in vollkommener Harmonie erscheinen. Einzig sein Gesicht sollte vollkommenen Geist ausstrahlen." Leonardo da Vinci schien verzweifelt. „Zenale, ich bekomme das Antlitz des Christus nicht hin. Ich habe es in meinem Kopf. Aber ich schaffe es nicht. Alles ist unzulänglich. Die Linienführung, die Farben, der Ausdruck des Gesichtes. Es wird zu weich, zu leidend, zu verzweifelt oder zu starr. Ich schaffe es nicht, die Ahnung der entsetzlichen Qual am Kreuz zu vereinen mit der Entschlossenheit, das Opfer des eigenen Lebens zur Rettung der Menschen zu bringen."

Zenale sah ergriffen auf das Fresko.

„Du hast einen großen Fehler gemacht. Du hast den Aposteln Philippus und Jakobus Gesichter von solch göttlicher Schönheit gegeben, dass sie nicht übertroffen werden können. Das Antlitz Jesu kann nicht noch mehr aussagen."

„Was soll ich nur tun, Zenale!"

Auch Zenale wirkte ratlos. Er konnte seinem Freund nur einen Rat geben. „Beuge Dich dem Unzulänglichen des Menschen im Ausdruck des Göttlichen. Lass das Gesicht des Heilands unvollendet. Deute es nur an."

An diesem Abend ging Leonardo da Vinci wieder einmal zu einem der Plätze, an dem sich Knaben Männern darboten. Er nahm wie immer dann, wenn er sich einsam und ausgebrannt fühlte, einen schönen Jüngling mit nach Hause. Und wie immer verriegelte er die Türe zweimal.

Lucrezia Crivelli hatte ihrem Geliebten, Lodovico Sforza, voller Stolz das wunderschöne Bild gezeigt, das Meister Leonardo von ihr gemalt hatte. *(Heute bekannt unter dem Titel: La belle Féronnière).*

Aber Lodovico hatte wie öfter in letzter Zeit schlechte Laune.

Als seine Frau Beatrice zum zweiten Mal schwanger war, hatte er sich von der Schönheit Lucrezias so angezogen gefühlt, dass er sie unbedingt haben musste. Beatrice hatte ihn eigentlich zu diesem Schritt gezwungen. Denn mit Rücksicht auf ihr ungeborenes Kind hatte sie ihn immer öfter zurückgewiesen. Nun aber bereute er seinen Fehltritt fast.

Beatrice war wegen der bitteren Enttäuschung über seine Affäre nur noch ein Schatten ihrer selbst. Ihre Fröhlichkeit war verschwunden. Ihr lieblicher Gesang, der früher durch die Hallen des Castello wehte, verklungen. Das Geschmeide, an dem sie dereinst solche Freude gehabt hatte, lag nun verschlossen in einer Schatulle. Sie hatte jegliches Interesse verloren. Sie widmete sich nur noch ihren Söhnen.

Lodovico beschwor seine Liebe zu ihr, aber sie achtete nicht darauf. Er beteuerte, dass er beide, seine Frau und seine Geliebte, liebe, dass er Beatrice nicht verlieren möchte, aber auch nicht Lucrezia: Aber Beatrice sah ihn nur an und wandte sich ab.

Als er sie an ihre ehelichen Pflichten erinnerte, zog sie ihre Kleider aus, lag aber steif wie ein Stock in ihrem Bett.

Als er sie roh und mit Gewalt nahm, um ihr zu zeigen, dass er immer noch ihr Ehemann war, liefen ihr Tränen über die bleichen Wangen, aber kein Laut kam über ihre blutleeren Lippen.

Dennoch war sie wieder schwanger und Lodovico hatte wie jedes Mal, wenn er seither zu seiner Geliebten kam, ein schlechtes Gewissen.

Ihn interessierte das Bild nicht, das Leonardo von seiner Geliebten gemalt hatte. Fast war er froh, als ein Diener in der Türe erschien und eine Botschaft eines Berittenen brachte, der in der Halle vor den Privatgemächern wartete.

„Eure Hoheit, ihr sollt sofort in das Castello kommen."

„Was ist nun denn schon wieder los" fuhr Lodovico den Boten, der in der Halle auf ihn wartete, an.

„Ihre Hoheit, die Herzogin, hat gerade entbunden. Ich soll Eure Hoheit sofort benachrichtigen und bitten, schnellstmöglich ins Castello zu kommen" wiederholte der Sendbote noch einmal.

Ohne sich von seiner Mätresse zu verabschieden, bestieg der Herzog sein Pferd und ritt zurück.

Als er ankam, wurde er von einer schweigenden Dienerschaft empfangen. Schon in der Halle hörte er die Schmerzensschreie von Beatrice. Das tote neugeborene Kind lag auf einem Tisch, noch blutverschmiert und mit abgebundener Nabelschnur, im Raum vor ihrem Schlafgemach. Der Arzt hatte angeordnet, dass es aus dem Schlafzimmer entfernt werden solle, damit es Beatrice nicht sehe, falls sie die Augen öffne.

Lodovico spürte einen Stich in der Herzgegend, als er das leblose Wesen kurz betrachtete. Es war sein Kind gewesen. Aber es war tot. Hatte er es mit seiner Kälte gegenüber Beatrice umgebracht? Er schwor sich in diesem Augenblick, alles wieder gut zu machen. Beatrice würde noch viele Kinder haben. Sie würden wieder glücklich sein. Beatrice. Seine Beatrice. Er warf nochmals einen Blick auf das Gesicht des Kindes. Es hatte Ähnlichkeit mit ihr. Er musste zu seiner Frau. Er betrat ihr Schlafgemach.

Sie lag in ihrem Himmelbett mit den vier dünnen Pfeilern, die die hölzerne, reich geschnitzte Decke mit den herabhängenden Vorhängen stützten. Die Vorhänge waren jetzt auf allen Seiten zurückgeschlagen.

Rechts vom Bett brannte in einem mächtigen Kamin mit Marmorverblendung ein flackerndes Holzfeuer, das die Kälte hinter den dicken Mauern des Castello vertrieb.

An der Wand neben dem Bett stand ihr fein gearbeiteter Sekretär mit dem Aufsatz mit zwölf Kästchen, in denen Beatrice Briefe und Dokumente verwahrte. Der hohe Gobelin hinter dem Bett machte das Arbeiten an diesem Sekretär leichter. Den Stuhl mit der hohen Lehne, der normalerweise vor dem Sekretär stand, hatte man jetzt neben das Bett geschoben.

Auf einer Bank rechts neben der Tür saß die Zofe seiner armen Frau. Sie hatte die Ellbogen auf die Tischplatte vor sich gestützt und die Hände vor das Gesicht geschlagen.

Die Herzogin wand sich im Todeskampf, immer wieder vor Schmerzen schreiend. Wirr hingen ihr die schweißverklebten Haare in die Stirn. Ihre Hände hatten sich in der weißen Bettdecke verkrampft. Ihre Beine hatte sie vor Schmerzen dicht an den Körper angezogen.

Zwei Ärzte standen ratlos neben dem Bett und stritten, ob sie noch etwas für diese junge Frau tun konnten. Während der eine der Ansicht war, dass das totgeborene Kind das Blut der Herzogin bereits vergiftet hatte und sie unweigerlich dem Tode geweiht war, wollte der andere überall am Körper Blutegel ansetzen, die das Blut der Unglücklichen aussaugen und damit auch das Gift in sich aufnehmen würden.

Ein Mädchen trocknete Beatrices schweißnasse Stirn mit einem feuchten Tuch, das sie in einer Schüssel mit kaltem Wasser gerade ausgewaschen hatte.

Gerade, als Lodovico mit schweren Schritten hereinstürmte, öffnete sich der Mund seiner Gemahlin zu einem weiteren qualvollen Schrei.

Doch plötzlich öffneten sich ihre Augen. Ihr Schrei erstarb in der Kehle. Lodovico stand neben dem Bett. Er hatte sein Gesicht über sie gebeugt und wollte ihre Hand umfassen. Es war ihr Blick, der ihn erstarren ließ. Sämtliche Haare stellten sich in seinem Nacken auf. Noch nie zuvor hatte er einen solchen Blick gesehen. Das Weiß in ihren Augen schien zu leuchten. Die Pupillen öffneten sich weit. Sie sah etwas, das ihr Gesicht völlig veränderte. Es musste etwas Wunderschönes sein. Aber etwas, was nichts mit ihm zu tun hatte. Denn sie sah durch ihn hindurch.

Nach einem kurzen Augenblick schlossen sich ihre Augen von selbst. Sie atmete nicht mehr.

Sie war zweiundzwanzig Jahre alt geworden.

Lodovico stand vor ihrem Bett. Er konnte nicht glauben, was geschehen war. Blitzartig wurde er sich seiner schweren Schuld bewusst. Während ihres schweren Todeskampfes hatte er sie allein gelassen und war bei seiner Geliebten gewesen.

Unerträglicher Ekel vor sich selbst überkam ihn. Er starrte ihr Gesicht an und seine Augen füllten sich mit Tränen. Aber es waren nicht nur Tränen des Schmerzes. Es waren auch Tränen der Wut. Er ließ sich vor dem Bett auf die Knie fallen und umfing ihre Schultern mit seinen starken Händen.

„Das darfst Du nicht!" schrie er sie an und schüttelte sie an den Schultern. „Du darfst mich nicht allein lassen." Tränen liefen ihm über die Wangen. Hilflos schluchzte er: „Du kannst Dich doch nicht einfach davon stehlen. Komm zurück!" Nochmals schüttelte er sie an den Schultern. „Ich befehle Dir, komm zurück!"

Beatrice gehorchte seinen Befehlen nicht mehr. Er verlegte sich aufs Betteln. „Beatrice, verlass mich nicht. Komm zurück. Bitte Beatrice, bitte." Er konnte nicht begreifen.

Die Hand seines alten Kammerdieners legte sich ihm auf die Schulter. „Hoheit, es hat keinen Sinn. Bitte erhebt Euch, Hoheit. Ich führe Euch in Euer Zimmer. Ihr müsst Euch jetzt ausruhen."

Er hörte nicht, was der alte Diener zu ihm sagte. Er vernahm zwar den Klang der Stimme, aber er verstand den Sinn der Worte nicht. Doch er ließ sich vom Sterbebett seiner Geliebten Beatrice in seine Gemächer wegführen.

Wenig später lag er wie tot auf seinem Bett. Während sein Körper sich nicht mehr regte, seine Augen geschlossen waren, war sein Geist fast wahnsinnig vor seelischem Schmerz. Er flehte Gott an, auch seinen jetzt nutzlosen Körper sterben zu lassen, nachdem seine Seele schon tot sei.

Er stammelte Gebete aus seiner Jugend, an die er sich kaum noch erinnerte. Er flehte um die Gnade, mit Beatrice im Himmel vereint zu sein, damit er sie um Verzeihung bitten könne. Gott solle ihm alles nehmen, ihm aber wieder Beatrice zurückgeben. Als alles nichts nützte, bat er Gott, Beatrice nur noch einmal für kurze Zeit zum Leben zu erwecken, damit sie ihm seine schrecklichen Fehler verzeihen könne.

Doch Gott antwortete nicht.

Das Volk von Mailand trauerte mit Lodovico Sforza. Nie zuvor, berichtete der Erzbischof nach Rom, habe man in Mailand eine solche Betrübnis gesehen.

Lodovicos Geliebte Lucrezia Crivelli verließ Mailand.

Lodovico schloss sich vierzehn Tage in seinen Gemächern ein. Nur selten aß oder trank er etwas; und wenn, dann nur mit Widerwillen. Er weigerte sich, Minister zu empfangen, irgendwelche Regierungsgeschäfte zu führen oder auch nur, von politischen Vorgängen Kenntnis zu nehmen. Er weigerte sich sogar, seine Kinder zu sehen.

Er verließ seine Gemächer nur, um dreimal täglich zur Messe zu gehen und um seine Frau täglich in ihrem Grab in der Kirche Santa Maria della Grazie zu besuchen. Den Bildhauer Solari beauftragte er, für Beatrice ein Grabmal zu bauen. Da er nach seinem Tode bei seiner Frau im gleichen Grab liegen wollte, so sollte auch er auf diesem Grabmal neben ihr zu sehen sein.

So geschah es.

Beatrices Skulptur erschuf der Künstler in Marmor. Ihr jugendliches Antlitz war umrahmt von einer Haube, aus der einige Strähnen ihres langen, lockigen Haares neugierig hervorsahen. In ihrem hochgeschlossenen Kleid mit kostbaren gestickten Schnüren lag sie auf einem Bett, das mit einem Tuch aus Leinen bezogen war.

Ihr Haupt hatte sie auf ein Kissen gebettet und ihre Hände waren wie im Schlaf über ihrem Körper verschränkt. Rechts von ihr ruhte ihr Gemahl Lodovico.

Unter dem Denkmal mit der Marmorskulptur beider ruhte sie schließlich im Mausoleum der Visconti, dem Certosa di Pavia, südlich von Mailand.

Kapitel 16

Die Pest in Florenz

Pest: im Mittelalter unterschiedslose Bezeichnung für alle tödlichen, epidemieartig auftretenden Krankheiten.

Beim Menschen kommen drei Formen der Pest vor: die Beulenpest, die Lungenpest und die Pestsepsis. Am bekanntesten ist die Beulenpest; sie trägt ihren Namen, weil die Erkrankten an Leistenbeugen, Achselhöhlen oder Hals charakteristische Beulen bekommen – vergrößerte, entzündete Lymphknoten. Übertragen wird die Beulenpest durch den Biss verschiedener Insekten, die gewöhnlich als Parasiten auf Nagetieren leben und sich einen neuen Wirt suchen, wenn der bisherige stirbt. Das wichtigste dieser Insekten ist der Rattenfloh, der als Parasit Wanderratten befällt.

Bei der Lungenpest ist die Lunge der wichtigste Infektionsherd; hier erfolgt die Ansteckung häufig durch Tröpfcheninfektion von einer bereits infizierten Person. Von der Lunge aus kann sich die Infektion auf andere Körperteile ausbreiten, so dass es zur Pestsepsis kommt, einer Infektion des Blutes.

Die Pestsepsis kann auch unmittelbar entstehen, wenn verunreinigte Hände, Lebensmittel oder Gegenstände mit der Mund- oder Rachenschleimhaut in Berührung kommen.

Die Beulenpest verläuft ohne Behandlung in 30 -75% der Fälle tödlich. Für die Lungenpest liegt die Sterblichkeit bei 95 %, und wer an der Pestsepsis erkrankt, stirbt fast immer.

Die verheerendste, größte Pestepidemie suchte von 1347 bis 1352 ganz Europa heim. Da die Erkrankten kurz vor ihrem Tod eine dunkelrote Färbung annehmen – als Folge des Versagens der Atmung -, bezeichnete man diese Epidemie im Nachhinein als der „Schwarze Tod." Er forderte schätzungsweise 25 Millionen Todesopfer, d.h. etwa ein Drittel der Bevölkerung Europas, entvölkerte ganze Ortschaften und Landstriche und hatte tief greifende Auswirkungen auf das Weltbild der mittelalterlichen Menschen und auf das Wirtschaftsleben. Kleinere Epidemien brachen immer wieder aus, so 1497 in Florenz. Die letzte große Epidemie Europas trat 1665/1666 in London auf. 1994 fielen der Pest in Indien 58 Menschen zum Opfer.

„Die Pest ist in der Stadt!"

In Windeseile wusste ganz Florenz, dass der schwarze Tod Einzug gehalten hatte. Die Glocken der Stadt läuteten Sturm. Immer neue Glocken stimmten in das Geläut ein. Die verängstigten Leute verkrochen sich in ihre vor der tödlichen Krankheit sicher geglaubten Häuser.

Die reichen Kaufleute packten in aller Hast die nötigsten Sachen in Truhen, sattelten ihre Pferde, ließen die Pferdefuhrwerke folgen und entkamen auf ihre Landsitze. Ihren Bediensteten befahlen sie, soweit sie nicht dringend auf dem Landsitz gebraucht wurden, die Stadthäuser zu bewachen. Sie hatten schon früher schlechte Erfahrungen mit gewissenlosen Plünderern gemacht.

Die vielen Fremden, die hauptsächlich wegen Savonarolas aufrüttelnden Predigten in der Stadt waren, folgten dem Beispiel der Reichen und hatten innerhalb weniger Stunden Florenz verlassen.

Auslöser der Schreckensmeldung war ein Vorfall in der Gasse der Krämer in einer Bäckerei gewesen.

Ein Bäckergeselle war am Morgen wegen Kopfschmerzen im Bett in seiner Kammer geblieben. Die Kopfschmerzen wurden immer unerträglicher. Gleichzeitig fühlte er Schüttelfrost wie bei einer starken Erkältung. Der erzürnte Bäcker schickte seine Frau zu der Kammer, um den Faulpelz, der anscheinend verschlafen hatte, zu wecken.

Als die Frau des Bäckers die Kammer betrat, hatte der Geselle bereits hohes Fieber. Sein Kopf glühte. Der Boden der Kammer war voll von Erbrochenem. Es stank bestialisch.

Auf Vorhaltungen der Meisterin reagierte er nur mit einem unverständlichen Lallen. Voller Abscheu ließ sie den völlig verschmutzen Boden von einer Magd reinigen. Sie selbst holte trotz ihres Ekels kaltes Wasser und einen Lappen, um seine heiße Stirn mit frischen Umschlägen zu kühlen. Wie im Delirium schlug er plötzlich die Decke des Bettes zurück. Er hob sein Unterkleid an.

Die Meisterin, entsetzt über sein Tun, wollte seine Blöße sofort wieder bedecken, aber der Geselle zeigte mit der linken Hand auf eine Stelle in seiner Leiste.

In der Leistenbeuge hatte er eine hühnereigroße, rote Beule.

Wenige Stunden später klagte auch die Magd, die den Boden mit dem Erbrochenen aufgewischt hatte, über Fieber und Mattigkeit und innerhalb nur einer Stunde verfärbte sich die Haut der Magd am ganzen Körper dunkelrot.

Ein schnell herbeigerufener Bader erkannte sofort, dass wieder einmal die Pest ausgebrochen war. Er verschwand aber unter einem Vorwand unverzüglich, ohne Alarm zu schlagen und verließ eilig Florenz.

Am gleichen Nachmittag starb die unglückselige Magd am schwarzen Tod.

Einen Tag später wurde der Bader nur wenige Meilen von Florenz entfernt in einem lichten Waldstück neben einem Bach tot aufgefunden. Seine Haut war dunkelrot gefärbt. Er war ebenfalls an der Pest gestorben Zuvor hatte er noch versucht, seine Kleider auszuwaschen.

Der aufgrund des plötzlichen Todes der Magd herbeigerufene alte Priester erkannte die Pestsymptome augenblicklich und schlug Alarm. Das gesamte Haus wurde umgehend unter Quarantäne gestellt, die Pestglocken läuteten.

Der Haushalt des Bäckers, der Priester und alle, die inzwischen mit den Erkrankten in Berührung gekommen waren, wurden isoliert.

Florenz erinnerte sich der großen Pestepidemie. Damals waren in der Stadt von einhunderttausend Menschen siebzigtausend gestorben. Ein Agniolo di Tura hatte das Grässliche der Pest in einer Chronik festgehalten:

„Weder Verwandte noch Freunde noch Priester noch Mönche gaben den Toden das Grabgeleit, noch wurde das Totenamt gelesen. An vielen Stätten der Stadt wurden Gräben ausgehoben, sehr breit und tief und darein wurden die Leichen geworfen und mit ein wenig Erde zugedeckt; und auf diese Weise eine Schicht nach der anderen, bis der Graben gefüllt war. Dann wird ein neuer Graben begonnen. Und ich begrub mit meinen eigenen Händen fünf meiner Kinder in einem einzigen Graben; und manch anderen erging es ähnlich. Und viele Leichen waren so schlecht zugedeckt, dass die Hunde sie ausgruben und verzehrten und ihre Glieder durch die Stadt verstreut wur-

den. *Und keine Glocken läuteten, und niemand weinte, wie viel er auch ver-loren hatte, denn fast jedermann erwartete den Tod. Und die Leute sprachen und glaubten ,Dies ist das Ende der Welt'.*"

Doch dieses Mal wurde es weniger schlimm.

Da sich durch die Hungersnot, die zur Zeit die Stadt heimsuchte, nur wenige Brot leisten konnten, war es durch die Befragung des Bä-ckers möglich, fast alle Personen, die diese Bäckerei betreten hatten, ausfindig zu machen. Es waren hauptsächlich Haushalte in der nähe-ren Umgebung der Bäckerei. Diese wurden schnellstmöglich vom Kontakt mit anderen Personen abgeriegelt.

Zwei Tage, nachdem der Bäckergeselle erkrankt war, fing die Meisterin an zu husten. Schleimiger, mit dunklem Blut durchsetzter Auswurf versetzte sie in Todesangst. Als dieser Auswurf einen Tag später dünnflüssiger und das mit dem Schleim austretende Blut im-mer heller wurde, schöpfte sie noch einmal Hoffnung. Doch wiede-rum einen Tag später färbte sich ihre Haut so dunkelrot wie die ihrer Magd zuvor. Stunden später war sie tot.

Der Bäckergeselle, um den sich nur der ebenfalls in diesem Haus isolierte Priester kümmerte, bemerkte am gleichen Tag, wie sein Fie-ber zurückging und seine Fieberphantasien endeten. Die Rinnsale an schwarzem Blut, das aus den Beulen in der Leiste und inzwischen auch aus einer Geschwulst am Hals ausgetreten war, versiegten und die vom Fieber aufgeplatzten Lippen heilten. Sieben Tage später hatte er die meist tödliche Erkrankung überwunden.

Der Priester hatte sich aufopfernd um den Kranken gekümmert. Tag und Nacht hatte er an dessen Bett gewacht, ihm die Lippen mit Wasser benetzt, die Stirn immer wieder getrocknet und ihn mit fri-schen Unterkleidern versorgt. Die getragenen Kleider hatte er alle im Hof verbrannt. Mit Essen waren beide nur spärlich versorgt worden. Die Bewohner des Hauses hatten Todesangst, wenn sie sich den bei-den nähern mussten. So war es für ihn ein Glück gewesen, dass der Kranke fast nichts aß. Denn um Essen gebettelt hätte er bei seiner schweren Pflege nie.

Er erkrankte nicht.

Allerdings wurde er ein Opfer der Pest, als er sich in den folgenden Wochen um andere Pestkranke kümmerte.

Die Bürger von Florenz wurden kurz nach Ausbruch der Epidemie angewiesen, in ihren Häusern zu bleiben. Tote sollten direkt vor den Häusern auf die Straße gelegt werden. Stadtsoldaten wurden eingeteilt, um mit den Pestkarren die Toten von der Straße aufzulesen und zum Friedhof zu fahren. Dort wurden sie in schnell ausgehobene Gruben geworfen.

Die Bevölkerung stellte Kerzen an die Fenster der Wohnungen. So wusste man, dass noch Leute in den Häusern lebten, solange die Kerzen brannten. Wo die Kerzen erloschen waren, drangen die Soldaten in die Häuser ein und brachten die Toten zum Friedhof.

Gottesdienste in der Kirche wurden von den Arrabiarsi wegen der Ansteckungsgefahr verboten. Den Dominikanern um Savonarola wie auch den Franziskanern der Stadt und ebenso den anderen Orden, die ihre Klöster in der Stadt hatten, wurde jedoch erlaubt, die Pestkranken zu besuchen, sie zu pflegen und den Hinterbliebenen Trost zu spenden.

Einige der Florentiner, die die verpestete Stadt zu spät verlassen hatten und der Gefahr in anderen Städten entgehen wollten, kamen wieder zurück, weil diese Städte ihre Tore wegen der Pestgefahr geschlossen hatten.

Insgesamt aber waren wegen der besonderen Umstände der Hungersnot und der damit verbundenen geringen Besuche in dieser Bäckerei nur eine geringe Zahl an Menschen gestorben.

Die Todesfälle hörten nach wenigen Wochen auf. Die Soldaten fuhren mit ihren Pestkarren umsonst durch die Straßen Die große Katastrophe war an Florenz vorübergegangen. Doch der Hunger war geblieben und mit ihm die Unzufriedenheit der Bevölkerung.

Deshalb hielten die Arrabiarsi ihr Predigtverbot in den Kirchen für die nächste Zeit aufrecht. Es war eine günstige Gelegenheit, die Ruhe in der Stadt wieder so weit wie möglich herzustellen. Savonarola konnte durch seine aufrührerischen Predigten keine Menschen mehr aufwiegeln.

„Ehrwürdiger Prior, im Gästehaus des Klosters erwartet Euch ein Abgesandter des Papstes"

Demütig neigte der Novize den Kopf vor Savonarola, der gerade von einem Krankenbesuch ins Kloster zurückgekehrt war.

Savonarola gab dem Novizen durch ein Nicken des Kopfes zu verstehen, dass er die Mitteilung verstanden hatte. Dennoch ging er zunächst zum Badehaus des Klosters und wusch sich gründlich. Danach betrat er die Kirche, in der er sich eine halbe Stunde aufhielt und betete. Erst danach betrat er das Gästehaus, wo ihn der Abgesandte ungeduldig erwartete.

„Gelobt sei Jesus Christus" begrüßte der Prior den Dominikaner, der mit undurchdringlicher Miene vor ihm stand.

„In Ewigkeit. Amen" antwortete dieser, aufmerksam sein Gegenüber betrachtend, von dem er schon so viel gehört hatte, dem er aber noch nie gegenübergestanden hatte.

„Ihr kennt den Inhalt der Botschaft?" fragte Savonarola, mit der linken Hand das Schreiben entgegennehmend, das durch das Siegel des Papstes verschlossen war.

Der Dominikaner nickte.

„Es ist ein Dekret des Papstes. Ihr seid seit dem 13. Mai exkommuniziert. Damit seid Ihr aus der Gemeinschaft der Kirche ausgeschlossen. Ihr kennt die Folgen, aber ich muss sie Euch nochmals bekanntgeben:

Eure Amtsbefugnis als Prior des Dominikanerklosters San Marco ist Euch hiermit entzogen. Gottesdienstliche Handlungen sind Euch ab sofort untersagt. Ihr dürft weder die Sakramente spenden noch empfangen. Ebenso wird Euch die gesellschaftliche Beziehung zu Euren Mitbrüdern wie auch zu anderen Christen verboten."

Der Gesandte warf einen prüfenden Blick auf Savonarola, der wie versteinert vor ihm stand. Das rote Siegel des Papstes auf dem Pergament war noch unversehrt. Der Prior machte keine Anstalten, das Dekret selbst zu lesen.

„Allerdings" fuhr der mit der undankbaren Aufgabe betraute Dominikaner fort „hat Papst Alexander gleichzeitig verkünden lassen, dass er den Kirchenbann sofort aufhebt, wenn Ihr seinem Befehl, nach Rom zu kommen, Folge leistet."

Er wartete einen Augenblick, dann fragte er: „Welche Antwort darf ich dem Heiligen Vater übermitteln?"

„Ich bitte um Bedenkzeit" krächzte der abgesetzte Prior mit heiserer Stimme.

Der Dominikaner sah ihn durchdringend an und nickte wissend mit dem Kopf. „Der Herr helfe Euch, den richtigen Entschluss zu fassen."

Er drehte sich um und ging. Am Türeingang drehte er sich noch einmal um.

„Ich werde jetzt den Rat der Stadt von dem Dekret unseres Papstes in Kenntnis setzen. Ihr sollt wissen, dass mir diese Aufgabe nicht leichtfällt."

Im Kapitelsaal erbrach der Prior nach dem Abendessen das päpstliche Siegel und las das Dekret Alexanders VI. vor.

„Wir werden den Kirchenbann nicht anerkennen" ergriff Fra Domenico das Wort.

Fast alle Mönche stimmten ihm zu.

„Ihr seid ein Heiliger" rief Bruder Silvestro. „Der Papst in seiner Verblendung hat das nicht erkannt!"

Zustimmung von allen Seiten brandete auf.

„Wir werden Euch mit dem Schwert verteidigen" versprach der junge Bruder Enrico und einige der jüngeren Fratres bestärkten ihren Mitbruder begeistert mit frenetischen Beifallsbezeugungen.

Nur der Prior stand, zusammengesunken und in tiefen Gedanken, regungslos inmitten seiner ihm ehemals anvertrauten Kongregation. Die Ergebenheitsbezeugungen schienen ihn nicht zu erreichen. Nichts war mehr übrig von seiner Opferbereitschaft während seiner Predigten in der Fastenzeit, als er Gott darum bat, sein Blut für ihn vergießen zu dürfen.

Er wusste, er brachte seine Ihm anvertraute Herde in einen Gewissenskonflikt. Er konnte nicht zulassen, dass sie ihren Gehorsam gegenüber der Mutter Kirche aufgaben. Diese Verantwortung für ihr Seelenheil konnte er nicht übernehmen. Aber er selbst konnte auch dem Weg dieser Mutter Kirche nicht mehr folgen. Nicht unter diesem Papst, der der Gestalt des Petrus so wenig entsprach. Nicht unter diesen Kardinälen, die hurten, schacherten und betrogen.

Doch was sollte aus seinen Brüdern werden, wenn er nicht mehr da war. Zu weit waren sie ihm auf seinem Weg gefolgt. Er war ihr Vorbild. Sie würden unter den Mantel dieser Kirche nicht mehr zurückfinden.

Aber er konnte sich auch nicht nach Rom begeben. Er hatte Angst. Der Papst würde ihn in der Engelsburg für sein restliches Leben inhaftieren. Was wäre dann erreicht? Wer würde dann seine Stimme erheben, um die Menschen auf den rechten Weg zu führen? Fragen über Fragen wirbelten in seinem Kopf, für die er keine Antwort hatte.

Wer würde den Bischöfen und Kardinälen ihre Verbrechen aufzeigen?

Wer würde sich gegen diesen Papst stellen, der das Böse verkörperte?

Wer würde die Menschen vor der ewigen Verdammnis erretten?

Hinter den dicken Mauern dieses Mausoleums, das Hadrian für sich hatte erstellen lassen, würde er vergessen werden. Es wäre alles umsonst gewesen. Er hätte umsonst gelebt.

Ohne seine Mitbrüder weiter zu beachten, verließ er den Kapitelsaal mit hängenden Schultern und begab sich in seine Zelle. Er kniete vor dem Kreuz an der Wand nieder und versank in tiefer Verzweiflung.

Petrus kam ihm in den Sinn. Auch der war verzweifelt gewesen, als die Häscher Jesus am Ölberg gefangen nahmen. Ebenso wie er hatte Petrus versucht, mit Gewalt das Blatt zu wenden. Einem der bewaffneten Schergen hatte der ein Ohr abgeschlagen. Doch Jesus hatte ihn dafür getadelt.

Doch er, Savonarola, war kein Mann des Schwertes. Er hatte es mit anderen Mitteln versucht. Er hatte die Verruchtheit aufgezeigt, die die Nachfolger dieses Petrus an den Tag legten. Er hatte die Sünde gegeißelt. Doch er war ebenso wie Petrus gescheitert.

Auch Petrus war verzweifelt gewesen. Er hatte Jesus nach dessen Verhaftung überall gesucht. Aber als sein Leben in Gefahr war, hatte er den Messias verleugnet. Wieder und wieder.

Er, der Prior, war genauso schwach. Er wollte nicht sterben. Nicht so sinnlos. Nicht im Kerker.

Als er auf der Kanzel gestanden und seine Predigt gehalten hatte, da wollte er sterben. Er wollte durch seinen Tod ein Zeichen setzen. Alle sollten ihn sterben sehen. Sie sollten sich an seinem heldenhaften Tod ein Beispiel nehmen. Sie sollten daraus die Kraft schöpfen wie die frühen Christen, die für den wahren Glauben ihr Leben ließen. Dieser Tod hätte etwas bewirkt. Er hätte allen gezeigt, was der Glauben vermochte. Er hätte die Hinkehr zu Gott gebracht.

Aber ein langsamer Tod in der Engelsburg würde gar nichts bewirken. Er selbst würde mit der Zeit vergessen werden. Ein unmerklich sich hinziehendes Sterben wäre umsonst. Nichts wäre gewonnen. Nur das Böse würde siegen und die Welt mit in den Abgrund reißen.

,Seid klug wie die Schlangen' hatte Jesus gesagt. Sich auszuliefern wäre nicht klug. Es wäre töricht. Denn der Antichrist hätte gesiegt.

Sein Entschluss stand fest. Er würde nicht nach Rom gehen. Er würde dem Befehl Alexanders nicht Folge leisten. Er würde Gott gehorchen. Seine Zeit würde noch kommen. Er war sich sicher, er könne den Antichrist besiegen und die Kirche retten. Vielleicht könne er die Mächtigen der Welt von der Notwendigkeit eines Konzils überzeugen. Dann würde er Alexander stürzen.

Zunächst aber musste er sich ruhig verhalten.

Bernhard erhielt einen Brief von Mutianus Rufus. Er war gerade dabei, seine Sachen zu packen und nach abgeschlossenem Studium wieder nach Maulbronn zu reisen. Vor acht Tagen hatte er seinen Magister in Bologna gemacht und er fühlte sich, als hätte er alles Wissen der Welt erworben.

Ungeduldig öffnete er den Umschlag, der den Brief seines Freundes enthielt. Die Anrede und den ersten Absatz des Briefes, der die üblichen Floskeln nach Gesundheit und guten Wünschen enthielt, las er zunächst gar nicht. Im zweiten Abschnitt kam Mutianus Rufus zum Wesentlichen.

'Du kannst Dir nicht vorstellen, was hier in Rom los ist. Die Florentiner sind hier ihres Lebens nicht mehr sicher. Savonarola hat jetzt seinen Verstand völlig verloren. Er wurde, wie Du weißt, durch den Papst exkommuniziert. Jetzt hat er diese Exkommunikation als ungültig und ungerecht bezeichnet. Das verstehe ich ja noch. Aber er hat jeden der Ketzerei bezichtigt, der an diesem Bann festhält. Also auch den Papst. Ich habe schon lange damit gerechnet, dass er so etwas auch mal öffentlich behauptet. Obwohl Du ja immer behauptet hast, er sei ein treuer Sohn der Kirche. Es ist unglaublich, was er sich geleistet hat.

Wörtlich hat er in seiner Predigt am 11. Februar gesagt:

"Wer also etwas gegen die christliche Liebe gebietet, die das A und O unseres Gesetzes ist, der sei von Gott exkommuniziert. Und wenn es auch ein Engel sagte, wenn es alle Heiligen und die Jungfrau Maria sagten, seien sie exkommuniziert. Wirklich, er sagte 'anathema sit'.

"Und wenn irgendein Papst dem, was ich hier sage, je widersprochen hat, so sei er exkommuniziert."

Dein treuer Sohn der Kirche hat den Papst exkommuniziert.

Und wenn Maria und alle Heiligen etwas gegen ihn gesagt hätten, was ja schlecht geht, hätte er die auch gleich mit exkommuniziert. Irgendwie muss der jetzt unzurechnungsfähig sein.

Obwohl er selbst exkommuniziert ist, hat er auf dem Platz vor San Marco öffentlich die Messe gelesen und dem Volk die heilige Kommunion erteilt. Dann hat er vor allem Volk gebetet:

"O Herr, wenn ich nicht aus der vollsten Überzeugung handle, wenn meine Worte nicht von Dir kommen, so schmettere mich nieder."

Jetzt ist dem Papst endgültig der Geduldsfaden gerissen. Er hat Florenz das Edikt angedroht, wenn sie den Dominikaner nicht zum Schweigen bringen. Die werfen jeden Florentiner in Rom ins Gefängnis, wenn Florenz auf das Ultimatum nicht eingeht. Weiterhin werden in Florenz alle kirchlichen Handlungen eingestellt. Es werden keine Messen mehr gelesen, keine Kinder getauft, keine Toten kirchlich beerdigt, keine letzte Ölung mehr gegeben. Selbst die kirchlichen Waisenhäuser und Spitäler werden geschlossen.

Halte Dich ja von Florenz fern. Ich befürchte einen Bürgerkrieg in dieser Stadt, wenn der Hohe Rat Savonarola nicht zum Schweigen bringt.

Grüße mir die Heimat, wenn Du wieder zurück bist. Ich werde in drei Wochen nachkommen. Ich habe eine Stelle als Chorherr in Gotha bekommen. Ich denke, dort werde ich zuerst einmal diese aufregende Zeit gegen ruhigere Gewässer eintauschen.

Dein Freund Conradus'

Bernhard starrte auf den Brief und überlegte. Dann schrieb er einen langen Brief an Nikolaus vom Büchen, den Abt des Klosters von Maulbronn, in dem er um Verzeihung bat, dass er seine Heimreise noch nicht antreten könne.

Kapitel 17

Magdeburg

Magdeburg wurde 805 als Medeburu erstmals urkundlich erwähnt. 936 wurde die zuvor zerstörte Stadt durch Otto den Großen erneuert. Er gründete 937 das Moritzkloster, aus dem sich später das Bistum Magdeburg entwickelte. Im 10. Jahrhundert erhielt der Ort Marktrecht. Von großer Bedeutung für das Stadtrecht in Europa war das Magdeburger Recht von 1188. Im 12. Jahrhundert versuchte sich Magdeburg – teils erfolgreich – von dem Einfluss der bischöflichen Stadtherren zu lösen. Magdeburg war Hansestadt. 1524 wurde die Reformation eingeführt.

„Ich habe mit Reinicke gesprochen" eröffnete Hans Luther seiner Frau einen neuen Entschluss, nachdem am Abend die Kinder im Bett waren.

„Er schickt seinen ältesten Sohn Johannes nach Magdeburg zur Lateinschule. Du kennst den ja. Er ist so alt wie Martin. Was meinst Du, sollen wir Martin nicht auch dorthin schicken? Vielleicht wird ja doch noch etwas aus ihm. Außerdem soll er ruhig mal auf eigenen Füßen stehen."

„Mich wundert nur, dass Du mich fragst. Du fragst mich doch sonst auch nicht. Aber wenn der Sohn des Bergvogts geht, fühlt er sich sicher nicht so allein. Doch" zögerte Margaretha „können wir uns das überhaupt leisten?"

„Er muss halt einen Teil zuverdienen. Andere müssen das auch" meinte Hans wegwerfend. „Aber niemand soll sagen können, dass der Sohn des Bergvogtes etwas lernen darf und der Sohn des Hüttenmeisters nicht."

Im Grunde war Martin froh, dass er von zu Hause weg kam. Vielleicht konnte er seine Eltern aus der Ferne besser lieben, als er es jetzt konnte, wo er immer Angst vor der Weidenrute hatte. Er hatte zwar etwas Furcht, allein in dieser fremden Stadt zu sein, aber Johannes, den er kannte, würde auch nach dem fernen Magdeburg mitkommen.

In der Magdeburger Schule unterrichteten die sogenannten Nullbrüder, eine Vereinigung von Geistlichen und Laienbrüdern, anderswo auch bekannt als Bruderschaft vom gemeinsamen Leben. Diese Vereinigung war von Mönchen des Augustinerordens ins Leben gerufen worden.

Hier nun empfand Martin ein etwas anderes Verständnis vom Reich Gottes, als er in seinem Heimatdorf erfahren hatte. Die Brüder hatten ein sehr viel umfassenderes Wissen als der Dorfpfarrer in Mansfeld, der die lateinische Sprache nur mäßig beherrscht hatte und deshalb nur leidlich bibelfest war. Da es bisher die Heilige Schrift nur in lateinischer Sprache gab, waren nur die Mönche, die sich auch auf Latein unterhielten, vollständig mit der Bibel vertraut.

Die Augustiner in Magdeburg lebten nach ihren Regeln streng nach dem Armutsgebot, sie gelobten Keuschheit und Gehorsam, ohne sich jedoch streng hinter Klostermauern zu halten. Ihr Auftrag war die Wissenschaft, die Ausbildung und die Mission. Die Klosterbrüder der Augustiner gaben auch ihren Schülern wieder, was ihnen der greise Vorsteher in ihrem Kloster immer wieder sagte.

„Die Kirche bedarf einer großen und starken Reformation; und ich sehe, dass sie nahe herangekommen ist."

Doch damit konnte Martin nichts anfangen. Von den Spannungen innerhalb der Kirche wusste er nichts.

Er wusste nichts von der Verderbtheit vieler Klöster. Er hatte noch nie von Johannes von Tritheim, gehört, der sieben Jahre vorher über diese Brüder vom gemeinsamen Leben, die allerdings in einem anderen Kloster als in Magdeburg beheimatet waren, gesagt hatte:

„Die drei Mönchsgelübde Armut, Keuschheit und Gehorsam werden von diesen Männern so wenig eingehalten, als hätten sie sie nie abgelegt ... Den ganzen Tag verbringen sie mit unflätigen Reden; ihre ganze Zeit füllen sie mit Würfelspiel und Völlerei ... Jeder hat seine eigene Wohnung und macht kein Hehl aus seinem persönlichen Besitz ... Weder fürchten Sie Gott, noch lieben sie ihn; sie haben keinen Gedanken an das Ewige Leben, sondern ziehen die Lust des Fleisches dem Heil ihrer Seele vor ... Sie verlachen das Gelübde der Armut, sie kennen nicht das Gelübde der Keuschheit, sie schmähen das Gelübde des Gehorsams ... Ihre Verderbtheit stinkt rund herum zum Himmel ..."

Johannes von Tritheim, der sich auch Trithemius nannte, war der wegen seiner umfassenden Klosterbibliothek berühmte Abt des Klosters von Sponheim. Wegen seines umfassenden Wissens stand er allerdings im Verdacht, dass er mit dem Teufel im Bunde stehe. Denn kein Mensch könne sich ohne die Hilfe des Teufels ein so universelles Wissen aneignen. So war die Vorstellung vieler seiner Zeitgenossen.

Martin wusste nichts von dessen Vorwürfen gegen diesen Orden, denn diese Ordensbrüder waren anders.

Er wusste auch nichts von den Lehren des Humanismus, die in den Ländern des Südens die Wiederentdeckung des klassischen Altertums feierte und auch die Kirche in Rom ergriffen hatte. Er wusste nichts von einer Bewegung, die sich der Verbreitung und Übersetzung alter heidnischer Schriften widmete. Er hatte noch nie von Platon und Aristoteles, von Ovid und Seneca gehört.

Er wusste nicht, dass viele der Kirchenfürsten ihren Blick von der Ewigkeit ab- und der Gegenwart zugewandt hatten. Dass sie die Erde nicht mehr nur noch als Jammertal erblickten, als Zeit der Prüfung für die Ewigkeit, sondern mehr als ein irdisches Paradies voller Schönheit, Überfluss und Daseinsfreude, in dem es ihnen nicht verwehrt sein könne, ihr Leben zugleich mit den Vorrechten ihres Amtes zu genießen.

Er kannte nicht den Hunger der Menschen nach Schönheit und Befreiung von der Angst vor Strafe.

Für Martin war die Angst das tägliche Brot. Er wollte leben wie ein Heiliger, damit er den Qualen der Hölle entfliehen konnte. Er wusste, es bedurfte übermenschlicher Anstrengungen, so zu werden, dass Gott zufrieden war.

„Ich habe einen Fürsten von Anhalt in der Kutte der Augustiner gesehen" erzählte er eines Tages seinem Freund Johannes mit glänzenden Augen, „der trug den Sack mit Brot, den er von mildtätigen Familien erbettelt hat, wie ein Esel auf dem Rücken. Aber der andere Bruder der Augustiner ging ohne Sack neben ihm her, damit er ihm nichts von seiner Heiligkeit wegnimmt."

Er schüttelte sich, als er daran dachte, wie der Fürst durch Verzicht und Hunger abgemagert war:

„Der Fürst aber sah aus wie ein Totengerippe. Nur Haut und Knochen."

Nach einer Weile des Erinnerns an diese Begegnung fügte er an.

„Wer den gesehen hat, der hat geschmatzt vor Andacht und sich geschämt, dass er nicht auch ein Mönch war."

„Du siehst auch bald so aus, wenn Du nicht bald etwas isst. Komm, nimm Dir einen Kanten von dem Brot dort. Und unten, im Milchhäuschen hinter dem Haus, ist auch noch etwas Wurst. Du hast heute sicher wieder nichts gegessen" ermahnte ihn Johannes.

„Mein Vater kann mir halt nicht so viel mitgeben. Wahrscheinlich muss er für das Hüttenwerk zu viel Pacht bezahlen. Außerdem möchte ich Dir nicht immer alles wegessen" wehrte Martin ab.

„Jetzt ziere Dich nicht so. Wenn Du aber unbedingt selbst für Dein Brot sorgen willst, morgen ist eine Beerdigung. Du hast doch eine gute Stimme. Da könntest Du doch zur ‚Leiche' singen."

Martin schloss sich daraufhin den Kurrendesängern an, die vor den Häusern der Wohlhabenden den ‚Brotreigen' sangen, die mit dem Ruf „Brot um Gotteswillen" von Haus zu Haus zogen und Brot erbettelten und die manchmal auch auf die Dörfer hinauszogen, auf Festen sangen und dafür mit Brot und Wurst belohnt wurden.

Das Bild des für seine Mitbrüder Brot bettelnden Fürsten ließ ihn nicht ruhen. Er hatte ein schlechtes Gewissen. Denn er aß sein Brot, das er erbettelte, selber.

Aber der Fürst aß nichts. Er sammelte es für seinen Orden. Der, der selbst wie ein Verhungernder aussah, gab das Erbettelte weiter. Doch das konnte er nicht. So heilig war er nicht. Diese Gewissensbisse quälten ihn.

Eines Morgens wachte er auf. In der Nacht hatte er einen seltsamen Traum gehabt.

Er hatte von einem Mädchen geträumt, das ihm am Tag zuvor mit einem scheuen Lächeln einen Laib Brot gegeben hatte, als er mit den anderen armen Schülern wieder einmal den Brotreigen gesungen hatte.

Er hatte sie im Traum genau gesehen, mit ihren blonden Zöpfen und dem scheuen Lächeln. Aber im Traum hatte sie ihn in den dunklen Hausflur gezogen und ihn auf den Mund geküsst. Er wusste nur noch, dass er sich danach wie im Himmel gefühlt hatte.

Nun war Martin Luther aufgewacht. Zwischen seinen Schenkeln hatte sich ein nasser, klebriger Fleck auf der Lagerstatt gebildet. Er war tödlich erschrocken. Sein Glied war noch angeschwollen und hatte diese Flüssigkeit abgesondert.

Er wusste, das Mädchen im Traum war ihm vom Teufel geschickt worden. Der Teufel hatte ihn versucht und er hatte dieses Gefühl genossen. Dabei hatte er doch geschlafen. Aber er hatte Wohlgefühl bei diesem

Traum erlebt. Er war nicht gut. Nie würde er heilig werden. Er war dem Satan verfallen.

Martin konnte nicht aufstehen und zum Unterricht gehen. Er fühlte sich krank. Als die Witwe, bei der er das Zimmer während der Schulzeit bewohnte, an der Stiege nach ihm rief, antwortete er, er sei krank und sie solle ihn in Ruhe lassen. Mit Wasser aus der Waschschüssel entfernte Martin die Flecken in dem Tuch auf dem Bett.

Am gleichen Abend grübelte der junge Luther noch immer darüber nach, dass er verloren sei. Beinahe automatisch glitt seine Hand unter sein Unterkleid. Er versuchte, an nichts mehr zu denken. Er hatte die Augen geschlossen. Er stöhnte auf, als sich sein Samen auf Bauch, Schenkel und sein Unterkleid ergoss. Martin ekelte sich vor sich selbst.

In den folgenden Tagen wurde er immer mehr krank. Er konnte nicht mehr zur Schule. Schreckensvisionen quälten ihn während seiner Fieberträume. Zunächst sah er nur seinen Vater und seine Mutter, die ihn mit der Weidenrute wegen seiner Selbstbefleckung auspeitschten. Dann sah er sich im Fegefeuer. Der Urteilsspruch Jesu hatte gelautet, er müsse für seine Sünde wegen der unendlichen Güte des Gottessohnes nur eine Stunde der Ewigkeit im Feuer schmoren. Er wusste, eine Stunde der Ewigkeit wäre unendlich lang. Der Vogel käme nur alle tausend Jahre, um den Schnabel zu wetzen. Wenn der Berg abgetragen wäre, sei erst eine Sekunde vergangen. Es wären dreitausendsechshundert Berge.

Martin weigerte sich, seinen Freund Johannes zu sehen. Als dieser am Nachmittag nach der Schule kam, um zu sehen, warum Martin nicht am Unterricht teilgenommen hatte, schickte der ihn weg. Johannes kam am nächsten Tag wieder, doch auch da wurde er von Martin weggeschickt.

Die Witwe holte einen Arzt, als er nach fünf Tagen das Bett immer noch nicht verlassen konnte. Der konnte jedoch keine körperlichen Krankheiten feststellen. Er nahm an, dass die Schwermut von seinem Geist Besitz ergriffen hatte.

Johannes, der sich trotz aller Zurückweisung sehr um ihn bemüht, ihn mit Essen und verdünntem Bier versorgt hatte, nahm ihn zu Beginn der Osterferien nach Hause zurück.

Dort ging es ihm bald wieder besser. In der gewohnten Umgebung vergaß er seine Angst vor der ewigen Verdammnis. Nur die Angst vor dem Vater blieb. Doch die war leicht zu ertragen im Vergleich zu den Qualen, die er aus Angst vor dem Höllenfeuer ausgestanden hatte.

Bald schickte Hans Luther seinen verweichlichten Sohn jedoch nach Eisenach, damit er endlich seine Schule zu Ende bringen und dann studieren könne. Ein Rechtsgelehrter in der Familie, das war es, was dem alten Luther vorschwebte.

In Eisenach lebten Verwandte der Margaretha Luther, der Mutter von Martin.

„Du hast da doch Vettern und Basen, die sich des Jungen annehmen können" erinnerte Hans seine Frau.

„Vor allem der Küster der Nikolai – Kirche, der kann ihn sicher aufnehmen. Wozu ist der in einer Kirche beschäftigt, die immer von Erbarmen predigt. Jetzt kann er sich seines Großneffen mal erbarmen".

Doch die Hoffnung trog. Die Verwandten konnten nicht noch ein hungriges Maul mehr durchfüttern. Martin musste sich wieder als singender Schüler durchschlagen.

Eines Tages sang er gemeinsam mit acht anderen armen Schülern vor dem Haus einer Kaufmannsfamilie. Eine vornehm gekleidete, schon etwas füllige Frau, die jedoch den Schmelz ihrer Jugend bereits verloren hatte, ein reich gewandeter Kaufmann mit seiner etwas blass aussehenden Ehefrau und zwei Kindern, vielleicht zwei und drei Jahre jünger als er selbst, hatten sich vor die Tür begeben, um dem Gesang zuzuhören. Auch einige Passanten waren stehengeblieben, um der Melodie zu lauschen.

Der Kaufmann und diese etwas ältere Frau kamen zu den Schülern, um den Burschen ein geringes Almosen zu geben. Es war nicht klar ersichtlich, warum die Frau Martin ansprach. Er hatte sich nicht in den Vordergrund gedrängt, fiel weder durch ein besonderes Äußeres noch durch ein spezielles Gehabe auf. Vielleicht hatte seine Stimme die der anderen Sänger etwas übertroffen, vielleicht war es der flehentliche Blick, mit dem er die vornehmen Leute bedacht hatte, vielleicht war es auch nur ein ganz gewöhnlicher Zufall. Später einmal hatte sie behauptet, es sei ‚um seines Singens und herzlichen Gebetes willen' gewesen.

„Wie heißt Du, Junge" fragte sie ihn, nachdem sie jedem der Kinder einen kleinen Geldbetrag gegeben hatte.

„Martin Luther."

„Und woher kommst Du?"

„Aus Mansfeld."

„Mansfeld? Wo liegt denn das?"

„Es ist ein kleiner Bergwerksort nordöstlich von hier. Zwei Tagesreisen mit der Kutsche."

„Und wo wohnst Du hier?"

„Noch bei meinem Großonkel Konrad Hutter, dem Küster von St. Nikolai. Aber der hat gesagt, ich solle mir eine andere Bleibe suchen, da er selbst kaum etwas zum Beißen habe. Deshalb singe ich hier."

„Bleibe mal kurz hier. Ich glaube, ich kann Dir helfen."

Sie ging zu dem Mann, der Frau und den beiden Kindern zurück, die am Hauseingang auf sie warteten und sprach kurz mit ihnen. Danach kam sie wieder zu Martin zurück.

„Du kannst in meinem Hause schlafen" sagte sie „und Dein Essen kannst Du Dir verdienen, wenn Du den beiden Kindern meines Bruders Nachhilfe gibst. Besonders den Jungen musst Du beaufsichtigen, denn mit den Schulaufgaben nimmt er es nicht so genau."

Martin konnte sein Glück kaum fassen, als sie ihm seine Kammer zeigte. Ein eigenes Zimmer. Jeden Tag im Hause des Kaufmanns Schwalbe genügend zu essen. Kein elendes, tägliches Betteln um Brot mehr.

Martin blühte in den folgenden Monaten richtig auf. Aus dem stillen, verschlossenen Jungen, der immer von Angstvorstellungen geplagt wurde, wurde ein aufgeschlossener junger Bursche, der allmählich die Schläge in seinem Elternhaus vergaß.

Stattdessen drückte ihn die nicht mehr ganz jugendliche Witwe Ursula Cotta an ihre weiche Brust, wenn er von der Schule nach Hause kam. Abends, wenn der junge Schwalbe, der Sohn ihres Bruders, seine Hausaufgaben unter Aufsicht beendet und auch Martin seine eigenen Schulaufgaben gemacht hatte, rief sie diesen immer zu sich in den Salon. Sie lehrte ihn das Spiel auf der Flöte.

In der Schule herrschte nicht die eiserne Zucht wie in Mansfeld, die Martin an einem einzigen Vormittag fünfzehnmal Schläge eingebracht hatte. Wenn der Rektor Trebonius die Klasse betrat, pflegte er, nachdem er sein Käpplein abgenommen hatte, zu sagen „Es sitzet unter diesen jungen Schülern mancher, aus dem Gott einen ehrenhaften Bürgermeister oder Kanzler oder hochgelehrten Doktor oder Regenten machen kann."

Dann erst begann er seinen Lateinunterricht. Die Schüler lachten oft heimlich über den täglichen Spruch des Rektors der St. Georg Schule.

Aber es gab einen zweiten Spruch im Leben des jungen Martin Luther, der ihm nach einer gewissen Zeit fast täglich vor Augen gehalten wurde.

Immer öfter, wenn er nach dem Abendessen bei Schwalbes zurück zu Frau Cotta kam und sie ihn im Spiel auf der Flöte unterrichtete, sagte sie, ihn an sich drückend: „Es ist kein lieber Ding auf Erden als Frauenlieb, wem sie mag werden."

Zunächst dachte Martin sich nichts dabei. Für ihn war dies gleichbedeutend mit Mutterliebe.

Aber eines schönen Tages rief sie ihn, als er schon im Bett war, noch einmal. Sie war bereits in ihrem Schlafgemach, das er noch nie gesehen hatte.

„Komm herein!"

Schüchtern trat er ein. Sie lag im Bett. Nur das Unterkleid hatte sie noch an, um ihn nicht völlig zu verschrecken.

Sie schlug die Bettdecke etwas zurück.

„Komm und wärme mich" befahl sie, als ob dies die natürlichste Sache der Welt wäre.

Und Martin gehorchte.

In dieser Nacht führte sie ihn ein in das lustvolle Mysterium der Leidenschaft, sie erregte und befriedigte ihn und Martin sie. Martin war ein gelehriger Schüler.

Vergessen waren seine Ängste vor den Qualen der Hölle und der Weidenrute seines Vaters.

Begraben war sein vergebliches Bemühen, so heilig zu werden wie dieser Fürst von Anhalt, der wegen seines Seelenheiles gehungert und gedürstet hatte.

Entschwunden war sein kindlicher Entschluss, als furchtloser Ritter die ungläubigen Sarazenen aus dem heiligen Land zu vertreiben.

Als am nächsten Tag seine Ängste vor den Höllenqualen einsetzten, die er mit seiner unseligen Tat erleiden würde, lächelte Ursula von Cotta.

Aus der kleinen Bibliothek, die sie gemeinsam mit ihrem Bruder besaß, holte sie die herrliche Abschrift einer Bibel, die Brüder eines Klosters in Echternach irgendwann erstellt hatten.

„Ich möchte Dir etwas vorlesen, das in der Bibel steht. Es ist aus dem Alten Testament. Von Salomon, dem weisen König der Juden Es ist das Lied der Lieder. Er beschreibt die Liebe. So voller Poesie, so ohne Zweifel an deren Richtigkeit. Er beschreibt das Zusammensein eines Mannes mit einer Frau.“

Und Ursula von Cotta las dem andächtig lauschenden Martin vor:
„Die Braut:
Ich bin zwar dunkel, aber lieblich, / ihr Töchter Jerusalems.
Wie die Zelte Kedars, / wie die Zeltdecken Salmas.
Schaut nicht auf mich herab, weil ich dunkel bin; / denn die Sonne hat mich verbrannt!
Meiner Mütter Söhne grollten mir; / sie machten mich zur Weinberghüterin.
Da hab' ich meinen eignen Weinberg nicht hüten können.
Den meine Seele liebt, du sage mir, wo du weidest, / wo du (mit der Herde) lagerst zur Mittagszeit.
Warum soll ich eine sein, die herumirrt / bei den Herden deiner Genossen?
Der Chor:
Wenn Du selbst es nicht weißt, du Schönste der Frauen, / so ziehe nur den Spuren der Schafe nach, / und weide deine Zicklein / bei den Plätzen der Hirten!
Der Bräutigam:
Meiner Stute an den pharaonischen Wagen / vergleiche ich dich, meine Freundin.

Schön sind deine Backen in den Schmuckgehängen, / dein Hals mit der Korallenkette!

Wir wollen Kettchen von Gold für dich machen, / mit kleinen Kugeln von Silber!

Zwiegespräch der Geliebten:

Solange der König weilt bei seiner Tafelrunde / verströmt meine Narde ihren Duft.

Mir ist mein Geliebter ein Myrrhenbeutel, wird zwischen meinen Brüsten ruhen.

Mein Geliebter ist mir ein Zyperblütenstand / in den Weingärten von Engedi.

Ja, du bist schön, meine Freundin, / ja, du bist schön! / Deine Augen sind Tauben (gleich)!

Ja, du bist schön, mein Geliebter, / wirklich reizend!

Und unser Lager ist frisches Grün; / das Gebälk unseres Hauses ist (von) Zedern, / unsere Wände sind (von) Zypressen.

Ich bin die Narzisse von Saron, / die Lilie der Täler!

Wie die Lilie unter den Disteln, / so (ist) meine Freundin unter den Mädchen!

Wie unter den Waldesbäumen der Apfelbaum, / so (ist) mein Geliebter unter den Burschen!

In seinem Schatten, so heiß begehrt, will ich sitzen, / und süß schmeckt seine Frucht meinem Gaumen.

Er führt mich ins Haus des Weines; / sein Banner über mir ist die Liebe.

Helft mir auf mit Traubenkuchen, / erfrischt mich mit Äpfeln, / denn ich bin krank von Liebe!

Seine Linke (fasst) unter mein Haupt, / seine Rechte umfängt mich.

Ich beschwöre euch, Jerusalems Töchter, / bei den Gazellen oder den Hindinnen der Flur;

Stört doch die Liebe nicht, und weckt sie nicht auf, / bis es ihr (selbst) gefällt!"

Martin hatte ihr atemlos zugehört, wie sie den lateinischen Text vorlas. Er hätte nie geglaubt, dass auch so etwas in der Bibel stehen konnte.

„Siehst Du, Martin, so schön beschreibt die Bibel die Liebe zwischen zwei Menschen. Nicht bedroht von Höllenpein und der Bestrafung des

Verbotenen. Denn Gott hat die Liebe erschaffen. Er hat gewollt, dass sich zu lieben den Menschen gefällt. Es ist nicht nur der Zeugungsakt, der Erfüllung bringen kann. Auch wenn die Kirche das anders lehrt. Aber ich werde den Verdacht nicht los, dass sie es nur so lehrt, weil diese Freuden ihren Priestern eigentlich verwehrt sind. Doch kaum ein Priester hält sich daran. Und sicher wollen diese sündigen Priester nicht jedes Mal ein Kind zeugen, wenn sie zu einer Frau gehen. Darum höre auf, Dich zu fürchten. Zudem ist die körperliche Liebe zwischen zwei Menschen, die nicht miteinander verheiratet sind, nur eine lässliche Sünde, keine Todsünde. *(In der Tat wurde durch die Kirche der außereheliche Verkehr erst mit der Verbreitung der Syphilis zur Todsünde erklärt).*"

Martin hing an ihren Lippen. Das war es, was ihm gefehlt hatte. Die Bestätigung, dass er nicht verdammt war. Dass seine Seele nicht im ewigen Feuer der Hölle brennen musste. Dass er zu seiner Natur stehen konnte, die ihn mit seinen Begierden und Sehnsüchten quälte. Er wollte nur noch bei Ursula Cotta bleiben, die ihn von seinen Ängsten befreit hatte.

Dennoch war die erzwungene Heimlichkeit der schon unausbleibliche Grund für das Ende seiner Schwärmerei für die ältere Geliebte.

Als er nach weiteren drei Jahren der heimlichen und verbotenen Beziehung sein Studium der Philosophie und Rechtswissenschaften in Erfurt begann, fühlte er sich erleichtert und, so seltsam das klingt, auch von einer drückenden Last befreit.

Das christliche Glaubenssystem hatte er weitgehend vergessen, Schuldgefühle verdrängt. Erfurt war nach seiner Meinung ein ‚Hurenhaus und ein Bierhaus'. Und mitten darin die Studenten. Statt des Kreuzes trug er einen Degen, statt des Gebetes beschäftigte er sich in froher Runde mit seiner Laute, einem weiteren Instrument, dessen Gebrauch ihn die muntere Witwe Cotta ebenfalls gelehrt hatte. Auch diese Witwe war nur noch eine erfreuliche Erinnerung.

Kapitel 18

Giovannis Tod

Cesare Borgia, *(1475-1507), italienischer Renaissancefürst, unehelicher Sohn von Rodrigo Borgia, dem späteren Papst Alexander VI. Kurz nachdem sein Vater zum Papst gewählt worden war, wurde Cesare Borgia – kaum 18 Jahre alt –zum Erzbischof von Valencia und 1493 zum Kardinal ernannt. Wegen seines ausschweifenden Lebenswandels und seines Jähzorns geriet er bald in Verruf. Wie viele seiner Zeitgenossen war Cesare Borgia gegenüber seinen politischen Gegnern skrupellos, heimtückisch und grausam. Cesare Borgia, der machtbewusste Renaissancefürst, war der Prototyp des idealen Fürsten, wie ihn Niccolò Machiavelli beispielhaft in seinem Werk Il Principe (1513) dargestellt hat.*

„Ich kann das nicht glauben!" Giovanni Sforzas Gesicht war vor Wut gerötet.

„Meine Frau nimmt an einem Gelage teil, bei dem sich nackte Kurtisanen auf dem Boden um Kastanien balgen. Und die anwesenden Männer, darunter selbst Kardinäle, ergreifen die günstige Gelegenheit, diese Kurtisanen dabei zu begatten. Und Ihr schaut an der Seite des Papstes seelenruhig zu und ergötzt Euch dabei. Habt Ihr überhaupt kein Schamgefühl mehr?"

„Giovanni, kein Wort davon ist wahr" Lucrezia richtete sich aus ihrer halb liegenden Stellung in ihrem Bett auf.

Sie hatte keine Angst vor ihrem Ehemann, von dem gesagt wurde, dass er durch die Misshandlungen seiner ersten Frau deren Tod mitverschuldet hatte. Mit einem kurzen Wink mit der linken Hand scheuchte sie ihre Zofe, die ihr das morgendliche Frühstück mit Früchten, warmen Brotfladen, Butter und Milch ans Bett gebracht hatte, aus dem Zimmer. Sie wusste, jetzt folgte wieder eine der hässlichen Szenen, die ihre Ehe vergifteten. Dann wandte sie sich wieder ihrem wütenden Mann zu, der, den Degen an der Seite, kurz zuvor unangemeldet ihr Gemach betreten hatte.

„Wie kommt Ihr nur auf solche abscheulichen Ideen" schüttelte sie verständnislos den Kopf.

„Ganz Rom spricht davon" schrie Giovanni aufgebracht. „Und ich muss mir das hämische Grinsen der Edelleute ansehen, sobald sie mich nur erblicken."

„Das sind doch alles nur bösartige Verleumdungen".

Sie sprach ruhig und sachlich; fast wie zu einem Kind, obwohl sie erst siebzehn, ihr Gemahl jedoch dreißig Jahre alt war. Mit unschuldigem Blick sah sie ihn lächelnd an.

„Giovanni. Es war ein ganz gewöhnliches Bankett im Haus meines Vaters. Es war nicht einmal besonders üppig. Ihr kennt meinen Vater ja."

„Ja, ich kenne ihn. Er ist lüstern und lässt keine Gelegenheit aus …"

Lucrezia unterbrach ihn sofort, denn wenn über ihren geliebten Vater schlecht gesprochen wurde, konnte sie unerhört ausfallend werden. Obwohl sie sonst der Liebreiz in Person war

„Im Gegensatz zu Euch ist er eben ein Mann!" schrie sie unbeherrscht in plötzlich aufkeimendem Zorn.

Ihre Wangen glühten schlagartig, ihre Augen funkelten bösartig. Die Schlagader an ihrem Hals trat sichtbar hervor. Über ihren Vater ließ sie nichts kommen.

Giovanni starrte sie nur unversöhnlich an. Kein Wort kam mehr über seine Lippen. Aber sein Gesicht, wegen seiner Wut schon rot gefärbt, verzerrte sich in rasendem Zorn. Denn Lucrezia hatte seine schwache Stelle getroffen. Mehr noch. Sie hatte brutal eine Wunde aufgerissen, die nie verheilen wollte. Sie hatte ihn, ihren angetrauten Mann, lächerlich gemacht und entehrt. Sein Jähzorn drohte ihn, wie so oft bei seiner ersten Frau, zu übermannen.

Instinktiv griff er nach seinem Degen. Doch mitten in der Bewegung besann er sich. Sein Verstand setzte wieder ein. Ihr Tod würde sein Gebrechen nicht heilen. Der würde nur zu seinem eigenen Untergang führen. Das war es nicht wert. Denn sein Versagen lag ja nicht an ihm, sondern nur daran, dass er allein bei ihr seine Männlichkeit nicht beweisen konnte. Weil er immer, wenn sie zusammenlagen, daran denken musste, was er schon vor der Hochzeit von wohlmeinenden Freunden gehört hatte. Dass er nicht der Erste bei ihr sei. Ihr Vater und ihre Brüder hätten sie schon besessen. Er würde schon in der Hochzeitsnacht bemerken, dass er es mit einer erfahrenen Geliebten zu tun haben würde.

Die Gedanken von damals, nach der Hochzeit, drängten wieder in sein Gedächtnis. Er hatte neben ihr gelegen, von panischer Angst erfüllt, dass seine Freunde die Wahrheit gesagt haben könnten. Er war nicht in der Lage gewesen, sie zu berühren. Diese Angst hatte er nie verloren.

Nun sah er plötzlich eine Fremde vor sich im Bett. Dies war nicht mehr das Mädchen, das ein Gesandter voller Entzücken so beschrieben hatten:

,Sie ist von mittlerer Größe und anmutiger Gestalt, ihr Gesicht ist eher lang, die Nase schön geschnitten, das Haar golden, die Augen sind schwarz; ihr Mund ist ziemlich groß, die Zähne sind strahlend weiß, ihr Hals ist schlank und schön, ihr Busen bewunderungswürdig geformt. Immer ist sie fröhlich und lächelt.'

Diese Frau, die nun im Bett vor ihm lag, hatte ein vor Wut entstelltes Gesicht, böse funkelnde Augen, vor Anstrengung vorstehende Adern, eine laute, anklagende Stimme. Jegliche Fröhlichkeit, jedes Lächeln war einem vernichtenden, jede Traulichkeit zerstörenden Zorn gewichen.

Er war müde. Resignierend verließ er ihr Zimmer und traf Vorbereitungen, wieder nach Pesaro zurückzukehren, um das er sich seit vier Jahren nur wenig gekümmert hatte. Denn kurz nach der Hochzeit, als Lucrezia sich in Pesaro so unwohl gefühlt hatte, dass sie wieder nach Rom zurückgekehrt war, war er ihr gefolgt und in den vier Jahren ihrer Ehe in Rom geblieben.

Es war Ostersonntag 1497, als er unter dem Klang der Glocken Roms, die an diesem Tag die frohe Botschaft der Auferstehung des Herrn einläuteten, die Kutsche bestieg. Er ließ seine Frau Lucrezia verbittert zurück.

Am 14. Juni erhielt er ein Schreiben des Papstes. Er erbrach das Siegel und überflog den Brief. Alexander verlangte, dass Giovanni sich von dessen Tochter scheiden lasse, da er sexuell impotent sei. Nun hatte Lucrezia seine Schande auch noch öffentlich gemacht. Wütend zerriss er den Brief. Er betrank sich sinnlos.

Das Gastmahl, das Vanozza de' Catanei am gleichen Tag für Freunde und ihre Kinder gegeben hatte, war zu Ende.

Lucrezia war der Einladung ihrer Mutter nicht gefolgt. Sie hatte sich voller Scham in ein Kloster zurückgezogen. Sie wollte nicht über die Impotenz ihres Mannes sprechen. Sie wollte auch den anzüglichen Bemerkungen ihrer Brüder entgehen. Cesare hatte ihr damals, zu Ostern, eine kurze Mitteilung zukommen lassen, er fände es äußerst amüsant, dass sich ihr impotenter Ehemann gerade am Tag der Auferstehung aus dem Staub gemacht habe.

„Mutter, ich möchte mich verabschieden. Das Essen war wie immer ausgezeichnet. Aber nun wird es Zeit, zu gehen" meinte der charmante Giovanni, der älteste Sohn der Vanozza de' Catanei.

Es war spät geworden in der Villa der ehemaligen Geliebten des

Papstes. Auch Cesare Borgia, der jüngere Bruder des Giovanni und andere Gäste wie Kardinal Monreale erhoben sich, um nach dem opulenten Mahl und den hervorragenden Weinen aus den Weinbergen dieses Weingutes bei San Pietro in Vincoli nordöstlich des Kolosseums die Kutschen zur Heimfahrt zu besteigen.

Giovanni und Cesare waren auf Maultieren statt in der Kutsche gekommen. Zwei Stallburschen der Borgia hielten diese am Zaumzeug fest, während die Brüder ihre Reittiere bestiegen und folgten dann zu Fuß.

Beim Palast des Vizekanzlers Ascanio Sforza, des früheren Beraters des Papstes, *(heute Palast Cesarini)* hielt Giovanni plötzlich sein Pferd an.

„Was ist los?" rief ihm sein jüngerer Bruder zu. „Kommst Du nicht zum Vatikan mit?"

Giovanni grinste seinen Bruder an. „Ich glaube, ich werde noch einer Dame meine Aufwartung machen."

„Kenne ich die Dame?" fragte der junge Kardinal Cesare.

„Natürlich. Aber frage mich nicht nach ihrem Namen."

Wieder lächelte der junge Lebemann seinen in die roten Gewänder des Kardinals gekleideten Bruder an.

Cesare schüttelte belustigt den Kopf.

„Verbrenne Dir nur nicht die Finger. Eines Tages bekommst Du noch ziemlichen Ärger mit einem Ehemann."

„Ich glaube nicht, dass es einen Ehemann gibt, der es mit meinem hochgeschätzten Bruder und meinem noch berühmteren Vater aufnehmen wird. Du würdest mich doch beschützen, oder?"

„Nicht vor einem Ehemann" konterte Cesare. „Das sind die Frauen nicht wert."

Er lachte und ritt, den Kopf schüttelnd, weiter.

Giovanni sah dem Bruder kurz nach, dann ritt er zum Platz der Juden zurück.

„Du wartest hier eine Stunde. Bin ich bis dahin nicht zurück, so kehrst Du zum päpstlichen Palast zurück" befahl er seinem Stallburschen.

Aus den Augenwinkeln sah er kurz danach lautlose Schatten aus einer Seitengasse auf sich zu stürmen. Es war zu spät. Nicht einmal den edelsteinbesetzten Dolch, ein wertvolles Geschenk seines Vaters, konnte er noch ziehen, als ihn der erste Stich ins Bein traf. Einer der Angreifer hielt das Maultier am Halfter fest, während zwei weitere auf den jungen Herzog einstachen. Ein dritter packte ihn an seinem Wams aus blauem Samt und zog ihn vom Pferd. Der nächste Dolchstoß traf seine Niere, einer der weiteren schließlich die Schlagader des Halses. Nur noch ein entsetztes Gurgeln kam aus seinem Mund. Hellrotes Blut spritzte aus der Arterie am Hals. Giovanni versuchte instinktiv, mit der Hand das Blut, mit dem sein Leben entwich, zurückzuhalten und die Wunde zu bedecken. Es gelang nicht Die Füße versagten ihren Dienst. Von seinen Mördern wurde er am Boden festgehalten, während durch die Wunde am Hals sein Leben verströmte.

Inzwischen war er von neun Dolchstichen getroffen worden.

„Drehe ihn auf den Bauch. Der durchschnittene Hals ekelt mich" sagte einer der Mörder im Licht einer Fackel.

„Wenn Du kein Blut sehen kannst, solltest Du Dir eine andere Arbeit suchen" lachte ein zweiter leise, versuchte aber, den toten Körper mit der Stiefelspitze zu drehen.

Als das nicht ging, nahm er die Hände zu Hilfe und rollte den Toten auf den Bauch.

Gedämpfter Hufschlag eines sich langsam nähernden Pferdes kündete von einem nahenden Zeugen der grausigen Tat. Die Mörder sahen aufmerksam auf, die Dolche gezogen.

Als sie den Reiter auf seinem weißen Pferd erkannten, banden sie dem Toten die Arme auf dem Rücken zusammen, um ihn leichter hochheben zu können. Dann wuchteten sie den Leichnam hinter dem Berittenen auf den Rücken des Pferdes. Das Pferd, durch den Geruch des Blutes nervös geworden, tänzelte aufgeregt. Der Reiter beruhigte sein Tier und befahl, dass die Vier ihm folgen sollten. Daraufhin ritt er gemächlichen Schrittes zur Ripetta (*Augustus-Mausoleum*).

Kein Mensch begegnete dem kleinen Zug auf dem unbefestigten

Weg. Die Mörder links und rechts hinter dem Pferd achteten darauf, dass der junge, tote Herzog nicht abrutschte.

Am Ufer des Tiber in der Nähe des Slawonier – Hospitals angekommen, zogen zwei der Meuchelmörder an den Beinen des Toten und ließen den Leichnam vom Rücken des Pferdes zu Boden gleiten. Daraufhin packten die Vier ihn an Armen und Beinen und warfen den blutverkrusteten, leblosen Körper des jungen Herzogs von Gandia in hohem Bogen in die Wasser des Tiber. Da der Tiber an dieser Stelle nicht sehr tief war, trieb der Mantel Giovannis jedoch im Mondlicht sichtbar an der Oberfläche im Wasser.

„Verdammt, ihr hättet ihm den Mantel vorher ausziehen sollen!" meinte der Reiter in einem Ton, der verriet, dass er das Befehlen gewohnt war.

„Nun werft Steine auf den Mantel. damit der Euch nicht verrät."

Nur zwei Augen sahen dem schrecklichen Schauspiel im Verborgenen zu.

Am nächsten Mittag, als Giovanni in seinem Stadtpalast immer noch nicht aufgetaucht war, sandte sein Sekretär einen Boten zu Vanozza, der Mutter des Herzogs. Diese reagierte schnell und informierte Papst Alexander über das Verschwinden des gemeinsamen Sohnes, das sich keiner erklären konnte.

Am Platz der Juden wurde hinter einem Verschlag ein Mann aufgefunden, der angefallen und schwer verletzt liegengelassen worden war. Sein Stöhnen hatte einen Passanten aufmerksam gemacht. Es war der Stallknecht Giovannis, der dort von ihm zurückgelassen war. Aber er konnte zum Verschwinden seines Herrn keine Angaben machen und wusste auch nicht, wohin der geritten war.

Alexander wartete noch einen Tag, da es nicht außergewöhnlich war, dass an abgelegenen Plätzen in Rom Passanten überfallen und ausgeraubt wurden. Es konnte daher ein Zufall sein, dass der Stallbursche überfallen worden war. Als sein Lieblingssohn am nächsten Tag immer noch nicht wieder aufgetaucht war, schickte er Herolde in die Stadt.

„Jeder, der etwas über den Aufenthaltsort des Herzogs von Gandia weiß, der am 14. Juni spurlos verschwunden ist, erhält einen Dukaten" verkündeten diese in jeder Straße der Stadt.

Es meldete sich ein alter Bootsmann, der beobachtet hatte, wie ein Körper von mehreren Männern in den Tiber geworfen war.

„Warum hast Du das nicht gleich der Stadtwache gemeldet" herrschte ihn ein Hauptmann an.

„Im Laufe meines Lebens habe ich so etwas schon Hunderte mal hier in Rom erlebt" meinte der unerschrocken. Er sah den Soldaten spöttisch an. „Ich habe gelernt, mein Maul zu halten. Nicht selten ging es denen, die einen Mord gemeldet haben, selbst an den Kragen. Aber der heilige Vater hat dieses Mal persönlich die Belohnung versprochen. Ich glaube, dass ich da sicher bin."

Sofort ließ Alexander den Fluss unterhalb der Stelle, an der dieser Alte das Geschehen beobachtet hatte, absuchen. Schon kurze Zeit später hatte er die grausige Gewissheit.

Der junge, lebenslustige Herzog war, von neun Stichen durchbohrt, gefunden worden. Er war noch vollständig bekleidet. Stiefel und Sporen, kostbare Ringe und der edelsteingeschmückte Dolch fehlten nicht. Selbst eine Börse mit dreißig Dukaten steckte noch in einer Tasche.

Giovanni Borgia, Herzog von Gandia, wurde auf einem Traggestell zunächst zur Engelsburg gebracht. Kinder in abgerissener und schmutziger Kleidung, die aufmerksam das Geschehen beobachtet hatten und sofort nach Bergung der Leiche die Fundstelle im Wasser nach verlorenen Kostbarkeiten abgesucht hatten, folgten dem Zug. Im Mausoleum des Hadrian wurde er für die Begräbnisfeierlichkeiten hergerichtet. Ärzte umwickelten die tiefen Wunden mit Binden und sorgten dafür, dass er das Aussehen eines Schlafenden erhielt. Er wurde gesäubert und mit festlichen Kleidern in den Sarg gelegt.

Am Abend dann wurde er auf einer schwarzen Bahre, gezogen von vier schwarzen Pferden aus den Ställen des Papstes, durch Rom gefahren. Die meisten Läden hatten aus Angst vor Ausschreitungen geschlossen.

Halb Rom stand auf den Straßen, als sein Leichnam, beleuchtet vom zuckenden Schein der Fackeln, auf der offenen Bahre von der Engelsburg nach Santa Maria del Popolo gefahren wurde. Zweihundert Fackelträger begleiteten den Zug. Prälaten, Kammerherren und Bedienstete des Palasts schritten laut klagend dem Toten voran. Seine Mutter und sein Bruder Cesare folgten dem Leichnam in aufrechter, stolzer Haltung.

Das Volk von Rom aber klagte nicht. Es stand nur am Wegrand, um zu sehen, wie der blonde, zügellose und arrogante Herzog jetzt wohl aussehen mochte.

Sein Vater jedoch konnte an dem Begräbnis des Vierundzwanzigjährigen nicht teilnehmen. Er hatte einen Zusammenbruch erlitten. In Santa Maria wurde der Tote schließlich in der Familiengruft seiner Mutter Vanozza de Catanei beigesetzt. Eilboten wurden nach Spanien gesandt, die seine Frau Donna Maria Enriquez und seinen Sohn Juan von dem tragischen Ende des Herzogs in Kenntnis setzten.

Für Alexander brach eine Welt zusammen. Er schloss sich in seine Gemächer ein. Weder Kardinäle noch den deutschen Zeremonienmeister Burchard, der sonst immer in seiner Nähe war, ließ er zunächst ein.

„Warum, o Gott, hast Du meinen Sohn sterben lassen und nicht mich" war sein Wehklagen bis auf die Straße vor dem Vatikan zu hören.

Erste Passanten blieben stehen, als sie das Klagen Alexanders vernahmen und seine Vorwürfe an Gott.

„Er hatte den Tod nicht verdient. Was hat er nur getan, was so schrecklich war, dass Du ihn so hart bestraft hast. Er war nicht einmal ein guter Soldat, er hat keine Menschenseele töten können."

Auch Bedienstete des Vatikans sammelten sich auf dem Platz unter seinem Fenster.

„Warum züchtigst Du ihn und nicht mich. Er hat seine Leidenschaft für Frauen nur geerbt. Ich bin der, der dafür verantwortlich ist."

Diesen Römern, die Zeugen dieser Aufwallung wurden, traten auf der Straße Tränen in die Augen. Sie fühlten mit dem leidenden Vater mit. Schnell sprach sich seine Verzweiflung in den Tavernen Roms herum und Alexander hatte das Mitgefühl des Volkes.

Erst am nächsten Tag ließ er sich erweichen, wenigstens die Türe zu seinen Gemächern wieder zu öffnen.

Sein Zeremonienmeister Burchard war lautlos ins Zimmer getreten.

„Eure Heiligkeit, Ihr solltet etwas essen. Es nützt nichts, Gott jetzt die Schuld am Tod Eures Sohnes zu geben. Ihr müsst jetzt etwas essen. Ihr habt seit zwei Tagen keine Nahrung mehr zu Euch genommen."

„Burcardus, Gott hat mich verlassen. Das ist die Schuld für meine Sünden" flüsterte Alexander mit tränenüberströmtem Gesicht. „Gott hat mir den Menschen genommen, den ich mehr als alles auf der Welt liebte."

Johann Burchard sah ihn ernst an.

„Gottes Wege sind unergründlich, Eure Heiligkeit. Vielleicht wollte er Euch mit dem Tod Eures Sohnes wirklich etwas sagen. Dennoch müsst Ihr etwas essen, damit Ihr seinen Willen erfüllen könnt."

„Burcardus, sie sollen nach den Mördern meines Sohnes suchen."

„Eure Heiligkeit, ich muss Euch etwas sagen, was Euch sehr bestürzen wird. Giovannis Leiche wurde, wie Eure Heiligkeit weiß, nahe beim Palast des Antonio Pico della Mirandola gefunden. Es könnte sein, dass der Graf die Ehre seiner hübschen Tochter gerächt hat. Denn Euer Sohn, Heiligkeit, hat das junge Mädchen verführt."

„Deshalb bringt man doch keinen Menschen um!"

„Bitte, Heiligkeit, es gibt noch einen triftigeren Grund, die Sache auf sich beruhen zu lassen. Es existiert nämlich noch ein weiteres Gerücht, das von böswilligen Menschen verbreitet wird. Es wird auch gesagt, dass der Mörder Eures Sohnes auch von Giovanni Sforza, dem Mann Eurer Tochter, gedungen sein könne."

„Was sollte das für einen Sinn geben?"

Burchard neigte den Kopf, um Alexander nicht in die Augen sehen zu müssen.

„Es wird gesagt, Eure Söhne seien auch die Liebhaber Eurer Tochter Lucrezia. Deshalb habe sich Giovanni Sforza gerächt, weil sie ihm seine Frau genommen hätten."

Dass auch Alexander selbst als blutschänderischer Liebhaber seiner Tochter genannt wurde, verschwieg Burchard.

Alexander sah seinen Zeremonienmeister fassungslos an.

324

„Wer sagt das?"

„Inzwischen der Pöbel von ganz Rom."

„O mein Gott, Burcardus" stöhnte Alexander gequält. „Was sind das nur für Menschen, die solche Gerüchte mutwillig in die Welt setzen."

Er vergrub sein Gesicht zwischen seinen Händen und schloss die Augen. „Was habe ich denen getan, dass sie mir in der Stunde meines größten Schmerzes auch noch dies antun."

„Es sind einfach Menschen, Eure Heiligkeit. Es sind die gleichen Menschen, die auch Jesus zugejubelt haben und nur kurz danach riefen ‚Kreuzigt ihn'!"

Burchard nickte, in Gedanken versunken, nochmals mit dem Kopf, bevor er zu sich selbst noch einmal wiederholte „Es sind die gleichen Menschen."

„Burcardus, Ihr seid ein guter Mensch. Aber lasst mich jetzt bitte allein. Ich möchte beten."

Burchard, der ehemalige Priester aus dem kleinen Ort Haslach bei Straßburg, der bisher in seinem Diarium alle Ereignisse am Hofe Alexanders leidenschaftslos in einem Tagebuch niedergeschrieben und immer die Wahrheit geschrieben hatte, beendete an diesem Tage seine Aufzeichnungen. Er konnte nicht schreiben, was als schrecklichstes aller Gerüchte galt, jedoch kein Gerücht zu sein schien, sondern die Wahrheit.

Vieles sprach dafür, dass Cesare seinen Bruder Giovanni hatte töten lassen. Selbst ausländische Gesandte äußerten diesen Verdacht. Giovanni war der Nebenbuhler in der Gunst des Papstes gewesen, er hatte eine glanzvolle Dynastie begründen können, während ihm, Cesare, nur der Kardinalshut geblieben war, der ihm gar nichts bedeutete.

Davon nichts ahnend setzte der Papst Cesare zum Verwalter des Erbes Giovannis ein.

Fünf Tage später, am 19. Juni 1497, berief der Papst die Kardinäle in den Vatikan, um ihre Beileidsbezeugungen entgegenzunehmen.

Alle kamen, bis auf den Kardinal della Rovere, den erklärten Feind Alexanders, der zum französischen König geflüchtet war. Auch die fremden Gesandten am Hofe Alexanders erschienen, um ihm ihr Beileid zu bekunden Danach gab das Oberhaupt der Kirche, Bischof von Rom, Papst Alexander VI., eine Erklärung ab.

„Ein härterer Schlag als die ruchlose Ermordung UNSERES geliebten Sohnes hätte UNS nicht treffen können, denn WIR liebten den Herzog von Gandia mehr als alles auf der Welt. Hätten WIR sieben Papsttümer, alle würden WIR geben für das Leben UNSERES Sohnes. "

Der Kardinal Cesare Borgia, der mit dreißig anderen Kardinälen auf Sesseln vor dem erhöhten Papstthron saß, wurde kreidebleich. Er, Cesare, hatte die Schlachten für den Papst geschlagen, die aufsässigen Barone befriedet, während Giovanni als Soldat versagt hatte. Nichts hatte dieser bisher für seinen Vater getan. Nun sprach sein Vater vor allen Kardinälen und Gesandten aus, was er nicht wahrhaben wollte.

Nicht er, Cesare, war der Liebling Alexanders gewesen, sondern Giovanni, der nichts geleistet hatte, außer die Frauen anderer befriedigt.

Doch der Papst hatte inzwischen seiner Trauer weiter Ausdruck verliehen.

„Gott wollte nicht Giovanni strafen, nein, er hat dieses Unglück über UNS verhängt, um UNS für UNSERE Sünden zu strafen."

Die Kardinäle sahen sich bedeutungsvoll an. Nur Cesare blickte, in Gedanken an das Geschehene versunken, mit versteinerter Miene auf seinen Vater.

Der aber fuhr fort, ohne die Anwesenden vor ihm zu beachten, den Blick auf das Fenster ihm gegenüber gerichtet.

„WIR haben UNS dazu entschlossen, auf UNSERER und der Kirche Besserung bedacht zu sein. Alle Benefizien werden von nun an einzig und allein nach Verdienst verliehen und die Voten der Kardinäle werden bestimmend sein."

Die Mienen der Kardinäle zeigten ungläubiges Staunen.

„Dem Nepotismus wollen wir entsagen!"

Cesare glaubte nicht, was er da hörte.

„Die Reform mit UNS selbst beginnen, dann zu den anderen Gliedern der Kirche übergehen und das Werk zu Ende führen."

Einige der Kardinäle schien freudig erstaunt zu sein, aber andere sahen ihre Pfründe schwinden. Nun endlich blickte Alexander VI. die Kardinäle an.

Dass Alexander sehr wohl wusste, wer von seinen Kardinälen befähigt war, zeigte die Auswahl, die er nun traf. Sechs der tüchtigsten Kirchenfürsten bekamen den Auftrag, weitreichende Reformvorschläge für die Neuorientierung der Kirche auszuarbeiten.

Dann entließ der Papst das Konsistorium.

Diese sechs Kardinäle legten bald darauf ein solch ausgezeichnetes Programm für die seit langem fällige Erneuerung der Kirche vor, dass die Glaubenslehre vor den Wirren der Reformation bewahrt worden wäre, wenn dieses Grundprogramm Wirklichkeit geworden wäre.

Cesare stürmte in die Gemächer seines Vaters, nachdem dieses Grundsatzprogramm der Kardinäle vorgelegt worden war. Er hatte schon lange keine Angst mehr vor seinem Vater.

„Und von was wollt Ihr Eure Soldaten bezahlen, um die Ländereien der Kirche diesen widerspenstigen päpstlichen ‚Vikaren' wieder zu entreißen? Ihr braucht das Geld vom Ämterkauf! "

„Es wird schon irgendwie gehen, Cesare."

„Es wird schon irgendwie gehen" äffte Cesare seinen Vater nach. „Ihr wisst, dass der neue König von Frankreich, der ehemalige Herzog von Orleans, einen zweiten Einfall in Italien vorbereitet. Wie wollt Ihr den Kirchenstaat ohne dieses Geld erhalten, wenn Ihr nicht einmal die Kurie bezahlen könnt."

Alexander konnte seine Bewunderung für seinen nunmehr ältesten Sohn nicht verbergen. Sein Mut gefiel ihm. Voller Stolz sah er von seinem Stuhl zu dem vor ihm stehenden zornigen jungen Mann hoch.

Cesare war groß gewachsen, mit kühnem, nun verärgerten Blick und kräftigem Körper. Er konnte ein Hufeisen mit bloßen Händen geradebiegen. Er war ein verwegener Reiter und kam selbst mit den schwierigsten Pferden des päpstlichen Hofes spielend zurecht.

Die Jagd war Cesares Lieblingsbeschäftigung. Die Pfeile seines Bogens trafen jeden Keiler und jeden Hirsch in vollem Lauf. Die Frauen bewunderten ihn, aber sie liebten ihn nicht. Denn er benutzte sie und ließ sie wieder fallen. Auch in Bezug auf seine Intelligenz nahm es niemand so schnell mit ihm auf. Das Studium der Rechte war ihm in Perugia leichtgefallen. Damit hatte er seinen ihm angeborenen Scharfsinn noch weiter entwickelt. Außerdem besaß er ein gutes Gespür für die Kunst. Als Kardinal Riario einen ihm angebotenen Amor nicht kaufte, weil dieser nicht antik, sondern von einem jungen Florentiner namens Michelangelo Buonarotti war, zahlte Cesare einen guten Preis für dieses zauberhafte Kunstwerk.

Cesare unterbrach ungeduldig die Gedankengänge seines Vaters. Er konnte nicht verstehen, dass dieser alte Mann so ruhig vor ihm saß, nachdem er gerade die Eroberung des Kirchenstaates hatte fallen lassen, vielleicht gar dessen Existenz aufs Spiel gesetzt hatte.

„Vater, Ihr könnt zurzeit auf die Zahlungen für Ämter nicht verzichten. Aber ich will Euch einen Vorschlag machen." Bitter flocht er ein: „Ich weiß, dass ich Euch Giovanni nie ersetzen kann."

Doch er fing sich sofort wieder und fuhr in seiner überzeugenden Art fort „aber ich kann Euch helfen, den Kirchenstaat zu vergrößern. Vielleicht ist es dann möglich, dass Ihr Euer großes Reformwerk beginnt."

Alexander war verlegen, als er von Cesare so offen auf seine Liebe zu Giovanni angesprochen wurde. Er wiegelte ab „Du weißt, dass ich Dich genauso liebe wie Giovanni. Aber im Augenblick des Verlustes kam mir die Liebe zu ihm eben größer vor. Ich bitte Dich um Entschuldigung."

Cesare ließ sich in einen Sessel fallen und sagte leichthin „Ihr braucht Euch nicht zu entschuldigen, Vater. Aber ich muss Euch bitten, mich von diesen geistlichen Pflichten zu entbinden. Dann kann ich Euch dienen, wie es meiner Natur entspricht. Als Befehlshaber über Eure Truppen."

„Du verzichtest auf den **Kardinalshut**?"

„Ich hasse ihn."

„Warum nur?"

„Was habe ich davon, Eure Heiligkeit. Er hindert mich. Es ist nicht meine Natur, Geistlicher zu sein. Ich bin ein Kämpfer, das habe ich Eurer

Heiligkeit nachgewiesen. Im Kampf kann ich zeigen, welche Befähigung in mir steckt. Das habe ich Euch mehr als einmal durch meine militärischen Erfolge gezeigt."

Wie selbstverständlich hatte er seine Anrede ,Vater' wieder in ,Eure Heiligkeit' geändert.

Alexander sah ihn lange an.

„Du würdest alles tun, um der Kirche auf andere Art zu dienen?"

„Ich würde alles tun, um Euch zu dienen!"

Er sah seinem Vater dabei fest in die Augen, obwohl er wusste, dass das nur hohles Gerede war. Alles, was er je getan hatte, hatte er nur für sich selber getan.

„Lass mir Zeit, Cesare, mich an den Gedanken zu gewöhnen, Dich nicht immer um mich zu haben" schmeichelte Alexander.

Im Grunde seines Herzens war er froh, wenn Cesare nicht mehr Kardinal war. Aber wie sollte er seine Entscheidung vor der ganzen Welt begründen? Das musste er noch überlegen.

Er liebte seinen Sohn. Giovanni war tot. Lucrezia war nur ein Mädchen. Und Giofre war zu weich. Cesare hatte von ihm seinen unbeugsamen Willen geerbt. Genauso seine Großzügigkeit und seinen scharfen Verstand. Aber er war auch extrem grausam und rachsüchtig. Manchmal hatte er selbst Angst vor seinem Jähzorn.

In der Zwischenzeit hatte Giovanni Sforza überall bestritten, dass er impotent sei. Er hatte auch mit seinem Onkel Lodovico in Mailand Verbindung aufgenommen.

„Die Sache ist ganz einfach, Giovanni" riet ihm dieser. „Du besteigst hier in Mailand ein Mädchen oder eine Frau Deiner Wahl. Ein Ausschuss, dem auch der päpstliche Legat in Mailand angehört, bestätigt als Augenzeugen dem Papst den erfolgreichen Koitus."

„Das werde ich nicht tun. Ich lasse mich nicht wie ein Zuchtbulle beobachten. Ich brauche das auch gar nicht. Alexander soll doch beweisen, dass seine Tochter noch Jungfrau ist" entgegnete Giovanni erregt.

Und böse fügte er hinzu: „Das wird ihm schwerfallen. Ich weiß genau, dass er es mit seiner Tochter getrieben hat, wenn sie ihn immer wieder besuchte. Du hättest sie sehen sollen, Onkel, wie aufgewühlt sie jedes Mal zurückkam."

So sandte er dem Papst einen Brief, worin er die Anschuldigung, er sei impotent, zurückwies. Lucrezia müsse beweisen, dass sie noch Jungfrau sei. Dann würde er einer Auflösung der Ehe zustimmen.

Alexander ließ durch einen Abgesandten seine Tochter aus dem Kloster holen. „Lucrezia, ich muss Dich jetzt um etwas bitten, was Dir bestimmt schwerfallen wird. Dein Mann weigert sich, zuzugeben, dass er impotent ist."

Lucrezia sah ihren Vater an, der sich mit nun sechsundsechzig Jahren immer noch eine Mätresse hielt, ihre Freundin Giulia Farnese. Was für ein Unterschied zu ihrem Ehemann, der ihr in der Hochzeitsnacht wie ein schüchterner Junge vorgekommen war. Sie war erst dreizehn Jahre alt gewesen. Aber er hatte mit sechsundzwanzig Jahren mehr Angst vor der Vereinigung gehabt als sie selbst.

Tatsächlich war dann ja auch nichts gewesen. Sie hatte ihn damals getröstet, als er mit hochrotem Kopf etwas von Unpässlichkeit und zu viel Wein gemurmelt hatte. Auch später hatte sie immer wieder versucht, ihm dabei zu helfen, in sie einzudringen. Er hatte es nicht geschafft.

Giovanni war dazu übergegangen, den Fehler bei ihr zu suchen und immer öfter hatte es deswegen Streit gegeben. Dann hatte Lucrezia es völlig aufgegeben, mit ihm zu schlafen. Obwohl sie sich so sehr ein Kind gewünscht hatte.

„Was soll ich tun, Vater?"

„Die Auflösung Deiner Ehe ist nach dem Kirchenrecht nur möglich, wenn Dein Mann unfähig ist, die Ehe zu vollziehen. Das brauche ich Dir ja nicht extra zu erklären. Du musst daher eine .." er zögerte kurz „unangenehme Sache über Dich ergehen lassen. Wir müssen zweifelsfrei bezeugen lassen, dass Du also noch Jungfrau bist."

Er hielt in seiner Erläuterung dessen, was er von ihr verlangte, inne. Lucrezia hielt den Kopf gesenkt. Sie ahnte, welch ein Opfer er forderte. Eine zarte Röte der Scham breitete sich auf ihren Wangen aus. Aber sie machte es ihrem verlegenen Vater nicht leichter. Er musste aussprechen, was für eine Ungeheuerlichkeit er von ihr verlangte.

Alexander hoffte nur kurz, dass er nicht weiterfahren müsse, aber dann sprach er ruhig und ohne besondere Regung weiter.

„Ich werde eine Kommission unter der Führung zweier Kardinäle bestimmen, die bezeugen müssen, dass Dein Hymen noch unbeschädigt ist. Ich muss daher wissen, ob Du öffentlich schwören kannst, dass Du noch Jungfrau bist."

Lucrezia sah ihn mit festem Blick an. „Ja, das kann ich."

Alexander sah sie zärtlich an. „Dann bist Du mit dem Verfahren einverstanden?"

Lucrezia schüttelte den Kopf. „Wie könnte ich. Aber bleibt mir denn eine Wahl?"

Statt einer Antwort strich ihr Alexander nur übers Haar.

Noch am gleichen Tag legte Lucrezia vor einer Kommission einen feierlichen Eid ab, dass ihr Ehemann Giovanni Sforza die Ehe in den vier Jahren des Ehelebens nie vollzogen habe.

Dann legte sie ihre Kleider ab. Sie behielt nur ihre Unterkleider an. Zwei Ärzte traten nacheinander vor, hoben das Unterkleid, befühlten mit dem Finger ihre Vagina und überzeugten sich auch durch Augenschein, dass keine Manipulation erfolgt war.

Beide erklärten danach vor den beiden Kardinälen und dem Schreiber, die während der Prozedur im Raum anwesend waren, die Jungfernschaft Lucretias.

Giovanni unterzeichnete, als er mit dem Ergebnis der Untersuchung konfrontiert wurde, ein formelles Eingeständnis, dass die Ehe nicht vollzogen worden sei und erstattete dem Papst die Mitgift von 31 000 Dukaten zurück.

Alexander war selbst anwesend, als der Schatz übergeben und in dem geheimen Zwischenboden unter den Gemächern Alexanders in der Engelsburg versteckt wurde.

Am gleichen Nachmittag brach ein heftiges Gewitter über Rom herein.

Blitze zuckten über den Himmel. Alexander wurde durch den Donner in dem kurzen Mittagsschlaf geweckt, den er nach dem Verstecken des Schatzes in seinen Gemächern gehalten hatte und rief jetzt nach seinem Zeremonienmeister Burchard.

Gerade als dieser eintrat, flammte ein Blitz vor den Fenstern des Kastells. Das Zimmer schien für einen kurzen Augenblick unwirklich erleuchtet. Ein ohrenbetäubender Knall im gleichen Augenblick kündete von einem Blitzschlag in die Engelsburg, das einstige Mausoleum des römischen Kaisers Hadrian. Im nächsten Atemzug erschütterten weitere Explosionen das Gemäuer. Weit flogen Steine durch die Gegend zu allen Seiten dieses ehemaligen Mausoleums.

Die Weinkaraffe auf dem Tisch war umgestürzt, ihr Inhalt ergoss sich über den Tisch und lief in einem dünnen Faden an der Ecke des Tisches auf den Boden und drang in die kostbaren Perserteppiche. Ein kostbares Glas, gefüllt mit tiefrotem Wein, war durch die Erschütterung der Explosion zersprungen. Sein Inhalt vermischte sich wieder mit dem Wein aus der Karaffe und floss gemeinsam mit diesem in die Wolle des Teppichs. Wie Spinnweben zogen sich plötzlich Risse über die Fresken an der Außenwand des Raumes.

Burchard hatte sich vor Schreck auf den Boden fallen lassen.

Papst Alexander kauerte, die Arme über dem Kopf gekreuzt und diesen schützend, in einer Ecke. Immer noch erschütterten heftige Explosionen die Engelsburg. Doch Alexander hatte seinen ersten Schrecken überwunden und erhob sich bereits wieder.

Aufschreie wurden laut in dieser Zufluchtsburg des Papstes. Es waren Angstschreie, aber auch langanhaltendes Gebrüll des Schmerzes und Wimmern tödlich Getroffener, denen die Kraft zu einem lauten Geheul fehlte.

Der Blitz hatte die Pulverkammer im dritten Stockwerk getroffen und das Schwarzpulver in den Räumen zur Explosion gebracht. Teile der Brüstung waren durch die Wucht der Explosionen bis weit über den Tiber geschleudert worden.

Überall im Militärstockwerk lagen Soldaten, tot oder sterbend, mit abgerissenen Gliedmaßen und aufgeschlitzten Körpern, blutüberströmt und fast von Sinnen vor Angst und Grauen. Verbrannte Körper zeugten von der Explosion des Schwarzpulvers. Ein Soldat saß in einer Ecke. Er betrachtete den Stummel seines Beines, der wegen des Schocks kaum blutete, und konnte nicht begreifen, wo der Rest seines Beines geblieben war. Mit seinen Fingern betastete er die Stelle, an der Knochen und Arterien aus dem rohen Fleisch ragten.

„Seht euch das an" sagte er immer wieder. „Mein Bein ist weg. Ich will mein Bein wiederhaben."

Der Engel aus Marmor an der Spitze der Engelsburg wurde völlig zerstört.

Die Römer behaupteten, dass dies Zeichen des Himmels seien, weil die klammheimlichen Anschuldigungen gegen Lucrezia, ihre Brüder und ihr Vater der Wahrheit entsprächen.

Lucrezia wehrte sich nicht gegen diese ungeheuren Beschuldigungen. Am 20. Dezember 1497 wurde die Ehe für ungültig erklärt.

Kapitel 19

Gottesurteil

Florenz um 1500

Die Stadt wird von den Türmen vieler Paläste und Kirchen sowie von der riesigen Kuppel des Domes Santa Maria del Fiore überragt. 1420 bis 1461 krönte Filippo Brunelleschi das Bauwerk mit einer gewaltigen achteckigen Kuppel. Das Äußere der Kirche ist mit rotem, grünem und weißem Marmor verziert. Neben dem Dom steht der Campanile, ein knapp 85 Meter hoher Glockenturm aus dem 14. Jahrhundert. Mit seinen hervorragenden Basreliefs ist er einer der schönsten Glockentürme Italiens. Der achteckige Zentralbau des Baptisteriums San Giovanni geht überwiegend auf das 11. bis 15. Jahrhundert zurück. Auffällig sind die vergoldeten Bronzetüren und das Ostportal (so genannte „Paradiestür"), das von dem Florentiner Goldschmied Lorenzo Ghiberti geschaffen wurde, mit plastischen Darstellungen des Alten Testaments.

Unweit des Domes liegt der Bargello (auch Palazzo del Podestà), ein festungsartiges Bauwerk aus dem 13. und 14. Jahrhundert. Die Piazza della Signoria wird vom majestätischen Palazzo della Signoria (Palazzo Vecchio) dominiert, einem massiven Bauwerk, das von einem 94 Meter hohen Glockenturm überragt wird. Gegenüber befindet sich die Loggia dei Lanzi, ein überdachtes, jedoch an den Seiten offenes Gebäude. (Die Uffizien zwischen dem Palazzo Vecchio und dem Arno wurden erst im späten 16. Jahrhundert als Regierungs- und Gerichtsgebäude errichtet.)

In der Nähe befindet sich der Ponte Vecchio, eine Brücke über den Arno, Sie führt über den Arno zum Palazzo Pitti auf dem rechten Flussufer. Auf dem rechten Ufer des Arno befinden sich, halbkreisförmig um den Dom und den Palazzo della Signoria angeordnet, zahlreiche berühmte Kirchen und Paläste. Östlich von Santa Trinità liegt die Kirche San Lorenzo aus dem 15. Jahrhundert, entworfen von Brunelleschi und daneben die Medici-Kapelle, die private Kapelle und Fürstengruft des berühmten Geschlechts der Medici.

Der Palazzo Medici-Riccardi, von Michelozzo für Cosimo de' Medici Mitte des 15. Jahrhunderts erbaut, steht gegenüber der Kirche San Lorenzo an einem großen Platz. Ein paar Straßen weiter in nordöstlicher Richtung findet man das frühere Dominikanerkloster San Marco. Im Süden der Stadt, nahe dem Arno, steht die hübsche Franziskanerkirche Santa Croce, die hauptsächlich im 13. und 14. Jahrhundert erbaut wurde. Santa Croce wird auch als das „Pantheon von Florenz" bezeichnet, da sich hier die Grabmäler von Michelangelo, Niccolò Machiavelli sowie Monumente für viele andere berühmte Italiener befinden.

„Ich fordere diesen falschen Propheten, den Prior der Dominikaner, daher zu einem Gottesurteil heraus" beendete Fra Giuliano seine feurige Predigt in Santa Croce, der Kirche der Franziskaner. „Wenn sich Fra Savonarola der Feuerprobe unterzieht, so werde ich das auch tun."

Erwartungsvoll sah er in die Gesichter der zum Gottesdienst versammelten Gläubigen. Doch der Jubel, den er erwartet hatte, blieb aus. Die Zeit der Gottesurteile in Italien gehörte eigentlich der Vergangenheit an. So musste er die Stimmung durch die Schilderung des bevorstehenden Ereignisses etwas anstacheln.

„Ich glaube zwar, dass mich Gott nicht vor dem Feuertod bewahren wird. Dazu bin ich ein zu sündiger Mensch."

Er machte eine knappe Pause. „So wie ihr auch" konnte er sich nicht verkneifen, zu sagen „aber ich glaube auch, dass dieser Dominikaner ein Ketzer ist. Daher werden wir beide brennen. Aber Florenz wird von diesem Übel befreit und wieder aufatmen können."

Jetzt brandete Beifall auf.

„Die Stadt wird nicht dem Edikt des Papstes unterliegen. Die Stadt wird nicht büßen müssen, was dieser falsche Prophet durch seinen Ungehorsam und Hochmut verschuldet hat."

Wieder erscholl lauter Beifall. Aber im Gegensatz zu den Gläubigen bei Savonarola versuchten die Zuhörer nicht, den Franziskaner von seinem Opfertod abzubringen. Vielmehr stimmten sie nun zu und der Ruf nach einem Gottesurteil wurde immer lauter.

Schon kurze Zeit nach der Predigt in der Kirche der Franziskaner hatte die Kunde von der Forderung Savonarola erreicht. Er lehnte ein solches Ansinnen jedoch strikt ab.

„Vater Prior, ich beschwöre Euch. Lasst mich an Eurer Statt dieses Gottesurteil annehmen" bettelte Fra Domenico, der Stellvertreter Savonarolas. „Ihr seid ein Heiliger. Vielleicht verschont mich Gott, wenn ich für Euch das Feuer durchschreite."

Savonarola wollte ablehnen, aber Domenico bestürmte ihn weiter.

„Denkt nach, Vater Prior. Wenn Gott dieses Wunder bewirkt, so wird niemand mehr an Euch zweifeln. Wenn er aber will, dass ich verbrenne, dann wegen meiner Unwürdigkeit. Nichts ist dann für unsere Sache verloren."

„Ich lasse es nicht zu, dass Ihr Euch dieser Gefahr aussetzt, Domenico. Ich bin sicher, dass Gott Euch verschonen müsste. Aber Gottes Ratschluss ist für uns Menschen nicht immer verständlich."

Fra Domenico unternahm einen letzten Versuch.

„Überdenkt Eure Entscheidung noch einmal. Wir dienen einer gerechten Sache. Wenn der gütige Gott mich überleben lässt, dann würde er Euch erst recht überleben lassen. Ich bin Euer williges Werkzeug, wie Ihr das gefügige Werkzeug Gottes seid. Wenn ich das Gottesurteil überstehe, dann könnt Ihr sogar den Papst, den Antichristen, zu einem Gottesurteil herausfordern. Denn dann wird der allmächtige Gott Euch erst recht am Leben lassen. Dann könnt Ihr die Kirche retten. Ist denn dieses mein Opfer, wenn es eines sein sollte, nicht wert?"

Savonarola starrte seinen Stellvertreter an. Das Gottesurteil könnte ihn seinem Ziel, die Kirche von diesem unwürdigen Papst zu befreien, näher bringen. Er stimmte dem Gottesurteil zu.

Nun musste nur noch der Rat der Stadt dieses mittelalterlichen Schauspiel gutheißen. Das war jedoch nicht zu erwarten. Denn Florenz lebte in einer neuen Zeit, in der Gottesurteile keinen Platz mehr hatten.

Doch Savonarola war inzwischen zu einer Gefahr für den Fortbestand der Stadt Florenz geworden. Das drohende Edikt des Papstes, das Freiheitsstreben der tributpflichtigen Städte, das der Dominikaner nicht hatte verhindern können, Hungersnot und leere Staatskassen hatten das blühende Florenz zu einer Bettlerstadt gemacht.

Und so geschah das Unfassbare:

Die Signoria stimmte dem geforderten Gottesurteil zu. Sie bestimmte den 7. April 1498 zum Tag, an dem sich der Dominikaner Fra Domenico de Pescia als Stellvertreter Savonarolas und der Franziskaner Fra Giuliano Rondinelli einem Gottesurteil unterziehen sollten.

Dieses Gottesurteil würde die Frage beantworten, ob der Prior der Dominikaner, Girolamo Savonarola, ein gefährlicher Ketzer und falscher Prophet oder ob er göttlich inspiriert sei und unter dem Schutz Gottes stehe.

Die Feuerprobe solle auf der Piazza della Signoria stattfinden.

Bernhard stand inmitten einer riesigen Menschenmenge. Selbst Händler waren erschienen, die Getränke und Esswaren anboten und Gaukler, die ihre Kunststückchen vorführten. Er war schon am frühen Morgen in Florenz eingetroffen und gleich zu der Piazza della Signoria in der Mitte der Stadt geeilt. Er wusste, dass die Einwohner von Florenz, die sich in Gegner und Befürworter Savonarolas spalteten, begierig auf dieses schaurige Schauspiel waren und der weitläufige Platz deshalb schon früh mit einer gewaltigen Menschenmenge angefüllt sein würde.

Tatsächlich waren Tausende gekommen, um ein Wunder mitzuerleben. Das Wunder, wie Gott der Allmächtige das Feuer von Fra Domenico oder von Fra Giuliano oder von beiden fernhalten würde.

Genauso viele waren aber gekommen, um beide brennen zu sehen und sich vor ihren gellenden Schmerzensschreien, ihrer tiefen Verzweiflung und betrogenen Hoffnung zu grausen. Sie waren gekommen, verbranntes Menschenfleisch zu riechen und sich an dem Entsetzen der Verbrennenden zu laben.

Nur wenige waren gekommen, die, wie Bernhard, ihre Zweifel an der Gerechtigkeit Gottes ausmerzen wollten. Die zusehen wollten, wie sich Gott in dieser Lage verhalten würde. Wen würde Gott auserwählen. Wie würde er entscheiden, wenn ein Gerechter, der Gottes Reich auf Erden errichten wollte und ein Gerechter, der den Umsturz der göttlichen Ordnung verhindern wollte, ihn zu einem Urteil zwingen würden. Wen würde er leben lassen?

Wenn beide sterben würden, was wäre dann? Wäre es, weil Gott sich nicht entscheiden wollte? Oder brauchte sich der Allmächtige gar nicht entscheiden, weil es ihn gar nicht interessierte? Oder könnte sich der Herrscher des Himmels und der Erde gar nicht entscheiden, weil es ihn, wie manche Kardinäle in Rom hinter vorgehaltener Hand behaupteten, gar nicht gab?

Bernhard stand da. Tief in Gedanken versunken. Zweifelnd, hoffend und dann wieder kleingläubig. Er hatte sein Leben Gott verschrieben. Aber er wusste nicht, ob er einer Illusion nachjagte. Was hätte sein Leben für einen Sinn, wenn er an etwas geglaubt hätte, das es gar nicht gab? Welche Verschwendung von Kraft und Zeit.

Aber wenn er sah, mit welcher Gläubigkeit Fra Savonarola seinem Gott wieder den ihm gebührenden Platz in den Herzen der Gläubigen erzwingen wollte, mit welchem Gottvertrauen Fra Domenico und Fra Giuliano das Gottesurteil erwarteten, konnte Gott dann nur eine Illusion sein? Was trieb diese drei, was er nicht hatte. Konnte ein Glauben so stark werden, dass er zum Wissen wurde? War es das unumstößliche Wissen um die Existenz Gottes?

Ein Trompetensignal riss ihn aus seinen Gedanken. Nur zwanzig Schritte trennten ihn von den zwei Scheiterhaufen in der Mitte des Platzes. Sie waren im Abstand von nur zwei Fuß aufgebaut worden. Schießpulver, Pech, Öl und Baumharz ließen sie, sobald sie angezündet waren, sicher weithin sichtbar brennen. Es würde ein gewaltiges Feuer geben, das die beiden Mönche durchschreiten mussten.

Die Menge hatte ihre Blicke zur Loggia dei Lanzi gewandt, wo die Franziskaner in einer Prozession gerade die acht Stufen zu der nach drei Seiten offenen Halle erstiegen. Giuliano Rondinelli, ihren möglichen Märtyrer gegen den Ketzer Savonarola, hatten sie in die Mitte genommen.

Bernhard beobachtete den opferwilligen Bruder. Er sah nicht aus wie einer, der furchtlos das ihm drohende Gottesurteil erträgt. Er glaubte trotz der vierzig Schritte, die er entfernt stand, Angst zu erkennen, die sich in seiner Haltung und seinem Gebaren ausdrückte.

Bernhard ließ seine Blicke über die Piazza schweifen. Links neben der Loggia dei Lanzi erhob sich der mächtige Palazzo della Signoria *(heute Palazzo Vecchio)*. Auf dem von zwei Wappenlöwen eingerahmten Fries über dem Eingang las er die Inschrift: 'Christus ist der König'. Die vielen Fenster des Palazzo waren alle mit Schaulustigen, die für den Rat der Stadt arbeiteten, besetzt.

Wieder ertönte ein Trompetensignal. In seinem Rücken erschienen die Dominikaner in einer langen Prozession. An der Spitze des Zuges schritt Fra Domenico. Er hielt mit beiden Händen eine geweihte Hostie in Stirnhöhe vor sich. Seine Schultern umspannte nicht die Flocke, dieser wollene Überhang, sondern ein roter, langer Mantel.

Hinter Domenico schritt Savonarola, ein hohes Kruzifix vor sich her tragend. Dahinter folgten gemessenen Schrittes die Dominikaner des Konventes San Marco. Denen kamen hinterdrein die Novizen und die Kinder, die gewöhnlich die Einhaltung der Anordnungen Savonarolas in den Straßen der Stadt überwachten.

Dieser Zug nahm im Norden des Platzes, hinter dem Rücken der Zuschauer, Aufstellung.

Savonarola und Domenico lösten sich von ihrem Zug. Domenico hielt immer noch die geweihte Hostie vor sich, nunmehr aber auch ein Kruzifix in der linken Hand.

Auch Giuliano und der Prior der Franziskaner schritten nun die Stufen der Loggia de Lanzi herab. Beide Abordnungen begaben sich von den verschiedenen Seiten des Platzes zum Eingang des Palazzo della Signoria, wo der Rat der Stadt versammelt war.

Noch bevor der Gonfalionere *(Vorsitzender des Rates)* etwas sagen konnte, meldete sich der Prior der Franziskaner zu Wort.

„Ich verlange, dass Fra Domenico den roten Mantel ablegt. Ich bin fest davon überzeugt, dass dieser Ketzer", er deutete auf Savonarola „den Mantel so verhext hat, dass kein Feuer durch ihn hindurch dringt."

„Ich werde den Mantel nicht ablegen" protestierte Domenico.

Savonarola aber sagte zu der bösartigen Mutmaßung kein Wort. Der Ausdruck ‚Ketzer' aus dem Munde des Priors der Franziskaner hatte ihn tief getroffen.

„Der Dominikaner will den Mantel nicht ablegen" rief der Prior der Franziskaner der Menge zu. „Wahrscheinlich ist der verhext!"

Im verschüchterten Gesicht des Giuliano Rondinelli zeigte sich Erleichterung. Er würde den schweren Weg nicht gehen müssen.

„Den Mantel runter!" schrie die Menge.

„Weg mit dem Mantel!"

Domenico sah sich um. Die Menge tobte. Er nickte seinem Prior zu und der nahm ihm den Mantel ab, da er in der einen Hand die Hostie und in der anderen das Kreuz trug.

„Savonarola hat ihn berührt" zeigte der Franziskaner auf die beiden. „Wahrscheinlich hat er jetzt die anderen Kleider so verhext, dass sie nicht mehr Feuer fangen können!"

„Was soll das?" fragte Domenico, ungläubig den Kopf schüttelnd.

Der Gonfalionere wollte schlichten.

„Seid ihr bereit, Eure Kleider mit einem anderen Mönch Eurer Kongregation zu tauschen?"

Fra Domenico nickte.

Der Rat der Stadt bat einen anderen Mönch der Dominikaner, der ungefähr die Statur des Domenico de Pescia hatte, mit diesem die Kleider zu tauschen.

Beide begaben sich daraufhin in das Gebäude der Signoria und tauschten ihre Ordenskleider aus. Kurze Zeit später erschienen sie wieder im Eingang des Gebäudes. Sofort bildeten die von ihrem Prior aufgestachelten Franziskaner, die teilweise ihren Platz in der Loggia verlassen hatten, einen dichten Ring um Fra Domenico, um zu verhindern, dass Savonarola wieder die Kleider verhexen könne.

Domenico kniete sich nieder und betete. Er bereitete sich still darauf vor, das tödliche Feuer zu durchschreiten.

„Gebt mir nun die geweihte Hostie und das Kruzifix" bat er die Franziskaner, die ihn umstanden.

Fra Giuliano, der in der Nähe stand und merkte, dass es nun ernst wurde, schlich mit gesenktem Haupt in den Palazzo.

„Das kommt nicht in Frage" bestimmte inzwischen der Prior der Franziskaner von Santa Croce. „Ihr wollt ein Kruzifix und eine geweihte Hostie verbrennen lassen?"

Der Dominikaner verstand nicht. „Wieso sollte ich das wollen?"

„Wenn Ihr verbrennt, weil das Gottesurteil gegen Euch ist, dann verbrennt auch das Kruzifix und vielleicht die geweihte Hostie."

„Gut. Ich gebe Euch das Kreuz. Aber den Leib Christi lasse ich mir nicht nehmen."

Während des Disputes zwischen Franziskanern und Dominikanern war der Gonfalionere dringend in das Innere des Gebäudes gerufen worden. Dort erwartete ihn der Herausforderer für das Gottesurteil, Giuliano Rondinelli. Er zitterte am ganzen Leib. Er warf sich vor dem erstaunten Vorsitzenden des Rates auf den Boden.

„Edler Herr, ich kann nicht ins Feuer. Ich habe Angst. Ich beschwöre Euch, rettet mich vor der Feuerprobe."

Der Gonfalionere ließ kopfschüttelnd vor dieser unerwarteten Wende des Schauspiels sofort den Prior der Franziskaner kommen und zeigte wortlos auf den am Boden liegenden Franziskaner.

Der sah mit Erschrecken das Häuflein Elend, das sich weinend am Boden wand und um irgendeine List ersuchte, um vor der Feuerprobe errettet zu werden.

Angewidert wandte er sich von dem Mönch ab, auf den er so stolz gewesen war und begab sich wieder nach draußen.

Dort war inzwischen eine lebhafte Diskussion zwischen Dominikanern und Franziskanern, Franziskanern und Franziskanern sowie Dominikanern und Dominikanern im Gange. Die Mönche konnten sich nicht einigen, ob in der geweihten Hostie, dem Leib Christi, auch Jesus verbrennen würde, wenn diese brannte.

Ob Domenico diese erst schlucken müsse, damit Christus in seine Seele gelangen könne und damit nicht verbrenne.

Ob Domenico überhaupt eine unsterbliche Seele habe, die, sollte er im Feuer umkommen, zu Gott eingehen würde.

Ob die Hostie selbst dann, wenn Domenico verbrennen würde, unversehrt bliebe.

Fragen über Fragen taten sich auf. Die Mönche suchten nach Antworten, fanden aber keine.

Die beiden Prioren, sowohl der Dominikaner als auch der Franziskaner, taten nichts, um diese Diskussionen abzukürzen.

Der Franziskanerobere trat zu Savonarola. Ohne diesem die erbärmlichen Gründe für sein Einlenken zu nennen, signalisierte er ihm, dass er auf einem Gottesurteil nicht bestehen würde, sollte der Disput sich in die Länge ziehen und das Hereinbrechen der Nacht ein Entscheidung unmöglich machen würde.

Beiden war es nun recht, wenn dieses Gottesurteil nicht mehr stattfand. Savonarola hatte es noch nie gewollt und der Prior der Franziskaner schämte sich inzwischen für die Feigheit und Mutlosigkeit seines Ordensbruders.

Als es dunkel wurde, verkündeten beide am Eingang der Signoria, die Feuerprobe könnte nicht mehr stattfinden.

Die Volksmenge war wütend. Den halben Tag hatten sie auf dieses Schauspiel gewartet und nun waren sie betrogen worden.

„Werfen wir sie doch beide selbst ins Feuer" schrie einer und unter ohrenbetäubendem Gejohle stürmten sie vor, um die beiden Eiferer aus dem Palazzo zu holen.

Die kampferprobten Stadtsoldaten hatten jedoch keine Mühe, den wütenden Pöbel in die Flucht zu schlagen.

Eine Gruppe Arrabiarsi versuchte leidenschaftlich, sich Savonarolas zu bemächtigen, als dieser den Palazzo verließ, aber seine Leibgarde aus bewaffneten Mönchen schützte ihn und trieb die Angreifer mit erbitterter Abwehr zurück.

Die erschrockenen Mönche traten den schnellen Rückzug in ihre Klöster an. Die Franziskaner nach Südosten, die Dominikaner nach Nordwesten. Mehr oder weniger geordnet brachten sie sich vor dem Volkshaufen in Sicherheit.

Das gemeine Volk hatte jedoch bereits einen Schuldigen ausgemacht. Savonarola. Der hatte seinen treuen Stellvertreter vorgeschickt, um durchs Feuer zu gehen. Obwohl nicht Domenico, sondern er behauptet hatte, er stehe unter Gottes Schutz und alles, was er tue, sei von Gott beeinflusst. Immer lauter wurde der Ruf des Pöbels nach

Bestrafung Savonarolas, der sie um ihr Vergnügen gebracht hatte. Aufgestachelt durch die Arrabiarsi, wandte sich die Wut des Volkes auch gegen die ‚Heuler'.

Eine große Anzahl seiner Anhänger distanzierte sich plötzlich von dem Prior der Dominikaner.

„Sie greifen das Kloster an" rief einer der noch wenigen Heuler, der Piagnoni, der an der Klosterpforte stand und um Einlass flehte.

„Die Arrabiati haben bereits einige von uns getötet" berichtete er atemlos. „Sie schrecken auch nicht davor zurück, hilflose Frauen zu töten und unsere Häuser anzuzünden."

Tatsächlich sah man unheilvollen, rötlichen Feuerschein in südlicher Richtung über der im Abenddunkel versinkenden Stadt.

„Läutet die Glocken!" befahl Fra Domenico. „Wir müssen unsere Anhänger zu Hilfe rufen."

Die Glocken läuteten Sturm und viele in der Umgebung von San Marco wussten, was das Alarmzeichen bedeutete, doch keiner der Anhänger Savonarolas kam zu Hilfe.

Die Hunderte, die noch vor kurzer Zeit gerufen hatten, ‚wir werden Dich schützen', waren in ihren Häusern versteckt. Diejenigen der Mönche, die Waffen hatten, machten sich zum Kampf bereit. Die anderen versuchten, sich notdürftig mit Knüppeln und Stöcken zu bewaffnen. Doch die hereingebrochene Dunkelheit gab der Stadt eine kurze Ruhepause.

Dann war Palmsonntag. Der Tag, als Christus unter dem Jubel der Menge in Jerusalem einzog.

Savonarola stand unbewaffnet am Altar von San Marco, als die Arrabiarsi und Teile des Pöbels, die am Vortag enttäuscht worden waren, jubelnd wegen des geringen Widerstandes die Kirche stürmten.

„Errette Dein Volk, o Herr" schrie Fra Enrico bei jedem Streich, den er mit dem Schwert gegen die Angreifer führte.

Er hatte schon einige der Eindringlinge niedergestreckt. Genauso wie Bruder Domenico, der seine Waffe ebenfalls zu gebrauchen wusste. Auch Fra Silvestro war im Gebrauch des Degens geübt. Dennoch waren die Brüder der Menge der Angreifer an Zahl und Übung an der Waffe weit unterlegen. Die Anzahl der Toten und Verwundeten unter den sich verteidigenden Dominikanern wuchs.

Schließlich hieß Prior Savonarola seine Leute die Waffen strecken. Er hatte dem Kampf zugesehen, ohne selbst eine Waffe in die Hand zu nehmen. Aber auch sein Gebet hatte nicht geholfen. Es war ein zu ungleicher Kampf.

Auf Befehl der Signoria wurden Savonarola und sein Stellvertreter Domenico verhaftet, ebenso Bruder Silvestro.

Als sie durch die johlende Menge zum Palazzo della Signoria gebracht wurden, war es ein Spießrutenlaufen entlang einer entfesselten Meute. Der gefeierte und verehrte Prior der Dominikaner, Gebieter von Florenz, wurde vom Pöbel von Florenz angespuckt und geschlagen.

Die Soldaten, die ihn bewachten, schritten nur selten wegen der Handgreiflichkeiten ein. Ehemalige Gefolgsleute und Anhänger standen heimlich hinter den Fenstern ihrer Behausungen und sahen dem schmählichen Schauspiel zu.

Nur wenige hatten ehrliches Mitleid mit diesem Mann, der ihnen Karneval und Spiele, Pferderennen und Vergnügungen, Sünde und Laster genommen hatte. Und viele gaben ihm nun die Schuld an Ernteausfall und Misswirtschaft, an Naturkatastrophen und verlorenen Kriegen, an Hunger und Armut.

Dieser Mann in Ketten, davon waren sie plötzlich überzeugt, hatte gesündigt und musste sterben.

Bernhard stand am Straßenrand, als Savonarola gefesselt, mit gesenktem Kopf, hinter einem Pferd hergezerrt wurde. Ihm tat dieser angebliche Ränkeschmied und Ketzer, der immer nur die Missstände in der Kirche gegeißelt hatte, unsagbar leid.

Die Signoria setzte nach einer kurzen Beratung ein erklärendes Schreiben an den Papst auf.

‚Eure Heiligkeit,

gestern sollte in Florenz ein Gottesurteil stattfinden. Ausschlaggebend dafür war eine Predigt des Franziskaners Giuliano Rondinelli in der Franziskanerkirche Santa Croce, in der er den Prior der Dominikaner, Fra Savonarola als Ketzer bezeichnete und dessen Behauptung, er sei göttlich inspiriert, Worte eines falschen Propheten nannte. Savonarola lehnte die von dem Franziskaner geforderte Feuerprobe zum Beweis seiner Schuld ab, aber sein Stellvertreter Domenico nahm sie an seiner Statt an.

Dennoch kam es nicht zu dem Gottesurteil, da der Franziskaner plötzlich von lähmender Furcht erfüllt um Absetzung des Urteils bat.

Da Ihr, Heiliger Vater, uns mit väterlicher Strenge aufgetragen habt, die Angriffe des Priors gegen Eure Person zu unterbinden, haben wir die Aufwiegler Fra Girolamo Savonarola und dessen Ordensbrüder Fra Domenico und Fra Silvestro, die während der Verhaftung Savonarolas mehrere unserer Soldaten mit dem Schwert niederstreckten, in den Kerker werfen lassen und werden sie ihrer gerechten Strafe zuführen.

Leider sind bei dieser Verhaftung auch einige Brüder der Dominikaner und andere Personen ums Leben gekommen. Wir bitten Eure Heiligkeit inbrünstig um Absolution für die begangenen Gewalttätigkeiten.

Eure Heiligkeit weiß um die Halsstarrigkeit des Priors von San Marco. Wir bitten deshalb Eure Heiligkeit um Erlaubnis, nötigenfalls die hochnotpeinliche Befragung nach dem von der heiligen Inquisition festgelegten Verfahren anwenden zu dürfen, um Fra Savonarola zu einem umfassenden Geständnis der ihm zur Last gelegten Verbrechen zu bewegen.‘

Papst Alexander verlangte die sofortige Auslieferung der drei Aufrührer, um sie vor ein Kirchengericht in Rom stellen zu können.

Die Signoria lehnte dies unmissverständlich ab. Sie gestattete jedoch, dass Papst Alexander zwei Gesandte zu dem Prozess entsandte, die ihm von der ordnungsgemäßen Durchführung des Ketzerprozesses berichten konnten.

Am Tag vor Prozessbeginn ließ der Gonfalionere den Richter zu sich kommen. Er bot ihm keinen Stuhl an.

„Ich akzeptiere kein anderes Urteil als den Schuldspruch ‚Tod‘. Diese Männer müssen sterben, damit endlich wieder Ruhe in der Stadt einkehrt. Sie müssen sterben, damit wieder Friede mit dem Papst herrscht. Sie müssen sterben, damit wir wiederum Verbündete suchen können und nicht ohne Bündnisse sämtlichen Gefahren der Politik anderer Staaten ausgesetzt sind. Sie müssen sterben, damit jede Verschwörung in der Stadt unterdrückt wird. Kurz, sie müssen zum Tode verurteilt werden!“

Im Prozess am 9. April fragte der Richter im Beisein der Abgesandten des Papstes den Angeklagten Savonarola, der aufrechten Hauptes und mit trotziger Miene vor ihm stand:

„Ihr habt behauptet, Eure Voraussagen seien göttlich inspiriert. Bekennt Ihr Euch schuldig der Ketzerei gegen die heilige Mutter Kirche?“

„Ich bin und war immer ein treuer Sohn der Kirche“ antwortete Savonarola mit fester Stimme.

Der Richter zog die Stirn kraus: „Ihr seid ein treuer Sohn der Kirche?“

Er zog ein Pergament hervor, das ihm von den Gesandten des Papstes übergeben worden war. „Dies ist ein Dokument, das Ihr an die Könige Frankreichs, Spaniens, Ungarns und Deutschlands gesandt habt.“

Er las laut vor:

‚Die Stunde der Rache ist gekommen. Es ist der Wille des Herrn, dass ich neue Geheimnisse enthülle und der Welt die Gefahr offenbare, in welche Gefahren das Schifflein Petri durch Eure Versäumnis geraten ist. Die Kirche ist voller Schmach und Frevel vom Scheitel bis zu den Füßen. Ihr aber legt nicht Hand an, um ihr zu helfen, sondern ihr neigt euch sogar vor der Quelle all dieser Übel. Deshalb ist der Herr erzürnt und hat die Kirche lange Zeit ohne Hirten gelassen. Ich versichere Euch in verbo Domini, dass dieser Alexander kein Papst ist noch dafür gelten darf. Denn abgesehen davon, dass er durch die schändliche Sünde der Simonie den päpstlichen Stuhl erkauft hat und auch noch heute die geistlichen Pfründen an einen jeden vergibt, der ihm

am meisten dafür zahlt; abgesehen von seinen anderen Lastern, die die ganze Welt kennt, behaupte ich auch, dass er kein Christ ist und nicht an das Dasein Gottes glaubt, was das Maß alles Unglaubens überschreitet.'

Der Richter hielt inne.

Es war eine atemlose Spannung im prunkvoll ausgestalteten Raum. Nur die beiden päpstlichen Gesandten, die den Inhalt dieses Briefes kannten, lehnten sich auf ihren gepolsterten Stühlen zurück. Savonarola sah hoch erhobenen Hauptes den Richter an. Der beugte sich über den Unterlagen auf seinem erhöht stehenden Tisch vor und fragte:

„Ist dies der Anfang Eures Schreibens an die Fürsten fremder Mächte?"

„Ja."

„Ihr behauptet, Ihr seid ein treuer Sohn Eurer Kirche?"

„Dies ist kein Schreiben gegen die Kirche, sondern gegen den Missbrauch des Amtes unseres Papstes. Wenn ihr weiter lest, so werdet Ihr feststellen, dass ich ein Konzil angeregt habe, um die Missstände zu beseitigen."

„Damit kommen wir schon zum zweiten Punkt der Anklage gegen Euch. Ihr maßt Euch in Eurem Hochmut und Ehrgeiz an, dass Ihr die Geschicke der Kirche besser lenken könnt als unser Papst?"

„Ich habe nur auf die Missstände in der Kirche aufmerksam gemacht."

„Ihr bekennt Euch in diesem Punkt also für nicht schuldig?"

„Ja."

„Ihr seid der Ketzerei angeklagt. Bekennt Ihr Euch schuldig?"

„Nein."

„Euch wird vorgeworfen, Anschläge auf das Leben des Heiligen Vaters geplant zu haben."

„Ich bin kein Mörder und ich habe nie jemanden zum Mord angestiftet."

„Ihr habt immer wieder behauptet, dass Ihr von Gott inspiriert gewesen seid. Gebt Ihr zu, dass dies gelogen war?"

„Nein."

„Ihr habt also Eure Weisungen von Gott erhalten?"

„Es kann nur Gott mich leiten, das Böse zu bekämpfen. Der Teufel kann das nicht."

„Euer Hochmut wird Euch vergehen" meinte der Richter. „Wir haben die Mittel dazu."

Fra Silvestro gestand schon nach der ersten Folter mit den Daumenschrauben alles, was man ihm in den Mund legte. Seine Aussagen konnte man nicht gegen Savonarola verwenden, weil sie so leicht zu erhalten waren und Fra Silvestro aus Angst vor weiterer Folter auch Geständnisse machte, die eindeutig zu widerlegen waren.

Fra Domenico jedoch war ein widerspenstiger und starrköpfiger Mensch.

Obwohl die Folter immer mehr verschärft wurde, blieb er bei seiner Behauptung, sein Prior sei ein Heiliger. Der habe, so lange er ihn kenne, nie eine Sünde begangen und sei frei von jeglicher Schuld.

Er nahm Daumenschrauben und Fußbrett auf sich, überstand den spanischen Esel und die eiserne Jungfrau. Selbst als man ihn halb tot auf die Streckbank schnallte und ihm Sehnen rissen und Gelenke ausgekugelt wurden, blieb dieser verstockte Mensch trotz seiner fast unmenschlichen Qualen bei seiner Behauptung, weder sein Prior noch er selbst seien der ihnen zu Last gelegten Verbrechen schuldig.

Es blieb dem Recht sprechenden Richter nichts anderes übrig, als ihn ohne Schuldgeständnis zum Tode zu verurteilen. Dies war zwar nach den Vorschriften der Inquisition nicht möglich, doch die beiden Kardinäle, die als Gesandte des Papstes an allen Verhören teilnahmen, drückten gnädig ein Auge zu.

Savonarola selbst gestand unter der Folter bald alles, was man von ihm hören wollte. Doch am nächsten Tag widerrief er sein Geständnis.

Erst als man ihn wieder folterte, gab er seine Verbrechen erneut zu.

Doch wiederum widerrief er einen Tag später sein Eingeständnis.

Nun wurde, damit man sich nicht zum Narren machte, die Intensität der Folter gesteigert.

So gab er nach dem dritten hochnotpeinlichen Verhör endgültig und ohne Widerruf zu, sich der Ketzerei und der versuchten Kirchenspaltung schuldig gemacht zu haben.

Er gestand, dass er ihm vertraute Beichtgeheimnisse sowohl der Familie der Medici als auch hoher Würdenträger in Florenz in der Form von Visionen und Prophezeiungen verraten habe.

Er räumte auch ein, dass er das Volk aufgewiegelt habe.

Er bekannte freimütig, dass er ein allgemeines Kirchenkonzil habe durchsetzen wollen und sich damit des Ehrgeizes und Hochmuts schuldig gemacht habe.

Er bekannte zum Schluss alles, was man ihm in den Mund legte. Sein Widerstand war endgültig zerstört. Sein Geständnis unter der Folter musste er dieses Mal schriftlich niederlegen. Er tat dies mit zitternder Hand, körperlich und geistig gebrochen.

Während der nächsten drei Wochen wurde er soweit gesund gepflegt, dass er wieder selbständig laufen konnte und die Wunden einigermaßen vernarbt waren. Auch seine beiden gefangen gehaltenen Mitbrüder hatten sich durch die aufopferungsvolle Pflege von zwei Nonnen aus dem Kloster der Benediktinerinnen wieder so weit erholt, dass man sie nun dem Volk zeigen konnte, ohne dass sie zu sehr Mitleid erregt hätten.

Am 23. Mai 1498 holten die Soldaten die drei Ketzer aus dem Gefängnis.

„Zieht eure Kutten und Schuhe aus" befahl der Anführer des Trupps.

Die drei Mönche gehorchten und entledigten sich Ihrer Mönchskutten. Nun standen sie nur im Unterkleid da. Ihre Kreuze, die sie an einem Strick um die Hüften trugen, durften sie behalten.

„Mitkommen" herrschte sie der Soldat an.

Nichts war geblieben von der Hochachtung, die er Savonarola noch vor zwei Monaten erwiesen hatte.

Zu Fuß wurden sie, von einer lärmenden Menge neugierig und schamlos beäugt, die kurze Strecke vom Bargello nach Südwesten auf die Piazza della Signoria geführt.

Diese Piazza war Schauplatz des Verbrennens der Eitelkeiten genauso gewesen wie Ort des missglückten Gottesurteils. Nun sollte es das Forum sein, auf dem der größte Gegner Alexanders VI. und dessen treueste Anhänger ihr ketzerisches Leben aushauchen sollten.

In der Mitte des Platzes war dieses Mal ein Podest mit drei Galgen aufgebaut. Aufrechten Hauptes schritten die drei Verurteilten hinter dem Henker auf einer Art Laufsteg von der Signoria zum Galgen fast in der Mitte der Piazza.

Somit waren die Gefangenen über den Köpfen der Zuschauer und konnten auch aus einiger Entfernung beobachtet werden.

Ein weltlicher Priester folgte ihnen bis zu dem Galgen. Er las halblaut Texte aus dem Johannesevangelium. Direkt hinter ihm stand Bernhard.

Dieses Mal war das Volk ruhiger. Die Signoria hatte für jeden der Zuschauer Brot austeilen lassen und alle waren damit beschäftigt, sich neben dem Schauspiel wieder einmal satt zu essen. Dennoch waren längst nicht so viele zu dem erregenden Schauspiel gekommen wie zu dem Gottesurteil.

Diejenigen, die immer noch treu zu Savonarola hielten, hatten Angst, exkommuniziert zu werden, sollten sie Sympathie oder Mitgefühl für diese geschundenen Kreaturen zeigen. ‚*Gerecht oder ungerecht, wir müssen uns in acht nehmen*‘, schrieb am gleichen Tag ein den Prior glühend verehrender Apotheker in sein Tagebuch. ‚*Ich werde nicht gehen*‘.

Auf dem Podest angekommen, drehten sich die Verurteilten zum Volk, das kauend auf das Schauspiel der Vollstreckung des Todesurteils wartete.

Bernhard hatte den Geistlichen, der die drei Verurteilten mit seinen Gebeten auf ihrem letzten Weg begleiten sollte, gebeten, sich ihm anschließen zu dürfen. Nerotto, der Priester, hatte zugestimmt.

Nun stieg Bernhard hinter Nerotto mit auf das Podest. Er hatte die Hände gefaltet und betete.

„Ihr werdet nun den Tod der Märtyrer erleiden" sagte Nerotto ungeachtet dessen, ob jemand ihn hören könne.

An Savonarola gewandt, fragte er: „Ist das Euer Wille?"

Und Savonarola sah beide, den Priester und Bernhard, der die Augen nicht von ihm wenden konnte, an und sagte mit fester Stimme „der Herr hat so viel für mich gelitten!"

Danach nahm er sein Kruzifix, richtete seinen Blick auf dieses Abbild des Leidens Christi und küsste es. Während ihnen von dem Henker von Florenz das Seil um den Hals gelegt wurde, stimmte Fra Domenico das ‚Te deum' an und die beiden Brüder fielen in die Lobpreisung Gottes ein. Ihre Stimmen waren klar und fest.

Ihre Glieder zuckten, als sich die Schlinge um ihren Hals ruckartig zuzog und die Füße den Halt verloren hatten. Ihr Gesang war erstorben.

Ein Seufzen ging durch die Menge.

Straßenjungen hoben Steine vom Boden auf und steinigten die Körper, die im Todeskampf zappelten. Die Obrigkeit schritt nicht ein.

Einige der ‚Heuler' zeigten nun doch etwas Mut. Der Gefahr, verhaftet zu werden, trotzend, knieten sie auf dem Platz nieder und beteten.

Als die leblosen Gestalten nur noch leise am Galgen schaukelten, brachten die Soldaten Reisigbündel zu ihren Füßen an, die sie mit Schießpulver, Harz und Pech durchsetzten und dann anzündeten.

Die an den Galgen hängenden Leichen waren in wenigen Sekunden von lodernden Flammen umhüllt. Nach kurzer Zeit verriet ein Funkenregen, dass die Stricke gerissen waren und die leblosen Körper jetzt inmitten der Feuer vollständig verbrannten.

Die Asche von Fleisch, Knochen, Stoff und Holz wurde nach dem Erkalten in Körbe gefüllt und in die Fluten des Arno gestreut.

Nicht ein Knöchelchen sollte als Reliquie übrig bleiben.

Vom fernen Rom aus hatte der Papst vor der Hinrichtung den Ketzern gnädig die Absolution von ihren Sündenstrafen erteilt.

Kapitel 20

Lucrezia und Alfonso

Lucrezia Borgia, (1480-1519), *italienische Fürstin. Lucrezia wurde als Tochter von Rodrigo Borgia, dem späteren Papst Alexander VI., und Schwester von Cesare Borgia in Rom geboren. Am Hof von Ferrara versammelte Lucrezia die berühmtesten Künstler, Schriftsteller und Gelehrten der Zeit um sich. Vor allem, um ihren Vater zu verunglimpfen, geriet Lucrezia in schlechten Ruf. In Historikerkreisen ist man sich allerdings einig, dass die Vorwürfe gegen Lucrezia jeder historischen Grundlage entbehren.*

„Eure Heiligkeit, liebster Vater, ich bin doch glücklich in der Zurückgezogenheit meines Klosters. Bitte zwingt mich nicht, wieder zu heiraten."

„Lucrezia, das geht nicht. Du kannst Dich nicht ewig im Kloster verstecken."

„Ich will nicht noch einmal diese Erniedrigung mitmachen. Diese Verdächtigungen, das Tuscheln. Ich kann nicht einmal dagegen vorgehen, denn dann würde alles nur noch schlimmer werden."

„Gott weiß, dass diese Beschuldigungen grundlos sind, meine Tochter. Aber am besten kannst Du dagegen angehen, wenn Du verheiratet bist. Gräme Dich nicht wegen dieses Sforza. Das ist vorbei. Ich habe einen jungen Mann für Dich ausgesucht. Der ist sicher nicht impotent. Du kannst den noch formen, Lucrezia. Bei Deiner Anmut und Deinem lieblichen Gesicht wird er alles für Dich tun."

Die Schmeicheleien Alexanders zeigten Wirkung.

„Wie alt ist er, Euer Heiligkeit?"

„Er ist siebzehn."

Zunächst war Lucrezia entsetzt. „Er ist ja jünger als ich selbst!"

„Nur ein Jahr. Warte, ich habe ein Bild von ihm. Ich habe seinen Großvater, den König von Neapel, gebeten, es anfertigen zu lassen."

Und er reichte Lucrezia ein kleines Portrait, das ein halbwegs geschickter Maler von dem Jüngling angefertigt hatte.

Es zeigte einen jungen, hübschen Mann mit melancholischen Augen und einer hohen Stirn. Die Gesichtszüge waren ebenmäßig. Er trug die Kleidung eines neapolitanischen Edelmannes. Dennoch war er kein Schönling. Aber auf Lucrezia machte das Abbild keinen unangenehmen Eindruck. Deshalb fragte sie jetzt, wer er sei.

„Es ist Alfonso, Herzog von Biseglia. Der illegitime Sohn des Erbprinzen von Neapel. Ich wusste, dass Du vernünftig sein würdest. Ich habe die Verlobung bereits in die Wege geleitet."

Lucrezia war gegangen.

Der Papst betrachtete erleichtert den Entwurf der Verlobungsvereinbarung, der auf seinem Schreibtisch lag. Das Gespräch mit seiner Tochter war besser gelaufen, als er erwartet hatte. Aber Lucrezia war nur die

Beigabe an den König von Neapel. Das eigentliche Ziel war die Hochzeit Cesares mit Carlotta von Neapel, der Tochter des Königs Federigo. Wenn dies zustande käme, würden die Borgia bald drei Viertel Italiens beherrschen. Sobald diese Verlobung unterschrieben war, würde er den König von Neapel unter Druck setzen. Dann hätten seine drei verbliebenen Kinder mit Vanozza alle in das Königshaus Neapel eingeheiratet.

Es klopfte leise an der Tür. Bevor der Papst reagieren konnte, stand Cesare bereits im Zimmer.

„Eure Heiligkeit, der Erzbischof von Cosenza ist in seinem Verließ in der Engelsburg gestorben. Selbst vor seinem Tod hat er nochmals behauptet, er habe diese Dispens zu Scheidung im letzten Jahr in Spanien auf Eure Weisung hin erteilt. Er habe auch die Bezahlung dafür an Euch weitergeleitet. Für seine Lügen habe ich ihm die Sterbesakramente verweigert."

„Ich glaube, er hatte bei Wasser und Brot genügend Zeit zu bereuen. Gesündigt hat er im Kerker ja sicher nicht mehr" meinte der Papst beiläufig. „Trotzdem bete ich, dass der Herr seiner Seele gnädig sei."

„Betet auch gleich für Euren alten Hausmeister mit, Eure Heiligkeit. Ich glaube, der wird auch nicht mehr lange leben."

„Der arme Petrus. Hat er immer noch nicht gestanden, ein heimlicher Jude zu sein? Ich schlage vor, Du redest noch einmal persönlich mit ihm Als Bischof muss er doch genügend Geld beiseite geschafft haben. Wir setzen den Preis für seine Freilassung und meine Vergebung nicht ganz so hoch an. Dann wird er bestimmt zustimmen. Immerhin hat er mir viele Jahre treu gedient. Er wird doch nicht im Verließ sterben wollen. Mach ihm noch mal klar, dass auch die anderen dreihundert, die als rückfällige Juden festgenommen wurden, alle bezahlt und gebüßt haben. Alle sind wieder frei."

Gerade, als Kardinal Cesare Borgia den Raum wieder verlassen wollte, meinte Alexander:

„Der Bischof von Cosenza soll dennoch ein offizielles Begräbnis haben. Er hat für seine Schuld ja nun gebüßt. Nur sorge dafür, dass man den Sarg vernagelt, bevor der die Engelsburg verlässt. Ich denke, ein ausgemergeltes Gesicht ist kein schöner Anblick für eine öffentliche Zurschaustellung. Unser ‚Cerberus‘, (. *Cerberus = Hund, der die Toten am Eingang des Hades empfängt. Es war der Spitzname des Kardinals Giambattista Ferrari aus Modena. Er war Datar des Papstes, also für die Finanzen zuständig*) soll sich darum kümmern, dass sein Erbe für die Kirche gesichert wird."

Am selben Abend setzte er eine Erklärung auf, die sein Sohn schon lange gewünscht, vor der er sich aber lange Zeit gescheut hatte.

Die Anzeichen, dass sein Sohn vielleicht doch ein Brudermörder war, verdichteten sich immer mehr. Dennoch liebte er Cesare. Den Herzog von Gandia machte nichts mehr lebendig. Es brachte Alexander auch nicht weiter, darüber zu grübeln, ob Cesare der Mörder war. Seine Schuld war nicht erwiesen. Wahrscheinlich war es doch nur ein böswilliges Gerücht.

Aber Cesare konnte das Geschlecht der Borgia reich und unsterblich machen. Der hatte die Kraft, die er selbst in sich fühlte. Er konnte vollenden, was er selbst aus eigenem Antrieb begonnen hatte. Doch dafür musste Cesare die geistlichen Würden, die er sowieso hasste, abgeben. Für die Kirche war das sicher besser. Für Cesare auch. Und für ihn, den Papst, ebenso.

Am 14. August machte der Papst vor dem versammelten Kardinalskollegium folgendes Eingeständnis:

„Brüder im Herrn!

WIR müssen gestehen, dass WIR gelogen haben, als WIR in einer Bulle Kardinal Cesare d' Ariganos als legitimen Sohn des Domenico d' Ariganos und seiner Ehefrau Vanozza de' Catanei bezeichnet haben. Kardinal Cesare ist ein illegitimer Sohn, hervorgegangen aus der sündigen Beziehung zwischen UNS und Vanozza de' Catanei. WIR erkennen ihn als UNSEREN Sohn an. Sein Name ist nun Cesare Borgia. Es ist dem Kardinal bewusst, dass er unter diesen Umständen seine Ämter an die Kirche zurückgeben muss. WIR erklären daher die Verleihung der Kardinalswürde an Cesare Borgia für ungültig."

Cesare, den er mit dieser Erklärung überrascht hatte, strahlte zufrieden. Nun war er endlich die ungeliebten Ämter los. Jetzt konnte er doch noch zeigen, was wirklich in ihm steckte. Er war zum Feldherrn und Politiker geboren. Er war derjenige, der das Geschlecht der Borgia vom kleinen spanischen Adel zu einem der angesehensten Geschlechter Europas machen würde. Ihm würde eines nicht fernen Tages Italien gehören.

Alle anderen anwesenden Kardinäle waren mit dieser Entscheidung Seiner Heiligkeit, des Papstes, sehr einverstanden.

Die Ereignisse überschlugen sich.

Noch im August fand die erneute Hochzeit Lucrezias mit Don Alfonso, Herzog von Biseglia, im Vatikan statt. Diese Vermählung wurde nur im engsten Familienkreis gefeiert. Es war der ausdrückliche Wunsch Lucrezias gewesen, die während der Zeit im Kloster zu ihrer Unbefangenheit und Fröhlichkeit zurückgefunden hatte und der Papst hatte ihr diesen Wunsch erfüllt.

Schon während der Hochzeitsfeier war für jedermann ersichtlich, dass die beiden jungen Leute sich tatsächlich ineinander verliebt hatten.

Alexander sandte kurz nach der Hochzeit eine erneute Botschaft an Federigo von Neapel. Nun, da die Hochzeit seiner Tochter Lucrezia mit dem Sohn des neapolitanischen Erbprinzen erfolgt war, zudem sein Sohn Giofre mit Sancia von Aragonien, der Nichte Federigos verheiratet war, wurde es Zeit, die Bande zum Königreich Neapel noch weiter zu festigen. Er hatte sich Prinzessin Carlotta von Neapel als zukünftige Frau Cesares ausgesucht.

Kurze Zeit später kam die Antwort.

Alexander lehnte sich in seinem Sessel am Schreibtisch zurück. So schnell hatte er mit der Antwort auf seinen Heiratsantrag nicht gerechnet. Als er das Siegel aufgebrochen und den Brief, den das Königshaus Neapel auf seine Werbung gesandt hatte, las, konnte er seine Enttäuschung nicht verbergen.

Er bat Cesare zu sich.

„Cesare, Carlotta sträubt sich, Dich zu heiraten. Sie will mit einem ‚Pfaffen und Pfaffensohn‘, wie sie es nennt, nichts zu tun haben. Ich vermute allerdings, dass ihr Vater hinter der Ablehnung steckt und Carlotta nur vorschiebt."

Cesares Blick verdüsterte sich.

„Dieser Narr. Der müsste mich doch kennen. Schließlich habe ich ihn als Euern Legat letztes Jahr wieder zum König gekrönt. Weiß der wirklich nicht, dass mir nichts verweigert werden kann?"

Auch Alexander war nicht bereit, so schnell aufzugeben. Aber mit Drohungen erreichte man in diesem Fall gar nichts.

„Beruhige Dich, Cesare. Carlotta wird am Königshof in Frankreich erzogen. Wir könnten versuchen, über Ludwig herauszubekommen, ob es wirklich Carlotta ist, die sich sträubt."

„Nachdem Ihr, Heiligkeit, Frankreich die Krone Neapels wieder entrissen habt?"

Alexander lächelte listig.

„Das war Karl, nicht Ludwig, der als König von Neapel wieder abdanken musste. Aber Gott in seinem unergründlichen Ratschluss steht uns bei. Ludwig erfleht meine Hilfe. Er will von mir eine Ehedispens. Mit seiner Frau, der missgestalteten Johanna, hat er es besonders schwer, seine Ehepflichten zu erfüllen. Jeder normal gebaute Mann wünscht sich als Beischläferin jemanden, vor der man sich nicht ekelt. Deshalb möchte er sich scheiden lassen. Ich muss eingestehen, als Mann kann ich dieses Ansinnen verstehen."

Cesare lachte. „Burcardus hat mir erzählt, dass ich einen kleinen Bruder bekommen habe, einen ‚Infans Romanus' , wie Burcardus sich ausdrückte. „War es da mit den Pflichten leichter?"

„Ich glaube, ich werde mit Burcardus ein ernstes Wort reden müssen. Aber das tut jetzt nichts zur Sache. Wir müssen uns überlegen, wie wir Carlottas Einwilligung zur Ehe bekommen. Ich könnte Ludwig statt der Bezahlung einer hohen Summe für den Dispens von seiner Ehe anbieten, sich zu bemühen, Carlotta zu überreden. Immerhin bringt seine neue große Liebe als Mitgift die Bretagne mit. So wäre dies für alle Seiten erfreulich. Auch für Dich, Cesare" ermahnte der Papst seinen Sohn zur Ernsthaftigkeit.

„Gegen die Mitgift Carlottas, die Stadt Tarent, habe ich ja auch nichts einzuwenden" meinte Cesare. „Zumal mir jetzt meine Benefizien von 35000 Goldgulden als Kardinal fehlen."

„Das habe ich mir gedacht" amüsierte sich Alexander. „Deshalb habe ich beschlossen, Dich an den französischen Hof zu schicken."

Alexander lehnte sich zurück und zog mit dem Fuß einen Beinschemel heran, um bequemer zu sitzen.

„Du sollst mit Ludwig für mich die Verhandlungen wegen der Scheidung von Johanna führen. Gleichzeitig kannst Du kontrollieren, ob sich Ludwig wirklich für Deine Heirat einsetzt. Zudem triffst Du Carlotta am französischen Hof an." Er schmunzelte. „Wenn Carlotta Dich sieht, wird sie ihre Meinung über Dich bestimmt ändern. Bisher hattest Du mit Deinem Aussehen bei Frauen ja nie Probleme Wir werden Dich auch entsprechend ausstatten, dass Du als mein Sohn Eindruck machst."

Nachdenklich drehte der Papst an seinem Siegelring. „Sollte ihr Vater hinter der Absage stecken, müssen wir uns etwas anderes einfallen lassen. Für den äußersten Fall, dass wir Deine bevorstehende Hochzeit mit Geld erkaufen müssen, werden wir unsere Schatzkammer plündern müssen. Aber nur für den äußersten Fall."

Am 1. Oktober 1498 reiste Cesare zur See nach Frankreich ab

Der ehemalige Kardinal ritt auf einem weißen Pferd mit schwarzem Sattelzeug aus dem Vatikan, ein schwarzes Federbarett mit silbernen Streifen und einer Kokarde auf dem Haupt. Gekleidet war er in ein Gewand von weißem Damast mit goldener Verbrämung. Darüber hatte er einen Mantel von schwarzem Samt geworfen. Ganz nach französischer Mode.

Der Papst sah ihm stolz aus dem Fenster nach.

Vier Kardinäle begleiteten ihn. Doch nicht durch Rom, sondern durch das südlich des Vatikans gelegene kleinbürgerliche Trastevere bewegte sich der Reisezug Cesares. Hunderte von Maultieren trugen seine Schätze, das zusammengeraffte Gut des Kirchenstaats und der Christenheit.

200 000 Dukaten bares Geld oder Ausrüstungsprunk.

Seine edlen Pferde hatten Hufeisen von Silber. In seinem Gefolge befanden sich junge Römer aus adligen Familien, angezogen durch seine gelegentliche Großzügigkeit und Schmeichler, die hofften, sich in seiner Macht sonnen zu können.

Cesares Einzug im französischen Avignon und in Chinon am 19. Dezember war glanzvoller als der eines Königs. Ludwig XII. empfing ihn mit öffentlichen Ehren. Aber nur widerwillig zollte er dem wieder erstarkten Papst in Gestalt dessen Sohnes die Achtung, die Alexander glaubte, erwarten zu können.

Dem vorher ausgehandelten Vertrag zwischen dem Heiligen Stuhl und dem König von Frankreich gemäß brachte Cesare den roten Hut des Kardinals für des Königs Berater, Georg von Amboise, Erzbischof von Rouen, mit.

Wichtiger war dem König allerdings die von ihm sehnlichst erwartete Ehescheidungsbulle. Sie bestätigte, dass die Ehe zwischen Ludwig XII. und seiner bisherigen Ehefrau, der Tochter Ludwigs XI., vor Gott und der Welt ungültig war.

Nun war der Weg frei für seine Heirat mit der Witwe Karls VIII. Die Bretagne gehörte nun dem König von Frankreich.

Cesare begegnete bei Hofe gleich am ersten Tag dem Kardinal Giuliano della Rovere, dem erbittertsten Gegner seines Vaters. Der glühende Hass zwischen den beiden war beinahe fühlbar.

Giuliano, noch immer im französischen Exil lebend, hatte allerdings die Hoffnung verloren, den Kampf mit dem mächtigen Papst zu gewinnen. Er hatte mitbekommen, was den Feinden Alexanders geschehen war. Immer aber hatte der Sohn des Papstes den Drahtzieher gespielt.

Dem Kardinal Ascanio Sforza, einst engster Berater Alexanders, hatte Cesare den Kammerherrn entführen und im Vatikan erdrosseln lassen. Dieser Cesare war in seinem Jähzorn zu allem fähig. Sogar zu offenem Mord. Unter dem päpstlichen Mantel hatte der den Lieblingskämmerer des Papstes erstochen. Alexander war dabei das Blut des Unglückseligen ins Gesicht gespritzt. Aber Cesare war nichts geschehen.

Selbst der Papst schien sich vor der Rache seines verbrecherischen Sohnes zu fürchten.

Nun stand er diesem Monster, das er vor vielen Jahren als kleines Kind im Vatikan bereits kennengelernt hatte, wieder gegenüber.

Giuliano starrte den Papstsohn an. .Es war ein schöner, stattlicher, junger Mann mit dunkelblondem Haar und ebensolchem Bart. Er war hoch und gerade gewachsen, mit dunklen, geheimnisvoll blickenden Augen. Nichts deutete auf dessen Verschlagenheit und Grausamkeit hin, kein Mienenspiel verriet den klaren, durchdringenden Verstand. Er suchte nach Anzeichen der Verderbtheit in seinen Augen, doch der Blick, den Cesare furchtlos auf ihn gerichtet hielt, ließ nichts von alledem erkennen.

Cesare selbst versuchte in den Augen seines Gegenübers die Gefährlichkeit zu ergründen, vor der ihn sein Vater gewarnt hatte. Doch auch Giuliano verstand es, sich nichts von dem anmerken zu lassen, was ihn so stark bewegte. Es war ein gegenseitiges Abschätzen ohne Ergebnis.

Doch die Beiden hatten erkannt, dass die erbitterte Feindschaft sie im Augenblick nicht weiterbringen würde. Getreu dem Motto ,Wenn Du einen Feind nicht besiegen kannst, so mache ihn Dir zum Freund' ergriff Cesare die Gelegenheit, den alten, unbeugsamen Kardinal zu umgarnen.

Er brachte diesem die freundlichsten Grüße seines Vaters. In seiner charmantesten Art überzeugte er den machthungrigen Kardinal, dass sich die Zeiten geändert hätten. Er bat ihn im Namen seines Vaters um vertrauensvolle Zusammenarbeit und Unterstützung. Er schmeichelte seinem Hunger nach Ansehen und umwarb ihn mit Ehrungen. Damit traf er den Nerv des um Anerkennung ringenden Kardinals, dem sein Machtstreben bisher nur Exil und Unterwerfung unter andere Interessen eingebracht hatte.

Giuliano della Rovere fand in den einschmeichelnden Worten Cesares neue Bestätigung. Er hatte erkannt, die Zeit war immer noch nicht reif für seinen Kampf um die Tiara. Vielleicht würde sie es nie mehr sein. Im Augenblick nutzte es mehr, den Papst zu unterstützen, statt ihn zu bekriegen.

So setzte Giuliano in Vertretung des Papstes in Tours dem Erzbischof Georg von Amboise den Kardinalshut auf. Er war jetzt ein Vollstrecker des Willens der Borgia.

„Eminenz, ich werde nicht vergessen, dass der frühere Gatte meiner zukünftigen Frau, Gott habe ihn selig, die schmachvolle Niederlage in Italien nur dem Ränkespiel Alexanders zu verdanken hat" sagte Ludwig.

Während Kardinal della Rovere in einem hohen gepolsterten Stuhl mit seitlichen Armlehnen gemütlich saß, die Arme vor dem Bauch und mit ineinander verschränkten Händen, ging Ludwig vor dem Kardinal in der Bibliothek seines Hauses wie ein gereiztes Raubtier auf und ab, die Hände auf dem Rücken verschränkt.

„Ich selbst konnte mich damals nur mit einem schnellen Rückzug vor einer Niederlage retten."

Er blieb stehen und musterte den Kardinal, als erwarte er einen Einwand. Doch der Kardinal betrachtete nur die Muster des Perserteppichs auf dem Boden.

So fuhr er in seinem Monolog, seinen nervösen Gang wieder aufnehmend, fort.

„Den Fehler, Alexanders Listigkeit zu unterschätzen, werde ich nicht begehen. Wir müssen Alexander für unsere Pläne gewinnen, unsere Rechte in Mailand wahrzunehmen. Schließlich bin ich ein Enkel der Visconti, während Lodovico Sforza nur ein machtgieriger Emporkömmling ist, der die Regierungsgeschäfte für den armen Giangaleazzo übernommen hatte."

Er blieb vor dem Kardinal stehen und sah auf ihn hinab.

„Dass er sich nach dessen Tod zum Herzog ausrufen ließ, war nicht rechtmäßig. Zudem ich heute noch davon überzeugt bin, dass er mit Gift nachgeholfen hat."

„Sire, Ihr habt mit den Katholischen Königen Spaniens und mit England Verträge. Diese beiden Staaten werden Euch in Euren Plänen nicht behindern" versuchte der Kardinal Ludwig zu beruhigen. Nun schmunzelte Giuliano. „Der deutsche Kaiser wird sich nach seiner letzten Exkursion auch nicht so schnell wieder in Italien zeigen; zumal seine Interessen nicht berührt sind."

Ludwig nickte nur zustimmend mit dem Kopf.

Nüchtern wog Giuliano della Rovere die Chancen eines Sieges über Mailand ab. „Venedig und Florenz sind zu schwach, um sich gegen Euch zu erheben. Außerdem ist Venedig zurzeit mit Lodovico verfeindet. Bleibt noch der Kirchenstaat und Neapel. Ihr kennt Alexanders Schwäche für seine Kinder. Wenn Ihr Alexander für Euren Feldzug gewinnt, indem Ihr ihn bei seinen Ambitionen gegen die aufsässigen Barone in der Romagna und seinem Bemühen um Einflussnahme in Neapel unterstützt, habt Ihr nichts zu befürchten."

„Mit Neapel habe ich andere Pläne. Aber das gehört jetzt nicht hierher. Was soll ich konkret für Euren Papst tun?"

„Gebt seinem Sohn einen Herzogtitel und sorgt dafür, dass diese Carlotta sich mit ihm vermählt. Dann habt Ihr Mailand."

Ludwig dachte kurz über das Gehörte nach.

„Ihr seid ein schlauer Fuchs, Eminenz. Ich möchte Euch nicht zum Feinde haben."

„Bei Alexander hat es nichts genutzt" resignierte der Kardinal, nun Ludwig ansehend. „Und Karl hatte nicht auf mich gehört, als ich ein Konzil verlangte, um Alexander zur Rechenschaft zu ziehen. Jetzt ist es zu spät. Der eigentliche Herrscher des Kirchenstaates ist in Eurer Stadt und an Eurem Hof. Ihr könnt ihn nicht mehr loswerden. Aber ihr könnt ihn kontrollieren und für Euch einspannen. Doch ich warne Euch. Haltet die Augen offen und traut ihm nicht blindlings. Er ist ein Ungeheuer. Auch wenn er so aufrichtig erscheint."

„Ich habe mit Carlotta von Neapel gesprochen. Obwohl die Frauen auf diesen Cesare fliegen, kann sie ihn nicht ausstehen. Glaubt Ihr, sie wird es sich anders überlegen?"

„Ich weiß es nicht, Hoheit. Aber was tun wir dann?"

„Was sind das für Zeiten, in denen Mädchen gefragt werden müssen, wen sie heiraten wollen" meinte Ludwig mürrisch. „Kann denn ihr Vater nicht ein Machtwort sprechen?"

„Ich glaube, er will nicht. Schon jetzt haben zwei der Borgiakinder in das Herrscherhaus eingeheiratet. Ich glaube, Neapel hat mit Recht Angst, dass Cesare einmal König von Neapel werden könnte. Das soll verhindert werden."

„Das werde sogar ich verhindern. Immerhin habe ich als Erbe der Anjou einen Anspruch auf Neapel. Aber zunächst einmal müssen wir Alexander einen anderen Köder anbieten, damit wir ihn auf unsere Seite bekommen" meinte Ludwig nachdenklich.

Plötzlich hellte sich seine Miene auf.

„Ich glaube, ich hab's. Wenn ich diesen Cesare zum französischen Herzog mache, binde ich ihn durch seinen Treueschwur an mich. Als Frau biete ich ihm die Schwester des Königs von Navarra, Charlotte, an. Oder meine Nichte, die Tochter des Grafen von Foix. Das hat den unglaublichen Vorteil, dass er auf meiner Seite kämpfen muss, sollte sich nochmals die Gelegenheit ergeben, dass ich Neapel erobern kann. Wie gesagt, bestehen auch da verwandtschaftliche Beziehungen mit dem Königshaus von Frankreich." Er grinste. „Was sagt Ihr nun, Eminenz?"

Kardinal Giuliano della Rovere nickte nachdenklich. „Das könnte gehen. An welches Herzogtum habt Ihr gedacht?"

Wieder grinste Ludwig amüsiert. „Valentinois und Diois. Darauf bestehen sowieso irgendwelche kirchlichen Ansprüche."

„Ich werde Alexander zunächst mal Honig um den Bart schmieren" sagte Giuliano. „Mit dem Vorschlag dürfen wir nicht zu früh herausrücken. Sonst wird Alexander misstrauisch."

Am gleichen Abend noch schrieb er:

,Dies will ich Eurer Heiligkeit nicht verschweigen, dass der Sohn Eurer Heiligkeit eine solche Bescheidenheit, Klugheit, Geschicklichkeit und solche Gaben des Leibes und der Seele besitzt, dass er hier alles für sich eingenommen hat, bei dem Könige und dem ganzen Hofe in höchster Gunst steht und überhaupt von allen hochgehalten wird. Mit tausend Freuden will ich davon Zeugnis geben.'

Im gleichen Brief jedoch schrieb er weiter, dass sich die Verhandlungen mit Carlotta in die Länge ziehen würden.

,Obwohl seine allerchristlichste Majestät und ich alles nur Erdenkliche unternehmen, die neapolitanische Prinzessin von Ihrer Abneigung gegen den Sohn Eurer Heiligkeit abzubringen, und diese Abneigung durch nichts gerechtfertigt ist, so ist es weder seiner Majestät noch mir gelungen, diese halsstarrige Prinzessin eines Besseren zu belehren.'

Enttäuscht beschwerte sich Alexander in seinem Antwortbrief an Kardinal della Rovere über den Treubruch des Königs, der versprochen habe, für seine vor Gott getrennte Ehe eine neue für seinen Sohn zu stiften. Nun würde er ihn, Alexander, dem Spotte der Welt aussetzen; denn es sei ‚weltkundig, dass mein Sohn nur dieser Vermählung wegen nach Frankreich gereist‘ sei.

Noch einmal beteuerte Kardinal della Rovere in einem weiteren Brief, dass sowohl er selbst als auch der König nichts unterließen, um den Widerstand Carlottas zu brechen. Aber Liebe und Zuneigung könne auch ein König nicht erzwingen. Sollte daher trotz aller Bemühungen ein Werben vergeblich sein, so böte der König von Frankreich Cesare die Hand seiner Nichte, der Tochter des Grafen von Foix oder gar die der Schwester des Königs von Navarra, der Prinzessin d’ Albret, aus französischem Königsstamm. So wolle Ludwig zeigen, dass er zu seinem Wort stehe. Cesare könne seine Wahl treffen. In seinem eigenen Land könne Ludwig garantieren, dass niemand sich dem Wunsche seines Königs verweigere.

Mit der Prinzessin aus königlichem Geblüt waren Cesare und Alexander zufrieden.

Am 22. Mai 1499 berichtete Alexander seinen Kardinälen, dass die Hochzeit seines Sohnes mit der Prinzessin d’ Albret erfolgt sei. Die Straßen Roms wurden zum Zeichen der Freude die ganze Nacht durch Tausende von Fackeln beleuchtet.

‚Mein liebster Bruder

Unser Vater hat mir von Deiner Hochzeit mit einer französischen Prinzessin berichtet. Ich freue mich für Dich, dass auch Du das Glück einer erfüllten Ehe kennenlernst.

Ich selbst bin ungeheuer glücklich. Mein Mann ist der zärtlichste Liebha-

ber, den Du Dir vorstellen kannst, auch wenn er ein Jahr jünger ist als ich. Wir waren ja beide in diesen Dingen noch nicht erfahren, aber ich darf Dir jetzt ein Geheimnis anvertrauen, das außer meinem Mann noch niemand weiß. Nicht einmal unser Vater. Ich bin im dritten Monat schwanger.

Ich bete zu Gott, dass ich meinem Gemahl einen Thronfolger schenken werde. Schon jetzt lade ich Dich zur Taufe meines Kindes, das im November zur Welt kommen wird, ein.

Vater hat sich so über Deine Heirat gefreut, dass in Rom alle Straßen beleuchtet wurden. Aber das hast Du inzwischen sicher schon erfahren.

Was Du aber wahrscheinlich noch nicht erfahren hast, weil wir darüber nicht reden, ist, dass auch Dein jüngerer Bruder beinahe einem Attentat zum Opfer gefallen wäre. Es wäre nicht auszudenken gewesen, wenn diese Verbrecher außer Giovanni auch noch Giofre erwischt hätten. Aber außer einer Narbe am Bein von einem Dolchstoß ist bei ihm nichts zurückgeblieben.

Ich hoffe, Du bist vorsichtig. Ich weiß nicht, wer hinter diesen Mordanschlägen steckt. Aber Vater vermutet, es seien die Sforza. Deshalb hat er Kardinal Ascanio Sforza, mit dem er sich früher so gut verstanden hat, die Städte Nepi und Forlignio weggenommen und mich zur Statthalterin eingesetzt. Ich habe jetzt meine eigenen Benefizien, die mir Geld einbringen.

Aber wer es auch ist, der Giovanni umgebracht hat, die Orsini oder die Sforza, Du musst mir versprechen, dass Du vorsichtig bist. Ich möchte nicht noch einen Bruder verlieren.

Vater ist sehr mit den Vorbereitungen für das Heilige Jahr 1500 beschäftigt. Er möchte, dass die Pilgerzahlen in diesem Jahr so groß werden wie noch nie und dazu bedarf es ungeheurer Vorbereitungen. Er überlegt Tag und Nacht, wie er die Gelder, die all die Feiern in diesem gewaltigen Jubeljahr verschlingen werden, auftreiben kann. Wahrscheinlich muss er die Zahl der Kardinäle und Beamten im Vatikan drastisch erhöhen. Die Ablassprediger in Italien und Spanien, auf die er so große Hoffnungen gesetzt hat, bringen kaum Geld ein. Hier haben die Leute einfach zu wenig Angst, dass sie für ihre Sünden büßen müssen. Nur in den Ländern jenseits der Alpen bringt das der Kurie Gewinn. Vater sagt, es sei erfreulich, wie gläubig die einfachen Menschen dort seien.

Er hat diesen heidnischen Circus, das Kolosseum, genauso wie das ehemali-

ge Forum Romanum und andere Monumente an Steinbrüche und Werkmeister verpachtet, für ein Drittel des Ertrages, nur, damit Geld in die Schatztruhen kommt.

Da fällt mir gerade ein: in Antium hat man in einer unterirdischen Kammer eine Statue dieses Gottes der Dichtkunst und des Lichtes, Apollo, gefunden. (Heute bekannt als Apollo von Belvedere) Du wirst nicht erraten, wer den gekauft hat. Kardinal della Rovere, mit dem Du gerade zusammen bist. Über einen Mittelsmann. Ich wusste gar nicht, dass er heidnische Götter sammelt.

Doch jetzt muss ich die Feder zur Seite legen. Meine Zofe hat mir mitgeteilt, dass mein wunderschöner Gatte gerade angekommen ist.

Deine Dich sehr liebende Schwester

Lucrezia'

Kapitel 21

Der Medici in Maulbronn

Medici, *florentinische Bankiersfamilie, die ab dem 15. Jahrhundert bis zu ihrem Erlöschen 1737 faktisch Florenz bzw. die Toskana beherrschte. Die Medici sind seit dem frühen 13. Jahrhundert als Händler und Bankiers in Florenz bezeugt und seit der zweiten Hälfte des 13. Jahrhunderts auch in öffentlichen Ämtern der Stadt. Weit reichende Handelsverbindungen und Geldgeschäfte in ganz Europa machten die Medici zu einer der reichsten Familien im Italien des 15. Jahrhunderts.*

Unter seinem ersten namhaften Vertreter, Giovanni di Bicci (1360-1429), stieg das Haus Medici zum Bankhaus der Kurie auf und wurde in Florenz zu einer nicht zu übergehenden Macht, die geschickt zwischen altem Adel und dem Volk lavierte. Giovannis Sohn Cosimo de' Medici, genannt Cosimo der Alte (1389-1464), übernahm 1434, ohne ein offizielles Amt innezuhaben, praktisch die Herrschaft in Florenz und wurde zum wohl reichsten Mann Italiens. Unter seinem Enkel Lorenzo dem Prächtigen (1449-1492) stieg Florenz zur politisch und kulturell führenden Macht in Italien auf. Lorenzos zweiter Sohn Giovanni wurde 1513 als Leo X. zum Papst gewählt.

Tief verstört war Bernhard nach Maulbronn zurückgekehrt. Er verbrachte jetzt viel Zeit in der Klosterkirche im Gebet. Gerade dachte er wieder an das Ende Savonarolas. Er betrachtete die bis auf die Gesichter völlig vergoldeten Figuren am Hochaltar, die Szenen der Kreuzigung und Kreuzabnahme zeigten.

Einerseits freute es ihn, dass er wieder zu Hause war. Die tiefe Gläubigkeit der Klostergemeinschaft tat ihm gut. Hier musste er nicht um Wahrheiten ringen. In dieser Gemeinschaft gab es keinen Zweifel an Himmel und Hölle. Die Gewissheit des ewigen Lebens war hier unumstößlich. Wer fromm und gerecht seinen Lebensweg ging, wer ein gottgefälliges Leben in Armut führte, der konnte sich der göttlichen Gnade sicher sein. Der Weg ins Paradies war klar und deutlich vorgezeichnet.

Keine heidnischen Schriften verbreiteten Zweifel. Kein Philosoph stellte den Menschen in den Mittelpunkt des Weltgeschehens. Kein Epikur konnte hier mit seiner dreihundert Jahre vor Christus verbreiteten Lehre Anhänger finden, dass Lust das höchste Gut und Hauptziel im Leben sei.

Rechter Hand über der romanischen Totenpforte fiel plötzlich durch das runde Fenster mit dem eingearbeiteten Kreuz das helle Licht der Sonne in einem grellen Strahl in das Innere der Kirche. Wie die Strahlen aus dem Auge Gottes. Alles Sein war auf Gott ausgerichtet. Diese innere Ruhe tat Bernhard gut.

Andererseits war diese Ruhe aber auch düster und immer in Gefahr durch den verderblichen Einfluss Satans. Immer tiefer glaubten sich die Gläubigen verstrickt in Sünde und Schuld. Der Teufel lauerte überall. Die Angst vor satanischen Machenschaften war nie größer gewesen. Diese unüberwindliche Furcht wurde noch geschürt von den im Auftrag des habsüchtigen Papstes von Ort zu Ort ziehenden Bußpredigern, die den Menschen die Qualen der Hölle und die Marter des Fegefeuers immer drastischer vor Augen führten, um diese zu nötigen, ihr Geld für die Vergebung ihrer Sündenstrafen zu opfern.

Noch etwas beunruhigte die einfachen Menschen. Seit Erscheinen des Hexenhammers, der Anleitungen gab, wie jegliche Teufelsbrut eindeutig an gewissen Anzeichen erkannt werden konnte, hatte die Zahl der Hexen und Hexer enorm zugenommen.

Aber obwohl früher angebliche Hexer, Hexen und Ketzer sich zum Teil von dem Verdacht der Hexerei oder Häresie reinwaschen konnten, war dies praktisch nicht mehr möglich.

Nun wurden die Verfahren von der Folter begleitet. Es gab niemanden mehr, der nicht gestand.

Außer denjenigen, die an ihrer Uneinsichtigkeit oder Nachlässigkeit der Folterknechte während der Folter gestorben waren. Die Güter der Verurteilten oder auch der Uneinsichtigen wurden eingezogen und mehrten in jedem Fall den Besitz der Kirche.

Rhythmischer Hufschlag näherte sich dem Tor des Klosters von Maulbronn. Bruder Bonifaz stand von seinem Stuhl in der Pförtnerstube auf.

Es war ein nasskalter Novembertag und der Wind trieb die tiefhängenden Wolken über das Land. Das Kloster wirkte grau und düster. Die umliegenden Höhen, von Mischwald bedeckt, verstärkten den trostlosen Eindruck, den die blattlosen Buchen zwischen Fichten in einem glanzlosen Grün vermittelten. Es war eine Zeit des Sterbens der Natur.

Der Bronzering schlug laut hallend auf den Amboss des aus starkem Eichenholz gefertigten Tores des Klosters.

Bonifaz sah erstaunt auf den Trupp Soldaten, der vor einer Kutsche mit einem goldenen Wappen an den Seitentüren auf der Brücke stand. Es musste sich um eine hochgestellte Persönlichkeit handeln. Aber Bonifaz wusste mit dem Wappen nichts anzufangen. Es war keines, das er je gesehen hatte.

„Meldet uns beim Abt an. Ihre Eminenz, der Kardinal de Medici, wünscht ihn zu sprechen" schnarrte der Truppführer militärisch kurz.

Bonifaz verbeugte sich kurz vor der Kutsche und öffnete das Tor. Er schritt rüstig dem berittenen Zug voran, nachdem er die Einfahrt hinter der Kutsche wieder geschlossen hatte und geleitete den hohen Gast so zuerst zu dem Gästehaus des Klosters.

Dort übergab er die Gäste zunächst an den Herbergsbruder und begab sich danach selbst zum Abt, um die Ankunft des hohen Gastes zu melden.

Nikolaus vom Büchen kam persönlich, um den hohen Besuch abzuholen und zunächst zum Herrenhaus zu geleiten, wo sich sein Gast etwas von der Reise erholen sollte.

Danach wurde ein erstes Gespräch in den Räumen im Abthaus vereinbart.

Der Kardinal erläuterte dem Abt, dass er auf Reise in den Ländern ‚jenseits der Alpen' sei, um die Situation der Kirche in diesem Teil der Welt besser verstehen zu können.

„Ich muss zugeben, dass die Strömungen innerhalb der Kirche zwischen Deutschland und Italien unterschiedlicher nicht sein können" antwortete der Kardinal auf die Vorhaltungen des Abtes, Italien und die Kirche würden sich vom wahren Glauben entfernen. „Ich anerkenne die tiefe Gläubigkeit, die ich im Norden Europas kennengelernt habe. Hierin bin ich wie Ihr der Ansicht, dass sich der römische Klerus" und er fügte leise lächelnd hinzu „ich darf mich dabei nicht ausnehmen!" wieder machte er eine kleine Pause „dass sich der römische Klerus zu sehr um weltliche Dinge kümmert."

„Unser Heiliger Vater …" begann Nikolaus vom Büchen.

Doch der Kardinal unterbrach ihn sofort. „Ich bin nicht gerade das Lieblingskind des Heiligen Vaters. Dies ist auch einer der Gründe, warum ich weit weg von Rom bin. Aber der entscheidende Grund, warum ich hier bin, ist, dass mich einer Eurer Brüder auf dieses Kloster neugierig gemacht hat."

Nikolaus schüttelte verständnislos den Kopf. „Ein Bruder unseres Klosters?"

Der Kardinal nickte. „Ich habe auf meiner Flucht nach Bologna einen Bruder Eures Klosters kennengelernt. Er war mir sehr behilflich."

„Bernhard!" rief der Abt aus. „Das war Bernhard. Aber ich muss Eure Eminenz berichtigen. Er ist noch kein Bruder. Er ist Novize. Aber er ist auch Magister. Er hatte in Rom und Bologna studiert."

„Ich musste damals vor den Häschern Savonarolas aus Florenz flüchten" klärte Kardinal Medici auf. „Er hat mich in seiner Kutsche nach Bologna mitgenommen. Euer Bernhard wusste nicht, wer ich war. Ich konnte mich auch nicht zu erkennen geben, denn auf meinen Kopf war auf Betreiben Savonarolas eine Belohnung von fünftausend Florin ausgesetzt."

„Er hätte Euch bestimmt nicht verraten, obwohl er so fasziniert von dem Dominikanerprior war."

Der Kardinal nickte sinnend mit dem Kopf. „Savonarola! Zu anderen Zeiten und etwas zurückhaltender hätte er ein Heiliger werden können."

„Ich habe ihn predigen hören" sagte Nikolaus. „Mir hat er Angst eingeflößt wegen seiner Unerbittlichkeit. Aber für einen jungen, unschuldigen Novizen muss diese unnachgiebige Hingabe an Gott schon faszinierend sein."

„Ja, Bernhard hat einen offenen und unschuldigen Eindruck gemacht. Er hat auch von dem Klosterleben hier in Maulbronn vorgeschwärmt. Von der Ursprünglichkeit des Glaubens. Der göttlichen Berufung der Mönche. Der tiefen Gläubigkeit in Euren Mauern. Ich habe das nie vergessen. Nachdem ich hier in Deutschland war, musste ich dieses Kloster mit eigenen Augen sehen."

„Seht Euch um. Sprecht mit Brüdern und Laienbrüdern. Aber zuerst lasse ich, wenn Ihr einverstanden seid, Bernhard holen. Auf dessen Gesicht bin ich gespannt."

Als Bernhard nach wenigen Minuten den Studierraum des Abtes betrat, wo Beide beim Gespräch saßen, riss er vor Überraschung die Augen weit auf. Der dickliche, kurzsichtige Franziskanermönch, den er nach Bologna mitgenommen hatte und der damals als Bettelmönch die Kutsche bezahlt hatte, saß im roten Gewand eines Kardinals dem Abt gegenüber.

Er neigte den Kopf zum Abt. „Vater Abt!" Der schnelle Blick zum Kardinal und ein ungläubiges „Euer Eminenz!" ließ die beiden Würdenträger schallend lachen.

„Setzt Euch zu uns, Bernhard. Der Kardinal möchte sich mit Euch auch noch unterhalten."

Als Bernhard einen der gepolsterten Stühle holte, um sich zu den beiden hochgestellten Klerikern zu setzen, befahl Nikolaus noch:

„Lasst den Kellermeister noch einen Krug von unserem Roten vom Elfingerhof bringen. Ich glaube, es gibt einiges, was der Kardinal noch von Euch wissen will."

Allerdings zeigte sich der Kardinal über alles, was seit seiner Flucht in Rom und Mailand, in Neapel und Florenz geschehen war, bestens informiert. Er selbst erzählte dann das, was seit der Abreise Bernhards in Italien geschehen war.

„Wie Sie beide wissen, war Karl VIII. im April 1498 gestorben und der machthungrige Herzog von Orleans wurde als Ludwig XII. sein Nachfolger. Ludwig wollte seine missgestaltete Gemahlin Johanna, die Tochter Ludwigs XI., verstoßen, um die Witwe Karls VIII., zu heiraten, welche er umso leidenschaftlicher liebte, als sie die Erbin der Bretagne war, die dann an ihn fallen würde. Ein Dispens der Kirche war dazu nötig und deshalb unterhandelte man in Rom. Dem König wurde bewilligt, was er begehrte. Dafür sollte er sich verpflichten, seine Pläne, erneut in Italien einzufallen und die Herrschaft über Mailand und Neapel zu fordern, fallen zu lassen. Cesare sollte die genauen Bedingungen in Frankreich besprechen. Zuvor hatte ihn Alexander von seinen geistlichen Pflichten enthoben. Es hielt sich nämlich hartnäckig das Gerücht, dass der unglückselige Mord an dem Herzog von Gandia auf das Konto des eigenen Bruders, also Cesares, gehe."

„O mein Gott" stöhnte der Abt und Bernhard fragte kopfschüttelnd, um seinen Zweifel gegen diese Annahme zu bezeugen: „Was sollte den Kardinal zu einer solch scheußlichen Tat bewogen haben?"

„Das, was Kain dazu bewogen hat, Abel zu erschlagen" sagte der Medici. „Eifersucht auf seinen Bruder. Aber der letzte Beweis dazu fehlt. Ich persönlich glaube in diesem Fall auch nicht an den Brudermord. Zu viele Unsicherheiten waren in dieser Ausführung. Cesare ist ein kalt planender und scharfer Verstandesmensch. Er hatte nicht wissen können, dass ihn sein Bruder an diesem Abend nicht nach Hause begleitet. Wie man aus dem Verhör des Stallburschen weiß und aus dem Munde

Cesares hörte, war dieser Wunsch, eine sogenannte Dame zu besuchen, Giovannis plötzlicher Einfall. Woher hätte Cesare so schnell vier Mörder nehmen sollen."

„Das ist einleuchtend" stimmte Nikolaus vom Büchen zu.

Der Kardinal fuhr fort: „Aber wie dem auch sei. Cesare war dadurch wieder frei und sofort suchte Alexander für zwei seiner Kinder geeignete Ehepartner. Für Lucrezia war schnell ein Kandidat gefunden, Alfonso, der Enkel König Federigos von Neapel. Cesare aber heiratete dieses Jahr in Frankreich die Schwester des Königs von Navarra. Und dann ist er im Gefolge Ludwigs aufgebrochen, Mailand für die Franzosen zu erobern."

„Das heißt, unterbrach Bernhard, dass Cesare gegen seinen eigenen Vater und die Allianz in den Kampf zog?"

„Nein" berichtigte Giovanni de Medici, „denn der Papst hat sich mit Frankreich verbündet."

„Ich verstehe das nicht. Er selbst hat doch die Heilige Liga gegen Frankreich ins Leben gerufen."

„Die Zeiten haben sich geändert. Am deutlichsten wird das, wenn man bedenkt, dass Alexander mich zurückgerufen hat. Wir haben uns nie besonders gut verstanden. Deshalb habe ich auch die Klöster und Kirchen hier im Norden inspiziert. So habe ich wertvolle Informationen zur schrittweisen Reformation der Kirche erhalten und bin ihm gleichzeitig etwas aus dem Weg gegangen."

Der Medici lächelte und faltete gedankenverloren die Hände über seinem Bauch. „Entschuldigt, dass ich so offen bin. Aber Alexander hat mich für die Feiern zum Jahr 1500 nach Rom befohlen. Da ich, außer, dass wir mit dem Hause Sforza gute Beziehungen pflegen, ihm nie Anlass zu irgendwelchen Anklagen gegeben habe, kann ich seinen Befehl nicht verweigern."

Wieder schmunzelte er. „Ich möchte auch nicht verschweigen, dass das Klima in Ihren Breiten nicht gerade zum langen Verweilen einlädt."

Alle drei lachten, als er sich unbeabsichtigt die kalten Hände rieb.

„Doch zurück zu Ihrer Liga. Ludwig ist für Alexander der Garant, dass ein Konzil, das ihn wegen seines Ämterkaufs zur Verantwortung ziehen könnte, nicht stattfindet. Außerdem ist Frankreich die zurzeit größte Macht in Europa. Mit seiner Hilfe könnte es Alexander gelingen, den Kirchenstaat wieder herzustellen."

„Oder diesen Cesare zu übergeben" warf Bernhard ein.

„Das glaube ich nicht" erwiderte der Kardinal. „Cesare mag davon träumen. Aber Alexander ist Realist. Er ist sich bewusst, dass er nicht ewig lebt. Alle seine Nachfolger würden alles daran setzen, diese Gebiete wieder der Mutter Kirche zuzuführen. Daher sehe ich hier keine Gefahr. Doch das ist Kirchenpolitik, die ich nicht öffentlich diskutieren sollte" beendete der Medici diesen Teil der Unterhaltung.

Nach einem Schluck heißen, dampfenden Weines, den Bernhard nachgeschenkt hatte, nahm er seinen Bericht wieder auf.

„Die Geschichte hat das Gesicht Italiens wieder einmal verändert. Im August dieses Jahres rückten die Franzosen von Westen, die Venezianer von Osten gegen das isolierte Mailand vor. Der Gatte Lucrezias befürchtete, dass nicht nur Mailand, sondern auch Neapel das Angriffsziel Ludwigs sein könnte. Da der Papst inzwischen mit Ludwig verbündet war, fürchtete Alfonso wahrscheinlich, dass er eine wertvolle Geisel gegen seine Familie sein könne und floh nach Neapel."

„Mit Lucrezia?"

„Nein. Allein. Er traute anscheinend nicht einmal seiner Frau mehr. Vielleicht wollte er ihr aber auch nur die Strapazen der Flucht nicht zumuten, denn sie war im sechsten Monat schwanger."

„In diesem Zustand hat er sie alleingelassen?" wunderte sich Bernhard. „Ich dachte, es sei zwischen beiden die große Liebe gewesen."

„Das war sie sicher auch. Lucrezia war untröstlich und heulte sich die Augen aus. Sie verstand die Welt nicht mehr. Ihr Vater konnte das nicht mehr mit ansehen. In seiner Hilflosigkeit machte er sie zur Regentin von Spoleto, einer kleinen Stadt nahe Assisi im Kirchenstaat. Er dachte, das würde sie ein bisschen von ihrem Schmerz ablenken."

Der Abt von Maulbronn beugte sich etwas vor und fragte erstaunt.

„Der Papst hat seine Tochter zur Regentin einer Stadt gemacht, die der Kirche gehört?"

„Eigentlich darf er das nur bei Kardinälen und hohen geistigen Würdenträgern. Es gab daher auch ziemlichen Ärger mit der Kurie" antwortete Giovanni de Medici. „Außerdem war es ziemlich unnötig gewesen, denn Lucrezia war dennoch untröstlich. Sie schrieb ihrem Mann herzzerreißende Briefe und der kam daraufhin zu ihr nach Nepi. Auch der Papst reiste zu dem jungen Paar und versicherte Alfonso hoch und heilig, dass ihm keine Gefahr drohe. Dieser war daraufhin wieder beruhigt und beide kehrten nach Rom zurück."

Interessiert betrachtete der Kardinal seine Fingernägel, während er mit seinem Bericht fortfuhr. „Allerdings schickte Alexander Sancia, die Frau Giofres, nach Neapel. So ganz sicher war sich der Papst also nicht, ob nicht vielleicht irgendwelche französische Agenten etwas Schlimmes vorhatten. Aber wahrscheinlich hatte er solches Mitleid mit Lucrezia, dass er das Risiko bei Alfonso einging."

Giovanni de Medici nahm nochmals einen Schluck heißen Wein, während die beiden Zisterziensermönche mitgerissen seinen Ausführungen lauschten.

„Natürlich wurde Sforza von den Franzosen besiegt. Während Lodovico verkleidet nach Norden floh, um in Innsbruck den deutschen Kaiser um Unterstützung zu bitten, hatte ein Mailänder General, der sich von Lodovico beleidigt glaubte, den Franzosen die Stadttore geöffnet und sein Stellvertreter lieferte den Franzosen gegen ein Bestechungsgeld von 150000 Dukaten die Burg mit all ihren Schätzen aus."

Der kunstsinnige Medici seufzte: „Seit Judas, so hat Lodovico geklagt, hat es keinen größeren Verrat gegeben. Und ich muss ihm darin zustimmen. Und letzten Monat zog Ludwig unter dem Jubel des wankelmütigen Volkes als Herzog in Mailand ein."

Kapitel 22

Die Rache an Rubo

Der ‚Oberrheinische Revolutionär‘ umfasst 400 Seiten und wurde 1498 begonnen. Diese Schrift geht vom Naturrecht aus, das einstmals ganz frei geherrscht habe und wieder zur Herrschaft gelangen müsse. Nach ihm waren alle Menschen frei und hatten alle Dinge gemeinsam. Dieses Werk eines unbekannten Verfassers fordert ein Volkskaisertum, Rechtssicherheit und Säkularisierung des Kirchengutes. Der ‚Oberrheinische Revolutionär‘ rief die Bauern unmittelbar zum Handeln auf, zum Losschlagen mit den Waffen. Er wollte nicht nur eine Demonstration der Massen der Bauern, sondern ihr blutiges Zupacken.

In der Schrift heißt es: „schlecht er in ze tot, er wirt genant ein diener gots; ein jedlicher ist schuldig, das boss zu stroffen. Focht an den houptern an, di min schatz solten verwaren, und hert nit uff zu stroffen von dem babst uns an die cleinen schüler! schlacht si all ze tot"

Ungefähr: „Wer sie totschlägt, wird ein Diener Gottes genannt werden. Jeder muss dafür sorgen, dass das Böse bestraft wird. Fangt bei den Verantwortlichen, den Köpfen, an, die eigentlich das Gemeingut (die Schätze) verwalten sollten und hört nicht auf, vom Papst bis zu den Kleinsten, die das erst noch lernen, alle zu bestrafen. Schlagt sie alle tot."

Zwölf Personen drängten sich in der kleinen Stube des Hans Müller von Bulgenbach. *(Grafenhausen in Nähe Stühlingen am Kaiserstuhl)* Hans saß an der rückwärtigen Schmalseite des alten Holztisches mit dem Rücken zum Fenster.

Draußen rieselte fein der Schnee. Die braunen Schollen der Felder waren bereits wie von einem weißen Leichentuch bedeckt. Der Himmel, soweit ihn die Anwesenden sehen konnten, war in ein gleichmäßiges Grau gehüllt. Noch eine Stunde, dann würde die Sonne, die man nicht einmal erahnen konnte, untergehen.

Die Laterne an der Decke der Stube warf ein beruhigendes Licht auf die am Tisch und der umlaufenden Bank sitzenden Männer, die ihre Aufmerksamkeit dem Mann an der Seite des Hans Müller schenkten.

Joß Fritz saß zur Rechten des Bauern auf dem Ehrenplatz unter dem Herrgottswinkel. Wie schon in den letzten zehn Jahren träumte er von Gerechtigkeit für die Bauern und dem Kampf gegen Leibeigenschaft und Unterdrückung.

„Ich komme von Bühl, einem Ort nahe dem Schloss des Kurfürsten von Baden" berichtete gerade einer. "Meine Frau ist schwanger und deshalb habe ich ihr in der Bühlot einen Fisch gefangen. Das soll gut für das werdende Kind sein. Als sie mich erwischten, habe ich zwanzig Stockhiebe erhalten. Ich meine, dass wir dafür kämpfen sollten, dass die Fische in den Bächen allen gehören."

„Und wir müssen die öffentliche Waschküche in Triberg benutzen und dafür Geld bezahlen. Dabei könnten unsere Frauen zum Waschen den Sauzuber benutzen, solange nicht geschlachtet wird" forderte ein Handwerker aus dem Kinzigtal.

Joß seufzte. Jeder hatte nur seine eigene, begrenzte Sicht der Gerechtigkeit.

„Wir werden dies im ‚Oberrheinischen Revolutionär' mit aufführen" sagte er.

„Es wird eine sehr umfassende Schrift werden" sinnierte er. *(Als sie fertig gestellt war, umfasste sie 400 Seiten.)*

„Wir sollten in die Schrift mit aufnehmen, dass schon Christus ein Bauer war" ertönte die tiefe Stimme eines alten, im Gegensatz zu den anderen Bauern bärtigen Greises.

Auf die erstaunten Blicke der Umsitzenden hin fuhr er fort:

„Im Evangelium steht geschrieben: ‚Mein Vater ist ein Baumann' und außerdem: ‚ich bin ein Schafhirt' und an einer anderen Stelle: ‚Gleichwie von dem edlen Ackersmann alle Stände, geistlich und weltlich, gefüttert und gespeist werden, so tut auch Gott der Vater …'"

„Was soll das fortwährende Geschwafel, ohne dass Taten folgen" ließ sich ein junger, kaum dreißigjähriger Mann vernehmen. „Wir müssen handeln, nicht immer nur reden. Wir Bauern müssen Dreschflegel und Haue hinlegen und die Eisenrute in die Hand nehmen. Den blutsaugenden Pfaffen und weiteren bösen Quälgeistern müssen wir das Wort Gottes mit dem glühenden Eisen in die Haut brennen. Nur so werden sie begreifen, dass vor Gott alle Menschen gleich sind. Alles andere bringt uns nicht weiter."

Zustimmendes Gemurmel und beifälliges Nicken belohnte seinen Ausbruch.

„Wir werden Blut statt Wein trinken" rief ein junger Bauer, dem man aber ansah, dass er schon zu viel von dem Most getrunken hatte, der in einem Krug auf dem Tisch stand.

Der Krug war von der Bäuerin des kleinen Hofes nun schon zum vierten Mal mit dem berauschenden Getränk aufgefüllt worden. Jedes Mal, wenn sie den Krug gefüllt hatte, verschwand sie sofort wieder in der Küche und kam erst wieder auf den Ruf des Hans Müller. Dies waren Männergespräche; gefährliche dazu. Da störten geschwätzige Weiber nur.

Mit einer energischen Handbewegung schnitt Joß Fritz dem Angetrunkenen das Wort ab.

„Wir wollen sachlich bleiben. Dafür ist das Thema zu ernst."

„Wir sollten aber dennoch ein Zeichen setzen" meinte ein Bauer aus dem Elsass, der mit dem Nachen über den Rhein übergesetzt hatte und als Vertreter der Bauern jenseits des Rheines an diesem Treffen teilnahm. „Ich habe erfahren, dass dieser Inquisitor Krämer, der sich Institoris nennt, zurzeit in Straßburg beim Bischof ist. Er will in seine Heimatstadt Schlettstadt, in das Kloster der Dominikaner, in das er als Novize eingetreten war. Mit diesem Dominikaner und seinem Hexenhammer ist das Böse gekommen. Man sagt, er habe seit Erscheinen seines Machwerks vor dreizehn Jahren schon Tausende von Frauen wegen Hexerei umgebracht."

Joß Fritz saß da, wie vom Schlag gerührt. Sein Mund war plötzlich trocken. „Der Inquisitor ist aus Schlettstadt?"

„Ja. Er ist dort geboren. Zuletzt war er irgendwo in Bayern. Aber jetzt ist er gerade in Straßburg. Es sind noch andere Dominikaner bei ihm, die ihm bei seinem elenden Geschäft helfen."

„Vielleicht auch ein Rubo?" fragte Joß Fritz leichenblass.

„Keine Ahnung. Warum ist das so wichtig?"

„Der hat meine kleine Schwester auf dem Scheiterhaufen verbrannt."

„Oh" sagte der Elsässer Johann Feist nur und kratzte sich betroffen an der linken Schläfe.

„Was machen diese Henker beim Bischof?"

Wieder plapperte der junge Bauer vorlaut dazwischen. „Vielleicht treiben sie die Einnahmen des Freudenhauses ein, das der Bischof in Straßburg hat. Dessen Huren werden sie ja nicht gerade der Hexerei anklagen."

Die anderen lachten.

Doch der angesprochene Johann Feist meinte ernst: „Dem Fürstbischof gehört tatsächlich so ein Haus. Aber ich vermute, Krämer will nur anzeigen, dass er in der Gegend ist. Jede Hexe und jeder Hexer bringen den Inquisitoren und der Kirche Geld. Je reicher diese Hexen sind, desto mehr fällt für die Kirche ab, wenn ihr Hab und Gut eingezogen wird. Deshalb sind auch schon immer mehr Bürgerliche unter den Denunzierten."

„Seit sieben Jahren warte ich auf eine günstige Gelegenheit, es diesem Mörder Rubo heimzuzahlen" kam Joß düster auf sein Ereignis zurück.

„Und nun ist er vielleicht gerade mal eine einzige Tagesreise von mir entfernt. Und ich kann da nicht hin, weil ich in Schlettstadt gesucht werde."

„Und wieso suchen die Dich?"

„Ich war vor sieben Jahren dabei, als der Aufstand in Schlettstadt war. Damals ist von einigen Bauern des Bundschuh ein Abt aus Maulbronn umgebracht worden, der gerade in der Gegend war. Wir hatten eigentlich mit dieser Sache nichts zu tun und haben die Tat nie gebilligt. Diese Bauern haben aus Habgier auf eigene Faust gehandelt und unsere Idee einer besseren und gerechteren Welt damit erledigt Unser Geheimbund ist verraten worden und sie haben die Anführer des Aufstandes, den Hans Ullmann und den Erasmus Gerber, aufgehängt. Ich bin über den Rhein entkommen, aber ich werde jetzt in Schlettstadt, in Speyer und Straßburg gesucht. Doch ich habe nie die Hoffnung aufgegeben, den Mörder meiner armen Schwester zu stellen. Den Rubo muss ich haben, wenn er in Straßburg ist. Und wenn es mein Leben kostet."

„Hm" überlegte Johann, der Elsässer. „Wir müssten erst mal jemanden in Straßburg haben, der herausfindet, ob dieser Rubo bei Krämer ist. Hast Du noch Verbindungen zu dem alten Geheimbund?" wandte er sich an Joß.

„Nein. Ich war selbst erst kurz zuvor dazu gestoßen, weil ich glaubte, es unseren Unterdrückern so besser heimzahlen zu können. Ich war ein Leibeigener des Bischofs von Speyer gewesen, als das mit meiner Schwester passiert ist. Nachdem ich geflohen war, konnte ich nicht mehr zurück. Doch nachdem sie unsere Führer vor den Toren von Schlettstadt aufgehängt hatten, haben sich alle damals verkrochen."

„Dann gehe ich selbst nach Straßburg" meinte Johann. „Ihr fallt wegen Eures Dialektes auf."

An diesem Abend besprachen sie noch den weiteren geplanten Ablauf dieser Aktion. Wichtig war, Rubo oder Krämer zu fassen. Am besten jedoch wäre es, wenn beide den Bauern in die Hände fielen. Noch in der Nacht ging Johann Feist ins Elsass zurück. Die anderen folgten am nächsten Morgen auf der rechten Rheinseite. Sie überquerten erst in der Gegend von Offenburg den Rhein.

Im Gegensatz zu den Annahmen der Bauern war Krämer nicht beim Fürstbischof von Straßburg gewesen, sondern bei Johann Prüß, dem bekannten Drucker in Straßburg. Der hatte weitere tausend Exemplare des ‚Hexenhammer' gedruckt. Denn Alexander VI., der Heilige Vater, hatte den General-Inquisitor mit einer neuen Aufgabe betraut.

Institoris, vormals Heinrich Krämer, sollte als ‚Censor Fidei' nach Böhmen gehen, dort die ‚Böhmischen Brüder' bekämpfen und gegen das Hexen- und Zauberwesen in Böhmen und Mähren vorgehen.

„Es ist jetzt die siebte Auflage des Hexenhammer" sagte Krämer zu Rubo „und doch ist es immer wieder ein Erstlingsdruck. Ständig ergeben sich neue Kenntnisse."

„Satan ist erfindungsreich in seinen Schlichen" beeilte sich Rubo zu sagen. „Aber Ihr werdet alle Listen des Höllenfürsten erkennen."

Geschmeichelt antwortete Krämer: „Seit ich hier in Straßburg den ersten Ketzer habe brennen sehen, sind vierzig Jahre vergangen. Ich war damals gerade achtundzwanzig Jahre alt und ein unbedeutender Bruder im Konvent der Dominikaner in Schlettstadt. Die Kirche hatte einen großen Fang gemacht. Sie hatten den Bischof der Waldenser, Reiser, zum Tod auf dem Scheiterhaufen verurteilt. Ich erinnere mich noch gut, wie dieser Laienprediger, der von seinen Ketzerbrüdern zum Bischof ernannt worden war, sich gewunden hat, als er auf das Schafott hinaufgeführt wurde. Er hat sich nicht wie die Märtyrer unserer Mutter Kirche verhalten. Gewimmert, geschrien und um Gnade gefleht hat er. Aber es hat ihm nichts genützt."

„Damals waren es hauptsächlich Ketzer, die verbrannt wurden. Von Hexenverbrennungen hat man früher nicht viel gehört" wandte Rubo ein.

„Man hat einfach nicht auf die Zeichen geachtet, die Satan setzte" antwortete Krämer. „Alle waren nur mit Häretikern und Ketzern wie den Waldensern, Albigensern, Humiliaten und Katharern beschäftigt.

Dass in der Zwischenzeit Luzifer mitten unter der Bevölkerung seine satanischen Kräfte entfaltete, hatten die meisten übersehen. Hat jemals irgendeiner darauf geachtet, dass Hexen einen Teufelsbrei anrühren können, der anderen schadet? Hat jemals früher einer auf den bösen Blick geachtet? Wusste vor dem Hexenhammer jemand, dass diese Frauen mit der Hilfe Satans riesige Ameisen- und Heuschrecken-schwärme herbeizaubern können, um die Ernte ganzer Landstriche zu vernichten? Dass diese unglückseligen Zauberinnen und Zauberer Frauen unfruchtbar machen, Männern die Zeugungskraft nehmen, Liebe, Hass, Krankheit und Tod herbeirufen können? Ja dass sie sogar sich und andere in Tiere verwandeln können?"

Immer lauter hatte er geredet, wie in einer Predigt. „Niemand" sagte er mit weit geöffneten Augen und fast irrem Blick „niemand hat darauf geachtet."

Nach kurzem Schweigen fuhr er fort: „In den letzten fünf Jahren habe ich achtundvierzig Hexen verbrennen lassen. Kein einziger Hexer war darunter."

„Und wie erklärt Ihr Euch das?" fragte Rubo, der die Antwort na-türlich kannte, denn der Hexenhammer war auf das Aufspüren von Hexen zugeschnitten, nicht auf das von Hexern.

„Weil die Weiber oberflächlicher und sinnlicher sind als die Män-ner" sagte Institoris mit voller Überzeugung. „Hauptsächlich die Frau-en erliegen den Verführungskünsten Satans. Deshalb habe ich dieses Buch ‚Malleus Maleficarum' verfasst, das sozusagen ein Hexengesetz-buch für Strafrichter ist."

„Nicht nur für Strafrichter. Auch ich habe vieles darin gefunden, wonach ich vorher nicht gesucht hätte" lobte Rubo den Mitbruder. „Viele Hexen hätten ungestraft weiter arme Seelen verführen können, wenn ich dieses Buch nicht gehabt hätte."

„Fürwahr" meinte der Mönch Institoris. „Zumal es sehr ausführlich und übersichtlich gegliedert ist."

Wie bei seinen bisherigen Belehrungen für weltliche und geistliche Strafrichter begann er mit seinen immer gleichen Ausführungen.

„Die Aufteilung des Buches ist einfach und für jeden verständlich. Wichtig ist in jedem Fall zuerst einmal die wissenschaftliche Beweisführung und die Anleitung zum Verfahren. Da habe ich eine Vereinheitlichung geschaffen, die entscheidend ist für ein Verfahren, das überall gleich ablaufen soll; ohne Unterscheidung der Person" erläuterte Krämer.

In seinem Eifer hatte er vergessen, dass sein Zuhörer auch schon Dutzende von Hexen aufgrund dieses Machwerkes hatte verbrennen lassen.

„Der erste Teil fragt nach der Rolle des Teufels und nennt die Voraussetzungen der Hexerei" dozierte er weiter. „Der zweite Teil verzeichnet die verschiedenen Malefizien der Hexen wie Luftfahrt und Teufelspakt, Hostienfrevel und sexuelle Andersartigkeit. Die Unterweisung für profane und geistliche Inquisitoren enthält schließlich der dritte Teil. Ihr glaubt nicht, Bruder, wie wenig auch heute noch unsere weltlichen Mitbrüder auf die offensichtlichen Zeichen Satans achten."

„Ich weiß" sagte Rubo hinterhältig. Mit unschuldiger Mine fuhr er fort:

„Aber es sind nicht einmal nur die weltlichen Pfarrer und Richter, die hier nachlässig sind. Selbst Bischöfe erkennen die immensen Gefahren nicht, die unserer Heiligen Mutter Kirche drohen. Denkt Ihr noch an den unvernünftigen Fürstbischof von Innsbruck, der Euch sogar zweimal die Hexenprozesse in seiner Diözese verboten hat, weil er meinte, Ihr seiet geistesschwach?"

„Ja, ja" beendete Krämer diese Erinnerung an seine peinlichste Niederlage. „Mir schien, dass auch der Bischof verblendet war. Aber wozu sollte ich mich wehren? Wenn erst einmal Satan in Innsbruck Schäfchen um Schäfchen seiner Herde verführt hat, wird er auf Knien angekrochen kommen, um seine restliche Herde zu retten. Einst wird er einmal gefragt werden ‚Wo sind Deine Dir anvertrauten Schafe?' und er wird keine Entschuldigung haben, die ihn vor der göttlichen Strafe rettet."

Dennoch war Krämer diese Wendung des Gesprächs unangenehm geworden.

So beendete er die Unterhaltung mit dem Befehl „Ihr, Bruder Rubo, werdet mit den gedruckten Büchern auf dem Wagen nach Schlettstadt folgen. Wir werden schon einmal vorausreiten."

Joß hatte mit sieben anderen Bauern den Rhein am späten Nachmittag südlich von Offenburg überquert. Das Schneetreiben war dichter geworden. Niemand war an diesem feuchtkalten Winternachmittag zu sehen. Eigentlich hätte die kleine Gruppe querfeldein reiten können, um jede Begegnung mit anderen Menschen zu vermeiden, aber sie hatten Angst, bei diesem Schneetreiben dann Johann zu verpassen, der sofort aufbrechen sollte, wenn er bemerkte, dass der berüchtigte Hexenjäger den Bischofspalast verlassen würde. Er sollte dann auf der Straße nach Süden die anderen treffen.

Plötzlich gewahrten Sie, dass ihnen ein Maultier – Gespann mit einem Leiterwagen ohne Begleitung entgegenkam. Auf ein leises Zeichen von Joß verließ der Trupp die unbefestigte Straße und beobachtete das Gefährt, das ihnen entgegenkam, aus dem Gehölz rechts und links der Straße. Seltsamerweise saß auf einem Balken, der vorn quer über einem Heuwagen befestigt war, nicht ein Bauer, sondern ein Mönch in einer zugeschneiten, völlig weißen Kutte.

Auf dem Leiterwagen war eine durch eine Plane zugedeckte Fracht hoch aufgetürmt. Die Kapuze, die den Kutscher als Ordensbruder verraten hatte, war wegen des Schneefalles tief ins Gesicht gezogen.

Die Situation wurde noch verwunderlicher, als sie auf ihrem Weg nach Norden an keinem Kloster vorbeigekommen waren. Sie mussten in der Gegend von Erstein sein. Das nächste Kloster war nach Kenntnis von Joß jenseits des Rheins in Gengenbach.

„Nein" sagte einer der Bauern. „In Börsch gibt es auch ein Benediktinerkloster! Aber deren Kutten sind nicht weiß. Das muss ein Dominikaner sein. Wahrscheinlich aus Schlettstadt."

„Wir sollten auf jeden Fall nachsehen, was das Mönchlein geladen hat" flüsterte Hans von Bulgenbach Joß zu. „Zumal er allein auf weiter Flur ist. Vielleicht gibt es billigen Wein, den wir den Kuttenträgern abjagen können."

Joß grinste und nickte zustimmend, nachdem er noch einmal mit den Augen die nähere Umgebung nach möglichen weiteren Zeugen abgesucht. hatte. Er konnte niemanden entdecken. Wie es schien, war die Gelegenheit günstig.

Auf sein Zeichen hin preschten die Bauern aus ihrer Deckung und umstellten den erschrockenen Dominikaner, der sofort seine Maultiere zügelte.

„Was haben wir denn da unter der Plane?" fragte lachend Hans Müller und ritt zum hinteren Teil des Fuhrwerks.

Joß war an der Ladung des Wagens weniger interessiert. Ihn interessierte viel mehr das Gesicht des Mönchs. Nie im Leben würde er den Augenblick vergessen, als die Soldaten ihm seine kleine, unschuldige Schwester genommen hatten.

Seine Mutter war ein halbes Jahr später gestorben. Sie konnte den Gedanken nicht ertragen, dass ihre Tochter eine Hexe gewesen sein sollte. Auch die Dorfgemeinschaft hatte sich von der Familie abgewandt. Die Trauer und die Schande hatten ihr das Herz gebrochen.

Sein Vater, der trotz seines harten Schicksals als Leibeigener immer fröhlich gewesen war, hatte nach diesem Schicksalsschlag nie mehr gelacht. Er war ebenfalls ein gebrochener Mann gewesen, aber er konnte seinen Schmerz nicht zeigen. Nur seine Miene versteinerte. Er war, obwohl er lebte, tot. Denn seine Seele war gestorben.

Er, Joß, hatte sich aber geschworen, dass er leben musste. So lange, bis er den Urheber dieses Unglücks gefunden hatte.

Aufmerksam beobachtete er das erschrockene Gesicht vor ihm. Ein Stich durchzuckte ihn vom Scheitel bis zu den Füßen. Seine Gedanken überschlugen sich.

Das war er.

Das war Rubo.

Dieses Gesicht hatte sich ihm bei der Hexenverbrennung unauslöschlich ins Gedächtnis gebrannt.

Kein Zweifel.

Er hatte ihn gefunden.

Rubo, den Mörder seiner Schwester.

Den Urheber all des Leides, das seiner Familie widerfahren war.

Nicht nur seiner Familie.

Aber in erster Linie seiner Familie.

Er hatte den Mörder so vieler Unschuldiger vor sich.

Sein war die Rache.

„Nein" sagte er halblaut vor sich hin. „Nicht Dein ist die Rache, o Gott. Diesmal ist es meine Rache."

Der Mönch sah ihn verwirrt an. Er begriff nichts, denn er hatte Joß nie zuvor gesehen.

„Bist Du Rubo?"

„Was geht …" fing der Mönch an, doch ein blitzschneller Schlag der rechten Hand seiner Gegenübers traf seine Wange.

"Du hast nur zu antworten, Pfaffe."

Wie Feuer brannte die Ohrfeige. Aber nicht nur an der Wange. Dieser Bauer hatte es gewagt, einen Priester zu schlagen. Einen Priester? Einen Inquisitor! Der da musste wissen, wen er vor sich hatte. Er kannte seinen Namen. Der Angreifer war zum Tode verurteilt. Er war jetzt schon auf dem Scheiterhaufen. Niemand durfte es wagen, einen von Rubo zu schlagen.

„Bist Du Rubo?" fragte Joß erneut.

„Und wenn?"

Wieder schlug Joß Fritz blitzschnell zu und wiederum war Rubo nicht darauf gefasst. Seine Nase fing heftig an zu bluten.

„Du hättest mir die andere Wange hinhalten sollen." spottete Joß in grimmigem Zorn. „Jetzt habe ich wieder nur Deine linke erwischt."

Er sah auf das Blut, das Rubo über Mund und Kinn lief und auf dessen Kutte tropfte.

„Bist Du Rubo?" fragte er zum dritten Mal.

„Ja, zum Teufel" schrie Rubo. „Was willst Du von mir?"

Mit dem Ärmel der Kutte wischte er sich das aus der Nase sickernde Blut aus dem Gesicht.

„Das Leben meiner Schwester, das Leben meiner Mutter und das Leben meines Vaters."

Joß Fritz hatte mit eiskalter Stimme gesprochen.

In Rubos Kopf begann es zu dämmern. Wahrscheinlich war das ein Familienangehöriger von irgendwelchen Hexern und Hexen.

„Wer bist Du überhaupt?" fragte er jetzt wieder kecker.

Er hatte seine Fassung wiedergefunden.

Während die anderen Bauern aufmerksam das Geschehen beobachtet hatten, war nur der Bauer aus Bulgenbach an das Gefährt heran geritten und hatte an der rückwärtigen Seite unter die Plane gefasst. Er hatte lauter hölzerne Truhen gefunden und eine geöffnet. Nun kam er mit einem dicken Buch zu Joß.

„Ich kann nicht lesen, was das für ein Buch ist. Aber zumindest eine der Truhen auf dem Karren ist davon randvoll gefüllt."

Joß war, obwohl er früher Leibeigener war, als einziger unter den Bauern des Lesens kundig. Er hatte es gelernt, als er nach dem Tod seiner Schwester bemerkt hatte, dass ein des Lesens und Schreibens Kundiger es sehr viel leichter hatte. Zumal, wenn er auf der Flucht war.

„Gib her" streckte Joß die Hand aus.

Er las laut vor „Malleus Maleficarum". Verdutzt hielt er inne.

„Das ist der berüchtigte Hexenhammer. Seit der erschienen ist, explodieren die Hexenprozesse."

Bösartig grinsend starrte er Rubo an.

„Ich habe damals, als sie meine Schwester als Hexe abgeholt haben, geschworen, dass ich Dich auch auf den Scheiterhaufen bringe. Ich hätte nie geglaubt, dass Du selbst das Brennmaterial dazu lieferst."

Rubo bekam es mit der Angst zu tun.

„Was für eine Schwester?" fragte er, nun eindeutig kleinlaut.

Joß lenkte sein Pferd durch einen leichten Schenkeldruck noch näher an Rubo heran und starrte ihm in die Augen, während er betont deutlich sagte: „Annerose. Annerose Fritz."

Rubo roch seinen nach säuerlichem Kohl riechenden Atem. Er erinnerte sich nicht an den Namen.

„Und wo soll das gewesen sein?"

„In Speyer, Du Hund."

Wieder schlug Joß zu. „So wenig bedeuten Dir Deine Opfer, dass Du nicht einmal ihre Namen weißt."

Mit Freude hatten die anderen Bauern das Schauspiel beachtet. Aber es war höchste Zeit, die Straße zu verlassen. Bei dem Schneefall waren die Geräusche stark gedämpft und jederzeit konnte jemand des Weges kommen.

Deshalb drängte Hans „Wir müssen von der Straße runter. Wenn jemand kommt …"

„Du hast recht" fiel ihm Joß ins Wort. „Bindet ihm die Arme fest. Er soll laufen. Und Du" wandte er sich an einen seiner Gesellen „nimm das Gespann am Zügel. Die Ladung brauchen wir."

Rubo hatte angefangen, um Hilfe zu rufen. Aber einige Schläge genügten, ihn nur noch hilflos wimmern zu lassen.

Über den gefrorenen Boden ritten sie nun quer zur Straße Richtung Rhein. Joß wollte so schnell wie möglich den näheren Bereich des Fürstbischofs von Straßburg verlassen. Auf der Ostseite des Rheines fühlte er sich sicherer.

Die verräterischen Radspuren waren in kurzer Zeit von Schnee verdeckt. Nach kurzer Zeit deutete nichts mehr darauf hin, dass an dieser Stelle eine lang anhaltende Suche zu Ende gegangen war und ein weiteres Verbrechen begonnen hatte.

Am Ufer des Rheines lag, zwischen Weiden versteckt, noch ihr Nachen. Zwei Stunden brauchten sie, bis sie die Bücherladung – denn die anderen Kisten enthielten ebenfalls nur Bücher – und sich selbst über den Rhein gebracht hatten. Das Gespann hatten sie abgeschirrt und die Maultiere laufen lassen. Den Wagen ließen sie zurück. In den von Seitenarmen des Rheines durchzogenen Auenwäldern an der Ostseite hatten sie direkt neben einer geeigneten Anlegestelle eine weniger dicht bewachsene Stelle gefunden, die einigermaßen brauchbar für ihr Vorhaben schien. Der Lichtschein des Scheiterhaufens würde durch den Schneefall abgedunkelt und nicht zu sehen sein.

Den wimmernden Rubo banden sie mit den Stricken, die die Plane festgehalten hatten, an einen Baum und schichteten die Bücher um ihn herum. Zum Anzünden zerrissen sie einige Bücher und verwendeten die Blätter als Material zum Anfeuern des Scheiterhaufens. Einzig der Hexenhammer sollte als Instrument für Rubos Strafe dienen. Mit den restlichen Büchern bildeten sie eine zweite Pyramide. Auch diese sollte später angezündet werden und brennen, damit dergleichen Bücher nicht als Rechtfertigung für weitere Morde dienen konnten.

Unbewegt und mit versteinertem Gesicht verfolgte Joß Fritz, wie die Flammen mit bläulichem Licht die Bücher entzündeten, die für Tausende anderer Scheiterhaufen hätten sorgen sollen. Mit langen Stöcken stachen die Bauern in die Flammen, um die verkohlten Blätter zu entfernen und dem Brand neue Nahrung zu geben.

Bernhard von Rubo hatte zu Beginn laut geschrien, an seinen Fesseln gezerrt und um Gnade gefleht, aber niemand hatte Mitleid gehabt. Dann wurde aus dem Schreien ein Wimmern.

Als die Flammen die Kutte des Dominikaners Bernhard von Rubo langsam in Brand setzten, hörte sein Wimmern bereits auf. Rauch und giftige Gase hatten ihm die Sinne genommen.

Der Tod war gnädiger zu Bernhard von Rubo gewesen, als er selber gegenüber seinen Opfern war.

„Der Hauptschuldige am Tod Anneroses hat für ihren Tod gesühnt" meinte Joß Fritz mitleidslos. „Wir lassen die verkohlte Leiche hier liegen. Die Tiere werden sich um den Rest kümmern."

Der Verführer seiner Schwester war ebenfalls auf dem Scheiterhaufen gestorben. Auch der Abt, in dessen Kloster das Unheil damals seinen Lauf genommen hatte, war eines gewaltsamen Todes gestorben.

„Nur der Junge, der damals Annerose der Hexerei bezichtigt hatte, ist noch am Leben. Es muss inzwischen über zwanzig und damit alt genug sein, um für seine Taten einzustehen. Ich möchte zu gern wissen, was dieser Bursche zu seiner Verteidigung vorzubringen hat."

Kapitel 23

Flucht nach Rom

Kirchenstaat, auch Patrimonium Petri (lateinisch: Erbteil des Petrus), Gebiet in Mittelitalien, das der Herrschaft des Papstes unterstand. Seit dem 4. Jahrhundert fielen den Päpsten als den Bischöfen von Rom und den größten Grundbesitzern in und um Rom immer mehr öffentliche Aufgaben zu; bis zum 8. Jahrhundert erkannten sie aber noch die Oberhoheit Byzanz' über ihr Gebiet an. Die erste bedeutende Erweiterung erfuhr der Kirchenstaat 754/756, als Papst Stephan II. von Pippin dem Jüngeren in der so genannten Pippinschen Schenkung ehemals römisch-byzantinisches Gebiet erhielt. Durch Schenkungen, Zukäufe und Eroberungen vergrößerte das Papsttum den Kirchenstaat, bis er im 16. Jahrhundert fast das gesamte Mittel-italien umfasste.

„Ich sage Euch, in die Hosen hätte der geschissen vor lauter Angst, wenn er eine angehabt hätte. So ist unter seiner Kutte alles rausgelaufen. Trotzdem hat der gebrannt wie eine Fackel!"

Der Erzähler in der Gaststätte lachte sich halb tot, als er daran dachte, wie der Inquisitor Rubo in unsäglicher Angst seinen Schließmuskel nicht mehr unter Kontrolle hatte. Der Redner hatte wieder einmal zu viel getrunken und war sich der tödlichen Gefahr, in der er sich durch seine Prahlerei befand, nicht mehr bewusst.

„Ich habe den anderen gesagt, dass wir handeln müssen. Blut müssen wir trinken statt Wein, habe ich gesagt. Totschlagen müssen wir diese Unterdrücker und Heuchler. Uns für das Unrecht rächen, das sie uns seit langem antun. Und mit dem Mönch, der nach Schlettstadt wollte, haben wir unsere Vergeltung begonnen. Bald werden wir von allen Klöstern den Zehnten zurückholen, den wir seit Hunderten von Jahren bezahlt haben. Die fetten Mönche werden wir vor den Pflug spannen und den geilen Nonnen aus dem Kloster Lichtenthal werden wir zeigen, dass es außer dem Schwanz ihres Beichtvaters auch noch andere gibt."

„Ja" sagte ein reisender Händler lachend, „ich habe auch schon gehört, dass die adligen Fräulein aus dem Zisterzienser-Kloster bei Baden-Baden etwas anderes anbeten als unseren Herrgott."

Drei Stunden später hatten die Soldaten der freien Reichsstadt Gengenbach den Aufrührer noch im ‚Wirtshaus zum Engel' ergriffen.

Nur einen Tag später war nach ersten Vernehmungen des Bauern ein Bote des dortigen Klosters nach Maulbronn unterwegs, um die Mönche und einen jungen Mann aus Knittlingen zu warnen, der angeblich Georg Faust hieß.

Die Jagdgesellschaft mit dem Medici und dem Abt war gerade wieder ins Kloster eingeritten. Die Treiber hatten sie schon vor dem Kloster für deren Unterstützung durch ein Wildschwein entlohnt. Die erlegte Beute war bescheiden gewesen. Nur zwei Wildschweine und ein Reh waren den beiden Jägern zugetrieben worden.

Nun freuten sich die Kirchenfürsten auf einen heißen Wein im

Kloster, um sich wieder aufzuwärmen. Besonders der Medici, der noch immer unter seiner Fistel litt, war froh, als er vom Pferd steigen konnte. Er hatte seine Schmerzen verheimlicht. Er konnte ja nicht jedem von seinem Leiden erzählen, das ihn in den letzten Jahren immer wieder heimgesucht hatte.

Bernhard erwartete den Abt Nikolaus vom Büchen ungeduldig bereits am Paradies, der Vorhalle zur Kirche. Nachdem sich die beiden kirchlichen Würdenträger im Lavatorium, dem gotischen Brunnenhaus im Nordflügel des Kreuzgangs, die Hände in der Brunnenschale gewaschen hatten, trat Bernhard zum Abt.

„Vater Abt, es war ein Bote aus dem Kloster Gengenbach hier. Eine Räuberbande hat dort in der Gegend den Dominikaner Bernhard von Rubo auf einem Scheiterhaufen verbrannt. Das war der Dominikaner gewesen, der Egbert von Windeck und das Bauernmädchen verbrennen ließ."

„Gott sei seiner Seele gnädig!" sagte der Abt entsetzt. „Sie haben ihn auch verbrannt? Ein Racheakt?"

„Ja. einer der Täter war ein Bauer, der sich im Suff seiner schrecklichen Tat auch noch gerühmt hat. Er hat gestanden, dass der Anführer ein Joß Fritz gewesen sei; der Bruder des Mädchens, das damals hier im Kloster war."

„Oh mein Gott" entfuhr es dem entsetzten Abt.

„Er hat noch mehr gestanden. Der Anführer gehörte anscheinend auch zu der Gruppe, die unseren ehemaligen Abt in der Nähe von Schlettstadt ermordet hat. Ich müsste ihn also damals bei dem Überfall gesehen haben. Und dieser Anführer habe geäußert, dass er sich jetzt um den Knaben kümmern werde, der seine Schwester als Hexe denunziert hätte. Das ist Georg."

Nikolaus vom Büchen trocknete seine Hände ab, während er kurz überlegte.

„Von Georg hat man seit vier Jahren, als er den Teufel an der Wand erscheinen ließ, nichts mehr gehört. Aber etwas anderes macht mir Sorge. Nicht nur Georg ist in Gefahr, Bernhard. Ihr seid es wahrscheinlich genauso. Oder glaubt Ihr, dass der Mörder da unterscheidet? Wenn der nach Georg sucht, werden ihm alle bestätigen, dass ihr damals wie Zwillinge gewesen seid. Dann seid Ihr auch bedroht. Außerdem habt Ihr ihn gesehen und könnt ihn jederzeit benennen, wenn er sich blicken lässt."

„Aber zunächst einmal ist Georg bedroht. Der ahnt nichts von der Gefahr, in der er schwebt. Vielleicht ist er doch noch in der Nähe."

Der Kardinal hatte, während er sich noch die Hände wusch, dem Gespräch aufmerksam gelauscht. Nun bat er, von den Vorgängen um den Bruder Egbert in Kenntnis gesetzt zu werden. Nikolaus sagte zu, nach dem Abendessen und den täglichen Beratungen der Mönche im Kapitelsaal dem Kardinal zur Verfügung zu stehen. Er befahl auch Bernhard zu diesem Bericht, da dieser damals fast alles selbst mitbekommen hatte. Schließlich waren seit diesen unseligen Vorgängen schon mehr als sieben Jahre vergangen.

„Ich sehe nur eine Möglichkeit" meinte Kardinal Medici, als er von den Beiden den vollständigen Bericht über die Ereignisse des Hexenprozesses erhalten hatte.

„Ihr müsst von hier weg. So schnell wie möglich. Denn dieser Joß Fritz hat nichts mehr zu verlieren. Bisher hatte er sich auf die Suche nach seinem ärgsten Feind gemacht. Hätte er sich zuerst um Georg und Euch gekümmert, wäre Rubo gewarnt gewesen. Nun, da er seinen Hauptfeind getötet hat, kann er sich anderen Schuldigen am Tod seiner Schwester und seiner Eltern zuwenden. Ich denke, er lebt nur noch für dieses Ziel."

„Und Georg?"

Der Abt schaltete sich in das Gespräch ein.

„Ich denke, Ihr seid gefährdeter als Georg. Der war in diesen sieben Jahren einmal hier. Sollte er wieder einmal kommen oder wir von ihm hören, werden wir ihn sofort warnen. Aber Ihr seid jetzt hier im Kloster. Euch aus den Mauern hinaus zu locken, ist sicher ein Leichtes. Ob Geburt oder Letzte Ölung, Hochzeit oder Beerdigung, es gibt immer eine Möglichkeit, warum Ihr irgendwann das Kloster verlassen werdet, sobald Ihr Euer Gelübde abgelegt habt. Außerdem haben die Unruhen durch den ‚Bundschuh' gezeigt, dass die Bauern auch vor Klostermauern nicht haltmachen. Und selbst, wenn es nicht so wäre. Die Bautätigkeit hier im Kloster in den vergangenen und zukünftigen Jahren lässt es nicht zu, dass das Kloster sich vor einem Eindringling verschließen kann. Ihr seid hier nicht mehr sicher. Ich werde Euch in das Mutterhaus nach Cîteaux schicken" schloss Abt Nikolaus.

„Ich sehe noch eine weitere Möglichkeit, denn Cîteaux scheint mir auch nicht sicher zu sein" nahm de' Medici das Gespräch wieder auf. „Wie ich sagte, hat mich Papst Alexander wieder zurück nach Rom befohlen. Jetzt, im Heiligen Jahr 1500, ist in Rom ziemlich viel zu tun. Ich könnte einen Sekretär gebrauchen, der meine Berichte an den Heiligen Vater über die Situation der Kirche nördlich der Alpen verfassen könnte und mich mit seiner Kenntnis in noch offenen Fragen über die Kirche hier im Norden unterstützen könnte."

Bernhard erschauerte innerlich. Welch eine Chance eröffnete sich ihm. Er wäre direkt im Herzen der Christenheit. Im Vatikan. Er könnte vielleicht dem Heiligen Vater persönlich berichten.

Ein Vermittler zwischen den gläubigen, jedoch noch im Dämonenglauben verhafteten Menschen im Norden der Christenheit und den zu sehr am Irdischen hängenden Christen in der Kirche des Südens. An der Seite dieses aufgeschlossenen Kardinals, der beide Seiten kennengelernt hatte.

Er könnte in Rom mehr für seinen Glauben bewirken, als er es in Maulbronn je könnte. Für ein Leben versteckt hinter Klostermauern war er nicht geschaffen. Noch nie war ihm das so klar gewesen wie in diesem Augenblick. Fragend sah er seinen Abt an.

Der zögerte noch. Er hatte den jungen Novizen eigentlich in der Rolle eines engen Mitarbeiters gesehen. Bald wäre die Zeit der Prüfung als Novize vorbei gewesen und Bernhard wäre ein vollkommenes Mitglied des Ordens gewesen.

Doch dann dachte er an die Gefahr, in der sich Bernhard befand und er schämte sich, dass er so eigensüchtig gedacht hatte.

„Wenn Bernhard mit Euch gehen möchte, Eminenz, würde ich das begrüßen."

Auf den fragenden Blick des Kardinals brachte dieser vor Aufregung kein Wort heraus. Er nickte nur, Freudentränen in den Augen.

Erst drei Wochen später traf der Kardinal mit seinem Tross in Rom ein. In den Alpen hatten sie eine Woche in einer Herberge warten müssen, bevor sie wenigstens mit Maultieren weiter konnten. Die Kutsche musste zurückbleiben und würde erst nachkommen, wenn Schnee und Glatteis es erlauben würden.

In der Ebene der Lombardei konnte der Kardinal mit Mühe eine Kutsche kaufen, um endlich wieder bequemer reisen zu können. Die Mietkutschen waren wegen des begonnenen Heiligen Jahres alle unterwegs nach Rom. Es schien, als ob alle Welt nach Süden strebe.

Nur der König der Franzosen, Ludwig XII., war nach seinem schnellen Sieg über Lodovico von Mailand in nördliche Richtung gereist, zurück nach Frankreich. Allerdings hatte er seinen Statthalter und einen Teil seiner Armee in Mailand zurückgelassen. Weitere Teile seiner Truppen, dreihundert französische Kriegsknechte, viertausend Gascogner und Schweizer und zweitausend italienische Söldner hatte er Cesare Borgia für dessen kriegerische Unternehmungen zur Verfügung gestellt.

Die französischen Besatzer Mailands hatten durch ihre Ausschreitungen und Gewaltverbrechen, durch Vergewaltigungen und Morde das Volk der Lombardei schnell gegen sich aufgebracht. Täglich nahm die Gewaltsamkeit auf beiden Seiten zu. Der Kardinal hatte aufgrund dieser Meldungen darauf verzichtet, in Mailand Station zu machen.

„Was ist das für ein Feuerschein am Horizont?" fragte Bernhard den Kardinal, während die Kutsche auf aufgeweichten Wegen in südlicher Richtung durch Latium fuhr.

Der hatte das rötliche Glühen am Firmament auch beobachtet und sandte nun einen Mann seiner Wachmannschaft voraus, um irgendwen zu finden, der wusste, was in Rom los sei. Es waren noch ca. sechs

Stunden Fahrzeit, bis sie die Tore Roms erreichen würden. Zwei Stunden später war der Kundschafter zurück.

„Es sind auf Geheiß des Papstes überall in Rom Freudenfeuer entzündet worden" berichtete der Mann. „Cesare Borgia hat mit Hilfe Frankreichs für den Kirchenstaat Forli eingenommen. Es ist dies neben Imola und Cesena die dritte Stadt, die der Herzog von Valence erobert hat."

„Weiß man, was mit Caterina Sforza ist?" fragte der Kardinal.

„Der Herrin von Forli?"

„Ja."

„Die hat man in die Engelsburg gebracht, nachdem sie aus dem Vatikan geflohen war."

Der Kardinal war plötzlich seltsam in sich gekehrt.

„Was habt Ihr, Eminenz?" fragte Bernhard.

„Sie ist die Witwe von Giovanni Medici, einem Onkel von mir mit gleichem Namen. Ich werde den Papst bitten müssen, dass sie aus der Engelsburg entlassen wird. Dort lebt man nicht lange. Vielleicht kann ich die Gnade erbitten, dass sie wenigstens in ein Kloster nach Florenz kommt."

Am nächsten Tag in Rom war er sofort in den Vatikan geeilt. Am Nachmittag desselben Tages kam Giovanni de Medici, der Kardinal, niedergeschlagen von der Audienz beim Papst zurück. Der hatte ihn wegen Caterina Sforza vertröstet. Das Heilige Jahr, die Rückeroberung der restlichen Städte von den aufsässigen Baronen, die Probleme mit Lodovico Sforza, der im Exil eine Armee gegen Ludwig aufstelle, um Mailand wieder zurück zu erobern; dies alles sei im Augenblick sehr viel wichtiger als das Schicksal der Caterina Sforza.

Doch am wichtigsten sei die Gefahr durch die Ungläubigen. Der türkische Sultan hätte einen neuen Krieg gegen die Christenheit geplant. Alle Kräfte seien jetzt zur Verteidigung des Christentums zu aktivieren. Deshalb könne er sich nicht um eine Sache wie die der Caterina kümmern. Schließlich hätte sie im Vatikan genügend Bewegungsfreiheit gehabt. Sie hätte aber ihr Wort gebrochen und sei geflohen. Wenn ihre Verwandten genügend Geld hätten, um sie frei zu kaufen, würde der Papst sie gehen lassen.

„Doch meine Familie hat das Geld auch nicht" schloss Giovanni de Medici. „Wenn wir unsere Besitztümer in Florenz wieder hätten, könnte ich Caterina helfen. Aber so!" zuckte er resigniert die Schultern.

Er sah Bernhard düster an.

„Es ist noch etwas Schreckliches passiert. Cesare hat seinen Verwandten, den Kardinallegaten Johann Borgia, ermorden lassen. Er streitet das dieses Mal nicht einmal ab" beendete der Kardinal seinen Bericht.

„Eminenz, darf ich Euch etwas fragen, ohne dass Ihr mir deswegen zürnt?" fragte Bernhard.

„Nur zu" ermunterte ihn der Kardinal.

„Ich habe gehört, dass man den Herzog von Valence in der Romagna als Befreier feiert, weil die Caterina Sforza ein Despot schlimmster Sorte gewesen sei."

„Ich weiß es nicht. Sie war ein Mannweib, sicher. Wie sie zu ihren Untertanen war, kann ich nicht sagen. Und Johann Borgia war ein habgieriger und Wucher treibender Mensch, der viel Schuld auf sich geladen hat. Aber darf man deshalb einen Menschen umbringen lassen? Ich muss Johann morgen in Santa Maria del Popolo bestatten. In aller Stille. Nicht einmal der Papst wird anwesend sein."

Liebster Konrad,

oder muss ich jetzt Monsignore Conradus Rufus Mutianus sagen?

Ich möchte Dir zu Deinem Amt als Kanonikus in Gotha gratulieren. Ich wollte Dir noch in meinem Kloster in Maulbronn schreiben, aber die Ereignisse haben sich überstürzt. Denn ich bin wieder in Rom.

Der Anlass war zwar ziemlich traurig, aber das Ergebnis ist erfreulich. Ich will Dir auch schreiben, wie das kam.

Ich hatte Dir während unserer Studienzeit von der Hexenverbrennung berichtet. Jetzt wurde der Inquisitor, der damals den Schuldspruch über Egbert und das Mädchen verhängt hatte, von dem Bruder des getöteten Mädchens auch verbrannt. Angeblich wollte der sich auch an Georg Faust rächen. Deshalb hat der Abt mich vorsichtshalber weggeschickt. Wir waren doch damals fast wie Zwillingsbrüder. Zu dem Zeitpunkt, als das alles passierte, war gerade der Kardinal de Medici aus Florenz in Maulbronn. Der hat mich nach Rom mitgenommen. Erinnerst Du Dich noch an unsere Gespräche damals wegen der Ernennungen der jungen Kardinäle durch Alexander? Der Kardinal ist gerade mal drei Jahre älter als ich.

Und Du wirst es nicht glauben. Ich kannte den von früher, ohne es zu wissen. Ich habe ihn damals von Florenz nach Bologna mitgenommen, als er vor Savonarola auf der Flucht war. Ich dachte, mich trifft der Schlag, als ich in dem Kardinal den Franziskaner erkannte, der mit mir in der Kutsche nach Bologna fuhr. Vielleicht habe ich dem das Leben gerettet. Schließlich war er der Signoria damals 5000 Florin wert.

Jedenfalls hat er mich zu seinem Sekretär gemacht, der ihn über die Kirchenangelegenheiten jenseits der Alpen berät. Der Papst muss nämlich nach Ansicht des Kardinals über die Kirche im Norden unterrichtet werden. Wir waren deshalb auch bei Kardinal Todeschini-Piccolomini von Siena. Er ist seit undenklichen Zeiten Kardinalprotektor für Deutschland. Man darf nicht unterschätzen, dass er auch die Ernennung zu Bischöfen in Deutschland mit beeinflusst. Da hat ihm Alexander wie auch die Päpste davor freie Hand gelassen. Vielleicht kann ich Dich mal für ein höheres Amt vorschlagen?

Was glaubst Du, wie ich gestaunt habe, als der mich in Deutsch begrüßt hat. Er war zwei Jahre in Wien Student gewesen und hat dort auch Deutsch gelernt. Er weiß alles über Deutschland. Er war sogar einmal als Gesandter des Papstes bei einem Reichstag, ich glaube in Regensburg. Aber er hat sich nun völlig aus dem Treiben um Alexander zurückgezogen. Ich glaube, das Ränkespiel im Vatikan stößt ihn ab. Freilich ist er auch sehr krank. Das gibt ihm die Möglichkeit, sich, ohne Argwohn zu erwecken, vom römischen Hof fern zu halten. Alexander hat sich für seine Arbeit ja auch noch nie interessiert.

Aber bei Kardinal Piccolomini treffen sich unglaublich viele Deutsche. Reuchlin aus Pforzheim war schon dort und ein Mathematiker Kopernikus, der gerade in Rom an der Universität lehrt. Und Behain aus Nürnberg, der frühere Hausmeister Alexanders, als der noch Kardinal war. Dort habe ich auch Kontakte zu dem Zeremonienmeister Burkhard geknüpft. Stell Dir vor, er ist aus der Nähe von Straßburg, aus Haslach. Also eigentlich nur einen Katzensprung von Maulbronn entfernt.

Der Papst hat die Länder jenseits der Alpen bisher sowieso nur deshalb zur Kenntnis genommen, weil bei uns die Kassen wegen der verkauften Ablässe gefüllt werden. Aber wem sage ich das. Du weißt das sicher noch viel besser als ich, der hinter dicken Klostermauern nur das mitkriegt, was abends im Kapitelsaal besprochen wird oder was man vom Novizenmeister hört.

Wie Du Dich sicher noch erinnerst, ist in Italien und Spanien die Angst vor dem Fegefeuer nicht gerade sehr ausgeprägt. Über die Gläubigkeit unserer deutschen Kirche weiß Alexander aber fast gar nichts. Vielleicht kann ich da etwas ändern. Das wäre doch eine große Aufgabe, meinst Du nicht auch?

Hier in Italien ist es noch genauso kriegerisch wie früher. Lodovico, der Mohr, war ja von den Franzosen vertrieben worden. Er hat aber gerade wieder Mailand eingenommen. Aber das wirst Du wissen. Er war ja im Exil beim deutschen Kaiser. Was Du vielleicht nicht weißt, ist, dass Cesare Borgia in der Romagna eine Stadt nach der anderen für die Kirche wieder zurück erobert. Bald wird der Kirchenstaat wieder die Größe und Macht wie in früheren Jahrhunderten haben.

Gott sei mit Dir, Bernhard

Noch hatte Bernhard die Feder nicht aus der Hand gelegt, als er zum Kardinal befohlen wurde.

„Morgen trifft Herzog Valentino in Rom ein. Der Papst möchte, dass alle anwesenden Kardinäle seinen Sohn begrüßen. Ihr werdet mich begleiten."

„Ich dachte, der ist bei seinen Truppen in der Romagna?"

„Ludwig möchte Mailand wieder haben. Er hat Cesare einen Großteil der ihm zur Verfügung gestellten Truppen wieder abgezogen. Dem Papst hat er ausrichten lassen, dass er seine Soldaten für die Rückeroberung Mailands brauche. Der Kirchenstaat müsse warten. Deshalb hat Herzog Valentino im Augenblick nichts zu tun und kommt wieder einmal nach Rom. Wahrscheinlich braucht der außerdem für seine Kriege noch mehr Geld aus dem Säckel der Kirche" fügte der Medici bitter hinzu.

Er wusste inzwischen, dass er Bernhard trauen und solche geheimen Gedanken offen vor ihm aussprechen konnte.

Der Ehrenzug erreichte unter Trommelwirbeln und Posaunenklängen den Vatikan. Die deutschen Truppen und die Schweizer schwenkten vor der Treppe zu Sankt Peter nach links, die Gascogner und italienischen Söldner nach rechts ein und stellten sich zu beiden Seiten des Platzes auf.

Alle Kardinäle mit ihrem Gefolge, hohe Beamte des Kirchenstaates und die Gesandten fremder Staaten ritten Cesare zur Peterskirche voran und stellten sich dann links und rechts des auf dem Platz vor dem Gotteshaus wartenden Papstes auf.

Herzog Valentino selbst ritt, in schwarzen Samt gekleidet und eine schwere goldene Kette um den Hals, umgeben von einhundert, in schwarze Uniformen gekleidete, Stallknechten zu den Stufen der Peterskirche. Dort stieg er behende von seinem Rappen ab und warf sich vor seinem Vater zu Füßen.

In spanischer Sprache begrüßte er das Oberhaupt der Christenheit und spanisch, seiner Heimatsprache, antwortete der Papst.

Alexander stand von seinem vergoldeten Thron auf, trat zu Cesare, zog seinen siegreichen Sohn vom Boden hoch und küsste ihn unter Weinen und Lachen. Die Kardinäle schauten schweigend dieser Szene zu. Doch in ihren Mienen spiegelten sich deren Gedanken.

In diesem Augenblick ertönten die Fanfaren der Leibwache Alexanders erneut.

Hoch zu Ross in prachtvoller Kleidung, umgeben von hundert Reiterinnen, ritt nun Lucrezia auf den Platz vor der Kirche. Die Tochter des Papstes begrüßte ihren Bruder, dann ihren Vater. Sie nahm ihren Platz direkt zur Linken des Papstes, noch vor dessen Kurienkardinälen, in vorderster Linie ein.

„Zur Belohnung seiner Taten ernenne ich den Herzog von Valence, den Bezwinger von Forli, zum Bannerträger der Kirche" rief mit lauter Stimme, nun wieder auf Italienisch, Alexander über den Platz.

Feierlich übergab er seinem Sohn die Fahne und den Kommandostab des Kirchenstaates.

An diesem Tag ruhten alle weiteren Pflichten des Papstes.

Bereits sechs Wochen, nachdem Bernhard den Brief an Mutian abgesandt hatte, traf dessen Antwort ein.

Inzwischen aber hatte sich die Lage in Mailand dramatisch verändert. Was Bernhard Mutianus Rufus geschrieben hatte, war schon wieder Vergangenheit und wechselvolle Geschichte geworden. Lodovico Sforza war das Geld für seine Schweizer Söldner ausgegangen. Diese Soldaten versuchten nun, sich durch Plünderungen in anderen italienischen Städten für ihren fehlenden Sold schadlos zu halten. Lodovico verhinderte dies vehement und diese Schweizer zahlten es ihm heim.

Als es zur Schlacht zwischen dem rasch herbeigeeilten französischen König und den Truppen des Mailänder Fürsten kam, ergriffen die Schweizer Söldner sofort die Flucht.

Als Lodovico sah, dass die Schlacht verloren war, wollte er als einfacher Soldat verkleidet fliehen. Doch seine Schweizer verrieten ihn erbarmungslos an die Franzosen.

Inzwischen weißhaarig, aber immer noch in stolzer Haltung, wurde er gefangen durch Lyon geführt. Die Bevölkerung warf mit Steinen nach ihm.

Der einstmals Vertraute des Papstes und dessen Kanzler, Kardinal Ascanio, wurde mit unter dem Pferd zusammengebundenen Beinen unter dem Hohnlachen der französischen Bevölkerung in ein Verließ gebracht, das er nach dem Willen der Franzosen bis zu seinem Tod nie mehr verlassen sollte.

Lieber Bernhard,

es ist schön, wieder einmal von Dir zu hören. Ich habe oft an unsere gemeinsame Zeit in Rom gedacht, aber ich vermisse Rom nicht mehr.

Ich bin zur Ruhe gekommen. Du hast recht, ich bin inzwischen Chorherr in Gotha. Dies genügt mir. Mehr strebe ich nicht an.

An meiner Tür steht mein Wahlspruch ,Glück beruhigt' und wahrhaftig, ich bin mit meinem jetzigen Leben glücklich.

Die wilden Zeiten in Rom liegen hinter mir. Dennoch möchte ich diese Zeit nicht missen. Denn sie haben mir gezeigt, dass man die Satzungen der Philosophen höher schätzen muss als die der Priester.

Allerdings ermahne ich meine Schüler, dem gemeinen Volk die Zweifel an der christlichen Dogmatik vorzuenthalten und als gut erzogene Leute die kirchlichen Zeremonien und Formen zu befolgen.

Mit Glauben meinen wir nicht die Beständigkeit dessen, was wir tun und lassen, sondern das, was wir halten von den göttlichen Dingen, eine Art gemeiner Leichtgläubigkeit und geschäftiger Überredung.

Ich weiß, dass ich das, was ich Dir schreibe, Deinem Inquisitor, der ja jetzt nicht mehr ist, nicht hätte sagen dürfen. Auch ich hätte dafür gebrannt. Aber ich halte Seelenmessen für wertlos, auch wenn sie die Schatztruhen Alexanders füllen. Ich halte die Ohrenbeichte für deprimierend, aber darüber haben wir ja früher schon gestritten. Und wie Du auch von früher weißt, halte ich vor allem das Fasten für unangenehm.

Ich bin der kleine Ketzer von früher geblieben. Denn ich glaube immer noch, dass in der Bibel viele Fabeln enthalten sind. Die Geschichten von Jonas und Hiob glaube ich immer noch nicht und es will mir einfach nicht in den Kopf, warum nicht anständige Griechen und Römer gute Christen gewesen sein sollen, obwohl sie es gar nicht gewusst haben. Aber ich bin überzeugt, auch die treffen wir im Paradies wieder (wenn ich nach solchen Äußerungen überhaupt noch ins Paradies komme).

Das ist es, was mir Rom gegeben hat. Ich beurteile Bekenntnisse und Rituale nicht mehr nach ihrem Wortlaut, sondern nach ihrer moralischen Wirkung. Wenn sie die Tugend fördern, so ist es gut. Wenn nicht, na ja. Darüber haben wir uns oft unterhalten.

Aber ich habe meinen Frieden, von dieser kleinen Ketzerei abgesehen, mit der Kirche hier im Norden gemacht.

Es sind ja unglaubliche Abenteuer, in die Du geraten bist.

Sekretär eines Kardinals, Einblick in die Entscheidungen der Kirche, ein Zusammenführen der Strömungen innerhalb der Christenheit, vielleicht sogar Mithilfe an einer Reform der Heiligen Mutter Kirche. Das hätte ich nicht für möglich gehalten.

Was die Kriege in Italien betrifft, so hoffe ich, dass Dir nichts geschieht. Ich denke daran, wie nahe wir vor fünf Jahren vor der Zerstörung Roms standen. Und wir hatten nicht einmal geahnt, in welcher Gefahr wir uns damals befanden.

Gott behüte Dich, Bernhard

Dein Konrad

Gedankenverloren legte Bernhard den Brief zur Seite. Mutius ahnte nicht, dass sich Rom auch ohne kriegerische Einwirkung verändert hatte. Die Zahl der Prostituierten hatte zugenommen. Unter neunzigtausend Einwohnern waren über siebentausend registrierte Prostituierte. Mord und Gewalttaten waren mit Beginn des Heiligen Jahres noch mehr angewachsen. Es waren inzwischen zweihunderttausend Gläubige in Rom, die mit ihrer Pilgerfahrt den vollständigen Ablass ihrer Sündenstrafen erhielten. Alle Strafen im Jenseits, die sie durch ihr sündiges Leben zu erwarten hatten, waren mit dieser Pilgerreise getilgt. Getilgt durch die Befugnis, die Jesus dem Petrus und der seinen Nachfolgern gegeben hatte.

Meist waren die Gläubigen aus den Ländern jenseits der Alpen gekommen. Sie bestaunten die Prachtentfaltung Roms. Doch sie sahen auch die Verderbtheit und viele genossen sie.

An der Engelsbrücke, an deren beiden Seiten Galgen aufgestellt waren, zeigte man ihnen unter anderen Gehenkten auch den Arzt des Hospitals am nahen Lateran, der im Morgennebel Pilger mit Pfeil und Bogen erschossen hatte, um sie zu berauben. Dem aber der Beichtvater des Hospitals auch reiche Patienten genannt hatte, die er anschließend vergiftete, nachdem er sich ihrer Ersparnisse und Vermögen bemächtigt hatte. Dieser Beichtvater hatte angeblich von diesen Verbrechen keine Ahnung gehabt.

Die Pilger konnten den Sohn des Papstes bewundern, der in einem Gehege vor Sankt Peter Stiere hoch zu Ross mit der Lanze erlegte. Manches Mal stieg er auch in das Gehege hinein. Und unter dem frenetischen Jubel und der grenzenlosen Bewunderung der Umstehenden schlug Cesare dann einem der Stiere mit einem einzigen, gewaltigen Hieb seines Schwertes den Kopf ab.

Wenn sie Glück hatten, sahen die Wallfahrer auch Donna Lucrezia auf einem zierlichen Schimmel reitend in all ihrer Schönheit, umgeben von einhundert Zofen, Hofdamen und Gesellschafterinnen, wie sie in den Vatikan ritt oder diesen verließ.

Die Gläubigen konnten ohne Angst und Schuldgefühle in den Betten der willigen Huren und käuflichen, homosexuellen Jünglinge sündigen. Denn in allen Kirchen Roms konnten sie Ablassbriefe des Papstes kaufen, mit denen ihnen ihre Strafe im Fegefeuer erlassen wurde.

Kapitel 24

Alfonsos Ermordung

Das Heilige Jahr. Am 1. Januar 1300 geschah es nun, dass eine große Menschenmenge zum Petrusgrab strömte, die von dem Gedanken getragen war, dass an diesem besonderen Tag, dem ersten eines neuen Jahrhunderts, eine völlige Vergebung aller Sünden durch den Besuch des Grabes dieses Apostels möglich sei. Dieses Ereignis verwunderte alle, auch den damaligen Papst Bonifatius VIII. Man begann in den historischen Schriften zu suchen, ob ein ähnliches Vorkommnis in der Vergangenheit zu finden sei, aber es wurden keine Hinweise darauf gefunden. Diese große Pilgerbewegung machte das Bedürfnis der Menschen nach Erneuerung, nach Versöhnung mit Gott, nach Vergebung aller Sünden deutlich, das die Menschen besonders an solchen Eckdaten der Geschichte, wie dem Beginn eines neuen Jahrhunderts, erleben.

Papst Bonifatius VIII. bestätigte daraufhin den im Volk schon lebenden Glauben, dass die Pilgerfahrt zu den Apostelgräbern in diesem Jahr einen vollkommenen Ablass erwirken würde und hatte damit das erste Heilige Jahr ausgerufen. Dieses Jahr hinterließ einen so großen Eindruck bei allen, die sich daran beteiligten, dass der Papst das nächste Heilige Jahr für den Beginn jedes neuen Jahrhunderts festlegte.

Doch schon 50 Jahre später, unter Papst Klemens VI, wurde das nächste Heilige Jahr gefeiert. Die Begründung dafür war eine doppelte: einerseits wurde das Argument gebracht, dass nur die wenigsten Menschen hundert Jahre alt würden und es so nur einer sehr geringen Anzahl möglich wäre, den Segen eines kompletten Ablasses zu erreichen. Andererseits sollte es an das jüdische Jobél-Jahr, das Jubeljahr erinnern. Das Jubeljahr wurde alle 50 Jahre begangen. Es war ein heiliges Jahr für die Juden, ein Jahr der Versöhnung mit Gott, aber auch ein Jahr, in dem alle die, die ihre Schulden nicht bezahlen konnten und zur Zwangsarbeit verpflichtet waren, die Freiheit wieder erlangten, ein Jahr in dem alle Schulden erlassen wurden und das verpfändete Eigentum wieder zurück gegeben wurde.

Diese fünfzigjährigen Abstände wurden dann noch einmal unter Papst

Urban VI. geändert, der als Abstand 33 Jahre vorschlug, um an das Lebensal-
ter Jesu zu erinnern. 1475 wurde der Abstand endgültig auf 25 Jahre festge-
legt, auch dass der Beginn und das Ende der Heilige Abend sein sollte, wurde
beschlossen. Zusätzlich wurden immer wieder Heilige Jahre „eingeschoben",
um in besonderen Krisensituationen einen spirituellen Höhepunkt zu setzen.

„Eure Heiligkeit, die Einnahmen des heiligen Jahres reichen nicht aus, um den Krieg gegen die Ungläubigen solide finanzieren zu können. Wir haben einmal die Einnahmen überschlagen, die sich bis zum Endes des Jahres ergeben werden. Selbst wenn wir die zehn Prozent der Einkünfte hinzurechnen, die wir durch die Türkensteuer von allen Geistlichen in den nächsten drei Jahren erhalten werden, haben wir erst dreißig Prozent der Ausgaben gedeckt, die wir brauchen. Dabei ist heute schon der 29. Juni.“

Kardinal Ferrari, für die Finanzen des Vatikans zuständig, lief, während er dem Papst Bericht erstattete, unruhig im Zimmer umher.

Draußen tobte ein heftiger Sturm. Der Wind machte sich unangenehm an den undichten Fenstern bemerkbar. Deshalb hatte Alexander kurz zuvor seinen Platz am Fenster verlassen. Der Papst saß jetzt an einem kleinen Tisch an der Innenseite des Raumes und hörte den Ausführungen besorgt zu. Gerade stellte ihm sein Kammerherr Gaspar einen kleinen Imbiss auf das Tischchen neben ihm und entfernte sich wieder.

„ Was würde es Eurer Meinung nach bringen, wenn WIR denjenigen Gläubigen, die wegen Krankheit, Angst vor der Pest, Angst vor Straßenräubern oder zu geringen Mitteln nicht nach Rom kommen können, einen vollständigen Ablass verkaufen wü …“

Ein ohrenbetäubendes Krachen und Bersten erfüllte plötzlich den Raum und unterbrach die Frage Alexanders.

Die Decke, vollständig mit Fresken bemalt, stürzte ein. Ziegel prasselten zu Boden. Eine dichte Staubwolke nahm sofort jegliche Sicht und hüllte alles in graue Finsternis. Sämtliche Kerzen im Zimmer waren erloschen.

Kardinal Ferrari hatte sich an der Stirnseite des Raumes zu Boden geworfen und den Kammerherrn Gaspar hatten herabfallende Ziegel auf den Fußboden geschleudert.

Todesschreie aus den Räumen über dem Besprechungszimmer zeigten das schmerzvolle Ende von Menschenleben an.

Die aus farbigem Glas gefertigten Fenster des Zimmers wurden durch die Druckwelle nach außen gedrückt und fielen zersplittert in die Tiefe.

Die beiden mit edlen Einlegearbeiten ausgestalteten Türen des Raumes wurden aus ihren Eisenbändern gerissen. Krachend stürzten sie auf die Böden der Nachbarräume. Von den kunstvoll gewebten Teppichen wurde der Aufprall nur schwach gemildert. Formvollendete Gegenstände auf Tischen und Schränken wurden wie durch Geisterhand quer durch das Zimmer geschleudert.

Kardinal Ferrari, wie durch ein Wunder nur leicht an einer Rippe und dem linken Bein verletzt, schleppte sich, auf dem unverletzten Bein über den Boden kriechend, in eine geschützte Ecke des Raumes. Auch den Kammerdiener Gaspar hatte die herabfallende Decke verschont.

Doch an der Stelle, an der noch vor einem Augenblick der Papst gesessen hatte, türmte sich jetzt ein Berg aus Schutt und Gebälk auf. Obenauf lag, die Glieder seltsam verrenkt, ein Mensch.

Der hohe Kamin des Gebäudes war durch den starken Sturm eingestürzt. Er hatte das Dach durchschlagen und die im Dachgeschoß liegenden Räume verwüstet. Bewohner dieser Räume wurden durch Trümmer und Gebälk erschlagen.

Der Boden dieser Kammern hatte den Belastungen nicht standgehalten und war durchgebrochen. Genau an der Stelle, unter der Alexander VI. seine Besprechung hatte.

Ein Teil des Mauerwerks und des Kamins war an der seitlichen Wand des Gebäudes heruntergefallen und hatte auf der Straße Lorenzo Chigi, den Bruder des berühmten Bankiers und Kunstförderers Agostini Chigi, erschlagen.

Als sich die aus Trümmern gebildete Staubwolke etwas gelegt hatte und nur noch das Wimmern der Verletzten im Stockwerk über ihnen zu hören war, sahen der Kardinal und der Kammerherr auf den riesigen Schutthaufen an der Seite des Raumes. Der Tote mit den verrenkten Gliedern war ein Mann der Leibwache, der mit der eingebrochenen Decke aus dem Raum darüber in die Tiefe gestürzt war.

Vom Papst fehlte jede Spur. Er musste unter den zahllosen Trümmern begraben sein. Er konnte das Inferno nicht überlebt haben.

Fast gleichzeitig liefen Kammerherr und Kardinal zu den nun ungeschützten Fensterbrüstungen und riefen laut um Hilfe.

„Der Papst ist tot."

Diese Nachricht verbreitete sich in Windeseile in ganz Rom. Die von den Römern gehassten Spanier, die bisher, geschützt durch die huldvolle Hand ihres prominenten Landsmannes und obersten Herrn, in der Stadt ziemlich sicher gewesen waren, flüchteten in die Engelsburg. Die Bevölkerung bewaffnete sich mit Degen, Messern und Schwertern. Der Tag der Vergeltung an den verhassten Spaniern war gekommen.

Boten verließen nur kurze Zeit nach dieser Meldung aus dem Vatikan auf schnellen Pferden Rom, um die im Exil lebenden oder sich auf der Flucht befindlichen heimzurufen zum Tag der Abrechnung mit den Günstlingen des verstorbenen Alexander.

Freudentränen füllten die Augen der von Alexander und dem Herzog von Valence Verfolgten, die hofften, dass ihr alter gesellschaftlicher Stand wiederkehren würde.

Aber es herrschte auch tiefe Trauer über den möglichen Verlust einer unter Alexander erworbenen glanzvollen Karriere oder den drohenden finanziellen Verlust wegen eines gekauften Amtes.

Doch plötzlich dröhnte Kanonendonner von den Zinnen der Engelsburg.

Man hatte den Papst gefunden.

Er saß, bedeckt von einem von der Wand heruntergefallenen Gobelin, der die Wucht des herabfallenden Gesteins gemildert hatte, inmitten des Schuttes im Besprechungszimmer am Boden. Zwei tiefe Wunden am Kopf zeugten von der Heftigkeit, mit der die Zimmerdecke herabgefallen war.

Tisch und Stuhl waren zertrümmert. Noch war er bewusstlos, aber er atmete regelmäßig und bald darauf schlug er die Augen auf.

Leibwächter trugen ihn, vorsichtig auf eine Trage gebettet, aus dem

Raum. Sein Arzt nähte gleich im Nebenraum, der unbeschädigt geblieben war, die tiefen Wunden am Kopf.

Lucrezia, die sofort an sein Krankenlager geeilt war, weinte Tränen der Dankbarkeit für die wundersame Errettung ihres Vaters und auch Cesare, der für einen kurzen Augenblick das Ende seiner Träume gekommen sah, hatte Tränen der Erleichterung in den Augen. Er dankte im Stillen dem Schicksal, das es so gut mit seinem Vater und ihm meinte.

Zwei Tage später schon befahl Alexander, in allen Kirchen Roms der heiligen Jungfrau Maria für seine wundersame Errettung zu danken. So ertönten an diesem Tage überall Lobgesänge auf die Mutter Gottes und den von ihr so gnädig beschützten Sohn Alexander.

Der Papst erhielt jeden Tag Besuche seiner in Rom anwesenden Kinder Cesare und Lucrezia. Auch sein Schwiegersohn Alfonso besuchte ihn häufig. Stets wartete dieser jedoch, bis Cesare das Krankenlager verlassen hatte.

Er wollte dem Herzog von Valence nicht begegnen. Er hasste ihn. Cesare war ein Vasall des französischen Königs geworden. Des Königs, der seine Familie bedrohte und das Königreich Neapel in Besitz nehmen wollte. Er wusste, dieser Valentino würde keinen Augenblick zögern, an der Seite Ludwigs gegen seine Familie in den Krieg zu ziehen. Und er hatte Angst.

Seit der Herzog von Valence wieder in Rom war, waren auch die Spitzel und Geheimagenten Frankreichs wieder in Rom. So war er keinen Augenblick vor Entführung oder Ermordung sicher.

Die Feindschaft freilich beruhte auf Gegenseitigkeit. Cesare, Herzog von Valence, verachtete seinen Schwager. Alfonso de Biseglia, der Mann seiner Schwester, war in seinen Augen ein erbärmlicher Feigling und beklagenswerter Versager. Er taugte nur, sich von Lucrezia bemuttern zu lassen. Warum sonst wäre er noch vor einem Jahr in heilloser Angst vor den Franzosen geflohen? Nur mit Mühe hatte ihn Vater überredet, wieder nach Rom zu kommen.

Aber jetzt war er da.

411

Doch so lange Alfonso lebte, gab es ein Problem.

Cesare schielte schon lange auf die Gebiete Neapels. Seit er stellvertretend für seinen Vater Alexander dem König von Neapel die Krone aufgesetzt hatte, war er von dem Wunsch beseelt, einmal selbst eine Königskrone zu tragen.

Wenn er mit Ludwig zusammen Neapel angreifen würde, wie würde sein Vater reagieren? Immerhin war dieser Alfonso Verwandter der königlichen Familie Neapels und jetzt auch Mitglied seiner Familie. Alexander hätte keinen Vorteil, wenn Frankreich Beherrscher Neapels wäre, im Gegenteil.

Zwar brauchte sein Vater Frankreich für einen geplanten Krieg gegen die Ungläubigen. Aber wenn Frankreich nördlich in Mailand und südlich des Kirchenstaates in Neapel Gebiete erobert hätte, wäre der Kirchenstaat isoliert. Es sei denn, der Herzog von Valence, Cesare Borgia, wäre der Herr des Kirchenstaates. Dann wäre der Fürst über ein französisches Herzogtum gleichzeitig der Fürst über die Romagna und seine Macht so groß, dass nicht einmal der König von Frankreich, sein Lehensherr, wagen könnte, die Finger nach seinem Gebiet auszustrecken.

Dafür müsste aber Alexander die Gebiete der Kirche an ihn übergeben. An einen Borgia. Dafür standen die Zeichen nicht schlecht.

Für dieses Ziel dürfte es aber in der päpstlichen Familie auch kein Mitglied des Hauses Aragonien mehr geben. Dann müsste man auch keine Rücksichten nehmen.

Sodann könnten die Borgia Italien beherrschen. Denn es gäbe nur noch ein paar kleine Stadtstaaten im Norden.

Nun musste nur noch Alfonso de Biseglia, Abkömmling des Hauses Aragonien und durch Heirat Angehöriger des Hauses Borgia, sterben.

Alfonso hatte sich Zeit gelassen. Sein Schwager, Cesare, hatte erst kurz vor acht Uhr abends das Krankenbett seines Vaters verlassen. Nun konnte er es kurz machen, denn sein Sinn stand am heutigen Abend nicht danach, lange Zeit am Krankenbett seines Schwiegervaters zu verbringen.

Der Papst hatte seine Gehirnerschütterung beinahe überstanden. Die genähten Wunden am Kopf fingen schon an, zu verschorfen.

Bereits am Vortag hatte Alexander wieder gescherzt. Die Ruhe hatte ihm gut getan. Es schien, als werde er jeden Tag jünger; obwohl er nun auch schon siebzig Jahre alt war.

Alfonso blieb eine halbe Stunde am Krankenbett des Kirchenfürsten. Auch heute drehte sich wieder alles um das Heilige Jahr. Viel zu wenig Pilger waren bisher nach Rom gekommen. Mit den bislang erzielten Einnahmen aus dem Heiligen Jahr konnte man keinen Krieg gegen Bajesid führen.

Er hatte dem Papst geraten, dafür zu sorgen, dass der Doge von Venedig tiefer in die Taschen greife. Schließlich waren es die Einflussgebiete Venedigs, die durch die kriegerischen Übergriffe der Türken in Mitleidenschaft gezogen wurden.

Alexander hatte ihn auch nach seiner Meinung zu seinem neuesten Plan gefragt. Der Papst hatte im Sinn, das heilige Jahr zu verlängern. Dann könnten mehr Gläubige kommen und die Einnahmen würden vielleicht doch noch den erwünschten Stand erreichen.

Außerdem wollte Alexander zwölf weitere Kardinalshüte verkaufen. Jeder von ihnen würde zehntausend Dukaten einbringen.

Wie immer hatte er die Gedankengänge Alexanders gut geheißen. Er wollte seinem Schwiegervater gefallen. Um Lucrezias willen. Er hasste sich selbst dafür.

Nun stieg er langsam die Stufen von St. Peter hinunter. Er wollte nach Hause, zu Lucrezia, die im nahen Palast des Kardinals von Santa Maria in Porticu wartete. Diesen Palast hatte er von dem Kardinal gemietet. So waren sie immer in der Nähe des Vatikans.

Gerade hatte er die unterste der Stufen erreicht, als rascher Hufschlag seine Aufmerksamkeit erregte. Drei Reiter preschten direkt auf ihn zu.

In der Dunkelheit konnte er nur Schatten erkennen. Doch geistesgegenwärtig riss er seinen Dolch aus der Scheide am Gürtel. Schon hatte der erste Reiter ihn erreicht.

Er sah den Dolch, der sich ihm in die Brust bohren sollte und konnte ihn abwehren. Sein Gegner schrie wütend auf, als die Klinge des Herzogs seine Muskeln im Unterarm zerschnitt und auf die Elle traf.

Doch im gleichen Augenblick traf Alfonso ein Dolch im Rücken. Aber er hatte noch einmal Glück. Der Angreifer hatte nur das Schulterblatt getroffen. Die Klinge rutschte ab und riss ihm das Fleisch von der Schulter.

Instinktiv duckte sich der Herzog, so dass ihn der Dolch, der seine Schlagader am Hals durchschneiden sollte, verfehlte.

Alfonso stach wild um sich und traf das Pferd des dritten Angreifers in dessen Brustbereich. Das getroffene Tier wieherte zuerst erschreckt und dann vor Schmerz und stieg mit den Vorderbeinen hoch. Der Reiter wurde abgeworfen. Das nun seiner Last ledige Pferd rannte in panischer Angst davon und verschwand in der Dunkelheit.

Bevor sich Alfonso nun seinem am Boden liegenden Angreifer zuwenden konnte, hatte der zweite Meuchelmörder sein Pferd nochmals an den Herzog heran gedrängt und traf den Fürsten von Biseglia mit der scharfen Klinge seines Dolches in der Brust. Er verfehlte das Herz des Opfers nur um eine Fingerbreite.

Alfonso wurde vor Schmerz ohnmächtig, seine Füße knickten ein, er fiel vornüber auf sein Gesicht.

In der irrigen Ansicht, den Herzog getötet zu haben, nahm der Mordgeselle seinen Kameraden, der sich nach dem Sturz gerade wieder aufrappelte, mit aufs Pferd und gemeinsam mit dem dritten Angreifer, der seinen rechten Arm nicht mehr gebrauchen konnte, flüchteten die drei über die Porta Portese.

Als seine Stirn auf dem Boden aufprallte, kam Alfonso wieder langsam zu sich. Bleierne Stille herrschte ringsum. Mühsam gelang es ihm nach mehreren Versuchen, sich aufzurichten. Er wollte um Hilfe rufen, aber nur ein Krächzen kam über seine Lippen.

Er wankte zum nahen Palast.

Bei jedem Schritt quoll Blut aus seiner Brust. Aus einer Platzwunde an der Stirn lief ihm in einem dünnen Rinnsal weiteres Blut in das linke Auge, so dass er es schließen musste. Er presste die rechte Hand auf die Wunde an der Brust, aus der pulsierend sein Leben zu entweichen drohte. Sein linker Arm war durch die Schulterverletzung lahm und hing schlaff herab.

Als er am Eingang seines Palastes in Sicherheit war, verließen ihn die Kräfte. Er sank halb bewusstlos zu Boden. Seine Diener trugen ihn vorsichtig in die Halle und betteten ihn zuerst auf die Teppiche in der Halle. Sie trauten sich nicht, ihn wegen des Blutverlustes zum Bett zu tragen. Zwei Ärzte verbanden kurz darauf seine Wunden.

Lucrezia, die auf einem Fest der strahlende Mittelpunkt gewesen war, wurde gerufen. Bei seinem Anblick wurde sie ohnmächtig und sank neben ihrem Mann zu Boden. Ihre Zofe, die ihr zur Hilfe geeilt war, konnte sie nicht mehr auffangen. Nun lag sie, besudelt vom Blut ihres Mannes, hilflos auf der Erde neben dem leblos scheinenden Körper ihres jungen Gatten. Doch nach kurzer Zeit hatten die Ärzte sie mit Riechsalz wieder aus ihrer Ohnmacht geholt.

Sobald sie wieder klar denken konnte, ließ sie sofort ihren Vater von dem Mordanschlag in Kenntnis setzen.

Alexander, der schon geschlafen hatte, erschien in der gleichen Stunde selbst, obwohl er sein Bett nach Rat seiner Ärzte noch nicht verlassen sollte. Er saß am Lager seines Schwiegersohnes, der, wohl infolge des Blutverlustes, in tiefer Bewusstlosigkeit lag. Alexander betete um dessen Genesung. Was aber in seinem Innern vorging, zeigte er nicht.

Während er betete, brachte Lucrezia den kleinen Rodrigo zu seinem Vater. Sollte Alfonso sterben, so sollte ihn sein neun Monate alter Sohn zum letzten Mal lebend sehen.

Nach kurzer Zeit ließ sich Alexander in seiner Sänfte wieder in den Vatikan zurücktragen. Aber er ließ in Sorge um seinen Schwiegersohn sechzehn Mann seiner Leibgarde zu dessen Schutz zurück.

Auch Lucrezia hatte nach diesem Mordanschlag eine fast lähmende

Angst um ihren Mann. Sie wusste, durch die Leibwache war Alfonso vor einem Anschlag mit Waffen geschützt.

Doch es gab ja auch andere Möglichkeiten. Sie saß infolgedessen fast Tag und Nacht am Bett Ihres Mannes, der sich langsam erholte.

Vorsichtshalber kochte sie gemeinsam mit der Schwester Alfonsos, der Prinzessin Sancia, alle Mahlzeiten für ihren Ehemann selbst und brachte ihm sein Essen auch eigenhändig ans Bett.

Abwechselnd fütterten ihn Frau und Schwester mit den einfachen Gerichten, die sie zubereitet hatten. Denn ihre Kochkünste waren nicht gerade berühmt. Aber nachdem dieser Anschlag misslungen war, würde der Auftraggeber des Attentats nach anderen Möglichkeiten suchen. Kein Giftanschlag sollte das Leben ihres geliebten Gemahls gefährden.

Bald schon zeigten sich die Erfolge der aufopferungsvollen Pflege.

Der Herzog von Biseglia lag in seinem breiten Bett und starrte den Baldachin über sich an. Er grübelte, wer für den Mordversuch verantwortlich war. Wer konnte einen Vorteil aus seinem Tod ziehen? Er zermarterte sein Gehirn. Immer wieder kam er zu dem gleichen Ergebnis. Es kamen nur zwei Menschen für den feigen Anschlag auf sein Leben in Frage. Der König von Frankreich und Cesare, der Sohn des Papstes.

Aber würde es der französische König wagen, den Schwiegersohn des Papstes ermorden zu lassen? Er müsste dafür mit der Exkommunikation rechnen. Er wäre unter allen anderen Herrschern geächtet. Wie damals der deutsche Kaiser Heinrich. Heinrich pilgerte nach seiner Ächtung zu Fuß nach Canossa, um den Papst zu bitten, den Bann aufzuheben. Nein! Der Franzose würde das nicht wagen.

Der Einzige, der nicht mit Strafe zu rechnen brauchte, wenn er einen Mordanschlag befohlen hätte, war Cesare. Alexanders Liebling. Der böse Geist Roms. Der Mann, vor dem sich alle fürchteten. Gegen den sogar Alexander machtlos war. Der Mann, der den Lieblingskämmerer des Papstes eigenhändig ermordet hatte. Obwohl der sich zum Papst geflüchtet hatte. Obwohl Alexander seinen Mantel um ihn gebreitet hatte, um ihm Schutz vor dem rasenden Sohn zu geben. Nur Cesare konnte damals dieses Verbrechen ungestraft begehen und nur der Herzog von Valence konnte diesen Mord auch bei ihm befohlen haben.

Die Angst vor einem neuerlichen Mordanschlag quälte ihn. Er lag hier hilflos im Bett. Er musste aufstehen. Seinen Körper wieder beweglich machen. Bereit sein, sollte es Cesare nochmals versuchen. Er musste gesund werden.

Draußen lachte die Augustsonne und warf ihr helles Licht auf die bunten Fresken an den Wänden des Zimmers. Die Vögel sangen in den Bäumen des vatikanischen Gartens. Die Luft im Zimmer war heiß und stickig. Alfonso hielt es im Bett nicht mehr aus.

Unter Schmerzen richtete er seinen Oberkörper auf. Er sah forschend auf seinen Verband hinunter. Gott sei Dank. Die Brustwunde war bei dieser Anstrengung nicht wieder aufgebrochen. Das war gut so. Langsam versuchte er, seine Beine über den Bettrand zu schieben. Es gelang. Mit beiden Händen umklammerte er die gedrechselte Stütze des dunkelblauen Baldachins und zog sich mit den Armen hoch. Er hatte es geschafft. Er stand aufrecht neben seinem Bett. Mit kurzen Schritten, sich auf der Platte des Schreibsekretärs abstützend, ging er Richtung Fenster. Er vermied jede hastige Bewegung, um die Heilung seiner Wunden nicht zu verschlimmern.

In der Ecke stand sein Bogen. Er nahm ihn als Gehhilfe und stützte sich mit beiden Händen darauf. Die Bewegungen beim Gehen verstärkten zwar die Schmerzen in Brust und Rücken, doch der Wille, es bis zum Fenster zu schaffen, war stärker.

Wenn er genügend frische Luft in seine Lungen gepumpt hatte, konnte er die Wachen rufen, dass sie ihn wieder zum Bett zurück begleiten könnten. Gedämpft hörte er die Stimmen von Lucrezia und seiner Schwester. Sie lachten hell über irgendeinen Scherz.

Lucrezia. Er war immer noch in seine schöne Frau verliebt. Trotz seiner Fieberträume hatte er mitbekommen, wie sie sich aufopferungsvoll um ihn gekümmert hatte.

Einmal, als er die Augen aufgeschlagen hatte, saß sie vor Erschöpfung schlafend, aber seine Hand haltend, neben seinem Bett. Später, als er mehr bei Sinnen war, hatte er tapfer ihr und Sancias Essen hinuntergewürgt. Er lächelte, als er daran dachte.

Gerade hatte er die Fensterbrüstung erreicht. Die stechende Sonne im Gesicht, sah er hinunter in den Garten. Überrascht riss er die Augen auf. Dort stand neben einer Pinie der Auftraggeber der Mordgesellen mit einigen Bewaffneten und seinem ihm treu ergebenen Henker Micheletto. Cesare! Nur fünfzig Schritt entfernt. Seine Rachegedanken kehrten unmittelbar zurück.

‚Die Gelegenheit ist so günstig' schrie eine Stimme in seinem Kopf.

‚Erschieße ihn und Du wirst nie wieder Angst haben müssen. Tue es, tue es!'

Seine Gedanken überschlugen sich.

‚Solch eine Gelegenheit kommt niemals wieder.'

‚Wo sind die Pfeile?'

Seine Augen irrten durch den Raum. Ganz in der Nähe stand der Köcher mit einigen Pfeilen.

‚Hol sie!' schrie die innere Stimme.

Er konnte nicht mehr klar denken. Ohne weiter zu überlegen, humpelte er los. Er hatte den Köcher. Schnell zurück zum Fenster. Die Schmerzen spürte er nur noch gedämpft.

Ein kurzer Blick nach unten. Cesare hatte ihn nicht bemerkt. Der unterhielt sich mit Micheletto. Die Gelegenheit war noch vorhanden.

‚Los!. Leg den Pfeil ein!' befahl ihm die Stimme.

Wie unter Zwang legte er den Pfeil auf den Bogen. Er zitterte.

‚Nicht zittern!' rief die innere Stimme. ‚Ziel genau! Bleibe ruhig! Ganz ruhig! Schieß jetzt!'

Schwirrend flog der Pfeil von der Sehne. Mit aufgerissenen Augen, fiebrig, sah Alfonso dem Pfeil nach. Das Herz wollte ihm stehen bleiben. Der todbringende Pfeil verfehlte Cesares Hals nur knapp. Aber er flog dennoch vorbei und bohrte ich dicht hinter dem Herzog in den Boden.

‚Das kann nicht sein. Das ist unmöglich!'

Verzweifelt starrte Alfonso auf den Pfeil im Boden. Cesare sah herauf, ohne sich in Deckung zu bringen. Er hatte ihn entdeckt. Es war zu spät, einen zweiten Pfeil hinterher zu schicken. Er musste vom Fenster verschwinden.

Aber er hatte den Blick Cesares gesehen. Diesen kalten, überraschten und dann triumphierenden Blick. Den Blick, der sein Todesurteil verhieß. Er selbst hatte Cesare die Chance gegeben, ihn jetzt gefahrlos umbringen zu können.

Der Herzog von Valence schrie seinen Krieger etwas zu. In seiner Aufregung verstand er kein einziges Wort. Sie rannten in Richtung der Eingangshalle des Palastes. Er musste sofort verschwinden. Doch wohin? Er kam nicht mehr weg. In welches Schlupfloch konnte er jetzt noch fliehen?

Gehetzt sah er sich im Zimmer um. Er hatte keine Fluchtmöglichkeit. Entmutigt und verzweifelt warf er den Köcher weg. Er humpelte auf den Bogen gestützt zum Bett.

Der Bogen würde seinen Anschlag beweisen. So versuchte er noch schnell, ihn unter dem Bett zu verstecken.

Tiefe Mutlosigkeit nahm von seinem Denken Besitz. Er war verloren. Er rief gellend um Hilfe. Kein Ausweg mehr. Nur kalte Angst. Er ließ sich aufs Bett fallen, entsetzt, grauenhafte Angst in den Augen.

Lucrezia und Sancia stürzten, durch seine verzweifelten Hilferufe aufgeschreckt, ins Zimmer. Lucrezia erfasste nicht, was geschehen war. Sie sah den Köcher am Boden. Die restlichen Pfeile waren aus der Hülle herausgefallen und lagen verstreut auf den Teppichen des Zimmers. Der Bogen lag unter dem Bett, schaute aber seitlich heraus. Aber es war niemand außer dem jetzt wimmernden Alfonso im Zimmer. Der kroch gerade unter die Decke seines Bettes. Was war denn bloß geschehen? Sie rannte zu Alfonso.

Gerade hatte sie das Bett erreicht und beugte sich über ihn, als die Türe erneut aufgerissen wurde. Bewaffnete stürmten das Zimmer. Micheletto voraus. Sie stellte sich schützend vor ihren Mann. Sie begriff nun gar nichts mehr.

Ohne ein Wort zu sagen, fasste Micheletto sie brutal am Oberarm und stieß sie zur Seite. Sie verlor das Gleichgewicht und stürzte zu Boden. Vor Schreck vergaß sie zu schreien.

Als sie aufsah, wurde Sancia gerade von einem der brutalen Knechte Cesares aus dem Zimmer gedrängt.

Micheletto hatte das Kopfkissen unter dem um Gnade wimmernden Alfonso hervorgezogen und drückte es diesem auf das Gesicht. Mit den Händen versuchte Alfonso, Micheletto das Kissen zu entreißen, um wieder Luft zu bekommen, aber alle seine Bemühungen erstarben unter der brutalen Kraft des Henkers. Hilflos zuckten die Beine und stemmten sich gegen das Bett. Der Unterkörper warf sich hin und her, aber Alfonso hatte keine Chance. Alles Aufbäumen unter der erdrückenden Last half nicht.

Der Verband an der Brust färbte sich rot. Die Wunde war wieder aufgebrochen. Lucrezia fand ihre Stimme wieder. Gellend schrie sie um Hilfe.

Doch die herbeigeeilten Wachen sahen sich Valentinos kampfgeübten Männern gegenüber, die ihre Schwerter gezogen hatten und Micheletto bei seiner mörderischen Tat umstanden und mit ihren Körpern schützten.

Lucrezia wurde von zwei starken Armen festgehalten. Schreiend, sich wehrend, den Kopf wild hin und her werfend, musste sie mit ansehen, wie das Leben langsam aus dem Körper des Vaters ihres Kindes entwich.

Nach kurzer Zeit war die Gegenwehr erstorben. Die Beine zuckten immer schwächer. Schließlich erlosch jede Bewegung.

Micheletto wartete noch zehn Sekunden, dann entfernte er vorsichtig das Kissen vom Gesicht des Getöteten und betrachtete es mitleidlos. Er hatte seinen Auftrag erfüllt. Der Fürst von Biseglia war tot.

Der Bewaffnete, der Lucrezia festgehalten hatte, ließ sie nun, fast zärtlich, zu Boden gleiten. Lucrezia wehrte sich nicht mehr. Sie lag auf der Seite, das Gesicht in der Beuge ihres Armes verborgen. Nur das krampfhafte Zucken ihrer Schultern verriet, dass sie tonlos weinte.

Mit einem kurzen Nicken des Kopfes befahl Micheletto den Rückzug. Niemand hielt die Männer Cesares auf, als sie das Zimmer verließen und an den Wachen des Papstes vorbei das Haus verließen.

„Der Damm ist nun ganz gebrochen" berichtete Bernhard dem Kardinal die frevlerische Tat, die sich in Windeseile in Rom herumgesprochen hatte. „Wer kann Cesare jetzt auf dem Weg zur Macht über den Kirchenstaat noch aufhalten, wenn nicht einmal der Heilige Vater es kann?"

Bernhard hatte sein Wissen von Burchard, seinem Landsmann aus der Gegend Straßburgs, der als Zeremonienmeister Alexanders bestens informiert war. Burcardus war äußerst einsilbig gewesen, als er ihn nach dem Wahrheitsgehalt des Gerüchtes in Rom gefragt hatte. Er hatte ihn traurig angesehen und auf sein Diarium gedeutet, in dem er alle wichtigen Vorgänge im Vatikan aufgeschrieben hatte.

Nur einmal hatte Burcardus über Monate nichts mehr notiert. Das war gewesen, als der Bruder Cesares ermordet worden war.

Nun aber, mit Erlaubnis des alten Zeremonienmeisters, las Bernhard dessen Aufzeichnungen der letzten zwei Tage:

‚Der erlauchte Don Alfonso, Herzog von Bisceglie und Prinz von Salerno, welcher am Abend des 15. Juli schwer verwundet worden war, wurde, weil er an diesen ihm beigebrachten Wunden nicht sterben wollte, am 18. August in seinem Bette erwürgt, gegen vier Uhr nachmittags. Man trug die Leiche nach dem St. Peter. Don Francesco Borgia, Thesaurar des Papsts, begleitete sie mit seiner Familie. Man führte in die Engelsburg die Ärzte des Toten und einen gewissen Buckligen, welcher mit dem Fürsten zu verkehren pflegte, und man inquirierte sie. Sie wurden bald freigelassen, da derjenige straflos ausging, welcher den Auftrag gegeben hatte, und man kannte ihn sehr wohl.'

„Was heißt das, Euer Eminenz" hatte Bernhard gefragt.

„Muss ich das wirklich noch erläutern?" hatte Burchard zurückgefragt und geseufzt.

„Wird sich Herzog Valentino denn nicht verantworten müssen?"

„Doch" atmete Burcardus schwer aus. „Vor Gott!"

„Aber unser Heiliger Vater." stotterte Bernhard „Er kann das doch nicht auf sich beruhen lassen. Es war doch sein Schwiegersohn."

„Aber dieser Schwiegersohn hat Alexander unbeabsichtigt das ihm Liebste auf der Welt genommen. Die Liebe seiner Tochter, die seine Heiligkeit plötzlich mit deren Gatten teilen musste. Und jetzt wollte der ihm auch noch den Sohn nehmen, den er fast genauso liebt wie seine Tochter und den er wegen dessen Stärke und Durchsetzungsfähigkeit bewundert wie sonst niemanden. Auch nach Ansicht unseres Papstes hatte Alfonso damit sein Leben verwirkt."

„Und Lucrezia?"

„Ihr Vater versucht sie zu trösten."

Aber Lucrezia ließ sich nicht trösten. Sie ging nach Nepi. Dort verbrachte sie viele Stunden in der Kirche im Gebet. Sie ließ Messen lesen für die Seelenruhe ihres Gemahls und um dessen Aufenthalt im Fegefeuer zu verkürzen.

Cesare hatte auch sie überzeugt, dass er sich nur gegen den Mordanschlag ihres Gatten gewehrt hatte und mit dem Auslöser dieser Tat, dem Mordversuch an den Stufen von St. Peter, nichts zu tun hatte.

Lucrezia glaubte ihrem Bruder dessen Beteuerungen. Er liebte sie und sie liebte ihn und sein feuriges Temperament. Er war ihr großer Bruder, der sich schon in ihrer gemeinsamen Jugend immer um sie gekümmert hatte. Viel mehr als Giovanni, der immer etwas zurückhaltend gewesen und Giofre, der das Nesthäkchen gewesen war.

Ihn, seine Tapferkeit und seinen Mut hatte sie schon als kleines Mädchen bewundert. Er würde ihr nie so etwas Schreckliches antun, wenn er nicht genügend Gründe dafür gehabt hätte. Nein. Cesare war an dieser Entwicklung unschuldig.

Sie hätte sich auch gewehrt, wenn jemand versucht hätte, sie umzubringen. Alfonso hatte seinen Tod selbst verschuldet. Er hätte nicht auf ihren großen Bruder schießen dürfen. Er hatte kein Recht, ihr den Bruder zu nehmen.

Nun musste Alfonso für seine unheilvolle Tat im Fegefeuer büßen. Sie würde solange Seelenmessen lesen lassen, bis seine Strafe erlassen sei und er im Himmel in der Herrlichkeit Gottes auf sie warten könne.

Der Vorfall war in Rom schnell vergessen. Jeden Tag wurden Leute, auch hohe Persönlichkeiten, ermordet. Es war keine Sensation mehr.

Kapitel 25

Das Urteil des Paris

Paris , *Sohn des Priamos und der Hekabe, des Königs und der Königin von Troja. Eine Prophezeiung hatte gewarnt, dass Paris eines Tages Schuld am Untergang Trojas tragen würde. Deshalb setzte ihn Priamos auf dem Berg Ida aus, wo er von Schäfern gefunden und aufgezogen wurde. Als er eines Tages die Schafe hütete, entstand ein Streit zwischen den Göttinnen Hera, Athene und Aphrodite darüber, wer von ihnen die Schönste sei. Die drei Göttinnen bestimmten ihn zum Richter darüber. Jede versuchte, ihn zu bestechen. So versprach ihm Hera, ihn zum Herrscher über ganz Europa und Asien zu machen, Athene gab ihm das Versprechen, Troja zum Sieg gegen die Griechen zu führen, und Aphrodite gelobte, ihm Helena, die schönste Frau der Welt und Gattin des Menelaos, des Königs von Sparta, zu geben. Paris stimmte für Aphrodite, obwohl er zu dieser Zeit in die Nymphe Oinone verliebt war. Seine Entscheidung machte Hera und Athene zu bitteren Feinden seines Landes. Dies und die Entführung Helenas in Menelaos' Abwesenheit löste den Trojanischen Krieg aus.*

Im zehnten Jahr der Belagerung Trojas standen sich Paris und Menelaos im Zweikampf gegenüber. Menelaos hätte leicht gesiegt, wenn nicht Aphrodite Paris in eine Wolke gehüllt und nach Troja zurückgetragen hätte. Vor dem Fall Trojas wurde Paris von dem Bogenschützen Philoktetes schwer verwundet. Daraufhin ging Paris zu Oinone, die ein magisches Medikament besaß, das ihn heilen konnte. Sie wies ihn jedoch ab. Als er daraufhin starb, tötete sie sich aus Verzweiflung.

Kardinal Medici kehrte erschöpft aus dem Vatikan zurück. Kaum hatte er die Kutsche verlassen und hatte die Eingangshalle seines Palastes betreten, ließ er nach Bernhard rufen.

Er humpelte vorsichtig zur Bibliothek. Seine Fistel am Anus machte ihm wieder zu schaffen. Die Ärzte in Rom taugten nichts. Schon zweimal hatten sie die Fistel mit einem glühenden Stab ausgebrannt, doch sie kehrte jedes Mal wieder. An die Schmerzen, die Giovanni bei dieser Behandlung hatte ertragen müssen, wollte er gar nicht mehr denken. Langsam ließ er sich auf einem der extra weich gepolsterten Sessel nieder und erwartete ungeduldig das Eintreten Bernhards. Doch erst nach einer halben Stunde traf dieser wieder im Palast ein.

„Wo habt Ihr Euch herumgetrieben" fragte der Kardinal ungnädig.

„Ich bitte um Entschuldigung, Euer Eminenz" versuchte Bernhard seine Abwesenheit zu erklären „aber im Haus Porcaro hat man in einem verschütteten Raum unter dem Keller eine unglaubliche Anzahl alter Inschriften gefunden. Ich wollte das mit eigenen Augen sehen. Bitte verzeiht."

Ja, ja, schon gut" meinte der Medici mürrisch. „Aber jetzt habe ich eine andere Aufgabe für Euch. Unser Heiliger Vater hat mir trotz meiner Probleme den Auftrag erteilt, die Organisation für den Hochzeitszug von Lucrezia nach Ferrara zu übernehmen. Ihr werdet zunächst eine Bestandsaufnahme machen, was mit dem Zug alles an Aussteuer mitgeht. Ihr habt nicht viel Zeit. Die Reise beginnt am sechsten Januar. Auch Ihr und ich werden dabei sein. Wahrscheinlich ist das die Strafe dafür, dass mich damals Savonarolas Häscher nicht gefangen haben."

Bernhard freute sich über die Abwechslung, aber er sagte nichts. Demütig verbeugte er sich.

„Womit soll ich anfangen, Eminenz?"

„Natürlich mit dem Wichtigsten. Stellt fest, wie viel Geld der Kirche mit der Aussteuer verloren geht, bevor alles verpackt ist."

„Verzeiht, Eminenz. Ich sehe, dass Ihr nicht sehr glücklich seid mit der Euch zugedachten Aufgabe."

„Natürlich nicht. Cesare ist Herzog der Romagna. Der Kirchenstaat ist ein Teil der Dynastie der Borgia geworden. Nun Ferrara. Eines Tages wird man mich zur Rechenschaft ziehen, weil ich in diese Angelegenheit noch verstrickt war. Ich habe mich gewehrt, aber Alexander und Cesare bestehen darauf."

„Und wieso?"

„Weil der Herzog von Valence meinem Bruder helfen will, die Macht in Florenz wieder zu gewinnen. Eine Hand wäscht die andere."

Doch der Kardinal hing nicht länger seinem Selbstmitleid nach. Noch vor Weihnachten wurden Kardinal Ippolito und zwei weitere Brüder des zukünftigen Gemahls Lucrezias erwartet. Es galt, Unterkünfte für Hunderte von Herren und Knechten bereitzustellen; für Ställe und Futter für viele Hundert Pferde und Maultiere zu sorgen; die Verpflegung all dieser Menschen sicherzustellen; Wagen für den Transport der Güter nach Ferrara bauen zu lassen; Pferde und Maultiere zu kaufen; Listen zu erstellen; Geld und Güter zu verwalten; Einladungen zu schreiben und Befehle für den reibungslosen Ablauf zu erteilen; Wachen zu formieren und den Weg zu schmücken; Spitzel einzusetzen, die zwielichtige Personen von vornherein denunzieren sollten; Bewaffneten die Aufträge für die Verhaftungen verdächtiger Personen zu geben; Bankette vorzubereiten; Straßen sperren zu lassen; Besprechungen abzuhalten; Verbindungen zu pflegen; Befehle des Papstes zu erfüllen; Anweisungen Cesares zu folgen; Wünsche Lucrezias entgegenzunehmen und vieles mehr.

Auch der Botschafter von Ferrara hatte einen etwas schwierigen Auftrag seines Herzogs erhalten. Er sollte eine Beurteilung der Lucrezia abgeben. Einen Bericht über ihre Person, ihre Bildung und ihren Leumund.

Es waren seltsame Gerüchte nach Ferrara gelangt. In den Räumen des Cesare Borgia im Vatikan sollten Orgien gefeiert worden sein, wobei diejenigen Adligen und Kirchenfürsten Preise erhielten, die es schafften, nackte Kurtisanen am häufigsten zu begatten. Der Papst wie auch Lucrezia sollten diesen Vergnügungen zugesehen haben.

Am Abend des 23. Dezember 1501 verfasste er folgenden Bericht:

,Mein Erlauchtester Herr.

Heute nach dem Abendessen begab ich mich mit Messer Girardo Saraceno zur Erlauchtesten Donna Lucrezia, um derselben im Namen Eurer Exzellenz und Seiner Herrlichkeit Don Alfonso aufzuwarten.

Bei dieser Gelegenheit hatten wir ein langes Gespräch über verschiedene Dinge. Sie gab sich hier in Wahrheit als sehr klug und liebenswürdig und von guter Natur zu erkennen, Eurer Exzellenz und dem Erlauchten Don Alfonso höchst ehrerbietig ergeben, so dass man wohl urteilen darf, dass Eure Hoheit und Don Alfonso über sie eine wahre Genugtuung empfinden werden.

Sie besitzt außerdem eine vollkommene Grazie in allen Dingen, nebst Bescheidenheit, Lieblichkeit und Sittsamkeit. Nicht minder ist sie eine gläubige Christin und zeigt sich gottesfürchtig.

Morgen will sie zur Beichte gehen und dann am Weihnachtsfest kommunizieren.

Ihre Schönheit ist schon an sich hinreißend groß; aber die Gefälligkeit ihrer Manieren und die anmutige Weise, sich zu geben, lassen sie noch weit größer erscheinen; kurz und gut, ihre Eigenschaften dünken mir solcher Art, dass man von ihr nichts Schlimmes zu argwöhnen hat, vielmehr stets nur die besten Handlungen zu erwarten berechtigt ist ...

Rom, am 23. Dezember 1501
Eurer Exzellenz Diener
Johannes Lucas'

Bernhard und Giovanni de Medici hatten gute Arbeit geleistet. Der Papst war mit ihnen zufrieden. Doch die Gesandtschaft aus Ferrara hatte sich verspätet, da der positive Bericht des Botschafters erst am 24. Dezember eingetroffen war.

Am 27. stand die Abordnung aus Ferrara mit fünfhundert Edelleuten und einer großen Zahl von Knechten und Dienern bei der Ponte Molle und erwartete die Abgesandten Roms, die sie zum Vatikan bringen sollten. An der Spitze der Gesandtschaft, prächtig ausgestattet, drei der jüngeren Brüder des Bräutigams, der die Braut in Ferrara erwartete.

Zweitausend Reiter und Fußvolk begleiteten den mit goldenen Halsketten festlich geschmückten Magistrat, der die Ankömmlinge begrüßte.

Dann folgte der Auftritt Cesares.

Zweitausend schwarz gekleidete Gefolgsleute zogen ihm mit blitzenden Hellebarden voran und weitere zweitausend folgten ihm.

Cesare saß auf einem herrlichen Araberhengst. Das lederne Zaumzeug war mit Gold überzogen. Mit Diamanten und Rubinen besetzt waren die Zügel und das Halfter des Pferdes. Auf dem stolz erhobenen Kopf hatte es einen Federschmuck, wie ihn noch kein Römer je gesehen hatte. Er war gefertigt aus schillernden Federn von unbekannten Vögeln des neu entdeckten Kontinents. Die Hufeisen dieses Pferdes waren aus reinem Silber gefertigt. Der Schmuck des Pferdes hatte einen Wert von 10.000 Golddukaten.

Herzog Cesare Valentino selbst trug einen Umhang aus schwarzem Samt über einem Gewand aus weißem Damast mit goldenen Verbrämungen. Auch seine Sporen waren aus reinem Gold. An der rechten Hand trug Cesare seinen Ring mit der Devise ‚*Fays ce que dois, advien que pourra*‘ (Tue was Du musst, komme, was wolle). Umgeschnallt hatte er sein mit Edelsteinen und Halbedelsteinen verziertes Schwert. Es war mit Szenen aus dem Leben Julius Cäsars graviert und trug zwei Motti: Auf der einen Seite ‚*Alea jacta est*‘ (Der Würfel ist gefallen) und auf der anderen ‚*Aut Caesar, aut nihil*‘ (Entweder Cäsar oder nichts).

An der Porta del Popolo warteten neunzehn Kardinäle, von denen jeder ein Gefolge von zweihundert Reitern mit sich führte. Auch Giovanni de Medici und Bernhard gehörten zu dieser Ehrenformation, die den prächtigen Reiterzug am Stadttor Roms begrüßte.

Zwei Stunden dauerten die Begrüßungszeremonien.

Dann rückte der viele tausend Mitwirkende umfassende festliche Zug unter Schalmeienklängen zum Vatikan vor. Geschützdonner von der Engelsburg verkündete auch dem letzten Römer das freudige Ereignis.

Zehntausende Römer säumten die Straße und bewunderten die Pracht des Zuges.

Gleich am nächsten Tage wurde die Braut in die Obhut des Hauses Ferrara übergeben. Stellvertretend für Alfonso, der der Sitte entsprechend in Ferrara wartete, übernahm dessen Bruder Fernando von Este die sinnbildliche Vermählung.

Festliche Musik rief Lucrezia aus ihrem Palast in der Nähe der Peterskirche. Die bezaubernde Tochter des Papstes erschien in einem märchenhaften, langen Kleid aus Goldbrokat. Sechs junge Ehrendamen trugen die Schleppe und fünfzig junge, unverheiratete Frauen aus den edelsten Familien Roms folgten ihr.

Ihr goldfarbenes Haar trug sie offen, nur von einem dünnen Band aus schwarz gefärbter Seide am Kopf etwas zusammengehalten. Anmutig umhüllten die Locken ihre schmalen Schultern.

Ihren schlanken Hals umschloss eine Kette aus großen, edel schimmernden Perlen.

So wurde sie von den drei Brüdern ihres zukünftigen Gemahls in die Aula Paolina geführt, wo die feierliche Zeremonie vor ihrem stolzen Vater und den neunzehn wichtigsten Kardinälen der Kirche stattfand.

Ihr zukünftiger Schwager, der junge Kardinal Ippolito d' Este, reichte seiner Schwägerin das Hochzeitsgeschenk ihres zukünftigen Gemahls. Kostbare Ringe, mit denen sie ihre Finger schmücken konnte und ein Kästchen mit dem wertvollsten Inhalt. Den Juwelenbrautschmuck des Hauses Este; unveräußerlich vererbt und seit Jahrhunderten zusammengetragen zur Ehre und zum Schmuck seiner Trägerinnen aus herzoglichem Geblüt.

Bis zum Jahresende feierte die Stadt Rom dieses Vermählungsfest mit einem Aufwand, der an das alte Rom mit Gladiatorenkämpfen und Siegesspiele erinnerte.

Wagenrennen mit Vierergespannen, Stierkämpfe wie in Andalusien, Turniere, die man den Ritterspielen des Nordens abgeschaut hatte, Festumzüge, deren Motto die alten griechischen Sagen des Homer zum Inhalt hatten. Überall in der Stadt wurde gesungen und getanzt. Komödien mit derben Späßen erfreuten die Besucher.

Am 6. Januar des Jahres 1502 verließ Lucrezia mit ihrem Ehrengefolge den Vatikan. Am Abend zuvor hatte sie sich in aller Stille von ihrer Mutter Vanozza verabschiedet. Lange waren die beiden Frauen zusammengesessen, hatten über vergangene Zeiten gesprochen und die Chancen, die sich für Lucrezia noch einmal ergaben. In Kürze würde sie weit weg von Rom sein, seinen Lastern, seinen Schönheiten, seinen Morden und seinen Intrigen. Aber auch weg von den Verdächtigungen, denen sie in Rom immer wieder unterworfen war. Sie würde ein ganz neues Leben beginnen können, wenn sich ein wenig Liebe zwischen ihrem zukünftigen Mann und ihr einstellen würde.

Vanozza wusste, was Liebe bedeutete. Sie hatte sich vor vielen Jahren verliebt, unsterblich, aber nicht in ihren ihr zugewiesenen Ehemann, sondern in einen Mann des päpstlichen Hofes.

Einen Mann, der später Papst geworden war und der sie für dieses Amt verraten hatte.

Einen Mann, mit dem sie vier Kinder zusammen hatte und dennoch immer gewusst hatte, dass sie ihn nicht halten konnte. Dem sie dessen ungeachtet alles geopfert hatte. Den sie auch heute noch liebte. Den Vater Lucrezias. Alexander VI.

Sie zürnte Alexander nicht. Sie hatte ihren Frieden mit Gott gemacht. Oft hatte sie auch bittere Stunden erlebt.

So, als ihr Sohn Giovanni ermordet wurde.

Als sie sah, wie unglücklich Lucrezia mit dem viele Jahre älteren Sforza war.

Als sie hörte, dass auch ihr Giofre beinahe einem Anschlag zum Opfer gefallen wäre.

Besonders aber, als Lucrezia so unglücklich war, als ihr zweiter Ehemann ermordet wurde.

Lucrezia war damals nicht zu ihr gekommen, sondern zu ihrem Vater. Es hatte ihr wehgetan. Viele hatten ihr wehgetan. Auch Lucrezias Vater. Immer wieder. Selbst heute noch schmerzte es, wenn sie hörte, dass er nicht von den Frauen lassen konnte. Dass er außer ihren Kindern auch noch weitere gezeugt hatte. So das Mädchen, das er mit der jungen Farnese, der Freundin ihrer Tochter, hatte. Oder einen kleinen Jungen, der jetzt vier Jahre alt sein musste, aber nicht wusste, wer sein Vater war. Alexander hatte sich das Schweigen der Mutter erkauft. Nur wenige wussten vom ‚Infans Romanus'.

Aber heute war ihre Tochter zu ihr gekommen.

„Mutter, ich habe solche Angst vor dem, was mich erwartet" hatte sie gesagt.

Da war sie wieder ihr kleines Mädchen gewesen, das sie getröstet hatte. Dem sie Mut zugesprochen und die Zukunft in den herrlichsten Farben geschildert hatte. Sie hatte Lucrezia die Angst ein wenig genommen.

Dabei hatte sie selbst Angst. Angst, dass all das Schreckliche, was man über ihren zweiten Sohn Cesare sagte, wahr wäre. Angst, dass sie ein Ungeheuer geboren hatte.

Aber das konnte sie ihrer Tochter nicht sagen. Nicht Lucrezia, die zu ihrem Bruder so voller Bewunderung aufsah.

Spät am Abend war Lucrezia zurück in ihren Palast gefahren.

Nun also ritt Lucrezia auf einem kleinen, spanischen, in Leder und Gold geschirrten Pferd durch das Stadttor Roms, die Porta del Popolo. Der päpstliche Hof mit Alexander an der Spitze, sämtliche in Rom anwesenden Kardinäle, Gesandte und die Edlen Roms geleiteten sie noch ein kleines Stück. Dann hielt der Papst sein Pferd an.

Der Zug mit Lucrezia zog, einem Lindwurm ähnlich, weiter.

Voraus die fünfhundert Ritter, die Alfonso d' Este als Begleitung für seine zukünftige Gemahlin geschickt hatte.

Ihnen folgten zweihundert Kavaliere, die der Herzog von Valence zum Schutz seiner Schwester abgestellt hatte.

Hinter Lucrezia ritten fünf Bischöfe und weitere einhundertfünfundsiebzig Personen, die Alexander mitgeschickt hatte, um Lucrezia jeden Wunsch von den Lippen abzulesen.

Es folgten einhundertfünfzig Maultiere und viele neu erstellte Wagen mit der Aussteuer Lucrezias. Diese Aussteuer enthielt unter anderem ein Kleid im Wert von 15.000 Dukaten, einen Hut, der auf 10.000

Dukaten geschätzt wurde und zweihundert Mieder, von denen jedes 100 Dukaten gekostet hatte.

Köche, Sattler, Kellermeister, Schneider, selbst der Goldschmied Lucrezias gehörten dem Tross an.

Hinter diesen Maultieren und ihren Treibern ritten und fuhren auf geschmückten Wagen Spielleute und Gaukler, Musikanten und Tänzerinnen. Lucrezia sollte sich auf der langen Reise nicht langweilen. Selbst Huren hatte Cesare dem Zug mitgegeben, die die Bedürfnisse der Kavaliere während der Reise erfüllen sollten.

Nur einer gehörte diesem Zug nicht an. Ein Kind. Der Mensch, den Lucrezia am meisten vermissen würde. Ihr Sohn Rodrigo. Frucht der Verbindung zwischen dem ermordeten Alfonso und ihr. Rodrigo musste in Rom bei seiner Großmutter bleiben. So hatten es die Häuser d' Este und Borgia beschlossen.

Alexander sah dem vorbeiziehenden, tausendköpfigen Zug von Rittern und Edelfräulein nach, bis er seinen Blicken entschwunden war.

„Ich werde sie nie wiedersehen!" murmelte er.

Von den umstehenden Kardinälen hatte den Satz nur Giovanni de Medici verstanden. Der Papst wusste es so genau, als ob er die Zukunft voraussehen könnte.

Er sollte recht behalten.

Alle Städte in der Romagna, an denen Lucrezia während ihrer Reise vorbeikam, waren gehalten, den Zug zu verpflegen. Aber sie taten noch mehr. Lucrezia ehrten sie mit Schauspiel und Banketten, Festumzügen und Spielen

Am phantastischsten war das Spiel in der Stadt Foligno. Triumphwagen erzählten die mythische Sage des Paris. Doch der trojanische Prinz widerrief sein Urteil, das er in der von Homer erzählten Sage abgegeben hatte. Nicht Aphrodite, die Schaumgeborene, bekam den Apfel als Schönste der Göttinnen überreicht. Aber auch nicht Hera, die Gattin des Göttervaters Zeus. Nun blieb nur noch die kriegerische Göttin Athene. Aber auch diese verschmähte Paris.

Er stieg vom Wagen und übergab mit einer tiefen Verbeugung Lucrezia den Apfel, weil es keine Göttin gäbe, die sie an Schönheit überträfe.

Das Volk jubelte, die umstehenden Bischöfe, Kardinäle und Edlen applaudierten. Lucrezias Wangen brannten bei solcher Vergötterung.

Als Lucrezia am siebenundzwanzigsten Tag der Reise, am 2. Februar 1502 in Ferrara wie eine Königin einzog, wurde sie bereits vor der Stadt von König Ercole und Don Alfonso in Empfang genommen. Lucrezia hatte die bequeme Kutsche wieder mit ihrem kleinen spanischen Pferd vertauscht. Ein glänzendes Gefolge von Edelleuten und gelehrten Männern hatte sich links und rechts des Herrschers und seines Sohnes aufgestellt. Achtzig Trompeter und Pfeifer hießen Lucrezia musikalisch willkommen.

Zur Begrüßungszeremonie stiegen Vater und Sohn von ihren Pferden. Alfonso trat auf Lucrezia zu und küsste ihre Hand, noch bevor sie abgestiegen war. Dann half er ihr selbst galant aus dem Sattel. Sie trat Herzog Ercole entgegen und als sie ihrem Schwiegervater mit einem formvollendeten Knicks ihre Referenz erwies, zog dieser sie spontan empor an seine breite Brust.

Beifall brandete auf. Zu dritt stiegen sie in eine offene Kutsche, damit das Volk von Ferrara seine zukünftige Herrscherin bewundern konnte.

Trompeter und Pfeifer führten den Zug jetzt an.

Ihnen folgten fünfundsiebzig in die Farben des Hauses Ferrara gekleidete Bogenschützen zu Pferde.

Hinter der Kutsche mit Lucrezia, Ercole und Alfonso reihten sich nun vierzehn Wagen voll prächtig gekleideter Edeldamen aus dem Herzogtum ein.

Dann folgte der tausendköpfige Zug der Edelleute und Würdenträger, der sie seit dem Verlassen Roms begleitet hatte.

Sobald die Prozession den Domplatz erreichte, wo sie am Eingang des Gotteshauses schon der Erzbischof mit Prälaten, Priestern und Diakonen erwartete, schwangen sich zwei Seiltänzer von den Türmen des Doms herunter und erwiesen Lucrezia ihre Referenz.

Nach einem feierlichen Dankgottesdienst für die glückliche Reise betrat Lucrezia ziemlich erschöpft den herzoglichen Palast.

Im gleichen Augenblick läutete nochmals die mächtigste Glocke des Doms und mit diesem Zeichen wurden alle Gefangenen in Freiheit gesetzt.

Das Volk frohlockte über die Schönheit, Anmut und das freundliche Lächeln seiner neuen Herrscherin. Auch Alfonso war glücklich, eine solch liebreizende Braut nun sein Eigen nennen zu dürfen.

Lucrezia kam nicht mit leeren Händen.

Außer ihrer Aussteuer von 100 000 Golddukaten brachte sie dem Gemahl als Geschenk ihres Vaters die Städte Cento und Castel della Pieve.

Ferrara feierte ein Vermählungsfest märchenhafter Pracht.

Kapitel 26

Der Höhepunkt der Macht

Im gesamten Mittelalter waren Judenverfolgungen in christlichen Ländern an der Tagesordnung. Während der Kreuzzüge wurden Tausende von Juden zum Opfer der ausziehenden Kämpfer. 1215 berief Papst Innozenz III. das 4. Laterankonzil ein, das sie zwang, sich öffentlich kenntlich zu machen. In ganz Europa grenzte man die Juden aus. In den Städten mussten sie fortan in Ghettos leben und durften sich nicht mehr frei bewegen. Im 13. und 14. Jahrhundert füllten die europäischen Könige ihre Schatzkammern mit konfisziertem jüdischem Eigentum, dessen rechtmäßige Besitzer sie vertrieben. 1290 enteignete König Edward I. von England die Juden und verwies sie des Landes. 1394 folgte Karl VI. von Frankreich seinem Beispiel. Als im 14. und 15. Jahrhundert der schwarze Tod in Europa wütete, mussten abermals zahlreiche Juden sterben, weil die Christen sie für die Urheber der Seuche hielten. In Spanien führten die von der Kirche ausgehenden Verfolgungen dazu, dass die Juden scharenweise konvertierten, um ihr Leben zu retten. In vielen Fällen waren diese Bekehrungen rein äußerlich, insbesondere bei den Marranen, die sich zwar zum Katholizismus bekannten, insgeheim aber weiter ihrem früheren Glauben anhingen. Ab 1478 verfolgte die spanische Inquisition diese Gruppe, und 1492 wurden alle Juden aus dem Land vertrieben. 1497 folgte die Ausweisung aus Portugal. Die Emigranten aus Westeuropa fanden im östlichen Teil des Kontinents Zuflucht. Tausende von spanischen Juden flohen in die europäische Türkei, wo zu der Zeit eine Politik der islamischen Toleranz herrschte. Im 16. Jahrhundert befand sich die größte jüdische Gemeinde Europas in Konstantinopel. Die meisten Juden, die in England, Frankreich, Deutschland und der Schweiz verfolgt wurden, ließen sich in Polen und Russland nieder. Um 1648 betrug ihre Zahl in Polen über 500.000, die innerhalb des Königreiches ihre Autonomie bewahrten und das Land zu einem Zentrum des jüdischen Lebens machten.

Bernhard las gerade in einer der geretteten Schriften aus dem römischen Altertum, die in einer verschütteten Bibliothek aus dem zweiten oder dritten Jahrhundert gefunden worden waren. Von diesen Schriften hatte er für den kunstsinnigen Kardinal de Medici einige interessante Pergament- und Papyrusrollen erstanden.

Unwillig blickte er auf, als er in seiner Lektüre gestört wurde. Ein Bediensteter des Hauses rief ihn zum Kardinal.

Dieser erwartete ihn bereits in den Räumen, in die er sich gewöhnlich zurückzog, wenn keine offiziellen Termine abzuwickeln waren.

Er saß an einem prunkvollen Schreibtisch aus rötlich gemasertem Holz. Vor ihm lag ausgebreitet eine Landkarte. Wie es schien, handelte es sich um eine Karte Italiens.

„Ich habe heute Abend eine Unterredung mit Kardinal Ippolito" begann der Kirchenfürst das Gespräch, von einem Teller mit Gebäck naschend.

Mit einer Handbewegung gebot er dem Diener, der sich an einem ovalen Tisch mit Holzeinlegearbeiten und goldverzierten Tischbeinen in einer Ecke des Zimmers zu schaffen machte, das Gemach zu verlassen. Fast lautlos verließ der Diener den Raum. Nur das Einrasten des Türschlosses war zu hören, als sich das Portal schloss.

Bernhard stand mitten im Zimmer, aus Ehrfurcht vor dem hohen Rang des jungen Kirchenfürsten mit einigem Abstand zum Schreibtisch. Mit dem Zeigefinger winkte Giovanni ihn näher heran.

„Man kann heutzutage nicht vorsichtig genug sein" erklärte er leise. „Cesare hat seine Spitzel überall. Ich weiß, es ist nicht Eure Aufgabe. Dennoch möchte ich Euch bitten, während unserer Unterredung die Pflichten eines Dieners zu übernehmen."

Bernhard verbeugte sich leicht.

„Selbstverständlich, Eminenz."

„Ihr werdet persönlich verantwortlich dafür sein, dass niemand unser Gespräch belauscht."

Damit schien für ihn das Gespräch bereits beendet zu sein.

„Wann erwartet Seine Eminenz Kardinal Ippolito?"

Der Kardinal de Medici hatte sich schon wieder über seinen Schreibtisch gebeugt und studierte mit Hilfe eines Augenglases die auf dem Tisch ausgebreitete Landkarte. Nun sah er nochmals kurz auf.

„Ich werde Euch rufen lassen, wenn er da ist. Es ist ja keine Verschwörung, nur ein vertrauliches Gespräch."

Als Bernhard am späten Abend in die kostbar ausgestattete Bibliothek gerufen wurde, die der Kardinal bei vertraulichen Gesprächen immer aufzusuchen pflegte, war Ippolito d' Este bereits anwesend. Der junge Kardinal aus Ferrara war sichtlich nervös. Er sah mit fahrigem Blick auf Bernhard.

„Ein junger Freund aus Deutschland" stellte Giovanni de Medici beruhigend vor. „Er ist jetzt mein Sekretär. Er hat ein umfassendes Wissen über die Kirche jenseits der Alpen. Außerdem ist er zurzeit dafür verantwortlich, diese Bibliothek mit wertvollen alten Schriften zu bereichern. Als die Signoria aus Florenz mich suchte, hat er mir einmal das Leben gerettet."

Bernhard schaute etwas verlegen, wagte aber nicht, sich an dem Gespräch zu beteiligen. Er verbeugte sich nur kurz und knapp vor dem Würdenträger aus Ferrara.

„Hier in Rom wird man nicht so offen verfolgt" lächelte Kardinal d' Este gequält.

Er saß in einem Sessel mit breiten Armlehnen; den er aber im Gegensatz zu seinem Gegenüber nur halb ausfüllte.

Mit einem kurzen Blick auf Bernhard zeigte er sein Unbehagen, in dem vertraulichen Gespräch fortzufahren.

Doch Bernhard war damit beschäftigt, den beiden Repräsentanten der Kirche auf dem zwischen ihnen stehenden Tischchen einen Imbiss aufzutischen und machte keine Anstalten, das Zimmer zu verlassen. So wartete Ippolito nicht weiter.

„Ich werde mich auf jeden Fall morgen nach Ferrara begeben."

Er beugte sich etwas vor, damit Bernhard, der inzwischen an der Rückseite der Bibliothek aus einer Karaffe rot funkelnden Wein in fein geschliffene venezianische Gläser füllte, seine Worte nicht verstehen

437

sollte, und sagte leise: „Ich habe aus ganz vertraulicher Quelle gehört, dass morgen Kardinal Orsini mit Gift aus dem Weg geräumt werden soll."

„Das sind doch bösartige Gerüchte" erwiderte in normaler Lautstärke der Medici.

Eindringlich schüttelte Ippolito den Kopf.

„Habt Ihr vergessen, was im letzten halben Jahr geschehen ist? sagte er erregt, seine Vorsicht vergessend, nun wieder lauter.

Mit der linken Hand fuhr er sich nervös übers Kinn.

„Erst die Manfredis, die im Juni in der Engelsburg ermordet und dann einfach in den Tiber geworfen wurden. Als sie Cesare vor über einem Jahr in die Hände gefallen waren, hatte dieser so anerkennend über ihre Tapferkeit gesprochen, dass sie sich sogar in seine Dienste begaben. Wie dumm und vertrauensselig sie waren. Wie die Lämmer sind sie dem Herzog von Valence zu ihrer Schlachtbank gefolgt."

„Ich habe das Thema einmal ganz vorsichtig bei Alexander angesprochen. Aber er wollte nicht darauf eingehen" erinnerte sich der Medici.

„Und dann die Stadt Urbino. Während Alexander, der Papst, Guidobaldo von Urbino bat, ihm seine Artillerie auszuleihen, ist Cesare, sein Sohn, über die Stadt hergefallen und hat sie erobert. Das ist keine List, das ist ein Verrat, wie er schlimmer nie passiert ist."

„Papst Alexander hat deshalb getobt. Ich glaube nicht, dass er diesen Schachzug mit seinem Sohn abgesprochen hatte. Ich war selbst dabei, als er drohte, dass er seinem Sohn den Herzogtitel aberkennen würde."

Der Kardinal d' Este zog den Mundwinkel nach unten.

„Hat er es getan? Hat Alexander jemals etwas gegen seinen Sohn durchgesetzt?"

„Nein" gab Kardinal Medici offen zu. „Aber Cesare hatte offensichtlich gewichtige Gründe. Es ging um sein Überleben als General des Papstes. Er hat seinem Vater ganz eiskalt vorgehalten, dass er kein Geld mehr für seine Truppen gehabt hätte. Und Alexander habe sich geweigert, ihm dreißigtausend Dukaten zu geben. So habe er die wertvolle Kunstsammlung des Herzogs gebraucht. Mit dem Geld aus dem Erlös habe er seine Truppen bezahlt. Sonst wäre der Papst plötzlich ohne Armee gewesen. Im Übrigen seien auch noch andere Gründe ausschlagend gewesen."

„Ich weiß" fiel ihm d'Este genervt ins Wort. „Urbino und Camerino gehören eigentlich zum Kirchenstaat. Cesare hat sicherlich angeführt, dass dies die beiden letzten Städte seien, die noch bis zur endgültigen Wiederherstellung des Kirchenstaates fehlen würden."

„Nein, diesmal nicht. Er meinte, die Stadt blockiere den Zugang zu Adria. Sollte sie in Feindeshand fallen, wären Rimini und Pesaro abgeschnitten."

„Ich habe nicht viel Ahnung von Militärtaktik" wandte Ippolito ein. „Ich weiß nur, dass Valentino am 31. Dezember seinen eigenen Artillerieführer zusammen mit Oliverotto von Fermo erdrosseln ließ. Beide mit dem Rücken zusammengebunden."

„Sie hatten ihn verraten" warf der Medici ein.

„Und dass er die beiden Orsini vor vier Wochen hinrichten ließ. Mit Zustimmung Alexanders. Die, die auf Cesares Wort vertraut hatten und ihm auf den Leim gekrochen sind."

„Die Orsini mussten damit rechnen. Schon seit dem Amtsantritt Alexanders sind sie mit den Borgia verfeindet. Obwohl Kardinal Battista Orsini damals ein großzügiges Geschenk für seine Unterstützung der Wahl Alexanders erhalten hatte. Sie haben ihre Besitztümer in Rom nur als Lehen der Kirche. Aber sie haben sich auf Kosten der Kirche schamlos bereichert. Wie konnten sie auf Gnade hoffen?"

„Aber Alexander hatte ihnen vergeben" erregte sich Ippolito. „Sie hatten wieder für Cesare gekämpft."

„Was blieb ihnen anderes übrig? Es war der einzige Weg, der ihr Leben, zumindest für den Augenblick, rettete. Sie waren zu schwach, sich gegen Cesare zu stellen. Zumal, als der genügend Geld von Alexander nach dem Tod von Kardinal Ferrari bekommen hatte."

„Ob Kardinal Ferrari eines natürlichen Todes gestorben ist, weiß ich auch nicht. Alexander hat zu schnell die Hand auf die fünfzigtausend Dukaten gelegt, die der Kardinal hinterlassen hat."

Kardinal Medici fegte die Bemerkung mit einer unwilligen Handbewegung beiseite.

„Ich bin nicht gerade ein Verteidiger der Methoden Alexanders. Aber diese Behauptung ist haltlos. So etwas wird immer behauptet, wenn Alexander aus einer Sache Nutzen zieht."

„Und morgen ist Kardinal Orsini dran, den Alexander letzten Monat verhaften ließ" fuhr d' Este unbeeindruckt fort. „Zusammen mit dem Erzbischof aus Eurem Florenz und dem Abt d' Alviano, die beide auch Orsini sind."

„Ippolito, das sind doch nur Gerüchte. Ihr wisst doch, wie das in Rom ist. Hier wird immer das schlimmste Gerede ausgestreut. Wir waren doch alle beim Papst und haben uns für Battista Orsini eingesetzt. Nie würde Alexander es wagen …"

„Ist es ein Gerücht, dass die achtzigjährige Mutter Battistas hilflos durch die Straßen geirrt ist, weil niemand sie aufnehmen wollte? Weil alle Angst hatten?"

„Davon habe ich nichts gehört" schüttelte der Medici ungläubig den Kopf.

„Es war, nachdem Alexander den Palast Orsinis hatte ausräumen und dessen Schätze in den Vatikan hatte bringen lassen."

„Aber Ihr wart doch selbst dabei, als der Papst fest behauptet hat, er habe ein Recht auf den Besitz Battistas. Er habe Beweise, dass Kardinal Battista Orsini dem Herzog von Valence nach seinem Leben getrachtet hätte."

„Hat er uns diese Beweise vorgelegt?"

Der Medici überging diesen Einwand. „Alle Kardinäle haben sich für die Freilassung des Kardinals eingesetzt."

„Und wir alle waren entsetzt, als der Papst gerufen hat, dass er dieses Haus Orsini ausrotten werde!"

„Aber das betrifft doch nicht den Kardinal" meinte Giovanni de Medici allmählich ungeduldig. „Die Orsini haben sich immer gegen die Borgia aufgelehnt. Der Herzog von Valence hat als General Alexanders die Gebiete, die der Kirche gehören, wieder von den Orsini zurückgeholt. Das ist, so schmerzhaft es für die Orsinis ist, Alexanders gutes Recht. Dass Cesare dabei nicht zimperlich in der Wahl der Mittel war, ist bedauerlich. Das alles hat aber nichts mit unserem Bruder Kardinal Orsini zu tun. Ich bin überzeugt, dass Alexander ihn nur in Angst versetzen will, damit die Auflehnung der Orsinis gegen ihren Lehensherrn endlich aufhört." Sarkastisch fügte er hinzu: „Vielleicht auch, um die Höhe des Lösegeldes etwas zu beeinflussen."

„Ich glaube es nicht" beharrte Kardinal d' Este auf seiner Meinung. „Seinen Palast hat er bereits ausräumen lassen. Das deutet darauf hin, dass er nicht vorhat, ihn wieder zurückkehren zu lassen. Ich jedenfalls werde nach Ferrara abreisen. Der Erzbischof von Nikosia ist auch schon geflohen."

„Aber Ihr seid doch der Schwager der Lucrezia. Für Euch besteht doch wahrhaftig keine Gefahr, wenn sich Orsinis und Borgias bekriegen."

„So, meint Ihr? Hat es Paolo Orsini etwas genützt, dass er seinen Sohn mit einer Borgia verheiratet hat? Seine Hinrichtung hat das jedenfalls nicht verhindert."

„Euer Eminenz, wozu seid ihr tatsächlich gekommen?"

„Um Euch zu warnen."

„Um mich zu warnen?"

„Machiavelli, der Orator von Florenz, ist Cesare treu ergeben. Er bewundert dessen List und Verrat. Er könnte diesen Papstsohn dazu überreden, die Medici auszurotten, wie es Alexander mit den Orsini tun will. Weitläufig seid Ihr ja mit den aufständischen Orsini und Vitelli verwandtschaftlich verbunden. Das genügt heutzutage, Euch, beziehungsweise Eure Familie, verdächtig zu machen. Meine Spitzel haben mir gemeldet, dass auch Euer Name auf einer Liste Verdächtiger stehen soll."

„Das kann ich mir nicht vorstellen" sagte Giovanni Medici. „Ich habe mich immer neutral verhalten; obwohl ich nie ein Freund der

Borgia war. Außerdem sind die Orsini doch besiegt. Der Ausspruch Alexanders, dass er die restlichen Orsini ausrotten will, war doch nur ein Zornesausbruch."

„Sie sind noch nicht besiegt. Johann Jordan, jetzt Oberhaupt der Orsini, ist von Neapel aus zum Angriff auf Cesare angetreten. Auch mit Hilfe meiner weitverzweigten Familie. Mein Vater hat zwar dem Papst angeboten, ihn in seinem Kampf gegen die Orsini zu unterstützen, aber was ist, wenn der Herzog von Valence die Doppelstrategie unseres Hauses erkennt? Alexander hat einen Boten zu den Aufständischen geschickt. Die Orsini seien selbst schuld, wenn der Kardinal sterben würde."

„O mein Gott" stöhnte Giovanni de Medici „das kann er doch nicht ernst gemeint haben?"

„Alexander sieht sich von Verrätern umgeben. Er traut niemandem mehr. Täglich werden hochgestellte Personen verhaftet, die angeblich an der Verschwörung gegen die Borgia beteiligt sind. Es existiert im Vatikan eine Liste dieser Verdächtigen. Und wie ich Euch bereits sagte, soll auch Euer Name auf dieser Liste stehen. Der Bischof von Chiusi ist vor Schreck gestorben, als Gardisten des Papstes bei ihm auftauchten."

„Ich werde Alexander selbst darauf ansprechen" meinte Giovanni mutig. „Auf jeden Fall danke ich Euch, Eminenz, für Eure Warnung."

Bernhard bekam zum ersten Mal Angst um seinen Herrn, diesen so aufgeschlossenen Kardinal. Aber er bekam auch Angst vor dem, was er so alles mitbekommen hatte bei diesem Gespräch um Macht, Verrat und unchristlichen Kampf.

Täglich ließ Kardinal Orsinis Mutter ihrem Sohn sein Essen durch einen Vertrauten in die Engelsburg bringen. Dieser durfte, mit Erlaubnis des Papstes, bleiben, bis der Kardinal seine Mahlzeit eingenommen hatte. Auch die Mutter des Kardinals befürchtete einen unnatürlichen Tod durch vergiftetes Essen.

Nun, da die Orsinis den Kampf wieder aufgenommen hatten, verbot Alexander diese Vergünstigung.

Der Kardinal und seine Mutter boten hohe Summen für seine Freilassung. Kardinal Medici hatte trotz der Gefahr die Vermittlung übernommen.

Alexander war ungehalten.

„WIR können ihn nicht freilassen. Das würde eine Stärkung der Orsini bedeuten. Dieser Krieg hat bereits Rom erfasst. Täglich können sie einen Aufstand in der Bevölkerung befehlen. Dann gibt es Bürgerkrieg. WIR haben befohlen, Truppen vor dem Vatikan zusammenzuziehen. Im Übrigen würden WIR Euch raten, Euren Palast selbst mit Geschützen zu bewaffnen. Ihr seid entlassen, Kardinal. Denn WIR müssen UNS dringender um den Bestand des Kirchenstaates kümmern, anstatt UNS mit Gesuchen wegen Battista Orsini aufzuhalten."

Doch Giovanni de Medici wollte sich nicht so kurz abspeisen lassen.

„Aber Kardinal Orsini ist an der Sache unschuldig, Eure Heiligkeit. Er war einer Eurer treuesten Freunde. Er wird im Kerker sterben. In seinem Alter …"

Höhnisch lachend unterbrach ihn Alexander.

„Unschuldig? Er war letzten Sommer zum König von Frankreich geflüchtet, um ihn gegen UNS einzunehmen."

„Nein, Eure Heiligkeit. Verzeiht, dass ich Euch widerspreche. Er wollte nur, dass der König zwischen den Orsini und den Borgia vermittelt."

Auf der Stirn des Papstes zeigte sich eine Zornesfalte wegen des hartnäckigen jungen Kardinals, der es wagte, ihn zu belehren. Dennoch gefiel ihm dieser Mut. So gab er dem Medici eine diesen befriedigende Erklärung.

„Wie dem auch sei. Dem Kardinal wird nichts geschehen. Er soll nur eine Weile darüber nachdenken, was Loyalität bedeutet. Und die Orsini kommen mit dieser Maßnahme vielleicht zur Vernunft. Was den Kardinal betrifft: WIR haben UNSERE Ärzte angewiesen, sich um ihn zu kümmern. Und jetzt lasst UNS allein!" befahl der Papst.

Die Mutter Kardinal Orsinis gab nicht auf. Nachdem sich das Oberhaupt der Kirche weigerte, irgendjemanden, der mit Kardinal

Orsini verbunden war, zu empfangen, schickte sie die Geliebte des Kardinals verkleidet zu Alexander.

In einer Schatulle führte diese eine kostbare Perle mit sich. Als sie zur Audienz vor den Papst geführt wurde, warf sich die junge Frau vor seiner Heiligkeit auf den Boden. Dann überreichte sie gesenkten Hauptes, mit Tränen in den Augen, Alexander die Perle mit der Bitte, dass der Kardinal seine Mahlzeiten wieder erhalten dürfe.

Die Aufständischen waren inzwischen überall auf der Flucht. Dank neuer Maschinen, die ein Leonardo da Vinci, der Zeugmeister Cesares, erfunden hatte. Und einer schönen Frau konnte Alexander nichts abschlagen; erst recht nicht, wenn sie ihn so demütig bat.

Er betrachtete die ihm überreichte Perle. Ein selten schönes Stück. Groß, vollkommen in seiner kugeligen Gestalt. Diese Perle war ein kleines Entgegenkommen wert. Zumal es nicht mehr lange dauern konnte, bis sich das Tor der Engelsburg für den alten Kardinal wieder öffnen würde.

Kardinal Orsini durfte seine Mahlzeiten wieder von seiner Familie erhalten.

Doch am 15. Februar gab der Vatikan seinen Kardinälen bekannt, dass Kardinal Orsini in der Engelsburg hohes Fieber hätte.

Den Kardinal Ippolito d' Este erreichte die Nachricht von der Erkrankung Orsinis nicht mehr. Er war abgereist.

Am 22. Februar läuteten die Glocken. Kardinal Orsini war trotz der intensiven Pflege der Ärzte an Aufregung und Erschöpfung verstorben. Am gleichen Abend begleiteten den Verstorbenen auf Befehl des Papstes vierzig Fackelträger, der Governator, der Geheimschreiber des Papstes und die Palastprälaten nach San Salvatore, wo er beigesetzt wurde.

Sein restliches Vermögen fiel an den Papst, der es sofort an Cesare zur Bezahlung der päpstlichen Truppen weiterleitete.

Die stets auf Verbrechen der Borgia lauernde Bevölkerung vermutete, dass der Kardinal durch ein langsam wirkendes Gift ermordet wurde. Dieses war ihm in der Zeit verabreicht worden, als der Kardinal von seiner Mutter nicht verpflegt werden durfte. So versicherte es die in Rom immer brodelnde Gerüchteküche.

„Vater, ich brauche unbedingt Geld. Durch die Siege über die aufständischen Barone laufen mir brauchbare Söldner und Söldnerführer in Scharen zu. Es ist eine einmalige Gelegenheit, mit Hilfe Spaniens die Franzosen loszuwerden. Während Ludwig und seine Generale sich mit Spanien in Neapel zerfleischen, könnten wir die Toskana erobern."

„Es geht nicht. Wo soll ich denn nur das ganze Geld hernehmen, Cesare. Die Kassen sind leer."

„Diese Chance bietet sich nie mehr, wenn wir sie jetzt nicht schnellstens ergreifen. Ich habe mit den Spaniern verhandelt. Wenn wir erlauben, dass sie in Rom Söldner anwerben, werden sie stillhalten, wenn wir Florenz und Siena erobern. Ich habe auch eine geheime Botschaft an den deutschen Kaiser gesandt. Wenn er auf Seiten Spaniens in den Krieg gegen Frankreich eintritt, werden wir ihn unterstützen. Aber ich brauche dazu genügend Geld. Sonst verläuft die Sache wie letztes Jahr. Nochmals werden wir nicht so viel Glück haben."

Boshaft fügte Cesare hinzu:

„Wäre nicht Kardinal Ferrari gerade rechtzeitig gestorben, hättet Ihr alles verloren."

Der Papst wandte sich an seinen Sekretär Troche, der in der Nähe der beiden auf Anweisungen wartete.

„Bringt uns einen Krug Wein, Troche!"

Zusammen mit Cesare ging er die Maßnahmen durch, wieder einmal Geld für die Unternehmungen seines Sohnes zusammenzuraffen:

„60.000 Dukaten erhalten wir, wenn wir achtzig neue Beamtenstellen in der Kurie schaffen. Wenn wir neue Kardinäle ernennen, bekommen wir dafür je 10.000 Dukaten pro Ernennung.."

„Dann müssten wir fünfzig Kardinäle ernennen."

Alexander seufzte.

„Jetzt bleibe realistisch, Cesare. Mehr als neun Kardinäle sind nicht möglich. WIR haben dann dreiundvierzig Kardinäle ernannt. UNSER

Vorgänger, der Herr sei ihm gnädig, hat während seiner gesamten Amtszeit von acht Jahren nur acht Kardinalshüte vergeben.

„150 000 Dukaten reichen bei weitem nicht aus."

„Dann lasse uns weitere Einnahmequellen überlegen. Eine ist mir schon in den Sinn gekommen. In Zukunft müssen wir bei Sterbefällen die Hinterlassenschaften aller hohen Würdenträger für die Kirche einziehen. Nicht nur die der Kardinäle. Das ist zwar das Recht der Kirche, wurde in den letzten Jahrhunderten aber nie mehr praktiziert."

Cesare fiel etwas ein. „Der Kardinal Michiel liegt doch im Sterben. Was bringt der?"

„Ich schätze, 200.000 Dukaten werden es schon sein."

„Das reicht immer noch nicht" resignierte Cesare.

„Vielleicht können wir den Ablasshandel noch mehr intensivieren" schlug Alexander vor.

Cesare schüttelte den Kopf. „Das sind Beträge, die zu spät kommen. Ich brauche das Geld jetzt."

Nach einer kleinen Weile des Überlegens grinste Cesare plötzlich über das gesamte Gesicht.

„Ich hab's".

Er nahm Troche das Glas Wein aus der Hand, das dieser gerade aus einem Krug für ihn eingeschenkt hatte und trank es in einem Zug aus.

„ Die Juden!"

Alexander sah ihn verblüfft an. Dann schüttelte er jedoch den Kopf.

„Bisher hatte ich im Gegensatz zu unseren Brüdern zu Hause immer vermieden, die Inquisition auf sie zu hetzen. Sie leisten uns wertvolle Dienste als Händler, Bankiers und Ärzte. Keiner kann so geschickt Geld vermehren und niemand hat ein solches medizinisches Wissen. Wenn ich von den Ungläubigen einmal absehe."

„Sie sind auch Ungläubige!"

„Die meisten von ihnen sind getauft."

„Aber sie haben sich nur aus Furcht taufen lassen. Genau das ist doch das Problem. Im tiefsten Innern ihres Herzens sind sie immer noch Ketzer."

„Wir haben doch erst vor zwei Jahren dreihundert rückfällige Juden verurteilt. Ich möchte hier keine Inquisitionsprozesse."

Cesare lächelte amüsiert.

„Sie sollen ja auch nicht brennen, sondern bezahlen. Lasst mich nur machen. Wir klagen zunächst nur die Konvertierten an, heimlich ihrem alten Glauben anzuhängen. Dann sperren wir sie kurz ein und wenn sie bezahlt haben, lassen wir sie wieder laufen. Außerdem lassen wir uns von den nicht Konvertierten, die offen ihrem alten jüdischen Glauben anhängen, die Gnade bezahlen, dass wir sie nicht nach Spanien oder Portugal zur Inquisition zurückschicken."

Zwei Stunden später begab sich der Herzog von Valence gut gelaunt in seine Gemächer, die er im Vatikan immer noch hatte.

Alexander war müde.

Plötzlich spürte er die zweiundsiebzig Jahre seines ereignisreichen Lebens in jeder Faser seines Körpers. War der Kampf um die Herrschaft in der Romagna und den Marken jetzt endlich beendet?

Was würde passieren, wenn er den Orsini ihre Gebiete wieder zurück gäbe? Vielleicht könne man dann die Romagna mit den Marken vereinigen? Dann hätte Cesare ein Herzogtum, das es mit der einstigen Größe Neapels aufnehmen könnte. Die Orsini wären mit den neuen Lehen zufriedengestellt und die Gefahr für Rom gebannt. Würde sein Sohn dann endlich Ruhe in seinem übermäßigen Ehrgeiz finden?

Mit diesen Gedanken schlief Alexander ein.

Am nächsten Morgen war der Sekretär und Günstling Alexanders Troche spurlos verschwunden. Er hatte den Vatikan während der Nachtstunden heimlich mit Reisegepäck verlassen.

Cesare setzte alle verfügbaren Spione in Rom auf seine Spur an. Die Wachen an allen Stadttoren Roms wurden heimlich vernommen. Diener und andere Bedienstete im Vatikan verhört.

Die Öffentlichkeit blieb ausgeschaltet. Sie ahnte nichts. Schnell kam die Erkenntnis, dass Troche unter einem Vorwand ein Pferd aus den päpstlichen Ställen bestiegen hatten. Wachen am Westtor bestätigten, dass ein Mann, auf den die gegebene Personenbeschreibung zutraf, auf einem dunkelbraunen Fuchs nach Westen hin die Stadt verlassen hatte.

Weitere Spione in Ostia meldeten, dass der Verdächtige im Hafen ein französisches Schiff bestiegen habe, das mit Einsetzen der schwachen Ebbe den Hafen verlassen habe. Auch der dem Papst gehörende dunkelbraune Fuchs wurde in einem Mietstall im Hafengebiet gefunden und wieder in den Vatikan zurückgebracht.

Cesare war bei dieser Meldung vor Schreck im Gesicht schneeweiß geworden.

„Wir müssen ihn stoppen, bevor er Frankreich erreicht. Er wird alles, was er gestern Abend bei unserem Gespräch mitbekommen hat, Ludwig berichten."

Andere Personen, die von den aufmerksamen Wachen beim Verlassen der Stadt am Abend zuvor erkannt worden waren, wurden ebenfalls verhört. In den meisten Fällen handelte es sich um harmlose Besuche auf umliegenden Weingütern.

Nur einer der Adligen konnte keine vernünftige Erklärung vorweisen. Er wurde dem Governator vorgeführt.

Eine kleine Flotte schneller Schiffe stach kurz darauf in See. Alle verdächtigen Schiffe wurden zum Beidrehen aufgefordert und nach dem Flüchtigen durchsucht. Bei Korsika wurde das Schiff mit Troche an Bord entdeckt.

Der Sekretär des Papstes wurde dem Kapitän gegenüber als Räuber eines großen Geldbetrages des Vatikan ausgegeben und daraufhin von diesem ausgeliefert.

Troche widersprach der Anklage nicht. Es hatte keinen Sinn mehr. Er wusste, er hatte dieses Spiel verloren.

In Ketten geschmiedet wurde er nach Rom zurückgebracht. Bei seiner Ankunft in Ostia wurde er in einer geschlossenen Kutsche, verborgen vor den Augen der Öffentlichkeit, nach Trastevere in einen Turm gebracht. Der infolge seiner Festnahme erleichterte Herzog von Valence, Valentino, verhörte ihn selbst in einem Raum dieses Turmes.

„Ah, unser lieber Sekretär."

Höhnisch dehnte er seine Worte.

„Dem mein gutgläubiger Vater vorbehaltlos vertraut hat."

Wieder machte er eine Pause, bevor er mit befriedigtem Grinsen feststellte: „Haben wir Euch doch noch erwischt."

Zufrieden musterte er das Häufchen Elend, das, an Händen und Füßen mit Eisenketten gefesselt, seiner sonst immer zur Schau gestellten würdigen Haltung beraubt, vor ihm stand.

Troche antwortete nichts. Er hielt den Blick auf den Boden vor Cesare gerichtet, als gäbe es dort etwas zu beobachten.

„Warum seid Ihr geflohen?"

Nun sah Troche zum ersten Mal auf, sah dem Herzog in die unerbittlichen, braunen Augen.

„Unser Heiliger Vater hat mir gesagt, dass Ihr, Hoheit, mich umbringen lassen werdet." Seine Stimme war leise, aber gefasst.

„Warum sollte ich das tun?"

Die Frage klang nebensächlich, uninteressiert.

„Weil ich über Euch vor anderen schlecht geredet habe."

Cesare schien von dieser Aussage überrascht zu sein.

„Inwiefern?" fragte er nur kurz.

„Ich habe vor einigen Kurialen gesagt, es sei eine Schande, dass nicht der Papst die Kardinäle ernenne, sondern sein Sohn. Das hat jemand dem Papst zugetragen."

„Das war alles?"

Troches Stimme wurde noch leiser.

„Ich habe auch noch gesagt, Kardinäle würden nicht nach ihren Verdiensten ausgewählt, sondern nach dem, was sie für dieses Amt zahlen könnten."

Cesare lachte bösartig kurz auf.

„Und wenn es so wäre, was stört Euch daran?"

Troche blickte wieder zu Boden.

„Ich war überzeugt, ich wäre auf der Liste mit den neu zu ernennenden Kardinälen."

„Ihr?" Her Herzog von Valence lachte laut und bösartig. „Ein Verräter?"

Nervös zuckte ein Augenlied Troches, als er behauptete „Ich bin kein Verräter!"

„Feige seid Ihr also auch noch!"

Valentino, immer noch eher bekannt als Cesare Borgia, schüttelte höhnisch lächelnd seinen Kopf.

„Wären wir jetzt in der Engelsburg und nicht in diesem fensterlosen Turm, würde ich Euch etwas auf der Engelsbrücke zeigen."

Gemächlich legte Cesare die Beine übereinander. Die Sporen an seinen Füßen scharrten über den steinernen Boden. Unwillkürlich schaute Troche auf die Füße seines Richters. Er ahnte, was Cesare jetzt sagen würde. Dort, auf der Brücke, wurden immer ausgewählte tote Verbrecher zur Schau gestellt.

„Am höchsten Punkt der Brücke liegt seit mehreren Stunden ein Toter. Er darf nicht beerdigt werden, bevor er nicht zu stinken anfängt. Neben ihm steckt aufgespießt sein Kopf, am Hals vom Körper abgetrennt, für alle Vorbeikommenden gut sichtbar, auf der Mauer der Engelsbrücke. Der dort liegt, war der Auftraggeber für Euren geplanten Verrat an den französischen König. Der Hintermann für den Treuebruch, den Ihr dank Gottes Hilfe nicht ausführen konntet. Es war einer der Kavaliere der Stadt, Jacobo Santa Croce."

Troche antwortete nicht mehr. Er war starr vor Schreck. Wenn er mit der zurechtgelegten Geschichte vom enttäuschten Nepoten noch eine Chance gehabt hatte, mit dem Leben davon zu kommen, nun war es aus.

Santa Croce, der ihm ein Leben in Luxus versprochen hatte, wenn er dem französischen König die geheimen Pläne und Gedanken des Papstes und dessen Sohnes enthüllen würde, war tot.

Der todsichere Plan für ein sorgenfreies Leben in Frankreich war aufgedeckt. Er wusste, er hatte sein Leben verwirkt und nichts konnte ihn mehr retten.

Der Herzog war von seinem Stuhl aufgestanden. Er hatte die Hände vor der Brust gefaltet.

„Jener hatte einen ehrenvollen Tod verdient" fuhr Valentino wie in einem Selbstgespräch gleichmütig fort. „Er hat gleich seine Verbrechen gestanden. Aber Ihr ..."

Verächtlich sah er ihm aus seinen eiskalten Augen ins Gesicht und suchte seinen Blick.

„Ihr habt uns eine Lüge aufgetischt, um Euer erbärmliches Leben zu retten. Ihr seid eines solchen Todes nicht würdig."

Cesare gab Micheletto in der Ecke ein Zeichen und trat in den Hintergrund des Zimmers zurück. Doch er ließ keinen Blick von dem Schauspiel, das sich ihm nun bot.

Unter den kräftigen Händen des Henkers hauchte der Günstling und Sekretär Alexanders VI. sein Leben aus.

Cesare gab den neu ernannten Kardinälen ein Bankett. Im Gegensatz zu seinem Vater bot er alles auf, was Küche und Keller hergaben. Denn alles lief zur äußersten Zufriedenheit der Borgia.

Die neuen Geldquellen durch Zahlungen konvertierter Juden, die sich vom Verdacht des Marinismus befreien wollten, sprudelten kräftig.

Die Einrichtung neuer Beamtenstellen brachte viele Tausend Dukaten.

Nur die Hinterlassenschaft durch den Tod des Kardinal Michiel war nicht zufriedenstellend. Zwar erbeuteten die päpstlichen Agenten Wertgegenstände in Höhe von 150.000 Dukaten, aber die Barmittel beliefen sich nur auf 23.832 Dukaten. Alexander war enttäuscht.

Dass wieder einmal das Gerücht aufkam, der Papst hätte mit ‚cantarella' nachgeholfen, war fast schon eine allgemeine Begleiterscheinung bei jedem Tod eines hochgestellten Klerikers. Der Heilige Vater nahm das gelassen hin.

Dieses ‚cantarella' war, so raunten die Römer, ein langsam wirkenden Gift, das hauptsächlich aus Arsenik bestand. Es wurde in Pulverform unter Speisen und Getränke gemischt und führte zum Tode, ohne merkbare Spuren zu hinterlassen.

Diese Flüsterpropaganda wurde auch von manchen Gesandten genährt. Viele der italienischen Kardinäle und Bischöfe, sowieso verunsichert, da der Papst immer mehr Spanier ins Land holte, waren diesen Gerüchten zugänglich.

So wagte keiner mehr, auf seinen Reichtum aufmerksam zu machen. Oft wurde das Geld, das eingenommen wurde, so schnell wie möglich wieder ausgegeben, um sich den Begehrlichkeiten Alexanders oder Cesares nicht auszusetzen.

Riesige Grabmonumente aus Marmor wurden schon bei Lebzeiten für einzelne Kardinäle errichtet. Sie sollten vom Ruhm des Geldgebers künden und gleichzeitig vor einem raschen Tod schützen. Denn sie konnte man nicht mehr verkaufen. Außerdem verschlangen sie eine Unmenge an Geld. Geld, das nicht mehr der Kirche zukam, sollte man sterben.

Giovanni de Medici plagten solche Ängste nicht. Das Vermögen der Medici war unter der Herrschaft Savonarolas zum größten Teil beschlagnahmt, die Paläste geplündert und die wertvollen Kunstgegenstände in alle Winde zerstreut worden.

So war er einer der wenigen, die das Bankett des Cesare mit seinen herrlichen Speisen und gehaltvollen Weinen in vollen Zügen genossen.

Dennoch kam es ihm seltsam vor, dass Cesare sich plötzlich entschuldigte und das Bankett verließ.

Doch Alexander war geblieben und amüsierte sich köstlich. Alle Last der vergangenen Jahre schien von ihm abgefallen. Selten hatte man ihn so fröhlich gesehen.

Der Kirchenstaat war zum größten Teil erobert und gehorchte den Borgia. Die Zeiten finanzieller Not waren vorüber. Die Verwaltung war straff organisiert und die päpstlichen Territorien erlebten dank der Durchsetzungskraft, der unerbittlichen Härte gegen Korruption und der unbedingten Unterwerfung der vorher in die eigene Tasche wirtschaftenden Barone eine Hochblüte des Wachstums.

Alexanders Tochter war glücklich verheiratet und wurde von ihren Untertanen glühend verehrt. Obwohl sie im vergangenen Herbst nach sieben Monaten von einer toten Tochter entbunden worden war und das Kindbettfieber sie fast hinweg gerafft hätte.

Cesare hatte damals, als er von ihrem Zustand gehört hatte, seine Truppen verlassen und war zu ihr geeilt. Er hatte ihre Hand gehalten, als Fieberkrämpfe sie schüttelten und ihr lustige Geschichten aus ihrer beider Kindheit erzählt, während die Ärzte sie zur Ader ließen.

Auch als ihr Beichtvater ihr die heilige Kommunion gab, damit sie mit dieser Tröstung vor den Richterstuhl Gottes treten konnte, war der große Bruder zugegen und hatte zwei Tage an ihrem Bett verbracht, bis sicher war, dass der Tod sie verschonen würde.

Damals hatte auch Cesare gezeigt, welche tiefe Liebe er empfinden konnte. Zu seiner Schwester. Nicht zu seiner in Frankreich auf ihn wartenden Frau.

Alexander wurde von Tag zu Tag jünger.

Vier Tage nach seinem Aufbruch kam Cesare von seiner plötzlichen Abreise zurück. Mit ihm kam die Kunde seiner unerbittlichen Härte, wenn er feststellen musste, dass gegen seine Befehle verstoßen worden war.

Er war beim Bankett benachrichtigt worden, dass eine Abordnung aus Cesena ihn zu sprechen wünschte. Diese Abordnung beklagte sich über seinen Statthalter wegen dessen Ausbeutung seiner Untergebenen und der Grausamkeit, mit der er selbst Unschuldige bestrafte.

Cesare war sofort nach Cesena geritten, fand die Vorwürfe berechtigt und ließ seinen Statthalter noch in der Nacht vierteilen. Danach ließ er den zerrissenen Leib dieses Unglückseligen in der Mitte des großen Platzes von Cesena hinlegen. Das Richterbeil legte man ihm zur Seite.

Mit diesem Sinnbild zeigte er den erschreckten Bürgern von Cesena, dass das Recht wieder hergestellt worden war und warnte damit alle Verantwortlichen, seine Befehle zu missachten.

Kapitel 27

Der Degen

Florett, Degen und Säbel

Im Fechtsport wird mit drei Waffen gefochten: Florett, Degen und Säbel.

Das Florett wurde ursprünglich als Übungs- und Sportwaffe entwickelt. Es wird als die grundlegende Waffe angesehen, und alle Anfänger beginnen mit dem Florett. Es ist eine leichte, biegsame Waffe; die Treffer erzielt man durch Stoßen auf den Gegner mit der abgestumpften Spitze. Die Klinge hat einen rechteckigen Querschnitt.

Der Degen entstand aus dem französischen Kurzschwert. Wie das Florett ist er eine Stichwaffe, hat aber eine größere Glocke (Handschutz) und ist schwerer und starrer gebaut.

Der Säbel ist von der früher von der Kavallerie verwendeten Waffe abgeleitet. Er besitzt einen schaufelförmigen Handschutz, der gebogen über die Hand verläuft. Die Klinge ist in etwa V-förmig. Treffer oder Punkte erzielt man durch Stöße oder hauptsächlich durch Hiebe mit der Klingenkante.

Martin hatte das erste Jahr seines Studiums in Erfurt geschafft. Er war im zweiten Studienjahr und seit einem Jahr bereits Baccalaureus, ein Gehilfe des Professors. Das Grundstudium mit Grammatik, Rhetorik und Logik hatte er mit gutem Ergebnis überstanden.

Das Lernen hatte ihm keine Mühen bereitet. Trotz der vielen Nächte mit den unter Studenten üblichen Trinkgelagen. Mit den Kenntnissen auf seiner Laute, die ihm die lebenslustige Frau Cotta vermittelt hatte, war er ein beliebter Stammgast in den Studentenkneipen gewesen und hatte so manches Getränk umsonst getrunken. Auch die anderen Kenntnisse, die ihm seine ältere Freundin beigebracht hatte, hatte er zu nutzen gewusst.

Nun studierte er Arithmetik, Geometrie, Musik und Astronomie. Bald würde er sein Studium an der Artistenfakultät als ‚Magister‘ beenden.

Dann erst würde er sich spezialisieren können. Wenn sich nur sein Vater nicht dieses Jurastudium in den Kopf gesetzt hätte.

Zu Ostern machte sich Martin auf den Weg nach Hause. Ein Freund aus Eisleben, der ebenfalls in Erfurt studierte, begleitete ihn.

Sie waren bereits vier Stunden unterwegs und nahe dem Örtchen Weißensee. Aber mit Martin wollte heute kein Gespräch in Gang kommen.

„Was macht der Herr Magister für ein griesgrämiges Gesicht?" machte sich sein Freund über ihn lustig.

„Ach lass mich zufrieden, Karl."

„Hör auf, Trübsal zu blasen. Was ist nur mit Dir los? Seit Wochen läufst Du mit einer Leichenbittermiene herum, als müsstest Du ins Kloster."

Martin antwortete nicht.

„Wie wäre es mit einer kleinen körperlichen Übung, damit Du Dich mal mit etwas anderem beschäftigst als mit Deinem Seelenschmerz?"

Misstrauisch sah Martin seinen Freund an.

„Was ist für Dich eine kleine körperliche Übung?"

Doch der Freund hatte bereits seinen Degen gezogen.

„Verteidige Dich. Wir spielen Überfall."

„Lass den Unsinn. Ich habe keine Lust."

Spielerisch ließ Karl seinen Degen durch die Luft schneiden. Doch Martin ging einfach weiter.

Ein kleiner Stich in den Hintern ließ Martin jedoch wütend werden.

„Ich habe gesagt, Du sollst mich in Ruhe lassen."

Gleichzeitig zog er aber den Degen aus der Scheide. Ein kleines Scheingefecht entspann sich.

Doch plötzlich, bei der Abwehr eines Stoßes, ritzte die Spitze seines eigenen Degens seinen Fuß über der Sandale. Hellrotes Blut spritzte aus der Wunde.

Fassungslos sahen beide auf die Verletzung. Martin spürte keinen Schmerz.

„Setz Dich hin!" schrie Karl.

Er riss ein Stück vom Ärmel seines Hemdes ab und verband die Wunde. Doch innerhalb kürzester Zeit war dieser Verband durchgeblutet.

Karl sah sich um. Weit und breit war niemand zu sehen, der helfen konnte. Er musste einen Arzt finden. Weißensee musste hinter dem nächsten Hügel liegen.

„Presse Deine Hand auf den Verband. Ich hole Hilfe!" Aufgeregt sprudelten die Worte aus Karls Mund.

„Ich bin gleich wieder da. Vergiss nicht, die Hand auf die Verletzung zu pressen."

Er rannte davon.

Tatsächlich. Als er über den Hügel kam, lagen die Häuser von Weißensee vor ihm. Er rief schon von weitem um Hilfe.

Neugierige Blicke hefteten sich auf ihn, als er am Dorfrand war.

„Ich brauche einen Arzt! Wo ist ein Arzt!"

„Hier gibt es keinen Arzt."

„Gibt es wenigstens einen Bader?"

Er sah nur Kopfschütteln.

„Was ist denn überhaupt passiert?" fragte einer der Neugierigen, die Karl inzwischen umstanden.

„Mein Freund hat sich am Fuß verletzt. Ich glaube, er hat die Hauptader getroffen. Das Blut ist nur so herausgespritzt."

„Wo ist der denn?"

„Hinter dem Hügel. Aber ich brauche jetzt einen Arzt. Sonst verblutet er."

„Der nächste Arzt ist in Sömmerda."

„O mein Gott. Das ist zu weit. Bis ich dort bin, ist er verblutet."

„Ich bin der Wirt vom Falken" begann einer bedächtig zu sprechen. „Ich habe ein Maultier zum Transport meiner Fässer. Das könnte ich Euch geben. Bis Ihr mit dem Arzt hier seid, könnten wir uns um Euren Freund kümmern."

„Ja, bitte, kommt schnell".

„Wo ist Euer Freund?" fragte einer.

„Dahinten!" Karl deutete mit dem Arm hinter sich. Gleichzeitig zog er den Wirt am Ärmel.

„Bitte, kommt, bevor es zu spät ist!"

Als die Dorfbewohner Martin ohne Mühe gefunden hatten, saß er immer noch da und presste mit aller Kraft die behelfsmäßige Binde auf die Wunde. Aber seine Arme wurden durch die Anstrengung bereits lahm. Dennoch hatte er die Blutung vorläufig vollständig stillen können. Eine Frau kniete sich vor Martin hin und zog eine Art Binde, die sie noch schnell zu Hause geholt hatte, aus einer Tasche ihres Kleides. Sie konnte sich eine boshafte Bemerkung nicht verkneifen:

„Ich möchte nur wissen, weshalb diese Burschen studieren, wenn sie nachher nicht einmal ein Bein abbinden können."

Dann zog sie Martin erst einmal den Gürtel von der Hose, band ihn in der Kniebeuge ums Bein und zog mit Hilfe eines kurzen Astes diesen Gürtel fest an.

Die Blutung versiegte sofort. Nun verband sie den verletzten Fuß mit der mitgebrachten Binde. Zwei Mann nahmen Martin zwischen sich und schleppten ihn ins Dorf. Martin ließ sich mehr schleifen, als dass er auf dem gesunden Bein humpelte. Er hatte zu viel Blut verloren. Immer wieder wurde ihm schwarz vor Augen.

Nach zwei Stunden erschien Karl mit dem Arzt. Martin lag auf frischem Stroh in der Mitte der Schenke auf dem Boden. Ein Überhang diente als Kopfkissen Zur Stärkung nach dem Blutverlust hatte ihm der Wirt Wein eingeflößt

„Legt sein Bein hoch" befahl der Arzt, noch bevor er Martin untersucht hatte. Jemand zog einen Stuhl heran und legte den verletzten Fuß auf die Sitzfläche.

„Wer hat das Bein abgebunden?"

Die ältere Frau meldete sich zaghaft.

„Das habt Ihr gut gemacht. Der Mann wäre sonst verblutet. Aber jetzt wollen wir einmal sehen, ob wir das Bein retten können."

Er zog einen eisernen Stab mit einem Holzgriff aus seiner Tasche.

„Wirt, steckt den Stab ins Feuer, bis er glüht. Aber verbrennt mir den Holzgriff nicht."

Er nahm die Binde vom Fuß und besah sich die Wunde, nachdem er sie etwas gesäubert hatte.

„Ein glatter Schnitt" äußerte er. „Wenn sich in der Wunde kein Schmutz mehr befindet, werden wir es wahrscheinlich retten können."

Zu Martin gewandt meinte der Arzt: „Wollt Ihr noch etwas Wein? Es wird jetzt ein bisschen wehtun."

Martin nickte.

Der Wirt schenkte nochmals einen vollen Becher Wein ein. Martin trank den Becher in einem Zug aus. Dann öffnete er nochmals den Mund, denn er sah, dass der Arzt mit einem Beißholz vor ihm stand. Dieses Holz sollte verhindern, dass der Patient bei Schmerzen auf etwas beißen konnte, ohne sich dabei Zunge oder Lippen zu verletzen.

Der Arzt steckte ihm das Beißholz zwischen die Zähne und holte das rot glühende Eisen. Vier starke Männer hielten Martin auf Weisung des Arztes an Händen und Beinen fest.

Es zischte, qualmte und stank nach verbranntem Fleisch, als der Arzt die Wunde ausbrannte und damit die Arterie verödete. Martin schrie auf vor wahnsinnigen Schmerzen, die auch der eingeflößte Wein nicht betäuben konnte. Instinktiv wollte er sein Bein wegziehen, aber der Bauer, der es festhielt, hielt den Unterschenkel wie mit einer eisernen Klammer umschlossen. Martin war der Prozedur wehrlos ausgeliefert.

Das Mundholz fiel ohne Geräusch ins Stroh auf dem Boden. Aber sofort hob der Arzt es wieder auf und steckte es dem sich verzweifelt wehrenden Martin wieder in den Mund. Doch schlagartig hörte die Gegenwehr auf.

Martin war in Ohnmacht gefallen.

Es dauerte gut zwei Wochen, bevor Karl mit Martin wieder – dieses Mal aber in einer Kutsche – nach Erfurt zurückfahren konnte. Der Besuch bei seinen Eltern in Mansfeld war ausgefallen. Der Universitätsbetrieb ging weiter.

„Martin Luther, Ihr sollt zum Rektor kommen, sagte vor der Vorlesung in Geometrie der Professor."

Martin überlegte, was er falsch gemacht haben könnte. Normalerweise war der Besuch beim Rektor mit Ärger verbunden. Wegen seines Unfalles mit dem Degen konnte es nicht sein. Oder war es, weil er sich mit Karl dieses ‚Gefecht' geliefert hatte? Mit klopfendem Herzen trat er nach der Aufforderung „Entra!" ins Zimmer und nannte seinen Namen.

Der Direktor schaute ihn ernst an.

„Man hat heute Morgen einen Eurer Kommilitonen gefunden. Mir wurde gesagt, dass Ihr mit ihm befreundet wart. Er ist tot. Da ich aus den Unterlagen gesehen habe, dass Ihr in der Nähe seiner Eltern wohnt, wollte ich Euch bitten, eine Nachricht von mir an seine Eltern zu übermitteln. Sie müssen herkommen und die erforderlichen Maßnahmen in die Wege leiten."

Martins Gesicht war bleich wie der Tod. Karl war nicht mehr unter den Lebenden. Er war gestorben, ohne sich auf den Tod vorbereiten zu können. Er stand jetzt vor Gottes Angesicht und seine guten Taten wurden gegen seine schlechten abgewogen.

„Wie" Martin schluckte „wie ist das passiert?" Seine Stimme drohte zu versagen.

„Er wurde ermordet. Um genauer zu sein, jemand hat ihm einen Degen in die Brust gestoßen."

„Warum?"

„Ich weiß es nicht sicher. Was bisher vermutet wird, ist, dass er in fremden Revieren gewildert hat. Ein Ehemann hat wohl seine Ehre wieder hergestellt."

Kapitel 28

Das Ende des Drachen

Malaria, Erkrankung bei Menschen, Affen und Vögeln, hervorgerufen durch eine Infektion mit Protozoen der Gattung Plasmodium und gekennzeichnet durch Schüttelfrost und Fieberschübe. Malariaerreger werden beim Menschen durch Stiche von rund 60 Stechmückenarten der Gattung Anopheles übertragen. Die Krankheit tritt weltweit in den Subtropen und Tropen auf, aber auch in anderen warmen Regionen.

Beim Menschen tritt Malaria in vier verschiedenen Formen auf. Jede von diesen Formen wird durch eine andere Parasitenart verursacht. Sie haben jedoch die gleichen Symptome, nämlich Schüttelfrost, Fieber und Schweißausbrüche. Wird die Krankheit nicht behandelt, dann treten die Symptome in regelmäßigen Schüben auf.

Die leichteste Form der Malaria ist die meist gutartige Malaria tertiana, und bei der das Fieber nach dem ersten Anfall (zu dem es meist innerhalb der ersten zwei Wochen nach einer Infektion kommt) alle zwei Tage auftreten kann.

Malaria tropica, auch Tropenfieber genannt verläuft in vielen Fällen tödlich. Die Organismen, die diese Form der Erkrankung auslösen, blockieren häufig die Blutgefäße des Gehirns, was zu Koma, Delirium und schließlich zum Tod führt.

Malaria quartana hat eine längere Inkubationszeit als Malaria tertiana oder Tropenfieber. Der erste Anfall tritt erst 18 bis 40 Tage nach der Infektion auf. Dann kommt es alle drei Tage zu weiteren Anfällen.

Die vierte und seltenste Form der Krankheit verläuft ähnlich der gutartigen Malaria tertiana. Während der Inkubationszeit der Malaria wachsen die Protozoen in den Leberzellen. Einige Tage vor dem ersten Anfall befallen die Organismen die roten Blutkörperchen. Im Lauf ihrer Entwicklung zerstören sie die roten Blutzellen, was zu den typischen Fieberanfällen führt.

Erst ab 1638 wurde Malaria mit einem Extrakt aus der Rinde des Fieberrindenbaumes behandelt, dem Chinin.

Davor kannte man nur die Methode des Aderlasses. Sie konnte zwar Erleichterung bei Fieber bringen, bei zu häufiger Anwendung führte sie zu einer natürlichen Schwächung des Organismus und zum Tod.

Zur Bekämpfung der Malaria war diese Methode völlig ungeeignet.

„Eure Heiligkeit, ich habe im Garten auftragen lassen" sagte Kardinal Adriano da Corneto, der am 31. Mai 1503 zum Kardinal ernannte Bischof von Hereford, England. Der Kardinal, Geheimschreiber des Papstes, war einer der reichsten Prälaten in Rom.

Die Hitze im Palast war erdrückend gewesen. Es ging kein Wind; seit Tagen schon nicht. Die Räume hatten sich aufgeheizt und auch das Öffnen der Fenster in den frühen Morgenstunden brachte keine Abkühlung.

Seit Wochen schon lastete diese bleierne Hitze über der Stadt. Hunderte von Einwohnern Roms, vor allem die Bevölkerung der Außenbezirke, litten unter Fieberanfällen. Bereits in den vergangenen Tagen waren vom Fieber geschwächte Alte und noch hilflose Säuglinge aufgrund der Hitze gestorben.

Nun also, am Nachmittag des 5. August 1503, begab sich die gesamte Gesellschaft gemütlich plaudernd in den Garten des Palastes, nachdem die Gäste zuvor im Inneren des Hauses bereits Erfrischungsgetränke zu sich genommen hatten.

Die Geräusche der Stadt, das Klappern von Pferdehufen, das Plärren von Kindern, das mahlende Geräusch der Kutschenräder auf den Steinen der Straßen, das Fluchen der Kutscher, alles war weit weg.

Nur Vögel mit buntem Gefieder sangen in den Volieren, Geschenke vom Gesandten Portugals. Sprechende und lärmende Papageien wie Alexander hatte der Kardinal von Corneto nicht. Doch einige fremdartige Tiere in Gehegen bevölkerten den Garten des Palazzo.

Cesare hatte ein Tier hinter dicken Gitterstäben entdeckt. Es sah aus wie eine riesige schwarze Katze, war jedoch sehr viel massiger gebaut. Die Beine waren kurz und kräftig. Die Ohren klein und rund. Unergründliche grüne Augen verfolgten das Treiben im Garten.

Als Cesare auf das Tier, das in seinem Käfig nicht ausweichen konnte, zuging, fauchte es und entblößte eine Reihe herrlicher, kraftvoller, todbringender Zähne.

„Was ist das für ein wundervolles Tier?" fragte der Fürst neugierig.

„Ein Gott" antwortete der Kardinal.

Der Papst, der die Antwort gehört hatte, zog missbilligend die Brauen hoch.

Doch der Kardinal lachte.

„Es wird tatsächlich als Gott verehrt. Von den armen Völkern in diesen neuen Kolonien der katholischen Könige von Spanien, die noch nicht zum allein seligmachenden Glauben bekehrt sind. Das Tier heißt ‚pantera', Panther."

Auch die anderen Gäste bestaunten diese furchteinflößende, geschmeidige Katze.

Der Kardinal von Corneto sah das begehrliche Flimmern in Cesares Augen.

„Eure Hoheit, darf ich Euch das Tier zum Geschenk machen?"

„Lässt es sich zähmen?"

„Ich weiß es nicht. Bisher hat noch keiner gewagt, hinter die Gitterstäbe zu gelangen."

Cesare stellte sich vor, wie es wäre, wenn diese schwarze ‚pantera' ihn auf der Jagd zu Füßen seines schwarzen Hengstes begleiten würde.

„Ich danke Euch für dieses hochherzige Geschenk, Eminenz" freute er sich. Ich werde es in den nächsten Wochen abholen lassen."

„Nun wollen wir aber zur Tafel schreiten" ermahnte der Gastgeber.

Alles, was das Herz begehrte, war aufgetischt. Doch infolge der Hitze hatten die Gäste nur wenig Appetit auf gefüllten Fasan, gerösteten Frischling und Nieren vom Reh, gekocht in einem trockenen, weißen Wein.

Nur die Vorspeise, in Olivenöl eingelegte Wachteleier, Pasteten aus Karpaunleber und kaltes Hummerfleisch aus den Scheren des Tieres fand Zuspruch.

Auch bei der Nachspeise, eingelegten Früchten aller Art, langten die Gäste kräftig zu.

Inzwischen war es Abend geworden. Fackeln wurden entzündet. Im Hintergrund spielte eine begabte junge Römerin Weisen auf einer Harfe.

Die Tafel war aufgehoben, die Gäste labten sich an einem leichten, mit Wasser verdünnten Wein, der jedoch, mit Ingredienzen versetzt, eine besondere Note erhielt. Alexander erzählte einige Anekdoten, die ihm Lucrezia in einem Brief mitgeteilt hatte und kam dann auf den französischen König zu sprechen, dessen Truppen auf dem Weg durch die Toskana waren, um mit den Truppen der Spanier erneut um die Herrschaft im Königreich Neapel zu ringen.

„Ihr werdet es nicht glauben" bemerkte er, „aber Ludwig hat UNS angeboten, dass Cesare König von Neapel werden könne, sobald er Spanien besiegt habe."

Ein Raunen ging durch die Gesellschaft.

„Noch hat er Neapel nicht. Noch hat Spanien es besetzt" meinte Cesare wenig überrascht.

Ihn hatte Alexander von dem Angebot natürlich vorher in Kenntnis gesetzt gehabt.

„Dafür will er doch etwas?" fragte der Erzbischof von Saragossa.

Die anderen blickten fragend auf den Papst.

„Richtig. Er will dafür die Romagna und Bologna."

„Dieser Fuchs" murmelte der Medici vor sich hin.

Er meinte nicht den König von Frankreich, er meinte damit den Papst. Denn die Romagna und Bologna gehörten der Kirche. Wenn er nun aber ein Königreich für seinen Sohn ausschlagen würde, wer konnte es ihm dann verdenken, dass er seinen Sohn dafür wenigstens mit einem Herzogtum belohnen würde. Und das wäre dann die Romagna mit den Marken.

Dass er diese Gebiete gar nicht an seinen Sohn vergeben könnte, da sie nicht dem Papst, sondern der Kirche gehörten, würde Alexander großzügig übergehen.

Aber auch der König von Frankreich hatte mit seinem Vorschlag einen Hintergedanken. Wenn er Cesare das Königreich Neapel anbot, dann rechnete er damit, dass er in diesem Krieg mit den Spaniern den Papst auf seine Seite ziehen konnte.

Es war seine einzige Hoffnung, den Krieg gegen die katholischen

Könige von Spanien noch gewinnen zu können. Wenigstens hätte er dann die oberitalienischen Gebiete als Ausgleich. Wenn Mailand, die Romagna, die Marken und Bologna in seiner Hand wären, und Neapel einem Lehnsmann des französischen Königs unterstehen würde, wäre Italien über kurz oder lang ganz französisch.

Das Gespräch verflachte wieder und andere Themen waren plötzlich wichtiger. Keiner der anderen geladenen Gäste hatte das Bedürfnis, an diesem schwülheißen Abend über Politik zu reden. Erst recht nicht, um Alexander auf das Unrechtmäßige seiner Anspielung hinzuweisen.

Keiner der geladenen Gäste wollte sich dem Zorn Alexanders oder der Rache des unberechenbaren Cesare aussetzen.

Endlich, um Mitternacht, gingen die Besucher. Der Papst war nicht auf dem Pferd gekommen. Er hatte sich das kurze Stück Weg zum Palast des Kardinals in der weiß ausgeschlagenen Sänfte mit dem Wappen der Borgia tragen lassen.

Sechs Tage später, am 11. August, konnte der Kardinal von Corneto unerwartet seine täglichen Obliegenheiten nicht ausführen. Er hatte plötzlich hohes Fieber und musste sich pausenlos übergeben. Er konnte das Bett nicht mehr verlassen. Sein Gleichgewichtssinn war gestört.

Die gleiche bedenkliche Krankheit hatte einige seiner Bediensteten erfasst.

Am nächsten Tag zeigten sich identische Symptome bei Papst Alexander VI. und auch bei Cesare Valentino, dem Herzog von Valence.

„Geht es Euch gut, Eminenz?" Bernhard hatte nur kurz am Schlafzimmer seines Kardinals geklopft und war dann rasch ins Zimmer gestürmt.

Auf die Aufforderung, einzutreten, hatte er gar nicht erst gewartet.

Giovanni de Medici saß gleichmütig auf der Bettkante. Wie immer brauchte er morgens eine gewisse Zeit, bis er aufstehen konnte. Sein Kreislauf kam nur sehr langsam in Schwung. Bernhard stand bereits vor ihm und betrachtete aufmerksam seine Miene.

„Ich kann nicht klagen" antwortete er jetzt auf die fürsorgliche Frage Bernhards „Was schaut Ihr so besorgt?" wunderte er sich.

Aufmerksam sah er Bernhard in das erhitzte Gesicht.

„Ich habe heute Morgen schon die schauderhaftesten Geschichten gehört."

„Über mich?"

„Nein." Bernhard winkte ungehalten mit der Hand ab. „Über Gift. Über Mord. Oder Mordversuch." Der Sekretär des Kardinals war noch immer ganz verwirrt.

„Ganz ruhig, Bernhard. Wen soll ich denn vergiftet oder ermordet haben?" Kardinal Medici lächelte amüsiert.

„Nicht Ihr, Eminenz."

Bernhard beruhigte sich allmählich. Er zählte die Gründe für seine Besorgnis auf: „Seit zwei Tagen hat der Kardinal Adriano von Corneto hohes Fieber. Gestern sind auch Alexander und Cesare erkrankt. Auch diese beiden haben hohes Fieber. Viele Bedienstete aus dem Vatikan und aus dem Haushalt des Kardinals Adriano sind ebenfalls unpässlich. Es sind überall die gleichen Symptome. Hohes Fieber, Brechreiz und Durchfall. Fehlt Euch wirklich nichts, Eminenz?"

„Nein. Warum seid Ihr denn so besorgt?"

„Wegen des Gerüchtes, dass das alles mit dem Essen bei Kardinal Adriano zu tun hat."

„Was soll das denn nun schon wieder?"

„Der Kardinal hat durchblicken lassen, dass man versucht hat, ihn zu vergiften. Dies hat nun zu den wildesten Spekulationen Anlass gegeben."

„Das ist doch nicht Euer Ernst. Wer soll ihn vergiftet haben? Und wann?"

„Cesare. Bei dem Mahl vor sieben Tagen, das der Kardinal gegeben hat und bei dem Ihr auch anwesend wart."

„Das hat Adriano gesagt?"

„Nicht direkt. Nur, dass man ihn vergiften wollte oder vielleicht hat. Die Anzeichen sprächen dafür."

„Und wem soll er einen solchen Unsinn erzählt haben?"

„Dem Jovius, der gerade die Geschichte Roms schreibt!"

Giovanni de Medici saß immer noch in seinem Nachtgewand auf dem Bettrand. Jetzt erhob er sich und schlüpfte in seine Pantoffeln. Ein Diener brachte ihm frisches Wasser zum Waschen. Er wirkte gelassen.

„Denkt doch mal genau nach, Bernhard. Wenn das so wäre, dann wären doch der Papst und Cesare nicht auch krank. Von den Bediensteten mal ganz abgesehen."

„Ich weiß, Eminenz. Aber die beiden, sagt man, hätten von den vergifteten eingelegten Früchten auch ein wenig genommen. Damit der Verdacht nicht auf sie falle. Die Bediensteten hätten, weil so viel übrig blieb, die Reste verzehrt."

Eifrig fuhr er fort „Deshalb wollte ich Euch fragen, ob Ihr von dem Nachtisch genommen habt."

„Nein. Ich habe darauf verzichtet. Ich war einer der wenigen, die den gekochten und gebratenen Hauptgang trotz der Hitze am Nachmittag nicht stehen lassen konnten."

Er seufzte. „Diese Schwäche sieht man mir deutlich an. Aber für den Nachtisch war hier" er rieb sich mit der rechten Hand über den Bauch „wirklich kein Platz mehr."

„Gott sei Dank" war Bernhard nun doch erleichtert. „Egal, was an dem Gerücht dran ist. Ihr seid auf jeden Fall nicht betroffen."

„Wahrscheinlich war nur etwas wegen der Hitze verdorben" sinnierte Giovanni. „Die Römer sehen immer nur Giftanschläge."

Am nächsten Tag war Kardinal Adriano bereits auf dem Weg der Besserung. Er konnte schon wieder aufstehen.

Anders war es bei Alexander und Cesare.

Bernhard informierte den Medici, dass der Papst zur Ader gelassen wurde. Die Sache hatte ihm keine Ruhe gelassen. Deshalb hatte er sich bei Burchard informiert. Der war wegen der Krankheit Alexanders stark beunruhigt.

Als er auf den Verdacht des Kardinals Adriano zu sprechen kam, war Burchard aber ungehalten. Er glaube diesem Jovius nicht.

Auch Cesare, dieses Sinnbild von Kraft und Jugend, lag mit hohem Fieber in seinem Bett im Vatikan.

Nach dem Aderlass fühlte sich Alexander besser. Einige spanische Kardinäle, die sich nach seinem Gesundheitszustand erkundigten, blieben am Bett des Papstes. Ihm war es zu langweilig, tatenlos im Bett zu liegen. Zumindest brauchte er eine geistige Entspannung.

„Bringe uns Spielkarten, Burcardus!" befahl er seinem Zeremonienmeister.

Bald darauf spielten der Papst und seine Kardinäle Karten.

Am nächsten Tag, dem 14. August, kam das hohe Fieber zurück. Wieder ließen die Ärzte den Papst zur Ader. Aber das Fieber sank nun durch die durchgeführten Maßnahmen nicht mehr.

Die Ärzte ließen aufgrund der schlechten Verfassung des Patienten nur wenige Besucher, meistens Familienangehörige, ein. Auch Kardinal de Medici wurde zurückgewiesen, als er Alexander VI. besuchen wollte.

Doch wieder einen Tag später war der Papst fieberfrei. Durch die Prozedur des Aderlasses und dem vielen Blut, das er dabei verloren hatte, war er jedoch so geschwächt, dass es er vorzog, im Bett zu bleiben.

Cesare jedoch hatte immer noch hohes Fieber. Doch allmählich schien sich der Ablauf wieder zu normalisieren.

Allerdings nicht bei einigen kranken Angestellten in der Kurie, den Kurialen. Mehrere von ihnen, besonders Ältere, waren gestorben, viele lagen mit den gleichen Symptomen wie Alexander und Cesare im Bett.

Der Gesandte von Ferrara, Johannes Lucas, schrieb an Lucrezia. Sie solle sich keine weiteren Sorgen machen. Zwar seien viele Personen in Rom, insbesondere im Vatikan, erkrankt. Die extreme Hitze habe auch schon zu vielen Todesfällen geführt. Doch Alexander sei wieder fieberfrei. Sicher habe nur die heiße Sommerluft dem Papst zu schaffen gemacht.

Hohes Fieber hatte auch Soderini, der Gesandte der Signoria in Florenz. Er kündigte seinen Auftraggebern im Rat der Stadt an, dass er in nächster Zeit keine Berichte mehr schreibe, da er durch das Fieber so geschwächt sei, dass er sich zum Schreiben nicht mehr in der Lage fühle.

Am 16. August, nur einen Tag später, stieg das Fieber des Papstes erneut stark an. Innerhalb kurzer Zeit lag Alexander in wirren Fieberträumen. Er sprach unverständliche Worte, gestikulierte wild. Die Ärzte ließen ihn abermals zur Ader. Nach dem Aderlass wurde er ruhiger.

Er hat wahrscheinlich Malaria, zugezogen durch die heiße Nachtluft im Garten des Kardinals von Corneto, war die übereinstimmende Diagnose der Ärzte. Nun lag das Schicksal des Oberhauptes der Kirche in Gottes Hand.

Denn die Malaria war gefährlich. Besonders für alte Menschen.

Auch Cesares Gesicht glühte fiebrig. Wie seinen greisen Vater ließen auch ihn die Ärzte wiederholt zur Ader. Es gab kein Kraut, das gegen Malaria gewachsen war. Man konnte nur abwarten.

Kardinal Juan Borgia, der Bischof von Monreale, verbot, dass die Ärzte und Apotheker den Vatikan verließen. Sie sollten sofort erreichbar sein, wenn sich der Gesundheitszustand Alexanders oder Cesares verschlimmern sollte.

Eine neue Geschichte geisterte durch alle Tavernen Roms.

Jemand hatte angeblich aus sicherer Quelle erfahren, dass Alexander und Cesare dem Haushofmeister des Kardinal Adriano Gift gegeben hatten, damit dieser seinen Kardinal mit Wein vergifte. Sie hätten sich, immer in Geldnot, das Vermögen des Kardinals von Hereford aneignen wollen. Doch dieser Haushofmeister, besorgt um seine unsterbliche Seele, habe sich dem Kardinal anvertraut.

Adriano habe gefleht, sein Leben zu schonen, doch sein Hausangestellter habe ihn darauf hingewiesen, dass er exkommuniziert würde, wenn er diesen grausigen Befehl nicht ausführte.

Schließlich habe der Kardinal dem Bediensteten 10.000 Dukaten angeboten, wenn er das Gift statt ihm Alexander und Cesare ins Glas schütte. Er selbst würde auch ein wenig von dem vergifteten Wein trinken, damit der Betrug nicht auffalle.

Diese zehntausend Dukaten hätten die Angst des Haushofmeisters um seine unsterbliche Seele verfliegen lassen. Nun würden Alexander und Cesare an ihrem eigenen Gift zugrunde gehen.

Der Kardinal aber sei, da er nur wenig von dem vergifteten Wein getrunken hatte, bereits wieder genesen.

Die Ärzte und Apotheker, die die beiden behandelt hätten, seien seit dem frühen Morgen nicht mehr gesehen worden. Sicher hätte man sie auch umgebracht, damit das Verbrechen nicht öffentlich würde.

Auch am 17. August gab es von diesen Ärzten und Apothekern keine Spur.

Jene Ärzte kämpften inzwischen um das Leben Alexanders. Doch je öfter sie ihn zur Ader ließen, desto schwächer wurde er. Schließlich wussten sie, dass ein weiterer Aderlass zum sofortigen Tod führen würde.

Das Fieber ging nicht mehr zurück. Der Körper konnte keine Nahrung, ob in fester oder in flüssiger Form, mehr behalten.

Angehörige der Familie der Borgia und Bedienstete, Kardinäle und Bischöfe beteten inzwischen im Vatikan.

Auch die Einsiedlerin, die sich vor einigen Jahren in einer kleinen Kapelle in St. Peter hatte lebendig einmauern lassen, um so Gott näher zu sein, wurde aufgefordert, für die Wiederherstellung der Gesundheit des Heiligen Vaters zu beten.

„Ich muss nicht für seine Gesundung beten, sondern für sein Seelenheil und meines" flüsterte sie mit hohler Stimme durch die kleine Öffnung, durch die ihr täglich etwas Essen gereicht wurde. „Denn gesund wird er nicht mehr. Er wird sterben!"

Cesare, trotz weiterhin hohem Fieber, ließ die Wachmannschaften des Vatikan zusammentrommeln. Seine in Rom anwesenden Truppen bekamen den Befehl, sich an der Engelsburg zu sammeln.

Am 18 August war Alexander nur noch teilweise bei Sinnen. Stundenlang lag er dann wieder in einer Art Koma und war nicht ansprechbar.

In einer der kurzen Phasen, in denen er bei vollem Bewusstsein war, beichtete er bei seinem Beichtvater, dem Bischof von Kulm, seine Sünden. Er bereute die Schuld, die er auf sich geladen hatte.

Dieser schlug das Zeichen des Kreuzes über dem reuigen Sünder und sprach die rituellen Worte, die ihm seine Sünden vergaben: „Ego te absolvo a peccatis tuis."

Daraufhin holte der Bischof von Kulm die Kardinäle Arborea; Francesco de Borja, den Kardinal von Cosenza; Juan Borgia, den Kardinal von Monreale; den französischen Kardinal Laiz und den Kämmerer des Papstes, Casanuova, wieder in den Raum.

Gemeinsam richteten sie den vor Fieber glühenden Papst in seinem Himmelbett auf und polsterten mit Kissen das Bett, damit er nicht wieder zurück sank. Sitzend empfing der Heilige Vater mit wachem Blick und bei vollem Verstand den Leib Christi.

Kurze Zeit später verfiel er wieder ins Koma und die Kardinäle gingen.

Am Abend erkannten die Ärzte, dass sein Leben zu Ende ging. Nur noch sehr schwach war sein Puls zu spüren. In Anwesenheit Burchards und des für die Finanzen zuständigen Datars des Papstes, Kardinal Casanuova, gab der Bischof von Kulm, der mit den Ärzten im Raum geblieben war, Alexander die letzte Ölung.

Das durch Schleim in der Luftröhre ausgelöste Röcheln des Papstes hatte aufgehört. Die Ärzte, die sich in einer Ecke des Zimmers leise unterhielten, wurden aufmerksam und kamen ans Krankenbett.

Einer der Ärzte nahm den schlaffen Arm von der Bettdecke etwas hoch und fühlte am Handgelenk den Puls. Er schüttelte vielsagend den Kopf. Nun nahm der andere Arzt einen Spiegel aus seiner Tasche und hielt ihn an den Mund des Papstes. Der Spiegel blieb klar. Sekunden später war es eindeutig:

Alexander VI. war tot.

Während des Sterbens des Papstes war die Sonne untergegangen. Der Himmel leuchtete in letzten, blutroten Farben, als ob er die Geschehnisse der kommenden Nacht ankündigen wollte. Es war der 18. August 1503.

Gut eine Stunde danach brachten zwei Zimmermeister den von Burchard bestellten Sarg und stellten ihn neben dem Bett mit dem toten Papst ab.

Entsetzte Blicke starrten auf den Papst, dessen Gesicht schwarz wurde. Sein ganzer Körper ging bereits in Fäulnis über. Gestank verpestete die Luft des Schlafzimmers des Papstes.

Fassungslos vor Schreck flüchteten die Zimmerleute aus dem Zimmer.

Auch Burchard war entgeistert. Noch nie hatte er gehört oder gesehen, dass jemand so schnell in Fäulnis überging.

Eilig bestellte er sechs Träger, die den Leichnam in den Sarg legen und zur Aufbahrung in die Kapelle St. Marie delle Febbri bringen sollten.

Auch diese Träger starrten betroffen den schwarzen Körper an.

„Ich zieh den nicht aus!" meinte einer. „Wer weiß, was der für eine Krankheit hatte. Habt Ihr mal einen Toten gesehen, der sofort schwarz wurde? Vielleicht hatte der die Pest."

„Vielleicht hat er sich wegen eurer Sünden schwarz geärgert?" grinste ein anderer. „Die Pest hatte er jedenfalls nicht. Ich habe schon welche gesehen, die Pestbeulen hatten. Die sind mehr dunkelrot als schwarz."

Zu Burchard gewandt, sagte der erste. „Wir ziehen ihn nicht aus. Den könnt ihr sowieso nicht aufbahren, so wie der jetzt schon aussieht. Da ist es egal, ob er im Nachthemd oder im Ornat im Sarg liegt."

Burchard, der den toten Papst eigentlich noch hatte waschen lassen wollen, sah ein, dass er die Träger dazu nicht überreden könnte. Im Übrigen war das ja auch nebensächlich. Nicht sein Körper, seine Seele würde vor Gottes Angesicht treten. So nickte er nur resignierend.

„Aber setzt ihm die Mitra des Bischofs von Rom auf. Und gebt ihm seinen Hirtenstab zur Seite."

„Hat jemand ein Tuch? Der wird ja auch schon an den Händen schwarz. So fass ich den nicht an" fing der erste Träger wieder an, sich zu beklagen.

So fassten sie ihn mit Tüchern an Händen und Füßen an und legten ihn respektlos in den Sarg. Als sie ihm die Mitra des Bischofs von Rom aufsetzen wollten, bemerkten sie, dass der Sarg dafür zu kurz war.

„Kann mir mal jemand sagen, wie wir dem die Mitra aufsetzen sollen? Der Sarg ist doch viel zu kurz dafür."

„Wir könnten seine Beine etwas anwinkeln und ihn dann etwas herunterziehen" meinte ein anderer.

Ob er die Mitra auf dem Kopf trägt oder nicht, darauf kommt es doch wirklich nicht an. Wir nageln den Sarg doch sowieso zu. Legt sie halt neben ihn" nörgelte ein anderer der Träger.

Daraufhin legten sie die Mitra auf den vergoldeten und mit Edelsteinen und Halbedelsteinen verzierten Hirtenstab, den Burchard selbst an seine linke Seite gelegt hatte. Burchard war es auch, der die Hände des Papstes zum Gebet faltete.

Doch als die Träger nun den Sarg schließen und zunageln wollten, bekamen sie wegen des Hirtenstabes, der aus Platzmangel über dem linken Arm des Papstes lag, den Sargdeckel nicht zu.

„Verflixt, mit dem Hirtenstab geht das nicht."

Einer der Träger sah sich im Zimmer um. Vor dem Bett sah er einen kleinen Teppich liegen, auf dem der Papst nach dem Aufstehen immer gestanden hatte. Er nahm ihn hoch und legte ihn dem toten Papst auf den Oberkörper. Dann drückte er mit aller Kraft und dem gesamten Gewicht auf das tote Oberhaupt der Kirche.

Knochen brachen.

Der Stab drückte sich in das faulende Fleisch.

Aber der Deckel des Sarges ließ sich jetzt schließen.

Burchard wandte sich entsetzt ab. In sein Tagebuch, das der Nachwelt erhalten blieb, schrieb er noch in der gleichen Nacht:

,Am Abend nach neun Uhr wurde er von hier in die Kapelle der heiligen Maria delle Febbri gebracht ... und zwar von sechs Lastträgern, die dabei Späße und Anspielungen auf den Papst machten. Die beiden Zimmermeister hatten den Sarg zu kurz und zu eng gemacht. Sie legten ihm die Mitra zur Seite, bedeckten ihn mit einem alten Teppich und halfen mit den Fäusten nach, damit er in den Sarg ging.'

Burchard bemerkte den Feuerschein nicht, der die nächtliche Schwärze über Rom erhellte.

Er hörte in dieser Nacht nicht die Todesschreie Sterbender.

Er roch nicht den Qualm brennender Häuser und Leiber.

Seine Gedanken waren bei Alexander. Wo war wohl jetzt seine Seele.

Miguel Abelez saß mit seiner Familie beim Abendbrot, als er den Lärm auf der Straße vernahm. Abelez war Kutscher beim Kardinal von Cosenza. Er wohnte in einem Haus, in dem der Kardinal noch drei weitere spanische Familien aus seiner Dienerschaft untergebracht hatte. Seine Frau Dolores war als Küchenmagd beschäftigt. Sie hatten zwei kleine Söhne von drei und fünf Jahren. Ihre kleine Tochter, sie war vier Jahre alt, war geistig etwas behindert.

„Schlagt sie tot" hörte er Stimmen in der Gasse vor dem Haus.

Einen weiteren Satz konnte er dem Stimmengewirr entnehmen: „Der Drache ist endlich tot!"

Dazwischen hörte er den Klang von Eisen, das Pochen auf Holz, menschliche Schreie und Flüche.

Seine Frau stürzte zum Fenster in der kleinen Wohnung. Was sie sah, ließ ihr das Blut in den Adern gefrieren. Im Nachbarhaus zerrte ein Meute Italiener gerade Maria, die Frau des Juarez aus dem Hause, eine gute Bekannte aus ihrem Heimatdorf in der Extremadura. Die Kleider hingen ihr in Fetzen vom Leib. Mit Stöcken schlugen in rasendem Zorn Männer und Frauen nach ihr. Sie hatte die Arme schützend vor ihr Gesicht gehoben, um ihren Kopf vor den brutalen Schlägen zu schützen und die Stockhiebe prasselten jetzt auf Arme und Rücken der Gequälten.

Gerade wollte die entsetzte Dolores sich zu ihrer Familie umwenden, als weitere Geschehnisse sie erstarren ließen.

Ein kleines Kind in Windeln klatschte auf der Straße auf. Jemand hatte es aus einem der oberen Stockwerke des Nachbarhauses aus dem Fenster geworfen. Es bewegte sich nicht mehr. Offensichtlich war es gleich beim Aufprall auf die Pflastersteine gestorben.

Nur dreißig Schritte entfernt umstanden vier Männer ein etwa

475

zehnjähriges Mädchen, das grauenhaft schreiend am Boden lag. Ein Mann hielt es an den Oberarmen fest, während sich ein zweiter gerade über sie warf. Er hatte ihren Rock hochgezogen und vergewaltigte sie. Die anderen drei warteten, bis sie an die Reihe kamen.

Am Ende der Straße hatten Bewaffnete eine Reihe gebildet, damit niemand entkommen konnte. Fackeln erhellten das gespenstische Treiben.

Dolores wollte schreien, aber ihre Stimme versagte den Dienst. Mit weit aufgerissenen Augen, die Hände vor den Mund geschlagen, starrte sie auf das Bild des Grauens.

Miguel war aufgesprungen und zu seiner Frau gestürzt. Mit einem Blick erkannte er die tödliche Gefahr. Die Römer rächten sich an den Spaniern. Mit dem Papst musste irgendetwas geschehen sein.

Wieder hörte er im Gebrüll auf der Straße den Satz „Der Drache ist tot" und jetzt begriff er.

„Verbarrikadiert die Tür! rief er überflüssigerweise.

Denn nur er selbst war kräftemäßig dazu in der Lage. Er rannte die schmale Treppe hinunter, mehrere Stufen auf einmal nehmend. Schon hörte er das wütende Hämmern von Fäusten und Dolchknäufen gegen die Haustüre. Zu Tode geängstigte Hausbewohner hatten sich bereits von innen gegen die schwere Tür gestemmt, um ein gewaltsames Aufbrechen durch die wütende Meute zu verhindern.

„Holt Kommoden und Schränke" rief er den Bewohnern des untersten Stockwerkes zu.

Angstgeschrei und Gebrüll unterschiedlichster Befehle erschwerten die Verständigung.

„Hat jemand Pfeil und Bogen im Haus? Wir müssen sie von oben beschießen" brüllte jemand.

Doch von diesen Dienern, Küchenmädchen, Köchen und Kutschern waren keine Heldentaten zu erwarten. Und Pfeil und Bogen, Arkebusen, Pistolen und Schwerter hatten nur die Herren und Soldaten.

So blieb nur, die Türen zu verrammeln und darauf zu warten, dass die wütende Menge aufgab und weiterzog.

In aller Hast wurde der Toreingang verstärkt. Auch die Fenster des untersten Stockwerkes wurden mit Möbelstücken zugestellt. Niemand konnte nun mehr herein. Aber es konnte auch niemand mehr das Haus verlassen.

Überall sah man nichts als blanke Angst in den Augen der eingeschlossenen Spanier. Wo blieb Cesare mit seinen Soldaten, die der Menge mit bluttriefenden Waffen Einhalt geboten, wie es vorher schon einmal war? Wo blieben die ausländischen Söldner des Vatikan, die diese Angreifer vernichten würden? Wo blieb die dringend benötigte Hilfe des Kardinals für seine Untergebenen?

Die Angreifer erkannten, dass sich das Tor durch einfaches Hämmern an die Türe nicht öffnen würde. Andere Hilfsmittel mussten eingesetzt werden. Doch sie hatten weder Rammböcke noch andere wirkungsvolle Kriegsmaschinen. Sie hatten nur Knüppel, Dolche, einige Schwerter und erbeutete Hellebarden. Doch sie hatten auch Fackeln, Lampen und Lampenöl.

Sie beratschlagten nicht lange. Einige Eifrige schütteten ausreichend Lampenöl an die hölzerne Eingangstür.

Nur eine Minute später stand das Tor in Flammen. Es nützte nichts, dass die verzweifelten Einwohner aus den oberen beiden Stockwerken versuchten, mit Wasser die brennende Tür zu löschen. Es nützte auch nichts, den Brand dieser Türe zu verhindern, indem man sie von innen mit alle möglichen Flüssigkeiten benetzte. Es war unmöglich, ein Übergreifen des Feuers auf das Gebäude zu verhindern.

Bald war den Verteidigern der Wasservorrat im Haus ausgegangen. Die Türe brannte lichterloh. Das Feuer griff auf das Haus über, noch bevor das Holz der Türe verbrannt war.

Die Todesschreie der verbrennenden Menschen verstärkte die Begeisterung der Menge vor dem Haus.

Miguel Abelez sah seine Kinder und seine Frau Dolores mit irrem Blick an. Es gab keinen Ausweg. Er schnappte den fünfjährigen Sohn und ging mit ihm ins Nebenzimmer. Dort erdrosselte er ihn mit eigenen Händen und legte ihn auf das Ehebett.

Danach verfuhr er mit seinem dreijährigen Sohn ebenso. Der Junge wehrte sich nicht gegen die Hände seines Vaters, die wie eiserne Klammern seinen Hals umschlossen.

Miguels kleine, behinderte Tochter war vom Trubel im Hause ganz aufgeregt. Ein letztes Mal sah er sie mit tränennassen Augen an und strich ihr kurz über den Kopf. Dann ereilte sie das gleiche Schicksal wie ihre beiden Brüder.

Dolores war ihm nicht gefolgt. Aber sie wusste, was er getan hatte. Doch er hatte mit seiner entsetzlichen Tat Leid und Angst der Kinder verkürzt. Sie wartete auf ihn.

Als er aus der Schlafstube kam, mit hängenden Schultern, irr seine Hände betrachtend, die das Unvorstellbare getan hatten, trat sie zu ihm. Sie selbst legte seine Hände um ihren Hals.

Doch er legte die Arme um sie, zog sie zu sich heran. Seinen Aufschrei der Verzweiflung konnte er nicht zurückhalten. Er hielt sie in seinen Armen und wiegte sie, wie er es früher oft getan hatte.

Dann drehte er sie behutsam um, so dass sie jetzt vor ihm stand, mit dem Rücken zu ihm. Das Gesicht zum Fenster gerichtet. Er legte seinen rechten Arm um ihren Hals, zärtlich.

Hinterher jedoch, mit einer gewaltigen Kraftanstrengung, drückte er seinen linken Unterarm hinter ihrem Kopf nach vorn. Während der rechte Arm weiter ihren Hals umfasste, brach ihr Genick.

Abelez ließ seine Frau zu Boden gleiten. Dichter Qualm drang, die Atemwege verätzend, unter der Wohnungstür in die Wohnräume. Abelez sah seine Frau nicht mehr an.

Er kletterte durch das Fenster und ließ sich in die Tiefe fallen. Sein Aufprall auf die Meute vor dem Haus riss einen der Angreifer in den Tod. Abelez aber war noch nicht tot. Er wurde in der nächsten Minute von der tobenden Menge in Stücke gerissen.

Überall in Rom spielten sich ähnliche Vorfälle ab.

Die spanischen Kardinäle hatten sich in die Engelsburg gerettet. Doch für die meisten ihrer Diener, Hausknechte, Kutscher und Stallburschen war kein Platz in der Schutzburg des Papstes. Auch einige spanische Adlige hatten es nicht geschafft, das rettende Mausoleum Hadrians zu erreichen.

Der Pöbel machte inzwischen keinen Unterschied mehr zwischen Spaniern und römischen Angestellten in den spanischen Palazzi. Auch Römer bekamen jetzt die Quittung und verloren dabei ihr Leben, wenn sie in Diensten dieser spanischen Herren standen.

Wertvolle Figuren und Mobiliar wurden aus den Haushalten der spanischen Adligen und kirchlichen Würdenträgern getragen.

Nicht mit Gold bezahlbare Bücher und unersetzliche Schriften aus dem römischen Altertum gingen in Flammen auf.

Wunderbar gewebte persische Teppiche zierten nun die Böden des Pöbels in den Elendsvierteln Roms.

Feinstes Geschirr und Trinkgläser aus edelstem venezianischem Glas gingen im Streit um seinen Besitz zu Bruch.

Besteck aus Gold und Silber wurde in Erdlöchern vergraben, um es später weit unter Wert an die Hehler Roms zu verkaufen.

Die Weinkeller der spanischen Kardinäle und sonstiger hochgestellter Spanier wurden geplündert.

Durch die Trunkenheit des Pöbels nahm dessen Raserei weiter zu.

Innerhalb eines Tages brannten über einhundert Häuser bis auf die Grundmauern nieder. Tausende Spanier und etliche Römer in Diensten spanischer Herren wurden erschlagen, verbrannt oder erdolcht.

Einer der Anführer des Aufstandes, Fabio, ein Mitglied der Adelsfamilie der Orsini, wusch sich das Gesicht mit dem Blut eines Borgia, der ihm in die Hände gefallen und erdolcht worden war.

Der Tiber konnte kaum die Leichen fassen, die langsam aus der Stadt trieben.

Bernhard war zu dem Zeitpunkt, als Abelez bei lebendigem Leib von den unmenschlichen Kreaturen in Stücke gehackt wurde, nur zwei Straßen von diesem Ort des Grauens entfernt. Es war das Bankenviertel, in dem das gemeine Volk versuchte, sich durch Erstürmung der Banken zu bereichern. Mit seiner Tonsur und im schwarzweißen Ordensgewand der Zisterzienser, das er trug, seit er den Kardinal wieder nach Rom begleitet hatte, war er vor der Wut des animalisch sich austobenden Pöbels geschützt.

Doch seine Versuche, sich für die bedrängten Spanier einzusetzen, scheiterten. Zu tief war der Hass auf die herrisch auftretenden Katalanen, die brutalen Basken und die von den Ungläubigen beeinflussten Andalusier gewesen. Nun war er gekommen, der Tag der Rache. Diese Rache ließ sich der Pöbel nicht nehmen. Es nützte nichts, von Vergebung für erlittenes Unrecht zu predigen. Er wurde ausgelacht.

Bernhard musste sich etwas anderes einfallen lassen, um wenigstens einige der Unglücklichen zu retten. Er ernannte jeden Spanier und jede Spanierin, die ihm auf ihrer Flucht über den Weg liefen, zu Bediensteten und Dienerinnen des Kardinals Medici.

Einzeln führte er sie in den Palast des Giovanni Medici und machte sich, sobald sie dort waren, sogleich wieder auf den Weg, um den nächsten vom Tode Bedrohten zu retten.

Die ganze Nacht über war er unterwegs und mehr als einmal rettete ihn selbst nur sein unerschrockenes Auftreten, das seine Lügen so glaubhaft machte.

Bis zum nächsten Morgen hatte er dreiundvierzig Menschen, Frauen und Männer, in Sicherheit gebracht.

Erschöpft legte er sich schlafen. Es gab in den frühen Morgenstunden nichts mehr zu tun. Für den Augenblick hatte der Pöbel seinen Blutdurst gestillt. Die meisten der Aufwiegler wären auch zu betrunken gewesen, um weiter zu morden.

Doch der Schlaf wollte nicht kommen. Zu schrecklich waren die Bilder gewesen, die er in dieser Nacht gesehen hatte und die in seiner Erinnerung wieder auftauchten. Er wälzte sich ruhelos von einer Seite auf die andere.

Nach kurzer Zeit stand er wieder auf, um nach den Geretteten zu sehen, die in zwei Sälen des Palastes notdürftig untergebracht waren.

Als er in das Erdgeschoß kam, konnte er beobachten, wie Bedienstete des Kardinals hin und her eilten, um die Unglücklichen mit Essen zu versorgen. Bewaffnete Wachen standen an den Toren des Palazzo. Also hatte sich auch Kardinal de Medici schon in die Rettungsaktion eingeschaltet, der während der Nacht ein geheimes Treffen mit anderen Kardinälen gehabt hatte.

Als sie Bernhard kommen sah, erhob sich ein junges, etwa achtzehnjähriges Mädchen und ließ sich vor ihm auf die Knie fallen, bevor er es verhindern konnte. Sie umfasste seine Beine und versuchte, ihm die Füße zu küssen.

Völlig verblüfft wehrte Bernhard ab. Er fasste sie an den Armen.

„Nein, nicht!" stammelte er verlegen. „Was tut Ihr da?"

Luzia sah aus schwarzbraunen, tränenumflorten Augen zu ihm auf.

„Ihr habt mir das Leben gerettet, Ehrwürdiger Vater."

Bernhard errötete.

„Ich habe nur meine Christenpflicht erfüllt."

Energisch schüttelte sie den Kopf. Ihre langen, schwarzen Haare fielen ihr ins Gesicht. Mit einer anmutigen Bewegung strich sie die Strähnen wieder zurück.

„Ihr habt Euer Leben aufs Spiel gesetzt. Für uns alle."

Bernhard fühlte sich unwohl. Dieses Mädchen machte ihn nervös. Es war nicht nur ihre Anmut. Es war wie eine Erinnerung. Als ob er sie kennen würde. Eine seltsame Vertrautheit, die ihn beunruhigte. Er wusste genau, er hatte dieses Mädchen noch nie im Leben gesehen.

Er zwang sich zur Ruhe.

„Bitte, steht auf."

Doch er ließ ihre Arme nicht los, als sie sich erhob. Erst als sie direkt vor ihm stand, bemerkte er, dass er sie noch immer festhielt. Erschrocken ließ er sie los und trat einen Schritt zurück.

„Darf ich Euren Namen wissen, Ehrwürdiger Vater?"

„Ich bin kein Ehrwürdiger Vater, ich bin nur Novize."

Bernhard war froh, dass ihn diese Erklärung von seiner Verlegenheit befreite. Er lachte leise und für einen Augenblick hatte er sein Entsetzen der vergangenen Nacht vergessen.

„Ich bin Bernhard."

„Ich werde Euch das nie vergessen, Bernhard. Ich verdanke Euch mein Leben."

Bevor er es vereiteln konnte, hatte sie seine Hand geküsst.

Inzwischen waren auch einige andere Gerettete zu ihm getreten und drückten ihm, in schlechtem Italienisch Dankesworte stotternd, die Hand.

Bernhard wehrte ab. Es war ihm peinlich, diese Dankesbezeigungen entgegen zu nehmen. Schnell machte er sich davon.

Cesare Borgia war nicht in der Lage, das Heft in die Hand zu nehmen. Bei ihm versuchten die Ärzte weiter, das Fieber durch Aderlässe zu drücken.

Dennoch ließ er sich in wachen Augenblicken von den drohenden Aufständen berichten, von der wütenden Menge, die Menschen ermordet und Häuser in Brand gesteckt hatte, von den Festungen, die von den Adelsfamilien Roms wieder besetzt worden waren, von den Baronen, die ihre Herrschaft wieder errichten wollten, die ihnen in all den Jahren abgerungen worden war.

Er wollte sich vom Lager erheben, doch nach drei Schritten brach er wieder zusammen. Als er wieder zu sich kam, hatten seine Getreuen ihn wieder aufs Lager gebettet.

Am dringendsten war es jetzt, die Gelder des Vatikan sicherzustellen. Jeden Augenblick konnte der Pöbel von Rom den Vatikan erstürmen und plündern, wie er es bereits mit den Palazzi der spanischen Kardinäle getan hatte. Und Cesare brauchte die Gelder des Vatikan dringend zur Bezahlung seiner Söldner. Er mühte sich, seine Gedanken zusammen zu halten. Es gelang einigermaßen.

Er schickte einige Leute in den Vatikan, die Geld, Schmuck und alle Wertsachen holen und in der Engelsburg in Sicherheit bringen sollten. Doch Kardinal Casanuova weigerte sich, die Gelder und Schmuckgegenstände herauszugeben.

So zogen die Soldaten die Waffen und nahmen Casanuova unter Protest das Barvermögen der Kirche, 100.000 Dukaten in Geld und

Schmuck und Wertsachen für 300.000 Dukaten ab, die sie in die Engelsburg brachten.

Der alte Kardinal della Rovere war in seinem Domizil in Frankreich von Eilboten über die Ereignisse informiert worden. Er sah seine Chance gekommen. Sofort eilte er aus seinem Exil zurück nach Ostia.

Cesare, wegen seiner schweren Erkrankung zu langsam in seinen Entscheidungen und taktischen Überlegungen, konnte die Landung des Kardinals nicht mehr verhindern.

Der deutsche Kaiser; seine allerchristlichste Majestät, der französische König; die katholischen Könige in Spanien, der Sultan der Osmanen; die befreundeten und verfeindeten Staaten des Kirchenstaates, die Würdenträger der Kirche in der ganzen christlichen Welt wurden durch Eilboten vom Tod Alexanders in Kenntnis gesetzt.

Die Kardinäle versammelten sich in Rom, um einen neuen Papst zu wählen.

Die Lage im spanischen Bankenviertel und dem Wohngebiet der Spanier hatte sich wieder einigermaßen normalisiert. Doch man merkte, dass die ersten Spanier sich auf die Flucht auf die Iberische Halbinsel vorbereiteten. Es war nicht sicher, ob Cesare sie ohne seinen Vater in Zukunft würde schützen können.

Die spanischen Knechte und Bediensteten, die ihre Herrschaft in dieser Progromnacht verloren, aber selbst überlebt hatten, versuchten ebenfalls, in ihre Heimat zu kommen. Chancen, neue Herren in Rom zu finden, hatten sie keine.

In den nächsten Tagen trafen auch die Kardinäle, die sich aus guten Gründen oder gezwungenermaßen fern von Rom gehalten hatten, zur Papstwahl ein.

Cesare wusste, sein Überleben als Herzog der Romagna war nur möglich, wenn ein Spanier den Stuhl Petri besteigen würde. Doch die Chancen dazu waren äußerst gering. Nur acht Spanier befanden sich im siebenunddreißig Kardinäle umfassenden Kardinalskolleg, das den neuen Papst wählte. Noch hatte er seine Krankheit nicht überstanden. Verzweifelt beriet er sich mit den Spaniern an seinem Krankenbett, um die beste Strategie aufzustellen.

Denn Ludwig XII., König von Frankreich, hatte seine Chance ebenfalls erkannt. Wenn sein von Alexander zum Kardinal von Rouen ernannter Minister Amboise der nächste Papst werden würde, wäre es möglich, Italien unter französische Oberherrschaft zu stellen, ohne weitere Armeen aufstellen zu müssen. Der Papst würde so handeln, wie es der französische König wollte. So, wie es in alten Zeiten gewesen war, als die Päpste im Exil in Avignon waren.

Ludwig entließ deshalb den Mailänder Kardinal Ascanio Sforza aus der Haft. Er hoffte auf dessen Dankbarkeit wie ebenso auf die Dankbarkeit des Kardinals Giuliano della Rovere. Ascanio traf am 10. September ein.

Am 6. September war bereits Kardinal Colonna eingetroffen, der sich fünf Jahre in Sizilien versteckt gehalten hatte und am 9. September der geflüchtete Kardinal Riario Sforza.

Im Kardinalskolleg gab es nun also zwei Anwärter auf den Posten des Stellvertreters Christi: Den italienischen Kardinal della Rovere, ein erbitterter Feind der spanischen Borgias und derer Günstlinge und daneben den Kardinal von Rouen, der Italien unter die Herrschaft Frankreichs führen würde.

Della Rovere war für die spanischen Kardinäle nicht annehmbar. Wenn della Rovere auf seiner Anwartschaft bestehen würde, sähen sich die Spanier gezwungen, den Franzosen zu wählen, um ihrer eigenen Sicherheit willen

Da Frankreich aber mit Spanien um die Oberherrschaft in Neapel kämpfte, war es ebenso fast unmöglich, einen Franzosen auf den Papstthron zu setzen. Aus dem gleichen Grund war es aber auch für Frankreich und die verbündeten Kardinäle unmöglich, einen Spanier zum Papst zu krönen.

Es musste ein Ausweg aus diesem Dilemma gefunden werden. Schnell setzte sich die Erkenntnis des jungen Giovanni de Medici durch, die er selbstbewusst vor den anderen Kardinälen vertrat. Man musste schnell einen Papst wählen, um die Unruhen in Rom zu beenden. Noch wichtiger aber war, dass der Kirchenstaat Cesare wieder entrissen werden musste. Darin waren sich bis auf die acht spanischen Kardinäle alle einig. Doch wenn man für diese Wahl zu lange brauchte, hätten die römischen Adelsfamilien und Barone in der Zwischenzeit die alten Verhältnisse wieder hergestellt und das Eigentum der Kirche wieder geraubt. Dass man nicht viel Zeit hatte, um diese Entwicklung zu verhindern, darin waren sich wieder alle Kardinäle einig.

Kardinal della Rovere erkannte nach fünf Tagen vergeblicher Verhandlungen und Diskussionen, dass er unter den gegebenen Umständen mit einer Wahl zu seinen Gunsten nicht rechnen konnte.

„Wir müssen einen Mann zum Papst wählen, der fromm und dessen Lebenswandel untadelig ist" sagte deshalb der Kardinal und machte sich die Überlegungen des jungen Medici zu eigen. „Einen Mann, den sowohl Italiener wie auch Spanier wählen können. Einen Mann, der über den Parteien steht."

Was er nicht sagte, war, dass er an einen Mann dachte, der bereits schwer krank war. Von dem zu erwarten war, dass sein Pontifikat nicht lange dauern würde. Einen Mann, der nicht die Kraft hatte, große Veränderungen durchzuführen, bevor er selbst, Giuliano della Rovere, oberster Hirte der Christenheit werden würde. Er hatte die Hoffnung, Papst werden zu können, immer noch nicht aufgegeben.

„Ich schlage deshalb Kardinal Todeschini-Piccolomini zum neuen Pontifex Maximus vor."

Nach der nächsten geheimen Abstimmung am 22. September 1503 stieg weißer Rauch auf und verkundete dem Volk von Rom und der Welt:

Habemus Papam! Wir haben einen Papst!

Der zukünftige Papst wollte den Namen Klemens annehmen, doch das rief eine Empörung der meisten Kardinäle hervor. Denn Klemens hieß der Gegenpapst, der ins Exil nach Avignon gegangen war.

So nannte sich Kardinal Todeschini-Piccolomini bei seiner Inthronisation am 8. Oktober im Gedenken an seinen Onkel Papst Pius II., der ihn gefördert und zum Kardinal ernannt hatte, nun Pius III.

Am Tag vor diesem festlichen Ereignis war er noch zum Priester und danach zum Bischof geweiht worden.

Doch seine Gicht, an der er seit langem litt, bereitete ihm unerträgliche Schmerzen. Seine Kniegelenke waren geschwollen und steif. Ebenso wie seine Fußgelenke, die ihm ein normales Gehen nach den Anstrengungen der vergangenen Tage nicht mehr gestattete. Eines seiner Beine war aufgebrochen und die eiternde Wunde schloss sich nicht mehr. Die Inthronisationsfeierlichkeiten konnte er teilweise nur sitzend überstehen.

Die heilige Messe, die er an diesem Höhepunkt seines Lebens, einen Tag nach seiner Priesterweihe, selbst hatte zelebrieren wollen, musste er von seinem erhöhten Sitz aus als Zuschauer verfolgen.

Giuliano della Rovere beobachtete diesen Zerfall der körperlichen Kräfte Pius' III. mit Genugtuung. Immer mehr wurde er in den nächsten Tagen zur ‚Grauen Eminenz' der Kurie, der die Geschicke der Kirche leitete.

Bereits fünf Tage nach der Übernahme seines Amtes musste der Papst sein Bett hüten. Die Aufregungen, die Anstrengung der vergangenen Tage hatten seine Kräfte aufgezehrt. Sein dringlichster Wunsch, die Geschicke der Kirche noch zu seinen Lebzeiten ordnen und wieder in geregelte Bahnen führen zu können, erfüllte sich nicht.

Zehn Tage nach seiner Krönungsfeier starb Pius III.

Rom sprach wieder einmal von einem Giftmord.

Kapitel 28

Nachricht von Faust

Hydromantie: Weissagung aus dem Wasser

Beispiel 1:

In ein Glas Wasser wird ein Gegenstand fallen gelassen, einen Stein oder einen Obstkern.. Aus den entstehenden Wellen, Kreisen oder Luftblasen zog nun der Hydromant seine Schlüsse.

Beispiel 2:

In das Wasser werden flüssig gemachte Stoffe geschüttet. (Öl, Wachs, Eiweiß, Blei) Die im Wasser zustande gekommenen Figuren erlauben Rückschlüsse. (Bleigießen!)

Aeromantie: Weissagung aus der Himmelsdeutung

Form von Wolken, Färbung, Tempo der Veränderung, Richtung des Weiterziehens, Geschwindigkeit,

Stärke des Windes, Geräusch, Richtung, Wirkung auf Baumwipfel

Dauer und Auflösung von Nebel

Die Höfe von Sonne und Mond

Form und Häufigkeit von Blitzen

Regenbogen

Kometen (Zeichen von Krieg, Zerstörung , Untergang)

Pyromantie: Weissagung mit Hilfe des Feuers

Farbe und Formen des Feuers

Geräusch beim Verbrennen

Deutung von Qualm und Rauch

Manches Mal wurde auch mit Geruchszusätzen gearbeitet, die stimulierende oder narkotisierende Wirkung hatten

Spitz zulaufende Flamme = gutes Zeichen

Dreizüngige Spitze = künftiger Ruhm

Nekromantie:

Kunst, die Geister von Verstorbenen aus ihrer Todesruhe zu wecken und zum Sprechen zu bringen

In anderen Formen der Nekromantie wurde mit narkotischen Dämpfen gearbeitet. In wieder anderen mit Hilfe von Medien.

Nikolaus vom Büchen erbrach das Siegel des Abtes Trithemius, mit dem das Schreiben vor den Augen Unberechtigter abgeschirmt wurde.

Seit Joß Fritz die Drohung ausgestoßen hatte, sich nun um die Bestrafung des Georg Faust zu kümmern, hatte sich der Maulbronner Abt darum bemüht, Faust zu finden. So hatte er alle Äbte der Zisterzienser in Deutschland angeschrieben, aber auch alle Gelehrte, mit denen er Kontakt hatte. Dies war nun das erste Lebenszeichen von Faust, das er erhielt. Er begann, den Brief zu lesen, den ihm Johannes von Tritheim gesandt hatte.

‚Jener Mensch, über welchen Du mir schreibst, (dieser) Georg Sabellicus, welcher sich den Fürsten der Nekromanten zu nennen wagte, ist ein Landstreicher, leerer Schwätzer und betrügerischer Strolch, würdig, ausgepeitscht zu werden, damit er nicht ferner mehr öffentlich verabscheuungswürdige und der heiligen Kirche feindliche Dinge zu lehren wage. Denn was sind die Titel, welche er sich anmaßt, anders als Anzeichen des dümmsten und unsinnigsten Geistes, welcher zeigt, dass er ein Narr und kein Philosoph ist! So machte er sich folgenden ihm konvenierenden Titel zurecht:

Magister Georg Sabellicus Faust der Jüngere, Quellbrunn der Nekromanten, Astrologe, Zweiter der Magier, Chiromant, Aeromant, Pyromant, Zweiter in der Hydromantie.

Siehe die törichte Verwegenheit des Menschen; welcher Wahnsinn gehört dazu, sich die Quelle der Nekromantie zu nennen! Wer in Wahrheit in allen guten Wissenschaften unwissend ist, hätte sich lieber einen Narren, denn einen Magister nennen sollen. Aber mir ist seine Nichtswürdigkeit nicht unbekannt. Als ich im vorigen Jahr aus der Mark Brandenburg zurückkehrte, traf ich diesen Menschen in der Nähe der Stadt Gelnhausen an, woselbst man mir in der Herberge viele von ihm mit großer Frechheit ausgeführte Nichtsnutzigkeiten erzählte. Als er von meiner Anwesenheit hörte, floh er alsbald aus der Herberge und konnte von niemandem überredet werden, sich mir vorzustellen. Wir erinnern uns auch, dass er uns durch einen Bürger die schriftliche Aufzeichnung seiner Torheit, welche er Dir gab, überschickte. In jener Stadt erzählten mir Geistliche, er habe in Gegenwart vieler gesagt, dass er ein so großes Wissen und Gedächtnis aller Weisheit erreicht habe, dass, wenn alle Werke von Plato und Aristoteles samt all ihrer Philosophie durchaus aus der Menschen Gedächtnis verloren gegangen wären, er sie wie ein zweiter Hebräer Esra durch sein Genie sämtlich und noch treffender wiederherstellen wolle. Als ich mich später in Speyer befand, kam er nach Würzburg und soll sich in Gegenwart vieler Leute mit gleicher Eitelkeit gerühmt haben, dass die Wunder unseres Erlösers Christi nicht anstaunenswert seien; er könne alles tun, was Christus getan habe, so oft und wann er wolle. In den Fasten dieses Jahres kam er nach Kreuznach, wo er sich in gleicher und großsprecherischer Weise ganz gewaltiger Dinge rühmte und sagte, dass er in der Alchemie von allen, die je gewesen, der Vollkommenste sei und wisse und könne, was nur die Leute wünschten. Während dieser Zeit war die Schulmeisterstelle in gedachter Stadt unbesetzt, welche ihm auf Verwendung von Franz von Sickingen, dem Amtmann deines Fürsten, einem nach mystischen Dingen überaus begierigen Mann, übertragen wurde. Aber bald darauf begann er mit Knaben Unzucht zu treiben und entfloh, als die Sache ans Licht kam, der ihm drohenden Strafe. Das ist es, was mir nach dem sichersten Zeugnis von jenem Mann feststeht, dessen Ankunft du mit so großem Verlangen erwartest.'

Nikolaus ließ die Hand mit dem Brief sinken. Faust lebte. Aber was war aus ihm geworden. Er erinnerte sich an die Erscheinung des Teufels in dem Gasthaus in Pforzheim. Ihm war immer noch nicht klar, wie Georg das ‚Wunder' bewerkstelligt hatte.

Nun sollte er Lehrer geworden sein, der mit den ihm anvertrauten Knaben Unzucht trieb? Nikolaus vom Büchen verwarf zunächst diesen Gedanken. Das konnte nicht der Georg Faust sein, den er schon als kleinen Jungen kannte.

Andererseits war es erstaunlich, dass sich ein Franz von Sickingen für ihn verwendete. Das tat man nur, wenn man von den Fähigkeiten eines Menschen überzeugt war.

Auch alles andere in dieser Beschreibung traf zu. Die Wichtigtuerei, mit welcher der Beschriebene auftrat. Die Phantasie, mit der er seine Künste anpries. Die Unverfrorenheit, mit der das Unmögliche als Wahrheit verkauft wurde.

Das war Georg. Er musste es sein. Kein anderer hätte gewagt, zu behaupten, er könne die Wunder Christi wiederholen.

Niemand sonst wäre auf die Idee gekommen, zu behaupten, er besitze das umfassende Wissen der Philosophen des Altertums selbst dann, wenn sämtliche Schriften verloren gehen würden.

Sogar Trithemius war darauf hereingefallen. Er ereiferte sich so sehr über diese Aussage. Dabei konnte die jeder aufstellen. Denn die Schriften von Platon und Sokrates, von Perikles und Aristoteles waren inzwischen derart verbreitet, dass es unmöglich war, dass dies alles verloren gehen würde.

Im Gegenteil. Unentwegt wurden in Rom und ganz Italien Altertümer wiederentdeckt, Schriften der Griechen und Römer aufgefunden, Kunstschätze ausgegraben und das geistige Erbe der Vergangenheit kam wieder ins Bewusstsein der Menschen.

Insofern war es leicht, irgendetwas zu behaupten, das nie bewiesen werden musste.

Nikolaus musste unwillkürlich lächeln, als er daran dachte, wie einfach man mit irgendwelchen Aussagen selbst hochgelehrte Herren verblüffen und erzürnen konnte.

Dabei hätte er gerade von Trithemius ein anderes Urteil erwartet. Denn der hochgelehrte Abt stand selbst im Verdacht, ein Teufelsbündler zu sein. Niemand, so behauptete das einfache Volk in der Gegend von Sponheim, könne ein so umfassendes Wissen haben, wenn er nicht mit dem Teufel in Verbindung stehe.

War vielleicht eine gewisse Rivalität bei dieser Beurteilung Fausts im Spiel?

Nikolaus vom Büchen wusste, dass sich der Abt offen mit der Astrologie und heimlich mit der Alchimie befasste.

Wie dem auch sei.

Etwas anderes machte ihm Sorgen. Er hatte Bernhard versprochen, dass er sich um Georg kümmern würde. Joß Fritz durfte der nicht in die Hände fallen. Aber Georg war nach diesem Brief von Johannes von Tritheim irgendwo im Gebiet zwei oder drei Tagesreisen nördlich von Maulbronn.

Er würde einen Bruder losschicken, der Faust finden und warnen würde.

Das war er Bernhard schuldig.

Kapitel 30

Zuflucht

Augustiner, religiöse Ordensgemeinschaften der römisch-katholischen Kirche, deren Regel von der ursprünglichen Ordensregel des heiligen Augustinus von Hippo abgeleitet wurde. Man unterscheidet zwischen den Augustiner-Chorherren und den Augustiner-Eremiten.

Die Augustiner-Eremiten bilden eine vollkommen unterschiedliche religiöse Gruppe, deren Ursprung sich bis ins 5. Jahrhundert zu den Eremiten Nordafrikas, die die Regel des heiligen Augustinus angenommen hatten, zurückverfolgen lässt. Nach dem Einfall der Vandalen in Nordafrika im Jahr 428 errichteten einige der flüchtigen Eremiten Mönchsgemeinschaften in Mittel- und Norditalien. Diese blieben unabhängig voneinander, bis sie im Jahr 1244 von Papst Innozenz IV. zu einem Orden vereinigt wurden. 1256 forderte sie Papst Alexander auf, ihre Abgeschiedenheit aufzugeben und ein aktives Leben in der Gesellschaft zu führen. Als Ergebnis bildete sich einer der großen mittelalterlichen Bettelorden (d. h. Mönche, die nur von Almosen leben) heraus, der für seine Rolle im kirchlichen und schulischen Leben bekannt wurde. Seine Mitglieder wurden in der Wissenschaft, Ausbildung und Mission tätig. Es gab auch Gemeinschaften von Augustinern, die von der strengen Einhaltung ihrer Ordensregel abwichen, was wiederum mehr als einmal zu Reformbewegungen führte. Einer dieser reformierten Augustinervereinigungen gehörte in Deutschland Martin Luther an, der später den Orden scharf kritisierte.

Der Mann mit dem braunen Magisterbarett betätigte den Klopfer an der Haustüre des Ratsherrn Luther in Mansfeld.

Der junge Jakob Luther öffnete. Ungläubig sah er zunächst Martin an, dann wieder das Barett auf dessen Kopf.

Martin grinste spitzbübisch.

„Du hast es also wirklich geschafft. Magister Martin Luther" sagte er anerkennend.

„Ja. Brüderchen. Sogar als Zweitbester." Martin umarmte seinen Bruder. „Ist Vater da?"

„Nein, er ist noch im Hüttenwerk. Aber Mutter ist in der Küche."

Als Martin die Küche betrat, hatte seine Mutter schon begonnen, den Tisch für Martin zu decken. Sie hatte Wortfetzen des Gespräches mitbekommen und die Stimme Martins erkannt. Er musste Hunger haben. Sicher war er wieder zu Fuß gekommen. Dann war er seit Erfurt schon drei Tage unterwegs gewesen.

Inzwischen war Martin über die Schwelle der Küche getreten und baute sich stolz vor seiner Mutter auf.

„Mutter, ich bin jetzt Magister an der Artistenfakultät in Erfurt. Jetzt darf ich selbst lehren."

Margaretha Luther strich ihrem Sohn übers Haar. Ihn an sich zu ziehen und zu umarmen, hatte sie nie gelernt. Dennoch freute sie sich ehrlich, als sie sagte:

„Ich bin stolz auf Dich, Martin."

Sie wandte sich an Martins jüngeren Bruder.

„Lauf zum Hüttenwerk, Jakob. Hol Vater"

Dann deckte sie ohne ein weiteres Wort den Tisch für Martin fertig.

Martin war noch am Essen, als sein Vater die Küche betrat.

„Martin Luther. Ihr habt mir eine große Freude gemacht."

Martin stand auf, um seinen Vater zu begrüßen.

„Vater, warum redet Ihr mich mit ‚Ihr' an?"

„Ehre, wem Ehre gebührt. Ihr seid jetzt Magister. Ihr habt es weiter gebracht, als ich es je hätte bringen können. Eines Tages werdet Ihr sicherlich ein großer Rechtsgelehrter sein. Das ist etwas anderes als das, was die meisten machen. Als Mönche oder Pfarrer sich den Bauch vollfressen auf Kosten anderer, die dafür schwer arbeiten müssen. Das Studium der Rechtswissenschaft absolvieren in der Regel nur Adlige. Daher rede ich Euch in Zukunft nicht mehr mit Du an. Das habt Ihr Euch verdient."

„Vater, ich bin doch trotzdem Euer Sohn" warf Martin verlegen ein.

Nichts da. Jetzt seid Ihr ein ‚Ihr'! Ich bin so stolz. Aber ich hatte auch nichts anderes erwartet. Jakob hat mir erzählt, dass nur einer von den Prüflingen besser gewesen ist als Ihr?"

Martin gab es einen kleinen Stich. Vater hatte nicht gesagt, dass er von siebzehn Prüflingen Zweitbester war. Nein. Er musste herausstellen, dass er nicht Bester war.

Doch Hans Luther schien das gar nicht bewusst zu sein. Er sagte:

„Das müssen wir feiern. Jakob, hol für den Magister und mich einen Krug Wein aus dem Keller!"

Dann wandte er sich wieder zu Martin.

„Ich habe ebenfalls eine große Überraschung für Euch. Ich habe Euch eine reiche Braut in Aussicht genommen. Mit ihrem Vater bin ich schon einig. Ich habe ihm bereits berichtet, dass Ihr uns eines Tages große Ehre machen werdet in weltlichen Ämtern und Würden."

Martin sagte nichts dazu. Er wusste, er kam gegen seinen Vater nicht an. Diese Hochzeit war bereits beschlossene Sache.

„Was murmelst Du da vor Dich hin?" fragte Jakob am nächsten Tag seinen Bruder, als sich beide am Brunnen hinter dem Haus vor dem Essen die Hände wuschen. Jakob sah irritiert, wie Martin wieder und wieder versuchte, die sauberen Hände noch sauberer zu waschen.

„Ich sagte, je mehr wir uns waschen, desto unreiner werden wir."

„Wie meinst Du das?"

„Ich meine, je mehr ich mich wasche, desto mehr fällt es mir auf, wie ich mich wieder beschmutze. Das gilt für den Körper genauso wie für die Seele".

Jakob sah ihn verständnislos an.

„Das verstehe ich nicht."

„Ich finde, dass ich immer gottloser werde. Je öfter ich meine Sünden beichte."

Ein Blick auf Jakob zeigte Martin, dass der gar nichts verstanden hatte.

„Lass nur Jakob. Ich verstehe mich selbst manchmal auch nicht mehr."

Mühsam versuchte Martin mit einem Lachen seine Verzweiflung zu überbrücken.

Am nächsten Morgen war Martin bereits auf der Rückreise nach Erfurt. Er brauchte drei Tage für eine Wegstrecke, so dass von der Woche, die er nach seinem Examen frei gehabt hatte, nur ein Tag für den Besuch bei seinen Eltern und Geschwistern übrig geblieben war.

Nun musste er, wie es üblich war, zwei Jahre selbst die jüngeren Studenten Grammatik, Rhetorik und Logik lehren. Daneben fing er an, Rechtswissenschaften zu studieren.

Die nächsten beiden Monate verliefen nur schleppend. Mühsam erteilte er Unterricht. Das Jurastudium fiel ihm immer schwerer. Es war nicht der Unterrichtsstoff. Es war eine allgemeine Niedergeschlagenheit. Die alten Zweifel, ob er nicht eines Tages für seine Sünden büßen müsste, überfielen ihn wieder.

Zwar war er nicht mehr so viel auf den Studentenfesten zu finden wie vor seiner Lehrtätigkeit, vermied es, mit seiner Laute die alten Trinklieder anzustimmen und bis zum frühen Morgen Unmengen von Bier in sich hineinzuschütten, aber gegen seine Fleischeslust war er immer noch nicht gefeit. Den Degen, ohne den er früher nie aus dem Hause ging, hatte er nach der Ermordung von Karl nicht mehr umgeschnallt. Er hatte ihn im hintersten Winkel seines Zimmers verstaut.

In letzter Zeit kam die Angst vor der ewigen Verdammnis, die er früher in Magdeburg schon verspürt hatte, zurück.

Wieder wurde er krank.

Nach seiner körperlichen Genesung im Juni trat er mitten in der Vorlesungszeit die Heimreise nach Mansfeld an. Vielleicht würden ein paar Tage zu Hause ihn wieder auf andere Gedanken bringen. Seit er mit dem Studium der Rechtswissenschaften begonnen hatte, war sein Vater wie umgewandelt. Plötzlich beachtete er ihn; sah in ihm all das, was er gern geworden wäre, behandelte ihn wie einen großen Herrn. Martin tat das unbeschreiblich gut.

Er kam am späten Abend an, als Hans Luther gerade über einer Vorlage brütete, die er am nächsten Tag als Ratsherr einbringen wollte. Eine einzelne Kerze auf dem Tisch sorgte für das notwendige Licht. Margaretha Luther war bereits zu Bett gegangen.

„Martin, was ist passiert?"

„Gelobt sei Jesus Christus, Vater."

„Ja, ja. Aber was ist los? Wieso bist Du in Mansfeld?"

In seiner Überraschung hatte er den Sohn in der gebräuchlichen Form, dem vertrauten ‚Du' angesprochen.

Martin fühlte sich plötzlich unwohl.

„Ich" stotterte er, „mir war danach. Es gab keinen besonderen Grund. Ich wollte euch nur besuchen und sehen, wie es euch geht."

Hans Luther schüttelte verständnislos den Kopf.

„Und da verlässt Du einfach die Universität während der Vorlesungen?"

Martin senkte den Kopf. Mit diesem Willkommen hatte er nicht gerechnet. Er konnte Vater doch von seinen Ängsten nichts erzählen.

Hans Luther ließ nicht locker. Er sah seinen Sohn befremdet an, wie er mit gesenktem Kopf vor ihm stand.

„Du hast mir noch keine Erklärung für Deine Zuchtlosigkeit gegeben. Müsstest Du nicht Vorlesungen an der Artistenfakultät bei den jungen Jahrgängen halten?"

Martin sah zu Boden.

„Ja."

„Und ist es richtig, dass Du gerade Deine juristischen Vorlesungen versäumst?"

„Ja."

„Dafür musst Du doch einen Grund haben?"

„Ich wollte euch besuchen!"

Hans Luthers Stimme wurde eisig.

„Ich erwarte, dass Du Deine Pflichten ernst nimmst. Du wirst morgen früh sofort wieder nach Erfurt zurückkehren."

Martin wagte nicht, aufzuschauen. Mit gesenktem Kopf antwortete er:

„Ja, Vater."

Als Hans Luther am nächsten Morgen aufstand, hatte Martin das Haus bereits verlassen.

Es war am frühen Nachmittag des dritten Tages. Martin verdrängte die Enttäuschung über seinen Vater, die ihn auf der Rückreise nach Erfurt immer wieder überkam.

Es war schwül. Rechter Hand zogen dunkle Wolken auf. Die Bauern auf den Feldern mühten sich, das Futter, das sie gemäht und getrocknet hatten, noch vor dem drohenden Gewitter in die Scheune zu bringen. Keiner hatte Augen für den Wanderer.

Besorgt sah Martin zum Himmel. Noch zweieinhalb Stunden bis Erfurt. Ob er umkehren sollte und im Dorf Stotternheim, durch das er vor kurzem gekommen war, das Ende des Gewitters abwarten sollte?

Aber wenn er sich beeilte, konnte er in zwei Stunden in Erfurt sein. Vielleicht zog das Gewitter weiter. Er sah zurück nach dem Dorf. Mit seinen wenigen Einwohnern war es nicht gerade einladend. Hatte es überhaupt einen Gasthof? Ach was.

Er dachte an die Mutter Marias, die heilige Anna. Sie war die Heilige der Traurigen und Not Leidenden. Zu ihr hatte er in letzter Zeit oft gebetet. Nicht nur er.

In Erfurt wurde viel zu ihr gebetet. Denn sie war auch die Hoffnung der Bevölkerung in Zeiten der Pest. Und seit zwei Jahren flackerte die Pest in Erfurt immer wieder auf. Es gab keine Epidemie. Aber immer wieder zeugten Pesttote davon, dass eine latente Bedrohung existierte.

Doch er, Martin, bat wegen seiner Zweifel, seiner Angst vor dem Strafgericht Gottes und seiner Sünden, die er immer wieder beging, die heilige Anna um ihren Beistand.

Anna und Joachim waren ja die Eltern der Jungfrau Maria gewesen. Was sie wohl gesagt hatten, als Maria sie damit überraschte, dass sie schwanger sei?

In der Bibel stand ja, dass Maria die Botschaft des Engels mit Freuden vernahm. Das hätte sie sicher nicht gekonnt, wenn ihre Eltern so streng und unerbittlich gewesen wären wie seine.

‚Siehe, ich verkünde Dir eine große Freude! ` hatte der Engel zu Maria gesagt. Und als Maria ihrer Mutter Anna …

Im gleichen Augenblick brach das Unwetter mit aller Heftigkeit los. Noch bevor ein Tropfen Regen gefallen war, schlug ein Blitz in einen Baum in unmittelbarer Nähe Martins ein. Das Licht blendete ihn völlig. Im gleichen Augenblick ließ der Einschlag die Erde erzittern.

Martin wurde zu Boden geschleudert. Er glaubte, sein letztes Stündlein habe geschlagen. Er war noch nicht bereit, vor das Angesicht Gottes zu treten.

„Heilige Anna, hilf!"

Wieder schlug ein Blitz in der Nähe ein. Martin bekam Todesangst.

„Wenn Du mir hilfst, werde ich Mönch!"

Er hatte diesen Entschluss hinausgerufen, ohne zu überlegen. Eigentlich war es das, was er schon immer wollte. Der einzige Weg, seine Sünden wieder gut zu machen. Es war ihm nur nicht bewusst gewesen. Die Zeit, die ihm bis zu seinem Lebensende zur Buße blieb, könnte er als Mönch am besten nutzen.

Er hatte seinen Kopf unter den Armen vergraben. Zitternd lag er da. Der Regen prasselte nun auf ihn hernieder. Wieder ein Blitzschlag. Und nochmals wiederholte er in seiner Todesangst:

„Sankt Anna, wenn Du mir hilfst, werde ich Mönch werden."

Er wusste später nicht mehr genau, wie lange er im Schmutz des durch den Regen aufgeweichten Weges gelegen hatte.

Er hatte überlebt.

Sein Gewissen mahnte ihn an seinen Schwur.

Wie in Trance lief er die restliche Strecke nach Erfurt.

Erst in seinem Zimmer kam er wieder zur Ruhe.

Sein Schwur war die Lösung. Im Kloster war er frei von allen Anfechtungen des Teufels. Er konnte sich seinem Seelenheil widmen. Ohne Anfechtungen. Ohne Frauen. Ohne die Lustbarkeiten des Studentenlebens. Ohne Hochzeit mit einer Frau, die ihm sein Vater ausgesucht hatte. Die er nicht einmal kannte. Er brauchte keine Rechtswissenschaften studieren. Die hatten ihn doch sowieso nie interessiert.

Aber was würden seine Kommilitonen sagen?

Vor allem, was würde sein Vater sagen?

Er würde ihm einfach nicht mehr unter die Augen treten.

Martin Luther war erleichtert. Seine Ängste waren verflogen. Er hatte seinen Weg gefunden. Martin suchte sich das Augustinerkloster als zukünftige Stätte seiner Buße aus.

Ein letztes Mal lud er seine Freunde unter den Studenten ein. Sie tranken und sangen die ganze Nacht. Auch Martin spielte seine Laute wieder und hatte sich ein letztes Mal den Degen umgeschnallt.

Im Morgengrauen begleiteten ihn die Studenten bis vor das Kloster. Dunkel ragten die Mauern vor der kleinen Schar auf.

Martin hatte seinem Vater einen Brief geschrieben.

,... *Durch Himmelschrecken bin ich gerufen worden, nicht freiwillig bin ich Mönch geworden, noch viel weniger um meines Bauches willen, sondern in Schrecken und der Angst vor einem plötzlichen Tode habe ich ein erzwungenes und in der Not abgepresstes Gelübde gelobt.'*

Diesen Brief gab er vor dem Kloster einem Kommilitonen mit, der ihn an seinen Vater weiterleitete.

Dann öffnete sich das Klostertor vor Martin Luther und schloss sich, als er das Tor durchschritten hatte.

Die Pforten schlossen hinter ihm die Welt des Lebens ab.

Vor ihm aber öffnete sich der Himmel und die Seligkeit.

Kapitel 31

An der weißen Küste

Julius II., früher Giuliano della Rovere (1443-1513), Papst (1503-1513).
Auch in weltlichen Bereichen ein mächtiger Herrscher, war Julius II. außer-
dem ein großer Förderer der Renaissancekunst.

Julius II. wurde im italienischen Albisola geboren und trat 1468 dem
Franziskanerorden bei. Nach der Wahl seines Onkels zum Papst (Sixtus IV.)
wurde er zum Bischof und 1471 zum Kardinal geweiht. In dieser Zeit zeugte
er drei uneheliche Töchter und häufte beachtlichen Reichtum an. Als sein
Intimfeind Rodrigo Borgia 1492 zum Papst Alexander VI. gewählt wurde,
floh er nach Frankreich ins Exil, wo er bis zu Alexanders Tod blieb. Auch
wenn er selbst durch Simonie an die Macht kam, verurteilte er später diesen
Ämterkauf aufs schärfste. Der durch Julius intensivierte Ablasshandel, dessen
Einnahmen für den Neubau des Petersdomes und seiner Kriege dienten, zähl-
te zu den vorrangigen Auslösern für die Reformation.

„Wir können die Wahl von Kardinal della Rovere nicht mehr verhindern" sagte Giovanni de Medici. „Er hat in den letzten Tagen gezeigt, dass er der fähigste ist. Außerdem ist er Italiener wie wir. Wir müssen in Rom endlich zur Ruhe kommen."

„Die Frage ist nur, wie wir die spanischen Kardinäle davon überzeugen" warf Kardinal Farnese ein. „Die wissen doch genau, wie er gegenüber Spaniern eingestellt ist."

„Dann muss er die eben kaufen."

Allesandro Farnese schüttelte den Kopf. „Simonie war das, was er Alexander vorgeworfen hat."

„Das ist immer noch besser, als wenn wir einen Papst haben, der vom französischen König gelenkt wird. Keiner wird die Kirchenspaltungen von Konstantinopel und Avignon vergessen. Und wenn es noch tausend Jahre dauert, bis das Jüngste Gericht kommt."

Keiner hatte bisher damit gerechnet, dass Kardinal Medici sogar der Simonie das Wort reden würde. Aber Giovanni Medici sah keine andere Möglichkeit.

„Wie wird Cesare Borgia darauf reagieren?"

„Solange er noch krank ist, muss die Wahl zu Ende gebracht sein. Sonst droht ein Bürgerkrieg" war Giovanni überzeugt.

„Wenn wir della Rovere dazu raten, den spanischen Kardinälen außer den Bistümern und Pfründen in Spanien Zugeständnisse zu machen, die nicht mehr rückgängig gemacht werden können, wären die Stimmen für die absolute Mehrheit gesichert."

„Das wäre ein kluger Schachzug" pflichtete der Medici zu. „Damit hätten wir Cesare, von dem sie sich noch Hilfe erhoffen, ausgeschaltet. Mit der Sicherheit, dass man sich auf seine spanischen Ländereien zurückziehen kann, auf die ein italienischer Papst keine Zugriffsmöglichkeit hat, lässt es sich auch leben, wenn man den Worten eines Papstes nicht traut. Die Übereignung muss nur vor der Wahl geschehen."

„Das Problem ist nur, dass Cesare den Kirchenschatz immer noch hat." warf Allesandro Farnese ein.

„Dann muss er sich das Geld eben von den Fuggern leihen!" tat der

Medici den Einwand leichtherzig ab. „Aber das ist das Problem von della Rovere. Er will doch unbedingt Papst werden."

„Allerdings" nahm Kardinal de Medici den Faden wieder auf „habe ich noch über vierzig Spanier in meinem Palast, die mein Sekretär Bernhard in dieser Progromnacht gerettet hat. Darunter die Tochter eines Borgia, der in dieser Nacht von Fabio Orsini ermordet wurde, Luzia."

Giuliano fiel ihm ins Wort. „Ich kenne sie. Ein sehr schönes Mädchen."

„Die müssen dringend nach Spanien zurück" fuhr Giovanni fort. „Noch vor der Papstwahl. Und della Rovere darf nichts von unserer Rettungsaktion erfahren. Nicht, dass ich bei ihm um das Leben der jungen Luzia fürchten würde, aber er würde bestimmt ein Lösegeld für ihre Rückkehr fordern. Alle Spanier, mit Ausnahme der spanischen Kardinäle, haben Italien verlassen. Wenigstens diejenigen, die das Massaker überlebt haben."

„Ich lasse von meiner Familie eine Galeone bereitstellen" beruhigte Kardinal Farnese.

„Am besten schicke ich Bernhard als Begleitung mit. Der kann sich dann in Granada und Cordoba auch nach alten Schriften der Araber umsehen. In Medizin und Mathematik haben die ja Unglaubliches geleistet." Er seufzte theatralisch. „Die Erweiterung meiner Bibliothek ist ein Steckenpferd, das viel Geld verschlingt."

„Aber man kann Bücher nicht so leicht zu Geld machen wie Statuen oder Paläste" scherzte Farnese. „Insofern sind Bücherschätze vor einem Zugriff sicher, wenn ein Papst wieder einmal Geld braucht."

Doch der Medici lächelte bitter. „Es sei denn, jemand verbrennt die Bücher wieder einmal wie Savonarola meine letzte wertvolle Bücherei."

Fünf Tage später stach Bernhard mit 43 Spaniern von Neapel aus in See. Der Hafen Roms in Ostia war zu gefährlich als Ausgangspunkt gewesen. Denn in Ostia herrschte wieder Kardinal della Rovere, von dem jetzt schon sicher war, dass er der zweihundertsechzehnte Nachfolger des Petrus werden würde, wenn nicht Gott selbst eingreifen würde.

Die Überfahrt selbst verlief ruhig. Die Herbststürme hatten noch nicht eingesetzt. Bernhard saß mit Luzia zusammen an Deck. Sie erzählte gerade von einem Heiligen aus ihrer Heimat.

„Mein Großonkel, Papst Callixtus, hat ihn vor nunmehr fünfzig Jahren heiliggesprochen. Nicht einmal vierzig Jahre, nachdem er tot war. Deshalb weiß man auch noch so viel von ihm."

„Ich habe von ihm gehört" sagte Bernhard. „Dieser Vinzenz Ferrer soll ja unglaubliche Wunder gewirkt haben."

Ja, eines in dem Ort Morella nördlich von unserem Valencia. Eine arme Frau, deren Mann sie gerade verlassen hatte, schämte sich so, dass sie dem Bußprediger kein Fleisch vorsetzen konnte, dass sie ihr Neugeborenes schlachtete und Vinzenz dieses Fleisch zum Essen vorsetzte. Der aber bemerkte das, setzte den Jungen zusammen und erweckte ihn wieder zum Leben. Bis auf einen Finger, den die Frau abgenagt hatte, um zu prüfen, ob das Fleisch bereits gar sei, war der wieder vollständig."

„Und das soll wirklich passiert sein?" fragte Bernhard ungläubig.

„Ich kann Euch das Haus zeigen!" bestätigte das Mädchen eifrig. *(Ein Schild an der Hauswand in der Calle de la Virgen markiert heute noch das Haus, in dem das Wunder stattfand).*

Bernhard jedoch war immer noch nicht überzeugt. Allerdings wollte er Luzia nicht verletzen und wechselte das Thema.

„Erzählt mir mehr von Eurer Familie und Eurer Heimat" bat er.

„Wir Borjas entstammen einem Adelsgeschlecht, das seine Stammburg in Jativa (heute Xativa) am Monte Vernissa in der Nähe von Gandia hat. Wir gehören zum Königreich Valencia." Luzia fiel etwas ein. „Den Herzog von Gandia habt Ihr ja gekannt. Es war der erstgeborene Sohn von Alexander. Giovanni, der tot im Tiber gefunden wurde."

„Ich hatte ihn ein paarmal von weitem gesehen" pflichtete Bernhard zu. „Aber als er ermordet wurde, war ich in Bologna oder Florenz. Damals ist Savonarola, der Dominikanerprior, mein großes Vorbild gewesen."

„Der, den mein Onkel exkommuniziert hat?" fragte Luzia.

„Ja" erwiderte Bernhard ernst. „Nicht nur exkommuniziert. Er hat auch dafür gesorgt, dass er gehängt und verbrannt wurde."

Luzia sah ihn eindringlich an und fragte leise „war er denn kein Ketzer?"

„Ich weiß es nicht!" zuckte Bernhard mit den Schultern. „Vielleicht doch. Aber er war wahrscheinlich auch ein Heiliger."

Nach einer kurzen Zeit des Schweigens wandte sich Bernhard aber von dem traurigen Thema ab.

„Erzählt mir lieber etwas von Eurer Heimat."

Sofort hellte sich Luzias Gesicht wieder auf und sie begann zu erzählen.

„Griechen, Phönizier, Karthager und Römer hatten hier im Golf von Valencia bereits gesiedelt und sich mit den Ureinwohnern vermischt, bevor die Mauren an der Küste und in den Tälern vor fünfhundert Jahren Orangen- und Zitronenhaine anlegten und das Land zu einer Oase mit Gemüse und Obst machten. Es ist an der Küste ein Land, in dem Milch und Honig fließen. Wie ein Paradies. Es ist aber auch ein Land mit grandiosen Bergen im Hinterland. Mit Adlern, die über den Schluchten kreisen und im Süden haben wir die einzige Wüste Spaniens." *(Es ist sogar die einzige Wüste Europas.)*

„Man sieht an Euren leuchtenden Augen, dass Ihr Euch freut, wieder nach Hause zu kommen. Ihr seid ja ganz erhitzt" stellte Bernhard mit einem feinen Lächeln fest.

„Luzias Gesicht wurde eine Spur dunkler. Hoffentlich merkte Bernhard nicht, dass nicht nur der Gedanke, wieder zu Hause zu sein, sondern auch seine Nähe sie so faszinierte.

Sie wechselte das Thema. „Segelt Ihr gleich wieder zurück, wenn Ihr uns endlich los seid?"

„Nein. Ich habe eine herrliche Aufgabe von Kardinal de Medici aufgetragen bekommen. Ich soll hier nach Schriften der Araber suchen.

Für die Bibliothek des Kardinals. Das Schiff wird ohne mich zurücksegeln. Warum fragt Ihr?"

Luzia wurde es fast schwindelig. „Ihr habt so viel für uns getan. Ich hätte Euch gerne etwas von unserem Land gezeigt. Das würde Euch für die vielen Mühen entschädigen, die Ihr wegen uns gehabt habt."

Als Luzia sah, dass Bernhard zögerte, fuhr sie schnell fort „hier war über Jahrhunderte die Front zu Al Andalus, dem gelobten Land der Berber. Ich bin überzeugt, wir finden auch hier die Schriften, die Ihr sucht. Vielleicht eher, als in Granada oder Sevilla. Dort sind sicher alle Werke in den Bibliotheken der Katholischen Könige Ferdinand und Isabella verschwunden."

Bernhard lachte. „Dann kann ich das Angebot nicht ausschlagen."

Mit heimlichem Vergnügen sah er, wie Luzia vor Freude wieder errötete.

Während der nächsten beiden Tage spürte er eine seltsame Veränderung in sich. Er vermisste Luzia, sobald sie nicht an Deck war. Wenn sie aber zusammen an Deck saßen, konnte er kaum den Blick von ihr lassen. Er roch ihren betörenden Duft, er spürte die Wärme ihres Körpers, wenn sie sich zufällig berührten und spürte er ein seltsames Kribbeln im Magen. Sein Blick hing an ihren Lippen und sog jedes Wort von ihr begierig auf. Er bewunderte ihre Klugheit und war fasziniert von ihrer Ausstrahlung. Sein Herz schlug schneller, wenn sie kam und er war traurig, wenn sie sich wieder verabschiedete. Er wollte sie dann nicht gehen lassen. Aber wie sollte er es ihr sagen? So schwieg er und wartete, bis sie wieder an Deck kam.

Die unter Deck für ihn bereitgestellte Hängematte benutzte er kaum. Aus Angst, auch nur einen Augenblick mit ihr zu verpassen. Daher schlief er zeitweilig an Deck und nur, um sich zu waschen, ging er unter Deck. Immer dann, wenn sie sich kurz zuvor verabschiedet hatte. Denn nur dann war er sicher, keinen Augenblick mit Luzia zu versäumen.

Als das Schiff in den Hafen von Valencia eingelaufen war, verabschiedete sich Bernhard von den Spaniern, die ihn innig umarmten und ihm nochmals in tiefer Zuneigung dankten. Er hatte Freunde gewonnen, die immer für ihn da sein würden.

Luzia wartete im Hintergrund, bis sich alle verabschiedet hatten. Dann nahm sie zögernd seine Hand und führte ihn aus dem Hafen. Bernhard entzog sich ihr nicht. Zur Fahrt nach Jativa nahmen sie eine Kutsche. Fast wurde ihm schwindelig, als ihre Körper sich eng aneinander in die Sitze der Kutsche schmiegten. Bernhard hätte tagelang so weiter fahren mögen.

Herzlich wurde er auf der Burg von ihrer Großmutter aufgenommen.

Bereits am nächsten Nachmittag stiegen Luzia und Bernhard auf den Monte Vernissa. Hier hatten sie die beste Aussicht. Sie vergaßen die Zeit und die Welt um sich herum.

Beide blickten übereinstimmend in die fruchtbare Ebene unter sich und auf die ansteigenden Berge hinter sich. Es wurde allmählich dunkel und die ersten Lichter in den Ortschaften der Umgebung flammten auf. Auch auf dem Meer flammten winzige Lichtpunkte auf. Es waren Fischer in ihren Booten, die nun, während der Nacht, die silbrig glänzenden Fische mit ihren Netzen einholten, wie sie das seit Jahrtausenden getan hatten.

Luzia und Bernhard fühlten sich plötzlich, als ob sie gänzlich allein und weit weg von allen anderen Menschen seien. Niemand konnte sie hier oben sehen, aber sie ahnten die Menschen hinter den warmen Lichtern der Fenster und auf den Booten auf dem Meer.

Die Sonne war untergegangen. Die Geräusche des Tages verstummten. Noch erhellte nur das kalte Mondlicht das Firmament. Doch kurze Zeit später blinkten erste Sterne am Himmel. Luzia sah Bernhard mit großen, fragenden Augen an. Zärtlich und sacht streichelte er ihr Gesicht, fuhr ihr mit den Fingerspitzen über den Nacken und küsste sie. Zuerst auf die Stirn, die Nasenspitze, den Halsansatz und schließlich berührte er mit seinen Lippen ihren Mund. Zunächst war es nur der Hauch eines Kusses. Doch dann wurde der Kuss fordernder, besitzergreifender.

Plötzlich klammerte sie sich an ihn. Sie erwiderte den Kuss. Ihre kleine Zunge spielte mit der Spitze seiner Zunge. Ihre feingliedrigen Finger verkrampften sich im Stoff seines Umhanges.

Sie waren wie zwei Ertrinkende. Sie hielten sich fest umfangen, als wollten sie einander nie mehr loslassen. Dann streichelte Bernhard ihr sanft über den Rücken und Luzia kraulte mit ihren Fingern zart seine Nackenhaare. Luzia stammelte immer wieder: „Ich liebe Dich. Ich habe mich vom ersten Augenblick, als ich Dich sah, in Dich verliebt. Ich liebe Dich, Bernhard. Ich liebe Dich!"

Literatur

Renaissance	John R. Hale
The Story of Civilization	Will Durant
Die Päpste	Leopold von Ranke
Dr. Martin Luthers Leben	D. Albrecht Thoma
Faust	Günther Mahal
Kloster Maulbronn	Marga Anstett-Jansen
Das deutsche Mittelalter	Dr. Heinrich Günter
Sex + Folter in der Kirche	Horst Herrmann
Maulbronn	Friedl Brunckhorst
Abteikirche Schwarzach	Werner Scheurer
A Medieval Book of Seasons	Collins, Davis
Karl V., Ahnherr Europas	G. von Schwarzenfeld
Der Bauernkrieg	Adolf Waas
Die Bibel	Herder
Die Bibel	Naumann & Göbel
Die Stadt Rom	Gregorovius
Klöster und Orden in Deutschland	Alfred Läpple
Brief des Abtes Trithemius	Vatikan. Bibliothek